Deux berceaux pour un patron

Entre les bras d'une inconnue

De dangereux sentiments

RACHEL BAILEY

Deux berceaux pour un patron

Traduction française de
ROSA BACHIR

PASSIONS

HARLEQUIN

Collection : PASSIONS

Titre original :
TEMPTED BY THE WRONG TWIN

Ce roman a déjà été publié en 2018

HARPERCOLLINS FRANCE
83-85, boulevard Vincent-Auriol, 75646 PARIS CEDEX 13
Service Lectrices — Tél. : 01 45 82 47 47 - www.harlequin.fr
ISBN 978-2-2804-8939-3 — ISSN 1950-2761

Composé et édité par HarperCollins France.
Imprimé en avril 2023 par CPI Black Print (Barcelone)
en utilisant 100% d'électricité renouvelable.
Dépôt légal : mai 2023.

FSC
www.fsc.org
MIXTE
Papier issu de sources responsables
FSC® C159065

Pour limiter l'empreinte environnementale de ses livres, HarperCollins France s'engage à n'utiliser que du papier fabriqué à partir de bois provenant de forêts gérées durablement et de manière responsable.

- 1 -

Quand le nom de son frère jumeau s'afficha sur son téléphone, Nick Tate prit la peine de décrocher, ce qui était rare, ces jours-ci.

Avant même qu'il puisse saluer son frère, Malcolm s'exclama :

— Bon sang, Nick ! Tu as couché avec notre avocate ?

Nick se figea. Depuis qu'il avait quitté l'armée, il avait couché avec une seule femme, mais ils n'avaient pas pris le temps de se raconter leur vie. Ni même d'échanger leurs prénoms. Apparemment, ils auraient dû…

— Notre avocate ? répéta-t-il.

Peut-être avait-il mal entendu.

— Harper Lake est l'avocate du groupe Tate Armor depuis deux ans !

Nick grimaça. Il avait choisi de codiriger Tate Armor sans sortir de sa maison, mais cela avait un inconvénient : beaucoup de détails lui échappaient. Et il s'avérait que leur avocate était un sacré détail ! Leurs ébats remontaient à trois mois, pourtant, il pensait toujours à elle. Hélas, il n'avait eu aucun moyen de la retrouver. Jusqu'à maintenant.

— Et, apparemment, tu ne lui as pas dit qui tu étais, continua Malcolm. Elle pense avoir couché avec moi.

Nick jura dans sa barbe. C'était pourtant prévisible. La plupart des gens ne pouvaient pas le différencier de son frère en temps normal. Alors, il n'était guère étonnant que Harper l'ait pris pour Malcolm, d'autant plus qu'ils s'étaient rencontrés lors d'un bal masqué, et qu'il avait endossé l'identité de son frère ce soir-là. L'échange d'identités était un petit jeu auquel Malcolm et lui ne se livraient plus depuis l'adolescence, mais quand il avait appris qu'un client mécontent menaçait son jumeau depuis des semaines, et qu'il avait promis de venir le harceler pendant le bal, Nick n'avait pas hésité à intervenir. Même s'il ne se sentait plus bon à grand-chose, il avait eu la certitude de pouvoir sortir son frère de ce pétrin. Et pour y parvenir il avait dû se forcer à sortir de sa maison, pour une fois.

Puisque Harper connaissait Malcolm, elle l'avait donc confondu avec lui ce soir-là, mais il n'avait rien remarqué. À dire vrai, leur attirance avait été si immédiate et explosive qu'ils n'avaient guère eu le temps de discuter. Ou même d'arriver jusqu'à un lit.

Pendant que Malcolm pestait à l'autre bout de la ligne, Nick sourit en songeant à Harper Lake. C'était la femme la plus fascinante qu'il ait jamais rencontrée.

Mais ce n'était pas le moment de se plonger dans ses souvenirs, s'avisa-t-il. Il devait s'occuper du problème présent. Il était rare qu'il s'accorde une aventure sans lendemain, mais cette unique nuit avait créé des problèmes à son jumeau.

— Je vais régler ça, Malcolm, ne t'inquiète pas.

À présent qu'il savait qui était Harper et où elle travaillait, il pouvait aller lui parler. Peut-être pourrait-il l'attendre au bureau demain. Ou passer à l'heure du déjeuner et lui proposer de…

— Ce n'est pas un simple pépin que tu pourras faire disparaître d'un claquement de doigts, Nick.

Quelque chose dans la voix de Malcolm mit tout son corps en alerte, réveillant ses réflexes de Seal.

— Comment ça ?

— Harper est enceinte.

La puissance de ce mot le frappa en pleine poitrine.

Enceinte ? Seule sa formation de militaire des forces spéciales lui permit de garder l'équilibre tandis que le monde tournait autour de lui.

Harper portait son enfant.

Puis, une seconde vague le frappa, plus puissante encore que la première. *Ellie*. Sa fille de trois ans, la seule raison pour laquelle son cœur meurtri par la guerre battait encore, pourrait souffrir des conséquences de son comportement. Les avocats de son ex-épouse utiliseraient cette grossesse imprévue pour démontrer qu'il était un père irresponsable. Et ce serait pire s'ils apprenaient qu'il avait endossé l'identité de son frère lors du bal. Il se frotta les tempes, qui pulsaient tout d'un coup.

Il était hors de question qu'on lui prenne sa petite fille. Il réglerait ce problème, quoi qu'il lui en coûte.

Il consulta sa montre. Il était presque 19 heures.

— Tu es au bureau ? Harper y est-elle encore ?

— Elle vient de s'en aller, répondit Malcolm. Elle a attendu que tout le monde soit parti pour venir me parler. Elle m'a proposé de faire un test de paternité si je le souhaitais.

Nick se sentit coupable. Envers son frère mais, surtout, envers Harper. Que ressentait-elle ? Elle devait le maudire, à tout le moins. Et elle était sans doute dépassée par cette grossesse inattendue.

Il dut déglutir pour retrouver sa voix.

— Tu lui as dit que tu n'étais pas au bal masqué ? Que c'était moi qui avais pris ta place ?

— Non. J'ai prétexté une urgence, je lui ai présenté mes excuses et je lui ai promis que nous en reparlerions demain matin. Elle a eu l'air sonnée, mais j'ai pensé que c'était à toi de lui dire la vérité.

— Tu as bien fait.

En effet, il valait mieux qu'il lui annonce les choses lui-même.

— Tu sais à quel point cette situation est dangereuse, n'est-ce pas ? dit Malcolm. Tu es patron d'une entreprise, tu pourrais être accusé de harcèlement sexuel.

— Oui, je le sais.

Même enfant, Nick avait toujours été responsable. Se faire sermonner par son frère était étrange, et peu agréable.

— Et puis, ajouta Malcolm, avec Maverick qui sévit en ville et qui révèle les secrets de tout le monde, n'espère pas que cette situation restera privée très longtemps. Maverick est peut-être déjà au courant.

Nick fronça les sourcils. Il vivait peut-être comme un reclus, mais même lui avait entendu parler du maître chanteur qui donnait des sueurs froides aux habitants de Royal. Cependant, n'était-il pas encore un peu tôt pour s'inquiéter ?

— Comment pourrait-il être au courant alors que je viens à peine d'apprendre la nouvelle ?

— Comment a-t-il su que mon ami Wes Jackson avait un enfant avec Isabelle Grayson ? rétorqua son frère. Comment était-il au courant du passé de Cecilia Morgan ? Manifestement, il a de sérieuses compétences en piratage informatique et il a du flair.

— C'est vrai, admit Nick.

— De plus, toutes les cibles de Maverick semblent faire partie du Texas Cattleman's Club, et puisque toi et moi en sommes membres, nous ne pouvons pas occulter ce risque.

— Bon sang !

Malcolm avait raison. Nick travaillait en ce moment sur de nouveaux gilets pare-balles, que Tate Armor vendrait à des entreprises de sécurité. Étant donné la nature de leur activité, leur réputation professionnelle serait entachée s'ils étaient éclaboussés par un scandale à cause de Maverick.

Il soupira.

— Nos clients doivent être certains que toute information

qu'ils nous communiquent sur leur entreprise est sécurisée et ne risque pas d'être piratée.

— Oui, approuva Malcolm d'un ton las. Nous devons être irréprochables et n'avoir aucun secret qui pourrait nous rendre vulnérables.

— Je vais régler ça, décréta Nick, enfilant sa veste de moto. Où vit Harper ?

— À Pine Valley. Je t'envoie son adresse par SMS.

— Merci. Et, Malcolm ?

— Oui ?

— Ne t'inquiète pas, je vais tout arranger.

Il n'avait pas le choix. Il ferait tout pour protéger Ellie, Harper, le bébé, et Tate Armor.

— Bonne chance.

Nick raccrocha, prit son portefeuille et ses clés, puis sortit de sa maison. Il était hors de question qu'il abandonne une fois de plus des êtres dont il était responsable.

Mais quand il arriva chez Harper — un « cottage » bien trop imposant pour mériter une telle dénomination — les doutes l'assaillirent. Comment allait-il la convaincre que c'était lui et non Malcolm, le père du bébé ?

Bonjour. Cela t'intéressera peut-être d'apprendre que Malcolm a un frère jumeau.

Non.

Salut, Harper. Tu te souviens, cette soirée où tu as cru coucher avec Malcolm et que vous avez conçu un bébé ? Eh bien, c'était moi. Surprise !

Encore pire.

Harper, j'ai quelque chose à te dire, et tu devrais peut-être t'asseoir. Je m'appelle Nick et je me faisais passer pour mon frère quand je t'ai rencontrée. J'aurais dû te le dire avant que la situation ne nous échappe, et je te présente mes excuses.

Il avait trente secondes pour trouver mieux, sinon, Harper refuserait sûrement de lui parler.

Il frappa à sa porte, ne sachant toujours pas comment s'expliquer.

Puis, Harper apparut.

Et il fut sidéré, incapable de prononcer le moindre mot. Lorsqu'elle écarquilla ses jolis yeux noisette, il s'intima de dire quelque chose. Mais sa beauté frappante le laissait sans voix. Il n'avait pas cessé de penser à elle depuis ce bal masqué, et enfin elle était là, devant lui.

— Malcolm ? murmura-t-elle.

Toujours muet, il tendit la main vers son visage, effleura sa pommette.

Elle écarquilla les yeux et recula. Il attendit, fébrile, et après quelques battements de cœur, elle revint vers lui. Alors, il posa la main sur sa joue. Elle entrouvrit les lèvres, penchant la tête contre sa main. Tandis que le monde s'évanouissait autour d'eux, il avança vers elle, irrésistiblement attiré, comme lors de leur première rencontre, trois mois plus tôt.

Il était censé parler. Mais il était hypnotisé par sa beauté, par son regard assombri par le désir. Le souffle court, il plongea la main dans ses longs cheveux brillants et approcha les lèvres des siennes. Il ne devrait pas faire cela, il le savait. Mais c'était plus fort que lui.

Elle se hissa sur la pointe des pieds et posa les lèvres sur les siennes. Des lèvres douces, accueillantes, avides. Elle noua les bras autour de ses épaules et l'étreignit. En gémissant de plaisir, il la plaqua contre lui et mêla sa langue à la sienne.

Cette attirance entre eux était si puissante… C'était pour cela qu'il avait perdu la tête, ce soir-là. C'était pourquoi il rêvait de Harper, chaque nuit. Et c'était pourquoi la tête lui tournait à cet instant.

Et, bien sûr, une petite voix dans sa tête lui murmura que c'était aussi pour cela qu'il se retrouvait dans ce pétrin.

Il devait interrompre ce baiser. Trouver la force de reculer, et s'expliquer. Mais la bouche de Harper était si divine…

À contrecœur, il lui donna un dernier petit baiser avant de reculer. Elle laissa retomber ses mains, rompant tout lien corporel. Il cligna des yeux pour se ressaisir. Mais, quand il vit le regard perdu de Harper et ses lèvres rougies par leurs baisers, une seule pensée occupa son esprit. Il fallait que Harper Lake sache qu'elle l'avait embrassé *lui*. Qu'elle avait fait l'amour avec lui. Nick Tate.

D'une voix rauque, il s'entendit dire :

— Je ne suis pas Malcolm.

Harper serra la porte pour ne pas perdre l'équilibre.

— Je sais, dit-elle.

À présent, elle était certaine que l'homme qui se trouvait devant elle n'était pas celui auquel elle avait parlé moins d'une heure plus tôt. Il ressemblait peut-être à son patron, mais il y avait une intensité en lui que Malcolm n'avait jamais eue.

Et, maintenant qu'elle l'observait de plus près, il y avait d'autres différences. Ses cheveux étaient plus courts, et il avait une petite cicatrice sur un sourcil. Comment était-ce possible ?

Soudain, elle se rappela une caractéristique peu connue de Tate Armor Limited : le groupe était la propriété conjointe de Malcolm et de son frère, Nick. Un frère qu'aucun employé n'avait rencontré, et dont beaucoup ignoraient l'existence.

— Vous êtes jumeaux, murmura-t-elle.

— Oui.

Toutes les pièces du puzzle se mettaient enfin en place. Et toutes ses questions trouvaient leurs réponses. Elle comprenait enfin pourquoi elle n'avait jamais été attirée par son patron avant et après le bal masqué. Elle avait fait l'amour avec *Nick* ce soir-là. Tout était arrivé si vite que même si elle avait cru percevoir quelque chose de différent chez celui qu'elle croyait être Malcolm, elle n'avait pas eu le temps de s'attarder sur ses impressions. Dès que Nick l'avait embrassée, toutes les pensées cohérentes qu'elle aurait pu avoir s'étaient envolées.

Et, elle savait enfin pourquoi Malcolm avait pu agir comme s'ils n'avaient pas partagé une nuit de passion, quand elle l'avait vu le lendemain. Sur le moment, elle avait été surprise — et soulagée — que Malcolm n'ait aucune réaction quand elle était entrée dans son bureau pour lui faire signer des contrats. C'était comme s'ils avaient tacitement décidé de ne jamais parler de cette brève aventure.

Comme si rien ne s'était passé.

Car *rien* ne s'était passé avec lui.

Avec Nick, en revanche… elle avait vécu une expérience cataclysmique.

À cette pensée, elle prit une grande inspiration et serra la porte un peu plus fort.

Nick l'observait, comme pour guetter sa réaction. Ou peut-être était-il aussi troublé qu'elle par leur baiser ? Quoi qu'il en soit, ils avaient des choses à se dire, et le seuil de sa maison n'était pas le meilleur endroit pour cela.

— Entre, dit-elle, s'effaçant pour le laisser passer.

Une fois dans la cuisine, elle prépara un café pour lui et, pour elle, un thé à la menthe. Une boisson qui calmait ses nausées.

Nick but une gorgée de café, puis posa la tasse fumante sur le bar et soupira.

— Écoute, à propos du bal masqué…

— Inutile, l'interrompit-elle.

Elle n'avait pas envie d'en reparler dans la froide lumière du jour.

— C'est du passé.

Il releva vivement la tête.

— Tout de même, je te dois des excuses. J'aurais dû te prévenir. Te dire qui j'étais.

Nick semblait emplir toute la pièce. À présent qu'elle l'observait, elle se demandait comment elle avait pu confondre les deux frères. À sa décharge, il était toujours plus facile de se rendre compte de ses erreurs après coup.

— Si j'avais su que le frère de Malcolm était son jumeau, j'aurais pu comprendre ce soir-là. Je travaille avec Malcolm. Il est séduisant, bien sûr, mais il ne m'a jamais fait d'effet.

— Et moi, si ? demanda Nick, espiègle.

— Nous l'avons prouvé, il me semble. Ce soir-là, et à l'instant. Mais ce n'est pas de cela que tu es venu discuter.

Il reprit son sérieux.

— Je voulais juste que tu saches que je ne t'ai pas menti délibérément.

Elle arqua un sourcil, dubitative.

— Tu avais le carton d'invitation de Malcolm. Cela me paraît assez délibéré.

— C'est juste, concéda-t-il. C'est parce que je devais régler un problème pour Malcolm.

— Le client harceleur.

Il releva la tête, l'air surpris.

— Comment le sais-tu ?

Tout le personnel de Tate Armor savait qu'un ancien client avait menacé Malcolm. Contre l'avis de tous, Malcolm avait voulu employer la diplomatie pour désamorcer la situation. Mais cela n'avait pas fonctionné. Et le fait que toute la ville soit sur le qui-vive à cause de Maverick le maître chanteur n'avait rien arrangé. Au bureau, le bruit courait que cet homme travaillait pour Maverick, mais Harper avait toujours pensé que les deux affaires n'étaient pas liées — le mode opératoire de Maverick était tout à fait différent. Pour elle, ce client vindicatif n'était qu'un crétin ordinaire, face auquel Malcolm n'avait pas adopté la bonne stratégie.

Puis, au bal masqué, Harper avait été fascinée quand l'homme qu'elle avait pris pour Malcolm avait, calmement mais fermement, recadré l'ex-client mécontent. Il n'avait même pas eu besoin d'un long discours. Sa posture menaçante et sa voix implacable avaient suffi. Le harceleur avait compris à qui il avait affaire et avait décampé sans demander son reste.

— Oui je t'ai vu à l'œuvre. Tu étais… impressionnant.

Après cette scène, elle l'avait attiré sur la piste de danse. Et, peu après, elle avait fait l'amour avec lui.

— Mais tu aurais quand même pu me prévenir.

— J'ignorais que tu connaissais Malcolm. Tu ne m'as jamais appelé par son prénom, alors j'ai cru que tu parlais à un inconnu. Et puis, aucun de nous n'était d'humeur à discuter, rappela-t-il, l'air malicieux.

Elle se sentit rougir. Elle sirota son thé à la menthe, en espérant que Nick attribuerait la couleur de ses joues à la vapeur qui montait de sa tasse.

— Je comptais te le dire, après, mais tu ne m'en as pas laissé le temps.

Ce n'était pas une accusation. Mais il attendait à l'évidence une explication.

Elle se revit dans cette suite, que Nick avait réservée dans l'hôtel où se déroulait le bal. Elle s'était rhabillée rapidement, avait marmonné qu'elle devait partir et s'était éclipsée, en espérant que Malcolm — Nick — n'aurait pas le temps de la rattraper.

— J'ai soudain pris conscience que j'avais couché avec mon patron, dit-elle, les yeux baissés. Disons que j'ai paniqué.

Il marqua un temps avant de répondre.

— Je comprends. Mais sur le moment j'ai été surpris.

— Tout aurait pu être différent si j'avais su que tu n'étais pas mon…

Elle s'interrompit, prenant conscience d'un fait.

— En fait, reprit-elle, tu es aussi mon patron, tout comme Malcolm. Simplement, tu ne viens jamais au bureau.

— Exact, mais laissons cela de côté pour l'instant.

Il prit une gorgée de café, puis posa sa tasse et enfonça les mains dans ses poches.

— J'aurais dû te dire qui j'étais et je te présente mes excuses.

— Acceptées, dit-elle.

Elle laissa échapper un soupir de soulagement, contente de changer de sujet.

Nick reprit sa tasse, dans un silence chargé de toutes les questions qui demeuraient irrésolues.

— Nous devrions discuter de ce que nous allons faire, finit-il par suggérer.

— Allons dans le salon.

Ils s'installèrent sur le canapé, l'un à côté de l'autre.

— Donc, nous allons avoir un bébé, dit-il sans ambages.

Elle acquiesça d'un signe de tête, contente que ce soit lui qui aborde la question. Elle s'était doutée qu'il était au courant de sa grossesse — pourquoi serait-il venu la trouver si vite, sinon ? — et elle était soulagée de ne pas avoir à annoncer la nouvelle deux fois dans la même soirée.

— En effet.

— Puisque tu m'en as informé — par le biais de Malcolm — alors que tu n'y étais pas obligée, je suppose que tu comptes le garder ?

— Oui.

Elle se tourna vers lui, pour pouvoir observer ses réactions.

— Tu approuves ma décision ?

— Absolument, dit-il sans l'ombre d'une hésitation. Je veux cet enfant, n'en doute pas une seconde.

Il semblait si sérieux qu'elle fut mal à l'aise. Elle ne le connaissait pas assez bien pour déchiffrer son regard. Voulait-il simplement dire qu'il approuvait le fait qu'elle n'interrompe pas sa grossesse ? Ou y avait-il un message plus menaçant dans sa réponse ? Nick Tate était-il le genre d'homme qui essaierait d'obtenir la garde exclusive de sa progéniture ? Il était presque un inconnu pour elle, donc elle ignorait à quoi s'attendre.

L'avocate éprise de justice en elle lui rappela que Nick aussi ignorait à quoi s'attendre. Peut-être tentait-il de lire entre les lignes, tout comme elle. Or, il avait le droit de savoir.

Elle prit une grande inspiration, puis lâcha :

— Deux bébés, en fait.

Il ouvrit de grands yeux.

— Des jumeaux ?

— Oui.

Il s'adossa brusquement au canapé.

— Alors, nous allons avoir *deux* bébés.

Un sourire se peignit sur ses lèvres, et il sembla perdu dans ses pensées pendant un instant. Puis, il reporta son attention sur elle.

— Comment te sens-tu ? Tu as des nausées ?

D'instinct, elle posa la main sur son ventre.

— Juste un peu. Le lait et les aliments gras me dégoûtent, mais c'est tout.

— Tu as vu un médecin ?

— Oui. Elle a dit que tout était parfaitement normal.

Elle pianota sur sa cuisse, ne sachant pas ce qu'elle pourrait ajouter. Puis, elle eut une idée.

— J'ai une photo de l'échographie. Aimerais-tu la voir ?

Il sourit.

— Volontiers.

Sur la table basse, elle prit la photo qu'elle avait glissée dans un livre à couverture et la lui tendit. Depuis son rendez-vous médical, elle avait passé beaucoup de temps à regarder ce cliché, avec émerveillement. C'était presque irréel. Sur cette image, c'étaient *ses bébés,* qui grandissaient en elle, à cet instant même. Même si elle en savait très peu sur eux, son amour pour ces tout petits êtres était si fort qu'il la submergeait.

Malgré l'émotion qui lui nouait la gorge, elle répéta les informations que le médecin lui avait communiquées, puis patienta, les mains jointes, pendant que Nick prenait un instant pour étudier la première image de leurs enfants.

Quand il lui rendit la photo, son regard s'était embué.

— Merci. C'est… incroyable.

Elle ravala ses larmes avant qu'elles puissent couler.

— Oui, en effet.

— Si tu es d'accord, j'aimerais t'accompagner à tes futurs rendez-vous.

De nouveau, un sentiment de malaise l'envahit. Nick était le père et il avait le droit de savoir comment ses bébés se portaient. Et, bien sûr, elle avait rêvé d'avoir quelqu'un pour partager les joies et les peurs, quelqu'un qui comprendrait ce qu'elle ressentait, quelqu'un qui lui apporterait un soutien inestimable.

Cependant… C'était elle qui était enceinte, et l'idée que Nick assiste à ces rendez-vous, durant lesquels elle serait examinée et son intimité exposée, la gênait. Même si elle avait couché avec lui, il demeurait un étranger. Tout allait trop vite, songea-t-elle tandis qu'un frisson d'angoisse la parcourait.

— Nick, je veux que tu saches que je ne t'empêcherai pas de voir les bébés.

Il hocha la tête, comme si elle venait de confirmer ce qu'il savait déjà.

— C'est une bonne chose que nous soyons sur la même longueur d'onde, car je compte m'investir.

C'était tout à fait ce qu'elle espérait entendre de la part du père de ses enfants. Et, d'un autre côté, cela lui compliquait la tâche. Comment lui annoncer la suite ? Elle se mordilla la lèvre, tentant de trouver les mots justes.

— Dans quelques mois, je vais aller vivre dans le Connecticut. Ma mère vit toujours là-bas, et j'aurai besoin de son aide pour élever les jumeaux. Mais tu pourras venir les voir quand tu veux.

Sa mère était la première personne à qui elle avait annoncé sa grossesse. Et elle avait bien fait, car sa mère l'avait aidée à accepter l'idée de sa future maternité et avait calmé ses angoisses sur sa capacité à gérer la situation. Notamment en offrant de l'aider à élever les jumeaux. C'était exactement ce qu'elle avait eu besoin d'entendre.

— Tu veux quitter le Texas ? Mais tu ne peux pas partir.

Elle posa la main sur son bras.

— Je suis vraiment désolée, Nick, mais je ne pense pas pouvoir m'en sortir sans l'aide de ma mère.

Il couvrit sa main de la sienne, et le contact physique accéléra son pouls.

— J'ai déjà une fille, dit-il. Elle s'appelle Ellie. Les mots ne peuvent décrire à quel point je l'aime. C'est l'être le plus merveilleux quoi soit.

Harper fut bouche bée, mais elle se reprit rapidement. Elle ne devrait pas être si surprise que Nick ait une fille. Elle en savait si peu sur lui, après tout.

— Ellie porte un joli prénom. Elle a de la chance de t'avoir pour père.

— Hélas, tout le monde n'est pas de ton avis. Sa mère, dont je suis divorcé, essaie de l'éloigner de moi. Je refuse d'être éloigné de mes autres enfants. Je veux être un père présent, et impliqué.

Elle retira sa main et la posa sur sa nuque. D'accord, Nick disait vouloir s'impliquer. Mais ils n'étaient pas en couple, donc il était probable qu'elle se retrouve seule avec ses nouveau-nés, au bout du compte. Elle ne pouvait pas satisfaire tout le monde.

Il se leva.

— Écoute, nous venons à peine de nous retrouver, je viens de découvrir que je vais être père de jumeaux, et toi, tu viens d'apprendre que tu as couché avec moi et non avec Malcolm. Cela fait beaucoup pour une seule soirée.

— C'est le moins qu'on puisse dire.

— Si nous prenions un peu de temps pour nous faire à tout cela, avant de parler d'avenir ? Je passerai te chercher demain pour t'emmener dîner. Nous pourrons discuter davantage.

Elle hésita. Nick comptait sans doute sur ce dîner pour la faire changer d'avis. Or, elle ne pouvait pas rester à Royal. Mais il se faisait tard, et Nick avait raison, la soirée avait été riche en émotions. Depuis qu'elle portait deux bébés, elle se couchait plus tôt. Et, pour l'heure, elle était épuisée. Tout ce qu'elle voulait, c'était se réchauffer un plat préparé et se mettre au lit.

Elle se leva à son tour.

— D'accord, bonne idée, dit-elle.

— Parfait.

Il se dirigea vers la porte et s'arrêta, main sur la poignée. Elle songea au baiser qu'il lui avait donné à son arrivée. Y pensait-il aussi ? Allait-il l'embrasser à nouveau ?

Mais il se contenta de dire :

— 19 heures, cela te convient-il ?

Son cerveau troublé mit un instant à comprendre qu'il parlait de leur rendez-vous.

— Oui, c'est très bien.

Il lui offrit un petit sourire, puis ouvrit la porte.

— À demain soir, alors.

Et il disparut dans l'allée.

Cela faisait à peine une heure que Nick Tate avait fait un retour tonitruant dans sa vie, et déjà, tout était différent.

Était-ce une bonne ou une mauvaise chose ?

- 2 -

Le lendemain, Nick se rendit en ville avec un peu d'avance pour son dîner avec Harper. Il voulait lui offrir un cadeau, pour lui prouver sa bonne foi et pour la rassurer. La situation n'était pas facile pour elle ; elle attendait des jumeaux et pensait devoir quitter le Texas pour trouver le soutien dont elle avait besoin. Il espérait lui démontrer qu'elle avait tort sur ce point.

Certains futurs pères offraient des bijoux, mais il avait le sentiment qu'un cadeau trop cher mettrait Harper mal à l'aise. Il opterait donc pour une petite attention. Pourquoi pas des fleurs ?

Il entra dans le supermarché de la ville et se retrouva face à d'innombrables rangées de bouquets. Ce fut alors qu'il comprit qu'il y avait un hic. La plupart des femmes avaient une fleur préférée, mais il en savait si peu sur Harper qu'il ignorait quelles fleurs elle aimait. Certes, il la connaissait un peu mieux depuis qu'il lui avait parlé hier soir, mais il y avait des choses qu'un homme devrait savoir sur la femme qui portait ses enfants. Comme sa fleur préférée…

— Papaaa !

Lorsqu'il entendit la petite voix familière, il sentit son cœur s'emplir de joie. Il se retourna à temps pour attraper Ellie, sa fille de trois ans et demi, qui courait vers lui avec enthousiasme.

— Bonjour, ma belle ! dit-il avant de la serrer contre lui.

Elle se pencha pour lui chuchoter à l'oreille :

— Tu manges avec nous ce soir ?

Elle avait le regard plein d'espoir. Malheureusement, il devrait la décevoir. Car il n'était pas en bons termes avec son ex-femme Melissa et le fiancé de celle-ci. Même s'il n'avait pas prévu de dîner avec Harper, il aurait dû décliner l'invitation.

Il lança un regard circulaire et vit Melissa et Guy à quelques mètres, portant des sacs de provisions. Aucun d'eux ne souriait.

— Ma chérie, ce n'est pas une bonne idée, répondit-il. Mais je te verrai ce week-end. Si nous allions au parc, cette fois ?

Ellie hocha la tête.

— Le grand avec les balançoires ?

— Oui, celui-là même, affirma-t-il en souriant.

— Je t'aime, papa, murmura-t-elle en serrant son cou.

— Je t'aime aussi, Ellie.

— Des fleurs. Tu as un rendez-vous galant, Nick ? demanda Melissa d'un ton aigre. Je ne veux pas que tes petites amies côtoient Ellie, tu le sais. Cela la perturberait. Et mon avocat est du même avis que moi.

Nick ravala la réplique cinglante qui lui brûlait la langue. Il était tout à fait capable de déterminer ce qui était bon et ce qui ne l'était pas pour sa fille. Mais il n'avait pas envie de se disputer avec Melissa devant leur fille.

— Content de te voir, Melissa. Guy, dit-il, faisant un signe de tête à l'autre homme.

— Je suis sérieuse, insista Melissa.

— Tu sais quoi, Nick ? intervint son fiancé d'un ton mielleux. Tu devrais présenter ta petite amie à Ellie, comme ça, nous serons sûrs d'obtenir gain de cause au tribunal. Ellie nous raconte toujours tout.

Nick refusa de réagir à cette provocation. Il étreignit sa fille puis la reposa à terre.

— J'aurais aimé bavarder davantage, mais je dois partir.

Il prit le premier bouquet à sa portée et, après avoir embrassé Ellie et adressé un sourire pincé aux deux adultes, il se dirigea vers les caisses.

Quelques minutes plus tard, il grimpa dans sa voiture et songea à ce que Melissa et Guy avaient dit. Son propre avocat lui avait déconseillé de s'afficher avec des femmes différentes, car cela pourrait jouer contre lui. Sur le moment, il n'avait guère prêté attention à cette recommandation puisqu'il ne fréquentait personne. Mais maintenant…

… Maintenant, une femme qu'il connaissait à peine portait ses jumeaux.

Inutile de consulter son avocat pour connaître son opinion. Quand la nouvelle circulerait, Nick aurait l'image d'un homme irresponsable. Pire, comme Malcolm l'avait souligné, Maverick pourrait bien révéler son secret d'un jour à l'autre. Si l'on ajoutait à cela le syndrome de stress post-traumatique contre lequel il se battait depuis son retour du Moyen-Orient, il y avait un grand risque pour que le juge lui refuse la garde partagée de sa fille et accorde la garde exclusive à son ex-femme. Or, Nick ne pouvait plus se contenter de voir Ellie une journée toutes les deux semaines.

Il lui fallait agir.

Trouver un moyen de paraître plus stable.

Il passa en revue scénario après scénario, mais, au bout du compte, il dut se rendre à l'évidence.

Il n'y avait qu'une solution.

Épouser Harper.

Si Harper et lui se mariaient, il passerait pour un homme responsable, capable d'offrir une famille stable à Ellie. Il transformerait ainsi un point négatif en point positif.

Un mariage l'aiderait non seulement à augmenter ses chances d'avoir la garde conjointe de sa fille, mais cela lui permettrait aussi de voir ses jumeaux à temps plein. C'était la solution idéale.

Mais deux questions se posaient. D'une, pourrait-il convaincre Harper de l'épouser ? De deux, serait-il capable d'épouser une femme qu'il ne connaissait que très peu ?

Par le pare-brise, il vit Ellie sortir du supermarché avec sa mère et sentit son cœur s'accélérer. Il ferait tout pour cette petite fille. Et il savait déjà qu'il ferait tout pour ses jumeaux. Pour voir ses trois enfants, il était même prêt à épouser une femme qu'il n'aimait pas.

Sa décision prise, il démarra. À présent, il ne lui restait plus qu'à convaincre Harper.

Comme il avait encore un peu de temps devant lui, il se rendit au Texas Cattleman's Club, où il avait réservé une table, pour donner des instructions supplémentaires. Il devait mettre toutes les chances de son côté pour sa demande en mariage. Pour l'instant, le seul argument en sa faveur était l'alchimie sexuelle exceptionnelle entre Harper et lui. Mais il avait déjà mené des missions bien plus ardues, ce qui lui donnait foi en sa capacité à réussir.

Alors qu'il sortait du club et se dirigeait vers le parking, il entendit quelqu'un l'appeler. Il se retourna et vit Gabe Walsh en train de sortir de sa voiture. L'ex-agent spécial du FBI à la carrure imposante dirigeait désormais le Walsh Group, l'entreprise de sécurité privée de sa famille. Avant qu'il n'en reprenne les rênes, le Walsh Group achetait ses gilets pare-balles chez Tate Armor, et Nick craignait de perdre leur contrat. Il travaillait en ce moment sur une nouvelle proposition qu'il comptait soumettre prochainement à Gabe.

Quand l'autre homme l'eut rejoint, ils échangèrent une poignée de main.

— Gabe, ravi de te voir.

— Il est rare qu'on te voie en ville, Nick. Une occasion spéciale ?

Pendant un instant, Nick envisagea de lui parler de Harper et des bébés, pour éviter que Gabe ne l'apprenne par Maverick. Mais comment annoncer une nouvelle aussi importante à une simple connaissance, sur un parking, tout en ayant l'air naturel ? De plus, Gabe était un ancien policier. Cela éveillerait ses soupçons si Nick lâchait une telle information sans contexte.

Alors, il décida de choisir un autre angle.

— Je viens de réserver une table pour un dîner. Dis-moi, tu t'es renseigné sur Maverick ?

Gabe pencha la tête, l'air intrigué.

— Tu sais quelque chose ?

— En fait, j'espérais que toi, tu saurais quelque chose.

— Hélas, rien. Mais j'aimerais bien sûr connaître son identité.

— Comme tous les gens de cette ville.

Nick l'accompagna jusqu'à l'entrée du club.

— Content de t'avoir vu, Gabe, dit-il en lui serrant la main. Je t'envoie ma proposition dans quelques jours.

— D'accord. Il me tarde de la découvrir.

Quand Gabe eut disparu dans l'entrée du club, Nick poussa un soupir.

Si l'enquête sur Maverick avait progressé, Gabe Walsh le saurait, puisqu'il avait de nombreux contacts dans la police. Conclusion, le risque pour que Maverick révèle la grossesse de Harper était très élevé. Ce qui ne leur laissait qu'une option : prendre le problème en main avant que Maverick ne s'en prenne à eux.

Et n'y avait qu'une façon de résoudre la situation.

Un mariage.

Harper observa la table que Nick leur avait réservée au Texas Cattleman's Club. Placée un peu à l'écart, elle ressemblait aux autres, avec sa nappe blanche et ses verres de cristal étincelants, mais quelques détails étaient différents.

Une cascade de roses blanches trônait en son centre, et les couverts étaient dorés et non argentés comme sur les autres tables. Lorsque Nick était passé la chercher, il lui avait offert un joli bouquet de lys orientaux. Pas de doute, il sortait le grand jeu. Malheureusement, elle devrait lui annoncer qu'elle partirait tout de même dans le Connecticut.

Depuis qu'il était revenu dans sa vie hier soir, elle n'avait pas cessé de penser à lui. Elle savait qu'il tenterait de la convaincre de rester, aussi avait-elle décidé de lui expliquer pourquoi elle devait partir. Pour cela, elle devrait se dévoiler. Mais, avec un peu de chance, Nick la comprendrait et ne lui rendrait pas les choses plus difficiles.

Ensuite, ils pourraient se mettre d'accord sur un droit de visite, afin que les bébés aient la meilleure relation possible avec leur père.

Toutefois, elle avait le sentiment que Nick ne la laisserait pas partir si aisément.

Assis face à elle, il était très élégant dans son costume et sa chemise anthracite. Elle posa son regard sur sa bouche, qui lui avait donné tant de plaisir, sur ses yeux noirs, brûlants de désir le soir du bal masqué… Troublée, elle détourna les yeux et fixa la table.

Dans la voiture, comme par consentement tacite, ils n'avaient parlé que sujets anodins. Mais, maintenant qu'ils étaient au restaurant, Harper ne voulait pas temporiser plus longtemps. Elle devait lui dire ce qu'elle comptait faire avant qu'il commence son plaidoyer.

Elle prit une grande inspiration, puis se lança.

— Tu sais, Nick, je ne pensais pas avoir mon premier enfant dans ces conditions.

— Et je ne pensais pas avoir mon second et mon troisième enfant dans ces conditions. Mais nous saurons gérer la situation.

Il semblait si confiant qu'elle eut le cœur serré.

Un serveur leur apporta les deux verres d'eau pétillante qu'ils avaient commandés. Harper prit une gorgée d'eau, pour humidifier sa bouche sèche, mais aussi pour attendre qu'ils soient de nouveau seuls pour reprendre leur conversation.

— Je dois t'expliquer quelque chose, dit-elle.

Elle replaça une mèche de cheveux derrière son oreille et plongea son regard dans le sien.

— Mes parents ont divorcé quand j'étais enfant. Ma mère m'a élevée seule, et elle a été formidable, mais ce genre d'expérience laisse des traces. Je me suis longtemps sentie perdue et coupable. Et je me suis promis de ne jamais faire vivre la même chose à mon enfant.

Il l'observa.

— Tu ne m'as pas l'air d'une personne pétrie de doutes.

— Et de quoi ai-je l'air, pour toi ?

Elle ne voulait pas s'écarter du sujet, mais elle avait très envie de connaître son opinion.

— Quand Malcolm m'a parlé de notre avocate, il m'a dit que c'était une fonceuse. Quelqu'un qui ne reculait devant rien ni personne. Bien sûr, j'ignorais jusqu'à hier soir qu'il parlait de toi, mais je dois dire que ma première impression était sensiblement la même.

C'était l'image qu'elle tentait de projeter. Et c'était aussi la personne qu'elle s'était efforcée de devenir. Mais les choses n'étaient pas aussi simples.

— Les apparences peuvent être trompeuses, dit-elle. Cette image de femme forte est une armure invisible, qui me protège contre le rejet et l'abandon.

Elle s'interrompit, car il lui était difficile de s'exposer ainsi. Mais Nick avait le droit de savoir, de comprendre. Même si elle avait envie de se rouler en boule et de se cacher, elle redressa les épaules et poursuivit :

— Mon traumatisme remonte au départ de mon père. Le

soir où il a quitté la maison, il était très en colère. Il nous a hurlé dessus, puis il est parti et n'est jamais revenu.

Et, malgré les cris, elle l'avait suivi, courant sur leur pelouse, en sanglotant et en regardant sa voiture s'éloigner. Elle ferma les yeux un instant, tentant de contenir les émotions que ces souvenirs avaient toujours remuées. Elle n'entendit plus que le cliquetis des couverts et le brouhaha des conversations. Elle avait presque peur d'ouvrir les yeux, au cas où elle en aurait trop dit.

Mais, lorsqu'elle les rouvrit, elle constata que Nick l'observait avec un air compréhensif.

— Harper, je suis navré.

Elle secoua la tête.

— Crois-moi, je ne te dis pas cela pour susciter ta compassion. En fait, je n'avais jamais raconté cela à personne.

— Alors, pourquoi à moi ?

— Parce que tu es le père de mes enfants. Cette séparation avec mon père m'a profondément marquée. Depuis, je vis mal le fait d'être abandonnée et je n'ai jamais pu dépasser ce traumatisme.

En fait, elle avait répété le schéma en choisissant des hommes qui se révélaient pour le moins réfractaires à l'engagement. Et le cercle vicieux avait continué. Être consciente de la situation ne l'avait pas aidée à en sortir.

— Puisque je sais à quel point un divorce peut être traumatisant, j'ai toujours voulu que mes enfants aient une famille unie, aimante et stable, déclara-t-elle. Je ne peux pas remplir cet objectif à présent, mais je veux faire de mon mieux pour leur offrir au moins un foyer sécurisant.

— Tu n'as besoin de quitter le Texas pour cela. Nous pouvons leur offrir un foyer stable ici.

— Je ne t'empêcherai jamais de les voir, Nick. Je sais à quel point cela peut être dur d'être séparé de sa famille.

Mais ces bébés auront besoin de stabilité. Soyons réalistes, Nick. Nous venons à peine de nous rencontrer.

— Oui, nous venons de nous rencontrer. Mais notre situation est particulière. Nous attendons des jumeaux, Harper. À circonstances inhabituelles, mesures inhabituelles.

Son raisonnement était convaincant, néanmoins…

— Je n'étais pas prête pour un bébé, encore moins pour deux. Et je sais que j'aurai du mal à m'occuper de deux enfants alors que je n'ai aucune expérience. Ma mère propose de m'aider. À plein temps. Je suis vraiment désolée, Nick, mais le mieux pour nos enfants, c'est que je retourne vivre dans le Connecticut.

Le serveur vint prendre leurs commandes. Lorsqu'il fut reparti, Nick reprit la parole.

— J'apprécie le fait que tu me préviennes, je me doute que ça n'a pas dû être facile. Et je serai tout aussi honnête avec toi. Je souffre d'un syndrome de stress post-traumatique dû à mes missions au Moyen-Orient et, depuis mon retour, je vis comme un ermite. Mais je fais en sorte de changer.

Il plissa le front.

— En fait, ajouta-t-il, je dois changer. Mon ex-femme va se remarier et elle veut que je renonce à mes droits parentaux sur notre fille de trois ans.

— C'est insensé ! Pourquoi voudrait-elle empêcher un père et une fille de se voir ?

Il passa les mains dans ses cheveux.

— Elle prétend que mon syndrome fait de moi un père inapte.

— C'est le cas ?

Elle retint son souffle en attendant sa réponse.

— Non, affirma-t-il d'une voix claire et assurée. J'ai peut-être mes défauts, mais je m'efforce d'être le meilleur père qui soit pour Ellie. Pour elle, je suis prêt à tout. Et puis, elle a besoin de son père. Mais… Avoir conçu deux bébés avec quelqu'un que je connais à peine jouera sans doute en ma défaveur devant un juge.

— Oh ! Nick…

Elle n'aurait jamais cru que la situation pouvait être plus complexe. Elle avait eu tort.

— Il y a un autre élément que nous devons prendre en considération, dit-il. Maverick est toujours dans la nature, et il se pourrait qu'il révèle notre secret au moment le plus inopportun.

Maverick, le maître chanteur de Royal. Elle ne s'était jamais considérée comme une cible potentielle auparavant — jusqu'ici, sa vie avait été trop plate pour intéresser qui que ce soit —, mais désormais tout était différent.

— S'il révèle que je suis enceinte de mon patron, cela ternira la réputation Tate Armor. Notre histoire pourrait passer pour du harcèlement sexuel.

— Pire, si la nouvelle est dévoilée, notre groupe paraîtrait peu fiable, et plus aucune entreprise de sécurité ne voudrait travailler avec nous.

— C'est vrai, admit-elle, songeant à toutes les conséquences potentielles. Donc, nous devrons annoncer la nouvelle nous-mêmes, pour contrôler notre image.

— Ce serait mieux, oui. Et si nous en faisons en sorte que notre situation paraisse irréprochable, ce sera encore mieux.

— Comment y arriver ?

— Selon moi, cette grossesse soulève quelques problèmes. Tu te sens dépassée et tu as besoin de soutien. Tu veux aussi offrir une famille stable à nos bébés. Pour ma part, je risque de ne pas obtenir la garde conjointe de ma fille. Et, enfin, la réputation de Tate Armor est en jeu.

Elle grimaça.

— En effet, la liste est longue.

— J'ai réfléchi. Pour moi, une seule solution règle tous ces problèmes.

— Ce doit être une solution assez radicale.

— En effet.

Il roula des épaules.

— Nous devrions nous marier.

Elle émit un rire étranglé.

— Tu es sérieux ?

— Tout à fait. Si nous nous marions, tu seras certaine que je m'investirai à cent pour cent dans l'éducation de nos enfants. Tu auras tout le soutien qu'il te faut sans avoir à quitter la ville. Les bébés grandiront avec leurs deux parents. J'aurai plus de chance d'obtenir la garde partagée d'Ellie. Et, enfin, Tate Armor sera protégée contre Maverick. Tout le monde sera gagnant.

Tout le monde sera gagnant ?

— Nick, nous nous connaissons à peine.

Cela paraissait trop évident pour être mentionné, mais apparemment il fallait qu'elle le dise à voix haute. Peut-être était-ce le seul détail qu'il n'avait pas pris en compte ?

— C'est vrai, concéda-t-il. Et si je te demandais de m'épouser après un premier rendez-vous, ce serait une objection raisonnable. Mais en l'occurrence tu portes mes enfants.

Il l'observa intensément.

— Épouse-moi, Harper.

Elle recula sur sa chaise, le cœur battant. Un mariage ? C'était une folie. Pourtant, Nick l'observait, l'air plein d'espoir. Manifestement, il pensait qu'il y avait une chance pour qu'elle réponde oui.

— Un mariage, ce n'est pas rien, Nick. Tant s'en faut.

Il afficha un petit sourire, comme s'il savait qu'il commençait à la faire fléchir.

— Tu sais, dit-il, ma mère a élevé des jumeaux. Elle vit ici, à Royal, et elle sera ravie d'avoir d'autres petits-enfants et de nous aider. Et nous pourrons faire venir ta mère quand tu le souhaites.

Elle se mordilla la lèvre. Se marier sans amour n'avait jamais fait partie de ses projets, mais être enceinte de jumeaux non plus. Or Nick était décidé à être un père présent pour ses enfants. Bon sang, envisageait-elle sérieusement ce mariage ? C'était tout à fait ridicule, non ?

— Quand Melissa était enceinte, j'étais là pendant une bonne partie de sa grossesse. Je sais qu'il y a des choses que je peux faire pour t'aider.

— Quel genre de choses ? demanda-t-elle, curieuse.

Elle avait passé les trois premiers mois de sa grossesse seule et s'était souvent demandé à quoi ressemblerait cette expérience si elle était en couple.

— Par exemple, je peux aller te chercher des olives à 2 heures du matin. Te faire un massage de pieds. Faire le ménage et ramasser ce qui tombe par terre.

— Ça a l'air utile, en effet, admit-elle en souriant.

Mais son sourire s'évanouit lorsqu'elle songea à la réalité de leur situation.

— Nick…

— Je sais que nous pouvons y arriver. J'adore les enfants. Quand Ellie était bébé, je n'étais pas en mission. Sa mère et moi partagions toutes les tâches. Je t'assure, nous nous en sortirons très bien, tous les deux.

Elle avait beau essayer, elle ne voyait pas comment cela pourrait fonctionner, mais l'avocate en elle savait que c'était la seule solution qui réglait chacun de leurs problèmes. Donc, pour les bébés, et pour elle-même, elle se devait d'accorder à cette idée la considération qu'elle méritait, à tout le moins.

Elle lissa sa jupe d'un geste nerveux.

— Tu nous vois vivre ensemble ?

— Absolument, assura-t-il.

— Nous vivrions chez toi ou chez moi ?

— Chez moi. Il y a plus de place.

Elle songea qu'elle n'avait jamais vu sa maison. C'était peut-être un chalet perdu dans les bois, sans eau courante.

— Comment est-ce, chez toi ?

— C'est grand. Ma maison est située juste en dehors de la ville.

Il passa la main sur sa mâchoire pendant qu'il réfléchissait.

— C'est moderne. Ma décoratrice a employé des mots tels que « minimaliste » et « épuré ». Tu peux faire tous les changements que tu veux. Je ne suis pas difficile pour ces choses-là.

— Je peux te poser une question ?

Cette brève lueur de méfiance dans son regard, était-ce le fruit de son imagination ?

Il but une gorgée d'eau avant de répondre.

— Bien sûr.

Elle joignit les mains et, pendant un instant, elle regretta que l'avocate en elle ne puisse pas *se laisser porter* et qu'elle tienne à rassembler tous les faits avant de se faire une opinion.

— Si nous suivions ton plan, tu nous imagines en tant que couple ?

Il émit un petit rire.

— Nous serions mariés. Cela implique de former un couple, il me semble.

Mais c'était une question importante. Jusqu'à quel point voulait-il être marié ?

— Un mariage est un accord légal. Et il impliquerait que je vienne vivre chez toi. Mais quid de nous en tant que personnes ?

Il haussa un sourcil.

— Tu veux parler de relations sexuelles ?

— Oui. C'est une question raisonnable, puisque dans ce domaine nous ne sommes pas des étrangers.

— Non, en effet.

Elle vit un muscle tressauter dans sa mâchoire.

— Je suis ouvert à l'idée de consommer notre mariage.

Elle sentit une onde de chaleur naître au creux de son ventre. Les souvenirs de leurs ébats l'assaillirent. Elle se rappela leurs deux corps glissant l'un contre l'autre, les grondements de plaisir de Nick quand il avait joui en elle…

Le serveur apporta leurs plats, et Harper fut contente d'avoir ce répit. Pas de doute, Nick l'attirait. Et il y avait une alchimie indéniable entre eux. Mais la situation avait changé, pour devenir plus complexe. Cela allait-il altérer leur alchimie ? Ou serait-ce aussi explosif qu'avant ?

Elle devait se reprendre, cesser de penser à ses caresses…

Elle s'éclaircit la voix.

— As-tu pensé à la durée de ce mariage ? Ou imagines-tu un engagement de toute une vie ?

— Non, ce ne serait pas raisonnable. Dans l'idéal, nous resterions mariés jusqu'à ce que nos enfants aient grandi, mais si nous nous engageons tous les deux à rester ensemble pendant, disons, cinq ans, nous réglerions tous nos problèmes.

— Mais, après ces cinq ans, nous n'aurions plus de famille stable.

Il posa la main sur la sienne, et son regard s'adoucit.

— Ce ne sera pas un divorce douloureux comme celui de tes parents, Harper. Puisque notre mariage serait un partenariat, nous pourrions le dissoudre sans fracas et sans larmes. Nous ferions passer les enfants en premier, et chacun de nous continuerait d'être présent pour eux, tout cela dans une bonne entente. Aucun de nous ne disparaîtrait du jour au lendemain.

Il serra sa main comme pour la rassurer, puis reprit ses couverts et enroula quelques pâtes autour de sa fourchette.

Elle avait ressenti un manque quand il avait retiré sa main. Et cette sensation semblait souligner un problème potentiel. Et si, durant ces cinq ans, elle tombait amoureuse de Nick ? Comment composerait-elle avec leur séparation, elle qui redoutait tant d'être abandonnée ?

Tous les enjeux liés à ce projet de mariage semblèrent s'écraser sur ses épaules. Elle ne pouvait pas se marier avec Nick. Il devait y avoir un autre moyen.

Elle reposa sa fourchette sur son assiette à peine entamée.

— Je suis désolée, mais je ne pense pas que le mariage soit une bonne idée.

Il se figea et la regarda fixement.

— Tu as une autre idée ? demanda-t-il.

— Pas encore.

Mais elle en trouverait une. Comme toujours.

— Laisse-moi quelques jours, dit-elle.

— Avec Maverick qui court toujours, nous n'aurons peut-être pas ce luxe.

Elle soupira, consciente qu'il avait raison.

— Dans ce cas, accorde-moi vingt-quatre heures.

— Très bien, conclut-il avant de demander l'addition.

Elle était soulagée d'avoir négocié ce répit.

Mais son soulagement fut de courte durée. Car elle songea qu'elle n'avait qu'une journée pour réussir l'impossible : trouver une solution à tous leurs problèmes.

Chassant cette pensée, elle prit son sac à main et redressa les épaules, prête à relever le défi.

- 3 -

Le lendemain, Harper avait examiné la situation sous tous les angles. Et elle était parvenue à une conclusion : le plan de Nick était le seul qui règle tous leurs problèmes. Certes, si elle allait vivre dans le Connecticut, sa mère lui apporterait son aide, et elles formeraient une petite famille — les jumeaux, leur mère et leur grand-mère. Mais Nick passerait pour un homme instable et aurait du mal à convaincre un juge d'obtenir la garde conjointe d'Ellie. Elle ne pouvait pas faire un choix qui serait bénéfique pour ses bébés mais préjudiciable pour leur demi-sœur et pour leur père. Et puis, la réputation de Tate Armor aussi serait en péril. Harper était loyale envers son entreprise, et cela l'ennuierait de mettre Nick, Malcolm et tous les employés dans une situation difficile.

Elle avait retourné le problème dans tous les sens, élaboré d'autres plans. Mais seule l'idée de Nick serait efficace à tous les niveaux.

Ce qui était loin de la réjouir. Bien entendu, épouser un homme qu'elle n'aimait pas et qu'elle connaissait à peine n'avait jamais fait partie de ses projets de vie. Même si cet homme faisait battre son cœur d'un simple regard…

En attendant que Nick décroche son téléphone, elle tenta encore de trouver une autre option, en vain.

— Bonjour, Harper.

Sa voix douce et profonde fit naître une onde de chaleur en elle.

— As-tu pris une décision ? demanda-t-il.

Puisque aucune autre option ne lui était venue à l'esprit dans les trente dernières secondes, elle ferma les yeux, et affronta son destin.

— Oui. Tu as raison, Nick. Le mariage est la meilleure solution.

Il soupira.

— Merci, Harper. Et je ferai de mon mieux pour que tu ne le regrettes pas.

C'était gentil de sa part, mais elle n'était pas plus rassurée.

— J'ai quelques contacts à l'hôtel de ville, dit-elle. Je vais essayer d'accélérer l'obtention de notre licence de mariage, au cas où Maverick serait au courant de notre situation.

— Bonne idée. As-tu réfléchi à une date pour emménager chez moi ?

Elle aurait aimé avoir plus de temps pour se préparer, mais, puisqu'ils se mariaient en partie pour préserver les apparences, il valait mieux qu'elle s'installe chez lui dès qu'ils auraient la bague au doigt.

— Je prendrai un congé pour le mariage, répondit-elle. Nous pourrons nous en occuper ce jour-là, après la cérémonie.

— Cela me va très bien.

Ils avaient évoqué la durée de leur union hier soir, mais elle n'avait pas donné son point de vue sur la question. Même si elle préférait en discuter en face à face, il était peu probable qu'elle revoie Nick avant leur mariage, et elle préférerait qu'ils se mettent d'accord avant d'échanger leurs vœux.

— J'ai réfléchi à la durée de notre union, poursuivit-elle.

— Et quelle est ta conclusion ?

— Les cinq années que tu as suggérées me paraissent raisonnables. De toute façon, avec deux bébés à élever, je n'aurai sans doute pas le temps d'avoir des rendez-vous galants.

Et elle avait du mal à imaginer qu'un autre homme puisse

lui faire autant d'effet que Nick. En fait, il lui serait sans doute difficile de trouver plus séduisant que lui.

— Content de savoir que je ne serai pas une entrave à ton bonheur, déclara-t-il d'un ton amusé.

Mais il y avait quelque chose d'autre dans sa voix, qu'elle n'arriva pas à identifier.

— Nos enfants vivront cinq ans avec leurs deux parents, dit-elle, ce qui leur laisse le temps de développer une relation solide avec chacun de nous.

— Et puisque ce sera un divorce à l'amiable, ils ne devraient pas être trop affectés, ajouta-t-il d'une voix confiante.

Elle fixa le plafond. Nick était sans doute trop optimiste, mais, une chose était sûre, elle ferait tout son possible pour que la transition se passe sans heurt.

Elle se mit à arpenter sa cuisine. Il y avait un autre sujet sur lequel ils ne s'étaient pas encore mis d'accord : leur vie sexuelle. Au restaurant, Nick avait dit être ouvert à l'idée d'un mariage dans tous les sens du terme, mais l'arrivée de leurs plats l'avait dispensée de donner son avis. Elle avait réfléchi depuis, mais elle hésitait. Elle désirait Nick, pour sûr. Mais, puisqu'il s'agissait d'un mariage de convenance, peut-être valait-il mieux éviter les relations charnelles. Elle attendit un instant, se demandant si Nick allait évoquer le sujet. Mais il n'en fit rien. Il pensait peut-être que cette discussion était close.

Même si Nick la voyait comme une fonceuse, elle n'osa pas aborder cette question si importante. De toute façon, ils avaient décidé de se marier. Pour le reste, ils verraient après la cérémonie.

Alors, elle se contenta de dire :

— Je te tiens au courant pour la licence de mariage.

— D'accord. Alors, à bientôt.

Et il raccrocha.

Elle garda le téléphone dans sa main pendant quelques instants, regrettant déjà de ne pas avoir évoqué l'aspect sexuel.

Que déciderait-elle de faire, lorsque la question de partager le lit de Nick Tate se poserait ?

Le vendredi suivant, Nick arriva à l'hôtel de ville pour son mariage, sans être certain que sa fiancée se montrerait. Certes, Harper avait accepté de l'épouser, mais à contrecœur. Il ne serait pas surpris si elle avait changé d'avis.

Elle avait réussi à accélérer la procédure et lui avait téléphoné plus tôt dans la semaine pour l'en informer, mais leur échange avait été bref.

Toute la matinée, il avait eu le ventre noué, craignant qu'elle ait renoncé. Il lui avait envoyé un message pour lui demander si tout allait bien. Elle avait répondu « oui », ce qui était rassurant. Mais il ne se détendrait que lorsqu'ils seraient déclarés mari et femme.

Redressant les épaules, il entra dans la petite salle d'attente. Et une vague de soulagement déferla sur lui.

Harper était là.

Très élégante, elle portait une jupe gris tourterelle qui lui arrivait au genou et un chemisier de soie blanc. Ses longs cheveux ondulés tombaient en vagues brunes et brillantes sur ses épaules, et ses lèvres tentantes étaient peintes d'une délicate nuance de rose. Jamais il n'avait vu plus belle créature.

— En retard à ton propre mariage ? lança une voix familière derrière lui.

Nick fronça les sourcils et se retourna. Son frère jumeau l'observait d'un air malicieux.

— Harper, dit Malcolm, tu pourrais sans doute trouver mieux que lui. Par exemple, quelqu'un qui soit capable d'arriver à l'heure à votre mariage.

— Je ne suis pas en retard, protesta Nick. En fait, nous sommes en avance.

Il alla embrasser sa mère, qui était à côté de Malcolm.

— Merci d'être venus, dit-il.

Quand il avait téléphoné à sa mère pour lui annoncer son mariage imminent, elle était en visite chez sa sœur à Dallas. Elle avait écourté son séjour pour pouvoir être présente.

Il s'était longuement demandé s'il devait tout dire à sa mère et avait finalement décidé que la vérité lui briserait le cœur. Ses parents avaient eu un mariage solide et heureux, et sa mère serait très triste de savoir que l'un de ses fils avait opté pour un mariage sans amour. Alors, il avait déformé quelque peu la vérité, prétendant qu'il fréquentait Harper depuis quelques mois. Même si sa mère avait avoué être surprise, elle croyait qu'il avait eu un coup de foudre pour Harper, et elle était ravie qu'il se marie et devienne père de jumeaux.

Elle ajusta sa cravate.

— Je n'aurais manqué ça pour rien au monde. Il fallait que je rencontre la femme qui est assez folle pour t'épouser.

— Bon sang, maman, maugréa-t-il, lançant un regard vers Harper.

L'humour de son frère et de sa mère n'était pas toujours bien compris, mais heureusement Harper semblait apprécier leurs plaisanteries.

— Moi qui voulais un peu de soutien familial, soupira-t-il.

— Rassure-toi, chéri, dit sa mère. Harper et moi avons eu le temps de discuter un peu. Elle me plaît beaucoup. Et elle aurait plu à ton père, Dieu ait son âme.

Nick appuya la main contre son cœur, pour soulager la douleur qui le tenaillait chaque fois que quelqu'un évoquait son père. Cela faisait neuf ans qu'il n'était plus de ce monde, et il leur manquait encore terriblement. Aujourd'hui, Nick se sentait triste, mais aussi coupable : il avait l'impression de mentir non seulement à sa mère mais aussi à son père.

Il parvint malgré tout à sourire.

— Merci, maman.

— Bien, dit-elle, reprenant son ton espiègle. Ces fleurs sont pour moi ?

Elle désigna le bouquet qu'il tenait dans sa main.

Ne prenant pas la peine de répondre, il tendit les fleurs à Harper.

— Je ne savais pas si tu aurais un bouquet, alors j'en ai pris un, au cas où.

— Merci, c'est très gentil. Elles sont magnifiques, affirma-t-elle, caressant les pétales couleur crème.

Elle extirpa une rose du bouquet et la glissa dans la boutonnière de sa veste. Tandis qu'elle l'ajustait, elle tira légèrement la langue. Aussitôt, Nick sentit une onde de chaleur l'envahir. S'ils avaient été seuls, il aurait attiré Harper contre lui et l'aurait embrassée. Elle leva les yeux vers lui et poussa un soupir de surprise. Sans doute parce qu'elle avait vu du désir dans son regard. Et le fait qu'elle soit troublée ne l'aidait certainement pas à contenir son propre trouble.

Il recula et reprit ses esprits, pendant que Harper se détournait pour parler avec sa mère.

— Tu sais, Nick, murmura Malcolm, cette comédie que tu joues pour maman est si convaincante que je commence à y croire.

— Ne te laisse pas impressionner par un bouquet de fleurs et un célébrant.

— Tu es au courant que c'est une cérémonie bien réelle et juridiquement contraignante, dis-moi ?

— Harper et moi en avons discuté. Nous ne nous berçons pas d'illusions. Il ne s'agit pas d'amour mais de pragmatisme.

Malcolm haussa un sourcil.

— L'un n'empêche pas l'autre.

— Dis-moi que tu as les alliances, esquiva-t-il.

Malcolm sourit.

— J'ai les alliances. Des alliances qui symbolisent ton engagement, corps et âme, envers cette femme.

Nick pria pour avoir la force de ne pas étrangler son frère le jour de son propre mariage. Il ignora la remarque de son jumeau et se joignit à la conversation entre sa mère et Harper.

Dix minutes plus tard, tous les quatre entrèrent dans une autre pièce, où un agent de la ville les salua et vérifia qu'ils avaient les alliances et les documents réglementaires.

Nick jeta un regard circulaire. Cette cérémonie simple n'avait rien à voir avec celle qui l'avait uni à son amour de lycée. Son premier mariage avait été grandiose. Avoir tous ces regards braqués sur lui l'avait mis mal à l'aise, mais à l'époque il était prêt à tout pour Melissa… lorsqu'il pensait encore que leur amour serait éternel.

Malgré — ou grâce — à son manque d'apparat, cette cérémonie lui semblait pourtant très réelle.

Non, s'avisa-t-il. Il ne devait pas perdre de vue les faits : c'était un mariage de raison. Une façon de résoudre les problèmes soulevés par la grossesse de Harper, rien de plus.

Les formalités furent étonnamment rapides. Et, puisque ni Harper ni lui n'avaient écrit de vœux, le rite fut encore plus simple. Et Nick s'en réjouit.

Mais, quand vint le moment d'échanger les alliances, une émotion étrange le saisit. Lorsqu'il glissa l'anneau sur le doigt de Harper, il eut l'impression que l'air s'épaississait autour d'eux et qu'ils étaient seuls au monde. Il avait peut-être dit à Malcolm de ne pas se laisser impressionner, mais lui-même avait bien du mal à garder la tête froide.

Et, curieusement, Harper sembla tout aussi émue que lui lorsqu'elle passa l'alliance sur son annulaire gauche.

Mais le moment s'évanouit, laissant place aux félicitations chaleureuses de son frère et de leur mère. Nick se sentit de nouveau coupable de mentir à sa mère, mais il décida de mettre sa culpabilité de côté et de se réjouir que son plan ait fonctionné.

— Bien, dit Malcolm. Il est presque midi, si nous allions déjeuner quelque part pour fêter ça ?

— Bonne idée, approuva sa mère.

Elle glissa le bras sous celui de Harper tandis qu'elles se dirigeaient vers la sortie.

— Peut-être une autre fois, déclara Nick. Cet après-midi, nous emportons les affaires de Harper chez moi.

— Besoin d'aide ? proposa Malcolm.

Passer le reste de la journée à se faire taquiner par son jumeau ? Non, sans façon. Et puis, il voulait être seul avec Harper, pour commencer à définir les contours de leur vie à deux.

Lorsqu'ils sortirent de l'hôtel de ville, il prit Harper par la main.

— Nous nous débrouillerons, répondit-il à son frère.

— Je pense que les deux tourtereaux veulent être seuls, commenta Malcolm, s'adressant à sa mère.

— Ils n'ont qu'un week-end pour la lune de miel, ajouta-t-elle, il est donc normal qu'ils ne veuillent pas la gâcher par notre présence.

Même s'il y avait du vrai dans ce trait d'humour, Nick ne réagit pas.

— Merci encore d'être venus, répéta-t-il. Ça me touche beaucoup.

— Oui, merci, renchérit Harper.

— Tout le plaisir était pour nous, dit sa mère, et elle les embrassa tous les deux sur la joue. Mais nous avons saisi le message, n'est-ce pas, Malcolm ?

— Oh ! j'ai saisi le message. Je comptais l'ignorer, c'est tout, répliqua son fils d'un ton joyeux.

— Ne t'inquiète pas, Nick, nous allons vous laisser.

Et sa mère prit Malcolm par le bras comme elle le faisait quand il avait dix ans et l'entraîna vers le parking.

— J'aime bien ta mère, commenta Harper en riant.

— J'en suis ravi.

Il poussa un soupir.

— Donc, nous sommes mariés, dit-il.

Il plongea son regard dans le sien. Ses magnifiques yeux noisette semblaient incertains.

— Apparemment, fit-elle.

Une brise légère ramena quelques boucles devant son visage, et il les replaça derrière son oreille.

— Prête à emménager chez moi ?

— Oui. À condition que nous achetions de quoi déjeuner d'abord. Je meurs de faim.

— Marché conclu.

- 4 -

Lorsqu'il arriva devant la maison de Harper, Nick coupa le moteur et prit le déjeuner mexicain acheté en route, avant d'aller ouvrir la portière de Harper.

Tout allait si vite ! songea-t-il. Quelques jours plus tôt, il avait appris qu'il allait avoir des jumeaux. Aujourd'hui, il était marié, et sa femme allait emménager chez lui. Tous ces changements rapides l'étourdissaient. Mais une fois Harper installée, le tourbillon retomberait, et ils pourraient trouver leurs marques. Ils s'entendaient bien, et leur alchimie physique était explosive. Leur plan devrait donc fonctionner à merveille.

Il suivit sa nouvelle épouse dans l'allée. Lorsqu'elle eut ouvert la porte d'entrée, il posa le déjeuner, puis souleva Harper pour lui faire franchir le seuil de sa maison.

Elle émit un soupir de surprise, puis se mit à rire.

— Tu es censé porter la mariée uniquement sur le seuil du foyer conjugal. Puisque nous n'allons pas vivre ici, tu peux t'épargner cette peine.

— Je ne veux pas tenter le destin, rétorqua-t-il.

C'était très agréable d'avoir Harper dans ses bras, mais il s'efforça de ne pas se laisser troubler.

— Ce n'est pas un mariage normal, inutile de le nier, continua-t-il. Mais nous avons misé gros sur cette union, alors je compte respecter la tradition chez toi comme chez moi.

Il vit son air amusé disparaître peu à peu et s'accorda un

instant pour savourer les sensations. La chaleur de sa peau sous son fin chemisier, le son de sa respiration saccadée…

— Nick, dit-elle d'une voix incertaine. Nous devons parler de… ça. Des… relations sexuelles dans notre mariage.

Il rêvait d'amener ses lèvres roses vers les siennes, de prendre son temps pour l'embrasser, d'apprendre comment elle aimait être embrassée. Et, à en juger par la lueur brûlante dans son regard, elle serait tout à fait partante, quoi qu'elle en dise. Mais s'ils s'embrassaient, ils ne s'arrêteraient pas là, c'était certain.

Alors, il refréna son désir et reposa son épouse à terre. Sentir son corps glisser contre le sien mit tous ses sens en émoi, et il dut fermer les yeux et serrer les dents pour résister à la tentation.

Quand il rouvrit les yeux, Harper arrangeait son chemisier et secouait la tête.

— Nous devrions en parler aujourd'hui.

— Bonne idée, admit-il, même si son corps protestait d'avoir été séparé d'elle.

— Laisse-moi une minute pour me changer. Ma tenue n'est pas adaptée pour un déménagement. Si tu veux te rendre utile en attendant, les assiettes sont dans le placard au-dessus du bar.

Il n'était pas dupe, se dit-il tandis qu'elle disparaissait dans le couloir. Oui, elle devait se changer, mais elle devait surtout reprendre le contrôle sur ses émotions. Tout comme lui, d'ailleurs. Pour y parvenir, il imagina qu'il prenait une douche froide.

Harper revint quelques minutes plus tard. Elle avait enfilé une robe d'été lavande qui flattait son hâle et virevoltait autour de ses jambes. Et, après quelques secondes, il dut de nouveau s'imaginer sous un jet d'eau froide.

Il s'éclaircit la voix.

— J'ai vu que tu avais une jolie terrasse. Si nous mangions

dehors ? suggéra-t-il, prenant les assiettes et les couverts qu'il avait préparés.

— Volontiers.

Elle sourit, mais son sourire ne se refléta pas dans ses yeux.

Lorsqu'ils furent installés, il vit que Harper avait du mal à se lancer. Alors, il lui donna un coup de main.

— Donc, tu voulais parler des relations sexuelles dans notre mariage, dit-il.

— Oui. Tu as déclaré que tu étais d'accord pour consommer notre mariage, mais je ne suis pas sûre que ce soit une bonne idée.

Il s'était douté qu'elle dirait cela. Toutefois, il ne comprenait pas son point de vue.

— Que crains-tu qu'il arrive ?

— Eh bien, nous nous sommes mariés pour des raisons pratiques et nous pourrons nous quitter au bout de cinq ans si nous le souhaitons. Dans ces conditions, ne vaudrait-il pas mieux s'en tenir à des limites claires ?

Cela semblait raisonnable, mais il avait le sentiment qu'elle ne lui disait pas tout.

— Tu penses que nous tomberons amoureux si nous couchons ensemble, avança-t-il.

— Non, pas nécessairement. Mais les choses seraient peut-être… plus compliquées.

Certes, faire l'amour était une grande étape, et une fois cette étape passée, il n'y avait pas de retour en arrière possible. Cependant…

— Nous avons déjà franchi la limite, fit-il valoir. Alors je ne vois pas pourquoi nous ne pourrions pas la franchir de nouveau.

Elle posa la main sur son cou délicat.

— Tout est différent à présent.

— Oui, c'est vrai.

Il retira sa main de sa gorge et la serra dans la sienne.

— Nous avons tout fait à l'envers, Harper. Nous avons fait des bébés, puis nous nous sommes mariés, et maintenant nous apprenons à nous connaître.

— Oui, et selon moi, ajouter le sexe à tout cela, c'est comme lancer une grenade dans notre relation. C'est un élément explosif et imprévisible.

— Je te l'accorde.

Avait-elle délibérément utilisé l'imagerie militaire pour mieux se faire comprendre ? En tout cas, cela avait fonctionné.

— Je propose que pour l'instant nous apprenions à nous connaître, dit-il. Nous pourrons reparler de ce sujet dans quelque temps.

— Si tu veux, mais je ne pense pas que j'aurais changé d'avis. Si nous voulons nous séparer à l'amiable au bout de cinq ans, il serait peut-être plus sage de ne plus franchir la limite.

Pensait-elle qu'ils devraient avoir des partenaires sexuels hors mariage, ou qu'ils devraient être abstinents pendant les cinq prochaines années ? Aucune de ces hypothèses ne lui plaisait, mais ce n'était pas le moment d'insister. Ils venaient de se marier et ils allaient emménager ensemble. C'était bien assez pour un seul jour.

— C'est noté, dit-il. Nous en reparlerons quand nous aurons pris nos marques.

Tout en avalant leur déjeuner, ils parlèrent de questions plus anodines. Mais après quelques instants il décida d'aborder un autre sujet important.

— Tu as des projets pour demain ? demanda-t-il.

— Je comptais aller au bureau pendant quelques heures, dit-elle avant de glisser un petit piment dans sa bouche.

— Demain, c'est samedi, lui rappela-t-il, au cas où elle aurait perdu le compte des jours avec les préparatifs du mariage. Tu travailles souvent le week-end ?

— Cela m'arrive, quand j'ai des dossiers en attente. Mais

je comptais y aller demain pour compenser le congé que j'ai pris aujourd'hui.

— Malcolm s'attend-il à ce que tu rattrapes cette journée ?

— Il ne m'a rien dit.

— J'imagine que non, puisqu'il était là aussi.

— Mais c'est le patron. Ceux qui ont le pouvoir n'obéissent pas aux mêmes règles que les autres. Je ne peux pas me permettre de me relâcher juste parce que je suis mariée.

— Tu oublies une chose, souligna-t-il avec un sourire malicieux. Je possède la moitié de la compagnie, moi aussi.

— Tu joues la carte du patron ? rétorqua-t-elle, à la fois surprise et amusée.

— Bien sûr, pourquoi pas ?

Elle secoua la tête.

— Pour moi, avoir épousé le patron n'est pas un privilège, Nick. En fait, cela m'oblige à être vigilante. Une fois qu'ils seront au courant, les autres employés m'auront à l'œil, guettant le moindre signe de favoritisme. Je devrai faire mon travail comme je l'ai toujours fait, car je ne veux pas risquer de détruire ma réputation.

— Dis-moi, tu as des jours de congé d'avance ?

— Quelques-uns.

— Pourquoi ai-je l'impression que tu en as plus que « quelques-uns » ?

— Il y a toujours beaucoup à faire, et ce n'est jamais le bon moment pour prendre ces jours de congé. Et puis, j'aime le travail bien fait. Pour moi, c'est plus important que le nombre d'heures inscrit sur mon contrat.

— Y a-t-il quoi que ce soit sur ton bureau qui ne puisse pas attendre jusqu'à lundi ?

Elle termina son assiette et reposa ses couverts.

— Techniquement, non.

Il avait comme l'impression que la vraie réponse était

« non » tout court. Harper avait sans doute déjà réglé toutes les questions urgentes, au cas où.

— Alors, j'ai une autre idée, dit-il en souriant. Ellie passe la journée avec moi demain, et je veux que tu te joignes à nous.

Elle se mordilla la lèvre.

— Tout va bien ? demanda-t-il.

— Nick, je sais que si nous nous sommes mariés, c'est entre autres pour projeter l'image d'une famille stable. Et pour cela je dois connaître Ellie et montrer aux gens — à ton ex-femme, surtout — que nous formons une vraie famille. Mais je ne m'attendais pas à ce que cela arrive si tôt. Je croyais avoir plus de temps pour me préparer.

Elle semblait inquiète, même si elle tentait de le cacher.

— Tu n'as pas besoin de te préparer, dit-il, prenant sa main dans la sienne. Sois toi-même, et Ellie t'adorera.

Elle parut réfléchir un instant, puis lui offrit un sourire hésitant.

— D'accord. J'aimerais passer la journée avec Ellie et toi.

Il hocha la tête. L'idée que Harper rencontre sa fille le réjouissait plus qu'il ne l'aurait cru. Oui, il était content que son plan fonctionne, mais pas seulement.

Un sentiment de malaise l'envahit quand il songea que, déjà, la situation devenait plus complexe. Mais il chassa cette pensée. Il s'était marié pour atteindre ses objectifs, rien de plus. Et tout se déroulait comme il l'avait prévu. Oui, tout irait bien.

Lorsque, plus tard, Harper découvrit la maison de Nick, elle fut surprise. Comme il l'avait dit, le style était épuré et moderne. Elle avait cru que cela voulait dire : froid et impersonnel. Mais les pans de mur caramel et chocolat, le parquet verni et les touches de vert réchauffaient l'ambiance et se mariaient parfaitement avec la végétation qui entourait la maison. Elle sourit et se détendit peu à peu. C'était une maison dans laquelle elle pourrait se sentir bien.

— Je te fais visiter ? proposa Nick. Ou veux-tu d'abord défaire tes valises ?

Elle n'avait pas apporté grand-chose dans ses bagages : tenues de travail, vêtements décontractés, ordinateur portable, produits de beauté et quelques objets. Si elle avait besoin de quoi que ce soit d'autre, sa maison n'était pas très loin. Et elle préférait y laisser des affaires. Ainsi, il lui serait plus facile d'y retourner si les choses se passaient mal avec Nick. Oui, cela pouvait donner l'impression qu'elle n'était pas engagée à cent pour cent dans ce mariage. Mais, comme Nick l'avait souligné, ils s'étaient mariés pour des raisons pratiques. Et, en se laissant une porte de sortie, elle faisait simplement preuve de pragmatisme.

— La visite d'abord, dit-elle.

— Excellent choix. Ensuite, je mettrai tes bagages dans ta chambre, et tu pourras commencer à t'installer.

Elle remonta la bandoulière de son sac sur son épaule et le suivit.

Il commença par la cuisine, une vaste pièce aux plans de travail de pierre et aux équipements dernier cri. Puis il lui montra la salle de bains principale, et deux chambres d'amis.

Un escalier attira son attention.

— Qu'y a-t-il au bas de cet escalier ? demanda-t-elle.

— La salle de gym, que tu peux utiliser à ta guise. Et mon bureau. Hormis ces deux pièces et le garage, tout est sur un niveau.

Lorsqu'il avança encore, elle aperçut une pièce sombre.

— La salle multimédia, précisa-t-il, mais il passa trop vite pour qu'elle puisse l'observer en détail.

Un peu plus loin, le couloir se divisait en deux.

— À droite, ce sont mes quartiers, dit-il. À gauche, c'est l'aile réservée aux invités. Elle est à toi maintenant.

Il la conduisit dans une grande chambre lumineuse, aux tons vert pâle et crème, au centre de laquelle trônait un grand lit. Derrière une porte ouverte, elle remarqua une salle de bains adjacente. Nick traversa la pièce et ouvrit les grands placards qui occupaient tout un mur.

— Si tu as besoin de quoi que ce soit, fais-le-moi savoir.

Cette pièce était superbe, mais elle ne s'y sentait pas aussi bien que dans sa propre chambre, où elle avait amoureusement choisi chaque élément pour se créer un sanctuaire. Peut-être aurait-elle le sentiment d'être chez elle avec le temps…

— Je ne vois rien pour l'instant, dit-elle. Tout semble parfait, merci.

— Il y a une autre chambre en enfilade, pousuivit-il, se dirigeant vers une porte au fond de la pièce. J'ai pensé que nous pourrions en faire une chambre d'enfant.

Elle le suivit et découvrit une pièce dans les mêmes teintes vert pâle et crème, qui ne contenait que deux fauteuils.

— C'était un salon pour les invités, expliqua-t-il. J'ai fait de la place pour pouvoir y mettre le mobilier pour bébé.

À ces mots, elle sentit son regard s'embuer. Ses bébés partageraient cette chambre, songea-t-elle, posant la main sur son ventre. C'était ici qu'elle leur lirait des histoires.

— C'est parfait, commenta-t-elle.

Après un silence chargé d'émotion, Nick s'éclaircit la voix avant de prendre la parole.

— Nous devrons faire une virée dans les magasins de puériculture.

Elle sortit de son sac son téléphone portable.

— J'ai fait une liste, dit-elle, lui tendant l'appareil.

— Déjà ? s'étonna-t-il, prenant le téléphone.

— J'aime préparer les choses à l'avance.

Elle le regarda parcourir sa liste. Hélas, son air neutre ne trahissait rien. Elle aurait aimé savoir ce qu'il pensait. Ses anciens petits amis et même ses amis lui avaient souvent reproché d'être obsédée par les listes. Elle ne s'en était jamais formalisée car, pour elle, être organisée était un immense avantage, notamment dans son métier. Pourtant, à cet instant, elle était nerveuse. Apparemment, ce que Nick pensait d'elle était important. Très important.

— Qu'en penses-tu ? lança-t-elle d'un ton enjoué quand elle n'y tint plus. Toi qui as de l'expérience.

Il sourit.

— C'est épatant. Melissa et moi n'étions pas aussi organisés pour Ellie. Nous devrions commencer ces achats dès que possible.

Elle expira, se rendant compte qu'elle avait retenu son souffle en attendant la réaction de Nick. Elle était soulagée qu'il ne soit pas rebuté par sa liste détaillée. Au contraire, il semblait enthousiaste.

— Ce serait formidable, dit-elle en souriant.

Il lui rendit son téléphone.

— Des idées de prénoms ? demanda-t-il.

— J'ai consulté quelques sites sur Internet, mais il y en avait tellement que je me suis sentie perdue.

La plupart du temps, elle avait encore du mal à s'imaginer avec deux enfants, alors choisir leurs prénoms…

— Rassure-toi, nous avons encore beaucoup de temps, dit-il.

— Et toi ?

— J'ai toujours aimé les prénoms anciens, et le prénom Eloise était mon idée. Mais nous pourrons nous décider ensemble, quand tu auras le temps pour y penser.

Elle avança vers les fauteuils et passa la main sur les dossiers en tissu.

— Et ton travail ? s'enquit-il. Tu te vois travailler pendant toute ta grossesse ?

— Bonne question. Je n'ai pas eu beaucoup de temps pour y penser, puisque au départ je comptais quitter Tate Armor et retourner dans le Connecticut. Je pensais chercher un poste de consultante, pour pouvoir travailler de chez moi.

— Et maintenant que tu restes ? demanda-t-il, s'appuyant contre le mur.

— J'aimerais continuer à travailler tant que je le peux, je suppose. Je ne sais pas encore comment se passera ma grossesse, alors, je ne peux pas vraiment me projeter.

Il y avait tant d'inconnues à cet instant qu'elle pourrait aisément se sentir dépassée si elle n'y prenait garde.

— Grâce à Tate Armor, dit-il, j'ai une situation bancaire très saine. Alors, si tu as envie de prendre une année de congé, ou plus, sache que nous avons la liberté financière pour cela.

Une émotion soudaine lui serra la gorge. Pas parce que Nick lui offrait un soutien financier — même si c'était très gentil de sa part. Mais parce qu'il parlait d'eux comme s'ils formaient une équipe. *Nous avons la liberté financière.* Hormis sa mère, peu de personnes dans sa vie s'étaient autant souciées d'elle. Nick prenait en compte ses besoins et il était prêt à s'adapter pour les satisfaire. Il la soutenait. C'était une sensation vraiment très *agréable*.

Nick avait dû remarquer son trouble, car il approcha et lui prit la main.

— Tout va bien ?

— Oui, tout va bien, répondit-elle en souriant. J'aime l'idée que nous soyons une équipe et que nous affrontions le monde ensemble.

— Moi, aussi, j'aime cette idée, dit-il, caressant sa main avec son pouce.

Elle avait des réserves, toutefois. Nick et elle s'étaient engagés à être des partenaires, mais elle ne pouvait se permettre de dépendre de lui. Les partenariats solides, qui résistaient à l'épreuve du temps, étaient fondés sur la confiance et la connaissance de l'autre. Or, sa relation avec Nick était trop nouvelle pour qu'elle ait la moindre certitude.

Elle ne pouvait donc pas se laisser bercer par un faux sentiment de sécurité.

- 5 -

Après s'être garé dans l'allée de son ex-femme, Nick coupa le moteur puis se tourna vers Harper.

— Veux-tu que j'attende ici ? demanda-t-elle.

Puisque Melissa était d'humeur agressive ces derniers temps, le fait que Harper attende dans la voiture serait la solution de facilité. Mais Nick tenait à montrer à Melissa qu'il avait une famille. C'était la première étape pour obtenir la garde partagée d'Ellie.

Il serra la main de Harper.

— Ce serait reculer pour mieux sauter. Autant qu'elle te rencontre dès maintenant.

Ils arpentèrent l'allée, main dans la main. Avant même qu'ils arrivent sur le perron, Melissa ouvrit la porte à la volée. La femme qui avait autrefois été l'amour de sa vie ne semblait guère contente.

D'un air accusateur, Melissa pointa l'index vers Harper.

— Pas de petites amies, assena-t-elle sans s'embarrasser des politesses d'usage. Je te l'ai déjà dit, cela crée un environnement instable pour Ellie.

Guy Hansen, le détestable fiancé de Melissa, la rejoignit. Il arborait un petit sourire poli, mais son regard était menaçant.

— Je crains que ce ne soit pas négociable, enchérit-il. Pas de petites amies devant Ellie. Nous nous préoccupons tous du bien-être de cette petite fille.

Pour qui se prenait ce vaurien ? Nick n'avait pas de leçons à recevoir de lui sur la façon d'élever sa fille !

Il prit une grande inspiration pour tempérer sa colère et sourit de plus belle.

— Pas d'inquiétude. Harper n'est pas ma petite amie, mais ma femme.

Il montra fièrement leurs alliances.

— Tu es *marié ?* hoqueta Melissa.

Guy le fusilla du regard, tout en entourant les épaules de Melissa.

— Nick, c'est une plaisanterie d'un goût douteux. Tu sais à quel point Melissa prend les choses au sérieux quand il s'agit d'Ellie.

Guy venait de sous-entendre que lui ne prenait pas le bien-être de sa fille au sérieux. Mais Nick ne tomberait pas dans ce piège.

— Les vœux de mariage ne sont pas une plaisanterie, Guy, rétorqua-t-il, feignant d'être outré.

Melissa passa de l'incrédulité à la suspicion.

— Tu ne fréquentais personne récemment, souligna-t-elle.

— Comment pourrais-tu le savoir, Melissa ? répliqua-t-il d'un ton traînant. Nous sommes divorcés, tu te souviens ?

Guy serra sa fiancée contre lui.

— Tu fais cela uniquement pour obtenir la garde conjointe d'Ellie, accusa-t-il.

Nick sentit Harper s'agiter à côté de lui, prête à prendre sa défense. Il serra sa main pour lui faire comprendre que ce n'était pas nécessaire.

— Pourquoi aurais-je besoin de cela ?

Guy voulut répondre, mais Melissa le précéda.

— Comment vous êtes-vous rencontrés, tous les deux ?

Question facile.

— Harper est l'avocate de Tate Armor.

— Tu essaies de me dire que tu t'impliques dans ton entreprise, maintenant ? questionna Melissa d'un ton sceptique.

— En fait, je n'essaie pas de te dire quoi que ce soit.

Comme je viens de te le rappeler, nous sommes divorcés. À présent, j'aimerais voir ma fille.

Melissa le scruta du regard, sans doute pour déterminer si elle pourrait ou non lui soutirer d'autres informations.

Comme il ne cilla pas, elle finit par renoncer.

— Ellie, mon trésor, ton père est là ! lança-t-elle.

Quelques secondes plus tard, sa fille courut vers lui, les bras tendus, en criant : « Papaaa ! » Il la porta, lui donna un gros baiser bruyant sur la joue et la serra fort.

Quand Ellie était dans ses bras, le monde lui semblait plus beau.

Pendant tout le trajet jusqu'au parc, Nick et Ellie discutèrent de multiples sujets. Harper les écouta, impressionnée par la patience de Nick. Sa fille avait notamment parlé de ce qu'elle avait mangé au petit déjeuner — des pancakes. Elle avait aussi posé des questions de sciences naturelles — du style « comment font les oiseaux pour voler ? » Ensuite, elle avait dévoilé sa couleur préférée pour les voitures — le jaune.

Puisque Nick avait peu échangé avec sa mère et son frère le jour du mariage, Harper était agréablement surprise de constater qu'il pouvait s'engager dans des conversations alambiquées avec Ellie. Bien sûr, Ellie était adorable et, à l'évidence, elle idolâtrait son père, ce qui faisait d'elle une interlocutrice plus bien charmante qu'un frère jumeau qui semblait prendre beaucoup de plaisir à l'asticoter.

Quand ils descendirent de la voiture et foulèrent la pelouse du parc, Harper décida qu'il était temps de se joindre à la conversation. Elle avait envie de développer une relation avec Ellie, pour faire bonne impression devant un juge, mais surtout parce que Ellie serait la grande sœur de ses bébés.

Belle comme un cœur dans sa robe rouge à pois blancs, Ellie tenait la main de Nick. Harper chercha un sujet de conversation. Elle vit un groupe d'enfants à l'autre bout du parc, qui faisaient voler des cerfs-volants colorés.

— Ellie, tu aimerais aller voir ces cerfs-volants ? proposa-t-elle d'un ton enjoué.

Ellie leva les yeux vers le ciel et mit sa main en visière, ses longs cheveux d'un blond polaire dansant dans la brise.

— Non, merci, dit-elle poliment, puis elle reprit sa conversation avec son père.

Nick adressa un regard compatissant à Harper, puis lança :

— Si on allait aux balançoires ?

Ellie sautilla de joie.

— Oui !

— J'adore les balançoires, commenta Harper.

En fait, les balançoires étaient un bien meilleur choix : c'était bien plus drôle de se balancer que de regarder passivement d'autres enfants jouer avec leurs cerfs-volants. Elle s'en souviendrait pour la prochaine fois.

Lorsqu'ils furent arrivés au terrain de jeux et que Nick eut installé Ellie sur une balançoire, elle fit une nouvelle tentative.

— Tu aimerais que je te pousse ? demanda-t-elle.

Ellie la regarda avec ses grands yeux gris-vert.

— Papa peut le faire ?

C'était une demande tout à fait raisonnable venant d'une petite fille qui adorait son père. Même si elle était un peu déçue, Harper ne pouvait pas en vouloir à Ellie de préférer Nick.

— Bien sûr, dit-elle, et elle s'effaça.

Après quelques instants, tandis qu'Ellie flottait gaiement dans les airs en poussant des cris joyeux, Nick lança un regard interrogateur à Harper.

— Ça va ? s'enquit-il.

— Oui.

Elle observa Ellie, qui semblait s'amuser comme une folle.

— Je ne pensais pas que ce serait si difficile, avoua-t-elle.

— C'est uniquement parce qu'elle ne te connaît pas encore, la rassura-t-il.

Peut-être, mais au fond d'elle Harper avait le sentiment qu'il y avait une autre raison.

— Si je ne peux pas obtenir qu'une fillette de trois ans me laisse la pousser sur une balançoire, je me demande si je serai capable de m'occuper de deux bébés, dit-elle, le ventre noué.

Il poussa Ellie sur la balançoire et se tourna vers elle.

— Tu seras une mère formidable, Harper. Tu as des doutes ?

— Oui, sur mes capacités parentales, et sur le reste.

— Sur nous ? demanda-t-il, surpris.

— En fait, cette journée me prouve que tu me seras d'une grande aide pour élever les bébés.

S'il pouvait susciter une telle adoration chez sa fille alors qu'il ne la voyait pas souvent, il serait un père formidable pour leurs jumeaux.

— *Nous* serons de bons parents, affirma-t-il. Ensemble.

Elle était très touchée par son soutien.

— Merci, Nick, dit-elle en souriant.

— Bien, reprit-il, qui veut aller manger dans le meilleur restaurant de tout le Texas ?

— Moi ! s'exclama Ellie du haut de sa balançoire.

Le trajet jusqu'au Royal Diner fut assez court, et émaillé par d'autres échanges père-fille. Le restaurant de style années 1950 était bondé, mais ils parvinrent à trouver une table et prirent place sur les traditionnelles banquettes de skaï rouge. Nick installa sa fille à côté de lui et Harper s'assit face à eux.

Un grand homme en uniforme s'arrêta pour saluer Nick. Harper reconnut le shérif Nathan Battle. Ils ne s'étaient jamais rencontrés, mais elle l'avait déjà vu à la télévision. Après avoir serré la main du policier, Nick la présenta comme son épouse. Le shérif laissa à peine paraître sa surprise.

— Enchanté, déclara-t-il en lui serrant la main.

— Moi aussi, shérif Battle.

— Nick, dit le shérif, je suppose que vous n'avez entendu aucune rumeur concernant Maverick ?

Une fois de plus, Harper se réjouit que Nick et elle aient pu se marier avant que Maverick leur cause des ennuis.

— Non, aucune, répondit Nick. Ne seriez-vous pas le premier à en entendre parler ?

Le shérif Battle secoua la tête.

— Certaines des informations que Maverick a trouvées étaient… de nature sensible, alors, s'il fait une nouvelle victime, rien ne garantit que cette victime voudra faire appel à la police.

— Je vous préviendrai si j'ai la moindre information.

— Merci, dit le shérif. Je vous conseille les frites en spirale. Je ne suis peut-être pas objectif, mais Amanda Battle fait les meilleures frites en spirale de tout l'État.

Nick rit.

— Nous n'y manquerons pas, shérif.

Lorsque le policier s'éloigna, Nick plongea son regard dans le sien.

— Je sais ce qu'Ellie veut, lança-t-il d'un air malicieux.

Il venait de commencer un jeu et il l'incluait dans ce jeu. Elle éprouva un élan de gratitude.

— Qu'est-ce qu'Ellie veut ? demanda-t-elle.

— Ellie veut… un grand verre de jus d'ananas.

— Non ! répliqua Ellie en riant.

Harper sourit.

— Tu sais, Nick, je ne suis pas sûre qu'elle veuille du jus d'ananas.

— Alors, je sais ce qu'elle veut.

— Ah, oui ? fit Harper d'un air très sérieux. Qu'est-ce que c'est ?

Il leva les mains comme s'il s'apprêtait à faire une grande annonce.

— Du thé glacé. Avec des tas de glaçons.

— Non, papa ! s'exclama Ellie. Je veux…

— Non, non, ne me dis rien, l'interrompit-il. Je sais ! Elle veut un bon verre de jus de tomate frais.

— Non ! protesta Ellie entre deux gloussements.

— C'est bizarre, dit-il, feignant d'être dérouté. Je croyais que c'étaient ses boissons préférées.

— Je veux un milk-shake ! s'écria la petite fille.

— Oh ! c'est vrai. Elle préfère les milk-shakes. Je m'en souviens maintenant. Mais, ajouta-t-il d'un air entendu, elle n'aime pas qu'ils soient épais. Plus ils sont liquides, mieux c'est.

Ellie s'esclaffa.

— Non !

— Non ?

Quand sa fille secoua la tête avec ardeur, il haussa les épaules.

— D'accord, quand la serveuse viendra, je te commanderai un double milk-shake épais.

— Triple !

— Triple ? répéta-t-il, passant la main sur son menton. Je ne suis pas sûr que tu puisses boire un triple milk-shake épais.

— Je peux, papa ! affirma-t-elle, saisissant sa main comme si cela allait aider à le convaincre. Je peux !

Il prit un menu et l'étudia.

— D'accord. Un triple milk-shake à la pastèque, décréta-t-il.

— Non ! À la banane !

Enfin, Nick éclata de rire.

— D'accord, dit-il, entourant les épaules d'Ellie et l'attirant contre lui. À la banane. Et une portion de frites en spirale.

Quand le shérif de la ville nous conseille d'essayer les frites en spirale de sa femme, il vaut mieux l'écouter.

— Oui ! Je t'aime, papa !

Elle leva ses petits bras en l'air, ramena la tête de son père vers elle et planta un baiser sur sa joue. Harper n'avait jamais vu Nick plus heureux qu'à cet instant.

Sa fille était tout pour lui, c'était certain.

La serveuse vint prendre leurs commandes. Ellie commanda elle-même son milk-shake, par sécurité. Harper consulta le menu. Ses nausées étaient légères, mais un triple milk-shake et des frites étaient trop riches pour elle, en ce moment. Elle commanda donc des toasts nature et une tasse de thé.

— Tout va bien ? demanda Nick quand la serveuse fut repartie.

— Oui. Je préfère prendre quelque chose de léger, c'est tout.

Nick n'insista pas. À l'évidence, il ne voulait pas parler nausées de grossesse devant sa fille. Il offrit à Harper un sourire rassurant puis reprit la discussion avec Ellie.

Harper décida de se joindre à la conversation, pour tenter de nouveau de se lier avec Ellie.

Mais de quoi parlaient les enfants de trois ans et demi ? Elle ne pouvait pas demander à Ellie quels étaient ses projets de carrière, ou si elle avait essayé le dernier restaurant en vogue. Tout ce qu'elle savait sur la petite fille, c'était qu'elle adorait son père, les balançoires et les triples milk-shakes, mais aucun de ces éléments ne fournissait un nouveau sujet de conversation.

Elle observa la fillette, en quête d'indices. Elle portait une robe rouge vif à pois blancs. Peut-être l'avait-elle choisie ce matin parce qu'elle aimait particulièrement les couleurs du motif ? Cela valait le coup de poser la question.

Quand il y eut une pause dans la conversation, elle lança :

— Ellie, tu as une très jolie robe.

La petite fille sourit.

— Merci, madame.

Madame ? Bon sang, c'était de pire en pire.

Nick déposa un petit baiser sur les cheveux de sa fille.

— Tu peux l'appeler Harper.

— D'accord, dit Ellie, mais elle ne répéta pas son prénom.

De nouveau, Harper chercha quoi dire, et remarqua une petite peluche sur la banquette, posée entre Ellie et son père. C'était un animal, apparemment.

— Qui est-ce ? demanda-t-elle en désignant la peluche.

Ellie l'empoigna et la cala sous son menton.

— Annabel.

Harper vit qu'il s'agissait d'un chien. Elle faillit soupirer de soulagement. Enfin un sujet qu'elle maîtrisait un peu !

— J'adore les chiens, dit-elle avec enthousiasme.

Ellie sembla sceptique, aussi Harper ajouta-t-elle :

— J'ai toujours eu des chiens quand j'étais enfant. Il y a eu Marshall le dogue allemand, et Darcy le labrador. Tu sais quel genre de chien est Annabel ?

— Un beagle, dit Ellie, l'air un peu moins soupçonneuse.

— J'adore les beagles, mais je n'en ai jamais rencontré. Tu me présentes à Annabel ?

Ellie regarda son petit chien puis lui chuchota quelque chose à l'oreille. Elle attendit, comme si elle écoutait la réponse de sa peluche, puis regarda Harper.

— Annabel, c'est Harper, l'amie de papa. Harper, c'est Annabel.

Ellie avança la peluche vers Harper. Mais elle ne semblait pas vouloir la lâcher.

Harper tendit le bras et serra l'une des petites pattes.

— Ravie de te rencontrer, Annabel. J'espère que nous pourrons être amies aussi.

Ellie mit le chien près de son oreille et hocha la tête, puis se retourna vers Harper.

— Annabel a dit d'accord. Tu peux être son amie.

Harper sentit son cœur s'emplir de joie. Ce n'était peut-être qu'un petit progrès — avec une peluche —, mais un progrès tout de même.

— Merci, Annabel. J'en serais ravie.

La serveuse apporta leurs commandes, et le père et la fille reprirent le fil de la conversation, mais Harper n'y voyait pas d'inconvénient. Son ébauche de relation avec Ellie suffisait à la rendre heureuse.

Tandis que Nick mordait dans une frite, il posa son regard sur elle et lui sourit. Ce moment en famille était un bon aperçu de ce à quoi pourrait ressembler leur avenir, quand les jumeaux auraient l'âge d'Ellie.

Et Harper trouvait cet avenir très prometteur.

Ce soir-là, après avoir déposé Ellie chez sa mère, Nick et Harper prirent des plats chinois à emporter et les dégustèrent devant un film. Nick était de très bonne humeur. Il avait passé la journée avec sa petite fille et à présent, il passait la soirée avec Harper.

Elle avait fait de gros efforts pour tenter de nouer une relation avec Ellie. Et ce n'était pas seulement pour les apparences, il en était certain. En l'écoutant parler avec Ellie, il avait été ému. Et, maintenant qu'il l'observait, il était également ému, mais c'était une émotion d'une tout autre nature.

Le téléviseur était toujours allumé. D'habitude, il aimait suivre la série qui défilait sur l'écran. Mais ce soir il n'arrivait pas à se concentrer. Comment le pourrait-il alors que Harper n'était qu'à quelques centimètres de lui ? Chaque fois qu'elle se penchait pour prendre son verre sur la table basse, sa jambe effleurait la sienne, et le parfum de son shampoing mettait tous ses sens en émoi.

Hélas, elle avait été claire, elle refusait d'inclure le sexe dans leur relation. Donc, il devait trouver un moyen de se distraire.

— Tu veux un dessert ? proposa-t-il.

— J'en prends rarement, mais ce soir je pourrais me laisser tenter, dit-elle, posant la main sur son ventre. Ces bébés doivent avoir faim.

— Ça ne n'étonne pas. Les Tate ont un grand appétit.

Elle rit.

— Alors, d'accord. Qu'as-tu à me proposer ?

— Il y a des fruits dans la corbeille.

— Non, ça ne va pas satisfaire ces deux petits gourmands. Quoi d'autre ?

— Je pense qu'il y a de la crème glacée dans le congélateur.

— Voilà qui est plus prometteur. Quel parfum ?

— Pour être honnête, je ne m'en souviens pas.

— Tu es sérieux ? Tu as de la crème glacée chez toi mais tu n'en connais pas le parfum ?

— Ce n'est pas si important, non ?

Elle posa la main contre son torse, feignant d'être consternée, mais son regard pétillait.

— Le parfum est *tout*.

Il se fendit d'un petit rire.

— Si nous allions voir dans le congélateur ? suggéra-t-il.

— Bonne idée.

Il se leva et lui tendit la main pour l'aider à se lever. Elle glissa sa main dans la sienne et se leva à son tour. Pendant quelques battements de cœur, il ne bougea pas et savoura la sensation de sa main chaude et douce. Ils étaient un peu trop près l'un de l'autre, il le savait. Tandis qu'une douce chaleur montait en lui, Harper écarquilla les yeux. Il avait très envie de l'embrasser…

Non. S'il avait proposé un dessert, c'était pour oublier son désir pour Harper, se rappela-t-il. Il lâcha sa main et recula.

— Je peux te garantir une chose, dit-il d'un ton léger. Ce n'est pas de la glace à la menthe.

— Tu n'aimes pas la menthe ? répliqua-t-elle d'un ton tout aussi léger.

— Si, dans les dentifrices. Pourquoi voudrais-je manger une glace au dentifrice ?

— Bon argument.

Ils arrivèrent devant le congélateur. Nick sortit un pot de crème glacée non entamé et lut l'étiquette.

— Beurre de cacahuètes et tourbillon de caramel.

Comme elle semblait surprise, il lui montra le pot.

— Tu es un homme très surprenant.

— À quoi t'attendais-tu ? demanda-t-il d'une voix traînante.

— Je ne sais pas. Café, peut-être, ou chocolat noir. Mais pas… — elle regarda le couvercle — beurre de cacahuètes et tourbillon de caramel.

Il affichait un air impassible, mais il aimait la Harper taquine qu'elle lui dévoilait ce soir.

— On ne critique pas avant d'avoir goûté.

Il ouvrit le tiroir à couverts et prit une cuillère.

— Tu vas chanter mes louanges dans quelques minutes, affirma-t-il.

— Vraiment ? dit-elle en souriant.

Après avoir retiré le couvercle, il prit une petite cuillerée de crème glacée et l'approcha de sa bouche si tentante. Harper avança les lèvres puis les referma sur la cuillère. Nick sentit son pouls s'affoler, se rendant compte que son plan était mal pensé. Le dessert était censé le distraire, et non accroître son tourment.

Il serra la mâchoire et tenta d'étouffer le désir qui pulsait dans ses veines.

Mais Harper lui compliqua la tâche quand elle gémit de plaisir et ferma les yeux.

— C'est dé-li-cieux, chuchota-t-elle.

Lorsqu'elle rouvrit les yeux, il tâcha de se concentrer uniquement sur le pot de glace. Comme en pilote automatique, il prit une autre cuillerée et la lui donna. Cette fois, quand elle ouvrit la bouche, il remarqua sa langue rose et dut réprimer un gémissement.

Elle ferma de nouveau les yeux, et le plaisir qu'il lut sur son visage faillit le perdre.

— Harper, murmura-t-il d'une voix rauque.

Elle rouvrit les yeux. Son regard était brûlant de désir. Mais ce n'était pas la crème glacée qu'elle regardait. C'était lui.

Il était fichu.

Harper tenta de contrôler sa respiration tandis qu'elle observait Nick. Être si près de lui sur ce canapé pendant qu'elle avait fait semblant de se concentrer sur le film avait mis tous ses sens en émoi. Ensuite, Nick lui avait donné de la crème glacée, et son tourment n'avait fait qu'empirer… Son corps se languissait de ses caresses, mais, si elle cédait maintenant, elle ne pourrait plus revenir en arrière.

Mais elle remarqua la veine qui pulsait à la base de son cou. La tension de ses muscles. Le feu dans son regard.

Et elle oublia contre quoi ils se battaient.

— Nick ? demanda-t-elle, haletante.

— Oui ?

— Que se passerait-il si nous cédions ?

Il fixa sa bouche, puis replongea son regard dans le sien.

— Si nous cédions à quoi ?

— À cette tension entre nous.

Il déglutit.

— Tu veux vraiment le savoir ?

— Oui, susurra-t-elle.

Sous la faible lumière de la cuisine, il l'observa, puis effleura ses lèvres des siennes. Juste une seconde.

— Ça, dit-il.

Elle s'appuya contre lui et poussa un soupir.

— Oh. C'est prometteur.

Elle se mit sur la pointe des pieds et l'embrassa. Sa bouche était chaude et accueillante. Il enlaça sa taille et s'abandonna au baiser qu'elle offrait, mêlant sa langue électrisante à la sienne. Elle murmura son nom contre ses lèvres entrouvertes.

Il la plaqua contre le mur et l'embrassa comme s'il ne pouvait être rassasié d'elle. Comme si elle était la seule chose dont il ait besoin pour vivre.

Elle interrompit leur baiser.

— Je propose que nous cessions de lutter ce soir, dit-elle d'une voix haletante. Accordons-nous cette unique nuit.

Il appuya le front contre le sien, à bout de souffle lui aussi.

— Je vote oui.

— Bien, alors, si nous sommes d'accord…

Elle recula d'un pas.

— Cette fois nous devrions le faire dans un lit, suggéra-t-elle.

Il esquissa un sourire, puis l'entraîna dans le couloir. Elle le suivit tandis qu'il la conduisait vers sa propre chambre.

Lorsqu'il appuya sur l'interrupteur, une lumière tamisée se diffusa dans la grande pièce, dominée par un lit immense.

— Attends-moi une minute, dit-il.

Il disparut dans la salle de bains adjacente et revint quelques secondes plus tard avec une boîte de préservatifs.

Elle sourit.

— Je suis déjà enceinte, tu sais.

— Je suis en bonne santé, mais je veux que tu sois rassurée.

— Je suis également en bonne santé, mais je te remercie de cette attention.

Elle approcha.

— Donc, j'imagine que le dessert est oublié ? fit-elle.

— Oui, en effet.

Il lui donna un doux baiser.

— Mais je rêve de goûter chaque surface de toi, chuchota-t-il contre ses lèvres.

Prenant son visage entre ses mains, il l'embrassa avec fougue. Mais ce n'était pas suffisant pour elle. Elle le repoussa doucement, ayant besoin d'espace pour explorer son corps. Ils étaient encore habillés, mais cela ne l'empêcha pas de caresser ses larges épaules, son torse ferme, ses muscles saillants. Et il la laissa faire.

— À mon tour, dit-il après quelques instants.

Elle était loin d'en avoir fini avec lui, mais elle laissa retomber ses mains et attendit, curieuse de découvrir ce qu'il allait faire.

Déboutonnant sa robe d'été avec une lenteur presque insupportable, il écarta les pans du vêtement, exposant sa peau à l'air frais de la nuit qui s'infiltrait par les fenêtres ouvertes. Son cœur battait maintenant à coups redoublés. Avec adresse, Nick détacha son soutien-gorge et le laissa tomber au sol. Ses seins se tendirent sous l'effet de la brise légère — et de son regard avide.

— Harper, murmura-t-il d'une voix rocailleuse. Tu es si belle.

Incapable de prononcer le moindre mot, elle tendit la main vers lui en guise de réponse.

Ses mains qui glissaient le long de ses courbes laissaient une traînée brûlante dans leur sillage. Elle s'était parfois demandé si leur première nuit avait été explosive à cause de sa nature illicite, et si faire l'amour avec celui qui était maintenant son époux serait moins électrisant. Moins intense. Eh bien, elle avait sa réponse. Ce qu'elle était en train de vivre était bien plus fort que tout ce qu'elle avait connu. Bien au-delà de ses rêves les plus fous.

Elle sortit sa chemise de son pantalon. Puis, sans prendre la peine de la déboutonner, elle la passa par-dessus sa tête.

Il avait un corps splendide, et les cicatrices laissées par ses combats le rendaient encore plus beau. Ses doigts effleurèrent la toison bouclée qui recouvrait sa poitrine, descendirent vers ses muscles abdominaux impressionnants. Il frissonna sous ses caresses, et elle sourit, heureuse de ne pas être la seule à être troublée.

Puis, il captura de nouveau sa bouche. Sans interrompre leur baiser torride, il recula, l'emmenant, jusqu'à ce qu'ils atteignent le bord du lit. Il libéra sa bouche et, avec un sourire espiègle, se laissa tomber sur le matelas, l'entraînant dans sa chute, de sorte qu'elle se retrouva sur lui.

Sentir son corps sous le sien était excitant, mais toujours pas suffisant. Elle tendit la main vers sa ceinture, déterminée à lui retirer le reste de ses vêtements, mais il arrêta sa main.

— Pas encore, dit-il d'une voix tremblante de désir.

— Mais je veux plus, maintenant.

— Tu devras patienter.

Il effleura son sein avec son pouce. Un délicieux frisson la parcourut.

— Pourquoi attendre ? protesta-t-elle.

— Parce que je veux que cela dure toute la nuit.

Il fit glisser son slip de dentelle le long de ses jambes.

— Nous avons beaucoup de choses à rattraper, Harper.

— Que veux-tu dire ?

— Le soir du bal, nous sommes allés un peu trop vite.

Il déposa une pluie de baisers du creux de son bras jusqu'à son poignet.

Elle haleta et dut reprendre son souffle pour parler.

— J'ai trouvé ces ébats exceptionnels, objecta-t-elle.

Il sourit, sa main dérivant vers son ventre.

— Prodigieux, renchérit-il.

— Alors, quel est le problème ?

Elle fit glisser sa jambe sur la sienne. Quel dommage qu'il ne veuille pas enlever son pantalon…

— Cette fois, dit-il, je veux prendre le temps. Faire toutes les choses que nous n'avons pas pu faire la première fois.

Il pressa les lèvres sur les siennes et, pendant qu'il était occupé à l'embrasser, elle en profita pour descendre la fermeture Éclair de son pantalon et le faire glisser — ainsi que son caleçon — sur ses jambes. Puis, elle interrompit leur baiser pour achever de le déshabiller.

— Je n'ai pas le même point de vue que toi, déclara-t-elle.

Il glissa la main entre ses cuisses et se mit à caresser ses replis secrets. À en juger par son sourire en coin, il savait quel effet il avait sur elle.

— Comment ça ? demanda-t-il.

Elle ferma les yeux, submergée par les sensations qu'il faisait naître en elle.

— Tu veux que ce soit différent cette fois.

— Oui, admit-il d'une voix rauque, tout en continuant ses caresses exquises.

— Eh bien, selon moi, ta vision est trop restrictive.

Il cessa de la caresser. Elle ouvrit les yeux et constata qu'il l'observait d'un air intrigué.

— Que suggères-tu, alors ? répliqua-t-il.

— Que nous arrêtions de penser et que nous nous laissions porter.

Elle adorait sa peau. Elle aimait sa texture, son parfum. Elle passa la langue justc au-dessus de sa clavicule pour la goûter et enfonça les ongles dans son dos. Elle pourrait passer sa vie à explorer son corps.

— J'aime ton idée…, souffla-t-il, vraiment… Mais je veux quand même prendre le temps.

Ce n'était plus le moment de discuter ou de négocier, décida-t-elle. Elle saisit un préservatif sur la table de chevet et le déroula prestement sur son sexe engorgé. Puis, elle plaqua les mains sur son torse et l'allongea sur le dos. Elle se plaça au-dessus de lui et hésita. Nick était là, nu, splendide, exposé. Soudain, elle se sentit dépassée.

Il saisit sa main et entrelaça leurs doigts. C'était exactement l'encouragement dont elle avait besoin. Lentement, elle glissa sur lui, et il émit un long gémissement de plaisir.

Elle ondula sur lui, grisée par le désir, et il suivit son rythme, dans une danse sensuelle et brûlante.

Bientôt, des vagues de plaisir aveuglantes déferlèrent sur elle, et elle s'atomisa. Pendant que les répliques de son orgasme la secouaient, Nick cria son nom et implosa à son tour.

Le souffle court, elle s'étendit à ses côtés, entourant sa taille d'un geste possessif tandis qu'il mettait un bras autour de ses épaules. Blottie contre lui, elle revint doucement à la réalité et s'endormit.

- 6 -

Harper se réveilla en sursaut, le cœur battant. D'abord, elle entendit les cris. La pièce était sombre, et seuls quelques rais de clair de lune filtraient par les stores. Elle était dans un endroit peu familier. Et il y avait un homme à côté d'elle.

Nick.

Les cris se muèrent en marmonnements incohérents. Même si Nick dormait profondément, il secouait la tête et ses mains semblaient ponctuer ses mots inintelligibles.

Devrait-elle le réveiller ? Il faisait un cauchemar, sans nul doute, mais la règle n'était-elle pas de ne jamais réveiller quelqu'un en plein cauchemar ? Ou confondait-elle avec les somnambules ? Elle se mordilla la lèvre, hésitante.

— Non ! cria-t-il.

Il avait toujours les yeux clos, et sa main fendait l'air. Son alliance brilla dans le clair de lune, et Harper se rappela soudain que l'homme dans son lit était son époux.

Son époux.

Ils étaient mariés, et elle en savait moins sur lui que sur la plupart de ses collègues. À cette pensée, une vague de panique l'envahit. Elle ne connaissait pas Nick et elle ne savait pas comment l'aider…

Il cria de nouveau, puis poussa un hurlement. C'était un son brut, grave, plein de douleur et d'angoisse, qui ne ressemblait à rien de ce qu'elle avait déjà entendu, et qui la fit trembler. Elle devait agir.

Pour ne pas le réveiller brusquement, elle se mit à lui parler doucement, en augmentant progressivement le volume de sa voix. La détresse qu'elle lisait sur son visage lui brisait le cœur. Elle aurait voulu le prendre dans ses bras, faire disparaître sa douleur, mais tout ce qu'elle pouvait faire, c'était continuer sa litanie de mots d'apaisement. Lorsque les cris de Nick se transformèrent en sanglots, elle éleva la voix. Il inspira et, enfin, ouvrit les yeux.

Sa souffrance se lisait dans son regard. Mais, après une seconde, il se rendit compte de sa présence et se réveilla tout à fait. Et ensuite il se referma sur lui. Totalement.

Il bondit hors du lit. Son corps était couvert de sueur, ses muscles tendus. À cet instant, il ressemblait au militaire qu'il avait été autrefois.

— Harper, je suis désolé, lâcha-t-il.

— Tu as fait un cauchemar. Tout va bien, tu n'as pas à être déso…

— Tu n'auras pas dû vivre ça, l'interrompit-il d'une voix blanche.

Lui non plus ne devrait vivre ça, songea-t-elle.

— Ce n'est rien, Nick, je t'assure…

— Je vais dormir dans une des chambres d'amis.

Il prit son téléphone et sa montre sur la table de chevet, puis se dirigea vers la porte sans se retourner.

Sonnée, elle le regarda partir.

Il la *quittait*.

Quand il disparut dans le couloir, elle eut du mal à respirer. Nick était peut-être un quasi étranger, mais il était son mari, l'homme avec qui elle avait fait l'amour à peine quelques heures plus tôt. Et maintenant il désertait le lit conjugal.

Son sentiment de panique grandit, l'enveloppant tout entière, lui laissant dans la bouche le goût familier de l'abandon.

Elle tenta de faire appel à la logique, qui était toujours sa première ligne de défense : Nick était parti car il était encore perturbé par son cauchemar, et non à cause d'elle.

Mais cela ne fit pas disparaître le goût aigre dans sa bouche. Puisqu'elle lui avait proposé son aide, on pouvait dire qu'il l'avait rejetée.

Or, la logique fonctionnait rarement quand elle se sentait rejetée, et d'habitude elle passait directement à sa seconde ligne de défense : la nourriture. Mais elle n'était pas chez elle, et si elle devait fouiller dans les placards de Nick pour trouver des produits sucrés, cela annulerait sans doute tout effet réconfortant. Qui plus est, elle essayait de manger sainement pour les bébés.

Il lui restait donc deux solutions : se pelotonner dans le lit et laisser l'émotion la submerger, ou…

Ou aller trouver Nick et le pousser à parler de son cauchemar, pour lui mais aussi pour elle, afin qu'elle puisse oublier cette image de lui en train de l'abandonner comme tant de gens l'avaient fait avant lui.

Elle se leva et passa les mains sur son visage. Cette nuit prouvait au moins une chose : le sexe compliquait leur relation, comme elle l'avait prédit. Ils avaient déjà tant de défis à relever pour faire fonctionner leur mariage… Ils avaient risqué leur cohésion naissante uniquement pour assouvir des pulsions charnelles.

Ils ne pouvaient se permettre de prendre ce risque de nouveau.

Mais elle ne pouvait pas s'attarder sur ces pensées. Pour l'heure, il lui fallait assumer les conséquences de leur imprudence, et s'assurer que Nick allait bien.

Une fois dans la chambre d'amis, Nick alluma la lumière de la salle de bains et se dirigea vers la douche, en tentant d'oublier l'air horrifié de Harper. Une expression qui le hanterait sans doute à jamais.

Ce n'était pas ce genre d'expression qu'il avait voulu susciter sur le visage de son épouse, après leur première nuit d'amour en tant que mari et femme…

Il se mit sous le jet d'eau chaude et appuya les mains contre le mur carrelé.

Bon sang.

Il aurait dû le prévoir. Il aurait dû savoir qu'il ne pouvait pas s'engager dans un mariage comme un homme normal. Encore moins un mariage de convenance, qu'ils avaient contracté sans aucune préparation émotionnelle. Durant ses missions de Seal, on lui avait tiré dessus maintes fois. Il avait perdu une partie de son audition après une explosion qui avait tué certains de ses meilleurs hommes. Il avait été capturé par des rebelles impitoyables. Après tout ce qu'il avait traversé, comment avait-il pu penser un seul instant que de belles choses pouvaient lui arriver ?

De belles choses comme un mariage.

Comme Harper.

Il ferma brusquement le robinet, mais, plutôt que de se sécher, il laissa l'eau ruisseler sur son corps.

Il devrait trouver une façon de se racheter auprès de Harper. Si toutefois c'était possible. Mais pas ce soir. Pour l'instant, les images de son cauchemar et l'expression de terreur de Harper étaient encore trop vives dans son esprit.

Il attrapa une serviette et la frotta rudement contre lui. Et tant mieux si cela laissait des marques rouges sur sa peau. Il ne méritait pas la douceur. Pas alors qu'il était revenu vivant de sa dernière mission, et que des hommes meilleurs que lui étaient revenus dans des housses mortuaires.

Drapant la serviette autour de sa taille, il retourna dans la chambre et s'arrêta net. Harper était là, assise au bord du lit, dans un peignoir de velours bleu.

Baignée par la lumière douce de la lampe de chevet, elle était magnifique. Elle se tenait droite, le menton fièrement levé. Elle semblait forte. Sûre d'être à sa place dans ce monde. Contrairement à lui.

Il détourna le regard.

— Harper, ce n'est pas le moment.

Elle croisa les bras. À l'évidence, elle n'avait aucune intention de partir.

— Je pense au contraire que c'est tout à fait le bon moment. Si nous attendons jusqu'à demain, cette discussion sera encore plus difficile.

Elle avait raison. Malgré tout, il secoua la tête.

— Je ne suis pas sûr de pouvoir en parler. C'est ainsi.

— Peut-être, mais nous devons tout de même discuter, insista-t-elle. Sans communication, notre union ne fonctionnera pas.

Il planta les mains sur ses hanches.

— C'était juste un cauchemar, ça ne remet pas en cause notre mariage.

— Un mariage de convenance, je te le rappelle. Il y a déjà assez d'obstacles sur notre chemin sans qu'on y ajoute des secrets. À mon avis, le seul moyen de réussir, c'est d'être honnêtes l'un envers l'autre.

Elle semblait calme, déterminée, mais son regard plein d'espoir l'implorait.

— Tout va bien entre nous, assura-t-il.

C'était si loin de la vérité qu'il fut surpris qu'elle ne lui rie pas au nez.

Mais elle ne rit pas. Au contraire, elle l'observa avec des yeux immenses et vulnérables.

— Tu sais, ton départ donnait vraiment l'impression que tu me rejetais, après notre première nuit de sexe en tant que mari et femme.

Il eut le cœur serré. Elle lui avait parlé du départ douloureux de son père, de sa peur d'être abandonnée, et il venait justement de réveiller cette peur. Quel idiot !

— Ça n'a rien à voir avec toi, répondit-il, conscient que sa réponse était banale, et inadéquate. Il s'agit de moi.

— Très bien. Alors parle-moi de toi.

Il savait ce qu'elle voulait dire par là. Elle s'attendait à ce qu'il lui raconte les événements qui avaient provoqué ces cauchemars. Et elle avait raison ; elle était son épouse, elle avait le droit de savoir. Mais il ignorait s'il serait capable de prononcer les mots.

Il appuya les doigts contre ses tempes.

— Nick, nous allons être parents de deux bébés. Le voyage est difficile, et nous naviguons à vue, car nous ne savons pas grand-chose l'un sur l'autre.

Elle lui prit la main, et il se laissa faire.

— Parle-moi, insista-t-elle. Aide-moi à comprendre.

Naviguer à vue. C'était tout à fait cela. Or, Harper méritait mieux. Il s'assit à côté d'elle, les épaules affaissées, se préparant à affronter le pire. Pour elle.

— Il y a neuf…

Tout en lui se tendit. Il s'éclaircit la voix et fit une nouvelle tentative.

— Il y a neuf mois, reprit-il, je suis revenu d'une mission au Moyen-Orient. Aux yeux de tous, je suis un héros de guerre décoré.

— Mais tu n'as pas le sentiment d'en être un, n'est-ce pas ?

Non, tant s'en faut.

— L'armée m'a peut-être donné une médaille, mais j'ai toujours su que je ne la méritais pas.

— Je ne pense pas que l'on donne des médailles pour rien, objecta-t-elle avec un sourire bienveillant.

— Des hommes sont morts sous mon commandement, rétorqua-t-il d'un ton brusque.

Une vague de nausée l'envahit, et il serra les poings pour tenter de la contenir. Ces hommes étaient partis pour toujours.

Des parents avaient perdu leurs fils. Des enfants avaient perdu leurs parents. Des épouses avaient perdu leurs maris.

Il se leva et alla à l'autre bout de la pièce, comme pour mettre de la distance entre ces événements et lui. Mais il savait bien que cela ne suffirait pas. Encore aujourd'hui, il ressentait chacun de ces décès dans sa chair. Il voyait les visages de ses hommes dans sa tête. Il leur présentait ses excuses chaque jour, mais cela ne changeait rien. Cela ne les ramènerait pas.

— Oh ! Nick…

Il secoua la tête, comme pour repousser l'émotion de Harper. Il ne voulait pas de sa compassion. Car il n'en était pas digne.

— Ils m'ont donné une médaille parce que j'ai pu sauver l'essentiel de mon unité, mais ce n'était pas suffisant. Vraiment pas suffisant. J'aurais dû les sauver tous.

— Je suis sûre que tu n'étais pas le seul responsable de la vie de ces hommes.

Il ferma les yeux pour contrer l'assaut des souvenirs.

— Je les ai abandonnés. J'ai failli à mon devoir.

Un long silence s'ensuivit, jusqu'à ce qu'il rouvre les yeux. Harper l'observait toujours.

— Ça te ronge de l'intérieur, n'est-ce pas ? avança-t-elle.

Il faillit sourire.

— Oui, on peut dire que je suis en miettes.

— Explique-moi, l'encouragea-t-elle.

Quelque chose dans sa voix lui donnait envie de le faire. De partager cela avec elle. Même si cela pouvait changer à jamais l'opinion qu'elle avait de lui.

— J'ai été blessé. À l'hôpital, les médecins m'ont donné des antalgiques…

Il marqua un temps, pour trouver la force d'avouer la suite.

— Et je suis devenu accro.

C'était sa plus grande honte.

— Je ne t'ai pas vu prendre de médicaments, observa-t-elle, perplexe.

La suite était plus facile à révéler.

— Je ne voulais pas être dépendant d'un produit chimique, alors j'ai suivi une cure de désintoxication et j'ai appris à gérer mon addiction.

— Tu es sevré, maintenant ?

— À cent pour cent.

Sinon, il n'aurait jamais envisagé de faire partie de la vie d'Ellie ou des bébés. Ses enfants étaient trop précieux.

Le regard de Harper s'adoucit.

— Ça demande beaucoup de force.

— Ah, oui ? répliqua-t-il avec un rire amer. Tu as oublié les cauchemars et les cris ?

— Justement. Parle-moi de ces cauchemars.

Il s'appuya contre le mur et se laissa glisser sur le tapis, posant les poignets sur ses genoux repliés.

— Cela a commencé quand j'étais à l'hôpital, mais ça s'est calmé ensuite.

Il haussa les épaules.

— J'ignorais que cela m'arrivait encore.

— Tu ne t'en souviens pas au réveil ?

Si, il s'en rappelait. Hélas.

— Je voulais dire, je ne me rendais pas compte que je criais encore.

Car il n'avait dormi avec personne depuis que les cauchemars avaient commencé. À l'hôpital, on lui avait dit qu'il criait dans son sommeil, mais il avait cru que cette phase était terminée depuis longtemps. Cela prouvait une chose : il ne devrait jamais faire de suppositions sur son état.

— Je te le jure, Harper, si j'avais su que cela te réveillerait, que cela t'affecterait, je n'aurais pas proposé ce mariage. Je ne t'aurais pas liée à… ça.

Elle balaya ses mots du revers de la main.

— Alors, que veux-tu faire maintenant ?

— Et toi, que veux-tu ? demanda-t-il avec prudence.

— Je veux que nous fassions fonctionner ce mariage pour nos enfants. Nous le leur devons, affirma-t-elle, sa détermination se lisant dans son regard.

— Je suis investi plus que jamais dans cette union. Ce mariage est la meilleure solution pour nos bébés, j'en ai la certitude.

— Dans ce cas, nous sommes d'accord, conclut-elle avant de se lever.

Il hocha lentement la tête.

— La prochaine fois que nous ferons l'amour, dit-il, il vaudrait mieux pour toi comme pour moi que je parte ensuite.

La dernière chose dont une femme avait besoin, qui plus est une femme enceinte, c'était d'être réveillée par les cris de son partenaire. Il refusait de lui faire revivre pareille frayeur.

Elle croisa les bras.

— Je ne pense pas que ce soit une bonne idée, répondit-elle.

Il se releva péniblement et passa la main dans ses cheveux. Si seulement il avait toutes les réponses !

— Harper, je t'ai vue dans cette chambre. Je ne veux plus jamais provoquer cette expression horrifiée sur ton visage.

— À mon avis, nous devrions revenir à notre plan initial. L'abstinence. Inclure le sexe dans notre relation était une erreur.

Il approcha d'elle et posa la main sur sa joue.

— Inutile d'en arriver là. Je ne resterai pas toute la nuit, voilà tout.

— S'il te plaît, ne rends pas les choses difficiles.

Elle lui avait dit que sa peur de l'abandon était sa plus grande faiblesse. Et pourtant il avait réveillé cette peur en elle. Alors, il devait respecter ses limites et lui laisser le temps de retrouver ses marques.

— Tu es sûre que c'est ce que tu veux ?

— Notre relation n'est pas simple. Le sexe ne ferait que la compliquer encore.

Comme il ne répondait pas, elle insista :

— Nick ?

— Soit, finit-il par concéder.

Il n'était peut-être pas d'accord, mais si elle voyait les choses ainsi, alors, leurs relations charnelles s'arrêtaient là.

Il la prit par la main et la conduisit vers sa chambre. Devant la porte, il s'arrêta. Il n'avait qu'une envie, s'allonger dans ce lit avec elle et la serrer contre lui, mais il n'en ferait rien. Il déposa un doux baiser sur ses lèvres, espérant qu'elle comprendrait tout ce qu'il ne disait pas, et tourna les talons.

— Nick ?

Il n'entrerait pas dans cette chambre. S'il baissait sa garde une seule seconde, il la rejoindrait dans ce lit.

Il se contenta de la regarder par-dessus son épaule.

— Merci, dit-elle.

Elle le *remerciait ?*

— De quoi ?

— De m'avoir fait suffisamment confiance pour partager ton passé avec moi. Je sais que cela a dû être difficile et je veux que tu saches que cela me touche.

Craignant que sa voix ne tremble, il fit un signe de tête en guise de réponse. Puis, il parcourut le couloir sombre pour rejoindre son lit vide et froid.

Le lendemain, à son réveil, Harper vit Nick entrer dans la chambre avec un plateau. Elle bâilla et s'étira, pour se donner le temps de l'observer discrètement. L'homme qui se tenait devant elle était différent de celui qui lui avait parlé de ses tourments la veille. Le Nick d'aujourd'hui arborait un masque.

Elle éprouva une pointe de déception. C'était comme si on lui avait offert un cadeau et qu'on l'avait repris. Mais une part d'elle admirait la force de Nick, qui savait si bien cacher sa souffrance. Une souffrance qui le consumait, à en juger par la profonde angoisse qu'elle avait vue dans son regard. Le fait qu'il se confie à elle était un immense acte de foi. Elle se demandait même s'il avait déjà parlé de cela avec quelqu'un d'autre. Malcolm lui-même connaissait-il la profondeur de son tourment ?

— Bonjour, dit-il avec un petit sourire.

— Bonjour, Nick.

Elle s'assit, s'adossant à la tête de lit, et Nick déposa le plateau devant elle.

Le petit déjeuner était constitué de deux œufs au plat, de toasts et d'un verre de jus de fruits. Nick avait aussi ajouté un petit vase contenant une fleur mauve, qui provenait sans doute du buisson près de l'allée. Tout était disposé de manière nette et ordonnée, avec une précision militaire.

— Écoute, je suis désolé pour hier soir.

— Ce n'était pas si terrible, dit-elle avant de prendre une gorgée de jus de fruits.

Il l'observa, l'air sceptique.

— Si, ça l'était.

Oui, elle avait été bouleversée de le voir aux prises avec une telle souffrance. Et cela avait dû être très difficile pour lui de se dévoiler. Mais ils avaient pu en parler, et Harper trouvait cela très encourageant. Nick devait comprendre que la communication dans leur couple était essentielle pour aller de l'avant.

— J'apprécie que tu te sois ouvert à moi. Je suis sûre que c'était difficile, mais tu l'as fait.

Il soupira.

— C'est en partie pourquoi je te demande de m'excuser.

Je n'aurais pas dû te révéler toutes ces horreurs. C'est à moi de gérer cela, pas à toi.

Elle lui prit la main.

— Nous sommes une équipe, Nick. Nous pouvons partager les choses importantes.

De profonds sillons apparurent sur son front.

— D'accord. Si nous faisions quelque chose ensemble aujourd'hui ? Pour apprendre à se connaître.

Elle avait déjà prévu de voir des amies. Mais elle se rendit soudain compte qu'elle n'était plus célibataire, et qu'elle devait maintenant tenir compte d'une autre personne quand elle faisait des projets. Pour elle qui avait toujours farouchement protégé son indépendance, c'était une nouveauté à laquelle elle devrait s'adapter.

— Je devais déjeuner avec des amies, mais si tu penses que nous avons besoin de…

— Tu devrais y aller, dit-il, s'asseyant au bord du lit.

— Je suis désolée. J'avais prévu ce déjeuner il y a plusieurs semaines, quand j'étais encore célibataire… Et pour être franche, avec tout ce qui s'est passé, j'ai oublié de t'en parler.

— Harper, je tiens à ce que tu y ailles. Nous sommes censés nous soutenir mutuellement, mais cela ne veut pas dire que nous devons exclure les soutiens extérieurs.

— D'accord.

Cela lui ferait sans doute du bien temps de discuter avec ses amies, pour prendre un peu de recul sur la situation.

— Que vas-tu faire pendant ce temps ?

— Je dois faire mon jogging. En fait, je vais y aller maintenant, déclara-t-il en se levant.

— D'accord, je te verrai ce soir.

Il lui sourit, puis sortit de la chambre.

En le regardant partir, elle éprouva une sensation étrange. Peut-être parce qu'ils n'étaient pas des jeunes mariés ordinaires.

Il n'y avait pas de lien amoureux entre eux, et elle ne savait pas s'ils pouvaient compter l'un sur l'autre.

Elle regarda son plateau et prit la fleur. Nick Tate était un quelqu'un de bien, s'avisa-t-elle.

Alors, elle devrait peut-être se détendre et se laisser porter.

- 7 -

Quelques heures plus tard, Harper arriva au Texas Cattleman's Club pour déjeuner avec son amie Sophie, et les deux amies de celle-ci, Natalie Valentine et Emily Knox.

Déjà attablée, Sophie portait une élégante robe d'été vert menthe, et ses longs cheveux roux étaient relevés en chignon. Harper l'avait rencontrée six mois plus tôt à une vente de charité et elle avait tout de suite apprécié la jeune femme. Depuis que Sophie avait trouvé l'amour avec son patron Clay Everett, elle était encore plus pétillante, et Harper était ravie pour elle.

Face à Sophie se trouvait Natalie. Harper ne l'avait rencontrée que quelques fois, mais elle l'appréciait, et elle admirait son énergie : Natalie créait des robes de mariée tout en dirigeant un Bed and Breakfast, le Cimarron Rose.

— Harper, s'exclama Sophie, se levant pour la serrer dans ses bras. Je suis si heureuse de te voir !

Harper l'étreignit puis embrassa Natalie sur la joue.

— Contente de vous voir, toutes les deux.

Natalie rejeta ses cheveux en arrière.

— Il me tardait de déjeuner avec vous, les filles. J'ai été très occupée ces derniers temps, et cela me fera du bien de me détendre.

— J'allais dire la même…, commença Sophie avant de se figer net. Harper, est-ce une alliance que je vois là ?

Harper fixa son anneau d'or brillant et retint un sourire.

Elle s'était demandé comment elle allait aborder le sujet, mais apparemment elle n'avait plus à se poser la question.

— Oui, c'est bien une alliance.

— Une *alliance de mariage,* dit Sophie d'un ton incrédule. La semaine dernière, quand nous nous sommes vues, tu ne l'avais pas… ?

Cette fois, Harper ne put s'empêcher de sourire.

— C'est une longue histoire.

— Je veux bien le croire ! rétorqua Sophie en riant. Nous devrions peut-être attendre Emily, pour que tu n'aies pas à te répéter.

— La voilà, justement, annonça Natalie.

— Tant mieux ! s'exclama Sophie. Car je suis impatiente de connaître tous les détails.

Tandis qu'Emily se frayait un chemin entre les tables, Harper réfléchit à ce qu'elle allait dire. Il s'était passé tant de choses… Ses amies lui diraient-elles qu'elle avait perdu la tête ? Qu'elle était allée trop loin ? Un retour à la réalité lui ferait peut-être du bien. Surtout venant de Sophie, qui attendait un bébé avec l'amour de sa vie, et qui aurait donc une bonne vision de la situation. Son avis était celui qui comptait le plus pour Harper.

Emily arriva à leur table et les embrassa pour les saluer. Lorsqu'elle fut installée, Sophie prit la parole.

— Tu arrives à point, Emily. Harper allait nous expliquer comment il se fait qu'elle soit mariée alors qu'elle ne fréquentait personne la dernière fois que je l'ai vue… Il y a une semaine.

Emily ouvrit de grands yeux.

— Oh ! voilà une histoire croustillante ! Je suis contente d'être arrivée à temps pour l'entendre.

Ne sachant pas par où commencer, ni comment tout expliquer, Harper décida de se lancer, en espérant qu'elle trouverait les mots au fur et à mesure.

— Vous connaissez tous mon patron, Malcolm Tate ?

— Tu as épousé Malcolm Tate ? s'exclama Natalie. Il est divin !

— Pas Malcolm, dit Harper. Son frère jumeau, Nick.

— Comment se fait-il que je n'aie jamais entendu parler de lui ? s'étonna Natalie. Je me souviendrais d'un détail pareil.

— En fait, intervint Emily, je crois me rappeler de lui. Il était dans l'armée, non ?

— Oui, répondit Sophie. Il a épousé la sœur d'Andrea Miller, Melissa. Je n'ai jamais trouvé cette fille très sympathique.

— Tu le fréquentais depuis longtemps ? questionna Emily.

Harper coinça ses cheveux derrière ses oreilles, gênée. En fait, elle n'avait eu aucun rendez-vous galant avec Nick.

— Nous nous sommes rencontrés au bal masqué de Simone Parker.

Elle se garda de préciser qu'elle avait cru se trouver face à Malcolm ce soir-là…

— C'était une superbe soirée, commenta Natalie. Mais c'était il y a trois mois. C'est un peu rapide pour se marier.

Sophie poussa un soupir rêveur.

— Ce doit être l'amour vrai, si vous vous êtes décidés si vite. Mais pourquoi ne m'as-tu pas dit que tu avais une relation avec lui ?

— Eh bien…, commença Harper.

Elle avait le sentiment qu'elle pouvait faire confiance à ces femmes, mais, si elle se trompait, elle ne serait pas la seule à en subir les conséquences. Si l'une de ses amies ébruitait le fait qu'elle avait fait un mariage de convenance, les avocats de Melissa pourraient se servir de cette information contre Nick. Alors, elle se contenta d'une demi-vérité.

— J'ai été prise dans un tourbillon, et tout s'est accéléré quand j'ai découvert que j'étais enceinte.

— Tu es enceinte aussi ? s'écria Sophie. C'est fantastique !

Les autres femmes la félicitèrent à leur tour.

— Et ce n'est pas tout, ajouta Harper.

— Que peut-il y avoir de plus ? rétrorqua Natalie.

— J'attends des jumeaux.

— Oh ! Seigneur ! s'exclama Sophie, plaquant la main sur sa poitrine. C'est la plus belle histoire que j'aie entendue depuis des années !

Émue par l'enthousiasme de son amie, Harper dut ravaler les larmes qui embuaient son regard. À présent, elle regrettait de ne pas avoir partagé la nouvelle avec Sophie plus tôt.

— Je suis désolée de ne t'avoir rien dit. Tout est arrivé si vite que je n'ai pas eu le temps de réfléchir.

— Tu es heureuse ? s'enquit Sophie d'un ton sérieux.

— Oui, dit-elle en souriant.

C'était en partie vrai. Certes, elle s'inquiétait des conséquences si jamais son mariage échouait, mais elle était très heureuse à l'idée d'accueillir ses bébés. Et passer du temps avec Nick était un bonus appréciable.

— Alors, c'est tout ce qui compte, conclut Sophie. Nous devons fêter ça.

Elle appela un serveur et demanda une bouteille de champagne sans alcool.

Le serveur revint rapidement avec leur commande et quatre flûtes.

Lorsqu'elles furent servies, Sophie porta un toast.

— À Harper et Nick, et à cette grossesse ! Je suis impatiente de rencontrer ces bébés !

— À Harper ! renchérirent Natalie et Emily.

Harper dut faire semblant de boire. Car pour l'instant, elle avait la gorge trop nouée pour avaler quoi que ce soit.

— Merci, dit-elle. Je suis très touchée.

— Moi aussi, j'ai une bonne nouvelle, annonça Emily.

— Vraiment ? s'exclama Sophie.

Emily se pencha vers elles, presque tremblante d'excitation.

— Je suis enceinte.

— Oh ! Emily ! s'écria Sophie.

Elle se leva pour étreindre son amie.

— Je suis très heureuse pour Tom et toi.

Harper se rappela ce que Sophie lui avait raconté sur leur couple. Emily et Tom avaient eu la grande douleur de perdre un enfant, et cela avait failli détruire leur mariage. Ils ne s'étaient retrouvés que récemment, alors, cette grossesse était un cadeau du ciel. Harper était ravie pour eux.

Emily s'essuya le coin de l'œil avec sa serviette.

— Merci. Nous sommes très chanceux, nous en avons conscience.

— Tu connais déjà le sexe du bébé ? demanda Natalie.

— Nous savons que c'est un petit garçon, répondit Emily, posant la main sur son ventre. Et nous l'appellerons Jeremy Ryan Knox.

Sophie porta un deuxième toast à la future famille, et les quatre amies firent tinter leurs flûtes les unes contre les autres.

— Bien, dit Sophie. Vous savez toutes que Clay et moi attendons un enfant, alors, cela fait trois femmes enceintes.

Elle se tourna vers Natalie.

— Et toi, Natalie ? Serais-tu enceinte aussi, par hasard ?

Natalie eut un rire nerveux.

— Aucune chance, je le crains. Colby et Lexie m'occupent beaucoup trop pour que j'envisage d'avoir un autre enfant. Mais j'ai tout de même une bonne nouvelle, moi aussi.

— Nous sommes tout ouïe, dit Emily.

— Brandee Lawless m'a demandé de créer sa robe de mariée pour son mariage avec Shane, ainsi que les robes des demoiselles d'honneur. J'ai pu avoir un aperçu des préparatifs du mariage et je peux vous dire que ça va être grandiose. Je suis vraiment ravie de participer à cet événement.

— C'est une nouvelle formidable, s'exclama Sophie,

levant son verre pour la troisième fois. Aux créations époustouflantes de Natalie !

Tout le monde félicita la jeune créatrice. Et Sophie prit l'initiative de commander une deuxième bouteille de champagne.

Quand Harper eut fini sa salade, elle repoussa son assiette et écouta la conversation. Se faire des amies n'avait pas fait partie de ses priorités lorsqu'elle avait emménagé à Royal deux ans plus tôt, mais maintenant elle se disait qu'elle avait peut-être eu tort. Puisque sa vie était en train de changer, c'était peut-être le bon moment pour consolider les amitiés naissantes. Elle se fit la promesse de rester en contact avec Sophie, Natalie et Emily.

Une fois le repas terminé, Emily aborda un sujet moins joyeux.

— Quelqu'un a entendu quelque chose sur Maverick ? Il semble s'être calmé ces derniers temps.

— Pourvu que cela dure, déclara Natalie. Il a été très actif durant des mois, mais je n'ai plus rien entendu depuis qu'il s'en est pris à Clay.

Harper aimerait être optimiste, mais elle craignait que Maverick refasse parler de lui bientôt.

— Je ne sais pas grand-chose sur Maverick, dit-elle, mais quand j'étais avocate dans le Connecticut j'ai vu quelques cas similaires. Parfois, le maître chanteur cesse ses attaques à cause de facteurs qui échappent à son contrôle. Mais cela peut aussi signifier qu'il prépare une attaque de plus grande ampleur. J'espère me tromper, mais je ne pense pas que nous devrions baisser notre garde.

Sophie fronça les sourcils.

— Il faut que quelqu'un arrête ce type.

Le mois dernier, le maître chanteur anonyme avait diffusé une série de fausses informations sur Everest, l'entreprise de Clay. Avant d'être en couple avec Clay, Sophie était sa secrétaire et elle avait très mal vécu les attaques de Maverick.

Et, quelques mois plus tôt, Maverick avait envoyé à Emily des photos de son mari, dont elle était séparée à l'époque, pour lui faire croire qu'il avait une seconde famille secrète. Fort heureusement, Tom et Emily avaient résolu leurs difficultés et étaient plus unis que jamais, mais personne n'appréciait Maverick autour de cette table. Ou à Royal, d'ailleurs.

— J'ai discuté avec le shérif Battle hier, dit Emily. Plusieurs agents travaillent sur le dossier Maverick. Dès qu'ils sauront qui il est, ils pourront l'arrêter.

Sophie soupira.

— Espérons qu'il sorte de nos vies avant d'avoir sévi de nouveau.

— Bien dit, approuva Emily.

Natalie recula sa chaise et empoigna son sac à main.

— Désolée de m'en aller si vite, mais j'ai une journée très chargée.

— Pas de problème, dit Sophie. Il est vrai que tu as beaucoup de choses à faire en ce moment.

Une fois Natalie partie, Sophie se tourna vers Harper et posa la main sur son bras.

— Chérie, je suis vraiment heureuse de tout ce qui t'arrive. Mais… Je ne sais pas comment te dire cela…

Harper lui offrit un sourire rassurant. Elle s'était attendue à quelques questions supplémentaires.

— Parle. Je ne me vexerai pas.

— Pour une jeune mariée qui porte les bébés de son mari, tu sembles un peu… morose. Tout va bien ?

En voyant le regard de Sophie, Harper sut que son amie était bien intentionnée. Devrait-elle se confier à elle ? Formuler ses inquiétudes à haute voix l'aiderait peut-être à mettre de l'ordre dans ses pensées.

Pour éviter que des oreilles indiscrètes ne l'entendent, elle baissa la voix.

— Je suis un peu inquiète pour Nick.

Sophie se pencha vers elle et murmura :

— Il ne voulait pas se marier ?

— Si, c'était son idée. Il est très investi dans notre mariage.

Elle but une gorgée de champagne avant de poursuivre.

— Il souffre d'un syndrome de stress post-traumatique depuis sa dernière mission dans l'armée. Et puis, il essaie d'obtenir la garde conjointe de sa fille Ellie, et avec le mariage et la naissance prochaine des jumeaux… Je me demande si cela ne fait pas un peu trop pour lui.

Elle se rappela l'expression sur son visage, lorsqu'il s'était réveillé après son cauchemar et s'était rendu compte de sa présence.

— Et j'ignore comment l'aider.

Emily sembla hésiter à parler, puis se lança.

— J'espère que tu ne m'en voudras pas d'intervenir, Harper. Je ne te connais pas si bien que ça et je ne sais rien du syndrome de stress post-traumatique, mais je sais comment la souffrance émotionnelle peut affecter un mariage.

Elle s'interrompit, attendant sans doute que Harper l'encourage à poursuivre.

— Cela ne m'ennuie pas du tout, Emily. Je serais contente d'avoir ton avis.

— Après la mort de notre petit garçon, le chagrin a anéanti mon mariage avec Tom. Et nous avons laissé faire. Si je devais revenir en arrière, je ne laisserais pas la situation se détériorer sans rien faire. Maintenant je suis une grande partisane de l'action. Il vaut toujours mieux tenter quelque chose.

Tenter quelque chose. L'idée était si simple et, en même temps, si complexe… si juste. C'était comme si elle avait allumé ses phares en pleine nuit : à présent, elle voyait une partie de la route. Et une partie, c'était suffisant pour l'instant.

Oui, elle pouvait tenter quelque chose. Elle était douée pour faire des recherches, évaluer les options, faire des choix. Elle pouvait y arriver. Elle pouvait aider Nick.

— Merci, dit-elle, serrant la main d'Emily. C'est ce que j'avais besoin d'entendre.

— En attendant, reprit Sophie joyeusement, nous devrions commander une autre bouteille. À nous trois, nous avons quatre bébés en route !

— Tu as raison ! approuva Harper en riant.

— À nous ! conclut Emily.

Quand Harper se gara dans l'allée lundi soir, après sa journée de travail, Nick était prêt à l'accueillir. Depuis qu'il vivait en reclus, il avait pris de mauvaises habitudes. Mais, maintenant qu'il avait une épouse, il devait changer. D'ordinaire, l'après-midi, il s'exerçait dans sa salle de gym, puis se douchait, enfilait un short et se faisait livrer un repas.

Aujourd'hui, il avait enfilé un pantalon cargo et un T-shirt, et s'était même coiffé avec un peigne et non avec ses doigts. Mieux, il avait commencé à couper des légumes pour en faire une poêlée.

Pour être franc, il était assez content de lui. Peut-être pourrait-il réussir à être un bon mari ?

Non. Car il y avait les cauchemars. Le fait qu'il ne puisse pas partager le lit de sa femme. La peur constante de faillir à ses devoirs envers elle comme il avait failli à ses devoirs envers Ellie, et envers les hommes qui étaient morts sous son commandement. Les ténèbres qui l'enveloppaient plus souvent qu'à son tour, et la lutte constante pour ne pas les laisser s'infiltrer dans sa relation avec Harper…

L'estomac noué et les mains tremblantes, il jura et laissa tomber le couteau sur le plan de travail.

Quand il sentait ces ténèbres s'abattre sur lui, il se disait toujours la même chose : il avait fait le mauvais choix en entraînant Harper dans son monde. Il aurait dû la laisser repartir dans le Connecticut, auprès de sa mère, où elle aurait été en sécurité. Cette pensée l'avait particulièrement obsédé aujourd'hui, voilà pourquoi il avait fait un effort particulier pour être un mari modèle.

La porte qui communiquait entre la maison et le garage s'ouvrit, et Harper apparut, ses cheveux dansant autour de ses épaules. Il remarqua ses longues jambes fuselées dans sa jupe crayon gris anthracite. Lorsqu'elle posa les yeux sur lui, son regard s'adoucit, et Nick sentit son cœur tressauter. Et il sut à cet instant que jamais il ne pourrait l'abandonner. Elle était si solaire, si exceptionnelle. Maintenant qu'elle était son épouse, il ferait tout pour qu'elle le reste pour toujours.

— Bienvenue à la maison, lança-t-il, lui prenant son attaché-case des mains.

— Si c'est ça le mariage, dit-elle en souriant, je crois que je pourrais m'y faire.

— Et ce n'est pas tout. Je suis en train de préparer le dîner, ajouta-t-il, retournant à la cuisine. Tu veux boire quelque chose ?

— En fait, il y a quelque chose que je veux faire, mais j'ignore comment tu vas réagir.

Il haussa les épaules et enfonça les mains dans les poches.

— Nous en sommes encore au stade où nous apprenons à connaître nos habitudes, alors mieux vaut être direct.

— D'accord, mais il ne s'agit pas d'une de mes habitudes.

Elle semblait nerveuse.

— En fait, c'est une demande assez étrange, poursuivit-elle.

En temps normal, il n'aimait pas les surprises, mais

celle-ci lui plaisait déjà. Ou, plus précisément, il aimait regarder Harper la dévoiler.

— Tu as piqué ma curiosité. Je suis tout ouïe.

— J'ai entendu parler d'un chien aujourd'hui, dit-elle. Il s'appelle Frank, et sa situation est assez désespérée.

Elle lui prit la main et entremêla ses doigts aux siens.

— Je crois que nous devons le sauver.

Un chien ? C'était la dernière chose à laquelle il aurait pensé. Même si Harper avait parlé avec Ellie des chiens qu'elle avait eus enfant, il aurait cru qu'elle préférait les chats. En ce qui le concernait, il adorait les cabots, et si un chien avait des ennuis, il l'aiderait sans hésiter.

— Quel genre de sauvetage ? demanda-t-il, songeant déjà à la logistique. Le genre qui requiert une pince coupante ou un grappin ?

Elle gloussa.

— Seal un jour, Seal toujours… Non, rien d'aussi extrême. Tu es d'accord, alors ?

— Parle-moi un peu plus de ce chien et de sa situation.

Elle se dirigea vers l'escalier et lança :

— Si je t'en parlais dans la voiture ?

Pas de doute, c'était une négociatrice de talent.

Il croisa les bras et attendit. Harper n'était pas la seule à maîtriser l'art de la négociation.

Après quelques instants, elle revint sur ses pas.

— Nick ?

Il décroisa les bras et sourit.

— Bien sûr, allons voir ça.

Elle noua les bras autour de son cou.

— Merci.

Incapable de résister, il l'étreignit quelques instants, avant de la relâcher. Avoir Harper était dans ses bras était dangereux. Car cela lui faisait oublier qu'ils avaient convenu de ne pas avoir de relations charnelles, du moins jusqu'à ce qu'il recouvre le contrôle sur ses cauchemars.

Il reprit son souffle — et se reprit tout court.

— Tu dois te changer d'abord ? demanda-t-il.

Elle regarda son chemisier de soie et sa jupe crayon, ne paraissant pas comprendre sa question.

— J'ignore où nous allons, mais si un chien a besoin d'être sauvé, il vaut sans doute mieux que tu portes des vêtements que tu ne crains pas de salir.

Elle hésita une fraction de seconde avant d'acquiescer.

— Tu as raison.

Elle disparut dans le couloir, et il en profita pour remettre les légumes au réfrigérateur. Elle revint quelques minutes plus tard, vêtue d'un T-shirt et d'un pantalon large.

— Je suis prête, dit-elle.

Il prit son portefeuille et ses clés, et descendit dans le garage avec Harper.

Une fois dans la voiture, il demanda :

— Quelle direction dois-je prendre ?

— Le refuge pour animaux de Royal.

Un refuge pour animaux ? Il avait cru devoir sauver ce chien et ensuite l'emmener dans un refuge. S'ils *commençaient* par un refuge…

— Harper, dit-il lentement, est-ce que nous allons adopter un chien ?

— Je ne sais pas, répondit-elle d'un ton évasif. Peut-être.

— Nous allons dans un refuge. Quelle autre option y a-t-il à part l'adoption ?

— Nous pourrions l'accueillir jusqu'à ce qu'il trouve un foyer. Ou peut-être le parrainer. Ou trouver un autre moyen de le sauver. J'ai entendu parler de Frank aujourd'hui et je me suis dit que nous devions faire quelque chose.

Frank. Un beau nom pour un chien.

— Que sais-tu sur lui ?

— Pas grand-chose, alors il vaudrait peut-être mieux attendre que la directrice du refuge nous explique son histoire.

Sa voix était confiante et joyeuse, et aurait sans doute convaincu un jury.

Il consulta sa montre sans lâcher le volant.

— Le refuge est-il ouvert à cette heure-ci ?

— La directrice m'a dit qu'elle restait pour faire de la paperasse et qu'elle nous laisserait voir Frank.

Il avait le sentiment qu'elle ne lui disait pas tout. Il pourrait insister pour la faire parler, ou cesser de s'inquiéter et laisser les choses venir. Il choisit la seconde solution.

Quand ils arrivèrent au refuge, Harper appela un numéro. Après, quelques instants, une jeune femme rousse aux yeux verts vint ouvrit la porte principale.

— Vous êtes Harper ? demanda-t-elle.

— Oui. Et vous devez être Megan. Merci de nous recevoir après l'heure de fermeture.

— Pas de problème, dit l'autre femme en fermant la porte derrière eux. J'ai un faible pour Frank.

Harper jeta un regard à Nick, comme pour juger de sa réaction, puis se tourna vers Megan.

— Pouvons-nous le voir ?

— Bien sûr, suivez-moi.

La directrice les conduisit vers une petite pièce où se trouvaient quelques chaises et un panier de chien. Près du mur, un labrador chocolat était allongé, la tête sur ses pattes.

— C'est la pièce dans laquelle nous organisons les rencontres avec les animaux. J'y ai installé Frank au cas où vous viendriez.

— Vous pensiez que nous n'allions pas venir ? demanda Harper.

— Disons que Frank n'est pas très populaire. N'est-ce pas, trésor ?

Lorsqu'il entendit son nom, le chien bougea les yeux,

mais sans lever la tête. À l'évidence, il n'était guère intéressé par ce qui se passait autour de lui, ce qui était inhabituel pour un labrador.

Nick s'agenouilla et tendit la main vers l'animal.

— Hé, Frank. Comment ça va ?

Le chien leva les yeux d'un air méfiant, puis l'ignora. Quelque chose n'allait pas, c'était certain.

— Que lui est-il arrivé ? lança-t-il sans quitter le chien des yeux.

— Son propriétaire était dans l'armée, dit Megan. Il a laissé Frank chez une famille lors de sa dernière mission. Malheureusement, il n'est jamais revenu, alors Frank s'est retrouvé ici.

Nick eut l'impression d'avoir reçu un coup dans le ventre. Il pouvait à peine respirer. Depuis son retour, il se tourmentait en pensant aux gens de son unité qui n'étaient jamais rentrés chez eux, et il avait devant lui un chien qui souffrait pour la même raison.

Harper s'agenouilla à côté de lui.

— Est-il malade ? demanda-t-elle à Megan.

— Non, il est déprimé. Il est ainsi depuis son arrivée. Le personnel a tenté toutes sortes de stratégies pour le pousser à se reprendre, mais rien à faire. Nous avons même du mal à le faire manger. C'est comme s'il avait abandonné tout espoir.

Pour ne pas avoir l'air menaçant, Nick s'allongea sur le ventre et rampa vers le labrador. Il tendit la main, et Frank releva la tête, renifla vaguement sa main, puis remit la tête sur ses pattes. Nick éprouva aussitôt le besoin de le protéger.

— Quelles sont les options pour Frank ? s'enquit-il à voix basse pour ne pas effrayer le chien.

— Dans le meilleur des cas, dit Megan, il est adopté par des gens qui comprennent sa situation et son état émotionnel, et qui se montrent patients et aimants pendant qu'il se rétablit.

— Et dans le pire des cas ? poursuivit-il sans quitter Frank des yeux.

— Il reste ici et déprime un peu plus chaque jour.

Nick retint un frisson. C'était hors de question.

— Autres options ?

— Nous lui trouvons un foyer d'accueil, le temps qu'il se remette, puis il sera adopté.

Il regarda ce chien triste qui avait perdu son maître à cause de la même guerre que celle qui hantait Nick. De toute évidence, Frank ne pouvait pas rester dans ce refuge, et il avait besoin non pas d'une famille d'accueil temporaire, mais de quelqu'un qui s'investisse pour lui. Quelqu'un qui le protégerait. Quelqu'un qui ne l'abandonnerait jamais.

Il prit une profonde inspiration. Il n'avait peut-être pas pu sauver tous les hommes de son unité, mais il pouvait sauver Frank.

Il interrogea Harper du regard. Elle hocha la tête.

Il se tourna vers Megan.

— Quelles formalités dois-je remplir pour adopter ce chien ?

Une fois dans la voiture, Harper se retourna sur son siège. Allongé sur la banquette arrière, le labrador triste n'avait pas encore compris que son avenir s'améliorait. Dans l'ensemble, elle était plutôt satisfaite de sa soirée.

Nick démarra.

— Nous n'avons aucune des choses dont Frank aura besoin, dit-il.

Elle prit son téléphone pour trouver l'animalerie la plus proche.

— Il y a un magasin pas très loin.

Elle lui indiqua l'itinéraire à suivre.

Quand ils atteignirent le magasin, elle resta dans la voiture avec Frank pendant que Nick allait acheter le nécessaire.

— Tu sais, Frank, dit-elle une fois qu'ils furent seuls, tu vas aimer Nick. Toi et moi, nous avons de la chance qu'il nous ait choisis.

Toutefois, dans le cas de Frank, la chance avait eu un petit coup de pouce. Lors de son déjeuner entre filles, lorsque Emily l'avait encouragée à agir, Harper avait eu un déclic. Elle avait fait des recherches et déniché deux informations intéressantes. Premièrement, il existait des programmes spécifiques mettant en relation des vétérans souffrant de syndrome de stress post-traumatique avec des chiens de service formés, qui pouvaient intervenir et éliminer certains symptômes. Les résultats étaient étonnants, malheureusement, il y avait une longue liste d'attente.

En continuant ses recherches, elle avait trouvé une autre information : il était conseillé aux gens souffrant de stress post-traumatique de s'investir pour aider une autre personne. Dans le cas de Nick, Harper s'était dit qu'il valait mieux qu'il aide non pas une personne mais un animal.

Il avait suffi d'un coup de fil au refuge pour animaux de Royal pour trouver le chien idéal. Frank et Nick subissaient tous les deux les conséquences de la même guerre, et étaient donc parfaits l'un pour l'autre.

Aider Frank aiderait Nick. Et, avec un peu de chance, ils pourraient peut-être faire former Frank afin qu'il aide Nick à surmonter son syndrome. Tout le monde serait gagnant.

Nick sortit du magasin les bras chargés. Il déposa ses achats dans le coffre avant de revenir s'installer au volant.

— Tout ça pour Frank ? demanda-t-elle.

— Ce sont juste quelques petites choses pour les premiers jours. De la nourriture, un panier, un collier et une laisse. Et aussi des friandises et des jouets.

— Il faut tout cela juste pour les premiers jours ?

Il lui lança un regard surpris.

— Tu n'avais pas dit à Ellie que tu avais des chiens autrefois ?

— Un dogue allemand et un labrador.

— Marshall et Darcy.

Elle était touchée qu'il se souvienne de leur nom.

— Oui. Mais je ne me souviens pas qu'ils aient eu autant d'affaires. Peut-être les choses étaient-elles plus simples à l'époque.

Il sourit.

— Ou peut-être étaient-ce tes parents qui s'occupaient des achats.

— Sans doute, répondit-elle, lui rendant son sourire. Tu as déjà eu des chiens ?

— Oui, j'en ai eu pendant la majeure partie de ma vie.

Il fit un petit signe à Frank avant de redémarrer la voiture.

— Les chiens embellissent la vie, déclara-t-il.

Elle attendit qu'il s'insère dans la circulation pour continuer la discussion.

— Pourquoi n'en avais-tu pas déjà un, alors ?

Il haussa les épaules.

— J'étais souvent en mission, et Melissa ne voulait pas s'occuper d'un chien pendant mon absence.

— Mais vous êtes divorcés depuis près de deux ans, et surtout tu n'es plus dans l'armée. Tu n'as plus à t'absenter pour de longues périodes.

— Je n'y avais pas pensé, affirma-t-il, changeant de voie pour dépasser une voiture.

Elle n'y croyait pas une seconde.

— Quelle est la vraie raison ? questionna-t-elle avec douceur.

Il poussa un grand soupir et roula des épaules.

— Je ne pensais pas être en état de prendre de grandes responsabilités.

— Mais tu l'as fait, dit-elle, posant la main sur son petit ventre rond. Tu as assumé la responsabilité de ces bébés. Tu n'étais pas obligé de le faire… Tu as eu plusieurs occasions de renoncer. Mais tu t'es investi.

Il garda le silence durant de longues minutes. Lorsqu'ils s'arrêtèrent à un feu rouge, il se tourna vers elle.

— Jusqu'à ce jour où Malcolm m'a annoncé que tu étais enceinte, j'étais presque un ermite, admit-il d'une voix rauque. Les bébés et notre situation m'ont forcé à sortir de ma cachette. À revenir dans le monde.

— Tu es content ? demanda-t-elle, songeant à sa conversation avec Sophie et Emily la veille. D'être revenu dans le monde ?

Il passa la main dans ses cheveux.

— Je crois. Mais, en toute honnêteté, je n'en sais rien.

Le feu passa au vert.

— Tout ce que je sais, c'est que je suis heureux que les bébés et toi fassiez partie de ma vie.

Elle posa la main sur sa cuisse, pour lui témoigner son soutien.

Lorsqu'il reprit la parole, sa voix était plus gaie.

— Je connais une personne qui sera très contente de rencontrer Frank.

— Ellie, dit-elle en souriant. Elle sera aux anges.

Il posa la main sur la sienne.

— Plus sérieusement, je suis content.

Elle savait qu'il parlait d'elle et des bébés.

— Moi aussi, murmura-t-elle en serrant sa main.

Moins d'une heure plus tard, ils étaient chez eux. Nick finissait de faire cuire sa poêlée de légumes, et Frank s'était installé dans son nouveau panier, le ventre plein. Il avait exploré le jardin, arrosé une plante, puis visité quelques pièces de la maison avant de se coucher dans son panier d'un air indifférent. Il n'avait manifestement pas de grandes attentes sur cette maison. Mais c'était sans doute parce qu'il ne la considérait pas encore comme son foyer — il attendait probablement que son propriétaire d'origine revienne le chercher.

Toutefois, il avait regardé Nick à plusieurs reprises. Peut-être parce qu'il voulait être nourri, mais Harper espérait que c'était parce qu'il commençait déjà à s'attacher à son nouveau maître.

Elle se dirigea vers les fourneaux.

— Ça sent très bon, commenta-t-elle. Tu as besoin d'aide ?

— Pas pour l'instant, merci. Je ne savais pas quel genre de cuisine tu préférais, alors j'ai juste acheté quelques provisions au supermarché.

Elle observa le contenu de la poêle chaude.

— C'est tout à fait ce que j'aime. Mais tu as raison, nous devrions aller faire les courses quand nous aurons le temps, pour savoir ce que nous aimons tous les deux.

Il l'étudia, l'air sérieux.

— Nous avons pensé aux choses importantes, mais il y a encore beaucoup de petites choses du quotidien que nous devrons apprendre au jour le jour.

Elle posa une main sur son ventre.

— Je trouve que nous nous débrouillons plutôt bien, dit-elle. Nous devons simplement continuer à aller de l'avant, et ne pas laisser les choses importantes nous submerger.

Il sourit.

— Tu as tout à fait raison.

- 8 -

Cela faisait à peine dix jours que Nick s'était marié avec Harper et une semaine qu'il avait adopté Frank. Et, déjà, il ne pouvait imaginer sa vie sans eux. Il passait ses journées avec Frank — il avait installé un panier de luxe dans son bureau pour que Frank puisse y faire la sieste pendant qu'il travaillait. Et, quand il avait besoin de se dégourdir les jambes, il allait marcher avec son labrador. Il espérait pouvoir bientôt courir avec lui, quand la condition physique de Frank se serait améliorée.

Quant à ses soirées, il les consacrait à Harper. Ils cuisinaient à tour de rôle. Parfois, ils regardaient un film. D'autres fois, ils parlaient des petits détails de leur vie, pour mieux se connaître. Mais ils ne mangeaient plus de crème glacée et prenaient soin d'éviter tout contact physique inutile.

Et cela le rendait fou.

Car il la désirait davantage à chaque jour qui passait. Chaque heure. Chaque minute.

Il la désirait avec une force qui le surprenait lui-même. Et il ne voulait pas seulement lui faire l'amour. Il rêvait aussi de ces contacts physiques anodins que partageaient les couples amoureux. Il aimerait lui voler un baiser quand ils se croisaient dans le couloir. La serrer dans ses bras quand elle rentrait du travail. La toucher, tout simplement.

Alors, ce soir-là, comme ils étaient dans le jardin avec Frank, Nick décida d'aborder le sujet.

— J'ai réfléchi à quelque chose, dit-il. Si nous venions de nous rencontrer, je voudrais t'inviter à sortir.

Elle haussa les épaules.

— Mais nous ne venons pas de nous rencontrer. Notre situation est déjà bien trop complexe.

Il enfouit les mains dans ses poches.

— Et si nous faisions simple ? Si nous décidions que quoi qu'il arrive, nous ne laisserions pas notre relation conjugale affecter notre couple parental ?

Elle se tourna vers lui, le clair de lune se reflétant sur sa chevelure châtain.

— Que suggères-tu, au juste ?

— Que nous ayons des rendez-vous galants, dit-il simplement.

— Tu veux des rendez-vous galants avec ta propre femme ?

— Plus que tu ne peux l'imaginer.

— Je ne sais pas, Nick, répondit-elle en croisant les bras. Il y a tellement de risques, surtout pour les bébés et Ellie.

— Mais il y a aussi de grandes chances pour que notre relation soit meilleure encore. Ce qui serait mieux pour nous, mais aussi pour les bébés et Ellie.

Il vit une lueur briller dans son regard et sentit l'espoir grandir en lui. Mais, bien vite, elle grimaça et secoua la tête.

— Je pense que nous avons manqué notre fenêtre de tir. Si je n'étais pas tombée enceinte et que nous nous étions croisés au supermarché ou au club…

Elle s'interrompit et fit quelques pas sur la pelouse, avant de s'appuyer contre un arbre.

Il songea à renoncer. Mais son désir pour elle était trop fort. Il la rejoignit.

— C'est insensé. La femme que je désire m'est interdite parce que je l'ai épousée.

— Nous avions de bonnes raisons de mettre en place cette limite, rappela-t-elle d'une voix tendue.

Exact, mais il y avait quelque chose de particulier entre eux. Quelque chose qui ne disparaissait pas avec le temps.

— Harper, ma dernière mission m'a appris que la vie est courte et imprévisible. Et je ne veux pas avoir de regrets.

— C'est aussi ma façon de penser. Je ne veux pas emmener notre relation dans un nouveau territoire et le regretter ensuite.

— Nous ne serons jamais de simples amis. Il y a une attirance entre nous, tu ne peux pas le nier.

Il lui prit la main, et un frisson délicieux le parcourut.

— Il y a une alchimie entre nous. Si nous continuons ainsi, la tension sexuelle finira par exploser. Le mieux à faire, c'est de contrôler cette tension autant que possible.

Elle garda le silence durant quelques secondes.

— D'accord, si — et je dis bien si — nous essayions de contrôler cela, comment suggères-tu de procéder ?

— En nous fréquentant comme des amoureux. Nos rendez-vous seraient totalement distincts de notre mariage. Le mariage est l'accord légal que nous avons conclu pour le bien des bébés, d'Ellie, et de Tate Armor.

Il approcha imperceptiblement.

— Les rendez-vous galants, ce serait uniquement pour notre plaisir à tous les deux, conclut-il.

Frank les rejoignit après avoir fini sa promenade nocturne. Nick lui donna une petite caresse. Comprenant que, de toute évidence, ses maîtres en avaient encore pour un moment, le labrador s'allongea à leurs pieds.

— Nick, nous venons de regarder un film ensemble sur le canapé. Nous avons dépassé le stade des rendez-vous galants.

— Ce n'est pas parce que nous vivons sous le même toit que nous ne pouvons pas nous voir à l'extérieur. Nous sortirions quand l'envie nous en prend, comme le ferait un couple naissant.

Elle sembla perplexe.

— Le sexe demeure une limite à ne pas franchir pour moi, déclara-t-elle.

— Nous ne sommes pas obligés de coucher ensemble.

Il fit un autre pas vers elle.

— Nous pourrions nous tenir la main, dit-il. Nous embrasser. Comme si nous flirtions ensemble. Essayons, et nous verrons comment ça se passe. Si cela complique la situation, nous reviendrons en arrière.

Elle se mordilla la lèvre tandis qu'elle réfléchissait, et il l'observa, fasciné. Il avait embrassé cette lèvre rebondie. Que ne donnerait-il pas pour pouvoir l'embrasser à cet instant ! Pour l'aspirer entre ses lèvres et la mordiller doucement…

Elle soupira.

— Si nous continuons à franchir la limite pour ensuite revenir en arrière, cette limite sera totalement floue, argua-t-elle.

— Tout se résume à une question.

Il serra sa main entre les siennes.

— Harper, as-tu envie de sortir avec moi ?

Elle ferma les yeux, comme si elle était au supplice, puis les rouvrit et soutint son regard.

— Évidemment, j'en ai *envie.* Il n'en a jamais été autrement.

— Alors, essayons. Nous sommes tous les deux conscients des pièges potentiels, ce qui veut dire que nous serons avertis.

Elle l'observa, hésita, puis finit par hocher la tête.

— D'accord. Mais ce sera juste un essai.

Il voulut la serrer dans ses bras, mais il craignait de la brusquer. Alors, il se contenta de répondre :

— Marché conclu.

Mais, en son for intérieur, il souriait.

Le lendemain, à l'heure du déjeuner, Harper déballait un sandwich dans son bureau quand elle crut entendre la voix de Nick par la porte ouverte. Elle regarda par les murs de verre et vit Nick qui se faufilait entre les bureaux de l'*open space* pour se diriger vers elle.

Elle sentit son cœur tressauter. Elle adorait le regarder marcher. À chacun de ses pas, ses vêtements collaient à son corps, soulignant son physique d'athlète. Elle dut réprimer un soupir appréciateur.

Quelques personnes le saluèrent en l'appelant Malcolm, et sans prendre la peine de les détromper, il leur rendit un salut amical et continua à marcher.

Elle secoua la tête. Comment pouvait-on confondre ces deux hommes ? Ils se ressemblaient peut-être en apparence, mais Malcolm était solaire, alors que Nick était ténébreux. Cela dit, si elle-même n'avait pas pris conscience que Nick n'était pas Malcolm alors qu'elle avait couché avec lui, quoi d'étonnant à ce que des gens qui le voient simplement passer ne se rendent compte de rien ? Et puis, Nick était un associé invisible. Certains ignoraient même que Malcolm avait un frère jumeau qui possédait la moitié de la société.

Nick arriva devant le bureau de Tom, l'assistant de Harper. Ce dernier leva les yeux pour voir si elle était disponible puis fit signe à Nick d'entrer. Manifestement, Tom aussi pensait avoir affaire à Malcolm.

Un délicieux frisson d'anticipation la parcourut quand Nick entra dans son bureau, rivant son regard au sien.

— Bonjour, Harper, dit-il, un sourire aux lèvres.

— Bonjour, Nick.

Elle se leva et avança vers lui.

— Je ne m'attendais pas à te voir ici.

— Puisque nous avons décidé de nous voir à l'extérieur, je t'invite à déjeuner. Notre premier rendez-vous galant.

— Je pensais que ces rendez-vous auraient lieu le soir ou le week-end.

Et, pour être honnête, elle ne s'était pas attendue à ce que ces rendez-vous commencent aussi vite.

Il lui prit la main.

— Je tenais à te surprendre.

Elle eut un petit rire nerveux.

— Eh bien, ça a marché.

Par-dessus l'épaule de Nick, elle remarqua qu'un groupe s'était formé derrière les murs de verre de son bureau. Certains avaient pris le temps d'attraper des papiers, pour au moins justifier leur présence, mais d'autres ne s'étaient même pas donné cette peine. La vie de bureau chez Tate Armor était en temps normal routinière et ennuyeuse. Par conséquent, quand l'homme que tout le monde prenait pour le P-DG tenait la main de l'avocate de l'entreprise, cela ne pouvait qu'attirer l'attention.

En temps normal, Harper était une personne discrète et n'aimait pas avoir tous les regards braqués sur elle. Mais le sourire de Nick lui faisait oublier en partie son embarras.

— Nous avons un public, murmura-t-elle tout de même.

Elle regarda leurs mains jointes et savoura le plaisir inédit d'être courtisée par son mari. Mais elle ne pouvait ignorer totalement ses collègues.

— Je ne l'ai encore dit à personne, dit-elle.

Il replaça une mèche de cheveux derrière son oreille.

— Tu parles des bébés, du mariage ou de moi ?

— Les trois, avoua-t-elle.

À plusieurs reprises, elle avait failli se confier à Tom, mais s'était ravisée au dernier moment. Elle n'avait pas l'habitude de parler de sa vie privée et elle n'avait pas su comment amener le sujet.

— Personne n'a remarqué ton alliance ? s'étonna-t-il.

— Je traîne rarement à la machine à café.

Du bout de l'index, il lui releva le menton et la regarda dans les yeux.

— Tu le regrettes ?

— Pas vraiment, répondit-elle.

Et elle était sincère.

— Je ne faisais pas exprès de garder le secret. Je suis de nature réservée, voilà tout.

— Apparemment, dit-il en souriant, je ne suis pas le seul à avoir des tendances d'ermite.

— Je suppose que tu as raison.

Elle ne s'était jamais considérée comme une recluse et elle ne se mettait pas en retrait du monde comme Nick le faisait, mais, oui, elle avait toujours été un peu solitaire.

— Tu t'isoles physiquement, poursuivit-elle, et je m'isole émotionnellement.

— Eh bien, peut-être que tu t'*isolais* émotionnellement. À présent, tu es mariée, tu attends des jumeaux, et tu es la belle-mère d'une enfant de trois ans.

— Et je m'adapte, ajouta-t-elle avec un petit sourire. Peu à peu.

— Et si nous accélérions un peu les choses ? suggéra-t-il, espiègle.

— Comment ? demanda-t-elle, à la fois curieuse et méfiante.

Sans la quitter des yeux, il leva leurs mains gauches pour montrer leurs alliances à leur public. Les murmures se muèrent en un brouhaha d'exclamations.

Elle rit et appuya le front contre sa poitrine.

— Pas très subtil, comme approche, remarqua-t-elle.

— La subtilité n'est pas vraiment mon fort.

Il offrit un généreux sourire à leurs spectateurs, puis posa main sur le ventre de Harper. Tous ces gens — à présent, il y avait presque tout le personnel — pensaient à l'évidence être témoins de l'histoire d'amour entre le P-DG et l'avocate de l'entreprise. La plupart souriaient, quelques-uns étaient bouche bée, et Tom avait les pouces en l'air.

Elle soupira, puis décida de jouer le jeu. Elle fit un petit signe de la main à ses collègues et mit sa main sur celle de Nick par-dessus sur son ventre.

— Après cela, personne ne va réussir à travailler aujourd'hui, observa-t-elle.

— Peu importe.

— Tu devrais t'en soucier, en tant que copropriétaire de cette société.

— En tant que copropriétaire, je suis content de m'être amusé, et cela vaut bien quelques heures de travail improductives.

Les portes de l'ascenseur s'ouvrirent, et Malcolm en sortit. Toutes les discussions cessèrent. Il regarda autour de lui, se demandant à l'évidence pourquoi les gens qu'il payait n'étaient pas à leur poste.

Mais ensuite il vit son frère et comprit la situation. Il se dirigea vers le bureau de Harper, et le brouhaha reprit, les employés se rendant compte qu'ils ne venaient pas de voir une scène entre Harper et Malcolm — ce qui était déjà assez croustillant — mais entre Harper et le mystérieux jumeau que personne ne connaissait. Ne prenant plus la peine de parler à voix basse, ils échangèrent leurs informations sur l'autre propriétaire de Tate Armor.

— Eh bien, s'exclama Malcolm quand il fut dans le bureau de Harper, vous êtes les stars du jour ! C'est un bon présage pour votre mariage. Mais à ta place, Nick, j'éviterais de me donner en spectacle au bureau. L'un des propriétaires de la société est un ex-Seal, et j'ai entendu dire qu'il prend le professionnalisme de ses employés très au sérieux.

Nick mit le bras autour des épaules de Harper.

— Notre mariage n'a pas besoin de bons présages, il se débrouille bien tout seul. En fait, je suis venu pour emmener ma femme déjeuner.

Malcolm consulta sa montre, l'air impassible.

— C'est déjà l'heure du déjeuner ? Je n'ai pas encore mangé, je pourrais me joindre à vous.

Harper appréciait ces taquineries entre frères, mais manifestement Nick n'avait pas envie de s'attarder. Il la prit par la main et répondit :

— C'est un déjeuner privé.

Elle prit son sac et le laissa la conduire vers l'ascenseur. Ils entrèrent dans la cabine, et lorsqu'elle se retourna, elle vit que tous ses collègues et son patron les observaient. Au lieu de trouver cela intrusif ou gênant comme elle l'aurait cru, elle en fut plutôt amusée… Juste avant que les portes de l'ascenseur ne se referment, elle réprima un sourire et fit un petit signe à leur public.

Quand ils arrivèrent au bureau de sécurité, Nick s'arrêta pour remercier Steve, le vigile, et récupéra Frank, qui somnolait derrière le bureau.

Le labrador parut légèrement content de le voir. Quand Nick l'avait laissé là pour aller chercher Harper, Frank avait semblé croire qu'il changeait encore de propriétaire. Le fait qu'il s'avère modérément content de retrouver Nick était un progrès.

Harper donna une caresse à Frank pour le saluer et fit un signe à Steve, puis ils sortirent de l'immeuble.

— Je n'avais jamais vu un vigile faire du dog-sitting, dit-elle.

— Steve et moi nous connaissons depuis le lycée. Et puis, c'est un ancien de la Navy, et quand je lui ai raconté l'histoire de Frank, il m'a dit que je pouvais solliciter son aide quand je le voulais.

Il n'avait pas besoin d'aide pour s'occuper de Frank, mais il songeait à organiser une levée de fonds pour un organisme de charité qui s'occupait des chiens des militaires partis en mission. Peut-être reviendrait-il un autre jour et demanderait-il à Steve s'il avait envie de participer lui aussi.

— Alors, poursuivit Harper quand ils furent dans la voiture, je suppose que si Frank vient avec nous, nous n'allons pas dans un restaurant chic ?

— J'ai commandé un pique-nique gastronomique au restaurant du club. Cela te convient-il ?

Son regard s'illumina.

— C'est parfait, affirma-t-elle.

Heureux de la réaction de Harper, il lui prit la main.

— Je veux te montrer un endroit en particulier. Nous dépasserons peut-être ton temps de pause habituel.

— Comme tu l'as souligné, j'ai des heures à récupérer. Si je suis un peu en retard, ce n'est pas grave.

Il les emmena dans un endroit juste en dehors de la ville que peu de gens connaissaient : une petite cascade. Elle n'avait rien de spectaculaire, mais le bruit de l'eau était une des rares choses qui aidaient Nick à se ressourcer. Et il voulait partager cela avec elle.

Il se gara, fit sortir Frank de la voiture puis prit le panier de pique-nique et une couverture dans le coffre, pendant que Harper admirait le décor.

— C'est charmant, commenta-t-elle. Je ne suis jamais venue ici. Comment as-tu découvert cette cascade ?

Il sentit sa poitrine se serrer. Sa question était prévisible, et normale, mais elle l'ébranlait tout de même. Il respira lentement pour se reprendre. Harper l'observa d'un air intrigué.

Il s'éclaircit la voix et opta pour une réponse partielle.

— Je viens ici depuis des années. Le week-end, il y a un peu de monde, mais la plupart du temps, c'est désert.

— Eh bien, j'adore.

À son grand soulagement, elle sembla satisfaite de sa réponse et lui sourit. Il se détendit et respira de délicieuses bouffées d'air frais.

Frank renifla autour de lui et se soulagea contre un tronc d'arbre, puis vint s'installer à côté de la couverture que Nick venait d'étendre sur l'herbe.

Harper retira ses escarpins, s'agenouilla sur la couverture et aida à Nick déballer le panier. Elle brandit un petit pot d'olives.

— Tout semble délicieux. C'est toi qui as choisi le menu ?

— Non, j'ai laissé ce soin aux cuisiniers du club.

Il sortit un sac en plastique et découvrit, amusé, que le personnel avait même prévu des choses pour Frank : une écuelle en métal, une petite bouteille d'eau, des friandises pour chien et une balle. Lorsqu'on lui avait demandé le nombre de personnes à prévoir, il avait répondu que le pique-nique était pour sa femme et lui. Il avait aussi mentionné Frank, parce qu'il aimait dire qu'il avait un chien, sans se douter que ledit chien aurait droit à un repas lui aussi. Nick ne manquerait pas de donner un autre pourboire au personnel du club.

Il versa l'eau dans l'écuelle et tendit une friandise à Frank. Le labrador la renifla longuement avant de la mâcher. Nick trouvait triste que Frank soit toujours aussi prudent avec lui.

— J'ai une question, dit-il.

Harper finissait de vider le panier — assiettes en porcelaine, serviettes de luxe — et de tout disposer sur la couverture.

— M'offrir un repas délicieux est un bon moyen de me faire parler, plaisanta-t-elle.

— Je tâcherai de m'en souvenir, dit-il en souriant.

Elle s'assit sur la couverture, étendit ses longues jambes devant elle et s'appuya sur ses mains.

— Que veux-tu savoir ?

— L'autre jour, tu m'as dit que tu avais entendu parler d'un chien et que nous devions le sauver.

— Mmm..., fit-elle.

Il caressa les oreilles de Frank.

— Comment as-tu entendu parler de lui, au juste ?

— Ah.

Elle se mit à remplir les assiettes. Cherchait-elle à éviter son regard ?

— Eh bien, finit-elle par dire, pour être honnête…

— L'honnêteté paie toujours, dit-il d'un ton taquin.

— J'ai appelé le refuge et j'ai demandé à Megan de me parler des chiens qui avaient des besoins particuliers. Quand elle m'a raconté l'histoire de Frank, je lui ai demandé de le garder pour nous.

— D'accord.

C'était bien ce qu'il pensait. L'histoire que Harper lui avait racontée lui avait paru bizarre, avec le recul.

— Mais pourquoi avoir appelé le refuge ?

— Parce que l'attente pour un chien de service était trop longue.

Il n'arrivait plus à suivre.

— Si tu commençais par le commencement ? suggéra-t-il.

Elle lui tendit son assiette puis posa la sienne sur la couverture. Elle resta muette, les yeux baissés, puis, enfin, plongea son regard dans le sien.

— Je voulais tenter quelque chose pour t'aider. Alors, j'ai fait des recherches sur le syndrome de stress post-traumatique.

Il se figea. Il n'avait aucune envie que Harper le prenne en pitié.

— Tu as appris quelque chose d'intéressant ? demanda-t-il, feignant la désinvolture sans savoir s'il était convaincant.

— Oui ! dit-elle avec enthousiasme. Il y a des résultats vraiment probants avec les chiens de service pour vétérans. Ils sont capables de reconnaître les crises de panique et de réveiller leur maître en cas de cauchemar.

— Oui, on m'a déjà parlé de ces chiens de service.

— Mais il y avait une liste d'attente, alors j'ai poursuivi mes recherches. Et un conseil revenait souvent : aider quelqu'un d'autre. Mais puisque tu en fais déjà beaucoup pour Ellie, les bébés et moi, je me suis dit que ce n'était pas une très bonne idée. Cela pouvait aggraver ton syndrome et non l'améliorer.

Il grimaça. C'était un jugement dur, mais juste. Cependant, il ne voulait pas que Harper pense être un fardeau pour lui.

— Harper, je ne te considère pas comme…

— Il n'y a pas de problème, Nick, l'interrompit-elle. Quoi qu'il en soit, j'ai eu une idée. Je me suis dit que tu pourrais aider un animal. Un chien qui aurait autant besoin de toi que toi de lui.

Il comprenait enfin sa logique.

— Donc, tu as téléphoné à Megan et tu t'es renseignée sur les chiens qui avaient des besoins particuliers.

— Oui. Tu as rencontré Frank et tu l'as aimé au premier regard. Maintenant que j'y pense, dit-elle avec un sourire malicieux, il semble que ce soit une habitude chez toi, de t'engager envers les gens et les chiens avant même de les connaître.

— Puisque ça avait si bien marché avec toi, j'ai pensé que ça valait la peine d'essayer avec Frank, plaisanta-t-il.

Il regarda son labrador, qui portait l'espoir et les attentes de Harper sur ses épaules. C'était beaucoup pour un animal qui avait ses propres problèmes.

— Harper, et si ça ne m'aide pas ?

— Eh bien, nous aurons un animal de compagnie formidable, et nos enfants seront ravis.

— Ça me semble parfait, conclut-il.

Elle mit une olive juteuse dans sa bouche.

— Est-ce que tu es fâché ?

Elle lui avait menti par omission et s'était aventurée sur un terrain très personnel de sa vie. Il devrait être contrarié. Étrangement, il ne l'était pas.

— Je te suis reconnaissant d'avoir fait tout cela pour moi. Et d'avoir trouvé Frank.

Frank leva les yeux quand il entendit son nom, espérant sans doute avoir du fromage. Nick lui caressa la tête.

— Je crois qu'il m'aide déjà.

Harper avait eu raison : cela lui faisait du bien de s'occuper de Frank pendant qu'elle était au bureau. Il avait même pris l'habitude de parler à Frank pendant leur promenade quotidienne. Frank savait très bien écouter.

Ils mangèrent dans un silence détendu, tout en profitant le bruit apaisant de la cascade. Quand ils eurent terminé leur repas, Harper s'allongea sur la couverture, mains derrière la tête. Nick s'étendit à côté d'elle, se sentant étonnamment heureux.

— J'ai une question, dit-elle, fixant les nuages.

— Après ce délicieux pique-nique, il est facile de me faire parler, rétorqua-t-il en souriant.

— Cet endroit. Comment l'as-tu trouvé ?

Il n'aurait pas dû être surpris qu'elle aborde de nouveau le sujet. Après tout, elle était avocate. Il se prépara à dévoiler une partie très intime de sa vie.

— C'est mon père qui m'a l'a fait découvrir. Il disait que c'était notre endroit.

Elle se mit sur le côté et appuya la joue contre son épaule.

— Et pas celui de Malcolm ?

— Nos parents veillaient à ce que chacun de nous ait des moments seul avec eux.

— C'est un bon conseil pour une future mère de jumeaux, dit-elle. Pourquoi ton père a-t-il choisi cet endroit pour toi, et pas pour Malcolm ?

— Malcolm a toujours été plus… sociable que moi. Ma mère et lui se ressemblent. Papa et moi, d'un autre côté…

Il regarda la cascade et fut submergé par les souvenirs de son père.

— Lui et moi, nous avons toujours eu besoin d'espace. De calme.

Elle garda le silence pendant un instant, puis demanda d'une voix douce :

— Quand est-il décédé ?

— Il y a neuf ans.

Il lui semblait pourtant que c'était hier. Parfois, il oubliait même que son père n'était plus de ce monde.

— Il avait une maladie cardiaque. Il était en attente d'une greffe, mais son cœur a lâché avant qu'ils ne trouvent un donneur.

— Oh ! Nick…

Elle se pencha contre lui.

— Je suis vraiment désolée.

Il enroula le bras autour de ses épaules et accepta son soutien inconditionnel, car il en avait besoin.

— Il savait qu'il pouvait disparaître, alors, il a pris le temps de nous dire au revoir. Tout le monde n'a pas cette chance.

Son père avait eu suffisamment de temps pour avoir des discussions profondes avec chacun de ses fils. Un jour, il lui avait dit que c'était lui l'homme fort de la famille et qu'il devrait veiller sur Malcolm et leur mère.

Son père avait aussi eu le temps de le voir en uniforme de Seal. Ému aux larmes, il lui avait dit à quel point il était fier de lui, et cela avait été pour Nick un des plus beaux jours de sa vie. Depuis, il s'efforçait d'être l'homme que son père avait voulu qu'il soit. Ce qui expliquait en partie pourquoi il avait eu tant de mal à accepter son syndrome de stress post-traumatique. S'il avait été aussi fort que son père le pensait, il n'aurait pas été si marqué par la guerre, non ?

Il regarda Harper. C'était une femme intelligente et courageuse, qui avait à peine cillé quand il lui avait parlé de son syndrome, et qui s'était démenée pour l'aider. En songeant à ce qu'elle avait fait pour lui, il sentit son cœur s'emplir de gratitude. Il serra sa main et, quand Harper lui sourit, il retrouva un peu d'optimisme. Si elle pensait qu'il n'était pas une cause perdue, alors, peut-être y avait-il encore de l'espoir pour lui.

- 9 -

Il était plus de minuit, et Nick était assis au bord de la piscine, en train d'admirer le clair de lune qui se reflétait sur l'eau pendant que Frank ronflait à côté de lui.

Tout à l'heure, ne trouvant pas le sommeil, il s'était assis dans son lit avec Frank et, un peu hésitant, il s'était mis à lui raconter certains des moments les plus douloureux de sa vie de militaire. Au début, il avait trouvé étrange de se confier à Frank, mais il avait lu quelque part que le fait d'évoquer des souvenirs pénibles avec un chien avait des effets apaisants. Frank était resté là, immobile et attentif, et peu à peu les mots lui étaient venus plus facilement. Il avait parlé durant près d'une heure, et ses épaules lui avaient paru un peu plus légères après ce long monologue. Le sommeil tardant à venir malgré tout, il était venu regarder l'eau scintillante du bassin et respirer un peu d'air frais. Frank, sa mission terminée, avait décidé de faire une sieste.

Il entendit les portes de la baie vitrée coulisser. Il se retourna et vit Harper avancer vers lui. Baignée par le clair de lune, elle semblait éthérée. La douce brise nocturne plaquait le satin de sa longue nuisette contre son corps, soulignant son ventre arrondi. Son corps parfait lui coupa le souffle. Harper était une vraie déesse, et il n'était pas digne d'elle.

— Je t'ai réveillée ? demanda-t-il quand elle l'eut rejoint.

Elle secoua la tête.

— Non. Ce sont des crampes qui m'ont réveillée. J'espérais que le fait de marcher les soulagerait.

Les crampes pouvaient être très douloureuses, il l'avait appris à ses dépens durant ses entraînements et ses missions.

— Et c'est le cas ? s'enquit-il.

— Pas vraiment, avoua-t-elle.

Il l'observa de pied en cap.

— Tu as mal uniquement aux jambes ?

— Eh bien, répondit-elle d'un ton hésitant, j'ai mal au dos, aussi.

Il se leva. Sur bien des plans, il était peut-être un piètre époux, mais au moins il savait comment soulager ses douleurs physiques.

Il glissa un bras autour de sa taille.

— Viens, je sais quoi faire.

Elle s'appuya contre lui et murmura :

— Merci.

— Mais je n'ai encore rien fait.

— Si, dit-elle, le regard ému. Tu es présent et tu as envie de m'aider. Tu me soutiens. Et j'apprécie, vraiment. Merci.

— Pas de quoi, murmura-t-il, la gorge nouée.

Qu'une femme aussi forte que Harper Lake lui dise tout cela le touchait profondément.

Ils arrivèrent devant la chambre de Harper.

— Mets-toi au lit, ordonna-t-il. Je reviens dans une minute.

Il se rendit dans la cuisine et prépara rapidement une bouillotte. Quand il revint, Harper était allongée. Il cala la bouillotte sous son dos, puis s'assit au bord du lit.

— Donne-moi la jambe qui te fait le plus souffrir.

Elle étendit sa jambe droite sur ses genoux. Il se mit à la masser, d'abord avec douceur, cherchant les nœuds et les tensions, puis il accéléra le rythme de ses mouvements.

— Les crampes sont mentionnées dans les livres sur la grossesse. Alors, je ne devrais pas être surprise.

Elle lui offrit un petit sourire, qui lui donna envie de la tenir contre lui pour la protéger.

— Et selon ces livres, quels sont les autres petits maux à redouter ?

— Il y en a des tas, dit-elle, regardant sa main glisser le long de ses mollets. Franchement, ces livres font peur.

Étant en mission durant une partie de la grossesse de Melissa, il avait manqué beaucoup de choses. Mais, avec Harper, il était bien décidé à ne négliger aucun détail.

— D'accord, laissons de côté les livres pour l'instant. Dis-moi à quoi ressemble cette grossesse pour toi.

Tandis qu'il massait ses muscles de bas en haut, enfonçant doucement ses phalanges dans sa peau, elle lui raconta des petites choses qu'elle ne lui avait encore jamais dites. Il avait cru que la guerre l'avait endurci, mais pourtant, tandis qu'il écoutait Harper lui décrire le miracle de la grossesse, la façon dont son corps changeait, il sentit une vague d'émotion l'envahir.

Il passa à son autre jambe et posa d'autres questions, ne se lassant pas de l'écouter parler.

— Tu peux sans doute t'arrêter maintenant, finit-elle par dire avec un petit sourire.

Elle avait les paupières lourdes. Il caressa une dernière fois son mollet, autant pour la soulager que pour prolonger leur contact physique, puis remonta le drap sur elle.

— Dors bien, dit-il, et il l'embrassa sur le front.

À contrecœur, il s'écarta, songeant qu'il serait séparé d'elle jusqu'au matin.

— Nick ?

Il n'osa pas la regarder, car sa volonté faiblissait déjà.

— Oui ?

— Reste avec moi.

Elle souleva le drap en guise d'invitation.

— Juste pour cette nuit, tu veux bien rester et me prendre dans tes bras ?

Il sentit son ventre se nouer. C'était lui qui avait proposé ce mariage, lui qui avait suggéré ces rendez-vous galants. Indéniablement, c'était lui qui voulait faire avancer leur relation. Et pour une fois que Harper voulait davantage… elle lui demandait ce qu'il ne pouvait lui donner.

— Harper, je le ferais si je le pouvais, mais tu sais que c'est impossible.

Elle se mordilla la lèvre et l'observa, incertaine.

— Est-ce juste à cause de tes cauchemars ?

Croyait-elle qu'il n'avait pas envie d'être dans son lit ? Qu'il ne rêvait pas de se réveiller à ses côtés ?

— Je t'assure, rien d'autre ne pourrait m'éloigner de toi.

— Je me fiche de tes cauchemars.

Elle s'assit et s'appuya contre la tête de lit.

Bon sang, elle était si tentante…

— Le sommeil est essentiel pour une femme enceinte, rappela-t-il.

— Juste pour cette nuit, insista-t-elle. Ou, du moins, ce qu'il en reste. Je dormirai mieux si tu me prends dans tes bras.

En lui demandant cela, il savait qu'elle s'exposait. Jusqu'à maintenant, elle avait toujours fait preuve de prudence, craignant qu'ils n'aillent trop loin ou trop vite dans leur relation. Malheureusement, elle lui demandait la seule chose qu'il ne pouvait lui accorder.

Cela lui fendait le cœur de devoir dire non, mais il n'avait pas le choix.

— Harper, je ne peux pas. Tu le sais.

Il aurait tout donné à cet instant pour grimper dans ce lit et rester avec elle toute la nuit. S'il guérissait un jour de ce maudit syndrome et pouvait de nouveau dormir à ses côtés, il considérerait chaque nuit comme un cadeau du ciel.

— Harper, je suis vraiment désolé.

— Ce n'est rien, dit-elle, mais il vit la douleur dans ses yeux.

La douleur qu'il avait provoquée, et qui transperçait son

propre cœur. Il ferma les yeux pour oublier cette douleur, déposa un baiser sur le front de Harper et quitta la pièce, sans se laisser le temps de changer d'avis.

Nick était assis sur le lit de Harper et observait les taches de peinture qu'elle avait appliquées sur le mur. Ils avaient passé la soirée à mesurer la chambre d'enfant et à émettre des idées pour la décoration.

— Je ne suis pas sûr de pouvoir donner mon avis sur une autre tache de couleur. Je crois que j'ai atteint ma limite de jaune pour la journée.

— Pas de problème, répliqua-t-elle d'un ton taquin. Cette tache n'est pas jaune. C'est une nuance citron givré.

Il rit et s'allongea sur le lit.

— Viens t'asseoir quelques minutes et accorde-moi une pause, dit-il.

Elle accéda à sa requête.

Tandis qu'il fixait le plafond, il sentit la main de Harper se glisser dans la sienne, et il la serra fort. Il n'aurait jamais pu le prévoir quelques mois plus tôt, mais il était ravi d'être allongé à côté de cette femme splendide, et de parler peinture et meubles pour bébés. Il avait tant envie d'être avec elle que c'en était même effrayant.

— Que penses-tu de nos rendez-vous galants ? demanda-t-il d'un ton anodin.

Deux jours plus tôt, lorsqu'il avait refusé de dormir avec elle, il avait cru avoir tout gâché. Mais le lendemain matin, à son grand soulagement, elle avait agi comme si de rien n'était. Hier, ils étaient allés au restaurant et au cinéma et, durant tout le trajet de retour, ils avaient parlé de l'intrigue du film. Il espérait donc que tout allait bien entre eux. Mais Harper étant parfois difficile à déchiffrer, il préférait poser des questions pour s'en assurer.

— Je trouve que nous nous débrouillons bien, répondit-elle.

— Tu es sérieuse ?

— Tout à fait.

Elle se pencha au-dessus de lui et posa les lèvres sur les siennes. Il ferma les yeux, savourant la sensation. Harper avait insisté pour ne pas mêler le sexe à leur mariage, alors, il n'irait pas plus loin.

Mais elle l'embrassa de nouveau. Et, cette fois, il lui rendit son baiser.

Dire que Harper avait bien failli ne jamais entrer dans sa vie ! S'il était allé dans les bureaux de Tate Armor une seule fois au cours des deux dernières années, il l'aurait rencontrée, et rien ne se serait passé entre eux. Au lieu de cela, ils s'étaient rencontrés à un bal masqué, lui ne sachant pas qui elle était, et elle le prenant pour son jumeau.

Dès qu'il avait posé les yeux sur elle, il avait été sous le charme. Elle tenait devant son visage un masque doré muni d'une longue baguette. Elle l'avait baissé un instant, le temps de manger un petit-four, se croyant à l'abri des regards. Mais Nick l'avait surprise. Il l'avait trouvée belle, mais pas seulement. Quelque chose d'autre en elle l'avait irrésistiblement attiré. Quelque chose qu'il ne pouvait pas identifier, mais qui était puissant et indéniable.

Et lorsqu'elle avait plongé son regard dans le sien, semblant tout aussi attirée, il avait cru que son cœur allait s'arrêter.

— Tu te souviens de notre rencontre ? demanda-t-il, caressant nonchalamment son bras.

Elle se blottit contre lui.

— Jamais je n'oublierai cet instant.

— Mais tu pensais que j'étais Malcolm, lui rappela-t-il.

— Mon esprit pensait que tu étais Malcolm. Mais le reste de ma personne pensait que tu étais…

— Oui ? susurra-t-il contre son oreille, avant de lui mordiller le lobe.

— Que tu étais à moi.

Lorsqu'elle tendit la main vers sa joue, son T-shirt se releva, et Nick en profita pour caresser sa taille nue.

Il ferma les yeux, se replongeant dans le souvenir de leur rencontre.

— Tu portais un masque pailleté couleur or.

— Et toi un masque noir qui couvrait la moitié de ton visage, dit-elle, glissant les mains sous sa chemise.

Ils avaient conclu un accord, s'abstenir de relations charnelles dans leur mariage de convenance. Mais cet accord était sans doute caduc, non ? Car Harper ne semblait pas vouloir s'arrêter là. Et puisqu'ils étaient convenus que leur période de rendez-vous galants était un test, pour voir comment leur relation pouvait évoluer, eh bien, pour une fois, il allait laisser les choses se faire et voir où leur désir allait les mener.

Il lui remonta son T-shirt et, lorsqu'elle leva les bras, il le lui ôta avant de retirer sa chemise. Puis, il reprit ses caresses, content de pouvoir explorer son corps chaud et à moitié nu.

Elle effleura ses lèvres des siennes.

— J'aime quand tu me caresses, dit-elle.

— Je suis là pour te satisfaire, murmura-t-il.

Il s'étendit sur le lit avec elle.

— Tu portais une robe aux couleurs de l'automne.

— Une robe que tu m'as enlevée moins d'une heure après notre rencontre.

— Ce qui n'était pas un manque de respect envers la robe, dit-il tout en décrochant son soutien-gorge. Sache que j'ai rêvé de cette robe chaque nuit, jusqu'à ce que je te retrouve.

Et il l'aurait retrouvée bien plus tôt, si elle n'avait pas fui avant qu'il puisse lui demander son numéro de téléphone. Elle lui avait révélé qu'elle avait pris peur, puisqu'elle avait cru avoir fait l'amour avec son patron. Il comprenait cela, mais il trouvait dommage qu'ils aient perdu ces précieux mois.

Avec un sourire sensuel, elle fit glisser son pantalon et son caleçon le long de ses jambes.

— Tu rêvais de moi ? demanda-t-elle.

— Oh ! oui.

Des rêves si délicieux qu'ils lui avaient presque donné envie de s'endormir le soir. Il caressa son dos nu, en s'émerveillant de ne plus avoir besoin de rêver. Harper était ici, avec lui. Et elle le désirait autant qu'il la désirait.

— Et tu n'étais pas seulement dans mes rêves. Je pensais à toi presque toute la journée.

Il lui retira sa jupe, puis son slip de dentelle, exposant son corps splendide à ses mains avides.

— Continue, dit-elle.

Elle passa la langue sur sa clavicule. Il dut reprendre son souffle pour pouvoir parler.

— Quand je faisais mon jogging, j'entendais les sons de plaisir que tu avais émis.

Lorsqu'elle lui mordilla l'épaule, il haleta de plus belle.

— Et ? pressa-t-elle, remontant les mains vers son torse.

— Chaque fois que je fermais les yeux, je voyais ton regard brûlant de désir.

Il plongea la main dans ses cheveux tandis qu'elle embrassait son ventre.

— Quand j'étais sous la douche, je pensais à la douceur de ta peau.

— Ne t'arrête pas, dit-elle.

Mais elle s'approcha de son bas-ventre, et il ne put prononcer le moindre mot.

Décidant de ralentir la cadence, il pivota et s'étendit sur elle. Elle haleta, surprise. Il sourit ; il adorait la surprendre. Puis, s'appuyant sur un coude, il glissa la main entre ses cuisses et caressa ses replis moites jusqu'à ce qu'elle gémisse de plaisir — cela aussi, il adorait.

— Maintenant, à ton tour, gronda-t-il. Est-ce que tu pensais à moi ?

Elle soutint son regard et acquiesça d'un signe de tête. L'émotion qu'il lut dans ses yeux noisette le toucha, et il cessa ses caresses.

— J'étais perdue, avoua-t-elle. Quand je voyais Malcolm au bureau, je ne ressentais rien, mais quand j'étais chez moi, dans ces moments entre le sommeil et l'éveil où mon esprit n'était plus sous contrôle... C'était toi que je voyais. Je n'ai jamais pensé qu'à toi.

Il prit possession de sa bouche, avec plus de force cette fois. Sa peau était si chaude qu'elle lui brûlait presque les doigts. Il avait l'impression qu'il ne pourrait jamais être rassasié d'elle, qu'elle était une drogue pour lui.

— Ne bouge pas, dit-il.

Il trouva le courage de se lever et fila dans sa chambre. Il en revint quelques secondes plus tard avec un préservatif. Une fois qu'il fut de nouveau allongé à côté d'elle, elle lui prit le préservatif des mains et le déroula sur lui avec dextérité.

Le cœur battant, il entra en elle d'un mouvement fluide et poussa un gémissement de plaisir. Elle murmura son prénom, plusieurs fois, comme une promesse, un serment. Et il murmura le sien, pour sceller ce serment. Tandis qu'il ondulait en elle, il s'abandonna. Rendit les armes. Harper l'assiégeait, le possédait.

Elle agrippa ses épaules, enfonçant les ongles dans sa chair, tandis que les tremblements puissants de sa libération la secouaient. Et les spasmes de ses muscles intimes provoquèrent sa propre libération. Puis, il flotta, heureux et épuisé, dans un océan de félicité. Avec elle.

Des minutes ou des heures plus tard, Harper s'agita, et il l'attira tout contre lui.

— Nick, chuchota-t-elle contre sa peau.

Elle s'appuya sur un coude et rencontra son regard.

— Reste avec moi ce soir.

— Ne me demande pas cela, dit-il d'une voix bourrue.

— S'il te plaît ? ajouta-t-elle avec douceur.

Refuser sa demande deux nuits plus tôt avait été difficile. Mais ce soir, après ce qu'ils venaient de partager, il lui était presque impossible de lui dire non.

Cependant, son expression horrifiée lorsqu'elle l'avait vu en plein cauchemar le hantait encore. Quel genre de monstre exposerait la femme qui portait ses enfants à ce genre d'épreuve ? Il s'écarta et pria pour avoir la force de s'en aller. Car il refusait de lui faire revivre pareil tourment.

Il ne pouvait pas la quitter. Et, en même temps, il ne pouvait pas rester. Que faire, alors ?

— S'il te plaît, Nick, murmura-t-elle, posant la main contre son cœur. Reste avec moi cette nuit.

Peut-être était-ce parce que c'était la seconde fois qu'elle lui faisait cette demande. Ou peut-être était-ce la façon dont elle avait dit « s'il te plaît ». Quoi qu'il en soit, il ne put résister plus longtemps et acquiesça d'un hochement de tête.

Vingt minutes plus tard, quand ils furent prêts à dormir, il se glissa entre les draps à côté d'elle.

Elle soupira quand il lui enlaça la taille et la cala contre lui. Il déposa un doux baiser au creux de son cou, et le parfum sucré de sa peau l'enveloppa.

Harper était enceinte et elle avait besoin de sommeil. Mais elle ne pourrait pas connaître une nuit paisible s'il s'abandonnait au sommeil lui aussi.

Seul l'un d'eux pouvait dormir. Et il était hors de question que ce ne soit pas elle.

Bientôt, Harper respira à un rythme doux et régulier. Même s'il était fatigué, il fit appel à toutes ses ressources de militaire pour résister à l'appel de Morphée.

Et, tandis que la nuit cédait enfin la place à la lumière matinale, il eut une prise de conscience : tenir Harper toute la nuit pendant qu'elle dormait était peut-être difficile, mais c'était aussi une bénédiction. Il avait beaucoup de chance d'avoir un ange comme Harper dans sa vie et, quelles que soient les difficultés qu'il devrait affronter, il garderait toujours cela à l'esprit.

Harper vérifia la cuisson des cupcakes qui se trouvaient dans le four et prépara un glaçage rose. Nick allait bientôt arriver avec Ellie, et Harper tenait à accueillir la fillette avec de jolis gâteaux faits maison. Cette fois, Harper serait prête, contrairement au jour de leur rencontre deux semaines plus tôt. Bien sûr, on pouvait considérer les cupcakes comme une sorte de pot-de-vin, mais Harper n'y voyait pas d'inconvénient. Si un juge demandait à Ellie si elle aimait passer du temps chez son père, Harper voulait qu'Ellie réponde « oui » sans aucune hésitation.

Depuis que Nick dormait avec Harper, ils s'étaient rapprochés. Et leurs ébats étaient encore plus stupéfiants — puisqu'elle portait des jumeaux, ses hormones étaient doublement déchaînées.

Même Frank semblait aller mieux grâce à l'amour de Nick. Il mangeait plus volontiers et semblait se détendre quand il recevait de l'affection de ses maîtres. Il ne réclamait pas encore cette affection, mais il faisait des progrès, c'était le principal.

Au moment où elle sortait les cupcakes du four, elle entendit la porte du garage s'ouvrir. Quelques instants plus tard, Nick apparut avec Ellie dans ses bras. Il avait placé sa main devant les yeux de la petite fille pour lui faire une surprise.

Il sourit à Harper.

— Ellie, tu es prête pour ta surprise ? lança-t-il.

— Oui ! cria la petite fille en levant les bras en l'air.

Il se plaça à quelques mètres de Frank, allongé dans son panier, puis retira sa main. Ellie cligna des yeux, tourna la tête, puis son regard se posa sur Frank. Elle se figea, puis éclata en sanglots et se blottit contre le cou de son père.

Inquiète, Harper s'avança. Devrait-elle faire quelque chose ? Ellie avait-elle peur des vrais chiens, même si elle aimait les chiens en peluche ?

— Nick, veux-tu que j'emmène Frank dehors ? demanda-t-elle.

Nick leva les yeux vers elle. À sa grande surprise, elle vit qu'il souriait.

— Approche, dit-il. Écoute.

Harper avança vers eux et tendit l'oreille. Ellie pleurait, mais entre chaque sanglot, elle disait :

— Merci, papa, merci.

— Elle est contente ? questionna Harper, déroutée.

Il embrassa Ellie sur le front et la serra contre lui.

— Très contente. Elle est juste submergée par ses émotions.

Il caressa les cheveux de sa fille et lui murmura des mots d'apaisement.

Harper eut les larmes aux yeux, émue par la joie d'Ellie et par l'amour que lui portait son père.

Après cinq bonnes minutes, Ellie fut suffisamment calmée pour être présentée à Frank. Nick lui expliqua qu'elle devait être douce et gentille avec le labrador, parce qu'il était triste. Elle prit ce conseil à cœur et se mit à consoler son nouvel ami. Pendant que Nick la surveillait, Harper retourna dans la cuisine pour glacer ses cupcakes.

Cette matinée se déroulait encore mieux qu'elle ne l'avait escompté. Et elle espérait que le reste de la journée serait tout aussi réussi.

Après un instant, Nick emmena Ellie dans la cuisine.

— Tu aimes Frank ? demanda-t-il.

— Je l'adore, papa.

— Tu veux savoir qui a eu l'idée de l'adopter ?

Ellie hocha la tête d'un air sérieux.

— C'est Harper.

Ellie regarda Harper avec de grands yeux.

— Elle a appelé un refuge pour animaux, continua-t-il. Elle s'est renseignée sur les chiens qu'ils avaient recueillis, et quand on lui a parlé de Frank, elle s'est dit qu'il serait parfait pour nous. Ensuite, nous sommes allés le rencontrer. Nous l'avons aimé tout de suite et nous l'avons ramené chez nous.

Ellie serra la main de Harper.

— Merci, Harper. Frank est le meilleur chien du *monde*.

Harper avait la gorge si nouée qu'elle dut déglutir avant de répondre.

— Je suis contente que tu l'aimes.

Puis Ellie remarqua les cupcakes roses sur le plan de travail et écarquilla les yeux.

— Pour qui ils sont ?

— Pour nous tous, dit Harper. J'ai pensé que nous pourrions faire un petit pique-nique dans le salon. Tu es d'accord ?

— Oui ! Frank peut en avoir aussi ?

— Les chiens ne doivent pas manger de cupcakes, mais nous avons d'autres friandises que Frank aimera encore plus.

— C'est moi qui lui donne, décréta Ellie.

— Bien sûr, acquiesça Nick en souriant.

Quelques instants plus tard, tout le monde était assis en tailleur sur une couverture étalée sur le sol du salon. Chacun avait devant lui une assiette contenant un cupcake, et Frank était allongé entre Nick et Ellie.

Harper prit un paquet qu'elle avait posé sur la table basse.

— Nous t'avons acheté quelque chose, dit-elle en donnant le paquet à Ellie.

La petite fille émit un soupir de surprise.

— C'est un cadeau ?

Plutôt une façon de lui annoncer la nouvelle avec un

livre d'images. Mais cela comptait aussi comme un cadeau, sans doute.

— Oui, c'est un cadeau, répondit-elle.

Ellie déballa le livre, passa la main sur sa couverture brillante et le tendit à son père.

— Tu peux me le lire ?

— Bien sûr.

Elle grimpa sur ses genoux. Tandis qu'elle se calait dans son giron, Nick se mit à lui lire l'histoire d'une petite fille qui allait avoir un petit frère. Ellie regarda les illustrations, captivée. Quand l'histoire fut terminée, Nick déclara :

— Ellie, nous avons une nouvelle à t'annoncer.

Ellie regarda son père avec des yeux pleins d'espoir.

— Je vais avoir un petit frère ?

Nick rit.

— En fait, tu vas avoir deux petits frères ou deux petites sœurs. On ne sait pas encore si ce sont des garçons ou des filles.

— Pour de vrai ? questionna Ellie.

Elle semblait de nouveau au bord des larmes.

— Pour de vrai, dit Nick d'un ton solennel.

Elle se jeta à son cou.

— Merci, papa !

Harper poussa un soupir joyeux. Entre les bébés, Frank et les cupcakes roses, Ellie passait une très bonne journée. Et Harper était très contente d'avoir apporté sa contribution.

Ellie lâcha son père, puis demanda à Harper :

— Je peux garder le livre ?

— Bien sûr, trésor, il est à toi.

Harper posa les mains sur son ventre. Elle ne se débrouillait pas si mal comme belle-mère, finalement.

Ellie reprit le livre et le mit sur ses genoux, passant les mains sur la couverture brillante.

— J'aime les livres.

— Moi aussi, dit Nick. Harper m'en a apporté un aussi.

— De quoi il parle, ton livre ? interrogea la petite fille.

— D'un policier qui cherche des indices.

Ellie hocha la tête.

— Le policier a un nouveau bébé à la fin aussi ?

— Non. Il résout son enquête, puis il a un nouveau travail.

Harper en eut le souffle coupé. Il connaissait la fin ? Elle avait acheté les deux livres la veille, et Nick n'avait commencé le sien que lorsqu'ils étaient allés au lit hier soir. L'ouvrage était long. Si Nick l'avait fini, cela signifiait qu'il n'avait pas fermé l'œil de la nuit…

Une vague de nausée l'envahit, qui n'avait rien à voir avec la grossesse. Nick avait accepté de passer ses nuits avec elle, mais apparemment il ne dormait pas. Maintenant qu'elle y pensait, elle était toujours la première à s'endormir, et Nick était déjà levé quand elle se réveillait le matin.

Donc, il lui mentait depuis des jours.

Certes, ils avaient fait un mariage de convenance, et leur situation était peu ordinaire. Mais Harper avait cru qu'au moins ils pouvaient compter l'un sur l'autre. Qu'ils étaient honnêtes l'un envers l'autre.

— Papa ? dit Ellie en sautant de ses genoux. Je peux donner un ours à Frank ?

— Je suis sûr qu'il serait ravi, ma chérie. Lequel lui donneras-tu ?

— Harper peut m'aider à choisir ?

Harper leva les yeux. Un instant plus tôt, elle aurait été ravie qu'Ellie lui demande son aide. Mais maintenant elle n'arrivait pas à se réjouir. Car elle commençait à remettre tout son mariage en cause.

Ignorant les questions qui se bousculaient dans sa tête, elle parvint à sourire à la petite fille. Tout ce qu'elle pouvait faire pour l'instant, c'était se concentrer sur Ellie. Elle attendrait d'être seule avec Nick pour lui parler.

Elle aida Ellie à choisir un ourson en peluche pour Frank, parmi la collection que la petite fille gardait dans la maison de son père. Ellie opta pour un ourson « brun comme Frank » pour qu'il sache que c'était le sien.

Et elles retournèrent dans le salon.

Nick avait débarrassé les assiettes et s'était assis sur la couverture à côté de Frank.

Ellie s'installa avec précaution à côté du chien et posa l'ourson sur ses pattes avant.

— C'est pour toi, dit-elle.

Frank le renifla, puis allongea la tête dessus. Harper pensait qu'il aurait reposé la tête sur ses pattes de toute façon, mais Ellie semblait ravie.

— Il l'aime bien ! s'exclama-t-elle. Tu es un bon chien, Frank.

Durant le reste de la journée, Harper eut le sentiment d'être en pilotage automatique. Elle joua avec Ellie, aida Nick à préparer le barbecue pour le déjeuner, mais elle avait l'esprit en ébullition. Nick avait accepté de dormir avec elle, mais il ne dormait pas, en réalité. Il lui avait menti, délibérément.

Il était capital qu'elle connaisse l'état de santé de Nick, notamment parce qu'elle pouvait être appelée à témoigner lors de l'audience pour la demande de garde conjointe d'Ellie. Elle était avocate et elle allait mentir devant un tribunal, ce qui était déjà assez terrible. Mais si elle mentait parce que son partenaire de crime lui avait caché des informations, cela pourrait leur créer des problèmes à tous.

Et surtout elle allait mettre au monde les deux précieux bébés de cet homme. Elle devait avoir la certitude qu'il gérait ses difficultés et qu'il lui parlerait de toute évolution de son état, afin qu'elle puisse parer à tout problème, pour la sécurité des bébés et d'Ellie. Bien sûr, elle savait qu'il ferait tout pour qu'Ellie ne soit pas affectée par ses cauchemars s'il obtenait sa garde partagée. Mais Harper se demandait s'il ne lui cachait pas d'autres secrets…

Comment ce mariage de convenance pourrait-il fonctionner, si elle ne pouvait pas faire confiance à son époux ?

- 10 -

Après avoir déposé Ellie chez Melissa, Nick rentra chez lui, le cœur lourd. Il lui était de plus en plus pénible d'être séparé de sa fille. Une journée avec elle toutes les deux semaines, c'était loin d'être suffisant. La seule chose qui l'aidait à supporter l'absence d'Ellie, c'était de savoir que Harper l'attendrait à la maison.

Mais, quand il entra dans le salon, il trouva Harper assise au bord du canapé, l'air contrariée. Une tension palpable émanait d'elle.

— Tout va bien ? demanda-t-il d'un ton prudent, posant ses clés et son portefeuille sur une console.

— J'ai à te parler, assena-t-elle d'un ton sec.

Mince. C'était pire qu'il ne le pensait. Il se dirigea vers le canapé et s'assit face à elle, pour pouvoir observer les expressions de son visage. Il ne l'avait jamais vu fâchée auparavant et il avait besoin de ce repère visuel pour se guider.

— Ai-je fait une chose qui t'a déplu ?

Elle croisa les jambes et agita le pied.

— On peut le dire.

Bon sang.

— Laquelle ?

— La question est : allais-tu me le dire ou non ? rétorqua-t-elle, les joues en feu.

Le cœur battant, il passa en revue tout ce qui s'était passé depuis le petit déjeuner. Pour lui, la journée avait été parfaite, alors, il ne voyait vraiment pas de quoi Harper pouvait bien parler.

— Il va falloir que tu me donnes un indice, avoua-t-il.

Sur la console accolée au dos du canapé, elle prit le livre policier qu'elle lui avait offert.

— Quand l'as-tu lu ? demanda-t-elle.

Soudain, il comprit.

— Hier soir.

— En entier ? s'enquit-elle d'un ton placide. En une seule nuit ?

— Oui, souffla-t-il.

Elle jeta le livre sur le canapé.

— As-tu dormi une seule minute avec moi depuis que tu partages mon lit ?

Il était inutile de nier.

— Non. D'habitude, je fais une sieste le matin avant de me mettre au travail. Je ne suis pas un gros dormeur.

Elle croisa les bras.

— Tu me mens depuis des jours.

Même si Harper avait raison, cette accusation lui fit l'effet d'une gifle. Il avait menti, oui, par omission. Et il s'était senti coupable chaque matin. Mais il avait choisi le moindre mal et il ne le regrettait pas. En revanche, il n'arriverait peut-être pas à convaincre Harper du bien-fondé de sa décision.

— Je suis désolé de ne pas avoir été honnête avec toi, mais tu dois comprendre que c'est la meilleure solution pour nous.

— Comment ça ? Explique-moi.

— Harper, dit-il avec douceur, j'ai vu ton visage quand tu m'as réveillé de mon cauchemar. Jamais je n'oublierai ton air horrifié. Ne me dis pas que tu n'as pas eu peur.

— Bien sûr que j'ai eu peur ! J'essayais de comprendre ce qui t'arrivait alors que j'étais à moitié endormie. Tu ne m'avais pas prévenue, donc j'ai été désarçonnée. Mais, maintenant que je suis au courant, je saurai comment réagir si cela se reproduit.

— Tu es enceinte et tu travailles à temps plein. Tu as besoin de dormir. Pour ta santé comme pour celle des bébés.

Il passa les mains dans ses cheveux.

— Je comprends que tu sois perturbée. Mais je ne suis plus l'homme que j'étais avant ma dernière mission. Je ne peux plus faire les choses que je faisais autrefois.

— Ce n'est pas le problème, murmura-t-elle. Je suis perturbée parce que tu m'as menti. Nous nous sommes engagés dans ce mariage ensemble, pour protéger ta fille. Pour protéger la relation de nos bébés avec leurs parents. Pour protéger Tate Armor contre Maverick. Tout cela pendant que tu te débats contre les séquelles qu'une guerre menée à l'autre bout du monde t'a laissées. De plus, en dehors de Malcolm, nous ne pouvons parler à personne de notre mariage de convenance. Nous ne pouvons compter que l'un sur l'autre.

— Tu as raison, nous pouvons compter l'un sur l'autre.

— Mais il n'y a jamais eu de rapport amoureux pour nous lier. Nous avons établi un partenariat fondé sur des objectifs communs, et les sentiments qui ont pu se développer entre nous étaient juste un bonus.

Il hocha la tête.

— Nous sommes d'accord là-dessus.

— Bien. Alors voilà le problème : notre partenariat est fondé sur le respect et la confiance. Et si tu retires la confiance de l'équation, tout le reste est fragilisé.

Tout se mit soudain en place dans son esprit.

— D'accord. Je comprends.

Ne rien cacher du chaos qui faisait rage en lui n'était ni naturel ni facile. Mais il s'était engagé dans ce mariage, notamment pour le bien de ses enfants, et si cette union échouait, tout serait en péril. Par conséquent, il devait fournir plus d'efforts.

— Je te tiendrai au courant de mes progrès. Et si je commets d'autres impairs, parle-m'en. Je te promets de faire de mon mieux pour t'expliquer les choses.

— Merci, dit-elle, si bas qu'il l'entendit à peine. Et je promets de ne pas insister pour que tu m'en dises plus que ce que tu te sens capable de dire. Si tu veux retourner dormir dans ta propre chambre, cela me va. Et si tu veux rester, cela me va aussi. Tu peux rester toute la nuit avec moi, prendre le risque de faire un cauchemar, et me faire confiance sur ma capacité à gérer la situation.

Cette idée le pétrifiait, mais il avait envie de faire cela pour Harper. Il voulait essayer, du moins.

Il vint s'asseoir à côté d'elle.

— Si tu le penses vraiment, je veux bien essayer de dormir avec toi.

Elle enlaça sa taille et appuya la tête contre son épaule.

— Je le pense vraiment.

Il la serra contre lui, en espérant de toutes ses forces qu'il ne venait pas de commettre la plus grande erreur de sa vie.

Quelques heures plus tard, après le dîner, Nick se retrouva dans la chambre de Harper. Il voulait désespérément dormir à ses côtés, mais il hésitait encore à prendre un tel risque.

Décevoir ou faire souffrir Harper allait à l'encontre de toutes ses valeurs, mais il avait déjà accepté de passer la nuit avec elle. Et de dormir, cette fois. Or, manquer à sa parole serait tout aussi contraire à ses valeurs.

Elle passa la main sur le drap et sourit.

— Viens, je ne vais pas te manger.

D'un pas hésitant, il la rejoignit.

— Tu es sûre de toi ?

— Nick, tu dois me faire confiance. Et faire confiance à ma capacité à affronter la situation.

Il s'assit au bord du lit.

— Je te fais confiance. Mais le problème n'est pas là, tu le sais.

Elle changea d'expression, et il eut devant lui l'avocate aguerrie.

— Quand tu étais dans l'armée, tu faisais partie d'une équipe. Tout le monde avait un rôle à jouer, et tu devais faire confiance à tes hommes, n'est-ce pas ?

— C'est vrai, dit-il d'un ton prudent, ne sachant pas où elle voulait en venir.

— Eh bien, c'est le même principe. Tu dois me laisser jouer mon rôle.

Elle tira sur son bras jusqu'à ce qu'il s'étende sur le lit, à côté d'elle.

— Tu promets de me faire confiance et de t'endormir ?

Il savait, sans l'ombre d'un doute, qu'ils venaient d'atteindre un tournant dans leur relation. Cette nuit pourrait les rapprocher, ou les séparer.

Il poussa un long soupir. Quelle que soit l'issue, il avait déjà pris sa décision en acceptant de dormir avec elle. Il était temps de joindre l'acte à la parole.

Il enlaça sa taille.

— Je te le promets.

— Merci, murmura-t-elle.

Elle se blottit contre lui. Il l'étreignit, ajusta son oreiller et ferma les yeux. Il écouta Harper respirer et tenta de se détendre. Après quelques minutes, le monde s'évanouit…

Un éclair au cœur de la nuit noire… Le sol et les murs tremblent… Il se jette à terre pour se protéger… Des cris provenant de toutes les directions… Un autre éclair… Le bruit sature l'air, ne laissant la place à rien d'autre, pas même à l'oxygène… Les cris de ceux qui agonisent… Il tente de crier des ordres, mais la fumée étouffe sa voix… Ses hommes… Où sont ses hommes ? Il les cherche… L'odeur âcre du sang et de la bile… Une pile de vêtements — non, c'est un homme. Gregson. Sans vie. Non ! Oh ! Seigneur, non… Des flammes. Des cris. Il aperçoit un bras sous les décombres. Il dégage le corps. Adams. Il est vivant ! Il le traîne pour le mettre à l'abri… Il y retourne. Des éclairs et des cris… D'autres morts… Des hurlements… Seigneur, comme il s'en veut…

Une voix douce flotta dans l'obscurité, lui soufflant des mots d'apaisement, lui disant qu'il était en sécurité. C'était une voix magnifique, qui consolait son âme et l'arrachait à l'horreur. Mais les ténèbres refusaient de relâcher leur emprise aussi aisément, et cet espace entre le sommeil et l'éveil était le pire…

Dans ses rêves, il avait encore un petit espoir de retrouver d'autres membres de son unité en vie. De les sauver. Il affronterait le danger pour les protéger, c'était certain. Mais, chaque fois que la réalité faisait intrusion dans ses rêves, elle lui rappelait qu'il ne les avait pas sauvés. Et qu'il ne pouvait pas revenir en arrière.

La voix résonnait toujours, l'empêchant de sombrer. La voix de Harper. Et il y avait un autre son. De petits gémissements.

Le cœur battant, il ouvrit les yeux. Harper était là, à côté de lui. Son visage d'une beauté poignante était baigné par un halo de lumière.

— Nick, dit-elle avec douceur.

Il ne pouvait pas encore parler et, de toute façon, il n'aurait pas su quoi dire. Mais une chose était sûre, Harper était la seule personne qu'il voulait voir à cet instant. La seule qui pouvait rendre l'obscurité en lui un peu plus supportable. Pourtant, même s'il avait envie de la prendre dans ses bras, il ne le ferait pas. Entraîner Harper dans ses ténèbres serait égoïste.

Et puis, il ne méritait pas qu'elle le réconforte. Ces cauchemars étaient une juste pénitence ; il méritait de revivre l'horreur. Après tout, certains de ses hommes n'avaient pas survécu et ne pouvaient *pas* revivre quoi que ce soit.

Son père lui avait dit qu'il devait être fort. C'était un bon conseil. Quoi qu'il y ait dans sa mémoire, il devrait pouvoir se débrouiller.

Il soupira, tremblant, et joignit les mains pour les empêcher de trembler. Il fallait être honnête, il ne se débrouillait pas du tout. Pire, Harper était témoin de son échec. De sa honte.

De l'autre côté du lit, il perçut un mouvement et entendit à nouveau les petits gémissements. Il se retourna et vit Frank allongé à côté de lui.

— Je ne l'ai pas appelé, dit Harper. Quand je me suis réveillée et que j'ai compris que tu faisais un cauchemar, Frank était déjà là.

Nick posa un bras sur Frank, et le chien se cala contre lui, solide et rassurant. Sa présence le réconfortait plus qu'il ne l'aurait cru. Nick ne manquerait pas de lui donner des friandises, dès qu'il pourrait de nouveau respirer et bouger.

Il compta ses respirations dans sa tête, une technique qu'il employait pour ralentir son pouls, s'appuyant sur la force tranquille de Harper et de Frank pour l'aider. Après quelques instants, Harper s'allongea et noua les bras autour de lui. Il n'en méritait pas tant. Il n'avait jamais mérité Harper, mais il ne pouvait se résoudre à la repousser. Il la serra contre lui et accepta le réconfort qu'elle lui offrait, heureux que, cette fois au moins, elle n'ait pas eu peur.

Tandis que Harper observait son époux, allongé à côté d'elle, elle retint ses larmes, car Nick ne voudrait pas qu'elle pleure. Alors, elle resta là et le laissa se remettre à son propre rythme, en tentant d'être une présence calme et apaisante pour lui.

Mais il lui était difficile d'être calme alors qu'elle était tiraillée entre le désespoir de le voir souffrir et la joie de ne pas avoir été repoussée. Car il ne l'avait pas rejetée cette fois. Elle massa ses épaules tendues, pour l'aider à se détendre et pour se détendre elle aussi.

Après de longues minutes, il se redressa, toujours sans la repousser. Il s'assit au bord du lit, les coudes sur les genoux et la tête penchée, comme s'il tentait de reprendre sa respiration. Elle s'assit à côté de lui et posa la main sur son dos, pour qu'il sache qu'il n'était pas seul.

Sans la regarder, il saisit son autre main et la posa sur sa cuisse. Ce geste de tendresse faillit la submerger. Car, en prenant sa main au lieu de la repousser, Nick venait de faire tomber une barrière entre eux.

— Merci de me faire confiance, dit-elle. De me montrer des choses de toi que tu préférerais cacher.

Il ne la regarda pas, ne bougea pas.

— Ça m'ennuie toujours de t'entraîner dans ce chaos, murmura-t-il.

Peut-être, mais elle était heureuse qu'il l'emmène, où que ce soit. C'était le fait d'être abandonnée qui la faisait souffrir.

Elle se leva et le poussa à se lever à son tour.

— Ensemble, nous pourrons surmonter cela, assura-t-elle.

— Je commence à croire qu'ensemble nous pourrons tout surmonter.

— Je pense que tu as raison.

Elle l'emmena dans la salle de bains, puis se mit sur la pointe des pieds et l'embrassa. Il lui rendit son baiser — un baiser non pas fougueux mais plein de douceur, de confiance, qui témoignait de la profondeur de leur relation. Elle ne remarqua qu'elle pleurait que lorsque Nick essuya une larme sur sa joue.

Sans un mot, elle recula et ouvrit le robinet de la douche. Puis, tenant toujours Nick par la main, elle l'entraîna dans la cabine. Lorsqu'il esquissa un sourire, elle sentit son cœur s'emballer. Elle le lâcha et, posant les mains sur son torse, le poussa doucement sous le jet d'eau.

Tandis qu'elle le savonnait, elle s'accorda le luxe d'admirer son corps. Elle adorait explorer ses reliefs et ses creux, et elle aimait autant ses cicatrices que ses muscles parfaits. Nick la laissa faire tout ce qu'elle voulait.

— Tu n'as pas besoin de réfléchir, dit-elle. Contente-toi de ressentir les choses.

Elle le sentit se détendre sous ses mains. Il suivait ses mouvements comme s'ils dansaient, sa respiration devenant courte et saccadée, tout comme la sienne.

Elle voulait que le désir chasse les images qui avaient hanté son esprit. Alors, elle le caressa, passant le bout des doigts sur son ventre, embrassant sa clavicule, effleurant son dos avec ses ongles.

— Harper, souffla-t-il contre son cou.

Il la caressa à son tour, attisant le feu qui brûlait en elle. Il la porta, et elle croisa les jambes autour de sa taille, en appuyant le dos contre le mur carrelé.

Tandis que l'eau ruisselait sur eux, il s'enfonça en elle et ondula entre ses replis intimes à une cadence effrénée, qui l'emmena rapidement sur les cimes du plaisir. Bien vite, elle implosa entre ses bras. Avant même que les frissons de son orgasme ne se dissipent, elle l'entendit hurler son nom et jouir à son tour. Et elle se sentit plus liée à lui qu'à n'importe quelle autre personne au monde. À cet instant, elle avait l'impression que rien ne les séparerait jamais.

Une fois qu'elle eut repris son souffle, elle reposa une

jambe sur le sol. Il la relâcha, déposa un tendre baiser sur ses lèvres, puis mit la tête sous le jet d'eau. Cette fois, ce fut lui qui la savonna, et quand ils eurent terminé, il l'enveloppa dans une épaisse serviette.

— Merci, dit-il.

Il ne la remerciait pas seulement pour ces ébats, elle le savait. Il la remerciait de veiller sur lui. De s'occuper de lui. De l'accepter tel qu'il était.

— Nous sommes sur le même bateau, répondit-elle. Nous formons une équipe.

Il hocha la tête, puis la serra dans ses bras.

- 11 -

Harper arriva à la boutique de robes de mariée de Natalie Valentine avec cinq minutes de retard. Elle devait déjeuner avec Natalie et Sophie.

Natalie l'accueillit à la porte avec une flûte de champagne.

— Désolée d'être en retard, dit Harper.

— Pas de problème, répondit Natalie avec un sourire. Je suis encore plus en retard que toi. Le champagne, c'est pour me faire pardonner. Rassure-toi, il est sans alcool.

Harper goûta le breuvage frais.

— Les flûtes de champagne inattendues rachètent à peu près tout, déclara-t-elle en souriant.

— Tant mieux. Sophie est déjà arrivée. Je termine mes essayages avec Chelsea Hunt, je n'en ai pas pour longtemps.

Natalie l'escorta jusqu'à un canapé où Sophie était déjà installée, une flûte de champagne à la main. À côté d'elle était assise une splendide jeune femme aux longs cheveux couleur miel. Harper ne connaissait pas Chelsea, mais elle avait entendu beaucoup de bien d'elle et elle était heureuse de pouvoir la rencontrer.

— Harper, voici Chelsea, dit Natalie. C'est la demoiselle d'honneur de Brandee Lawless. Chelsea, je te présente Harper Lake. Elle est avocate chez Tate Armor.

— Enchantée, Harper, fit Chelsea en lui serrant la main. Tate Armor… N'est-ce pas la société de Malcolm Tate ? C'est un homme vraiment splendide.

Prise de court, Harper se sentit rougir. Mais ce n'était pas à Malcolm qu'elle pensait.

— Oh ! désolée, s'exclama Chelsea en dévisageant Harper. Est-ce que j'ai commis une bévue ? Il y a quelque chose entre Malcolm et vous ?

— Pas Malcolm, intervint Sophie. Mais son frère, Nick. Puisque ce sont de vrais jumeaux, on peut supposer qu'il est tout aussi splendide.

Tout aussi splendide. Harper eut envie de rire. Comment expliquer que les deux hommes se ressemblaient physiquement, mais qu'ils n'avaient rien à voir l'un avec l'autre ? Malcolm était agréable à regarder. Mais Nick provoquait en elle un feu de désir et d'*amour*...

Elle se figea. Oui, c'était bien de l'amour qu'elle éprouvait pour son mari. Difficile de croire qu'elle était tombée amoureuse si vite, mais il n'y avait aucune autre manière de décrire l'intensité de ses sentiments pour lui. Elle comprenait maintenant pourquoi son cœur tressautait chaque fois qu'elle voyait Nick ou qu'elle entendait sa voix. Ou même chaque fois qu'elle pensait à lui.

Chelsea la fixait toujours, attendant qu'elle confirme que Nick était aussi séduisant que Malcolm. Harper fit un petit signe de tête positif, puis s'assit sur le canapé.

— Vous m'excusez une minute ? dit Natalie. Je dois aller vérifier quelques détails sur la robe.

— Nous ne pouvons pas la voir ? s'étonna Sophie.

— Vous la verrez le jour du mariage, comme tout le monde, répondit Natalie avant de filer dans une autre pièce.

— Lors de notre précédent déjeuner, il y a eu beaucoup de potins croustillants, rappela Sophie. J'espère qu'il y en aura au moins autant aujourd'hui.

— Des potins croustillants ? interrogea Chelsea. Cela mérite quelques détails.

— Eh bien, dit Sophie en souriant, nous avons par

exemple appris que Harper ici présente s'était mariée, alors que quelques semaines plus tôt elle était célibataire.

Chelsea ouvrit de grands yeux.

— Avec Nick Tate ?

— Oui, confia Sophie. Et ils attendent des jumeaux.

— En effet, c'est une nouvelle très croustillante ! Félicitations, Harper. Vous savez créer de bons potins.

En riant, Harper leva sa flûte en direction de Chelsea et la remercia. Elle sirota le breuvage ambre, espérant qu'elles changeraient de sujet. Elle n'était pas en état d'avoir une discussion cohérente, elle qui venait de prendre conscience qu'elle était amoureuse de son mari.

— Alors, Chelsea, dit Sophie. À ton tour. Quel potin irait bien avec ce champagne ?

— Eh bien, j'ai peut-être quelque chose…

Harper sourit, se sentant un peu grisée. La boisson étant sans alcool, c'était sans doute ses sentiments pour Nick qui lui faisaient cet effet. Mais elle appréciait déjà Chelsea et elle était heureuse de partager sa bonne humeur.

— Tout ce que vous direz restera entre ces murs, assura-t-elle, posant un index contre ses lèvres. Nos lèvres sont scellées.

— Eh bien, dit Chelsea en réprimant un sourire, j'ai beaucoup vu Gabe Walsh ces derniers temps, puisqu'il est le témoin du marié et moi la demoiselle d'honneur de la mariée.

Natalie passa la tête par l'embrasure de la porte.

— Gabe aussi est un homme splendide, commenta-t-elle.

Chelsea se mordilla la lèvre un instant, puis reprit son récit.

— Nous étions au ranch de Brandee l'autre jour, pour préparer le mariage, et… Disons que nous nous sommes accordé une petite récréation.

— Tu l'as embrassé ? s'exclama Sophie.

Chelsea eut l'air rêveur.

— Tout ce que je peux dire, c'est que cet homme a une bouche faite pour embrasser.

Les autres femmes émirent des murmures d'approbation. Elles continuèrent à discuter quelques instants, jusqu'à ce que Natalie vienne remplir leurs flûtes et demande :

— Alors, des nouvelles de Maverick ? Je n'ai rien entendu à son sujet ces derniers jours.

— Le calme semble revenu, observa Sophie.

Chelsea leur lança un regard mystérieux.

— En fait, j'ai une information à ce sujet.

— Tu as deviné de qui il s'agit ? répliqua Sophie, les yeux écarquillés.

Chelsea secoua la tête.

— Mieux. J'ai fait appel à un vieil ami, Max St. Cloud, pour qu'il aide les enquêteurs.

— Que pourrait faire ce Max que la ville ne fait pas déjà ? objecta Natalie, mesurant les épaules de Chelsea avant de disparaître de nouveau.

— J'ai fait un peu de piratage informatique quand j'étais plus jeune, tout comme Max, expliqua Chelsea. C'est comme ça que nous nous sommes rencontrés. C'est un vrai génie, dit-elle avec fierté.

— En fait, il pourrait vraiment nous aider, approuva Harper. Puisque Maverick harcèle et menace les gens via les mails et les réseaux sociaux et qu'il avait manifestement volé des documents informatisés pour s'en servir comme moyen de chantage, c'est une excellente idée de faire appel à un ex-hacker.

— Toute nouvelle tactique vaut la peine d'être essayée, renchérit Sophie. Maverick a créé assez de dégâts comme ça.

— Bien dit, approuva Natalie qui revint dans la pièce. Chelsea, j'ai terminé. Je te libère.

— Merci, Natalie, dit Chelsea en empoignant son sac. Je suis impatiente de voir la robe terminée.

Sophie se leva.

— Chelsea, tu es la bienvenue si tu veux déjeuner avec nous.

— C'est très gentil à vous, mais mes devoirs de demoiselle d'honneur m'attendent, alors, ce sera pour une autre fois. À bientôt, les filles !

Tandis que Chelsea sortait de la boutique, Harper regarda ses amies, satisfaite et heureuse. Tout allait bien dans sa vie. Elle avait un cercle d'amies plus large que jamais, sa relation avec Ellie s'améliorait, et son mariage avec Nick se portait à merveille. Et, cerise sur le gâteau, elle était amoureuse de son mari. Ce qui dépassait toutes ses espérances.

Elle avait hâte de dévoiler ses sentiments à Nick. Ne lui restait plus qu'à trouver la meilleure façon de lui déclarer sa flamme.

Installé sur une banquette du Royal Diner, Nick se leva quand Melissa vint le rejoindre. Puisque tout se passait si bien avec Harper et qu'il se voyait bâtir une famille avec les bébés, il avait décidé d'aller de l'avant. Il avait donc demandé à Melissa de venir le retrouver, afin de discuter du bien-être de leur fille, entre parents. Il avait demandé son avis d'avocate à Harper, qui avait trouvé l'idée très sensée.

Contre toute attente, Melissa avait accepté sa proposition.

Ne sachant comment la saluer, il lui tendit la main. C'était un territoire nouveau pour eux. Ils avaient été de jeunes adolescents amoureux, puis de jeunes mariés, de futurs parents, des époux en guerre, puis des divorcés en guerre. Qu'étaient-ils l'un pour l'autre à présent ? Seul le temps le dirait.

Melissa observa sa main tendue, puis la serra avec réticence.

— Merci d'être venue, dit-il quand ils eurent pris place sur les banquettes de skaï rouge.

Elle lui décocha un regard glacial.

— J'ai failli refuser.

Melissa n'avait jamais été du genre à filtrer ses pensées. Son honnêteté était plutôt bon signe.

— Qu'est-ce qui t'a fait changer d'avis ?

Elle haussa les épaules.

— Je veux le meilleur pour Ellie. C'est ce que j'ai toujours voulu.

— Je te suis reconnaissant de faire cet effort.

Peut-être pourraient-ils parvenir à une sorte d'accord, afin qu'il puisse être un père digne de ce nom pour ses trois enfants, songea-t-il, optimiste.

Ils commandèrent des boissons. Quand la serveuse fut repartie, Melissa reprit la parole.

— Bien, venons-en au fait. Qu'est-ce que tu veux ?

— Davantage de temps avec Ellie. Je veux tenir une plus grande place dans sa vie.

Elle balaya ses mots du revers de la main.

— C'est à ça que servent les avocats.

— Allons, Melissa ! Nous sommes ses parents, les deux personnes qui l'aiment le plus. Nous devrions pouvoir régler ça entre nous, sans intermédiaires.

— Et tu penses honnêtement que ce serait une bonne chose pour Ellie de passer plus de temps avec toi, étant donné ton…

— Syndrome de stress post-traumatique, finit-il. J'ai fait de gros progrès sur ce plan.

Surtout grâce à Harper, à son soutien et sa patience infinis.

Lorsque la serveuse eut apporté leurs sodas, Melissa joua avec sa paille quelques instants, puis s'excusa pour se rendre aux toilettes.

Nick s'adossa à la banquette. Le fait que Melissa soit venue était une première étape. L'étape suivante avait été d'exprimer ses souhaits. À présent, il devait convaincre son ex-femme d'accepter ses demandes. Quand elle reviendrait, il lui donnerait d'autres arguments, et ils éviteraient peut-être une bataille juridique.

Dès qu'elle fut hors de son champ de vision, Nick eut la surprise de voir le fiancé de Melissa se diriger vers leur table.

— Guy, dit-il d'un ton méfiant. J'ignorais que tu viendrais.

Guy afficha un sourire mielleux.

— Écoute, Melissa est trop gentille pour te le dire, mais nous savons toi et moi quel genre d'homme tu es.

— Et quel genre d'homme suis-je, selon toi ? rétorqua-t-il d'un ton traînant.

— Un raté.

Venant de quelqu'un dont l'opinion comptait, cela aurait pu être insultant. Mais venant de ce minable pathétique qui n'avait rien d'un homme, c'était presque amusant.

— Et comment sais-tu cela ?

— Tu n'as plus toute ta tête, n'est-ce pas, Nick ?

Nick réprima un soupir.

— J'ai un syndrome de stress post-traumatique, si c'est ce que tu veux dire.

— Mais ce n'est pas tout.

— Tu devrais partir, suggéra-t-il d'un ton calme, malgré son agacement croissant.

Guy sortit de la poche de sa veste quelques plaquettes de médicaments et les posa sur la table. Nick les reconnut aussitôt : des antalgiques. Pendant quelques secondes, il retint son souffle, obnubilé par les pilules devant lui. Il n'en avait pas vu souvent depuis qu'il avait vaincu son addiction. Mais elles étaient là, à quelques centimètres de sa main, et leur chant des sirènes l'attirait.

Guy sortit son téléphone.

— Je pense que notre ami Maverick pourra faire de réels dégâts avec la photo que je vais prendre…

Derrière eux, Nick entendit quelqu'un arriver. C'était Melissa.

— Guy, j'ignorais que tu me rejoindrais, lâcha-t-elle.

Puis, elle remarqua les pilules.

— Qu'est-ce que c'est que ça, Nick ?

— Ils ne sont pas à moi, dit-il d'une voix rauque. C'est Guy qui les a apportés.

— Guy, est-ce vrai ? questionna-t-elle.

— Je suis désolé, chérie, répondit son fiancé d'un ton doucereux. Nous savons qu'il va rechuter à un moment ou à un autre, et que cela mettra Ellie en danger. J'ai pensé que si nous accélérions le processus avant de passer au tribunal, ce serait mieux pour nous.

— C'est toi qui as acheté ces pilules ? s'exclama-t-elle, l'air horrifiée. Guy, il faut que cela cesse !

— Tu sais que je veux votre bien à Ellie et toi. Et puis, Maverick serait ravi d'avoir un potin aussi croustillant. Nous mettrons le cliché en ligne, et il le trouvera. Il est vraiment doué pour flairer les bonnes histoires.

Nick entendait vaguement la dispute entre son ex-femme et son fiancé. Mais son attention était accaparée par les médicaments qui étaient toujours sur la table. Il sentit la sueur perler sur son front.

— Guy, tu as dépassé les bornes, fulmina-t-elle. Tu ferais mieux de t'en aller.

Surpris, Nick leva les yeux. Guy jeta un regard furtif autour de lui avant de reporter son attention sur Melissa.

— Mais, chérie, c'est pour toi que j'ai fait cela !

— À présent, je sais que tu es capable du pire. Je refuse que tu continues à côtoyer Ellie.

— Qu'est-ce que tu veux dire par là ?

— C'était la goutte d'eau, Guy. Tout est fini entre nous.

Elle retira le solitaire étincelant qui ornait son annulaire et le lui tendit.

— À cause de *lui ?* s'exclama Guy d'un ton incrédule.

— Non, à cause de toi, assena-t-elle, mains sur les hanches. Maintenant que je t'ai vu à l'œuvre, je ne pourrai jamais plus te faire confiance.

— Mais, chérie…

— Tu pourras dormir à l'hôtel ce soir, coupa-t-elle, et nous verrons demain pour le reste.

Stupéfait, Guy la dévisagea un instant, mais il ne tarda pas à se reprendre.

— D'accord. Nous en reparlerons demain, quand tout le monde sera calmé.

Il embrassa Melissa sur la joue puis quitta le restaurant.

Melissa se tourna vers lui.

— Je suis désolée, Nick. Toi et moi, nous avons nos divergences, mais tu ne méritais pas ça.

Il leva les yeux vers elle, en prenant soin de garder les pilules dans son champ de vision périphérique.

— Et tu sais quoi ? ajouta-t-elle. Je pense que tu as raison. Il est temps que nous nous mettions d'accord pour la garde d'Ellie, sans passer par nos avocats. Laisse-moi régler mon problème avec Guy d'abord, et je t'appelle dans quelques jours. Nous trouverons une solution.

Il s'efforça de prendre un air neutre.

— Entendu. Ce serait une bonne chose, dit-il.

Melissa prit congé, laissant Nick seul à table. Avec les médicaments.

Ses mains tremblaient tant il avait envie d'en prendre un. Un seul cachet, cela ne pouvait pas faire de mal, non ?

Il déglutit. Il savait bien qu'il ne se contenterait pas d'un seul médicament. Et c'était bien là le problème. Il savait que c'était dangereux, pourtant, il voulait quand même avaler un de ces cachets.

Il jeta un regard autour de lui. Les hautes banquettes le protégeaient des regards. Avec précaution, il fit glisser les plaquettes vers lui et les mit dans ses poches. Puis, il se leva, laissa quelques billets sur la table et sortit du restaurant.

Tandis qu'il se dirigeait vers sa voiture, les questions se bousculèrent dans sa tête.

Quelle pilule allait-il prendre en premier ?

Et où irait-il pour la prendre ?

Avec quelle boisson l'avalerait-il ?

Combien de pilules pouvait-il prendre en une journée ?

Harper débordait de joie quand elle rentra chez elle. D'un pas léger, elle remonta l'allée qui menait à la maison. Elle avait fait un mariage de convenance, pour le bien de ses bébés, et avait fini par tomber amoureuse de son mari. C'était un véritable conte de fées.

Quand elle entra dans la maison, Nick était assis au bar de la cuisine, le regard vide. Aussitôt, elle sentit son ventre se nouer d'angoisse.

— Que s'est-il passé ? s'enquit-elle.

Lorsqu'elle approcha et tendit le bras vers lui, il se détourna.

— Nick ?

Il s'apprêta à parler, puis se ravisa. Quel était le problème ? se demanda-t-elle avec appréhension.

Elle regarda autour d'elle et remarqua quelques feuilles imprimées sur le bar. Elles étaient trop loin pour qu'elle puisse déchiffrer les mots, mais elle avait vu assez de documents juridiques dans sa carrière pour savoir de quoi il s'agissait.

Elle avança pour prendre les papiers, mais Nick lui barra le chemin de son bras tendu.

— Harper, dit-il d'une voix rauque. Ce n'est pas…

Mais elle avait vu les premières lignes. C'était bien une demande de divorce. Et leurs noms étaient dactylographiés en lettres noires. Soudain, la tête lui tourna.

— Tu demandes le divorce ? lança-t-elle.

Elle n'arrivait pas à le croire. Il y avait sûrement une explication. Peut-être ces documents faisaient-ils partie d'un plan dont Nick ne lui avait pas encore parlé…

— Oui.

Le mot, simple et brut, lui coupa le souffle. Nick la quittait. Elle se revit soudain, à six ans, dévastée par le départ de son père. Elle se rappela les larmes, le chagrin infini. Mais elle repoussa les souvenirs. La situation présente était différente.

Il s'agissait de *Nick*.

Un divorce n'avait pas de sens. Ils étaient si heureux ! Ils avaient dépassé leur plus grand obstacle et dormaient désormais ensemble toute la nuit. Qu'est-ce qui avait changé ? Ce matin, il l'avait embrassée avant d'aller voir… *Melissa*.

Son ex-femme avait-elle saboté leur mariage ?

Elle ravala la boule dans sa gorge pour pouvoir parler.

— Que t'a dit Melissa ?

— Elle a été étonnamment raisonnable. Les choses n'ont dégénéré que lorsque Guy est arrivé.

Elle sentit une fureur noire l'envahir, mais ce n'était pas le moment de s'emporter.

— Qu'a-t-il dit ? interrogea-t-elle d'un ton aussi calme qu'elle le put.

— Les sottises habituelles.

Pour un observateur ordinaire, le visage de Nick pourrait sembler neutre, mais elle n'était pas une observatrice ordinaire. Elle avait remarqué sa mâchoire légèrement contractée, ses lèvres pâles.

— Ensuite, il a tenté de me piéger en posant des antalgiques sur la table devant moi. Il voulait prendre une photo et l'envoyer à Maverick.

Un frisson glacé la parcourut. Elle trouvait le comportement de Guy horrible, mais elle s'inquiétait surtout pour la santé de Nick.

— Où sont ces médicaments, maintenant ?

— Je les ai jetés à la poubelle. Et Melissa a surpris Guy avant qu'il ait le temps de prendre une photo.

— Alors, tout va bien maintenant ? La tentative de chantage a échoué, et tu n'as pas pris ces médicaments.

Il manquait une pièce à ce puzzle, puisqu'il y avait une demande de divorce sur le comptoir.

— Ce n'est pas la question, répondit-il d'un ton dangereusement calme. Je voulais les prendre. Vraiment.

Elle appuya ses mains contre ses tempes.

— Mais tu ne l'as pas fait.

— Tu ne comprends pas.

Il s'éclaircit la voix.

— J'ai pris conscience d'une chose, Harper. Cette addiction fait partie de moi, et ce n'est pas sain de vous exposer à cela, les bébés et toi. Je ne laisserai pas ma dépendance vous faire du mal.

— Nick, ça m'est égal, assura-t-elle, renonçant à garder son calme et laissant son désespoir percer dans sa voix. Le divorce n'est pas la solution.

— Tu as dit que quand j'étais un Seal, je devais faire confiance à mes hommes. Et c'est vrai, mais parfois, en tant que chef, je devais prendre des décisions difficiles.

Il releva la tête.

— Et c'est ce que je suis en train de faire. Je prends une décision difficile pour la sécurité de tous.

Elle planta les mains sur ses hanches, la colère montant en elle.

— Qui a décrété que tu étais le chef dans notre mariage ? Je croyais que c'était un partenariat. Tu ne peux pas décider de te sacrifier sans me demander mon avis.

Il ne cilla pas.

— Tu ne m'as pas vu quand j'étais aux prises avec mon addiction. Les bébés et toi m'êtes précieux, donc je ne veux prendre aucun risque.

Rien de tout cela n'avait l'air réel. Cela ressemblait plutôt à un mauvais rêve. Ou à une blague de mauvais goût. Mais ce n'était pas une plaisanterie, le langage corporel de Nick le prouvait. Son mari pensait honnêtement qu'elle serait mieux sans lui.

— Et nos bébés ? Ils ont besoin de leur père.

Il ferma les yeux pendant de longues secondes.

— Ils n'ont pas besoin d'un père comme moi. Si tu veux retourner dans le Connecticut, je comprendrai. Nous pourrons nous mettre d'accord sur un droit de visite après leur naissance.

Il se leva, et elle remarqua un gros sac de voyage à côté de lui. Elle eut de nouveau du mal à respirer.

— Donc, tu nous quittes, tous les trois ?

— Je suis en miettes, Harper. Tu le sais.

Il passa la main sur son visage.

— J'ai besoin de prendre du recul, pour déterminer comment être un bon père pour mes trois enfants. Je veux agir au mieux, du mieux que je le peux.

Il se trompait, du tout au tout. Mais comment pouvait-elle l'en convaincre, alors qu'il s'était déjà persuadé du contraire ?

Frank approcha, espérant sans doute faire une virée en voiture avec Nick.

— Et Frank ? s'enquit-elle.

Nick se pencha pour caresser les oreilles de Frank, qui sembla content.

— Il sera mieux ici, avec toi, dit-il. Et les bébés vont l'adorer.

Lorsqu'il prit son sac et l'accrocha à son épaule, elle sentit la panique l'envahir.

— Tu vas vraiment me quitter, Nick ? demanda-t-elle. Ce n'est pas ce que tu veux, je le sais.

— Ce que je veux ne compte pas. Je dois résoudre les problèmes et, pour cela, je dois partir.

Il déposa un baiser chaste sur son front, puis s'écarta.

— Je te rends ta liberté.

Il lui rendait sa liberté ? Pourtant, elle ne s'était jamais sentie prisonnière.

Il se dirigea vers la porte.

— Attends, Nick. Si tu veux vraiment que nous nous séparions, je vais retourner chez moi.

— Non, reste aussi longtemps que tu veux. J'ai besoin de changer d'air, de toute façon.

Tout cela n'avait pas sens.

— Où iras-tu ?

— Je ne sais pas.

Il sembla réfléchir un instant.

— J'irai au Bed and Breakfast de Natalie ce soir et, quand j'aurais décidé de la suite, je te tiendrai au courant.

Il se rapprocha de la porte. Elle sentit un sanglot monter dans sa gorge, qu'elle eut bien du mal à retenir.

— Nick, ne m'abandonne pas.

— Je suis désolé, Harper. Vraiment désolé.

Son regard semblait sincère.

— Je pense que c'est la meilleure chose à faire, conclut-il.

Et il sortit de la pièce.

Son mari, l'homme qu'elle aimait, le père de ses bébés, venait de la quitter. De l'abandonner.

Elle couvrit son visage de ses mains et s'autorisa enfin à fondre en larmes.

- 12 -

L'obscurité… si épaisse et pesante qu'elle en est étouffante. Il cherche un interrupteur, en vain… Une lampe-torche… Il l'allume… Un rayon de lumière… Qui n'éclaire rien. Où est Harper ? Il agite la lampe dans toutes les directions… Le cri d'un nouveau-né… Il le cherche frénétiquement du regard… Un autre cri se joint au premier… Les bébés ! Mais où sont-ils ? Là-bas ! Au loin… Harper portant deux bébés… Il crie son nom… Elle ne l'entend pas… Elle s'éloigne… Non ! Sa femme, ses bébés… Il s'élance pour les rattraper… Ses jambes ne lui répondent pas… Elles sont collées au sol… Harper ! C'est toute sa vie qui s'en va… Harper ! Non… ne me quitte pas… Elle est partie… Il se retrouve seul… La lampe s'éteint… L'obscurité revient…

Nick se réveilla en sursaut, haletant et couvert de sueur. Il tendit le bras vers Harper, mais ne trouva que des draps froids.

Peu à peu, il se souvint. Harper était dans leur lit, chez eux, tandis que lui était au Bed and Breakfast, seul. Et il n'avait même pas Frank avec lui pour le calmer.

Le cœur battant à coups redoublés, il écarta les draps.

— Mais qu'ai-je fait ? s'exclama-t-il à voix haute.

Harper était la meilleure chose qui lui soit jamais arrivée, et pourtant il l'avait quittée. Elle avait rendu sa vie meilleure par sa seule présence. Et il la désirait tant que c'en était douloureux.

Mais, s'il l'avait quittée, ce n'était pas par gaieté de cœur.

C'était pour les protéger, les bébés et elle. Et il les protégerait, quoi qu'il lui en coûte.

Il l'avait libérée de ce mariage, pour qu'elle puisse trouver quelqu'un qui comble ses besoins. Quelqu'un qui ne soit pas détruit intérieurement. Quelqu'un d'autre que lui.

À cette pensée, une douleur brûlante s'empara de sa poitrine.

Les paroles de son père lui revinrent en mémoire.

C'est toi le plus fort. C'est à toi de veiller sur ta mère et sur Malcolm.

Si son père avait connu Harper, il l'aurait incluse dans ce groupe. Et, même s'il ne l'avait pas fait, Nick l'incluait dans le groupe des personnes dont il était responsable.

Parfois, être responsable signifiait faire des sacrifices.

Dans la pénombre de cette chambre peu familière, des bribes de souvenirs et de cauchemars l'assaillirent, de ce jour où il avait perdu des hommes de son unité. Il avait été responsable d'eux aussi et il avait dû prendre des décisions douloureuses. Le chagrin et le sentiment d'échec l'envahirent, comme à chaque fois qu'il pensait à eux. Mais aujourd'hui quelque chose était différent : dans son esprit, les scènes du passé semblaient se réorganiser. Il s'était repassé le film de cette funeste journée maintes et maintes fois, sans jamais trouver de scénario alternatif où son équipe entière pouvait être sauvée. Il avait toujours considéré qu'il avait échoué ce jour-là. Mais il prit soudain conscience d'un fait : s'il n'avait pas pris ces décisions difficiles, il y aurait eu davantage de victimes. Il avait fait le meilleur choix possible selon les informations, les ressources et les possibilités dont il disposait. Tout le monde le lui avait répété, mais ce n'était que maintenant qu'il le comprenait enfin. Qu'il le croyait enfin.

Cela ne le consolait pas — des membres de son unité étaient morts malgré tout —, mais son esprit retrouvait un peu de paix, au moins.

Il récita une prière silencieuse pour ceux qui avaient péri au front et, cette fois, il commença à lâcher prise. Non pas à oublier, car il n'oublierait jamais, mais à cesser de se tourmenter. Il avait pris la meilleure décision possible. Le prix à payer avait été incroyablement élevé, mais il avait fait de son mieux.

À présent, il devait en faire autant avec son mariage : s'en tenir à sa décision difficile, pour minimiser les dégâts. Un frisson le parcourut ; c'était son corps qui se révoltait contre ce choix de la raison.

Bien sûr, il rêvait de pouvoir former une famille. Harper, les bébés, Ellie et lui. Mais ce serait égoïste.

Son sacrifice était le prix à payer pour leur bonheur.

Tout ce qui lui restait à faire, c'était apprendre à respirer tout en payant ce prix.

Assise sur le canapé, Harper regardait le soleil pointer à l'horizon. Mais ce magnifique spectacle ne suffisait pas à la distraire. Elle se sentait encore sonnée, comme anesthésiée.

Elle avait passé la nuit ici, incapable de retourner dans le lit conjugal, et tout aussi incapable de quitter cette maison et de rompre ce lien avec Nick. Elle avait vérifié son téléphone portable régulièrement, espérant qu'il la contacte. Puis, elle avait consulté Internet, pour s'informer des effets du stress sur les fœtus. Elle avait appris qu'au moins elle avait dépassé le premier trimestre, période durant laquelle le stress était particulièrement dangereux. Elle posa la main sur son ventre et tenta de compter ses respirations, comme Nick le faisait après ses cauchemars.

Frank était resté avec elle toute la nuit. À présent, il était allongé près de la porte, le regard triste, attendant le retour de son maître.

En l'espace de quelques semaines, Frank s'était vraiment

attaché à Nick. Ce n'était pas si étonnant : pendant qu'elle était au travail, Nick et lui avaient passé leurs journées ensemble. Mais il y avait plus que cela. Ils s'étaient mutuellement aidés à guérir.

— Frank, appela-t-elle.

Pas de réaction. Elle avait tant pleuré que sa voix était rauque et incompréhensible.

Elle refit une tentative.

— Frank.

Cette fois, il leva la tête et la regarda.

— Viens là, mon chien, dit-elle en tapotant le canapé.

Il l'observa un long moment, puis se leva et avança nonchalamment vers elle, avant de grimper sur le canapé et de poser la tête sur ses genoux.

— À moi aussi, il me manque, déclara-t-elle avec douceur. Mais nous nous en sortirons.

Elle caressa son petit ventre rond d'une main et l'oreille de Frank de l'autre.

— Toi, les bébés, et moi. Tout ira bien pour nous, assura-t-elle.

Mais elle ignorait si c'était ou non un mensonge.

Frank renifla puis soupira. Elle resta assise avec lui jusqu'à ce que son estomac gronde. Elle n'avait pas d'appétit, mais elle devait manger, pour le bien de ses bébés. Après une dernière caresse à Frank, elle se leva et se dirigea vers la cuisine.

Un quart d'heure plus tard, elle avait avalé un smoothie, et Frank un bol de croquettes.

Elle devait se préparer pour aller au bureau, mais, après sa nuit blanche passée à pleurer, elle n'avait plus assez d'énergie. Alors, elle retourna sur le canapé.

Frank disparut dans le couloir et revint un instant plus tard, tenant entre ses crocs un des T-shirts de Nick.

Elle sentit les larmes lui monter aux yeux.

— Oh ! Frank… Viens.

Il obéit et vint déposer le T-shirt à ses pieds. Elle noua les bras autour de son cou, laissant ses larmes couler sur sa fourrure.

— Moi aussi, je veux qu'il revienne.

Être abandonnée la rendait triste, mais cela lui donnait aussi un terrible sentiment d'impuissance. C'était ce même sentiment qu'elle avait éprouvé lorsque son père avait quitté le foyer familial, et qui depuis la paralysait chaque fois qu'elle vivait un nouvel abandon.

Frank descendit du canapé et s'allongea sur le T-shirt de Nick. Elle eut le cœur serré. L'impuissance de Frank dans cette situation était aussi terrible que la sienne.

Elle se figea.

Aussi terrible que la sienne ?

Non, son raisonnement était faux. *Frank* était impuissant dans cette situation. Mais pas elle.

Oui, elle avait été impuissante lorsque son père l'avait abandonnée. Parce qu'elle n'était encore qu'une enfant. Mais depuis elle avait fourni beaucoup d'efforts pour devenir une personne sûre d'elle, qui décidait de sa vie.

Elle prit une inspiration tremblante. Elle pouvait encore décider de sa vie.

Nick avait mis fin à leur mariage, pensant que c'était la meilleure solution. Mais il avait tort. Et elle n'était pas impuissante. Rien ne l'obligeait à accepter la vision de Nick sans rien faire.

Elle n'était plus une enfant sans défense.

Il était temps d'agir et de prendre son destin en main.

Après avoir pris une rapide douche, Harper se sentait prête à passer à l'action. Elle téléphona à Nick, mais tomba sur la boîte vocale. Elle refit une tentative, tout aussi infructueuse.

Mais, puisqu'elle avait décidé de prendre les choses en main, elle n'allait pas se laisser décourager pour si peu.

Elle appela sans tarder Natalie Valentine. Son amie décrocha à la seconde sonnerie.

— Bed and Breakfast Cimarron Rose, comment puis-je vous aider ?

— Natalie, c'est Harper, dit-elle d'une voix qu'elle espérait détendue. Nick est là ?

— Bonjour, Harper. Non, il n'est pas là. Il a passé la nuit ici, mais il est parti très tôt ce matin.

Harper se mordilla la lèvre.

— Je suppose qu'il ne t'a pas dit où il allait ?

— Non. Hier soir, il m'a prévenue qu'il ne prendrait pas de petit déjeuner ce matin et il est parti avant mon arrivée. Pour être honnête, je ne sais pas s'il va revenir. Il a payé une seule nuit hier soir.

Harper sentit son cœur tressauter, mais elle s'intima de se calmer. Nick avait dit qu'il dormirait au Bed and Breakfast le temps de trouver une autre solution, alors, peut-être avait-il décidé de séjourner chez Malcolm ou chez sa mère quelque temps.

Elle redressa les épaules. Cela prendrait peut-être un peu plus de temps qu'elle ne l'avait espéré, mais elle retrouverait son mari.

— Merci, Natalie.

— Désolée de ne pas avoir pu t'aider davantage.

— Non, tu m'as été utile.

Déjà, elle songeait aux endroits où il pouvait être.

— Et, Harper, ajouta Natalie à voix basse, je ne sais pas ce qui se passe entre vous mais, quoi qu'il en soit, je suis désolée.

— Merci, cela me touche.

Dès qu'elle eut terminé son appel avec Natalie, elle téléphona à Malcolm. Par chance, il décrocha aussitôt.

— Bonjour, Harper. Comment…

— Sais-tu où se trouve Nick ? l'interrompit-elle sans ambages.

— Que s'est-il passé ? demanda-t-il aussitôt.

Le fait que le jumeau de Nick semble inquiet provoqua une nouvelle vague de panique en elle.

— Il faut que je le voie, c'est tout.

— Harper, dit-il de sa voix de P-DG, tu dois me dire ce qui s'est passé.

— Il m'a quittée, avoua-t-elle, tentant d'ignorer le tremblement dans sa voix.

— Bon sang !

— J'en conclus qu'il n'est pas venu te voir.

— Non, dit Malcolm avant de jurer dans sa barbe. Il a toujours eu le chic pour disparaître sans laisser de traces. Même quand nous étions enfants.

Elle entendit du bruit au bout de la ligne, comme si Malcolm prenait ses affaires.

— Je vais essayer de le trouver, déclara-t-il. Et je vais appeler ma mère. Tiens-moi au courant si tu le retrouves avant moi.

— Merci, murmura-t-elle, émue par son soutien.

— Harper, peu importe ce qu'il peut penser en ce moment, vous êtes faits l'un pour l'autre. N'oublie pas cela.

Elle parvint à sourire.

— Promis. Et, Malcolm, je ne viendrai pas travailler aujourd'hui.

— Bien sûr. Préviens-moi simplement quand tu l'auras rctrouvé.

— Entendu.

Après avoir raccroché, elle sentit ses épaules s'affaisser. Le seul endroit où elle pensait avoir une chance de trouver Nick était la cascade. Elle prit ses clés, fit monter Frank dans la voiture et se mit en route. Lorsque Nick l'avait emmenée ici, elle avait trouvé le trajet assez court. Mais, cette fois, il lui parut interminable.

Lorsque, enfin, elle se gara sur le parking, elle jeta un regard autour d'elle, mais ne vit pas la voiture de Nick.

— Il n'est pas là, dit-elle à Frank, qui se leva pour regarder par le pare-brise, comme il le faisait chaque fois que la voiture ralentissait, espérant sans doute qu'ils s'arrêtent dans un lieu intéressant.

Elle n'était pas en état de retourner chez Nick pour l'instant. Alors, elle fit descendre Frank de la voiture, lui attacha sa laisse puis l'emmena à l'endroit où ils avaient pique-niqué. Elle laissa Frank renifler le sol, puis s'assit sur l'herbe et observa la cascade.

Au bout d'un moment — elle n'aurait su dire si des minutes ou des heures s'étaient écoulées —, son téléphone portable sonna. Elle le saisit rapidement, fébrile. Et, à sa grande surprise, elle vit le nom de Nick s'afficher sur l'écran.

— Nick ?

— Où es-tu ? demanda-t-il.

Elle ferma les yeux, savourant le son de sa voix douce et profonde.

— À la cascade.

Elle rouvrit les yeux et regarda autour d'elle.

— Et toi, où es-tu ?

— À la maison, je te cherchais. Ne bouge pas, je te rejoins.

Lorsqu'il eut raccroché, elle appela rapidement Malcolm pour lui annoncer qu'il pouvait cesser ses recherches. Puis elle marcha sur l'herbe verte, en tentant de contenir sa nervosité. Elle ignorait ce que Nick avait à lui dire. Peut-être voulait-il parler divorce et droit de visite ? Ou peut-être voulait-il revenir ? Ou, encore, il avait une mauvaise nouvelle à annoncer et il attendait d'être face à elle pour le faire.

Elle s'était rassise sur l'herbe avec Frank quand Nick apparut enfin. Le labrador se leva d'un bond et courut vers son maître, sa laisse traînant derrière lui. Il appuya les pattes sur la poitrine de Nick, qui prit un instant pour le saluer et le caresser, avant de reporter son attention sur elle. Son regard se riva au sien, et elle sentit des frissons la parcourir.

Il avança vers elle, d'un pas assuré, l'air indéchiffrable. Elle attendit, le cœur battant, ne sachant que dire ou que faire. Finalement, elle se leva et lui offrit un petit sourire.

Elle voulait se blottir dans ses bras, le serrer très fort contre elle. Mais Nick l'avait quittée. Alors, elle attendit simplement qu'il arrive jusqu'à elle.

Il s'arrêta à quelques centimètres d'elle et s'éclaircit la voix.

— Bonjour, Harper.

— Bonjour, Nick.

Frank gambadait autour d'eux, comme s'il se réjouissait qu'ils soient réunis tous les trois.

— Tu vas bien ? demanda-t-il.

— Oui, mentit-elle. Et toi ?

— Bien.

Il fit un petit sourire. Il mentait aussi, manifestement.

— Harper, j'ai une question à te poser. Est-ce que tu me détestes ?

Si elle le détestait ? Pas le moins du monde.

— Non.

— Pourtant, je t'ai abandonnée alors que tu m'avais prévenu que l'abandon était ta plus grande peur.

Elle hocha la tête.

— Oui, tu m'as abandonnée.

— Je ne peux te dire à quel point j'en suis désolé. Tu devrais me haïr de t'avoir fait subir ça.

Par le passé, elle avait choisi des hommes qui n'étaient pas prêts à s'engager, comme pour répéter le schéma familial. Mais Nick était différent.

Elle haussa une épaule.

— Et pourtant je ne te hais pas.

— Alors, laisse-moi te poser une autre question, dit-il d'un ton solennel. Est-ce que tu m'aimes ?

Ce n'était pas ainsi qu'elle avait prévu de lui déclarer ses sentiments, mais elle ne pouvait pas lui mentir.

— Oui, Nick. Je t'aime.

Il hocha la tête, comme si sa réponse était celle qu'il attendait.

— Et je t'aime aussi. Je t'aime tant que cela me déchire intérieurement.

C'étaient les mots qu'elle avait désespérément voulu entendre. Cependant, elle ne parvenait pas à se réjouir, car elle ne savait toujours pas où Nick voulait en venir.

— Pourquoi voulais-tu me voir, Nick ?

— Quand tu as dit que mon addiction n'était pas un problème pour toi, tu étais sérieuse ?

— Absolument, affirma-t-elle sans hésiter.

Il fronça les sourcils et fixa la cascade pendant quelques secondes, qui lui parurent interminables.

— J'ai eu une prise de conscience aujourd'hui, finit-il par dire.

Elle avait presque trop peur de poser la question, mais il fallait qu'elle sache.

— Laquelle ?

— Lorsque j'étais enfant, je voyais très peu mes oncles et mes tantes. Le seul mariage que j'ai vu de près était celui de mes parents.

— Qui, apparemment, était parfait.

— Peut-être pas parfait, mais heureux, certainement, dit-il, un sourire rêveur aux lèvres. Ils étaient dévoués l'un à l'autre.

Elle soupira, heureuse que des gens dans ce monde aient pu vivre un amour de conte de fées.

— Ils avaient bien de la chance, commenta-t-elle.

Il acquiesça d'un signe de tête.

— Et le mariage de tes parents était…, commença-t-il.

— Un désastre, on peut le dire. Même avant le départ de mon père.

— Comme je le disais, j'ai eu une prise de conscience. Depuis que nous nous sommes mariés, j'essayais d'égaler l'exemple de mon père, en étant un mari parfait. Et, de ton côté, tu craignais que je fasse comme ton père et que je finisse par te quitter.

Elle se figea. C'était tout à fait cela.

— Cela fait beaucoup de bagages émotionnels, dit-elle. Peut-être aurions-nous échoué quoi qu'il arrive.

Il prit son visage entre ses mains.

— Nous avons juste besoin de repartir de zéro et de prononcer d'autres vœux.

— Que veux-tu dire ?

— J'ai voulu faire en sorte que tout soit parfait. En réglant les problèmes de tout le monde. En réglant les tiens. Mais nous n'avions pas besoin de perfection. Nous avions juste besoin d'être *nous*.

Il prit ses mains dans les siennes.

— Même si je fais tout pour ne jamais plus retomber dans mon addiction aux médicaments, je ne serai jamais un mari parfait. Et je ne veux pas d'un mariage parfait. Je ne veux pas vivre un fantasme, mais une vraie relation.

Il sortit de sa poche un petit écrin de velours et l'ouvrit, révélant deux anneaux d'or. Il posa l'un d'eux sur sa paume.

— Voici mes nouveaux vœux, dit-il, plongeant son regard dans le sien. Je te choisis, Harper Lake, comme épouse. Pas parce que tu portes mes bébés, ou parce que j'attends de toi que tu sois une épouse parfaite. Je te choisis parce que, au lieu d'avoir peur de mon côté sombre, tu as fait preuve de patience, de persévérance, et tu m'as fait adopter un chien.

Elle émit un petit rire.

Il prit sa main et entrelaça leurs doigts.

— Je te choisis parce que, malgré ta nature discrète, tu m'as tenu la main devant tous tes collègues. Parce que tu as fait de gros efforts pour nouer un lien avec Ellie. Et surtout parce que tu es restée à mes côtés chaque fois que les ténèbres tentaient de m'emporter.

Elle sentit son regard s'embuer et essuya ses larmes avant qu'elles puissent couler. Le reste du monde s'évanouit, et elle ne vit plus que Nick. Il était d'une beauté à couper le souffle, et elle l'aimait de tout son être.

— Si tu me choisis aujourd'hui, je te promets de tout faire pour te rendre heureuse. Et, même quand mes démons viendront me hanter, je te promets de ne jamais t'abandonner. De ne jamais renoncer à nous.

Elle hocha la tête. Alors, il glissa l'anneau à son doigt et le colla à sa première alliance. Ne sachant que dire, elle posa les lèvres sur les siennes en guise de réponse. Elle s'abandonna entre ses bras. Elle aurait voulu que ce baiser ne prenne jamais fin.

Mais Nick finit par interrompre leur étreinte.

— Harper, souffla-t-il d'une voix rauque.

Quand elle eut recouvré sa respiration, elle prit l'autre anneau dans l'écrin et le posa sur sa paume.

— Je te choisis, Nick Tate, pour époux. Pas parce que tu es le père de nos bébés, ou parce que j'attends de toi que tu sois un époux parfait. Je te choisis parce que tu as un cœur noble. Parce que tu es un père extraordinaire pour Ellie. Parce que tu as accepté de sauver Frank avant même de le connaître. Parce que tes frères d'armes disparus comptent toujours autant pour toi. Et parce que, même si nous ne sommes pas toujours d'accord, tu agis toujours pour mon bien.

Il déposa un baiser sur sa main.

— Si tu me choisis aujourd'hui, continua-t-elle, je te promets de t'accepter tel que tu es, avec toutes tes magnifiques imperfections. Et je sais qu'il y aura des obstacles sur la route, mais je promets de ne jamais t'abandonner.

Elle glissa l'alliance à son doigt et, lorsqu'elle vit les deux anneaux accolés, elle ne put retenir ses larmes plus longtemps.

Nick l'attira contre lui et murmura :

— Je te le promets, Harper, je ne nous abandonnerai jamais.

— Et moi non plus.

Frank tenta de se faufiler entre eux, avant de renoncer et de s'allonger à leurs pieds.

Nick la regarda dans les yeux.

— Par les pouvoirs qui me sont conférés par — il inspecta autour de lui — Frank le Labrador, je nous déclare maintenant mari et femme. Pour de vrai, cette fois.

— Pour de vrai, cette fois, répéta-t-elle en souriant.

Et il embrassa la mariée.

CHARLENE SANDS

Entre les bras d'une inconnue

Traduction française de
AGNÈS JAUBERT

PASSIONS

HARLEQUIN

Titre original :
THE TEXAN'S ONE-NIGHT STANDOFF

Ce roman a déjà été publié en 2018.

- 1 -

Installé au bar de C'mon Inn, Brooks Newport pivota sur son tabouret et fixa la beauté aux cheveux noirs comme l'ébène, qui défiait son adversaire du regard. La lueur qui dansait dans ses prunelles couleur chocolat trahissait un redoutable esprit de compétition. À la vue de ses hanches moulées dans son jean, de sa peau mate que dévoilait une chemise à carreaux rouges et blancs, il sentit sa bouche se dessécher. Elle semblait d'ailleurs provoquer cette réaction chez tous les clients du bar. Sous leur stetson, le regard de tous les Texans présents semblait braqué sur elle. Sa main se crispant sur sa bouteille, Brooks but une gorgée de bière, qu'il avala d'une traite. La magnifique brune, manifestement d'origine mexicaine, évoluait d'une démarche fluide et gracieuse autour de la table de billard.

— Boule cinq, trou d'angle, annonça-t-elle d'une voix rauque, avec une pointe d'aplomb, comme si elle savait qu'elle ne pouvait pas perdre.

Puis elle positionna sa queue de billard et visa. La boule blanche atteignit sa cible et, bien entendu, la boule cinq roula droit dans le trou.

Elle se redressa et ses seins voluptueux se gonflèrent à faire sauter ses boutons de chemise. Elle ne devait pas mesurer plus d'un mètre soixante, mais elle avait un corps si outrageusement sexy qu'il sentit une décharge électrique d'une sensualité indescriptible le traverser. Ce qui était loin d'être anodin. Sa visite au Texas n'avait-elle pas pour seul et unique but sa toute première rencontre avec son père biologique ?

Depuis qu'il était adulte, il avait tout mis en œuvre pour essayer de retrouver cet homme qui les avait abandonnés, son frère jumeau, Graham, et lui, à Chicago. S'il avait cru un temps qu'il s'agissait de Sutton Winchester, son principal rival en affaires, il avait découvert que ce n'était pas le cas. Dieu merci ! En revanche, ce dernier avait toujours connu la vérité sur leurs origines. Et, sans doute rattrapé par sa conscience, Winchester, qui souffrait d'un grave cancer, lui avait dévoilé l'information qui lui avait permis de retrouver le nom et l'adresse de leur vrai père.

À cet instant précis, au lieu de traîner dans ce bar de Cool Springs, il aurait dû se trouver au Look Away Ranch, la propriété paternelle, en pleines retrouvailles familiales. Mais le courage était soudain venu à lui manquer. L'enjeu était de taille. Même si sa quête touchait à son terme. Et qu'il avait enfin résolu le mystère entourant la naissance de Graham, la sienne, et celle de leur cadet, Carson.

Alors oui, le puissant P-DG de la Newport Corporation, à Chicago, s'était dégonflé. Jamais la peur ne l'avait fait fuir. Néanmoins, alors qu'il déambulait dans la ville poussiéreuse, attiré par la pancarte de bienvenue et les illuminations de Noël aux portes de C'mon Inn, il s'y était arrêté pour prendre un verre et louer une chambre. Une bonne nuit de sommeil lui permettrait de reprendre des forces. Il se posait encore de nombreuses questions. Aussi trouvait-il plus judicieux de rencontrer Beau Preston à la lumière du jour.

En attendant, totalement fasciné par la plus jolie femme du bar, il savourait le spectacle. Elle brandit sa queue de billard comme une arme et, cherchant à viser sa boule, remua des fesses parfaitement musclées. Incapable d'en détacher le regard, il buvait sa bière pour essayer de se calmer et de chasser de son esprit des images incongrues où il se voyait en train de s'allonger sur la table de billard avec elle et de les transporter elle et lui au septième ciel.

Ses longues mèches brunes lui caressaient les seins, avant de frôler le tapis vert alors qu'elle se penchait encore pour ajuster son tir. Elle annonça son coup suivant et la boule alla ricocher contre le côté gauche, avant de se voir empochée par le trou du centre.

L'autre joueur, un barbu, secoua la tête.

— Bon sang, Ruby ! Tu ne laisses pas la moindre chance à ton adversaire.

Avec un petit rire sardonique, elle répondit :

— C'est ma règle, Stan, tu le sais bien.

Brooks n'avait rien perdu du dialogue. Ainsi, elle s'appelait Ruby. Ce prénom lui plaisait. Il lui allait bien.

Il se rabroua. Se laisser attirer par une inconnue était une véritable perte de temps. Le moment était très mal choisi pour se laisser distraire par une femme. Pourtant, son cerveau semblait peiner à contrôler l'enthousiasme de sa libido.

La partie se poursuivit jusqu'à ce qu'elle ait achevé son adversaire.

— Pardon, Stan.

— On aurait pu croire qu'un joueur chevronné n'allait faire qu'une bouchée d'un petit bout de femme comme toi.

Son sourire rayonnant illumina la salle, puis, posant une main compatissante sur l'épaule du barbu, elle se hissa sur les talons et l'embrassa sur la joue.

Le visage du vieillard devint cramoisi.

— Tu sais bien que c'est l'unique raison pour laquelle j'endure ce supplice, plaisanta-t-il. Pour ce baiser de la fin.

Le rire rauque et séduisant de la fameuse Ruby résonna aux oreilles de Brooks.

— C'est vraiment gentil, Stan. Et maintenant rentre retrouver Betsy. Et embrasse ton petit-fils pour moi.

Hochant la tête, Stan lui sourit.

— Entendu. Mais je compte sur toi pour être sage.

— Je peux toujours essayer, répondit-elle en posant sa queue de billard contre le mur, à côté d'une couronne de houx.

Stan s'éloigna et, d'un mouvement de tête gracieux, Ruby ramena ses épais cheveux soyeux derrière son épaule. Brooks sentit une boule d'un désir brûlant lui serrer encore le ventre. Si elle était typique des habitants de Cool Springs, il n'allait pas tarder à apprécier la ville.

Soudain, l'espace d'un instant, ses yeux d'un noir velouté croisèrent les siens, et le temps parut se figer. Il sentit le sang affluer à ses tempes. Elle battit des paupières, puis détourna la tête, comme si elle avait compris qu'il n'était pas d'ici.

Ayant fini sa bière, il se leva et, après avoir adressé un léger salut de la tête au barman, jeta une poignée de billets sur le bar.

Un homme robuste, qui émergea de l'obscurité du fond de la pièce, se planta alors devant la belle brune.

— Hé, poupée ! la héla-t-il. On joue une partie ?

— Non merci, déclina-t-elle. J'ai fini pour ce soir.

— Tu n'as pas fini avant de m'avoir vu jouer. Je suis très doué.

Le rustre haussa les sourcils d'un air suggestif et la coinça contre la table de billard.

— Pitié ! plaida-t-elle en levant les yeux au ciel.

— Oui, ma belle, c'est exactement ce que tu crieras quand nous aurons fini de jouer ensemble.

— Je suis désolée mais, si c'est tout ce que tu as trouvé pour me draguer, tu es loin d'être en forme, mon vieux.

Elle se dégagea et le contourna en prenant garde à ne pas le frôler. Mais, l'attrapant par un bras, la brute la tira vivement en arrière. Elle se débattit.

— Lâche-moi ! lui intima-t-elle.

Brooks survola la salle du regard. Tous les yeux étaient braqués sur Ruby. Pourtant, aucun des hommes présents ne semblait vouloir s'interposer. Leurs visages affichaient même une expression de satisfaction. Il s'était bien trompé sur cette ville. Elle était peuplée de couards.

Il serra les poings, faisant jouer les muscles de ses bras sous sa peau, et s'avança. Assister sans intervenir à une altercation entre cette frêle championne de billard et un butor était au-dessus de ses forces.

— Lâche-la !

À peine avait-il prononcé ces mots que Ruby décocha à l'indésirable un bon coup de coude dans l'entrejambe.

— Aïe ! hurla le type, plié en deux.

Les mains agrippées à son estomac, il lui lança une bordée d'insultes.

Brooks se sentit frémir d'appréhension. Dans quel guêpier était-elle allée se fourrer ? L'homme releva la tête, ses yeux lançant des éclairs. Brooks s'apprêta à frapper à son tour mais, sans lui laisser le temps d'esquisser un geste, Ruby attrapa l'homme par l'avant-bras. Et, avant même qu'il ait compris ce qui arrivait, elle avait fait passer le goujat par-dessus son épaule et l'avait mis K-O.

— Il ne faut jamais chercher Ruby ! marmonna un client.

Une évidence que, visiblement, toute la ville connaissait. Hormis le mufle et lui-même.

Son poing toujours serré, Brooks vit Ruby enjamber l'homme à terre.

— Merci quand même, fit-elle, un peu essoufflée, en se tournant vers lui.

Apparemment, elle n'était pas Superwoman. L'effort l'avait fatiguée. Il se surprit à admirer ses seins qui, se gonflant au rythme de sa respiration, soulevaient sa chemise.

Presque muet d'admiration, il lui sourit.

— Vous m'avez empêché de faire mon numéro de gladiateur, finit-il par lâcher.

— Désolée. La prochaine fois peut-être, répliqua-t-elle, espiègle.

Derrière elle, le barman, aidé par un autre homme, se mit à traîner le client indésirable à l'extérieur.

— Ça arrive souvent ? s'enquit-il.

— Assez souvent. Mais pas avec les hommes qui me connaissent.

Incapable de détacher le regard de son ravissant visage, il marmonna :

— J'imagine, en effet.

Encore sous le coup de la surprise après la scène à laquelle il venait d'assister, il se frotta le menton. Elle l'observait, le regard pétillant de malice. Visiblement, sa stupéfaction l'amusait. Le barman monta alors le son de la chanson country que diffusaient les baffles et il sentit ses pensées échapper à tout contrôle. Cette femme attisait bien trop sa curiosité pour qu'il mette un terme à sa soirée. Il était loin d'avoir affaire à une Miss Texas ordinaire. Elle avait du cran, de la détermination, et beaucoup plus encore. Une sensation électrique parcourut tout son corps. Voilà longtemps, bien longtemps, qu'il n'avait pas éprouvé un désir aussi grisant.

Les premières notes d'une ballade de Noël s'élevèrent.

— Vous dansez ? lui demanda-t-il.

Un sourire empreint de gentillesse se dessina sur ses lèvres, le genre de sourire qui suggérait la douceur. S'il ne l'avait pas vue à l'instant régler son compte à ce malabar, il aurait pu s'imaginer avoir affaire à une femme sans défense.

La tête penchée de côté, elle le jaugea, pensive.

Il était toujours debout, ce qui était un avantage. Elle ne trouverait pas son invitation déplacée.

— Oui. Avec plaisir, Lancelot.

— Je m'appelle Brooks.

— Et moi, Ruby.

Elle l'entraîna vers la piste de danse où, prenant le relais, il posa une paume sur la chute de ses reins et referma sa grande main virile sur la sienne, aussi menue que délicate. Un contraste qui frôlait la perfection.

La tenant à bout de bras, il se mit à osciller sur la piste, son parfum s'infiltrant dans ses narines.

— J'ai cru que vous aviez un sacré problème, tout à l'heure, déclara-t-il.

— C'est ce que j'ai constaté.

— Vous ne seriez pas ceinture noire par hasard ?

— Non. J'ai juste grandi entourée d'hommes et j'ai appris très jeune à prendre soin de moi. Et vous ? Ne souffririez-vous pas du complexe du preux chevalier, par hasard ?

Il se mit à rire.

— Là d'où je viens, un homme ne regarde pas une femme se faire insulter sans intervenir.

— Oh ! je vois.

— Manifestement, j'étais le seul homme du bar à ignorer que vous n'aviez besoin de personne pour vous défendre.

Elle le transperçait de ses yeux d'un noir de jais. Lui décochant son sourire électrisant, elle reprit :

— C'était vraiment adorable de vous voir voler à mon secours.

Était-elle en train de flirter avec lui ? Seigneur ! Si c'était le cas, il n'avait nulle intention de l'en empêcher.

— Je vous regardais, comme tous les autres clients présents.

— J'aime jouer au billard et je suis douée pour ce jeu, déclara-t-elle en haussant les épaules. C'est un excellent moyen de se détendre.

— C'est exactement la raison pour laquelle je me suis arrêté dans ce bar. Moi aussi, j'avais besoin de me détendre.

— Vous gagnez un point pour ne pas avoir affirmé l'évidence.

— Mais encore ?

Elle esquissa un sourire et eut un instant d'hésitation, comme si elle n'était pas sûre de vouloir répondre. Puis elle finit par dire :

— Que vous connaissez un meilleur moyen de vous détendre.

Elle haussa ses sourcils aussi bruns que l'ébène d'un air éloquent et, l'espace d'une seconde, il s'arrêta de danser pour l'observer.

— Vous devez rendre les hommes fous.

Elle secoua la tête en souriant.

— Vous vous enfoncez, Brooks. Vous coulez même à pic.

— Je faisais référence à votre toupet, que la plupart des hommes désapprouvent.

Il l'attira plus près. Il voulait sentir la pointe de ses seins frôler sa chemise, s'enivrer du parfum de ses cheveux. Loin de le repousser, elle se blottit contre lui.

— Jusqu'ici, j'ai gagné un point, déclara-t-il. Que puis-je faire pour en gagner plus ?

Son regard sombre s'attarda sur sa bouche avec une précision chirurgicale. Il sentit ses poumons manquer d'air. Elle faisait naître en lui un désir vibrant, une faim vorace, que jamais il n'avait ressentis auparavant : le creux de son ventre en palpitait.

— Vous trouverez une idée, Lancelot.

Les lèvres de l'inconnu frôlèrent les siennes, une brève exploration qui l'embrasa de l'intérieur, la poussant à s'interroger sur ses réactions depuis qu'elle avait posé les yeux sur lui. En général, elle ne se montrait pas aussi directe avec les hommes. Elle ne flirtait pas, ne se montrait jamais provocante. Mais quelque chose chez Brooks l'attirait. Il avait de l'éducation. Et il savait parler aux femmes. Même s'ils ne s'étaient jamais rencontrés, il lui paraissait étrangement familier et sécurisant.

En outre, avec ses épais cheveux blonds, qui ondulaient sur le col de sa chemise de marque, il était plutôt agréable à regarder, Malgré ses bottes western et la barbe qui ombrait ses joues, il avait tout du citadin. Dès qu'elle l'avait aperçu, assis au bar, elle avait compris qu'il était étranger à cette petite ville poussiéreuse, perdue au fin fond du Texas. Cool Springs n'avait rien d'une villégiature pour les membres de la haute société à laquelle, de toute évidence, ce type appartenait. Il y avait bien longtemps qu'un homme ne lui avait pas montré autant de considération. Elle le revit, volant à son secours, les poings serrés, ses muscles de granit tendus.

Le souvenir de Trace lui traversa l'esprit et elle s'empressa de le chasser. Elle refusait de penser à leur rupture. Il était parti depuis six longs mois et elle avait perdu suffisamment de temps à le regretter.

Alors, elle noua les bras autour du cou de Brooks et s'agrippa à lui, son corps brûlant de la chaleur qu'il dégageait. Il recommença à osciller en cadence, de plus en plus lentement, de plus en plus près, son after-shave raffiné lui envahissant les sens. Elle avait les nerfs à vif. Il se passait quelque chose d'inattendu et de grisant. Sa vie était bien trop prévisible, ces derniers mois, et il était temps pour elle d'y remédier.

Sa bouche trouva de nouveau la sienne, pour la dévorer cette fois d'un baiser enflammé. Un mélange torride de passion et de désir, qui lui faisait oublier qu'elle n'avait pas pour habitude d'embrasser ainsi des inconnus sur une piste de danse, devant toute la ville. Brooks continuait à l'embrasser à perdre haleine, la retenant prisonnière de ses lèvres.

Il glissa les mains sur sa chute de reins et elle se plaqua contre lui, lui arrachant un gémissement. Il approfondit alors son baiser. Audacieux, exigeant, il embrasait le désir qui n'avait cessé de couver entre eux. Emportée par quelque chose de puissant, elle lui rendit son baiser avec fougue, tout en jouant avec les boucles de ses cheveux sur sa nuque. Comme c'était bon ! Elle poussa un soupir d'aise.

Elle remarqua à peine que la musique s'arrêtait. Quand, enfin, il la libéra, elle noya son regard dans ses yeux indigo. Il lui sourit. Ils étaient tous les deux tremblants. D'une voix un peu enrouée, il lui demanda :

— Et maintenant ? Vous voulez encore danser ?

Elle secoua la tête.

— J'ai besoin de prendre l'air.

Lui agrippant la main, il l'entraîna hors de la piste de danse et franchit la porte de C'mon Inn. La pleine lune était partiellement obscurcie par des nuages et l'air piquant de la nuit de décembre aurait dû la rafraîchir. Sauf que Brooks la tenait serrée contre lui, son corps la protégeant du froid. Et ses frissons n'étaient pas dus à la température hivernale, mais plutôt à cet inconnu qui l'accompagnait. Ils contournèrent le bâtiment et avisèrent un banc près d'un jardin clos de murs.

— Tu veux t'asseoir ? lui demanda-t-il.

Sans lui laisser le temps de répondre, il s'installa et l'attira à lui. Elle se jucha sur ses genoux, enroula les bras autour de son cou, et il la récompensa d'un sourire gourmand.

— Tu es belle, Ruby. Mais tout le monde doit passer son temps à te le répéter.

D'une main, il repoussa la masse de ses cheveux en arrière, effleurant son cou, avant de lui picorer la gorge de ses lèvres et d'y déposer un chapelet de baisers d'une sensualité indescriptible. Enfin, sa bouche s'écrasa sur la sienne.

Envahie par une délicieuse chaleur, elle était secouée de frissons qui réveillaient en elle des sensations oubliées. Comme si elle était en feu et qu'une lave incandescente circulait dans ses veines, embrasant tous ses sens. Son cœur cognait à grands coups dans sa poitrine. Sa bouche toujours scellée à la sienne, elle s'abandonna à la magie de l'instant.

Jamais elle n'avait connu expérience plus sensuelle que leurs deux langues qui se mêlaient en une danse fiévreuse. Elle ne comprenait pas très bien ce qui leur arrivait, mais l'érection dure comme du roc, pressée contre ses jambes, indiquait qu'il partageait sa violente excitation.

— Pas vraiment, j'ai tendance à faire peur aux hommes.

À dire vrai, elle choisissait de repousser les avances masculines, avant même de laisser une chance à ses prétendants. Elle avait attendu Trace, espérant qu'il lui reviendrait. En vain. Et maintenant elle trouvait du plaisir dans les bras de cet homme. Même sans rien savoir de lui, son instinct lui soufflait qu'il était un homme bien.

— Moi, tu ne m'as pas fait peur, chuchota-t-il.

— C'est peut-être pour ça que je suis ici, avec toi.

— Voilà une réponse qui me plaît, fit-il d'une voix de plus en plus rauque.

Il s'empara à nouveau de ses lèvres.

Le goût de l'alcool combiné à celui de son assurance était un élixir plein de douceur. Sa bouche se pressa plus fort sur la sienne et les picotements sous sa peau s'intensifièrent.

Elle n'avait plus la force de lutter. Ne voulait plus parler. Elle désirait juste qu'il l'embrasse à perdre haleine, qu'il fasse vibrer son âme de délicieuses notes de plaisir.

Elle sentit toutes ses extrémités nerveuses s'embraser. Nouant les bras autour de lui, elle se plaqua plus près, mais ce n'était jamais assez. Grisée par son étreinte, elle goûta à la force de ses bras vigoureux, et, souple et consentante, répondit à son avidité. Des décharges électriques couraient dans ses veines. Le ballet de leurs langues gagna en volupté, et elle laissa échapper un soupir de plénitude. Enfin, il lui caressa les seins, et le délice de la sensation lui tira un gémissement. Les mains de Brooks voguaient sur chaque parcelle de sa peau. Il flatta ses tétons durcis, suivit les courbes de ses hanches et continua à descendre pour lui glisser les mains sur les jambes. Sous son jean, une tempête de feu éclata dans son ventre.

Des rires de clients qui quittaient le bar s'élevèrent dans la nuit. Brooks s'arrêta et tendit l'oreille.

Les bruits s'atténuèrent pour finalement s'éteindre. Dieu merci, ils s'étaient éloignés.

— Ruby, chérie, je n'aime pas trop me donner en spectacle… J'ai une chambre, ajouta-t-il après une courte hésitation.

Elle se mordit la lèvre inférieure. Le goût persistant de son baiser sur sa bouche lui souffla la décision à prendre. Elle n'était pas prête à mettre un terme à cette rencontre.

— Emmène-moi.

Ruby mettait sa raison à mal, poussait son désir au paroxysme. Son parfum, sa peau satinée, son corps svelte, tout en elle lui plaisait. Elle rayonnait de féminité. Mais, loin d'user de ses attributs, elle ne semblait pas même avoir conscience de l'effet qu'elle avait sur lui. Au contraire, elle mettait un point d'honneur à se montrer indépendante et refusait d'admettre que certains domaines étaient réservés aux hommes… Comme celui de régler son compte à un cuistre. Ce qui avait agi comme un déclic. À partir de là, chacune de ses paroles, ses gestes, son sourire séducteur, tout l'avait envoûté. Il était totalement sous le charme.

Certes, cela faisait plusieurs mois qu'il n'avait pas eu d'aventure, mais cette femme incarnait ses rêves les plus fous. Jamais il n'avait rencontré une créature aussi sexy. Elle était exactement ce dont il avait besoin pour… se détendre ! Cela étant, en lui suggérant de l'emmener dans sa chambre, il avait fait preuve d'une certaine audace. Pour ne pas dire de pure folie. Dire qu'il ne la connaissait que depuis une heure à peine.

Personne ne cherche Ruby !

Manifestement, il était l'exception qui confirmait la règle. Car il avait beau se montrer très entreprenant, il avait toute son approbation.

Il la souleva du banc et elle enroula aussitôt les bras autour de son cou. Puis, muni de son précieux fardeau, il gravit l'escalier extérieur qui menait à sa chambre, tandis que l'obscurité les protégeait des regards indiscrets. Elle était si menue qu'elle lui semblait aussi légère qu'une plume. Après avoir glissé sa carte magnétique dans la serrure, il ouvrit la porte d'un coup de hanche, entra et la posa à terre. Elle continuait à s'agripper à lui.

Que le ciel lui vienne en aide !

Enfin, ils étaient seuls. Son sens inné des convenances le rattrapa. Il savait qu'il n'était pas en présence d'une allumeuse qui cherchait l'aventure dans les bars. Ni d'une femme facile pour laquelle il ne serait qu'une conquête parmi tant d'autres. Il le voyait à son regard bienveillant, au respect qu'elle inspirait à tous les habitués de C'mon Inn, à la manière dont elle l'avait choisi, et non le contraire. Autant de raisons qui le poussaient à ne pas profiter de la situation.

Il effleura ses lèvres d'un baiser.

— Bienvenue.

La chambre n'était équipée d'aucun des gadgets de luxe auxquels il était habitué : télévision à écran plat fixée au mur, minibar, grand lit confortable, penderie spacieuse, jacuzzi : C'mon Inn n'offrait rien de tout cela. C'était une auberge de campagne. Ruby s'avança pour regarder par la fenêtre qui ouvrait sur le vaste champ, à l'arrière de l'hôtel. Une vue qui n'avait rien de remarquable.

— C'est la première fois que j'entre dans l'une de ces chambres, déclara-t-elle.

— J'avais compris.

Elle pivota sur elle-même.

— Tu penses avoir cerné ma personnalité, Lancelot ?

— Peut-être. Je sais que tu n'es pas du genre à avoir une aventure d'une nuit.

Son rire sourd se transforma en un grognement qui n'avait rien de féminin.

— C'est ce que tu aimerais croire, j'imagine.

— C'est ce que je crois. Alors pourquoi as-tu jeté ton dévolu sur moi ?

Le regard énigmatique, elle se tourna de nouveau vers la fenêtre, les yeux perdus dans l'obscurité.

— Peut-être parce que tu me plais. Peut-être parce que tu as volé à mon secours.

— Ce qui n'était pas nécessaire.

Sans relever son intervention, elle poursuivit :

— Tu as volé à mon secours sans te soucier du danger que tu pouvais courir.

Il s'avança d'un pas.

— Parce que tu penses que je n'aurais pas pu régler son compte à ce type ?

— Modère ton ego. Je dis simplement que c'est avec toi que j'ai envie de passer la nuit. Pouvons-nous en rester là ?

Avec un signe d'assentiment, il montra la porte du menton.

— Nous étions sur le point de nous consumer de volupté sur ce banc. Jamais je n'ai vécu une telle expérience.

— Tu essayes de me faire comprendre que tu n'aimes pas perdre le contrôle et que tu as décidé de calmer le jeu ?

— Je suis en train de te dire que tu mérites de savourer chaque instant de notre rencontre, répliqua-t-il.

Elle sourit et s'avança vers lui, d'une démarche chaloupée qui fit danser des flammes dans ses veines.

— Voilà ! C'est exactement le genre de phrases qu'une femme aime entendre. Alors, qu'avais-tu à l'esprit ?

Son parfum lui envahit les sens et, devant le rideau lustré de ses cheveux d'ébène qui cascadaient sur ses épaules, il s'interrogea. Avait-il perdu la raison en voulant calmer le jeu ? Elle l'enveloppait d'un regard qui respirait la bienveillance, la douceur… la patience.

— Je t'offre un verre, pour commencer ?

Elle survola de nouveau la chambre du regard et ses yeux s'arrêtèrent sur la bouteille de whisky ambré sur la table de nuit.

C'était le meilleur du monde. Quand il l'avait emporté de Chicago dans le but de se donner du courage avant d'affronter son père, il était loin de se douter qu'il pourrait recevoir une femme dans sa chambre.

— Je veux bien, merci.

Il prit deux verres, les remplit et lui en tendit un.

— Voilà.

Après avoir observé le liquide doré pendant un instant, elle demanda :

— À quoi buvons-nous ?

— Aux rencontres imprévues.

— Je suis contente que tu n'aies pas dit « aux nouveaux départs », répliqua-t-elle avec un sourire.

Il n'en avait eu nulle intention. Il n'était pas en quête d'une histoire sérieuse. Il en allait apparemment de même pour Mlle Ruby — dont il ne connaissait pas le nom de famille. N'avait-elle pas laissé entendre à plusieurs reprises qu'elle n'était pas intéressée par une relation ? Même s'il devinait qu'un homme l'avait sans doute fait souffrir, il ne pouvait pas l'interroger sur son passé. Lui-même n'aurait pas apprécié qu'on fouille dans le sien. Ce soir, il n'y avait plus ni passé ni futur. Seul comptait le présent.

Ils trinquèrent et le tintement de leurs verres résonna dans la pièce.

— Aux rencontres aussi imprévues qu'agréables.

Avec un bref signe d'assentiment, elle but une gorgée, savoura un instant le liquide brûlant, puis l'avala.

— Il est excellent. Je suis sûre qu'il ne vient pas du minibar.

— Tu es une experte en whisky ? s'étonna-t-il.

S'asseyant sur le lit, elle continua à déguster le breuvage ambré.

— Disons juste que je sais reconnaître un bon whisky,

Il prit place à côté d'elle, goûtant sa compagnie silencieuse. Malgré les battements redoublés de son cœur, il se félicitait d'avoir trouvé un rythme plus modéré. Elle n'était pas le genre de femme que l'on brusquait. Et, ce soir, il voulait profiter de chacune des secondes partagées avec elle.

— Ne crains-tu pas que je me ravise et que je te laisse en plan ?

— Non, je ne pense pas que tu sois du style à prendre la fuite, Ruby. D'un autre côté, si tu changes d'avis, je respecterai ta décision. Je ne te ferai l'amour que si je sens en toi un désir aussi brûlant que le mien et que tu t'y abandonnes sans réserve.

Perdue dans contemplation de son verre, elle constata, avec un sourire en coin :

— Au moins, tu ne tournes pas autour du pot.

— Toi non plus.

Elle hocha la tête et son regard plein de douceur croisa le sien. D'un doigt, il lui effleura la joue. Elle étouffa un petit cri, une lueur de désir embrasant ses prunelles sombres.

— Que veux-tu, Ruby ?

— Juste une nuit, chuchota-t-elle sans tergiverser. Avec toi.

Elle partageait visiblement un besoin aussi impérieux que le sien. Il devait connaître l'expérience de cette nuit avec elle, avant que sa vie ne change à jamais.

Il lui prit son verre des mains et le posa sur la table de chevet. Puis, prenant son visage au creux de ses paumes, il la regarda sans ciller.

— Une nuit, alors.

— Oui, acquiesça-t-elle. Une nuit.

Se relevant, il l'attira contre lui. Elle lui faisait face, le visage offert. Le regard noyé dans les profondeurs sombres de ses prunelles de velours noir, il lut son approbation. Alors, avec une lenteur infinie, il s'empara de sa bouche.

La nuit qu'ils allaient partager ne faisait que commencer.

- 2 -

La caresse de Brooks lui fit l'effet d'une décharge électrique qui lui traversa le corps. Une caresse, un doigt sur sa joue, un simple frôlement de ses lèvres au parfum de whisky lui firent oublier tous les autres hommes qui avaient traversé sa vie. Les hommes qui lui avaient piétiné le cœur. Qui avaient pris sans donner. Trace, l'homme qu'elle attendait depuis des mois. Elle s'empressa de refouler cette pensée.

Elle allait mettre un terme à cette attente.

La bouche aussi généreuse que patiente de Brooks n'exigeait pas. Au contraire, il l'encourageait à partager et à savourer. C'était ce qui lui plaisait chez cet homme. Il ne jouait pas avec les femmes. Non, son gladiateur, son preux chevalier, était un homme d'honneur. Il ne prenait pas. Il donnait. Et c'était précisément la raison pour laquelle elle avait décidé de le suivre dans sa chambre, ce soir.

Elle lui faisait confiance.

Il ne lui demandait pas de mettre son âme à nu. Mais, pour lui, elle mettrait son corps à nu.

Ses doigts jouaient lestement avec les petits boutons de son corsage. Enfin, le tissu glissa de ses épaules, immobilisant ses bras. Elle sentit la fraîche caresse de l'air nocturne sur sa peau nue et perçut le soupir saccadé de Brooks.

— Tu es d'une beauté prodigieuse, murmura-t-il d'une voix sourde.

Il fit coulisser les manches de son chemisier le long de ses bras, jusqu'à ses poignets. Sans la lâcher, il l'attira impitoyablement contre lui, jusqu'à ce que la dentelle de son soutien-gorge vienne frôler son torse. Puis, après lui avoir caressé les cheveux, il fit sauter la petite bretelle de soie.

— Décidément, le rouge te va à merveille ! la complimenta-t-il.

— C'est ma couleur, chuchota-t-elle.

Il sourit.

— Assurément !

Il lui picora les lèvres, à plusieurs reprises, jusqu'à ce que sa bouche s'écrase de nouveau sur la sienne. Il l'embrassait à la faire défaillir, à la faire mourir de plaisir. Avec un gémissement, elle se cambra sous sa caresse. Elle était incapable de se rassasier de sa présence, ne rêvait que d'une chose, voir ces minutes durer toujours.

Quand ses doigts s'enfoncèrent dans son soutien-gorge pour effleurer ses mamelons, elle étouffa un cri, s'arc-bouta contre lui, le feu d'artifice de ses sensations frôlant l'insoutenable.

Tandis que la magie de sa langue opérait, ses mains trouvèrent l'agrafe de son soutien-gorge. En l'espace de quelques secondes, ses seins libérés étaient au creux de paumes qui les caressaient, les pétrissaient. Le brasier qui dévorait son ventre devait être apaisé.

Baissant la tête, il effleura la pointe tendue d'un sein avec sa langue, avant de la happer et de se mettre à la sucer. Avide de plus de sensations, elle renversa la tête en arrière, alors qu'il lui infligeait la plus douce des tortures. Elle sentait la chaleur de son souffle contre la perle durcie de son mamelon, ses longs doigts sous ses seins. Clouée sur place, incapable de bouger, elle était parcourue de frissons divins.

— Oh ! c'est tellement bon, Brooks, gémit-elle.

Les paumes plaquées sur la chute de ses reins, il se contenta de répondre d'un gémissement guttural.

Après l'avoir comblée, il releva la tête et l'enveloppa d'un regard plein d'admiration, lequel se fixa sur ses seins. Elle avait conscience que, chez une femme aussi menue qu'elle, leur taille voluptueuse pouvait surprendre. Mais, pour une fois, la lueur de convoitise qui dansait dans les prunelles de son amant ne l'incommodait pas.

— Je n'y crois pas ! murmura-t-il. Tu n'es pas réelle.

Le compliment lui alla droit au cœur. Brooks était un citadin, un homme qui n'appartenait pas à son monde, et pourtant elle était ici, presque nue avec lui et savourant chaque seconde de cette sensualité indicible. C'était grisant… euphorisant.

Comblant la distance entre eux, elle l'enlaça par le cou.

— Je suis très réelle. Et je veux plus, ajouta-t-elle dans un souffle, en voyant son sexe dur dressé avec fierté.

— Vos désirs sont des ordres, madame, répondit-il en faisant courir ses mains sur ses flancs et en effleurant le renflement de ses seins.

Une nouvelle vague de chaleur l'embrasa alors que son impatience allait croissant. Il la fit pivoter, se plaça derrière elle et commença à caresser doucement la taille de son jean. Ses bras puissants la retinrent prisonnière, sa bouche se promenait sur sa gorge, tandis que ses longs doigts lui infligeaient la plus douce des tortures. Dans un murmure, elle lui fit part de son approbation, et des étoiles se mirent à danser devant ses yeux.

— Retire tes bottes.

Elle avait la chair de poule, les jambes en coton. Docile, elle obtempéra, puis les doigts de Brooks s'insinuèrent sous sa taille, faisant doucement glisser son jean le long de ses jambes. Elle en sortit sans problème.

— Un slip de dentelle rouge, murmura-t-il d'un ton approbateur.

Il prit l'une de ses fesses en coupe dans sa paume et la caressa langoureusement.

— Seigneur ! murmura-t-il.

La chaleur de son corps était telle qu'elle alluma les flammes du désir dans ses veines. De là où elle se tenait, adossée à son torse, elle sentit le long tremblement qui le secouait. Elle pivota vivement sur les talons. Malgré la pénombre de la pièce, éclairée d'une seule lampe, elle décela la faim vorace qui brillait dans les yeux de Brooks.

— Allonge-toi sur le lit, lui intima-t-il d'une voix altérée.

Le cœur battant la chamade, elle obéit, simplement vêtue de son slip. C'était un homme qui prenait le contrôle. Elle n'était pas du genre à obéir aussi docilement, mais l'expression dans son regard lui indiquait qu'elle pouvait lui faire confiance. Il promena sur son corps un regard plein de convoitise, la lueur qui dansait au fond de ses prunelles contenant mille promesses.

— Tu as des doutes, Lancelot ?

Il se mit à rire et secoua la tête.

— Tu plaisantes ? Tu n'as pas idée…

— Mais encore ?

— De l'intensité de mon excitation. Je me retiens pour ne pas te sauter dessus, Ruby.

Elle jeta un coup d'œil à son érection.

— Et si c'est moi qui te saute dessus ? N'est-ce pas la raison pour laquelle tu es ici ?

Il ferma les yeux.

— Oui. Mais… je veux faire durer cette nuit aussi longtemps que possible.

Elle roula de côté et prit appui sur un coude. Il regarda sa longue chevelure qui lui frôlait les seins.

— Viens me rejoindre, Brooks. Je suis une grande fille. Je peux m'adapter à tous tes fantasmes.

— J'en doute, chérie. Tu ne peux même pas les imaginer.

Elle le prit par la main et l'attira à elle. Il tomba assis sur le lit.

— Je suis prête, Brooks. Mais d'abord retire tes vêtements.

Avec un sourire éblouissant, il murmura :

— Comment la chance peut-elle me sourire à ce point ?

— À en juger par la coupe de tes vêtements, je pense que tu es né sous une bonne étoile.

Pour toute réponse, il émit un grognement.

Assise sur ses genoux, elle l'aida à faire passer sa chemise par-dessus sa tête et lui retira ses bottes, sans cesser de l'embrasser. Ses mains se mirent à voguer sur son torse puissant, éprouvant la dureté de ses muscles. Elle se délectait de le toucher, ses doigts jouant avec ses mamelons.

Il l'allongea sur le dos et immobilisa ses deux mains d'un bras vigoureux. Puis, après avoir fait glisser son slip le long de ses jambes, en réponse à sa supplique muette, il posa enfin ses mains à l'endroit qui réclamait ses caresses. Elle ondula sous chacune d'entre elles. Il la retint prisonnière, la couvrant de son corps. Ivre de volupté, elle renversa la tête en arrière, se soumettant avec un abandon total. Et, lorsque, poussant le jeu plus loin, il glissa un doigt, puis deux, dans son sexe, elle crut défaillir. Quand, doucement, il se mit à caresser le point sensible où se concentrait toute l'acuité de son désir, s'arc-boutant, elle laissa échapper un râle de volupté. Le plaisir qu'il lui infligeait était insoutenable.

— Laisse-toi porter, chérie, fit-il d'une voix rauque.

Les jambes arquées, le sang lui battant dans les tempes, elle était emportée par un tourbillon de sensations divines. Sentant la pulsation s'intensifier dans son ventre, annonciatrice de l'explosion finale, elle s'agrippa à lui. L'orgasme la submergea, la secouant de tremblements, et elle s'abandonna aux vagues de volupté qui déferlaient, puissantes, inédites, inimaginables.

Lentement, elle se baissa et rouvrit enfin les yeux pour se noyer dans les profondeurs bleutées du regard de Brooks.

Il la dévisagea avec attention et, un sourire satisfait aux lèvres, retira son jean.

— À ton tour, l'invita-t-elle.

Il secoua la tête.

— À *notre* tour.

Son pénis se dressait, dur et fier, sur son ventre plat. Elle sentit un frisson la parcourir. Était-ce de l'impatience, de l'appréhension ? Elle avait beau flotter dans les brumes de l'orgasme spectaculaire qu'elle venait de vivre, elle le désirait encore, si fort qu'elle en tremblait.

Le lit s'enfonça sous le poids de Brooks quand il la rejoignit ; sans lui laisser le temps de s'habituer à son corps nu contre le sien, il l'attira dans ses bras et fit jouer sa langue sur les pointes durcies de ses seins, l'amenant de nouveau à chavirer de plaisir. Il déroula alors un préservatif sur son érection et revint à elle, ses mains s'emparant de ses seins, et reprit sa bouche en un baiser fougueux.

— Dis-moi quand tu es prête, chérie, murmura-t-il, avant de l'embrasser de nouveau.

Elle glissa les doigts dans ses longs cheveux blonds, les enroulant en boucles sur sa nuque.

— Je ne pense pas que je puisse être plus prête.

Avec un rugissement primitif, il l'immobilisa de ses hanches, la retenant prisonnière. Déjà, elle ne supportait plus d'éprouver son érection entre eux et attendait sa délivrance. Bientôt, il la pénétrerait et mettrait fin à son supplice. Pour l'encourager, elle l'agrippa par les cheveux et guida sa bouche vers la sienne.

— Donne le pas, Ruby. Je ne veux pas te faire de mal.

Elle se mordit la lèvre. Certes, elle était menue, mais la considération de son preux chevalier la bouleversait. Elle aurait facilement pu tomber amoureuse d'un homme comme lui.

— Tu n'as pas à t'inquiéter, lui assura-t-elle en s'offrant à son sexe majestueux.

Il l'embrassa avec une infinie tendresse, ce sentiment qui manquait à sa vie depuis si longtemps. Sa fierté l'empêchait de lui montrer qu'elle en avait un besoin désespéré. Jamais elle n'avait voulu la quémander.

Enfin, se positionnant entre ses jambes, il la pénétra d'une petite poussée. Rejetant la tête en arrière, elle fut électrisée par un long frisson quand elle le sentit s'enfoncer en elle, l'envahir de son sexe, aller et venir comme s'il sentait son orgasme monter et qu'il voulait le vivre en parfaite osmose.

Blottie contre le corps vigoureux de Brooks, un bras reposant sur son torse en un geste possessif, Ruby ouvrit lentement les yeux. Il était minuit passé et elle lui avait promis de rester avec lui jusqu'au matin. Ne regrettant pas sa décision, elle esquissa un sourire de satisfaction. Il resserra son étreinte et posa la main sous le renflement de ses seins.

— Tu es réveillée ? lui chuchota-t-il, lui soufflant son haleine chaude dans le cou.

— À peine, répondit-elle. Je me suis assoupie.

— Moi aussi. Voilà longtemps que je ne m'étais pas senti aussi détendu.

— Tu as eu beaucoup de soucis ces derniers temps ? murmura-t-elle.

— Tu n'as pas idée. Mais je ne veux pas en parler pour le moment.

De sa main, il lui traçait des cercles langoureux autour des seins, posant des doigts légers comme une plume sur son mamelon. Son corps s'embrasa immédiatement. Il semblait avoir ce pouvoir sur elle et son désir était manifeste. D'une jambe, il retint les siennes prisonnières, la douce chair de ses cuisses contrastant avec ses muscles de granit.

— Je n'ai pas du tout envie de parler, reprit-il en serrant ses cheveux au creux de son poing et en plantant des baisers dans son cou. Et toi ?

— Moi non plus.

Seigneur ! Qu'était-il en train de lui faire ? Son corps était en feu, tous ses sens embrasés.

— La parole est parfaitement inutile quand on peut s'occuper de manière bien plus agréable.

Jamais elle ne s'était offerte avec un tel abandon. Elle était loin d'être une fille légère et sa réputation la précédait. À vingt-six ans, elle n'avait connu que trois amants. Toutefois, seule sa dernière relation avait vraiment compté pour elle. Et l'avait fait souffrir.

Elle avait été amoureuse.

Ou, du moins, c'était ce qu'elle avait cru. Mais, cette nuit, avec Brooks, c'était différent. Cette nuit, elle était en compagnie d'un homme qui lui faisait sentir à quel point il l'appréciait. D'un homme à la générosité incomparable. D'un homme qui l'excitait, entre les bras duquel elle se sentait vraiment femme.

Conscient de sa vigueur, il roula délicatement sur elle, pour ne pas écraser son corps menu. Puis, plaquant une main de chaque côté de sa tête, il l'enveloppa de son regard azur.

— Je veux te refaire l'amour, Ruby.

— Moi aussi, je le veux.

Avec un hochement de tête, il laissa échapper un soupir de soulagement.

— Je priais pour t'entendre me donner cette réponse, chérie.

Penchant la tête, il frôla sa bouche de la sienne. Son goût, la fermeté de ses lèvres lui semblaient déjà aussi familiers que bienvenus. Elle ne le reverrait jamais. Elle ne cherchait pas un homme. Mais Brooks lui laisserait un bon souvenir.

Puis sa bouche descendit plus bas, toujours plus bas sur son corps, en une pluie de baisers. Elle se cambra. Il l'embrassait à la faire défaillir, à la faire mourir de plaisir, et elle attendit sa délivrance. Elle n'eut pas à attendre longtemps. Elle étouffa un cri. Les lèvres de Brooks s'étaient posées sur son clitoris palpitant et sa langue caressait la chair frémissante, brûlante. Une vague d'une sensualité intense ondoyait en elle, faisant bouillir son sang, alors qu'elle se tordait sous la divine caresse.

Puis, la sentant prête à chavirer de nouveau, il s'enfonça en elle d'un puissant coup de reins avec une fougue qui trahissait l'intensité de leur désir. Il s'écarta un peu pour regarder leurs deux sexes réunis d'un regard embrasé. Encore quelques centimètres et il serait tout entier en elle.

Il recommença avec une frénésie nouvelle et enfin la remplit tout entière. Les yeux dans les yeux, ils étaient unis, comme en fusion, prolongeant cette félicité indicible. Il se retirait, puis s'immobilisait quelques secondes, à la limite de l'orgasme. Jusqu'au moment où, cédant à l'extase, elle cria son nom, tandis qu'il la rejoignait dans le plaisir.

— Waouh ! s'exclama-t-elle une fois qu'elle eut repris son souffle.

— Comme tu dis ! approuva-t-il en la serrant contre son torse.

Avec un geste d'une infinie tendresse, il repoussa une mèche humide de son front, posa un baiser sur sa peau brûlante et attira son corps contre le sien. Ils restèrent ainsi un long moment, alanguis. Paupières closes, elle savoura l'exquise vibration de son corps, avant de sombrer dans le sommeil,

Brooks entra dans la chambre sur la pointe des pieds, chargé de deux tasses de café et d'un sac de muffins et de brioches au beurre achetés au bar de C'mon Inn. Il était impossible de dénicher un croissant dans cette petite ville du fin fond du Texas ! C'était d'ailleurs l'une des raisons pour lesquelles il s'y plaisait. Un endroit propre, sans artifices et plein de beauté. Comme la vision de Ruby endormie dans son lit, le noir d'ébène de sa chevelure dans un éventail formant contraste avec la blancheur de l'oreiller. Décidément, Cool Springs lui faisait une impression très favorable.

Il s'assit et le matelas gémit sous son poids. Une voix douce et sensuelle s'éleva de l'autre côté du lit.

— Est-ce une odeur de café que je sens ?

— Je ne peux pas te duper, plaisanta-t-il en se tournant vers elle. Il est aussi fort qu'il est noir.

Apparemment, c'était un café typiquement texan.

Elle s'assit dans le lit et il lui tendit une tasse, qu'elle s'empressa d'accepter.

— Tu es un amour ! s'exclama-t-elle.

La chemise qu'elle lui avait empruntée pour dormir avait beau la couvrir presque entièrement, jusqu'aux genoux, elle était toujours divinement sexy.

Devant ses lèvres qui, esquissant une moue, soufflaient sur le breuvage brûlant, il sentit la nouvelle flèche d'un désir fulgurant le transpercer. S'empressant de se raisonner, il annonça :

— J'ai aussi de la brioche au beurre, avec du miel.

— Décidément, je t'adore !

Il lui tendit une pâtisserie, qu'elle attrapa sans hésitation. Y mordant à belles dents, elle mâcha vigoureusement. Et prit une nouvelle bouchée.

— Tu as de l'appétit ! fit-il remarquer.

— J'ai eu une journée bien remplie. Sans parler de ma nuit.

L'imitant, il prit à son tour une viennoiserie et se mit à boire son café à petites gorgées.

— Peut-être aurais-je dû t'inviter au restaurant pour prendre un petit déjeuner plus copieux ?

— C'est parfait ainsi, lui assura-t-elle en secouant la tête. Tu as choisi des muffins à quels parfums ?

— Banane ou myrtille. Ainsi, tu ne serais pas d'accord pour sortir prendre un petit déjeuner avec moi ?

Elle s'empara du sac en papier, puis, après avoir opté pour un muffin aux myrtilles, répondit :

— Ne le prends pas personnellement. Mais se montrer dans un endroit public à une heure aussi matinale ferait jaser. Tu connais la réputation des petites villes de province. Eh bien, sache qu'elle est fondée. En outre, tu ne me dois rien. Mais j'apprécie ta galanterie.

— Tu peux m'appeler Lancelot.

S'esclaffant, elle mordit dans son muffin.

— J'y compte bien.

Avec un pincement au cœur, il eut un rire un peu forcé. Il allait regretter de devoir quitter Ruby. Elle était si différente de la plupart des femmes qu'il avait connues. Il avait même le pressentiment qu'elle lui ferait ses adieux sans aucun état d'âme.

Pourtant, même s'il n'était pas entièrement convaincu de vouloir prendre congé d'elle, il était sur le point de tourner une page très importante dans sa vie. Une perspective bouleversante, qui le remplissait d'appréhension. Le moment était donc mal choisi pour se lancer dans une aventure avec une femme.

Tout en buvant leur café, ils bavardèrent paisiblement de tout et de rien. Puis, une fois sa tasse vide, il se leva et commença à faire sa valise.

— Je suis désolé, mais je suis obligé de partir. J'ai un rendez-vous important.

Se levant à son tour, Ruby s'avança vers lui.

— Brooks.

— Oui ?

Elle se tenait devant lui, son visage arborant une expression indéchiffrable.

— N'oublie pas ta chemise, lui lança-t-elle en commençant à la déboutonner de ses doigts agiles.

Puis, avec une lenteur qui confinait à la torture, elle fit glisser le vêtement qui vint s'étaler à ses pieds. Le souffle coupé, il contempla son corps magnifique, ses seins lourds qui pigeonnaient dans son soutien-gorge de dentelle rouge, sa culotte assortie.

L'attirant dans ses bras, il caressa sa peau satinée, lui dessinant les muscles de ses doigts.

— Ruby ! J'aimerais tant pouvoir repousser mon rendez-vous, avoua-t-il d'une voix altérée.

— Ne t'inquiète pas pour moi.

Son regard exprimait toujours ce mélange si particulier de douceur et de bienveillance. Jamais il n'oublierait la couleur unique de ses prunelles chocolat. Il se rabroua. À quoi bon se leurrer ? Il savait déjà que c'était cette femme qu'il n'oublierait jamais. Il en avait la certitude.

Rompant l'instant d'intimité, elle déclara soudain :

— Moi aussi, j'ai une journée très chargée. Je vais prendre une douche. Tu seras sans doute parti quand je sortirai de la salle d'eau.

Comme un idiot, il hocha la tête. C'était le programme. Il devait partir. Sans plus attendre.

Une dernière fois, il s'empara de ses lèvres et mit toute sa ferveur dans un baiser fougueux. Puis, se faisant violence, il puisa dans ses réserves de volonté et se détourna d'elle. Soudain, il se ravisa et, une pensée lui traversant l'esprit, il plongea la main dans sa poche pour en sortir une carte de visite.

— Au cas où, fit-il avec un haussement d'épaules faussement désinvolte. Par exemple, si tu veux parler. Ou si tu as besoin de moi, ou de quoi que ce soit.

Il posa la carte sur la table de chevet. Quand il se retourna, elle avait déjà disparu dans la salle d'eau. À l'instant où la porte se refermait avec un clic, il entendit :

— Au revoir, Brooks !

Il ferma les yeux. Le moment était venu pour lui d'aborder un nouveau tournant dans sa vie.

- 3 -

Impressionné par l'immensité du haras de Beau Preston, Brooks franchit les barrières du Look Away Ranch. Des chevaux majestueux pâturaient en liberté dans des prés clos de barrières blanches. Bais, noirs ou alezans, la robe luisante, ils étaient de taille imposante. Même pour un amateur qui ne connaissait pas grand-chose sur le sujet, ces étalons, ces juments et ces hongres étaient, de toute évidence, magnifiques.

Il esquissa un sourire. Bon sang ne saurait mentir. Si ce qu'il avait appris par Roman Slater, le détective privé qu'il avait engagé pour retrouver son père biologique, était vrai, il devait avoir le même besoin irrépressible de réussite dans ses gènes. En effet, tout comme sa propre société, Newport Corporation, Look Away Ranch était manifestement le fruit de longues années de dur labeur.

Aidé de Graham, son jumeau, et de Carson, leur cadet, il avait travaillé comme un forcené pendant des années pour créer l'une des sociétés de promotion immobilière les plus importantes des États-Unis. Il tirait une grande fierté d'avoir grimpé tous les échelons du milieu du courtage immobilier à Chicago et d'être devenu le plus sérieux concurrent d'Elites Industries, la société de Sutton Winchester. Winchester était leur concurrent le plus important, d'un point de vue tant professionnel que privé. Et les raisons qui avaient poussé Brooks à œuvrer pour faire tomber cet homme sans foi ni loi étaient beaucoup plus personnelles que professionnelles.

En effet, Sutton Winchester et sa mère ayant eu une liaison lorsqu'elle était sa secrétaire, il avait cru un moment qu'il l'avait abandonnée, enceinte de Graham et lui.

Une conviction qui n'avait fait que nourrir son désir de détruire cet homme, aujourd'hui mourant. Or, il avait découvert qu'il faisait fausse route depuis le début. Les tests de paternité avaient néanmoins révélé que Carson, leur cadet, était bien le fils biologique de Winchester.

Il fondait maintenant de grands espoirs sur ses retrouvailles avec Beau Preston, leur vrai père, pour combler tous les blancs. Après tant d'années passées à s'interroger sur leurs origines et à essayer de le retrouver, Brooks était prêt à rencontrer l'homme qui l'avait conçu.

Il s'arrêta sous le péristyle qui faisait le tour de la superbe demeure et coupa le moteur. Un homme blond aux tempes argentées attendait sur le perron. De haute taille, vêtu d'un jean empesé et d'une chemise de cow-boy, il avait l'allure du rancher typique. Sans perdre une seconde, il descendit les marches et s'avança vers lui. Brooks sentit son cœur se gonfler d'allégresse. Sa démarche lui rappelait tellement celle de Graham. Et sans doute la sienne. Il s'empressa de descendre de voiture et d'aller à la rencontre de celui qui était son père. Une fois face à lui, il remarqua le bleu intense de son regard, son menton volontaire, et le sourire un peu ému qui flottait sur ses lèvres.

— Beau ?

Les yeux embués de larmes, les lèvres tremblantes, il hocha la tête.

— Oui, mon fils, je suis Beau Preston. Je suis ton père.

Voyant qu'il chancelait, Brooks le rattrapa par les épaules pour le stabiliser. Bouleversé à son tour par cette rencontre, il sentit soudain ses propres jambes flageoler. Secoué de sanglots silencieux, Beau Preston l'attira au creux de ses bras vigoureux, comme il l'aurait fait avec un petit garçon.

— Sois le bienvenu chez toi, mon fils ! Il y a si longtemps que je te cherchais.

Au bout de quelques secondes, il recula et essuya ses larmes.

— Je suis désolé. Mais je suis si heureux, mon garçon. Entre. Nous avons beaucoup de choses à nous dire.

— Merci. Avec joie, répondit Brooks en lui emboîtant le pas.

— Tu me pardonneras de ne pas te faire visiter tout de suite, s'excusa son père.

— Bien entendu. Nous avons tant de temps à rattraper.

Malgré son émotion, Brooks remarqua certains détails dans les pièces qu'ils parcouraient : les meubles massifs, les planchers foncés qui brillaient, les énormes poutres en bois traversant les plafonds, les immenses fenêtres qui ouvraient sur la propriété. Les fleurs rouges des poinsettias égayaient les tons sombres des pièces, et une odeur festive de sapin flottait partout dans la maison.

Il suivit son père dans le grande espace qui semblait être la pièce à vivre. Elle était équipée d'une télévision géante à écran plat, d'un minibar et de canapés en cuir naturel et noir : c'était sûrement l'endroit où Beau Preston venait se détendre après une longue et épuisante journée.

— Assieds-toi, suggéra alors le maître des lieux. Puis-je t'offrir quelque chose à boire ? Un café, un thé glacé, un jus d'orange ?

Avec une pointe de regret, Brooks repensa au café du matin partagé avec Ruby. Dire qu'il ne la reverrait jamais. Refoulant cette pensée, il prit place sur l'un des canapés.

— Non merci. Tout va bien.

Son père s'installa en face de lui et le dévisagea. Sous son regard aussi vif que le soleil matinal, Brooks sentit toutes ses appréhensions s'évanouir. Visiblement, ce rendez-vous enchantait Beau tout autant que lui.

— Tu as trouvé le ranch sans difficulté ?

— Oui, sans aucun problème, acquiesça-t-il. Je dois dire que c'est un domaine impressionnant.

— Ce qui est impressionnant, c'est que tu sois enfin ici ! Et regarde-toi, mon garçon. Tu es mon portrait craché au même âge.

— Nous sommes deux, tu sais. Mais Graham a préféré attendre que je te rencontre le premier. Nous ne voulions pas t'envahir et… en fait, nous avons beaucoup de questions. Mais, devant la détermination que j'ai mise à te retrouver, il a préféré nous laisser en tête en tête avant de se joindre à nous.

Son père se frotta la nuque, une expression peinée dans le regard.

— Il faut que je t'explique. J'ignorais tout de votre existence quand Mary Jo, votre maman, s'est enfuie de Cool Springs. Ensuite, j'ai commencé à recevoir des lettres anonymes et des photos. Mais je doutais de leur authenticité. Pourtant, à mesure que le temps passait, je voyais notre ressemblance sur les clichés. Elle était flagrante. Et j'ai tout mis en œuvre pour retrouver Mary Jo. Pour vous trouver, mes garçons.

— Pourquoi appelles-tu notre mère Mary Jo ? Pour autant que je sache, notre mère s'appelait Cynthia Newport.

Beau haussa les épaules.

— Mary Jo et moi étions fous amoureux l'un de l'autre, expliqua-t-il. Elle a dû avoir sacrément peur pour s'enfuir loin de moi comme elle l'a fait. Son salaud de père…

Il marqua une pause et le dévisagea, comme pour tester sa réaction.

— Pardon, j'oublie qu'il est ton grand-père, mais il était d'une méchanceté indescriptible. Mary Jo était convaincue que, s'il découvrait notre liaison, il nous tuerait tous les deux. J'ai tout essayé pour la calmer, je lui ai promis que je la protégerais. Mais elle a dû paniquer quand elle a découvert qu'elle était enceinte. Seigneur ! Je ne peux m'empêcher d'imaginer à quel point elle devait être désespérée à l'époque. Seule au monde et enceinte de jumeaux. C'est la terreur des conséquences qui l'a poussée à s'enfuir. Je ne vois pas d'autre explication. Elle a dû penser que, si son père découvrait un jour la vérité, il la rouerait de coups, ferait du mal à ses bébés. J'ignorais tout de ce qu'elle était devenue, qu'elle avait changé de nom, de vie. Mais je te garantis, quitte à me répéter, que pendant toutes ces années j'ai remué ciel et terre pour la retrouver. Sauf que je cherchais Mary Jo Turner. Pas cette… cette Cynthia Newport.

— Je comprends. Je ne te tiens pour responsable de rien de tout cela. J'ai… Je commence moi-même tout juste à accepter la situation, bredouilla-t-il. Je dois reconnaître que j'étais assez obsédé par l'idée de te trouver.

— Je suis content que tu n'aies pas renoncé, mon garçon.

Brooks hocha la tête et reprit :

— Maman était une battante. Elle a fait tout ce qu'il fallait pour assurer la sécurité et le confort de ses trois fils. Elle nous a caché beaucoup de choses. Mais ni Graham, ni moi, ni notre frère cadet, Carson, qui est né d'un autre père, ne lui en voulons. Nous avons mené une vie agréable, dans la banlieue de Chicago, avec celle que nous appelions grand-mère Gerty. Cette femme a sympathisé avec maman quand elle était au plus bas et elle nous a ouvert sa maison. C'était une demeure modeste dans un joli quartier et elle nous a aidés à finir nos études. Nous formions une vraie famille. Mes frères et moi l'avons toujours respectée et aimée comme si elle avait été notre vraie grand-mère. Je la soupçonne d'avoir été celle qui t'envoyait des nouvelles et des photos.

Beau se cala dans son fauteuil et déclara en soupirant :

— Ce devait être une femme remarquable. Si c'était elle, je lui dois énormément. J'ai cru pendant longtemps que ta mère était partie pour de bon, mais savoir que vous, mes garçons, étiez quelque part dans ce vaste monde me donnait de l'espoir. Mon seul regret reste que Gerty ne m'a pas indiqué où vous trouver. Mais ta mère lui a sans doute fait promettre de garder le secret.

— Grand-mère Gerty est morte il y a environ dix ans.

— C'est à peu près l'époque où j'ai cessé de recevoir de vos nouvelles, constata Beau, songeur. C'est logique. Pour autant que cette histoire peut l'être.

Il ponctua sa phrase d'un petit rire sans joie.

— Grand-mère Gerty avait un sens du devoir très prononcé, reprit Brooks. Elle a dû écouter son cœur, car elle ne voulait que le bonheur de ma mère.

— Je suis désolé que Mary Jo ne soit plus de ce monde. Nous étions très jeunes quand nous nous sommes connus et… et j'ai gardé d'elle de merveilleux souvenirs. La façon dont elle est morte est une telle tragédie.

— Sa rupture d'anévrisme nous a laissés sous le choc. Maman a toujours été en bonne santé et, après tout ce qu'elle a traversé, la perdre de cette manière… c'était injuste.

Brooks s'accorda une seconde pour inspirer lentement. Une fois qu'il eut repris ses esprits, il déclara :

— Elle me manque terriblement.

— Je n'en doute pas. La Mary Jo dont je me souviens était digne de ton amour. Je ne doute pas qu'elle ait été une mère exceptionnelle.

— Sais-tu ce qu'est devenu mon grand-père ?

— Il va toujours très bien. La méchanceté conserve. Il est dans un centre médicalisé pour malades d'Alzheimer, pris en charge par l'État du Texas. Je suis désolé, mon fils. C'est ton grand-père, et j'en suis conscient mais, si tu savais comment il a traité ta mère, tu ne perdrais pas un quart de seconde à penser à lui.

Brooks ferma les yeux. Cette partie de la vérité était la plus difficile à entendre. Sa mère n'avait jamais évoqué quoi que ce soit de tel devant ses frères et lui. Elle les avait toujours protégés de la douleur, du pessimisme, et leur avait assuré une vie remplie d'amour, aussi agréable que possible. Elle était venue à Chicago bien déterminée à changer de condition. Pourtant, les souvenirs de sa jeunesse brisée avaient dû la hanter. Savoir qu'elle avait été brimée par son père, un homme qui aurait dû l'aimer et la protéger, lui faisait l'effet d'une brûlure au fer rouge.

— Je suppose que je devrais lui rendre visite.

— Bien entendu. Mais j'ai entendu dire qu'il avait perdu la tête. Il ne reconnaît plus personne.

Brooks hocha la tête. Encore un membre de sa famille qui était perdu pour lui. Mais, dans ce cas précis, peut-être était-ce pour le mieux. Il était préférable que son grand-père ne l'identifie pas.

— Je réglerai tout cela à ma manière le moment venu, déclara-t-il.

— Je suis content que tu sois d'accord pour passer quelque temps au ranch. Tu es le bienvenu. La maison est bien assez grande et elle te sera toujours ouverte. Au téléphone, quand je t'ai décrit la propriété, tu m'as laissé entendre que tu préférerais loger dans le bungalow en rondins. Je pense que tu as fait le bon choix. Comme ça, tu pourras avancer à ton propre rythme, sans te sentir submergé.

Avec un hochement de tête plein de fierté, son père ajouta, en souriant :

— Bien sûr, étant donné ton poste aux commandes de cette énorme société, il doit t'en falloir beaucoup pour te sentir submergé.

Brooks sourit à son tour. Encore une fois, bon sang ne saurait mentir.

— Et toi, tu gères un ranch très prospère au Texas. Tu as une excellente réputation d'homme de qualité, d'une honnêteté sans faille. Look Away Ranch est l'un des ranchs les plus prestigieux du pays.

En plus d'avoir demandé à Slater d'enquêter sur Beau Preston, il avait effectué ses propres recherches sur Google et n'avait rien trouvé à lui reprocher.

— Je suis heureux de te l'entendre dire. Look Away m'a apporté beaucoup de joie dans la vie. Après la mort de ma femme, il y a quelques années, c'est le ranch, ainsi que mes fils, qui m'a aidé à surmonter l'épreuve. À ce propos, tu ne vas pas tarder à rencontrer tes demi-frères.

— Je m'en réjouis d'avance. Et je suis désolé d'apprendre que tu as perdu ta femme.

— Oui, nous avons tous eu beaucoup de chagrin. Je pense qu'elle t'aurait plu. Je sais que Mary Jo aurait approuvé mon choix. Ma femme a su combler le vide laissé par le départ de ta maman.

— Je regrette de ne pas l'avoir connue, Beau.

— Tu sais, j'apprécierais si tu m'appelais « papa ».

« Papa » ? Inondé d'un bonheur nouveau, Brooks jubila. Il n'avait jamais eu le privilège d'appeler un homme « papa ». Dans leur enfance, ses frères et lui avaient toujours été des garçons sans père. Grand-mère Gerty avait fait de son mieux pour compenser ce manque : c'était une femme lumineuse, débordant de joie de vivre. Pourtant, il avait toujours secrètement regretté que sa mère n'ait jamais eu aucune réponse à leur fournir sur l'absence de son père dans leur vie.

« Il est préférable que tu ne saches pas », avait-elle coutume de dire, coupant court à ses questions.

Avec un sourire plein de tendresse, il acquiesça :

— Très bien, papa. Je suis content de t'appeler comme ça après toutes ces années.

Le regard de son père s'illumina.

— Et je suis content de l'entendre de ta bouche, mon

fils. Tu veux t'installer ? Je peux te conduire au bungalow. Il est tout près, à cinq cents mètres environ dans les terres.

— C'est une bonne idée.

— Parfait. Mais, pour commencer, nous allons faire le tour du propriétaire. Tanya avait une prédilection pour les fêtes de fin d'année. C'était toujours elle qui se chargeait de la décoration de la maison et de la galerie. Nous avons donc perpétué la tradition, avec ses décorations de Noël préférées. Nous commençons début décembre. Il faut compter un certain temps pour rentrer les sapins et que tout soit en place au moment de la fiesta que nous donnons tous les ans avant les fêtes. Suis-moi, je vais te faire visiter maintenant.

— Merci. Je sais déjà que je ne vais pas être déçu.

— Je l'espère, fils.

Après que son père l'eut laissé dans le bungalow composé de trois pièces au plafond à poutres apparentes et pourvues d'un équipement à la pointe du progrès, Brooks transporta ses bagages dans la grande chambre. L'endroit avait beau être rustique, il se serait vendu pour un million de dollars dans la banlieue de Chicago. Il commença à ranger ses affaires dans une commode de chêne. S'emparant de la chemise que Ruby avait portée ce matin, il en renifla le col. Elle était toujours imprégnée de son odeur, un parfum profondément exotique qui fit naître mille fantasmes en lui.

Il n'était pas près de rayer ce souvenir de sa mémoire. Mais, pour le moment, il s'apprêtait à s'en créer de nouveaux avec son père et sa famille.

Une fois ses valises défaites, il entreprit de parcourir les pièces pour se familiariser avec l'endroit qui, pendant quelques jours, serait sa nouvelle maison. Il avait la bougeotte et hâte d'en apprendre plus, d'en voir plus.

Ouvrant le réfrigérateur pour prendre une bouteille d'eau,

il eut un geste de surprise. Le frigo était rempli de tout ce qu'il pourrait désirer pendant son séjour. Décidément, Beau Preston ne faisait pas les choses à moitié. S'il cherchait à lui donner l'impression d'être le bienvenu, c'était réussi !

Pris d'une envie soudaine d'aller explorer les écuries, il referma la porte du bungalow à clé et prit la direction des grands bâtiments. Il était temps de remédier à ses lacunes. N'était-il pas néophyte en matière de chevaux et d'élevage ? Or, il n'était pas question d'avouer à Beau qu'il n'avait pas vu de selle de cheval plus de une ou deux fois dans sa vie. D'un autre côté, qu'est-ce qu'un garçon ayant grandi à Chicago était censé connaître à l'équitation ? Pas grand-chose.

Emmitouflé dans un coupe-vent pour se protéger du froid piquant de décembre, ses bottes soulevant des nuages de poussière, il arriva tout d'abord en vue d'une série de corrals. De magnifiques chevaux y caracolaient, leurs crinières soignées flottant sur leurs encolures. Ils se mordillaient, se taquinaient, renâclaient, puis repartaient à vive allure, avant de revenir jouer les uns avec les autres. Fasciné par leur beauté, Brooks passa un moment à les admirer. C'étaient les chevaux de son père.

Derrière les corrals s'étendaient des collines fertiles en pente douce, couvertes de hauts herbages ombragés par des chênes vigoureux et des mesquites. Cette terre inconnue était pour lui une expérience nouvelle, totalement différente de tout ce qu'il avait connu auparavant.

Il s'enfonça dans l'une des écuries. À l'intérieur, l'obscurité atténuait l'éclat du soleil. Une longue allée flanquée de deux rangées de box menait à une sellerie. Seule une douzaine de chevaux occupait les lieux. Il se mit en quête de Misty, une jument de huit ans, de caractère très doux, que Beau lui avait conseillé d'aller saluer, et ne tarda pas à trouver le palomino à la robe dorée et à la crinière blonde.

— Bonjour, ma belle. Tu penses que nous allons nous entendre, tous les deux ?

La jument dressa les oreilles et s'avança pour passer la tête au-dessus de la porte de son box.

— Bonne fille, lui chuchota-t-il en lui caressant les naseaux tout en fixant ses grands yeux marron. Attends une seconde.

Il se dirigea vers la sellerie où flottait une odeur de cuir et de poussière. Mais la pièce était d'une propreté digne d'un hôtel cinq étoiles. Cela lui en disait long sur son père.

Un homme en sortit et lui jeta un regard méfiant.

— Je peux vous aider ? Je suis Sam Braddox, le régisseur.

— Brooks Newport, se présenta-t-il en lui tendant la main. Heureux de vous connaître.

Le visage de l'homme s'éclaira d'un bref sourire.

— Vous êtes l'un des fils de Beau ?

— En effet. Je viens tout juste d'arriver.

— Eh bien, soyez le bienvenu. Je vois la ressemblance. Vous avez les yeux de votre père. Et, ce matin même, Beau a annoncé votre arrivée à l'équipe.

— Merci. Je suis… J'essaye de me familiariser avec les lieux. D'apprendre quelques rudiments sur les chevaux.

S'interrompant, il se gratta la tête, puis avec un haussement d'épaules résigné il avoua :

— Je n'y connais strictement rien. Mais Bean veut m'emmener faire une promenade à cheval un de ces jours prochains.

Sam l'observa un instant avant de suggérer :

— Que diriez-vous d'une rapide leçon ?

— Bonne idée.

— Venez. Je vais commencer par vous apprendre à seller un cheval.

Il fit sortir Misty de son box et la conduisit jusqu'à un espace.

— Misty est une brave jument. Elle est gentille, mais peut se montrer un peu ombrageuse si vous ne lui prouvez pas qui est le patron dès le départ.

— Très bien.

Sam se munit d'une selle usée, d'un tapis de selle, et s'avança vers lui.

— Et voilà !

Au moment où il jetait le tapis de selle sur le cheval, un membre de l'équipe entra.

— Hé, patron ! Candy semble sur le point de pouliner. Elle a des difficultés. Brian m'a envoyé vous chercher.

— Très bien, fit Sam avec un soupir de lassitude. J'arrive.

Il jeta un coup d'œil à Brooks et posa la selle sur le sol.

— Je suis désolé, mais Candy a eu une grossesse difficile. Je ferais bien d'aller voir.

— Naturellement. À tout à l'heure, Sam.

— Ça ne vous fait rien de rester tout seul ?

— Je vais essayer de me débrouiller. Je vais rechercher sur Google « comment seller un cheval ».

— Très bien, acquiesça le régisseur en lui lançant un regard perplexe, avant de s'éloigner à vive allure.

Se parlant à lui-même, Brooks murmura :

— Cela ne doit pas être bien sorcier.

Il posa le tapis sur les épaules de la jument, le côté en peau de mouton contre sa peau, puis il souleva la selle qui pesait au moins vingt-cinq kilos. Après l'avoir installée sur le dos de Misty, il attrapa la sangle sous son ventre.

— Tu ne sais pas du tout t'y prendre.

La voix féminine l'arrêta net dans son élan. Quoi ? Saisi d'un étrange pressentiment, il se retourna et, comme il l'avait pressenti, découvrit son fantasme incarné qui s'avançait vers lui. Tout en serrant les dents pour ne pas rester bouche bée, il essaya de comprendre. Il venait de la quitter, quelques heures auparavant, et maintenant elle était devant lui, en chair et en os, parfaitement sereine, comme s'il n'y avait rien de plus naturel. Pour sa part, il était loin de se sentir détendu.

— Ruby ?

— Bonjour, Brooks.

L'ignorant pratiquement, elle retira la selle comme une vraie professionnelle, une selle qui pesait probablement plus lourd qu'elle, et la lui mit dans les bras.

— Le tapis de selle doit tomber à la même hauteur des deux côtés. Tu le poses à hauteur du garrot de Misty, puis tu le fais glisser dans la courbe naturelle de son corps. Tu dois aussi t'assurer qu'il ne tombe pas trop bas sur ses flancs. C'est la meilleure protection pour un cheval contre…

— Ruby ? fit-il en la prenant doucement par le bras.

Elle ne bougea pas, ne se retourna pas.

— Je travaille ici. Je suis la cow-girl en chef et première dresseuse de chevaux du Look Away Ranch.

Comme si cela expliquait tout.

— Tu savais qui j'étais hier soir ?

Elle leva vivement les yeux et secoua la tête, allumant des reflets bleutés dans la masse de sa splendide chevelure brune.

— Seigneur, non ! Beau ne nous a parlé de toi que ce matin. Il voulait être certain que tu viendrais avant de nous apprendre la nouvelle. Bienvenue dans la famille, Brooks.

Le cœur s'arrêtant presque de battre, il répéta :

— La famille ?

Elle fit un signe d'assentiment.

— Beau est comme un père pour moi.

Il poussa un soupir de soulagement. Une fraction de seconde, il avait craint qu'elle puisse lui être apparentée.

— Comme un père ? Mais encore ?

— Mon père a travaillé toute sa vie pour Beau, jusqu'à sa mort, il y a dix ans. À l'époque, j'avais seize ans. C'était un coup dur pour moi… J'étais anéantie. Nous partagions le même amour des chevaux, de la terre et de tout ce qui touchait à Look Away. Aussi, quand je l'ai perdu, je ne m'imaginais pas pouvoir continuer sans lui. Mais Beau et ses fils m'ont épaulée sans relâche. Pas un jour ne passait sans que j'entende Beau me dire qu'il me considérait comme sa fille. Il m'a donc engagée et j'ai travaillé à Look Away, grimpant les échelons jusqu'à devenir cow-girl en chef.

— Tu habites ici ?

— J'ai un appartement en ville, mais je dors souvent dans l'ancienne maison de gardien, là où mon père habitait durant les dernières années de sa vie. Je suis chez moi au ranch, et la famille de Beau est désormais ma famille.

Ce rebondissement le laissait un peu perplexe. Il hocha la tête.

— Et ta mère ?

— J'ai perdu ma mère très jeune. Je n'en ai que de très vagues souvenirs.

— J'en suis sincèrement désolé. Mais maintenant… ? ajouta-t-il, les mains sur les hanches.

— Maintenant ? répéta-t-elle. Que veux-tu dire ?

— Oui, maintenant, nous deux, comment allons-nous gérer la situation ?

Voyant sa peau mate s'empourprer, il fut surpris par sa gêne. La femme qu'il avait rencontrée hier s'était montrée audacieuse et dépourvue de toute inhibition.

— Oh ! j'imagine que le mieux serait de ne pas aborder le sujet. Beau n'approuverait pas. C'était vraiment bien, Brooks. Mais cela ne doit pas se reproduire.

— Je vois.

— Tant mieux, répliqua-t-elle en rejetant sa chevelure en arrière, comme pour indiquer que le sujet était clos. Tu veux apprendre à seller ce cheval convenablement ?

Abasourdi, il hocha la tête. Il se fichait bien d'apprendre à seller un cheval. Mais savoir que Ruby habitait le ranch de son père le laissait sans voix.

— Euh, oui.

— Très bien. Donc, tu dois t'assurer que le tapis de selle est bien droit et protège le cheval du cuir de la selle, qui le fait transpirer. Puis tu commences par remonter les étriers et les sangles pour éviter de te faire mal ou de cogner ta monture par erreur en la sellant. Ensuite, tu poses la selle sur une jambe et tu la hisses à l'aide de ton genou. Comme ça, regarde.

Avec une grâce de danseuse, cette fille menue, d'un mètre soixante à peine, posa la lourde selle sur son genou, avant de la hisser sur le dos de la jument.

— Tu commences par la placer haut, presque sur le garrot, sur les épaules, puis tu la fais glisser lentement, en lissant sa robe, pour bien la positionner. De cette manière, tu évites de déranger ses poils, ce qui pourrait plus tard causer une irritation. Un cheval sellé correctement ne doit ressentir aucune douleur. Le contraire peut provoquer toutes sortes de maux et de blessures.

— Je comprends.

Tout en parlant à Misty d'un ton chaleureux, comme on parle à une amie, Ruby la gratifia de plusieurs tapes affectueuses sur le flanc. Et, tandis qu'elle procédait à ce rituel qu'elle effectuait quotidiennement, la jument resta d'une immobilité de statue.

Puis, tout en ajustant la sangle avant, elle expliqua :

— Il faut t'assurer qu'elle n'est ni trop lâche ni trop serrée. Continue à tirer autant que possible, sans lui faire mal. Regarde-moi faire et tu te chargeras de la sangle arrière.

— D'accord, acquiesça-t-il avant d'essayer à son tour.

La présence de Ruby à côté de lui le perturbait. Et, quand elle le frôla pour boucler la sangle, il sentit sa concentration faiblir.

— Ce n'est pas mal, Brooks, pour un premier essai.

Son encouragement le flatta. Les effluves de son parfum sucré l'enveloppaient, dissipant les odeurs d'écurie.

— Maintenant que Misty est sellée, tu dois t'assurer que toutes les boucles sont bouclées et que ton équipement est en bon état. Je vais te donner un tuyau. Si je glisse ma main sous la selle, à l'avant, fit-elle en joignant le geste à la parole, et qu'elle passe sans forcer, tu sais que ton cheval est prêt pour le départ. Cela s'appelle « dégarroter ». Pas vrai, Misty ?

Elle caressa les naseaux de la jument, qui lui répondit en tournant la tête. Toutes deux semblaient être de vieilles amies. Puis, levant ses grands yeux bruns sur lui, Ruby suggéra :

— Si tu veux quelques conseils d'équitation, j'ai un peu de temps.

Il tiqua. Sa concentration était vraiment mise à l'épreuve. Les images de Ruby défilaient dans son esprit. Il la revoyait nue dans son lit, lui faisant l'amour, fougueuse, indomptée. Il aurait dû trouver une excuse pour prendre congé. Mettre un peu de distance entre eux. Mais elle était en train de lui faire une proposition dont il avait besoin. Exactement comme la nuit dernière.

— Oui, montre-moi tout ce que tu sais.

Durant une fraction de seconde, elle le fixa, ses joues se colorant de nouveau. Le temps sembla se figer, tandis que les souvenirs de la nuit précédente les rattrapaient. Oui, elle lui avait montré tout ce qu'elle savait. Et c'était inégalable.

Elle finit par briser le silence.

— Épargne-moi ce genre de sous-entendus, Brooks. Et tout ira bien.

Un sentiment de satisfaction l'envahit. Ainsi, elle n'était pas aussi immunisée qu'elle voulait le lui faire croire.

— Très bien. Tout ce que je peux promettre, c'est d'essayer.

Une fois Brooks en selle, alors qu'ils s'éloignaient de l'écurie, Ruby put à nouveau respirer. Jamais elle n'aurait imaginé que son amant d'une nuit se révélerait être le fils de Beau Preston. L'ironie de la situation la dépassait totalement.

— Tu n'es pas mauvais cavalier, Brooks, fit-elle remarquer.

— Je prends cela comme un compliment, déclara-t-il en portant une main au chapeau qu'elle lui avait donné.

Il avait de l'allure avec un stetson.

— En fait, tu apprends vite. Je suis impressionnée par la manière dont tu as sellé mon cheval.

— Si tu essayes de me flatter, ça marche, chérie.

— Je me contente de dire la vérité. Et peux-tu cesser de m'appeler « chérie » ou par d'autres petits noms ?

— Tu n'aimes pas que je t'appelle « chérie » ? s'enquit-il avec un sourire taquin.

— Je ne suis pas ta chérie, Brooks. Ruby Lopez n'a jamais été la chérie de personne.

Hormis celle de Trace, à une époque, mais le terme avait perdu de sa douceur à mesure que leur relation tournait au vinaigre.

Ils cheminaient côte à côte le long d'un sentier qui faisait le tour de la propriété. Elle voulait mettre un terme à cette conversation. Le fait qu'elle n'ait personne dans sa vie ne regardait Brooks en rien. Mais, sans qu'elle puisse se l'expliquer, elle n'était plus elle-même en sa compagnie, ni dans ses paroles ni dans son comportement. Sa voix grave interrompit le fil de ses pensées vagabondes.

— Ruby ?

— Oui.

— J'ai du mal à croire que tu n'aies personne dans ta vie.

— Personne dont je tienne à parler.

— C'est bien ce que je pensais. Tu t'es brûlé les ailes avec un type qui t'a fait souffrir. Ça doit être un bel abruti.

— Ce n'est pas le cas.

Elle avait répondu machinalement. Mais pourquoi diable défendait-elle Trace ?

— Il doit l'être, s'il t'a fait souffrir.

— Tu te souviens de mes instructions ? Quand tu veux que le cheval s'arrête, tu tires sur une rêne. Jamais sur les deux. Sinon, tu risques de basculer en avant, c'est inévitable.

— Oui, je m'en souviens. Mais pourquoi…

— À plus tard, Brooks ! l'interrompit-elle.

Elle talonna Storm Cloud et l'étalon s'élança au galop, faisant trembler le sol sous ses sabots. Se penchant en arrière, elle sourit, grisée par sa chevauchée.

Elle pensait avoir laissé Misty et son cavalier loin derrière elle, mais un rapide coup d'œil en arrière lui apprit qu'elle se trompait. Brooks la suivait de près, encourageant sa jument à la rattraper. Elle avait tout au plus cinq longueurs d'avance sur eux. Elle se rabroua. Ils ne faisaient pas une course. Elle ne pouvait pas mettre Brooks en danger. Malgré son courage et sa soif d'apprendre, il était encore novice.

— Doucement, Cloud.

Une très légère pression sur une rêne suffit à faire ralentir son cheval. D'une docilité remarquable, le pur-sang obéissait à la voix. Beau le lui avait offert pour ses dix-huit ans et elle l'avait dressé seule. Ils étaient en parfaite symbiose.

Brooks la rattrapa près d'un bosquet et s'arrêta.

— C'est ta manière de changer de sujet ? railla-t-il, avec un sourire narquois.

Haussant les épaules, elle répliqua :

— Je ne comprends pas ce que tu veux dire.

— À d'autres, Ruby !

— En tout cas, je suis impressionnée de voir que tu m'as rattrapée.

— Parce que tu m'as laissé faire.

— D'accord, je l'admets. Mais je ne pouvais pas mettre le fils de Beau en danger.

— L'un de ses fils. J'ai un frère jumeau.

— Oh non ! Vous êtes deux ? plaisanta-t-elle.

— J'en ai bien peur.

Elle lui sourit. Ce matin, Beau leur avait raconté les tristes événements de sa jeunesse : sans lui dire qu'elle attendait des jumeaux de lui, la femme qu'il aimait avait fui la ville pour échapper à son père, un homme violent. Ruby avait eu vent de cette rumeur, mais le sujet n'était jamais abordé chez les Preston.

Inclinant la tête sur le côté, elle ironisa :

— Toi, en double ? Ça ne doit pas être facile tous les jours !

— Les frères Newport sont généralement appréciés. Mais la question serait plutôt : pourras-tu le supporter ?

— Je te l'ai déjà dit, ta présence ici ne me dérange pas.

— Il est possible que je reste longtemps.

Il était temps de le remettre à sa place. Tout en priant pour parvenir elle aussi à tenir compte de sa propre mise en garde, elle lui lança :

— Tu es un citadin, tu n'es pas à ta place à la campagne. Tu diriges une grosse société et je ne me sens bien que dans une écurie. Tu es aussi le fils de mon meilleur ami et mentor. Cet homme est comme un père pour moi. Alors tu as intérêt à croire que je peux supporter cette situation. Il n'y a pas d'autre option, Brooks.

Il hocha la tête, l'air dépité.

— Tu as raison, mais quand je te regarde et que je me souviens…

— Ne me regarde pas.

— Cela m'est difficile, chérie.

Elle bouillonnait de rage. Allait-il persister longtemps à l'appeler « chérie » ? Le mieux était sans doute de l'ignorer.

— Il est temps de rentrer, déclara-t-elle. Allez, Cloud !

Sans attendre sa réponse, elle fit tourner sa monture et, d'une simple pression d'étrier, partit à fond de train.

— Je ne te prenais pas pour une fuyarde ! cria Brooks.

Pourtant, cette fois, avec cet homme, c'était exactement ce qu'elle était.

Mais elle n'avait pas le choix.

- 4 -

Ce même jour, quand, en début de soirée, Brooks entra dans la cuisine de son père, il trouva Ruby qui s'affairait aux fourneaux.

— Tu cuisines ? lui demanda-t-il.

— Oui, je cuisine. Beau m'a demandé de préparer un dîner spécial pour ta première soirée ici.

Sa robe noire, qui lui tombait juste au-dessus des genoux, épousait chacune des délicieuses courbes de son corps. Et, malgré le tablier rose à pois noué à la taille et au cou, elle était toujours aussi sacrément sexy. Se forçant à refouler son trouble, il persista :

— Tu cuisines tous les soirs ?

— Non, nous avons une cuisinière, Lupe. La meilleure du comté. Mais je tiens cette recette de ma famille paternelle et Beau aime que je la lui prépare à l'occasion.

Il s'avança vers la gazinière.

— Et je suis l'occasion ?

— Tu es l'occasion, acquiesça-t-elle avec un sourire.

Il souleva le couvercle de la cocotte en fonte, libérant un nuage de vapeur. La cuisine s'emplit des parfums de Mexico.

— Fais attention, c'est chaud, l'avertit-elle en lui donnant un gant.

— Qu'est-ce que c'est ?

— Une recette de *costillas de res en salsa verde*. Ce sont des côtelettes braisées.

— Ça sent divinement bon.

— C’est trop piquant pour un gringo, le taquina-t-elle, malicieuse.

— Je ne peux pas gérer plus piquant que toi dans cette maison.

— *Dios !* chuchota-t-elle. Ne parle pas comme ça. Je n’aime pas mentir à Beau.

— Tu ne lui as pas menti.

— Si, par omission. Je ne lui ai pas dit que je t’avais déjà rencontré.

Non seulement elle l’avait déjà rencontré, mais elle lui avait en plus offert une nuit prodigieuse. Et il avait de la peine à l’oublier. Néanmoins, il devait la rassurer. Il n’était pas du genre à commettre des indiscrétions.

— Ce n’est pas par moi qu’il l’apprendra, Ruby, s’empressa-t-il de lui souffler. En attendant, je meurs de faim. Je peux goûter ?

— Pourquoi pas.

Elle prit une fourchette et la plongea dans le ragoût, dont elle sortit un morceau de viande tendre et fumante.

— Tiens. Dis-moi s’il manque quelque chose, fit-elle en le lui offrant.

La chaleur des fourneaux n’égalait même pas celle que la proximité de Ruby faisait monter en lui. Les yeux plongés dans ses prunelles brunes, il prit la viande dans sa bouche. L’explosion des saveurs de la viande marinée mit immédiatement ses papilles en joie.

— Eh bien ! Non seulement madame sait se battre et monter à cheval comme personne, mais en plus elle est bonne cuisinière.

— Donc, ça te plaît ?

Il hocha la tête et s’approcha d’elle, ne laissant plus entre eux que quelques centimètres.

— Y a-t-il une discipline dans laquelle tu n’excelles pas ?

Le sous-entendu était clair : il faisait référence à la nuit torride qu'ils avaient partagée. Elle le regarda sans ciller, puis, se mordillant la lèvre, murmura :

— Brooks !

La sentant aussi troublée que lui, il ignora sa mise en garde et se pencha en avant, aimanté par sa bouche si tentante.

La voix de stentor de Beau le fit sursauter.

— Eh bien, je vois que tu as déjà rencontré Ruby, Brooks !

Il fit un petit bond en arrière et Ruby se retourna vers la cuisinière.

— Oui, en effet, répondit-il à son père. Et elle a été assez aimable pour me faire goûter son ragoût mexicain.

Avec un hochement de tête, Beau acquiesça :

— C'est l'un de mes plats préférés. Je pensais qu'il te plairait aussi.

S'avançant, il déposa un baiser sur la joue de Ruby, qui lui adressa un sourire empreint d'affection.

— Elle habite avec nous depuis qu'elle est petite. Son père était mon régisseur et Ruby a grandi à Look Away. Je ne pense pas qu'il existe une meilleure dresseuse de chevaux dans tout le Texas. C'est de notoriété publique.

— Merci, dit-elle.

— Pour tout te dire, j'ai fait une balade à cheval en compagnie de Ruby, cet après-midi, raconta Brooks.

— Très bien, très bien ! approuva son père, rayonnant de fierté. Je veux que tu te sentes chez toi à Look Away. Ruby t'a-t-elle enseigné quelques rudiments ?

Soutenant le regard de l'intéressée, il répondit d'un ton plein de sous-entendus.

— Beaucoup plus que des rudiments.

Le visage de la belle Mexicaine au corps de déesse s'empourpra. Évitant son regard, elle s'empressa de pencher la tête vers son ragoût pour le remuer. Brooks réprima un soupir. Visiblement, ce dîner allait être un moment délicat à passer, pour ne pas dire plus.

— Mes fils, tes demi-frères, se joindront à nous un autre soir, lui expliqua Beau. Ils veulent nous laisser le temps d'apprendre à nous connaître. J'espère que cela ne te fait rien que nous dînions tous les deux. Avec Ruby, bien entendu.

— Moi aussi, je peux vous laisser, Beau, intervint cette dernière.

Brooks lui jeta un coup d'œil entendu. Son désir de s'extraire de cette situation épineuse était flagrant. Mais Beau qui ne soupçonnait rien rétorqua :

— Il n'en est pas question ! Pas après avoir cuisiné tout l'après-midi. Tu vas savourer ce repas avec nous, Ruby. Tu t'es donné bien trop de peine. Ce soir, nous allons nous détendre et faire connaissance avec mon fils.

La voyant se rembrunir, Brooks dissimula son amusement, que, bien sûr, elle devina. À l'insu de Beau, elle le fusilla du regard.

Vu qu'elle vivait au ranch, il ne pouvait s'imaginer garder ses distances avec elle. La simple idée de ne plus la toucher le rendait fou. Et, même s'il avait des problèmes plus importants à régler, il sentait son estomac se nouer à la seule perspective de dîner assis à côté de la gracile Ruby Lopez.

Or elle lui était totalement interdite.

Mais, comme le vieux Sutton Winchester pouvait en témoigner, jamais Brooks n'avait renoncé à relever un défi. Il était habitué à obtenir ce qu'il voulait.

Et il commençait à se rendre compte qu'il voulait vraiment Ruby.

Ils prirent place à la table de la salle à manger et attaquèrent leur repas. Au bout de quelques instants, Beau demanda :

— Alors que penses-tu du ranch jusqu'ici, mon fils ? Le parcourir à cheval est le meilleur moyen d'apprécier les grands espaces du domaine.

« Mon fils » ? Se lasserait-il jamais d'entendre son père l'appeler ainsi ? Il avait passé tant d'années à s'interroger sur ce qu'il éprouverait à connaître son vrai père, à s'asseoir à table et à partager un repas avec lui. Maintenant que c'était une réalité, il avait l'impression de vivre un rêve.

— C'est… C'est une propriété immense, vraiment impressionnante.

— Et je parie que Ruby t'a choisi un bon cheval.

— Il a pris Misty, indiqua-t-elle.

Visiblement satisfait de voir qu'ils avaient écouté sa suggestion, Beau approuva :

— Ah, parfait ! Brooks, il faut que tu saches que Ruby a appris avec les meilleurs. Avec son père, Joaquim, qui, comme tu le sais, a été longtemps mon régisseur et mon cow-boy principal. Je serais vraiment heureux et fier si tu considérais Ruby comme un membre de la famille, ajouta-t-il en enveloppant la jeune femme d'un regard plein d'affection. Une fois que vous vous connaîtrez mieux, bien sûr.

Le visage à la peau mate de Ruby s'empourpra de nouveau. Elle s'empressa de repousser sa chaise, se leva, et se dirigea vers le réfrigérateur, qu'elle ouvrit.

— Je n'ai pas servi le thé glacé, marmonna-t-elle.

D'un geste un peu gêné, Beau se frotta le menton.

— Excuse-moi, ma belle. J'ai oublié à quel point tu étais indépendante. Je n'ai pas voulu te mettre mal à l'aise.

Tout en remplissant trois grands verres de thé, elle le rassura :

— Je ne suis pas mal à l'aise. Tout va bien, Beau.

Le regard de Brooks se posa sur ses jolies fesses rondes moulées dans sa robe ajustée, ses longs cheveux bruns flottant librement dans son dos, comme un drap de soie noire. Faute de pouvoir aborder ce sujet, il garda le silence. Avec cette requête, son père ne faisait que confirmer à quel point il était exclu de succomber une nouvelle fois aux charmes de Ruby. Mais, comme ils allaient désormais cohabiter sur le ranch, ce serait loin d'être facile. Chaque fois qu'il posait les yeux sur elle, une pensée coquine lui traversait l'esprit. Et une boule de feu fusait dans son ventre.

Raisonne-toi, mon vieux ! se rabroua-t-il.

Elle revint à la table, leur tendit à chacun un verre et reprit sa place.

— Merci, lui dit-il.

— Je t'en prie, répondit-elle avec un sourire fugace.

— Oui, merci, mon ange, ce dîner est vraiment délicieux, déclara Beau.

Plongée dans ses pensées, Ruby prit le chemin qui menait à l'écurie abritant les chevaux de la famille. Prétextant la fatigue et le fait que Beau et Brooks devaient rester en tête à tête, elle avait quitté au plus vite la table du dîner.

Visiblement, Beau était aux anges d'avoir enfin son fils à la maison. Elle le voyait dans son regard, l'entendait à sa voix. Et elle était sincèrement heureuse pour lui. Des années durant, il avait été hanté par le fait de savoir ses enfants quelque part dans le monde, pleurant de les avoir perdus. Et, aujourd'hui, une deuxième chance de les accueillir dans la famille s'offrait à lui.

Des jumeaux !

Dios, comme il était étrange de voir Brooks au ranch. Sa présence lui mettait les nerfs à vif. Ce qui ne lui arrivait que très rarement. Pour une femme qui refusait les aventures sans lendemain, le destin lui avait joué un sacré tour. Il avait suffi qu'elle cède à la tentation une fois pour que sa conquête d'un soir se révèle être un quasi-membre de sa famille. Une histoire d'une nuit n'était-elle pas censée rester une liaison secrète ? On se quittait au petit matin sachant que l'on ne se reverrait jamais.

Elle se secoua. Il était temps de chasser Brooks Newport Preston de ses pensées. Il ne les avait déjà que trop occupées aujourd'hui. Elle fit un détour pour emprunter le chemin qui menait aux écuries. La compagnie des chevaux ne manquait jamais de la réconforter.

À la lumière tamisée du bâtiment, elle constata d'un simple coup d'œil que tout était en ordre. Beau élevait des dizaines de chevaux à vendre, et son travail était de s'assurer qu'ils étaient en bonne santé, heureux et bien dressés. Elle était assez sensée pour ne pas s'attacher à la plupart d'entre eux. Il fallait se protéger du chagrin de la séparation lorsqu'ils étaient vendus. Son père l'avait assez mise en garde dans son enfance et, après avoir eu le cœur brisé à plusieurs reprises, elle avait retenu la leçon. Aussi savait-elle maintenant quand elle pouvait aimer ou ne pas aimer. Même si, hélas, elle n'avait pas su faire preuve du même bon sens avec les hommes.

Heureusement, ici, les chevaux appartenaient tous à la famille Preston. À l'exception de Storm Cloud qui était à elle. Et aucun ne courait le risque d'être vendu.

S'avançant vers son box sur la pointe des pieds, elle chuchota :

— Salut, Cloud. Tu ne dors pas ?

Cloud s'avança lentement vers elle, passa la tête au-dessus de la porte de son box et la gratifia d'un gentil coup de naseaux.

— Non, tu ne dors pas.

Ruby lui caressa la tête sur laquelle elle déposa un baiser. Le cheval émit un petit grognement, qui la fit rire.

— Tu veux une récompense, c'est ça ?

Elle sortit une poignée de morceaux de sucre d'un sac accroché au mur : sa provision secrète.

— Juste quelques-uns, et restons discrets, fit-elle d'une voix étouffée. Sinon les autres vont se réveiller.

Cloud les avala en quelques secondes. Elle s'attarda encore un peu avec lui avant de lui souhaiter bonne nuit.

Un peu rassérénée, elle ressortit dans la nuit pour se diriger vers l'ancienne maison de gardien qu'elle habitait quand elle séjournait au ranch. La sonnerie de son téléphone vint la distraire de ses pensées. Elle jeta un coup d'œil à l'écran et, devant le prénom qui s'affichait, eut un mouvement de recul.

Son cœur se mit à cogner à grands coups dans sa poitrine. Pourquoi diable Trace choisissait-il ce soir pour l'appeler ? Il n'avait pas eu le courage de lui passer un seul coup de fil depuis six mois. Ne lui avait-elle pas consacré quasiment deux années de sa vie ? À l'exception des périodes qu'il passait sur le circuit des rodéos. Ils avaient vécu une relation torride, partagé des moments exceptionnels. Pour elle, cela n'avait pas été une simple toquade. Elle était tombée folle amoureuse du cow-boy qui caracolait sur des taureaux, lui avait donné ce cœur qu'elle avait toujours mis tant de soin à protéger. Pourtant, quand la saison des rodéos avait repris, cette année, il l'avait quittée sans plus donner signe de vie. Hormis quelques textos, juste après son départ, il n'avait même pas écrit. Les premiers mois, elle avait cherché à l'excuser : le rodéo tenait une place essentielle dans sa vie, il était occupé, il voulait se faire un nom dans le milieu et y consacrait toute son énergie. Hélas, elle avait fini par comprendre qu'il se fichait d'elle.

D'ailleurs, si jamais elle le revoyait un jour, elle était bien déterminée à prendre sa revanche. Mais, ce soir, sa curiosité l'emportant, elle répondit avant que l'appel ne passe sur messagerie.

— Allô.

— Ruby ? Chérie, c'est toi ? C'est Trace.

— Je sais que c'est toi, Trace. Tu es à l'article de la mort ? persifla-t-elle.

Après une hésitation de quelques secondes, il répondit :

— Non, chérie, pas du tout. Mais tu me manques.

— Tu es bien sûr que tu n'es pas un mourant qui voudrait partir l'âme en paix ?

— Ruby, écoute-moi, je sais que ça fait un moment.

— Un moment ? C'est ainsi que tu qualifies six mois de silence total ? Pourquoi m'appelles-tu maintenant, Trace ?

— Je viens de te le dire, chérie, tu me manques terriblement. Cette saison, sur le circuit, ça a été de la pure folie. Je n'avais pas les pensées claires. J'ai dû me vider l'esprit pour ne me concentrer que sur mon objectif. Mon rodéo. Tu peux demander à qui tu voudras ici. Tout le monde te connaît, chérie. Ils n'en peuvent plus de m'entendre parler de toi. Ils savent tous que je suis fou de toi.

Ruby sentit son cœur se serrer. Trace avait le don de toujours dire exactement les mots qu'elle voulait entendre. Brun, ténébreux, il débordait de charme. Sa voix grave, son accent traînant du vieux Sud auraient pu faire fondre un iceberg. Mais il l'avait profondément meurtrie et elle lui en voulait toujours.

— Tu n'arriveras pas à me convaincre, Trace. Je suis désolée. Je dois y aller.

— Ruby, chérie… Attends.

— J'ai attendu, Trace. Depuis trop longtemps. Bonne nuit.

Elle coupa la communication et ferma les yeux. La douleur lui vrillait l'estomac. Ces vieux sentiments qu'elle avait réussi à enfouir menaçaient de resurgir et de la déchirer.

Il était comme le cheval qu'elle n'était pas censée aimer. *Dios !* Pourquoi l'avait-il appelée justement ce soir ?

Elle allait faire son possible pour le chasser de ses pensées.

La sonnerie de son téléphone résonna de nouveau, couvrant les bruits de la nuit et les appels des coyotes. Elle fulmina intérieurement. Cette fois, elle ne répondrait pas ! Il pouvait bien la rappeler sans arrêt. Elle s'apprêtait à éteindre son portable quand elle vit le nom qui s'affichait à l'écran : Serena.

Profondément soulagée, elle s'empressa de répondre.

— Serena, bonsoir ! lâcha-t-elle d'un ton anxieux. Je suis contente de t'entendre. Tu as dû lire dans mes pensées.

— Ruby, tout va bien ? Tu as l'air stressée.

— Je viens de recevoir un appel de Trace. Alors, oui, je suis un peu stressée. J'ai besoin de te parler.

— Dis-moi. Je t'écoute.

— Pas au téléphone. C'est presque trop à expliquer. Tu peux déjeuner avec moi demain ?

— Bien entendu. C'était justement le but de mon appel. Je voulais prendre de tes nouvelles. Cela fait des semaines que je ne t'ai pas vue. Mon amie me manque.

— Toi aussi, tu me manques. Et j'ai des tas de choses à te raconter. Je t'invite au *diner.*

— Une proposition que je ne peux pas refuser. Je te retrouve à midi.

— Merci. Je ne sais pas ce que je ferais sans toi, affirma-t-elle avec un soupir de gratitude.

Elle raccrocha, un peu apaisée. Le simple fait de savoir que Serena l'écouterait sans la juger changeait tout. Sans son amie d'enfance, elle aurait été perdue. C'était la seule personne à qui elle pouvait se confier. Elle n'avait ni mère, ni tante, ni personne d'autre. Depuis toujours, elles partageaient tous leurs secrets et, sans être du même sang, elles étaient comme des sœurs. Elle comptait sur l'amitié de Serena pour l'aider à traverser les épreuves les plus difficiles de sa vie.

— J'ai hâte de te faire visiter Look Away, Brooks. Est-ce que tu serais d'accord pour faire une balade à cheval après le petit déjeuner ? lui demanda Beau. J'aimerais te montrer comment tourne le domaine.

— Avec grand plaisir, répondit-il, en posant son café et en se tapotant l'estomac. En espérant que je ne casserai pas le dos de la pauvre Misty après l'énorme repas que je viens d'avaler. C'était délicieux. Si je continue à manger comme ça, je vais devenir aussi gros que cette maison, mais je ne m'en plaindrai pas.

C'était le deuxième matin qu'il passait au ranch et il venait de dévorer un très copieux petit déjeuner.

Lupe lui adressa un hochement de tête.

— *Gracias*, Brooks, je suis contente de cuisiner pour le fils de Beau.

— Lupe représente une triple menace pour nous tous, plaisanta le maître de maison. Petit déjeuner, déjeuner, dîner. Il faut que nous soyons très vigilants pour éviter de grossir.

Beau le dévisageait, rayonnant. Ils avaient des yeux du même bleu. Le fait de voir son père l'envelopper d'un tel regard lui donnait un sentiment d'humilité, mais aussi celui d'être chez lui. Même si la vie au ranch lui était étrangère, savoir qu'il y était bienvenu, aimé par cet homme prospère et respecté, lui apportait un immense sentiment de satisfaction.

Il sentit soudain une bouffée de culpabilité ternir sa bonne humeur. Beau aurait-il approuvé les tactiques qu'il avait utilisées pour faire tomber Sutton Winchester ? Trop impatient de prendre sa revanche sur l'homme qui, il le pensait, avait fait un mal immense à sa mère et à sa famille, il l'avait considéré comme son ennemi et n'avait pas lésiné sur les moyens, utilisant tous les outils à sa disposition pour se venger du mourant.

Mais Sutton était-il le monstre qu'il avait imaginé ? Ou s'était-il contenté de protéger les secrets de la femme qu'il aimait en refusant de révéler sa véritable identité ? Sutton avait-il vraiment aimé sa mère au point de supporter la pression des médias et les attaques personnelles que Brooks lui avait lancées ? La réputation de crapule sans foi ni loi de Winchester le précédant, il était difficile de se le représenter en homme de cœur, prêt à tout pour défendre une femme.

— Mon fils ?

La voix de Beau interrompit le fil de ses réflexions. Il s'était levé de table et l'attendait.

— Oui, je suis prêt… papa, répondit-il avec un petit sourire.

Il était soudain un enfant ayant reçu un cadeau inattendu. Et quand il quitta la cuisine avec son père, prêt à partir avec lui à cheval, il eut l'impression que Beau ressentait la même chose.

Quelques minutes plus tard, Brooks avait sellé et enfourché Misty. Beau chevauchait un magnifique hongre noir du nom d'Alamo.

— J'ai tout de suite su que tu apprendrais vite. Tu as sellé cette jument presque parfaitement.

Baissant son chapeau sur son front, il hocha la tête, sensible au compliment de son père.

— Merci. En vérité, je ne connais pas grand-chose aux chevaux. Je ne sors pas beaucoup de la ville. Mon ami Josh Calhoun possède un élevage de vaches dans l'Iowa. C'est à peu près le seul endroit où j'ai fait de l'équitation. Je peux t'assurer que ce n'était pas beau à voir.

Beau eut un petit rire.

— Je pense que, pour ma part, j'ai appris à monter à cheval avant même de savoir marcher. Tu vas apprendre. Et, si tu as besoin d'aide, demande-moi ou demande à Ruby. C'est elle, l'experte. Elle a un don, tu sais. Cette fille peut dompter le plus entêté des animaux.

Il sourit intérieurement. Comme s'il ne l'avait pas déjà compris.

Beau lui raconta alors que durant les mois d'été, trois matins par semaine, Ruby donnait des cours d'équitation à des enfants.

— C'est un sacré spectacle ! s'exclama-t-il, enthousiaste. Tous ces enfants qui s'agitent autour d'elle en la bombardant de questions. N'importe qui connaissant Ruby sait que la patience n'est pas sa vertu première. Elle est très perfectionniste. Mais avec ces enfants… La regarder leur enseigner l'amour et le respect des chevaux, c'est mon meilleur moment de l'année.

Brooks lui coula un regard en biais. Ruby avec des enfants ? Il l'imaginait parfaitement. La vision s'imprima en lui et un frisson inopiné le traversa.

Chevauchant côte à côte, ils parcoururent la propriété parsemée de dépendances, de granges, de hangars. Beau lui montra l'ensemble des écuries, des corrals, des manèges de dressage. Ils longèrent un petit lac, puis des marais en bordure du ranch. D'une voix pleine de fierté, son père évoqua sa terre et le travail qu'il y avait consacré au fil des ans pour créer ce magnifique domaine.

Puis, au bout d'un moment, il déclara :

— Mais assez parlé de moi, mon fils. Je veux tout savoir de toi et de tes frères. Et de ta vie à Chicago.

— Par quoi dois-je commencer ?

— Par le début… Au gré de tes souvenirs.

— Eh bien, voyons. Quand nous étions petits, maman était toujours là pour nous. Comme tu le sais déjà, nous habitions avec sa meilleure amie, une vieille veuve du nom de Gerty. Pour nous, elle était grand-mère Gerty et nous comblait d'amour, mes frères et moi. Une fois adultes, nous avons compris que sa générosité n'avait pas de bornes. Elle nous a logés et élevés, pendant que maman travaillait, et elle nous a aidés à finir nos études universitaires.

Avec un soupir de soulagement, Beau approuva :

— Je suis bien content de l'apprendre.

— Nous menions une vie agréable. Mais, durant toute notre enfance, maman nous a répété qu'il était préférable pour nous que notre père n'en fasse pas partie. Je suppose que c'était sa manière de nous protéger. Et de te protéger aussi, par la même occasion. Elle devait craindre que sa fausse identité ne soit découverte. Son père avait vraiment dû la traumatiser.

Le visage soudain renfrogné de Beau en disait long.

— Tu n'imagines même pas, répondit-il en fronçant les sourcils.

Brooks hocha la tête. En effet, il n'imaginait même pas.

— Elle a travaillé comme assistante personnelle de Sutton Winchester, et ils sont tombés amoureux. Elle lui a révélé son secret concernant sa véritable identité et celle du père de ses jumeaux. Il n'en a jamais rien révélé, jusqu'à récemment, ce qui m'a permis de te retrouver. Puis, ne supportant plus les ennuis que leur créait l'ex-femme de Winchester, maman a fini par le quitter. Mais elle attendait Carson.

— Sacrée histoire !

— Je sais. Pourtant, envers et contre tout, maman est restée notre pilier. Elle me manque terriblement. Et, malgré tout, je dois avouer que je vous en voulais à tous les trois : à toi, à elle, et, surtout, à Winchester. Connaître la vérité est devenu une obsession pour moi.

— C'est une bonne chose, sinon nous ne nous serions jamais retrouvés.

— C'est vrai. Mais je peux me montrer vraiment implacable quand j'en veux à quelqu'un.

— Tu regrettes ton attitude envers Winchester ?

— Peut-être, répondit-il avec un haussement d'épaules indifférent. Mais je ne regrette pas qu'il ait fini par me révéler le secret de maman, car cela me permet d'être ici avec toi.

Bien droit sur sa selle, chevauchant à travers les grands espaces du ranch aux côtés de son père, il se sentait à sa place. Même s'il avait une vie bien remplie à Chicago, une affaire prospère et une famille sur laquelle il pouvait compter, être au Texas lui procurait une sensation de plénitude qu'il n'avait pas ressentie depuis bien longtemps.

— Je pense que nous avons tous des regrets, déclara Beau. Je n'aurais jamais dû renoncer à retrouver Mary Jo. Mais tu ne peux pas imaginer à quel point j'ai été miné par sa disparition. Au bout d'un moment, j'ai vraiment cru qu'elle était morte. Et j'ai blâmé son père. Même si, aujourd'hui, il n'est plus que l'ombre de lui-même, jamais je n'ai rencontré un homme aussi mauvais.

— Il devait l'être pour faire fuir ma mère loin de toi et de sa ville natale, qui était le seul endroit qu'elle ait connu. Cela ne fait que prouver à quel point elle était forte.

— Et courageuse, Brooks. Je ne connais pas beaucoup de femmes qui auraient pu assumer une nouvelle identité, trouver un travail, élever des fils et leur offrir une vie remplie d'amour. Mary Jo était une femme remarquable.

— Certes.

À mesure que leur randonnée progressait, Brooks survolait les terres du regard, en quête de Ruby. Ce matin, il s'était levé, impatient de revoir ses grands yeux bruns et son ravissant sourire. Et il avait été déçu qu'elle ne se joigne pas à eux pour le petit déjeuner. Même en sachant qu'il était plus prudent de garder ses distances avec elle, il était animé par un incontrôlable besoin de la revoir.

Lorsqu'ils rebroussèrent chemin pour regagner les écuries, il resta aux aguets. Soudain, son père déclara, le prenant au dépourvu :

— Ruby avait un rendez-vous cet après-midi. Sinon, elle serait au ranch aujourd'hui. Je lui ai demandé de te faire une démonstration de son programme de dressage de chevaux. Mais j'ai l'impression que cela devra attendre demain, si tu es d'accord.

Il lui lança un coup d'œil intrigué. Beau lisait-il dans ses pensées ? Était-il si facile à déchiffrer ?

En attendant, l'émotion qui lui noua l'estomac quand il entendit qu'elle avait un rendez-vous ressemblait fort à de la jalousie. Ne savait-il pas pourtant qu'il n'avait aucun droit sur elle ? S'appliquant à prendre son air le plus détaché, il répondit :

— Bien sûr ! Je m'adapte à l'emploi du temps de Ruby. Pas le contraire. Si elle a un amoureux, sa vie privée doit passer en priorité, prétendit-il.

Comme il était difficile de prononcer ces paroles ! Son père se mit à rire.

— Non, tu n'y es pas du tout. Tu peux me croire, je suis bien content qu'il ne soit plus qu'un souvenir, celui-là !

— Que veux-tu dire ?

— L'homme avec qui elle sortait il y a quelque temps ne me plaisait pas. Je suis content qu'il ne soit plus dans les parages.

— Il ne te plaisait pas ? ne put-il s'empêcher de demander.

Bien sûr, il n'aurait pas dû insister. Mais il avait besoin d'en savoir plus. Ruby exerçait sur lui une fascination totale.

— Pas du tout. Trace Evans n'était pas l'homme qu'il lui fallait. Il l'a fait souffrir et elle a tourné la page. Elle déjeune avec une amie. Et, vu l'énergie qu'elles mettent à papoter, elle risque de ne pas revenir avant des heures. Je lui ai dit de prendre tout le temps qui lui sera nécessaire. Une chose est certaine, élever une fille, c'est quelque chose de très particulier.

Submergé par un soulagement totalement disproportionné, Brooks répliqua :

— Je ne saurais pas te dire, je n'ai pas de sœur.

— Oui, je sais. Quand Ruby est entrée dans la famille, mes fils ont dû se tenir à carreau. Aucun d'entre eux ne lui a jamais manqué de respect. Je veux qu'il en soit ainsi en ce qui la concerne. Quel que soit l'homme qui volera son cœur, il a intérêt à la traiter avec tendresse et considération. Je leur dois bien ça, à elle et à son père.

Brooks hocha la tête. Plus il apprenait à connaître son

père, plus il admirait ses qualités humaines. Et, s'il était heureux de savoir que Beau protégeait Ruby, cela ne faisait que renforcer la nécessité de garder leur relation platonique. Si seulement il avait pu considérer Ruby comme sa demi-sœur.

Et oublier l'amante sensuelle qui avait embrasé ses draps deux soirs auparavant.

- 5 -

Ruby mordit dans une côtelette de porc et essuya de sa serviette le filet de sauce barbecue qui s'était mis à couler sur son menton.

— Miam ! Je me sens déjà mieux.

Avec un petit rire, Serena Bartolomeo attaqua son propre plat. Pour calmer ses nerfs, rien ne valait les côtelettes de porc du Cool Springs Café, en compagnie de Serena. Ruby avait l'impression que son hystérie de la veille appartenait déjà au passé.

— Bon, si je comprends bien ton problème, ma fille, tu as deux beaux gosses dans ta vie en ce moment ? J'aimerais avoir ta chance.

Serena avait ses propres problèmes avec le sexe opposé : elle cherchait l'homme idéal. Elle le voulait bon, solide, honnête, drôle, en d'autres mots, la réplique de son père. Tout autre prétendant pouvait s'abstenir. C'était une gageure et, jusqu'ici, elle n'avait pas trouvé le partenaire de ses rêves.

— C'est ça, tout est lié à la chance, répliqua Ruby. Ou plutôt au manque de chance. Je pensais savoir exactement ce que je voulais. Si l'homme idéal croisait mon chemin, très bien, cela me rendrait heureuse. Mais, sinon, je ne cherche pas. Mes chevaux et ma famille suffisent à me rendre heureuse. Je ne suis pas pressée de souffrir de nouveau.

— Je sais, Trace t'a fait du mal. Je comprends que tu n'aies pas envie de lui redonner sa chance.

— Mais tu aurais dû l'entendre au téléphone, Serena. Il

était d'une telle gentillesse, il m'a dit toutes les paroles que je voulais entendre. Combien je lui manquais. À quel point il avait pensé à moi nuit et jour.

— Et tu le crois ?

— Je ne devrais pas, mais il semblait sincère.

— La saison des rodéos est finie. Que feras-tu s'il vient frapper à ta porte ?

Ruby haussa les épaules. Elle s'était déjà posé la question une bonne dizaine de fois.

— Je ne sais pas. Je vais attendre de voir. Je ne veux pas me précipiter.

— Tu as raison, mon chou.

Avec un soupir à fendre l'âme, Ruby ajouta :

— Et puis, il y a Brooks.

— Je sais. Parle-moi de lui.

— Il est beau, intelligent, plein d'assurance. Nous avons passé une nuit ensemble. Une aventure aussi folle qu'impétueuse. Au petit matin, nous nous sommes séparés en très bons termes. Sauf que, le lendemain, je l'ai vu débouler au Look Away Ranch. Comme par hasard, c'est l'un des fils disparus de Beau. Jamais je n'avais pensé le revoir. Et maintenant il habite au ranch et je dois feindre qu'il ne s'est rien passé entre nous.

— Est-ce difficile ?

Elle but une gorgée de soda glacé et réfléchit un instant, avant de répondre :

— Disons que ce n'est pas facile. Surtout vu la façon dont il me regarde, avec des yeux d'un bleu incomparable. En plus, il est drôle ! Nous rions beaucoup ensemble.

— Oh ! oh ! Rien de plus dangereux qu'un homme qui vous fait rire. Tu penses à Trace quand tu es avec lui ?

— *Dios*, non ! Je ne pense à aucun autre homme quand je suis avec Brooks. Il ne le sait sans doute pas encore, mais il ressemble tellement à son père.

— Ressembler à Beau Preston est une immense chance.

— C'est vrai. Mais je pense que Brooks a quelque chose de plus mordant. Il a des origines modestes et il a souffert d'ignorer l'identité de son père. Cela lui a laissé une certaine amertume.

— J'imagine à quel point cela a dû le marquer. Il t'en a parlé ?

Se sentant soudain penaude, Ruby baissa la tête. Même si elle détestait admettre la vérité, elle avoua :

— Non. J'ai regardé sur Google. Je voulais en savoir plus sur lui. Comme il va désormais faire partie de la famille Preston, j'estime qu'ils ont eu assez de malheurs. Tu désapprouves ? J'ai l'impression de l'espionner.

— Ainsi va le monde, mon chou. Nul besoin de t'autoflageller. Tu étais inquiète pour Beau, j'imagine.

— Oui, en partie. De toute façon, tu connais mon dilemme. Brooks n'est pas pour moi. Il fait désormais partie de la famille de Beau, autrement dit, de ma famille. Et puis, il y a Trace. Je dois avouer que j'ai été déstabilisée par son coup de téléphone d'hier soir.

— Ruby, nous sommes amies depuis longtemps. Je sais à quel point tu es forte. Tu peux gérer cette situation. Tu es Ruby Lopez. Quiconque te cherche des ennuis le regrettera jusqu'à la fin de ses jours.

— C'est la réputation que j'ai, en tout cas, admit Ruby dans un éclat de rire.

— Attends ! Tu oublies que je t'ai vue en action. Toutes les femmes aimeraient avoir tes compétences en autodéfense.

— Certes, je peux casser la figure à un homme. Mais puis-je le chasser de mon cœur ? C'est une autre histoire.

En cette journée de décembre un peu chaude pour la saison, une brise rafraîchissante soulevait la chemise de

Brooks. En route pour le lac, il se grisait de grand air. Cela lui permettait de s'éclaircir les idées. Beau, si fier de son ranch, lui avait recommandé d'aller voir Ruby à l'œuvre.

« Si tu veux mieux comprendre notre travail au Look Away Ranch, descends voir Ruby au lac, ce matin, lui avait-il conseillé. Elle travaille avec un hongre de un an qui s'appelle Cider. Une très belle bête. »

Il l'avait déjà vue à l'œuvre en fait. N'avait-elle pas mis une armoire à glace K-O dans ce bar ? Et puis, il avait été le témoin privé de certaines autres de ses compétences. Même si Beau était loin de s'en douter, bien sûr.

La vérité, c'était qu'il ne l'avait pas vue, hier, et qu'elle lui avait terriblement manqué. Il était même un peu dépassé de constater à point elle lui avait manqué. Foulant le sol de ses bottes, les mains enfoncées dans les poches, à la texane, il se fredonnait un petit air joyeux. Il aimait cet endroit, le soleil, le ciel, l'espace. Il aimait le cri du coyote, l'odeur du foin et de l'herbe, et même du crottin de cheval. Tout lui semblait si naturel, si beau. Mais, ce qu'il aimait le plus, c'était Ruby.

Soudain il l'aperçut à une vingtaine de mètres, à côté du lac. D'une main, elle tenait un licol, de l'autre, une cravache. Elle portait un chapeau, et ses longs cheveux bruns, attachés en queue-de-cheval, s'étalaient sur son chemisier rouge. Son jean moulait tellement ses fesses rebondies qu'il sentit l'air lui manquer.

Il prit appui contre un arbre, croisa les bras et s'accorda quelques secondes avant de signaler sa présence. Depuis quand n'avait-il pas profité du spectacle qu'offrait une jolie femme accomplissant son travail ? Il n'en avait aucun souvenir.

Ruby faisait preuve d'un mélange de fermeté et de gentillesse. S'aidant du licol et de la cravache, elle parlait à l'animal d'une voix empreinte de douceur. Il remarqua sa patience, un trait de caractère qu'il n'avait pas deviné chez elle. D'un autre côté, il ne la connaissait pas si bien. Voyant le temps qu'elle consacrait au cheval, il sentit croître encore le respect qu'elle lui inspirait.

— Et si tu quittais ton arbre, Brooks, le héla-t-elle, le prenant au dépourvu. Cider aussi sait que tu es ici.

La croyant totalement absorbée par sa séance de dressage, il ne l'avait pas vue regarder dans sa direction.

— Je ne voulais pas te perturber, répliqua-t-il en s'avançant.

— C'est un peu tard pour ça, répondit-elle un peu trop vite.

Elle cilla, trahissant sa gêne. Intrigué, il l'observa. Elle ne semblait pas faire référence à sa séance de dressage.

— En fait, je suis contente de te voir. Beau voudrait que tu aies un aperçu de la manière dont nous dressons les chevaux. Et je commence tout juste, avec Cider.

Elle parlait d'un ton sec, pragmatique. De ses mains gantées, elle fit un cercle du licol. Il avait beau se répéter qu'il ne pouvait en être autrement, savoir qu'elle lui était interdite ne faisait que décupler son désir pour elle.

— Tu dois le savoir, tu me perturbes aussi, Ruby, répliqua-t-il sans ciller.

Il ne flirtait pas, ne plaisantait pas. Il était sérieux.

— Brooks, protesta-t-elle dans un soupir de lassitude.

À son expression découragée et à son haussement d'épaules, il devina ses pensées secrètes. Puis, ramenant son attention sur le cheval, elle lui tapota les naseaux et caressa sa longue crinière blonde.

— Nous devons juste être amis.

Elle énonçait l'évidence.

— Je peux essayer, promit-il.

— Pour Beau.

— Oui, pour Beau.

Ils savaient tous les deux que, s'ils vivaient une relation et qu'elle tournait à l'échec, Beau aurait trop de chagrin. Brooks ne voulait aucune friction avec la famille Preston. Il était le nouveau venu. Il essayait de s'intégrer et d'en devenir un membre. Revivre leur nuit à C'mon Inn ne servirait à rien. Son père et sa famille méritaient mieux de lui.

Il devait écouter la voix de sa raison. Si seulement son corps pouvait être en phase avec son cerveau, tout se passerait au mieux.

Une fois sa décision prise, il caressa les naseaux du cheval. Sous sa paume, le poil était soyeux, mais un peu rêche, il le chatouillait.

— Alors, quel est ton programme avec lui aujourd'hui ? demanda-t-il.

— Aujourd'hui, nous travaillons sur les ravins et sur l'eau, s'empressa d'expliquer Ruby. Les gens pensent parfois que les chevaux savent ce qu'on attend d'eux dès leur naissance, mais rien ne pourrait être moins vrai. Ce poulain a peur de l'eau et de franchir un ravin. Le but de la séance d'aujourd'hui est donc de l'aider à maîtriser ces deux situations. Je vais commencer par le laisser se familiariser avec le terrain.

Elle conduisit Cider vers une déclivité qui devait plonger d'un petit mètre. Elle relâcha la longe et donna un léger coup de cravache sur le flanc du hongre.

— Ne t'inquiète pas, je ne lui fais pas de mal, lui assura-t-elle. Un petit coup de cravache sur le cou lui indique qu'il empiète sur mon territoire. Quand il a peur, il s'approche de moi. J'essaye de lui faire regagner son propre espace.

Elle commença alors à faire marcher le cheval en long et en large devant le trou. Tout en le dirigeant à la longe, elle le laissa explorer les lieux.

— Tu vois, il s'est arrêté pour renifler et prendre ses repères. C'est bien. Maintenant, je vais le faire approcher un peu plus près. Comme il ne sait pas comment réagir devant le trou, il ne va pas apprécier. Mais il va comprendre. À l'aide de petites tapes, je le pousse de plus en plus près du fossé.

Après avoir donné un nouveau petit coup à Cider, elle lui laissa le temps de surmonter sa peur. Le hongre avançait, reculait, avançait, reculait. Puis il s'arrêta de nouveau, baissa la tête et renifla. Et, quand Ruby le mena une nouvelle fois devant le fossé, il sauta.

— Et voilà. Bravo ! C'est magnifique, Cider ! le complimenta-t-elle en le caressant. Très bien. On fait un nouvel essai ? Je vais continuer à marcher près du fossé. Et bientôt il le franchira comme un champion. C'est un début.

— C'est stupéfiant de voir à quel point il réagit avec toi. En l'espace de quelques minutes, j'ai vu le changement s'opérer en lui. Tu penses qu'il va aller dans l'eau ?

— Non, il va juste s'en approcher pour boire. Cela prendra un peu plus de temps. Il a soif, maintenant, ce qui joue en ma faveur. Alors je vais le laisser s'abreuver calmement.

Lui accordant une longe très lâche pour lui éviter toute pression, Ruby s'approcha de l'eau. Pendant quelques secondes, Cider montra une certaine réticence. Puis, sans se voir motivé par la cravache ou la longe, il s'avança vers la rive et plongea la tête dans le lac.

— As-tu remarqué sa méfiance ? Il ne veut pas mettre un pied à l'intérieur. Mais ce n'est qu'une question de temps.

— J'ai toujours cru que les chevaux se sentaient fondamentalement en phase avec leur élément. Et qu'il était tout naturel pour eux de sauter un fossé ou d'entrer dans l'eau. Ce qui ne fait que confirmer que, décidément, je n'y connais pas grand-chose.

— Je sais que c'est une idée répandue. Mais, comme les enfants, les chevaux ont besoin d'être dressés pour faire ce dont nous les savons capables. Il est évident qu'ils ne comprennent pas pourquoi nous leur mettons des selles et des mors. En fait, quand je dresse un cheval, il me fait comprendre en quoi je peux l'aider. Je l'écoute, je le regarde. Le secret de l'efficacité de cette méthode, c'est que le cheval a un objectif. J'ai persisté à envoyer Cider devant ce fossé et je l'ai laissé comprendre comment résoudre le problème. Il suffit de deviner leurs besoins et de les satisfaire.

Admiratif des connaissances et de l'aisance de Ruby en matière de dressage, Brooks passa le reste de la matinée à la regarder accomplir des miracles avec son cheval. Quand, beaucoup plus tard, il entendit son estomac gargouiller, il se rendit soudain compte qu'il était bientôt midi.

— Tu rentres déjeuner à la maison ? lui demanda-t-il.

— Non. Je n'ai pas encore fini avec Cider. J'ai apporté mon pique-nique.

— Tu déjeunes ici ?

— Oui, sous l'arbre où tu te tenais tout à l'heure.

— Au moins, tu seras tranquille, plaisanta-t-il.

Le regardant sans ciller, elle rétorqua :

— C'est d'ailleurs le but.

— Bien, dans ce cas, je vais te laisser.

Il tourna les talons et s'éloigna. Soudain, il entendit :

— Il y en a assez pour deux.

À sa voix étranglée, il devina qu'elle était la première étonnée de son invitation. Mais il ne pouvait refuser.

Se retournant, il répondit avec un sourire :

— Si tu me proposes de partager les restes de poulet frit de Lupe, j'accepte avec plaisir !

— Et sinon ?

— Je reste quand même.

Devant la petite moue de Ruby, il paniqua. Regrettait-elle son offre ? Aussi s'empressa-t-il de préciser :

— En ami.

Son visage se détendit et une lueur espiègle se mit à danser au fond de ses sublimes prunelles couleur chocolat.

— J'ai menti. C'est le poulet et Lupe en a mis beaucoup trop.

— Dans ce cas, en le finissant avec toi, je te rends service. Je ne voudrais pas que toute cette nourriture se perde.

Elle leva les yeux au ciel en une adorable mimique. Et il se réjouit de retrouver la vraie Ruby.

Après avoir ramassé son sac à dos, elle le précéda à l'ombre des branches de l'arbre et déposa ses affaires sur le sol. Sans lui laisser le temps de s'asseoir, il leva une main.

— Attends une seconde.

Docile, elle resta figée et, d'un regard perçant, le regarda déboutonner sa chemise sous laquelle il portait un T-shirt blanc.

— Je n'ai jamais aimé cette chemise, de toute façon, déclara-t-il en la retirant.

En un grand geste cérémonieux, il l'étala à terre, puis il fit signe à Ruby.

— Maintenant, tu peux t'asseoir.

Sans chercher à dissimuler son enthousiasme, elle déclara :

— Lancelot ! Tu es vraiment incroyable.

— C'est ce que l'on me dit.

— Merci, dit-elle en s'installant confortablement. Tu sais, cela faisait longtemps qu'un homme n'avait pas fait preuve d'une telle délicatesse avec moi.

— Eh bien, tu ne fréquentes pas les hommes adéquats. Je ne parle pas de moi, bien sûr. En tout cas, je me félicite de voir que tu n'es pas une féministe acharnée, sinon je serais déjà mort.

Avec un sourire en coin, elle répliqua :

— Qui te dit que ce n'est pas le cas ? Je crois au pouvoir des femmes.

— Moi aussi.

— Mais je sais apprécier la galanterie, sans pour autant renoncer à mes convictions.

— Et puis, après tout, nous sommes au Texas.

— Exactement.

— Et je commence à m'imprégner des manières des gentlemans du Vieux Sud.

— Ne force pas ta chance, Preston.

Brooks tiqua. Puis, fixant Ruby sans ciller, il déclara :

— Merci. C'est bon d'être appelé du nom de mon père.

— Tout le plaisir est pour moi. Tu l'as mérité.

Il la dévisagea et hocha la tête. Une émotion inconnue lui étreignait la poitrine, lui faisant monter les larmes aux yeux.

Le même soir, Brooks prit le chemin de la maison paternelle, l'esprit occupé par la pensée de Ruby. Plus il passait de temps avec elle… Il se rabroua. Il ne pouvait se laisser aller à ce genre de considérations. D'autant que son père se tenait à moins de trois cents mètres, sur la galerie circulaire qui entourait la bâtisse.

Beau qui venait de l'apercevoir lui adressa un signe de la main.

— Viens, mon fils. Viens rencontrer le reste de la famille.

Trois hommes coiffés de stetsons de couleurs variées le regardaient s'avancer avec attention. Tous trois semblaient plus jeunes que lui. Il allait enfin connaître ses demi-frères.

Il monta les marches du perron et se dirigea vers son père qui lui pressa l'épaule.

— Brooks, je suis fier de te présenter à Toby, à Clay et à Malcolm. Ce sont tes frères.

Tout en leur serrant tour à tour la main, il les salua avec affabilité. La première gêne passée, les fils de Beau l'accueillirent à bras ouverts.

— Nous sommes vraiment contents de te rencontrer, déclara Toby, qui était l'aîné et le plus grand des trois. Comme je regrette d'avoir attendu tant d'années pour te connaître.

— Oui, moi aussi, acquiesça-t-il. La vie m'a fait prendre un autre chemin.

Debout contre l'un des piliers, ses bottes croisées, Malcolm le dévisageait d'un air grave.

— Mais tu es ici maintenant et nous en sommes heureux. Tu ressembles plus à papa que n'importe lequel de nous trois.

— Pauvre garçon, plaisanta Beau dans un petit rire.

— Maman ne serait pas d'accord, intervint Clay. Elle n'arrêtait pas de nous répéter à quel point tu étais beau.

— Oui. Pour un peu, elle nous aurait donné des complexes, renchérit Malcolm.

Beau secoua la tête.

— Votre maman n'avait jamais rien vu de mieux que ses fils, et vous le savez.

— Votre mère avait l'air d'être une femme remarquable, d'après ce que j'ai entendu, déclara Brooks. Beau et tous les gens au ranch ne tarissent pas d'éloges à son égard.

— C'est vrai, acquiesça Beau d'une voix remplie de fierté.

— Mes frères et moi sommes désolés de savoir que tu as perdu ta mère, Brooks, déclara Malcolm.

Ses deux frères firent un signe d'assentiment.

— Merci. Maman aussi était une sacrée femme. Et elle est morte de façon brutale. Elle nous manque terriblement, à mes frères et à moi.

— Je comprends à quel point cela doit être difficile, compatit Beau, se rembrunissant soudain. Mais nous sommes ensemble maintenant, et il nous faut célébrer nos retrouvailles. Si nous rentrions dîner ? Lupe nous a promis un festin et nous allons ouvrir quelques bonnes bouteilles pour fêter l'événement.

— Je suis affamé, déclara Toby en se tapotant le ventre.

— Oui, moi aussi, renchérit Clay. Oh ! et frérot ?

— Oui ? répondit Brooks avec un coup d'œil.

— Tu dois nous excuser d'avance, mais tu vas avoir droit à un interrogatoire. Nous sommes très curieux de ta vie, tu vas être passé au crible, je le crains. Nous voulons tout savoir de Graham aussi. D'après papa, c'est ton portrait craché.

— Oui, nous sommes deux. Des vrais jumeaux.

— Vous n'allez pas tarder à le rencontrer, les garçons, leur annonça Beau en les faisant entrer à l'intérieur de la maison. Je compte sur la présence de Graham la semaine prochaine, pour notre soirée de Noël.

— Vos questions ne me dérangent pas, reprit alors Brooks. J'en ai aussi quelques-unes pour vous. Nous avons tant de temps à rattraper.

Une fois installés dans la salle à manger au signal de Beau, Clay, Malcolm et Toby passèrent les quelques minutes suivantes à poser des questions à Brooks sur sa vie, ses études, et sur ce qui l'avait conduit à créer une entreprise immobilière aussi prospère.

— Beaucoup de travail ardu, de longues heures et un besoin violent de tracer mon chemin dans le monde, répondit-il. Ma mère, qui était une battante, a élevé ses enfants pour qu'ils soient indépendants d'esprit.

Le regard soudain lointain, Beau esquissa un petit sourire triste. Pensait-il à la jeune femme qu'il avait aimée et perdue ? Secouant la tête, il revint à la conversation.

Lupe entra, chargée d'assiettes remplies d'énormes faux-filets, de pommes de terre, de maïs au beurre et de gigantesques pains briochés.

— Ça a l'air délicieux, Lupe, merci, la complimenta Beau.

Immédiatement, Toby et Malcolm se levèrent pour l'aider à apporter les autres plats de la cuisine. Et alors qu'ils s'asseyaient, s'apprêtant à attaquer leur dîner, Ruby fit son entrée.

Profitant du fait qu'elle ne le regardait pas, Brooks l'admira à son insu. Elle portait un jean et un haut blancs, et des bottes aussi noires que la masse de ses cheveux ébène qui tombaient en cascade dans son dos. Le contraste entre les deux couleurs était si saisissant qu'il dut boire une gorgée d'eau pour empêcher sa bouche de se dessécher.

— Bonsoir tout le monde ! lança-t-elle à la cantonade.

— Mieux vaut tard que jamais, Ruby, la taquina Clay. Tu avais rendez-vous avec un cheval ?

Toby et Malcolm s'esclaffèrent. Sans se démonter, elle prit une chaise et, avec un sourire sardonique, rétorqua :

— Tu aimerais bien le savoir, j'imagine. En tout cas, contrairement à la plupart des hommes que je connais, les chevaux peuvent accepter les ordres.

Brooks refoula son envie de rire.

Puis, haussant les sourcils, elle fusilla Clay du regard. Visiblement, elle n'en avait pas fini avec lui.

— À propos, si tu me disais avec qui tu sors, toi, en ce moment ?

— Si tu veux mon avis, tu t'es fichu dans un sacré pétrin, Clay, intervint Malcolm. Tu devrais pourtant savoir qu'il ne faut pas se frotter à Ruby. C'est perdu d'avance.

— Comme tu peux le voir, Malcolm a tout compris. Et, au moins, il a une copine, lui.

— Et voilà, Brooks, tu as un aperçu de l'ambiance à la maison quand ils étaient enfants et adolescents, fit remarquer Beau, souriant. Je dois dire que c'est toujours aussi amusant.

Comme si elle venait tout juste de remarquer sa présence, elle lui adressa un petit salut de la tête. La façon dont elle tenait tête aux fils de Beau l'enchantait. Ruby n'était pas de tout repos. Elle avait du cran, une verve implacable et ne s'en excusait pas. Si seulement il avait pu cesser de remarquer ses incroyables qualités. En effet, désormais, Ruby Lopez dépassait vraiment toutes ses attentes.

Le vin fut servi et Beau leva son verre, imité par le reste de la tablée. Le liquide d'un rouge profond scintilla à la lumière du lustre.

— À ma famille. Rien ne pourrait me rendre plus heureux que la présence de Brooks parmi nous. Et bientôt Graham nous rejoindra. Je vous aime tous, poursuivit-il d'une voix étranglée par l'émotion. Et j'ai hâte d'être au jour où nous serons tous réunis.

Profondément touché par l'accueil que lui réservait sa nouvelle famille, Brooks fit tinter son verre.

Puis, imitant le reste de la table, il entama son repas. Jamais il n'avait mangé un steak aussi tendre. Les Texans étaient aussi doués pour la cuisine qu'avec leurs chevaux. Du reste, ses trois frères respiraient la santé. Un sentiment de fierté pour sa nouvelle famille l'inonda. Étant donné tout ce que Graham et lui avaient partagé, il doutait de se sentir un jour aussi proche d'eux que de son jumeau, mais il espérait qu'ils formeraient la famille dont Beau avait rêvée.

La voix de Toby interrompit le fil de ses réflexions.

— Papa nous a dit que notre petite sœur t'avait montré un ou deux trucs sur le dressage. Qu'en penses-tu ?

Brooks eut une seconde d'hésitation. Après avoir bu une gorgée de vin, il réfléchit à la manière de répondre à cette question si innocente. Il ne pouvait pas se trahir. Ni expliquer que Ruby était la femme la plus incroyable qu'il ait jamais rencontrée. Ni à quel point son talent et sa patience l'avaient inspiré. Ce serait trop se dévoiler.

— Je ne connais vraiment pas grand-chose aux chevaux, finit-il par avouer. Mais regarder Ruby travailler et l'écouter m'expliquer le dressage m'a ouvert de toutes nouvelles perspectives. C'est très enrichissant. Manifestement, Ruby a l'approche idéale.

— En effet, acquiesça Toby avec un hochement de tête. Nous avons tous été formés au dressage dès l'enfance et nous employons tous des techniques différentes. Mais il est vrai que, quand nous tombons sur un cheval particulièrement têtu ou problématique, nous appelons Ruby à la rescousse et elle trouve la solution. Maintenant, c'est plus ou moins elle qui est aux commandes.

Brooks se tourna vers elle en souriant.

— Je vois bien qu'elle est aussi aux commandes au ranch.

Avec un petit rire ravi, Beau renchérit :

— Tu n'as pas mis bien longtemps à le comprendre.

— C'est l'avantage d'être la seule femme de la famille, renchérit Malcolm.

— Je peux parler en mon nom, Malcolm. C'est l'avantage d'être la seule femme de la famille, répéta-t-elle.

Sa remarque provoqua l'hilarité générale.

Les yeux de Ruby pétillaient de malice et, tout à coup, Brooks eut l'impression d'être un Preston à part entière. Il était l'un d'entre eux.

Le lendemain, son père lui demanda de l'accompagner jusqu'à un corral où Ruby s'affairait à seller un étalon ombrageux. Beau avait suggéré qu'ils passent la journée avec elle. Elle pouvait lui apprendre encore beaucoup et, s'il voulait vraiment comprendre comment tournait le ranch, il avait besoin de mettre la main à la pâte.

« Ruby va te faire découvrir le dresseur qui sommeille en toi », avait plaisanté son père.

Une chose était certaine, elle lui avait déjà fait découvrir qu'elle pouvait réveiller le désir qui sommeillait en lui avec une violence indescriptible. Cette femme le bouleversait et il ne pouvait rien y faire. Avant même de la rencontrer, alors qu'il préparait sa visite de Chicago, il avait demandé cette formation à son père. Qui avait accepté avec enthousiasme. Cela voulait toutefois dire qu'il allait passer plus de temps en compagnie de Ruby. Même s'il était conscient de peiner à contrôler ses émotions en sa présence, il avait besoin d'apprendre les bases du dressage et tout ce que cela impliquait. Besoin de connaître l'histoire du ranch et sa gestion au quotidien. C'était sa seule chance de se trouver sur un pied d'égalité avec Beau et avec ses demi-frères, de partager cette passion commune à tous les Preston.

Ce matin, l'air était plus vif, et de gros nuages gris cachaient le soleil. Il s'emmitoufla dans sa veste doublée de laine. Ruby portait une veste matelassée noire sur sa chemise de flanelle. Il ne devait pas exister une autre femme aussi sexy en tenue de cow-girl.

— Bonjour, le salua-t-elle.

— Bonjour, répondit-il.

Mais déjà elle s'était retournée, accaparée par son cheval dont elle contrôlait les mouvements brusques d'une main ferme sur sa bride.

— Je te présente Spirit, déclara Beau. Il a beaucoup à apprendre. N'est-ce pas, Ruby ?

— C'est sûr. Il n'apprécie pas du tout de porter une selle. Je ne te dis même pas à quel point il va détester que je le monte. Mais ce ne sera pas aujourd'hui.

Le cheval renâcla et s'éloigna d'elle en piaffant.

— Doucement, mon grand, lui intima-t-elle d'une voix empreinte de douceur. Rien de tout cela ne va beaucoup te plaire, je le sais.

Voyant que la bête se cabrait, Brooks s'apprêtait à franchir la barrière pour voler au secours de Ruby. Une main plaquée sur son torse, Beau le retint.

— Attends. Ruby est une pro. Elle ne prend jamais aucun risque.

— Tu en es sûr ? Ce cheval a l'air dangereux, s'inquiéta-t-il.

Il était loin d'en être convaincu. L'immense étalon faisait le double de la jeune femme, en hauteur et en corpulence. En la regardant manipuler l'animal, il sentit, l'espace d'une seconde, son cœur s'arrêter de battre. Bon sang ! L'animal aurait pu l'écraser. Elle lui glissa un regard en biais, et il comprit qu'elle l'avait vu sur le point d'intervenir. Comment l'avait-elle surnommé ? Lancelot ? Pourtant, il était loin d'être un preux chevalier ! Et ce surnom aurait bien fait rire la plupart de ceux qui le connaissaient à Chicago. Mais aujourd'hui, à cet instant précis, il se fichait bien du surnom dont quiconque l'affublerait. Seule comptait Ruby, et il s'étonnait de voir à quel point. Il ne voulait pas la voir se faire piétiner.

— Il pourrait l'être, mais Ruby connaît ses limites, lui assura alors Beau. Quelle que soit la stature du cheval, elle a la bonne méthode. Là, elle est en train de gagner sa confiance. Même si ce n'est pas flagrant au premier coup d'œil, elle est en train de lui donner une certaine liberté d'action. Ce n'est que le deuxième jour qu'il porte une selle. Il doit s'y habituer, c'est tout.

— Je constate que cela demande beaucoup de patience.

— En effet, acquiesça Beau. Et de la part du dresseur, et de la part de l'animal.

Au cours de l'heure suivante, il regarda Ruby mettre le cheval à l'épreuve. De temps à autre, elle lui expliquait sa manière de procéder et les réactions probables du cheval. Neuf fois sur dix, elle voyait juste.

Beau avait fini par prendre congé. Il avait une réunion avec son comptable à laquelle il l'avait invité à se joindre, en le prévenant néanmoins qu'il risquait de s'ennuyer à mourir. Brooks avait donc décidé de rester, sans préciser qu'il aurait pu regarder Ruby travailler pendant des heures sans se lasser.

Une fois la séance terminée, elle dessella Spirit avec prudence, sans cesser de lui murmurer des paroles affectueuses et de lui caresser les naseaux. Puis elle le libéra et il s'élança au galop autour du grand corral ovale, sa crinière charbon volant au vent.

Elle sortit de l'enclos, referma la barrière derrière elle, et vint vers lui en retirant ses gants de cuir.

— Je suis impressionné, la complimenta-t-il.

— Merci. Spirit va se calmer. C'est un pur-sang et ils ont tendance à être assez nerveux.

— Vraiment ? Un peu comme quelqu'un que je connais, ironisa-t-il.

Elle planta un index dans sa poitrine.

— Tu parles de moi ?

— Précisément.

Son doigt était enfoncé dans le creux de ses seins. Si seulement il avait pu oublier l'ivresse qui l'avait grisé quand il l'avait touchée à cet endroit. La texture satinée de sa peau, la beauté des deux globes majestueux appelant ses caresses. À la pensée de ne plus jamais les prendre en coupe dans ses paumes, il éprouva un immense sentiment de frustration.

— Eh bien, tu as à moitié raison. Mon père et ma mère étaient tous les deux mexicains. Donc, je suis un pur-sang.

— Et pour l'autre moitié ?

— Je ne suis ni nerveuse ni difficile à vivre. Je suis volontaire, déterminée. Certains disent « fougueuse ».

— Et ils ont survécu pour en témoigner ?

Elle leva vivement la tête et vit son air narquois.

— Tu me taquines, Lancelot.

Il ne la taquinait pas, il flirtait avec elle. Il ne pouvait s'en empêcher. Ruby était un aphrodisiaque contre lequel il ne pouvait lutter. Et il commençait à aimer le surnom qu'elle lui avait trouvé.

— Oui. Tu as tout compris.

L'espace d'une seconde, l'ombre d'un sourire se dessina sur ses lèvres et elle soutint son regard. Puis il posa les yeux sur sa bouche divine et, soudain, ses souvenirs de leurs baisers lui revinrent en mémoire…

— Spirit… il… il va rapporter beaucoup d'argent, bafouilla-t-elle.

Sur ces mots, elle s'éloigna d'un pas vif et il la suivit des yeux, avec un pincement au cœur. Elle s'était empressée de revenir à un sujet beaucoup plus sûr, son travail. Et, même si c'était nécessaire, force lui était d'admettre qu'il était déçu. La rattrapant, il lui emboîta le pas pour se diriger vers l'écurie.

— Vraiment ? demanda-t-il.

— Absolument. Une fois que nous aurons trouvé le bon acheteur. Beau me précise toujours la destination de nos chevaux. Tout particulièrement des étalons. Ils sont très demandés, mais tout le monde n'a pas les qualités requises pour en posséder un.

Elle s'empara d'un seau, d'une étrille et d'un cure-pied.

— Autrement dit, si quelqu'un n'est pas apte à posséder un cheval, tu le pressens ?

— En gros, oui, répondit-elle en lui tendant l'étrille et le seau.

— J'ignorais que l'on puisse avoir ce genre de don.

— Ce n'est pas vraiment un don. C'est une question de logique. C'est comme d'acheter une voiture qui ne te convient pas. Une mère de trois enfants ne serait pas très à l'aise avec une voiture de course. Et le célibataire qui veut draguer n'ira pas s'acheter une berline de père de famille.

Avec un sourire, il approuva.

— Je n'avais jamais vu les choses ainsi.

— Les chevaux que je dresse ont besoin de bonnes maisons où s'intégrer. Spirit ne conviendrait pas à un jeune garçon, par exemple. Il ne peut être le premier pur-sang de son nouveau propriétaire. Il lui faut quelqu'un qui connaisse les chevaux et qui soit capable de le gérer sans problème. Beau a développé son élevage en veillant à vendre chacune de ses bêtes à un propriétaire adéquat.

Retirant son chapeau, elle l'accrocha à une patère au mur. Puis d'un geste rapide elle dénoua sa crinière de cheveux bruns, qui se répandit dans son dos. C'étaient ces petits gestes naturels, spontanés, qui faisaient d'elle la femme la plus séduisante du monde. Elle était jolie sans le moindre effort et aussi libre d'esprit que l'étalon qu'elle venait de dresser.

— Qu'y a-t-il ? demanda-t-elle en le surprenant en train de la dévisager.

— Rien. Enfin si, ajouta-t-il en faisant un pas en avant. Je suis ici, je te regarde et je me demande par quel miracle je vais pouvoir m'empêcher de te toucher à nouveau.

Elle l'enveloppa d'un regard indéchiffrable et se mordilla la lèvre inférieure.

— Nous… Nous… ne pouvons pas.

Mais l'entendre bredouiller et lire l'expression dans ses yeux fit naître en lui un espoir insensé.

— Pour toi aussi, c'est difficile. Je te plais.

— Comme beaucoup d'autres choses. Mais j'aime Beau. Et je ne veux pas le…

— Ruby.

L'étrille et le seau tombèrent sur le sol avec un bruit sourd. En le voyant s'approcher, elle étouffa un cri. Délicatement, il la prit par les bras et elle leva le menton. Il fixa ses yeux dans lesquels dansait une lueur mutine. Était-elle en train de lui dire de reculer ou le mettait-elle au défi de l'embrasser ? Il n'y avait qu'un seul moyen de le savoir.

— Ruby, répéta-t-il d'une voix rauque, en la poussant contre le mur.

Il était impossible que quiconque les aperçoive de l'extérieur. Ils étaient seuls avec, pour seule compagnie, des dizaines de chevaux.

— Tu en as autant envie que moi, chuchota-t-il.

Puis sa bouche toucha la sienne et un gémissement d'une douceur infinie s'échappa de la gorge de Ruby, mettant son sang en fusion. Ses lèvres contre les siennes avaient la douceur de la soie, la saveur de sa bouche l'enivrait.

Nouant les bras autour de son cou, elle le plaqua contre elle. Des décharges électriques couraient dans ses veines. Elle était le feu, la lumière, la passion… Son baiser s'intensifia, le ballet de leurs langues gagna en volupté. Il était tendu comme une corde, le sexe immédiatement gonflé. C'était un baiser ardent, débordant de toutes ses frustrations, de tous ses désirs.

Son bras lui enlaça la taille, la pressant contre lui. Le corps menu de Ruby se fondit divinement contre le sien, si vigoureux, en un accord parfait qu'ils avaient déjà connu une fois et ils étaient montés au septième ciel. Il voulait recommencer. Il voulait la faire frémir sous ses caresses, entendre ses cris de plaisir. Il voulait lui arracher ses vêtements et regarder son corps nu onduler sous le sien.

Un baiser de Ruby lui faisait tout oublier. C'était insensé. Ils étaient dans l'écurie de son père, au beau milieu de la journée. Mais rien de tout cela n'avait d'importance. Attrapant la masse soyeuse de sa chevelure, il la fit glisser entre ses doigts et inclina la tête vers Ruby, subjugué par sa beauté, par sa fougue.

— Y a-t-il un endroit où nous pourrions aller ? demanda-t-il d'une voix rauque, pressante.

Les joues empourprées, le regard un peu voilé, elle prit une longue inspiration pour se ressaisir et recula d'un pas. Devant son hésitation, il sentit son cœur s'arrêter de battre. Puis elle chuchota :

— Mon bureau. Derrière la sellerie. Il y a un verrou.

Soulagé, il hocha légèrement la tête, puis, plaquant les mains sous ses fesses, il la souleva. Elle noua les jambes autour de sa taille et il la porta jusqu'au bureau. Une fois à l'intérieur, il ferma le verrou et la reposa. Elle s'avança prestement vers la fenêtre pour fermer les stores.

Il en profita pour inspecter les lieux du regard. La pièce aux murs peints de tons chaleureux, avec du parquet au sol, était meublée d'un bureau encombré et d'un canapé de cuir noir. Sa curiosité satisfaite, il se tourna vers elle, la reprit dans ses bras et se remit à dévorer sa bouche avec ravissement.

Leurs gémissements désespérés ne tardèrent pas à emplir la pièce. D'un geste preste, il lui retira sa veste, puis s'attaqua aux boutons de son chemisier. Elle l'aida. Faisant glisser le tissu sur ses épaules, il dégrafa son soutien-gorge en dentelle. Quand ses seins en jaillirent, il resta quelques instants muet d'admiration. Puis il saisit les lourds globes, caressant de ses pouces les pointes durcies, lui arrachant un gémissement de volupté. Le souffle coupé, elle ferma les yeux, le plaisir qu'exprimait son visage alimentant encore le feu de son désir. Puis, inclinant la tête, il captura une pointe tendue entre ses lèvres et se mit à la sucer, se délectant des frissons qui la secouaient. Ses mains lui agrippant les cheveux, elle murmura dans un souffle :

— Lancelot.

— Déshabille-toi.

Il sentait son inquiétude. Peut-être la partageait-il. Parce que, s'il s'arrêtait pour analyser la situation, il ne tarderait pas à être rattrapé par des pensées rationnelles et cela tuerait la magie de l'instant. Il ne pouvait se le permettre. Ruby et lui s'étaient déjà aventurés trop loin. Ses gémissements, son regard étincelant de convoitise en étaient la preuve.

Entraînés par une force qui semblait les dépasser, ils étaient sourds aux dangers qu'ils encouraient. Pris par la fièvre de l'instant, il s'empressa de déboutonner sa chemise. Puis les mains de Ruby furent sur lui et sa propre chemise se volatilisa. Elle le caressa et couvrit son torse de baisers, puis elle s'attaqua à son jean.

— Tu as raison, murmura-t-il. Tu as un tempérament de feu.

— Je suis déterminée, le corrigea-t-elle.

Et, malgré la passion qui embrasait toutes ses cellules nerveuses, il parvint à rire.

— À toi, dit-il en lui retirant son jean, puis sa culotte.

En quelques secondes, elle était nue, tremblante devant lui. Il ne pouvait l'en blâmer, il était tout aussi excité. C'était sans doute dû à ce parfum de danger qui nimbait leur liaison secrète. Mais il se pouvait que ce soit juste Ruby. Elle était un rêve incarné. Peut-être aurait-elle même été son propre rêve incarné, dans une autre vie.

Soudain, il la souleva et l'allongea sur le canapé. Quand il se pencha vers elle, son regard était d'une résolution sans faille.

Il s'emplit les yeux de sa beauté. Ses cheveux, sa peau, son corps, tout en elle le faisait vibrer, donnait envie de lui plaire. Il s'agenouilla et se serra contre elle. Puis, s'emparant de sa bouche, il la dévora d'un baiser fougueux, écrasant ses lèvres sous les siennes alors qu'inexorablement sa main glissait vers les replis de son sexe. Quand il commença à la caresser, elle se cabra et ondula contre lui,

— Abandonne-toi, Ruby.

Elle hocha la tête avec vigueur.

Sous l'assaut de ses caresses, elle se soulevait et se cambrait pour venir à sa rencontre, se livrant à la douce torture qu'il lui infligeait jusqu'à laisser enfin son orgasme exploser. Quand il vit son corps secoué d'un ultime sursaut, ses lèvres s'entrouvrir pour crier son nom, il étouffa son petit cri en pressant sa bouche sur la sienne.

S'il était grisé de l'avoir ainsi comblée, il n'en avait pas pour autant fini avec elle. Quand il se releva, elle l'aida à finir de se déshabiller. Une fois nu, il déroula son préservatif sur son sexe dur, puis s'allongea sur elle. Nouant les bras autour de son cou pour l'attirer à elle, Ruby l'embrassa de nouveau. Il était prêt, tellement prêt, et quand elle lui ouvrit le brasier vivant de son sexe, exhalant un long gémissement, il la remplit avec une pression implacable, exquise. C'était encore meilleur que dans son souvenir. Seigneur, quelle femme ! Tout en dévorant sa bouche, il donna une nouvelle poussée, puis une autre, selon un tempo qui allait crescendo.

Il s'immobilisa, étudia son visage afin de déceler les sensations qui déferlaient en elle, alors que le plaisir la submergeait avec une violence inouïe. Puis, à son tour, il se laissa aller à la jouissance qui se propageait en lui. Dans un ultime sursaut, le corps secoué par la force de l'orgasme, ses lèvres s'entrouvrirent pour crier son nom.

La tête renversée en arrière, il plongea une dernière fois en elle, accélérant le tempo, pris par les convulsions de la même délivrance, et se laissa emporter par la lame de sensations divines. Jamais un humain n'avait ainsi frôlé les portes du paradis.

Baignant toujours dans les brumes de la volupté, il la serra dans ses bras.

— Tu vas bien ?

Incapable de parler, elle se contenta de hocher la tête.

Il déposa un baiser sur son front, lui caressa le bras et frôla la pointe de ses seins. Puis, il glissa une main entre ses cuisses, en effleura la peau satinée, ignorant s'il aurait un jour le privilège de lui prodiguer de nouveau cette caresse.

Soudain, il perçut des bruits de pas qui s'approchaient du bureau et des voix étouffées.

Les yeux arrondis par la frayeur, Ruby étouffa un cri.

— C'est Sam et l'un des garçons, chuchota-t-elle. Il doit être en train de me chercher. J'ai laissé Spirit dans l'enclos et le matériel de pansage est resté par terre. Quelle poisse !

— Chut. Ne panique pas. J'ai mis le verrou.

— Mais Sam sait que je ne tire jamais le verrou quand je travaille. S'il frappe à la porte, avec toi ici, je vais être incapable de le regarder dans les yeux. Je dois y aller.

Elle se leva et se rhabilla à la hâte, puis passa les doigts dans ses cheveux pour discipliner ses boucles en bataille.

— Rhabille-toi, Brooks ! lui intima-t-elle. Et ne sors pas du bureau avant que je les aie fait partir.

— Ruby, ce ne serait pas la fin du monde s'ils me voyaient.

— Tu as perdu la tête ? Je ne pourrais jamais l'expliquer. Sam saura qu'il se passe quelque chose, et ni toi ni moi n'avons besoin de ça en ce moment. Ne bouge pas jusqu'à ce que le champ soit libre.

Elle ouvrit la porte et disparut, le laissant enfermé dans le bureau, les fesses à l'air.

- 6 -

Ruby s'assit en face de sa télévision qui diffusait *Homestead Hills*, la célèbre série mettant en scène des cow-boys. Tout en dégustant sa salade au poulet, elle y jetait un coup d'œil distrait, faisant son possible pour se concentrer sur le scénario et oublier ce citadin aux yeux aussi bleus que l'azur, qui, depuis quelque temps, bouleversait sa vie paisible au ranch.

Elle avait délibérément choisi de ne pas aller dîner chez Beau ce soir. Comment pourrait-elle se retrouver face à Brooks, à partager un repas avec sa famille et prétendre qu'ils n'étaient qu'amis ? Ce qui s'était passé dans son bureau cet après-midi continuait à la perturber. Ils avaient bien failli être découverts. Avoir recours à des subterfuges n'était pas dans ses gènes. Elle n'aimait pas agir en catimini.

Mais Brooks semblait avoir la faculté de faire tomber toutes ses résistances. Il lui suffisait d'un regard, d'un mot de sa part, et elle sentait son estomac noué par un tourbillon d'émotions indésirables. Non seulement elle avait du mal à le repousser, mais elle se rendait compte que, la plupart du temps, elle n'en avait même pas envie. Elle appréciait un peu trop sa compagnie.

Soudain tirée de ses réflexions par une voix familière, elle sursauta. Trace Evans surgit à l'écran. Stupéfaite, elle l'écouta donner sa courte réplique et disparaître. Jamais Trace n'avait fait allusion au fait qu'il était devenu acteur !

D'un autre côté, à l'exception de leur coup de téléphone quelques jours auparavant, elle n'avait pas parlé avec lui depuis un temps fou. Elle finit sa salade, guettant une nouvelle apparition. Mais elle en fut pour ses frais.

Un coup à sa porte la fit sursauter de nouveau. Elle éteignit la télévision et, l'esprit toujours occupé par Trace, quitta son canapé pour se diriger vers sa porte d'entrée. À travers le judas, elle reconnut Brooks. Son cœur fit un bond dans sa poitrine et se mit à battre la chamade. Avec lui, elle oubliait tout de Trace et de son cœur brisé.

Elle lui ouvrit. Il la dévisageait de son regard d'un bleu profond, rayonnant de chaleur. D'une main, il tenait un bouquet de magnifiques roses blanches, et de l'autre une boîte de chocolats.

— Bonsoir, Ruby.

— Bonsoir, Brooks. Entre, je t'en prie, le pressa-t-elle.

Il s'exécuta et, avant de refermer derrière lui, elle jeta un coup d'œil à la ronde. Heureusement, il n'y avait personne en vue. Inutile que quiconque soit au courant des visites tardives que lui rendait Brooks. D'un autre côté, même si elle n'avait aucune raison d'être seule avec lui, elle n'avait nulle intention de le jeter dehors.

— Tu as l'air un peu crispée, lui fit-il remarquer, souriant.

S'il ne l'avait pas enveloppée d'un regard aussi lumineux, elle aurait pu se sentir offensée.

— C'est à cause de toi. Tu ne devrais vraiment pas être là.

— Me montrer raisonnable n'est pas dans mes habitudes. Tiens, c'est pour toi.

Il lui tendit le bouquet et la boîte de chocolats.

— Rassure-toi, je ne te fais pas la cour, s'empressa-t-il de lui préciser. En tout cas, pas dans le sens habituel.

— Cela ne devrait même pas t'effleurer, lui rappela-t-elle.

— Sauf que, depuis que la vie nous a réunis, tout est… ahurissant. Je ne peux pas l'expliquer, bafouilla-t-il en lissant ses cheveux blonds avec nervosité, mais il fallait que je vienne. Pour t'offrir un joli cadeau, quelque chose que tu mérites. Je suis toujours un peu perturbé par la façon dont tu as dû t'enfuir de ton bureau tout à l'heure.

— Merci, Brooks, mais tu ne me dois rien. Comme tu le dis, nous ne sommes pas ensemble. Nous savons que nous ne le serons jamais et j'ai simplement agi comme je le devais.

— J'ai appris qu'il ne fallait jamais dire « jamais », Ruby, répliqua-t-il, une lueur énigmatique dans ses prunelles azur.

Puis jetant un coup d'œil à ses bras remplis de ses cadeaux, il poursuivit :

— Tu veux mettre ces fleurs dans un vase ?

— Bien sûr. Suis-moi.

Une fois dans la cuisine, elle ouvrit la porte d'un placard.

— Elles sont vraiment magnifiques.

— Je suis content qu'elles te plaisent.

— Je ne me rappelle pas avoir vu d'aussi belles roses blanches à cette époque de l'année à Cool Springs.

— Elles ne viennent pas de Cool Springs. Je les ai fait livrer de Chicago.

— Je n'y crois pas ! s'exclama-t-elle, incrédule.

Les battements de son cœur s'étaient de nouveau emballés. Avec un haussement d'épaules, il hocha la tête.

— Mon fleuriste est connu pour la beauté de ses roses. Je n'ai pas trouvé l'équivalent à Cool Springs.

Elle oubliait sans cesse qu'il était millionnaire. C'était probablement une routine pour lui, avec les femmes dans sa vie. Néanmoins, la délicatesse de son attention et la peine qu'il s'était donnée la touchaient profondément.

— C'est gentil de ta part, Brooks.

Elle sortit un vase de cristal hérité de sa grand-mère et le remplit d'eau. Puis, après l'avoir posé au centre de la table, elle y arrangea les fleurs.

— Voilà.

— C'est joli, chez toi, la complimenta alors Brooks.

— C'était la maison de mon père. Je l'ai réaménagée à mon goût.

Une fois qu'elle avait été assez âgée pour y apporter des changements, elle l'avait redécorée avec des meubles contemporains et avait changé les fenêtres. Si la maison avait perdu son caractère rustique, elle avait gagné en élégance et en style. Elle aimait y séjourner lorsqu'elle n'était pas dans son appartement, en ville.

— Elle reflète vraiment ta personnalité.

Ruby refoula un soupir. Pourquoi trouvait-il toujours la phrase adéquate ?

— Dans ce cas, j'ai réussi ce que je voulais. Décorer sa maison demande beaucoup d'amour.

Regardant alors les chocolats, il déclara :

— Le chocolat au caramel de la confiserie de Cool Springs est censé être une pure merveille.

— C'est ce qui fait leur réputation. Tu veux en goûter un ? Je peux préparer du café, ou…

— Oui, je vais en goûter un. Et un café me ferait grand plaisir.

— Assieds-toi. Je m'en occupe.

— En quoi puis-je t'aider ?

— Tu peux sortir deux mugs du placard au-dessus de la cuisinière.

Quelques minutes plus tard, après avoir rempli deux tasses de café, elle s'attabla en face de Brooks. Elle savait qu'elle jouait avec le feu. Comme chaque fois qu'elle était seule avec lui. Pourtant, il était d'une compagnie agréable. Alors autant savourer l'instant sans se poser de questions, décida-t-elle en ouvrant la boîte de chocolats.

— Il ne va pas être simple de choisir, déclara-t-elle en les examinant. Là, tu en as un à la crème au beurre.

Il le prit.

— Je pense que je vais me laisser tenter par le chocolat framboise, ajouta-t-elle.

— C'est ton préféré ?

— Oui.

Sans attendre qu'il ait goûté le sien, elle mordit à pleines dents dans la bouchée et laissa le cœur tendre et crémeux à la framboise couler dans sa gorge.

— Quel régal ! s'exclama-t-elle avec un soupir d'aise.

Avec un sourire de satisfaction, Brooks avala le sien.

— Un vrai délice.

— Prends-en un autre, suggéra-t-elle. C'est ce que je vais faire.

En sirotant leur café entre deux chocolats, ils parvinrent à vider la moitié de la boîte. Puis, reposant son mug vide, Brooks demanda à brûle-pourpoint :

— Tu veux parler de ce qui s'est passé à l'écurie ?

Essayant de gagner du temps, elle referma la boîte de chocolats, puis finit par répondre :

— Je ne pense pas.

Il lui prit la main.

— Comme tu voudras, dit-il. Mais ne crois-tu pas qu'il serait temps d'arrêter d'ignorer le désir qui couve entre nous, Ruby ? Car pour ma part je n'arrête pas de penser à toi.

D'une douce pression, il l'invita à se lever. Non seulement il avait un physique inégalable, mais, en plus, à la différence de Trace, il ne lui racontait pas de boniments. Avec Brooks, elle avait l'impression d'être vraiment unique, de vraiment compter. Peut-être était-il celui dont elle avait besoin pour oublier Trace. Elle avait beau protéger son cœur, le fils de Beau Preston n'avait pas quitté ses pensées, ces derniers temps. Elle savait qu'il finirait par rentrer à Chicago. Tout comme elle était chez elle au ranch, dans les grands espaces du Texas, il était de la ville. Peut-être pouvaient-ils essayer de vivre une petite aventure sans conséquence.

— Je suis venu ici uniquement pour t'offrir ces fleurs, Ruby. Je n'avais pas d'arrière-pensée.

— Vraiment ? Je pensais que tu avais besoin d'une bonne raison pour avaler la moitié d'une boîte de chocolats, le taquina-t-elle.

— Certes.

Mais devant le mélange de convoitise et de sincérité que reflétait son regard, comme à chaque fois qu'elle était en sa présence, elle sentit son cœur s'emballer de nouveau,

Se hissant sur la pointe des pieds, elle lui déposa un baiser sur les lèvres.

— Tu es vraiment adorable.

Il la dévorait maintenant de ses yeux à l'expression insondable et, soudain, un grognement monta de sa gorge, un son qui semblait faire écho à sa propre frustration. L'air soudain résigné, il recula d'un pas pour mettre de la distance entre eux.

— Je te promets que je n'avais pas d'autre intention que de t'apporter ce bouquet, Ruby. Mais je ferais mieux de rentrer.

En le voyant se diriger vers la porte, toutes les nuits qu'elle avait passées seule lui revinrent soudain en mémoire.

— Tu n'es pas obligé de partir, lâcha-t-elle à la seconde où la main de Brooks se posait sur la poignée. Je veux dire… tu n'es pas pressé. J'étais sur le point de regarder un film. Si tu veux te joindre à moi, j'ai des pop-corns.

Se retournant vivement, il plaisanta :

— C'est la condition sine qua non. Sans les pop-corns, je serais déjà parti.

— Va t'asseoir dans le séjour, Lancelot. J'arrive.

— Merci. À propos, je les aime avec beaucoup de beurre.

Elle leva les yeux au ciel et se mit à rire.

— Autre chose ?

— Non. Juste toi et les pop-corns, et la soirée sera parfaite.

Elle gagna la cuisine en fredonnant. Puis, sans cesser un instant de sourire, elle fit chauffer les grains de maïs.

Les jambes croisées, Ruby était assise sur son canapé, confortablement blottie au creux de l'épaule de Brooks. Le feu de cheminée baignait la pièce d'une lumière douce et chaleureuse. Le saladier de pop-corn était vide depuis un moment déjà et le western classique qu'ils venaient de regarder touchait à sa fin, mais elle n'était pas pressée de le voir partir. Quand le générique démarra, ils n'esquissèrent pas le moindre mouvement. Sa compagnie lui semblait si naturelle qu'elle aurait dû éprouver un sentiment de panique. Elle n'avait pas la moindre envie de voir son cœur voler de nouveau en éclats. Pourtant, elle n'arrivait pas à se résoudre à le laisser partir. Ce qu'elle peinait à analyser.

Depuis que Brooks était arrivé chez elle, tous ses sens étaient en alerte. Elle s'était fait violence pour refouler ses sentiments, pour le traiter en invité, pour ignorer qu'il était l'homme qui l'avait bouleversée. Et, même en sachant qu'elle aurait dû mettre un terme à la tension palpable qui couvait entre eux, elle rêvait d'affronter cette froide nuit d'hiver avec le secours de ses bras.

— C'était bien, approuva-t-elle. C'est au moins la sixième fois que je le vois, mais je ne suis jamais déçue.

Dans un western, on savait toujours qui étaient les gentils et qui étaient les méchants. Si seulement la vie avait pu être aussi simple.

Elle se dégagea et allongea les jambes. Posant les pieds au sol, il plaça les coudes sur ses genoux et se tourna vers elle.

— Merci pour le film. Je l'ai vraiment apprécié. Mais je pense avoir surtout apprécié ta compagnie.

— Merci, répondit-elle avec un sourire.

— De rien. Les pop-corns aussi étaient bons. Je n'ai d'ailleurs jamais passé une aussi bonne soirée chez moi.

— Tu ne vas pas au cinéma à Chicago ? s'étonna-t-elle.

Il secoua la tête.

— Non, pas vraiment. En général, je suis trop occupé. Le cinéma ne fait pas partie de ma liste de priorités.

— J'imagine que pour toi Cool Springs est une expérience tout à fait inédite.

— Oui, mais positive. À Chicago, mon téléphone n'arrête pas de sonner. Ma vie est une succession de dîners d'affaires et de week-ends de travail. Je n'ai pas le temps de me reposer.

— C'est ce que tu es venu faire ici ? Te distraire ?

— Si tu savais tous les efforts que j'ai dû déployer pour retrouver Beau, cette question ne te viendrait même pas à l'esprit. D'ailleurs, pour être franc, je n'ai pas toujours eu recours aux méthodes les plus honorables pour localiser mon père. Ma visite à Look Away n'a donc rien d'une distraction. Pourtant, si surprenant que cela puisse paraître, j'y ai trouvé une certaine paix.

— Je parlais de moi. Est-ce que je suis une simple distraction pour toi, Brooks ?

Il lui prit la main, la tourna dans sa paume et parut réfléchir à sa question.

— Non, Ruby, tu n'es pas une simple distraction pour moi. Je ne joue jamais avec les femmes.

— Tu n'en as sans doute pas besoin.

— Mais encore ?

— Tu es beau, riche et je parie que…

— Ne parie pas, tu perdrais. Depuis quelque temps, je suis obsédé par la vérité sur ma naissance. Alors, tu peux me croire, je n'ai pas eu un instant pour autre chose. Pas une aventure depuis des mois et je…

Elle pressa un doigt sur ses lèvres.

— D'accord, je te crois.

Il embrassa ses doigts un à un, puis, se levant, déclara :

— Je dois vraiment y aller, maintenant.

Il la fit lever à son tour. Pendant une fraction de seconde, elle hésita. Devait-elle lui demander de passer la nuit avec elle pour se réveiller à ses côtés demain matin ? Pourtant, même si elle en rêvait, elle ne pouvait s'y résoudre. Elle ne pouvait pas l'inviter à rester. La longue liste des raisons qui l'en empêchaient s'imposa à son esprit, la confortant dans la certitude qu'elle prenait la décision raisonnable.

— Je vais te raccompagner, annonça-t-elle en l'entraînant.

Ignorant la lueur de déception dans son regard, elle se força à refouler ses propres regrets et se dirigea vers la porte.

— Merci pour les chocolats et pour les fleurs, Brooks.

Il se pencha et effleura ses lèvres d'un baiser fugace.

— Je t'en prie. J'ai passé un très bon moment, ce soir, déclara-t-il en sortant.

Elle le regarda s'évanouir dans la nuit, son cœur se gonflant d'allégresse. Ce soir, il était venu chez elle sans aucune arrière-pensée.

Lancelot avait tenu parole.

Le lendemain matin, Ruby entra dans la dépendance qui faisait corps avec la maison principale. Elle était presque aussi spacieuse que le garage pour cinq voitures des Preston. Quand ils étaient enfants, les fils Preston y jouaient, campant dans les recoins aux murs sombres, y tenant des réunions secrètes. Ruby n'avait jamais pris part à ces conciliabules réservés aux garçons, mais elle avait ses propres secrets. La remise était l'endroit où elle avait échangé son premier baiser avec Rusty Jenkins, qui, à douze ans, avait été son premier amoureux. Aussi chacune de ses visites ici réveillait-elle en elle de délicieux souvenirs d'enfance.

Elle souleva le premier carton sur lequel quelqu'un avait

tracé « Noël » en lettres rouges et le prit dans ses bras. Depuis la mort de Tanya, Beau comptait sur son aide pour la décoration de la maison. Il tenait à cette touche féminine et elle était heureuse de lui faire ce plaisir. Préparer la maison pour les fêtes était une affaire très sérieuse.

En entendant la porte de la remise s'ouvrir, apportant une bouffée d'air froid, elle lança :

— Beau, je suis ici.

— Nous arrivons, répondit ce dernier.

« Nous » ? s'étonna-t-elle. Un peu surprise, elle se tourna pour découvrir qu'il était accompagné par Brooks. Elle aurait dû s'en douter. Beau tenait à passer autant de temps que possible avec son fils.

— Bonjour, Ruby, la salua le maître des lieux en la débarrassant de son carton.

— Bonjour, répondit-elle.

Mais son regard s'attarda sur Brooks. Il portait un jean délavé et un T-shirt blanc qui mettait en valeur la vigueur de ses biceps. Elle s'empressa de détourner la tête. Elle ne pouvait pas se faire surprendre par Beau en train de reluquer son fils. Mais Brooks était tellement beau ! Chaque fois qu'il entrait dans une pièce, le sang lui battait aux tempes et il lui fallait généralement quelques instants pour se ressaisir.

— Brooks va nous aider à décorer l'arbre, si tu n'y vois pas d'inconvénient.

À peine Beau avait-il prononcé ces paroles qu'il se mit à tousser, le visage cramoisi.

— Tu es malade ? s'inquiéta-t-elle.

— Sans doute un petit rhume.

Mais il se remit à tousser. Brooks lui prit prestement le carton des mains.

— Tu ne dois pas faire d'efforts, dit-il. Tu as une mine effroyable. Tu es tout congestionné.

Son père esquissa une moue dépitée.

— Où est le mal à vouloir décorer l'arbre de Noël avec mon fils pour la première fois ?

Lançant un coup d'œil à Brooks, elle répondit, avec un sourire plein de douceur :

— Aucun mais, si tu te sens fatigué, tu devrais te reposer. La fête de Noël de Look Away a lieu ce week-end, et Graham et sa fiancée vont arriver. Et il faut que tu sois en pleine forme. Un peu de repos te fera le plus grand bien. Je peux m'occuper du sapin.

— Je vais t'aider, Ruby, renchérit Brooks. Va te reposer, papa. Tu redescendras pour le dîner.

Beau détourna la tête et fut pris d'un nouvel accès de toux. Ne pouvant protester après une telle quinte, il acquiesça :

— Très bien. Je suppose que vous avez raison, tous les deux. Je ne peux pas être malade pour accueillir Graham et Eve, alors qu'elle attend un bébé. Ce sera le premier de mes petits-enfants, ajouta-t-il d'une voix pleine de fierté.

— Oui, et moi je vais être tonton, ajouta Brooks, les yeux brillants.

Ruby les regarda, incrédule : la ressemblance entre le père et le fils était impressionnante.

— Bien, je vais monter faire un somme, annonça Beau avec un soupir de lassitude. À plus tard, tous les deux.

Il quitta la remise et le bruit de sa toux résonna dehors.

Avec un lent frisson d'appréhension, Ruby se tourna vers Beau. Elle se trouvait maintenant seule dans la remise avec cet homme au physique de rêve. Il la dévisageait, le visage fendu d'un sourire narquois.

— Qu'y a-t-il ? s'étonna-t-elle.

— Tu es une vraie mère poule ! Et autoritaire, en plus.

Elle secoua la tête.

— J'ai déjà perdu un père, je ne veux pas en perdre un deuxième.

Brooks tiqua et elle se maudit. Elle avait encore parlé trop vite. Elle regrettait de ne pas pouvoir retirer ses paroles. Il n'avait fait aucun sous-entendu, il la taquinait juste. Elle n'aurait pas dû réagir ainsi. Mais cet homme la plongeait dans un tel état de nervosité qu'elle en perdait la tête.

— Je te demande pardon. Simplement, j'ai vu mon père se tuer à la tâche et j'étais trop jeune pour lui conseiller de ralentir. Je l'ai perdu quand j'étais adolescente, et j'ai traversé une période de grand chagrin. Je n'avais pas d'autre famille. Alors quand Beau m'a recueillie et m'a traitée comme sa fille… il a changé ma vie. Donc oui, avec lui, je peux me montrer très protectrice.

D'un geste empreint de tendresse, Brooks s'empara d'une mèche rebelle sur sa joue et la fit glisser derrière son oreille.

— Je comprends. Je ne faisais que te taquiner.

— Je sais.

Elle le défia du regard et l'ombre d'un sourire se dessina sur les lèvres de Brooks.

— Ruby, murmura-t-il.

Une lueur d'une douceur infinie s'alluma au fond de ses prunelles indigo, il glissa une main sur sa nuque.

Ils n'avaient pas besoin de paroles. Elle sentait qu'il la comprenait et, dans le silence de la remise, le cœur battant à se rompre, elle le contempla, pleine de regrets. Pourquoi fallait-il qu'il soit le fils de Beau, un homme qui finirait par quitter Cool Springs ? Et donc par la quitter ?

— Je ne te ferai pas souffrir, murmura-t-il, comme s'il lisait dans ses pensées et prenait toute la mesure de sa douleur d'avoir perdu sa mère, son père, et l'amoureux qui l'avait abandonnée.

Elle avait enfoui son cœur derrière une carapace, une muraille impénétrable, pour se protéger de la douleur.

— Je ne peux pas te le permettre, Brooks.

— Je ne le ferai pas. Je te le promets.

Il fixa sa bouche avec gourmandise. Elle entrouvrit les

lèvres et il s'en empara, en un baiser aussi doux que fugace. Puis, le cœur gonflé d'un mélange de regret et de tristesse, elle le regarda longuement. Ils devaient trouver un moyen de contrôler leur attirance.

Dans la remise obscure, un profond silence régnait. Les tremblements qui la secouaient la tirèrent de son hébétude. Elle avait froid, soudain.

— Nous devons emporter ces cartons à la maison, lâcha-t-elle, dissipant l'instant de gêne. Nous avons toute une journée de décoration devant nous. Tu as déjà vu le sapin ?

— Non, pas encore. Nous allons nous en occuper après.

Sans perdre une seconde, Brooks s'empara de deux gros cartons et elle l'imita. Puis, alors qu'ils sortaient de la remise pour prendre la direction de la maison, il déclara :

— C'est la première fois que je décore un sapin depuis mon enfance. Ma mère achetait un petit arbre de un mètre environ et l'installait sur la table basse de grand-mère Gerty. Graham et moi nous chargions de décorer les branches les plus hautes et mon petit frère, Carson, la partie inférieure.

— Vous aviez des guirlandes ? demanda-t-elle.

Bizarrement, imaginer Brooks enfant lui calmait les nerfs.

— Ma mère confectionnait toujours une guirlande de pop-corn. Et grand-mère nous donnait des cannes en sucre d'orge à poser sur l'arbre.

— Mon père et moi avions des guirlandes dorées, déclara-t-elle. Ce n'était pas Noël avant que tout le sapin en soit couvert.

— Quelle jolie idée ! Je regrette que Beau ne puisse nous aider à décorer. C'est un peu bête, maintenant que je suis un adulte, tu ne trouves pas ?

— Pas du tout. Tu as manqué beaucoup de choses avec Beau. Mais je parie que nous allons le voir redescendre avant d'avoir terminé le sapin.

En entrant dans le grand salon, quand Brooks avisa l'arbre de Noël et l'échelle à proximité, il s'exclama :

— Quel arbre ! Il doit bien mesurer cinq mètres.

— Au moins. Chaque année, Beau fait livrer le plus beau des sapins. Tanya aimait qu'il occupe tout un coin du salon.

Une fois qu'ils eurent posé leurs cartons, Brooks examina de nouveau la pièce et poussa un soupir.

— C'est étrange, tu sais, d'avoir une famille ici dont je ne savais rien. Je ne me plains pas. J'ai eu une belle vie. Ma mère a tout fait pour. Mais, pendant que je décorais notre sapin à la maison, mon père et sa famille perpétuaient leurs propres traditions de Noël.

— Réfléchis, Brooks. Maintenant, tu auras les deux. Un Noël à Chicago et un Noël à Cool Springs.

Il eut un petit rire.

— Tu as raison, Ruby. Je suppose que c'est plutôt classe !

— Plutôt, en effet. Et maintenant tiens, dit-elle en plongeant la main dans un carton pour en sortir une guirlande lumineuse. Avant toute chose, nous devons faire briller cet arbre. Je te suggère de commencer par le haut.

Plusieurs heures plus tard, Brooks enlaça Ruby et ils reculèrent pour admirer leur œuvre. Dans le grand salon baigné de la douce lumière des guirlandes lumineuses, le sapin de Noël se dressait, somptueux.

— Il est magnifique, murmura Ruby.

— Il peut l'être ! Nous avons vidé six cartons pour lui.

L'air attentif, elle reprit :

— C'est presque parfait.

— « Presque » ?

— Oui. Je vois un trou, fit-elle en désignant un espace vide, au sommet de l'arbre. Je m'en occupe.

Se détachant de l'étreinte de Brooks, elle se munit d'une

magnifique décoration qui représentait un palomino à la crinière blonde, puis grimpa à l'échelle. Arrivée au dernier échelon, elle attrapa une branche, mais poussa un cri, se sentant vaciller.

— Je te tiens, la rassura Brooks en stabilisant l'échelle.

Sans bouger du sol, il prit ses fesses en coupe.

— Brooks, arrête ça tout de suite ! gronda-t-elle.

— Quoi ? fit-il de sa voix la plus innocente.

— Ça ! répéta-t-elle, sentant son corps réagir au contact de ses paumes. Lupe pourrait t'entendre. Ou Beau descendre.

Ils avaient travaillé ensemble toute la journée, leur proximité constante la mettant au supplice. Elle avait dû se faire violence pour se concentrer sur sa tâche et se retenir de le toucher, de frotter son corps contre le sien.

— Lupe est allée faire les courses, tu as oublié ? Et je viens d'entendre Beau ronfler. Je n'ai pas l'impression qu'il descendra avant un moment.

— Gros malin. Tu as pensé à tout.

— Hélas ! Tu n'imagines pas à quel point j'aimerais que ce soit le cas.

Ignorant la sincérité du regret qu'elle perçut dans sa voix, elle baissa la tête et lui annonça :

— J'ai fini. Tu peux retirer tes mains maintenant.

Avec un sourire, il la relâcha.

— Je t'attends.

— Pourquoi suis-je soudain inquiète ? railla-t-elle en descendant lentement.

Quand, arrivée sur le dernier échelon, elle se retourna, il l'enlaça, et elle se grisa des bouffées de son after-shave, de la beauté de ses yeux bleus.

— Je pense que j'ai comme une date de péremption quand il s'agit de toi, Ruby, plaisanta-t-il. Quelques heures sans te toucher, c'est tout ce que je peux supporter.

À ces mots, elle sentit toutes les parcelles de son corps

s'embraser, faisant naître un frisson d'excitation au creux de son ventre.

— Je te comprends parfaitement, murmura-t-elle.

L'attirance qui les aimantait l'un l'autre était à son comble. Elle ne souhaitait plus qu'une chose : nouer les bras autour de lui, l'attirer contre elle, sentir ses lèvres voluptueuses sur les siennes.

Il lui décocha un sourire qui la fit fondre de l'intérieur.

— Eh bien, au moins, c'est honnête !

— Je le suis toujours. Du moins, j'essaye de l'être.

Il la dévisageait d'un regard brûlant de convoitise et elle se sentit vibrer de désir.

Puis, la plaquant contre l'échelle, il l'immobilisa et plongea les yeux dans les siens. Son regard lançait des éclairs. Quand il baissa la tête, ses yeux se fermèrent. De la langue, il effleura ses lèvres qui s'ouvrirent comme une fleur, et elle accueillit son baiser. Sentant le sol se dérober sous ses pieds, elle s'agrippa à ses épaules pour reprendre son équilibre. Voyant qu'elle s'abandonnait, il la serra contre lui.

Elle n'entendait plus rien, ayant soudain l'impression d'être dans un cocon. Brooks la retenait prisonnière, sa bouche se mouvant sur la sienne, prenant son âme au piège. Il lui dévorait les lèvres avec frénésie, étouffant ses soupirs d'aise de ce baiser enfiévré. Elle ficha les doigts sur ses hanches et le monde bascula.

— Viens me rejoindre dans mon cottage, ce soir, Ruby, chuchota-t-il.

— Je…

Une bonne dizaine d'obstacles surgirent à son esprit. Ceux-là mêmes dont elle avait essayé de tenir compte, qui la tenaient éveillée toutes les nuits.

Il l'embrassa de nouveau, son corps plaqué contre le sien. La puissance du désir qui couvait entre eux était aussi flagrante que l'érection qu'elle sentait contre ses cuisses.

Elle devait s'accoutumer au fait qu'elle voulait Brooks. Pas pour l'avenir, pas à cause du passé, mais maintenant. Pouvait-elle l'accepter ?

— Oui, je viendrai, promit-elle.

À peine eut-elle prononcé ces mots qu'elle sentit sa tension se relâcher et tout son corps se détendre. Elle avait fait son possible, mais elle devait admettre qu'elle ne pouvait lutter contre ce qui se passait entre eux. Autant jouer le jeu et voir où cela l'entraînerait.

— Ruby, tu es sûre de ne pas vouloir regarder la fin du match avec Brooks et moi ? demanda Beau, qui présidait la table du dîner. Nous allons regarder la dernière mi-temps. Les Texans pourraient aller en finale s'ils gagnent ce soir.

Ses fils les avaient invités à voir le match à C'mon Inn, où toute la famille se retrouvait chaque semaine, pour boire des bières et bavarder. Mais, en fille sérieuse, Ruby avait poliment décliné. N'ayant pas vu Brooks de la journée, Beau avait besoin de passer un peu de temps avec lui, avant une bonne nuit de sommeil.

— Non merci, Beau. Je vais aider Lupe à ranger la cuisine, puis je rentrerai. Profitez du match, tous les deux. Et je compte sur toi pour ne pas te coucher trop tard. Même si tu te sens mieux, tu dois aller dormir tôt, ce soir.

— Bien, madame ! Promis, plaisanta Beau avec un clin d'œil.

Il paraissait beaucoup plus en forme que ce matin. Il n'avait toussé qu'une seule fois pendant le dîner et sa voix était moins éraillée. Elle se félicita de l'avoir envoyé se reposer aujourd'hui. Cela lui avait fait un bien fou.

— Merci encore à tous les deux pour avoir décoré la maison. Vous avez accompli un travail magnifique.

— Je t'en prie, répondit Brooks, avec l'air innocent d'un écolier.

Mais son innocence s'arrêtait là. Tout le long du dîner, il l'avait dévorée des yeux, la troublant au point qu'elle avait eu du mal à avaler une bouchée. Elle avait hâte d'être de nouveau dans ses bras, de se blottir contre son corps vigoureux… de monter au septième ciel avec lui.

— Nous nous sommes bien amusés, papa. Ruby m'a montré toutes ses astuces.

Elle se retint de lever les yeux au ciel. Toutes les paroles de Brooks semblaient avoir un double sens. Ou était-ce son imagination qui lui jouait des tours ?

— Elle a acquis beaucoup d'expérience, indiqua Beau. Elle a pris le relais de Tanya, tu sais. Et ma femme serait aux anges. Vous avez su créer une atmosphère très festive, tous les deux. J'ai vraiment hâte de te présenter à mes amis, samedi soir, à la soirée de Noël, mon fils.

— Je m'en réjouis d'avance.

Beau essaya de sourire, mais fut secoué d'une nouvelle quinte de toux. Alarmée, Ruby posa une main sur son épaule, jusqu'à ce que la toux s'apaise.

— Dé… désolé, bafouilla-t-il.

— Ne t'excuse pas, papa. En fait, je devrais peut-être rentrer et te laisser te coucher.

— Non, pas encore. Tout va bien.

De fait, Beau parut se remettre rapidement. Il ne voulait pas rater l'occasion de regarder un match de football américain en compagnie de son fils. Visiblement touché par son affection, Brooks acquiesça :

— Dans ce cas, je reste avec plaisir.

Se levant d'un bond, Ruby annonça :

— Je vais te préparer une tisane, Beau. Pas de protestations. Va t'asseoir dans le séjour pour regarder la fin de ton match. Je te l'apporte. Brooks, tu en veux une, toi aussi ?

— Non, je préfère aller chercher une autre bière. Je te rejoins dans une minute, papa.

— Très bien, approuva Beau en quittant la salle à manger.

Avec un sourire, Beau suivit Ruby. Elle était presque sur le seuil de la cuisine quand il la tira par un bras. L'obligeant à pivoter, il la regarda sans ciller.

— Qu'y a-t-il ? demanda-t-elle, surprise.

— Lève les yeux.

Elle n'en eut pas besoin. Le gui fraîchement coupé embaumait. Sans lui laisser le temps de réagir, Brooks se pencha vers elle et lui donna un baiser bref mais brûlant de passion. Un baiser inoubliable.

— Ma date de péremption, chuchota-t-il en scrutant son visage de son regard indigo.

— Tu m'as tendu un piège, le rabroua-t-elle, faisant référence aux boules de gui qu'il avait disséminées dans plusieurs pièces de la maison.

— Je plaide coupable.

Elle lui donna une petite tape, mais il ne broncha pas.

— Va ! Ton père t'attend pour regarder le match.

Lupe qui était en train de débarrasser la table de la salle à manger allait revenir d'une seconde à l'autre.

— Tu es autoritaire et ça me plaît, lui chuchota-t-il, en lui effleurant les lèvres de son souffle tiède.

Elle sentit sa peau s'embraser. D'un doigt, elle désigna le grand salon et, d'une voix suppliante, répéta :

— Va, je t'en prie !

S'il voulait lui donner un aperçu de ce qui l'attendait plus tard, c'était réussi. Son baiser l'avait fait chavirer. Elle avait les nerfs à vif, le corps en feu.

Après avoir apporté un mug de camomille fumante à Beau, elle s'emmitoufla dans une chaude veste de laine et sortit de la maison. Elle était presque arrivée chez elle quand la sonnerie de son portable retentit dans la nuit.

L'écran afficha un nom qu'elle connaissait bien.

— Trace, maugréa-t-elle.

Elle ne pouvait pas lui parler ce soir. Elle devait laisser l'appel passer sur messagerie.

Pourtant, incapable de résister à la curiosité, elle porta le téléphone à son oreille pour écouter son message.

« Bonsoir, chérie. C'est Trace. Tu me manques à la folie. Je rentre à la maison demain. J'ai besoin de te voir. Il faut que nous parlions. »

Elle raccrocha, perplexe. Il avait l'air sérieux. Mais de quoi voulait-il lui parler ? Quand ils étaient ensemble, à chaque fois qu'elle avait voulu faire le point sur leurs sentiments, il l'avait repoussée, affirmant préférer les actes aux mots dénués de sens. Et elle l'avait cru. Pendant un temps, il s'était montré un petit ami plein d'attentions, lui avait offert des cadeaux, l'avait invitée à des concerts de musique country, lui avait permis de conduire son précieux pick-up Ford de 1934, totalement retapé. Pendant un temps, elle avait eu l'impression d'être la reine de l'univers. Et elle était tombée vraiment amoureuse de lui, pensant qu'il était l'homme idéal pour elle, un vrai Texan, un homme qui comprenait son amour des animaux, un homme de la terre.

Elle les avait imaginés vieillir heureux, ensemble, à Cool Springs.

Puis, graduellement, leur relation s'était dégradée. Trace était devenu agité, il ne s'intéressait plus à elle, paraissait insatisfait, comme s'il attendait plus de la vie. Elle s'était sentie repoussée. Mais il avait fallu qu'il disparaisse pendant des mois sur le circuit des rodéos sans lui téléphoner pour qu'elle comprenne enfin qu'il l'avait quittée. Elle avait passé de nombreuses nuits à le pleurer. À s'interroger sur les raisons de cet échec. Elle était amoureuse de lui, avait misé sur lui, et cette fin brutale l'avait anéantie.

Se résignant à l'idée qu'il ne l'avait peut-être jamais

vraiment aimée, elle avait fini par comprendre qu'elle avait perdu beaucoup de temps pour un homme qui, en fin de compte, ne voulait pas d'un futur avec elle. Et elle avait décidé de ne plus jamais se montrer aussi naïve. Cela lui avait servi de leçon.

Aussi, une fois arrivée chez elle, elle se doucha, se changea et s'exhorta à ne pas laisser ses sentiments pour Brooks s'emballer. Il venait de Chicago. Il était le fils retrouvé de Beau et rentrerait chez lui après les fêtes. Mais, si elle ne pouvait pas se donner à lui corps et âme, elle pouvait au moins s'abandonner aux plaisirs délicieux qu'il savait lui procurer. Une fois de plus elle s'interrogea. Lui inspirait-il une véritable attirance ou était-il simplement un moyen pour elle de soigner les bleus de son âme meurtrie ?

Elle se raisonna. Il lui donnait la sensation d'être si féminine, si belle, si unique. N'était-ce pas suffisant pour le moment ?

Plus tard dans la soirée, elle se gara discrètement derrière une grange pour passer inaperçue. Puis, une fois devant la porte du cottage de Brooks, elle frappa vivement, le cœur battant la chamade. Sa décision était prise. Quand il vint lui ouvrir, elle resta un instant à étudier son beau visage, se noyant dans ses magnifiques yeux bleus.

— Mes bonnes résolutions avaient une date de péremption, plaisanta-t-elle.

Le regard flamboyant de passion, il laissa échapper un grognement. Puis, la prenant par la main, il l'attira à l'intérieur et fit claquer le battant derrière eux.

Brooks semblait comprendre qu'elle n'avait pas besoin de mots inutiles. Il fit glisser sa robe le long de ses bras et sur ses hanches. Elle se retrouva en soutien-gorge rose et en culotte. Avec un gémissement d'approbation, il arracha les boutons de sa chemise. Puis il la souleva dans ses bras vigoureux, sa bouche dévorant la sienne, et s'engagea dans le couloir. Il n'abandonna ses lèvres qu'en entrant dans sa chambre. Il avait eu la délicatesse d'allumer des bougies et leur douce clarté baignait le lit.

Au lieu de l'y allonger, il la déposa sur le sol. Elle sentit le contact du plancher sous ses pieds. Puis, passant une main derrière son dos, il dégrafa son soutien-gorge et glissa les doigts sous les bretelles pour libérer ses seins. Il la contempla pendant quelques instants, le regard étincelant de convoitise, avant de lui ôter sa culotte.

Elle s'étonnait de voir à quel point elle lui faisait confiance. Elle lui offrait sa nudité sans aucune inquiétude, sans timidité. Peut-être était-ce la lueur d'admiration dans le bleu de ses yeux qui la réchauffait. Ses tétons durcirent et il dit :

— Tu as froid.

Elle secoua la tête. Elle n'avait pas froid. Elle frémissait d'impatience, de désir. La contournant, il pressa son corps contre le sien. Quand elle sentit son érection frotter contre son dos, elle baissa les paupières. Il prit ses seins en coupe, passant ses longs doigts sous le renflement des deux globes, et elle sentit des frissons lui parcourir le corps. Il picora langoureusement sa nuque. S'il essayait de lui faire perdre la raison, il avait réussi son coup. De chaudes vibrations se succédaient en elle, s'attardant aux points les plus sensibles de son corps, mais il n'avait pas fini de lui infliger de délicieux tourments. Les mains de Brooks glissèrent jusqu'à la chute de ses reins, puis plus bas encore, jusqu'à lui caresser les cuisses. Il se frotta contre elle, se plaquant plus étroitement encore, ne laissant pas subsister le moindre doute sur la taille de son érection.

Quand sa main s'aventura plus bas et qu'il glissa un doigt, puis deux, dans son sexe, elle crut défaillir. S'aventurant plus loin dans les replis secrets de son intimité, ses caresses lui procuraient de longues sensations qui la secouaient de la tête aux pieds. Ivre de volupté, éperdue, les sens embrasés, elle se contracta autour de lui et se soumit à la douce torture qu'il lui infligeait en retenant son orgasme qui menaçait d'exploser.

— Doucement, lui murmura-t-il en l'immobilisant de son bras vigoureux.

Soudain, elle chavira dans l'extase, poussant de petits gémissements qui accompagnèrent l'ultime onde de plaisir qui la souleva.

Quand ils eurent fini, il couvrit ses épaules et son dos de baisers, puis il l'obligea à se retourner et la regarda droit dans les yeux. Elle était muette d'émerveillement. Il n'était pas vraiment d'humeur à parler lui non plus. D'un geste preste, il retira sa ceinture, puis se débarrassa du reste de ses vêtements. Les yeux de Ruby se posèrent sur son sexe majestueux et, se laissant tomber à genoux, elle lui procura un plaisir aussi intense que celui qu'il venait de lui donner. Ignorant ses pensées vagabondes, il se concentra sur sa bouche exigeante qui le poussait à s'abandonner à la félicité qu'elle lui prodiguait.

Secoué par les spasmes de la jouissance, il renversa la tête en arrière et céda aux sensations qui mettaient son sang en fusion. Il était si facile de se laisser porter par le flot de la volupté. La magie de ses lèvres et de sa langue combinée à la pression de ses dents sur la peau sensible de son sexe lui arracha un râle. Sa vision se brouilla.

Il avait l'impression de se libérer de toute entrave. Jamais il n'était allé aussi loin dans la félicité. Il comprit alors qu'il se mentait depuis toujours. Il vivait enchaîné et n'en avait jamais pris conscience.

Un grognement d'approbation monta de sa poitrine et, au bout de quelques instants, il l'obligea à se relever.

— J'ai besoin d'être en toi, lâcha-t-il d'une voix rauque.

— Allonge-toi, Lancelot ! lui intima-t-elle.

Une fois en position, protégée par son préservatif, elle posa les mains sur ses bras et le ceintura de ses cuisses.

— Seigneur, Ruby ! Tu ne peux même pas imaginer à quel point tu es belle.

— Comme si j'étais sur le point de monter à cheval ?

Malgré le désir brûlant qui couvait en lui, il eut un petit rire.

— Tu me compares à un cheval ?

— Prends-le comme un compliment, lui assura-t-elle en se pressant sur lui.

Un long râle guttural émana de sa gorge alors qu'il la pénétrait. Puis le lent ballet commença. Resserrant la pression de ses mains sur la taille de Ruby, Brooks s'aventura plus loin en elle, accentuant la pression à chaque poussée, provoquant une friction d'une telle volupté qu'éperdue, les sens en feu, elle se contracta autour de lui. Elle agrippa ses épaules et s'abandonna au supplice qu'il lui infligeait en retenant la délivrance. Les yeux dans les yeux, ils continuèrent encore, prolongeant cette félicité indicible. Il se retirait, puis s'immobilisait quelques secondes, à la limite d'exploser.

Sa vision se brouilla, son souffle se précipita. Inondée par les sensations des mains de Brooks sur ses seins, de son sexe au fond du sien, elle laissa échapper un cri. Sentant la pulsation annonciatrice de l'explosion finale enfler au fond de son ventre, elle s'accrocha à lui, s'ajustant à son rythme, et ils chaloupèrent ensemble, entraînés dans un tourbillon de plus en plus rapide et puissant. Jusqu'au moment où l'orgasme la submergea, la secouant de tremblements, alors que Brooks la rejoignait dans l'extase. Elle se raidit, chevauchant les vagues de volupté qui déferlaient et, sur un spasme, elle l'entraîna dans le plaisir, prolongeant les ultimes pulsions de jouissance.

Puis, comblée, liquéfiée, elle s'écroula sur lui et il la serra étroitement contre son torse luisant de sueur. Dans la brume ouatée de volupté, il n'y avait plus que Brooks qui comptait.

- 7 -

Ruby attendait devant les barrières dressées pour la kermesse de Noël de Cool Springs, à l'entrée de la ville. Elle avait toujours adoré cette kermesse. Quand elle était petite, chaque année, elle prenait part à l'épreuve de course aux tonneaux, sur le champ de foire. Ce souvenir la fit sourire. Sous l'œil attentif de son père, elle faisait faire une démonstration à son cheval, le guidait pour l'inciter à contourner les tonneaux à toute allure, sentant qu'elle faisait corps avec l'animal. À l'époque, elle avait rapporté plusieurs trophées à la maison. Mais, après la mort de son père, elle s'était tournée vers une discipline qu'elle aimait encore plus : le dressage. Elle devait à son père de continuer aujourd'hui à Look Away.

Le sol était parsemé de guirlandes de lumières clignotantes. Des couronnes de houx géantes et des banderoles rouge et verte annonçaient les fêtes qui approchaient. La rumeur de la foule qui s'amusait, les rires des enfants, les cris des vendeurs de rue vantant leurs barbes à papa et leurs beignets faisaient renaître une flopée de souvenirs.

C'était ici que Trace Evans l'avait embrassée pour la première fois, derrière la baraque qui vendait aujourd'hui du chocolat chaud et du café. Et, en dépit de la fraîcheur de la nuit de décembre, alors qu'elle s'emplissait les yeux du spectacle, elle sentit son cœur se réchauffer.

Ce fut alors qu'elle le vit.

Il s'approchait de derrière les barrières, le visage fendu

d'un sourire aussi radieux que dans son souvenir. Cet homme magnifique d'un bon mètre quatre-vingt-dix se fraya un chemin à travers la foule, chaussé de ses bottes en peau de serpent luisantes qui soulevaient des nuages de poussière. Il braquait sur elle ses yeux d'un noir profond, comme si personne d'autre n'existait. Exactement comme avant.

Dès l'instant où son regard se posa sur lui, elle sentit toutes ses appréhensions disparaître. À la vue de Trace, si grand sous son stetson, avec sa chemise à carreaux noirs et blancs épousant ses épaules charpentées, et un sourire éblouissant aux lèvres, elle fut secouée d'un frisson torride. Elle se rabroua. Elle était venue ici pour le repousser, lui signifier leur rupture officielle, afin que qu'ils puissent passer à autre chose.

Elle avait besoin de le voir en personne. Mais son visage exprimait une joie sincère.

— Ruby, lui dit-il de sa voix rauque, aux intonations locales. C'est si bon de te revoir.

Elle resta figée. Mais, après avoir réglé son ticket d'entrée, il l'entraîna de l'autre côté de la barrière. Se rendant compte qu'il la tenait par la main, elle essaya de se dégager. Au lieu de la lâcher, il l'attira à lui, inclina la tête et l'embrassa.

— Pardon, s'excusa-t-il avec son charme habituel. J'en rêvais depuis que tu as accepté de me retrouver ici. Tu es superbe, Ruby, tu m'as manqué.

Ignorant les sentiments confus de son cœur, elle mit toute sa conviction dans ses paroles :

— Trace, je suis simplement ici pour…

— Je sais, je sais. Tu n'es pas très contente de moi en ce moment. Je le comprends. Et si nous profitions un peu de la soirée avant de passer aux choses sérieuses ? Regarde là-bas. Des beignets. J'en meurs d'envie. Je parie que toi aussi.

— Je…

— Tu te souviens qu'on adorait ces gâteaux ? Avec des

fraises et de la crème fouettée. Et plus il y avait de sucre glace, meilleur c'était. Viens, intima-t-il en lui reprenant la main, je suis sur le point de mourir de faim.

Elle leva les yeux au ciel mais, sans le vouloir, elle sourit. Elle aussi mourait d'envie d'un beignet. On ne les trouvait qu'une fois par an, à cette foire. C'était sa chance de se laisser aller et de se faire plaisir avec ce mélange frit et gluant.

— D'accord, bonne idée.

— Tu veux dire : « délicieuse idée », mon cœur.

Elle s'apprêtait à lui rappeler qu'elle n'était pas son « cœur » quand ils furent interrompus par des jeunes femmes et des écoliers qui réclamèrent des autographes.

Trace parut sincèrement enchanté, leur accordant à chacun un peu d'attention. Il était devenu une célébrité dans le monde du rodéo et, pour les gens d'ici, un héros local. Une fois qu'il eut fini de distribuer sa signature à la ronde, il la guida vers une table de café.

— Désolé, Ruby.

— Cela arrive souvent ? demanda-t-elle, curieuse.

— Assez. De plus en plus souvent.

Il essayait de se faire humble, mais arborait un sourire triomphant. Se rembrunissant soudain, il la dévisagea.

— En tout cas, je suis vraiment heureux de te voir. Tu m'as manqué, chérie, poursuivit-il avec un soupir à fendre l'âme.

— Aux dernières nouvelles, c'est toi qui as rompu avec moi, Trace.

— Jamais de la vie ! Pas officiellement. Je t'ai dit au téléphone que je devais me concentrer sur ma carrière, et que cela impliquait de mettre tout le reste sur pause.

— Ce n'est pas une explication très réconfortante, si tu veux mon avis.

Elle s'était sentie vraiment abandonnée et il était hors de question qu'il tente de se racheter avec des excuses bidon.

— Simplement parce que être avec toi était beaucoup

trop distrayant. Lorsque nous étions ensemble, je ne pouvais penser qu'à toi.

Il parlait comme un homme toujours amoureux et, si elle avait toujours été la fille naïve qu'il avait quittée, elle aurait pu de nouveau se laisser prendre à son bagou.

— Quand tu tiens à quelqu'un, tu l'appelles. Tu veux savoir comment il va. Tu…

— J'ai commis des erreurs. Je ne le nie pas, reconnut-il en plantant sa fourchette dans son beignet. Mais je suis rentré pour de bon, maintenant. À la maison.

— Et alors ?

— Et alors, je vais rester à Cool Springs.

— Tu abandonnes le rodéo ?

Avec un petit sourire triste, il précisa :

— Je crois que c'est le rodéo qui m'abandonne. Je ne suis pas fait pour cette vie. Je ne vais jamais devenir célèbre. Pas comme je le voulais. J'ai donné huit ans de ma vie au rodéo.

— Mais tu adores chevaucher des taureaux.

Il avait dix-neuf ans quand il avait gagné son premier rodéo local, et toute la ville s'était réunie derrière lui. Quelques petites entreprises locales l'avaient sponsorisé, afin qu'il puisse poursuivre son rêve. Aussi semblait-il étrange qu'il abandonne maintenant. Certes, c'était un sport d'homme jeune, mais il avait encore de belles années devant lui.

— J'adorais le rodéo. Et je m'y suis donné à fond. J'espère ne pas t'avoir perdue. Mais, comme je n'ai pas atteint l'objectif que je m'étais fixé, je préfère tout arrêter. Et j'ai décidé de rester, dans l'espoir que tu me donnes une nouvelle chance.

Elle sentit un étrange désarroi la gagner. Trace voulait une nouvelle chance ? N'en croyant pas ses oreilles, elle se redressa sur son siège. Surtout ne rien montrer de sa surprise.

— Et que vas-tu faire ?

— Papa vieillit, répondit-il avec un haussement d'épaules. Il veut que je reprenne le ranch à plein temps.

Cela ne ressemblait pas à Trace. Il avait toujours eu de grands projets, mais jamais celui de devenir un rancher local. Même s'il était un pur Texan, elle était convaincue qu'il voulait vivre ailleurs. Changeant de sujet, elle déclara :

— Je t'ai vu à la télévision, l'autre soir, dans *Homestead Hills*.

— Oh ! fit-il avec un haussement d'épaules indifférent. J'ai accepté le rôle sur un coup de tête, après avoir rencontré un directeur de casting au rodéo. J'ai tenté ma chance, voilà tout. Mais ça n'a rien donné.

Elle opina du chef. La plupart des gens étaient prêts à tout pour décrocher un rôle dans une série télévisée. Puis, se décidant à entamer son beignet, elle savoura la pâtisserie.

— Quel régal ! Je ne devrais pas, mais je crois que je vais tout avaler. Mais, toi, tu n'as pas touché au tien, fit-elle alors remarquer.

Trace lui sourit, son regard s'attardant longuement sur sa bouche, et soudain elle sentit qu'elle se liquéfiait. Une sensation d'excitation vibra au creux de son ventre. Par quel maléfice parvenait-il à réveiller en elle ces vieux désirs familiers ? Elle ne pouvait croire qu'un an auparavant ils étaient ici, à déguster des beignets, en discutant de leur avenir.

Elle le regarda dévorer son gâteau, tandis que bouleversée par ses paroles, l'estomac noué, elle abandonnait la moitié du sien. Certes, elle avait été élevée pour pardonner. Mais serait-elle assez bête pour *lui* pardonner ?

Elle se laissa ensuite entraîner sur la grande roue. Au point culminant, leurs hanches se frôlant, leurs jambes s'effleurant, ils admirèrent la vue nocturne sur Cool Springs. Sous la voûte céleste étoilée, la ville était baignée par la clarté du clair de lune. Prenant sa main Trace mêla ses doigts aux siens. Elle entrevit alors à quoi sa vie pourrait ressembler.

Après la grande roue, il gagna un adorable renne en peluche à un jeu de fléchettes et le lui offrit.

Jamais elle n'avait eu l'esprit aussi confus. Il avait été son héros. Pouvait-il le redevenir ? Trace était revenu, lui faisait des déclarations, la couvrait d'attentions. Pourtant elle n'était pas près de lui pardonner… Et puis, il y avait Brooks.

Elle laissa échapper un soupir accablé.

— Qu'y a-t-il ? s'étonna-t-il.

— Rien. Je dois rentrer.

— Tu es sûre ? Nous ne sommes même pas allés au village du Père Noël.

— Tant pis.

Un éclair de déception passa dans le regard de Trace.

— Très bien. Dans ce cas, je vais te ramener à ta voiture.

Ne tenant pas à faire d'histoires, elle ne protesta pas quand il lui prit la main pour regagner le parking.

Le moment était venu de lui dire qu'elle ne voulait plus de lui. Qu'elle avait trop souffert… Mais elle était incapable de prononcer ces mots. Il faisait preuve d'une telle gentillesse, déployait tant d'efforts pour l'impressionner.

Lorsqu'ils arrivèrent enfin à sa voiture, elle poussa un soupir de soulagement. Elle allait pouvoir s'échapper. Lui retirant sa main, elle la plongea dans son sac pour chercher sa clé, puis ouvrit sa portière.

— Bonne nuit, Trace. Merci pour cette soirée.

Comme s'il comprenait qu'il ne fallait pas la brusquer, il déclara :

— Je t'appelle demain.

Elle aurait dû l'en dissuader, lui répondre que ce n'était pas nécessaire. Mais cela aurait été une perte de temps. Aussi se résigna-t-elle à répondre :

— D'accord.

Sans lui laisser le temps de prononcer un mot de plus, elle mit le contact. Le moteur resta silencieux. Nouvelle tentative, elle appuya sur l'accélérateur. En vain. Elle fulmina intérieurement. C'était bien sa chance !

Trace vint à sa rescousse. Après avoir examiné le tableau de bord, il se glissa sous le coffre. Pour en émerger, quelques instants plus tard, l'air désolé.

— Tu veux la bonne ou la mauvaise nouvelle ?

— La bonne.

— Ta voiture n'ira nulle part ce soir. Pas sans une dépanneuse.

Elle étouffa un juron silencieux.

— La bonne nouvelle, c'est que je peux te raccompagner chez toi.

Au lieu de la laisser attendre une dépanneuse, il avait insisté pour la ramener. Son copain Randy, du garage de Cool Springs, avait promis de remorquer sa voiture à la première heure, demain matin. Trace ayant tout réglé, elle n'avait pas pu protester.

Mais, maintenant qu'il venait de se garer devant chez elle, elle avait hâte de rentrer.

— Merci de m'avoir ramenée, Trace, lui dit-elle, se préparant à descendre.

Elle éprouvait comme une espèce de vertige. Cette soirée avait réveillé trop de souvenirs de leur histoire. Elle lui avait rappelé combien elle l'avait aimé, combien il l'avait fait souffrir.

— Ruby, attends !

L'intonation pressante de la voix de Trace l'interrompit dans son mouvement. Il descendit de son pick-up qu'il contourna pour venir lui ouvrir la portière passager. Acceptant sa main tendue, elle descendit à son tour. Maintenant qu'ils étaient seuls sous le magnifique clair de lune, elle attendit de se sentir troublée par sa présence. Mais il semblait ne plus produire le moindre effet sur elle.

Ce qui devait être bon signe.

À peine eut-elle posé un pied sur le sol qu'elle se libéra et attrapa son sac. Elle était prête à mettre un terme à cette journée. Elle s'était toujours considérée comme une femme indépendante. Elle pouvait se débrouiller seule. Pourtant, force lui était d'admettre que, ce soir, voir Trace prendre l'initiative et régler ce problème de voiture lui avait été plutôt agréable.

— Je vais te reconduire jusqu'à ta porte, proposa-t-il.

À la perspective qu'il l'embrasse pour lui dire bonsoir, elle sentit son sang se glacer. Cette fois, ce ne serait pas un baiser innocent, comme celui de leurs retrouvailles à la kermesse. Il avait été son premier amour. Mais elle était incapable d'oublier les brûlures de sa trahison. Si la douleur n'était plus aussi forte, elle laissait derrière elle des blessures qui devaient encore cicatriser. Il n'était pas question qu'elle répète la même erreur.

— Ce n'est pas nécessaire, Trace.

— Comme tu voudras. Mais avant de rentrer, Ruby, je… euh…

Le vent nocturne était glacial. Frissonnant, elle prit appui contre son pick-up, face à lui. L'air gêné, il s'avança et retira son chapeau, hésitant comme s'il cherchait ses mots. Quoi qu'il ait à dire, cela devait être important. Il était habituellement très sûr de lui. C'était la toute première fois qu'elle le voyait bégayer. Il se frotta la nuque et prit une profonde inspiration. Elle fut presque tentée de poser une main apaisante sur son bras.

— Je voulais dire que j'étais désolé… vraiment désolé pour la façon dont je t'ai traitée. J'aurais dû me rendre compte que ce que nous vivions était vraiment unique. Mais, maintenant que je suis ici pour rester, je voudrais me racheter, recommencer à zéro. Toi et moi, nous étions bien ensemble…

Un bruit de pas fit crisser le gravier sur le chemin derrière eux. Elle tourna la tête et vit une silhouette émerger de la pénombre pour s'avancer dans le halo de lune.

— Qui est-ce ? s'irrita Trace.

Lui offrant son visage le plus impassible, elle répondit :

— Le fils de Beau.

Brooks approchait. L'air surpris, il jeta un regard inquisiteur à Trace, avant de se tourner vers elle.

— Bonsoir, la salua-t-il d'une voix un peu traînante.

Elle faillit se mettre à rire. Il avait pris l'accent texan, sans doute au contact de Beau. Mais cette rencontre fortuite entre son ex-petit ami et son amant actuel n'avait rien de drôle.

— Bonsoir, Brooks, fit-elle de son ton le plus enjoué.

Son numéro aurait pu lui valoir un Oscar hollywoodien.

— Ruby, grommela Trace.

— Oh ! Brooks, je te présente Trace Evans. Trace, voilà l'un des jumeaux de Beau, Brooks. Il est venu de Chicago, pour faire connaissance avec la famille.

Trace jaugea Brooks de la tête aux pieds et lui tendit la main.

— Bonsoir. Ravi de vous rencontrer.

— Pareillement, répondit Brooks sans grand enthousiasme, tout en lui serrant la main.

— Ainsi, vous êtes l'un des garçons que Beau recherchait ? J'ai entendu parler de vous en ville. Pas par Ruby, toutefois. Elle n'a pas mentionné votre nom une seule fois, ce soir. Mais les nouvelles vont vite à Cool Springs.

— J'ai retrouvé Trace en ville, à la kermesse de Noël, se hâta-t-elle d'expliquer. Ma voiture est tombée en panne et il m'a proposé de me raccompagner.

Trace s'adossa à son pick-up, à côté d'elle.

— Oui, comme autrefois. Ruby et moi nous connaissons depuis longtemps. Je ne sais pas si elle vous a parlé de moi, mais je suis revenu habiter ici.

Il sourit à Brooks. Elle jeta un coup d'œil curieux à Trace.

Mettait-il Brooks en garde ou lui faisait-il juste la conversation ? Trace n'avait pas la moindre raison de soupçonner quoi que ce soit, même si cela n'avait pas d'importance. Il n'avait plus de droits sur elle.

Elle s'écarta de lui.

— Alors, vous plaisez-vous à Cool Springs, jusqu'ici ? poursuivit-il.

— Beaucoup. Et je commence à me sentir vraiment chez moi, à Look Away, répondit Brooks, l'air impassible.

En dépit de sa voix neutre, il lui lança un regard perplexe, comme pour essayer de comprendre ce qui se passait.

— J'imagine aisément, répliqua Trace. À voir que vous vous baladez à cette heure de la nuit, et par ce froid.

— Je suis habitué au froid. Les hivers de Chicago peuvent être très rudes. En fait, je ne suis pas sorti faire une promenade. Je suis venu demander un service à Ruby. C'est tout, ajouta-t-il.

Elle resta muette. Brooks qui jouait au péquenot suffisait à la faire rire. Mais elle n'osa pas.

— Vraiment ? demanda Trace.

— Oui.

— Ruby et moi étions en pleine conversation, annonça Trace, comme si ce n'était pas évident.

— Vous ai-je interrompus ?

Un enfant de chœur n'aurait pas eu l'air plus innocent.

— En fait, oui, répondit Trace en se redressant. Mais ne vous dérangez pas pour moi. Demandez ce que vous avez à demander à Ruby, je vous en prie.

Un pressentiment funeste la gagna. Cette rencontre ne se déroulait pas bien. Il était évident que Brooks ne rebrousserait pas chemin. Elle devait intervenir.

— En fait, Trace, je ne suis pas prête pour cette conversation, ce soir, déclara-t-elle. La journée a été longue et je suis fatiguée. Brooks, ta question peut-elle attendre demain ?

Brooks jeta un coup d'œil à Trace, l'examinant une seconde avant de hocher la tête.

— Bien sûr, cela peut attendre.

— D'accord, dans ce cas, nous parlerons demain. Et, Trace, merci de m'avoir raccompagnée.

— Je t'en prie. J'ai apprécié notre rendez-vous, chérie.

Elle voulut protester, puis se ravisa. À quoi bon essayer de nier ? Trace s'était mis en tête qu'il s'agissait d'un rendez-vous.

— Eh bien, dans ce cas, bonne nuit.

Refusant toujours de bouger, les deux hommes ressemblaient à deux statues. S'éloignant de Trace, elle passa devant Brooks et leva les yeux au ciel d'un air éloquent. Il esquissa un sourire amusé.

Les laissant tous les deux plantés là, elle se dirigea vers sa porte. Incapable de résister à la curiosité, elle se retourna un instant. Attendant que Brooks se soit éloigné, Trace, qui était remonté dans son pick-up, démarrait.

Elle poussa un long soupir. Les hommes changeraient-ils donc jamais ?

— En quel honneur ton ex est-il revenu ?

Au moins, Brooks ne tournait pas autour du pot. Toutefois, au téléphone, l'intonation de sa voix était plus curieuse qu'accusatrice.

— Où es-tu ? s'étonna-t-elle.

Cela faisait à peine dix minutes qu'il l'avait quittée. Vêtue d'un pyjama confortable, elle était déjà blottie dans son lit. Elle était inhabituellement fatiguée ce soir et… son esprit était en pleine confusion. Elle ne s'était pas attendue à voir l'homme qui, à une époque, hantait ses rêves revenir avec des excuses et des promesses.

Alors qu'elle avait cessé de croire depuis longtemps aux promesses.

— Chez moi. À m'inquiéter à ton sujet. Tu vas bien ?

— Je vais bien. Ce n'était pas vraiment un rendez-vous, Brooks. Trace voulait me parler et me présenter des excuses, je suppose. J'ai accepté de le rencontrer à la kermesse de Noël.

— Alors, tu lui pardonnes.

— Pour être franche, je ne sais pas où j'en suis.

Le silence se fit au bout du fil. Quelques secondes passèrent, puis elle perçut un soupir.

— Tu estimes que je ne suis pas concerné ?

Sa question la prit au dépourvu. Il avait une façon d'aller toujours droit au but.

— Si, tu l'es un peu. Puisque nous sortons ensemble.

C'était la première fois qu'elle admettait la réalité de leur relation. D'un autre côté, non seulement Brooks ne lui avait fait aucune promesse, mais il devait rentrer à Chicago après les fêtes.

— Mais je ne sais pas, Brooks. Je me sens incapable de subir la moindre pression pour le moment.

Pouvait-elle se montrer directe et lui dire qu'elle refusait de voir son cœur se briser de nouveau si elle s'abandonnait à ses sentiments pour lui et qu'il partait ? Pouvait-elle lui dire que, contrairement à Trace, il ne lui avait jamais rien dévoilé de ce qu'il ressentait pour elle ? Elle aurait été bien bête de croire qu'il lui déclarerait sa flamme. Ils ne se connaissaient que depuis quinze jours. Même si, jusqu'à l'arrivée de Trace, tout se déroulait à merveille entre eux.

— Je ne veux pas te mettre la pression, Ruby, mais ce type t'a déjà fait souffrir et je ne voudrais pas que l'histoire se répète. Je tiens à toi.

— Moi aussi, je tiens à toi, Brooks. Mais nous savons tous les deux…

Elle hésita, se mordit les lèvres, cherchant des mots qui ne seraient ni trop durs ni trop crus. Certes, ils se désiraient mutuellement, mais leur rencontre fortuite dans un bar n'aurait jamais eu de suite, si Brooks n'avait pas été un Preston. Et maintenant ils semblaient incapables de résister à cette attirance qui les aimantait.

— Que savons-nous ?

— Nous avons été réunis par des circonstances étranges, ne trouves-tu pas ?

— Je suppose que oui. La première fois que je t'ai rencontrée, jamais je n'aurais deviné que tu faisais partie de la famille Preston. Quand je t'ai vue entrer dans cette écurie l'autre jour, je suis resté abasourdi. Mais je ne le regrette pas un instant ! Et toi ?

En vérité, non. Elle n'était pas désolée d'avoir rencontré Brooks. Il lui plaisait, peut-être même lui inspirait-il des sentiments plus profonds encore. Mais elle ne voulait pas les admettre. Impossible. Ce n'était pas simplement parce qu'il était le fils de Beau Preston. Ni à cause de la culpabilité liée à leur relation secrète. Mais elle était encore fragile. Son cœur était encore trop meurtri pour qu'elle le donne à un autre homme. Même si, quand il était en elle, la frontière entre le physique et le mental, entre le sexe et l'amour, devenait floue, elle savait qu'elle ne pouvait s'offrir totalement à lui. De toute façon, il n'en avait jamais émis le souhait.

— Non, je ne regrette pas.

Mais il était temps de changer de sujet. Elle n'avait nulle envie de s'étendre sur ses états d'âme. Aussi, puisque sa curiosité avait été piquée, elle demanda :

— Tu étais vraiment venu me demander un service ou c'était un prétexte ?

— Ce n'était pas un prétexte. Même si, je dois l'admettre, je voulais te voir, ce soir.

Chaque fois que sa voix se faisait plus rauque, elle se sentait fondre de l'intérieur.

— Tu voulais organiser une randonnée à cheval demain ?

— J'aimerais beaucoup. Mais ce n'est la raison qui m'a

poussé à venir te voir. La vérité est que j'ai pensé à mon grand-père. J'ai besoin de faire la paix à son sujet, mais j'ai déjà repoussé une visite à sa maison médicalisée. Je ne suis pas sûr d'être prêt à y aller seul. Cet homme a causé beaucoup de chagrin à ma famille et j'ignore quelle sera ma réaction en sa présence. D'un autre côté, j'ai besoin de tourner la page pour pouvoir avancer.

— Tu aimerais que je t'accompagne ?

Il poussa un lent soupir.

— Tu viendrais ?

— Oui, bien sûr. Quand tu voudras.

— Vraiment ? Je suis tellement soulagé ! Je… Je pense que je vais prendre un rendez-vous avant la soirée de Noël, ce week-end. Je veux…

— Je me libérerai quel que soit le moment.

— D'accord, acquiesça-t-il.

Sa voix se brisa. Il semblait sur le point de craquer, comme s'il avait été obsédé par cette visite à son grand-père.

— Tu n'imagines pas ce que cela représente pour moi. Merci, Ruby, ajouta-t-il avec un soupir de gratitude.

— Je t'en prie.

Elle sentit une vague de chagrin la submerger. La voix de Brooks exprimait une telle douleur. Si elle pouvait faire quoi que ce soit pour l'aider à tourner la page et lui permettre de trouver une forme de paix, elle n'hésiterait pas une seconde. Aussi voulait-elle le soutenir et l'encourager, lors de cette visite. Cela ne faisait que prouver à quel point il comptait pour elle.

Il était son ami, c'était au moins ça.

- 8 -

Debout sur le perron du ranch, à côté de Beau, Brooks regardait la limousine noire approcher. Quand elle se gara, son père prit une profonde inspiration. Il était sur le point de rencontrer son autre fils pour la première fois.

Sentant l'émotion de son père, Brooks chercha à alléger l'atmosphère et plaisanta :

— Tu vas voir, je suis le plus beau des deux.

Le petit rire de Beau s'étrangla dans sa gorge. Graham venait de descendre de voiture.

— Seigneur !

C'était la réaction typique de ceux qui rencontraient les jumeaux Newport pour la première fois : deux hommes très différents, deux visages aux traits identiques.

— Je sais. La ressemblance est troublante. Mais Graham s'est fait couper les cheveux un peu plus court que d'habitude pour t'aider à nous différencier.

— C'est… intelligent, fit remarquer Beau, visiblement très ému.

Ils s'avancèrent vers la voiture. Graham venait d'aider sa fiancée à en descendre.

— Bienvenue, mon fils, le salua Beau. Voilà longtemps que je voulais te rencontrer.

Brooks remarqua que les yeux de leur père brillaient de larmes. Il peinait visiblement à masquer son émotion.

— Moi aussi, répondit Graham.

Les deux hommes s'étreignirent et, avec un sourire,

Brooks déposa un baiser sur la joue d'Eve. Il ne l'avait pas vue depuis un moment. S'il avait longtemps considéré la fille de Sutton Winchester comme une ennemie, c'était une époque révolue. Son jumeau en étant fou amoureux, il avait fini par faire la paix avec elle.

Se détachant de l'étreinte de son père, Graham prit la main de sa compagne et l'attira vers eux.

— Beau, je vous présente Eve, ma fiancée.

Beau serra délicatement la jeune femme dans ses bras. Sous la veste de cuir beige et le chemisier, son ventre légèrement arrondi de femme enceinte contrastait avec la minceur de son corps athlétique.

— Je suis heureux de vous rencontrer, Eve. Bienvenue chez moi et félicitations pour le bébé. Je suis au comble de la joie. Mes deux fils, ma future belle-fille, et pour couronner le tout je vais être grand-père.

— Nous aussi, nous nous réjouissons, renchérit Graham.

Tous rayonnaient.

— Je serais heureux que vous m'appeliez papa, tous les deux.

Graham lança à Brooks un coup d'œil qui semblait dire : « Enfin, nous avons un père. »

— Nous en serions ravis. N'est-ce pas, Eve ?

— Oui, bien sûr, approuva-t-elle.

Ses yeux verts scintillaient comme deux émeraudes. Le visage de Beau se fendit d'un sourire enchanté. Puis son regard se posa tour à tour sur chacun des jumeaux.

— Vous vous ressemblez comme deux gouttes d'eau, les garçons, déclara-t-il en se grattant la tête d'un air perplexe. C'est indéniable.

— Certes ! Pourtant, il m'est déjà arrivé de vouloir nier que ce type était mon frère, plaisanta Graham, les yeux pétillant de malice.

Sa boutade contenait toutefois une certaine part de vérité. Ils avaient eu leurs différends et, tout particulièrement, ces derniers temps. Graham n'avait pas vraiment approuvé la façon dont Brooks s'en était pris à Sutton Winchester.

— Vraiment ? s'étonna Beau.

Le moment était mal choisi pour remuer le passé. Ne venaient-ils pas enfin de retrouver leur famille ? Désormais, seul comptait l'avenir. Il s'empressa de rassurer leur père :

— Mais tout va bien, maintenant. N'est-ce pas, Graham ?

— Oui, affirma son jumeau.

— Graham, ces quelques jours avec Brooks m'ont permis de mieux le connaître. Il m'a parlé de votre enfance. J'ai hâte d'en apprendre plus sur toi et de faire connaissance avec Eve. Je dois avouer que, parfois, je perdais tout espoir de vous retrouver. Jamais je ne pensais voir ce jour arriver.

Le dernier mot s'étrangla dans sa bouche et les yeux de Graham s'emplirent de larmes.

— Eh bien, maintenant nous sommes ici, nous allons avoir tout le temps de rattraper notre retard.

— Vous allez passer Noël avec nous ?

— Bien sûr.

— Vous êtes chez vous ici aussi longtemps que vous le souhaitez. Alors maintenant venez au chaud. Je vais vous montrer vos chambres.

Chargé des bagages, le chauffeur emboîta le pas à Beau et au jeune couple. Mais Brooks s'attarda. Il manquait quelque chose. Ou, du moins, quelqu'un.

Il survola rapidement le parc du regard, cherchant à y apercevoir Ruby. Depuis leur conversation, deux jours auparavant, il n'avait cessé de penser à elle et à sa réaction en la voyant en compagnie de Trace Evans. Une jalousie féroce, comme jamais il n'en avait ressenti, l'avait submergé. Ce qui lui avait donné matière à réflexion. Que se passait-il au juste entre Ruby et lui ? Il n'avait jamais rencontré une femme comme elle et, à la pensée qu'elle puisse retourner à son ex, il était noué par la douleur.

Or, pour le moment, il avait les mains liées. Ruby voulait garder leur liaison absolument secrète et il n'avait pas le droit de sortir avec elle officiellement. Pourtant il le voulait. Et cela le surprenait. Jamais il n'avait laissé une femme prendre le contrôle de ses émotions. Certes, il avait eu des liaisons, sauf que jamais l'idée de s'engager ne lui avait traversé l'esprit. Il avait été marié à son travail et, plus récemment, trop obsédé par la quête de son vrai père pour s'intéresser sérieusement à quiconque.

Au fond de son cœur, il avait toujours estimé que, s'il rencontrait la femme idéale, tout se mettrait en place dans sa vie. Ce n'était jamais arrivé.

Avec Ruby, il ne s'agissait pas juste de sexe. Il l'avait compris tout de suite. Ce n'était même pas qu'elle lui était interdite dans tous les sens du mot. Quoique ce parfum de danger ait quelque chose d'excitant. Tout en elle semblait attiser son désir. Son indépendance. Son cran. La manière dont elle ne cédait ni ne s'avouait jamais vaincue.

Mais, ces derniers temps, l'amour et le romantisme étaient passés au second plan dans sa vie, et il ne pouvait faire confiance à ses sentiments. Jamais il n'avait été aussi vulnérable qu'à Look Away. Après tout, il n'y était pas dans son élément. Pourtant, plus il se sentait chez lui au ranch, plus il pouvait envisager un futur avec Ruby Lopez.

Aussi, hier, avait-il pris son téléphone pour appeler Roman Slater et obtenir des informations sur Trace Evans. Une petite enquête de son ami, excellent détective privé, lui paraissait s'imposer. Il avait le pressentiment que Trace cachait bien son jeu et, la dernière chose qu'il souhaitait, c'était de voir Ruby se brûler de nouveau les ailes. Du reste, Beau non plus ne tenait pas le cow-boy en grande estime.

Son cœur fit soudain un bond dans sa poitrine. Sa

magnifique Mexicaine aux cheveux d'ébène se dirigeait vers l'écurie, à quelques mètres de distance. En la voyant, il sentit son pouls s'accélérer.

En tenue de travail, une veste matelassée noire, un jean slim et de hautes bottes d'équitation, elle était d'une beauté renversante. Il fut surpris de constater qu'il tenait à être présent quand elle rencontrerait son frère. Il voulait être celui qui allait les présenter.

— Ruby ! la héla-t-il en s'avançant vers elle à longues enjambées.

Elle finit par l'apercevoir et s'arrêta net devant le bâtiment.

— Ruby, répéta-t-il plus doucement cette fois, alors qu'il arrivait enfin face à elle.

— Bonjour, Brooks.

Ses yeux en amande s'écarquillèrent et, l'air curieux, elle attendit qu'il lui parle.

— Bonjour. Je suis content de te voir.

Il lui sourit, comme un idiot. Il ne pouvait même plus feindre d'être décontracté en sa présence.

Sans prononcer une autre parole, elle hocha la tête. Pourtant, une lueur dans son regard l'intrigua.

— Tu travailles, cet après-midi ? demanda-t-il.

— Oui. J'avais l'intention de sortir avec Spirit. Pourquoi ?

— Mon frère est ici avec sa fiancée. Ils viennent d'arriver. J'avais l'intention de te présenter.

— Tout de suite ?

Il haussa les épaules. Il avait l'impression d'être un imbécile. Pour tout arranger, Ruby semblait fuir son regard, comme s'il avait perdu la tête. Beau avait invité tous ses enfants à dîner ce soir en l'honneur d'Eve et de Graham. Il partait donc du principe que Ruby serait présente.

— Eh bien, oui, j'aurais aimé te présenter Eve et Graham tout de suite.

Avec un froncement de sourcils étonné, elle demanda :

— C'est important pour toi ?

— Cela ne prendra qu'une minute ou deux et, oui, c'est important pour moi.

Il avait grandi dans une petite famille, sans figure paternelle à admirer, et partager cette partie de sa vie avec elle était très important pour lui.

Avoir vu Ruby en compagnie de son ex avait agi comme un déclic. Il avait compris qu'elle commençait à compter vraiment pour lui. De plus en plus. Leur relation semblait soudain prendre une grande place dans son cœur.

L'espace d'un instant, elle le dévisagea. Visiblement, elle réfléchissait. Puis elle approuva d'un hochement de tête.

— Je suis d'accord.

— Très bien.

Il réprima son impulsion de l'enlacer et de l'embrasser éperdument, là, séance tenante. Il voulait lui dire qu'elle n'était pas qu'une aventure pour lui, qu'elle représentait bien plus qu'une liaison secrète. Elle commençait à combler tous les vides existant en lui, des vides dont il ne soupçonnait même pas l'existence. Mais le moment était mal choisi pour lui faire ces aveux.

— Je vais juste passer chez moi me changer.

Il balaya du regard cette tenue qui moulait son corps aux courbes délicieuses, ce rideau brillant de cheveux noirs, ces yeux à l'incroyable couleur chocolat.

— Te changer ? Mais enfin, Ruby, tu n'as pas besoin de te changer. Tu es parfaite comme tu es. Viens avec moi, ajouta-t-il en lui tendant la main.

Ses joues se colorant de rose, elle plaisanta :

— Lancelot, tu es un vrai charmeur.

Et, lorsqu'elle plaça sa main dans la sienne, il se sentit envahi par un sentiment de plénitude.

La veille, les présentations s'étaient déroulées à merveille et Brooks s'en félicitait. Qui aurait pu se douter que Ruby et Eve s'entendraient si bien ? La jolie présidente d'Elites Industries aux yeux verts, qui serait bientôt sa belle-sœur, et Ruby, exceptionnelle dresseuse de chevaux, avaient discuté mode, country musique et rock, Cool Springs comparé à Chicago, et même, bizarrement, de football américain. Et ce soir, répondant au souhait de Graham et de sa fiancée d'avoir un aperçu du vrai Texas, Ruby et lui les avaient emmenés boire un verre à C'mon Inn.

Installés dans un box en coin, il sirotait un whisky en compagnie de son jumeau, à l'endroit même où, pour la toute première fois, il avait posé les yeux sur Ruby. Les deux jeunes femmes continuaient à bavarder à bâtons rompus, des éclats de rire venant parfois entrecouper leur conversation.

En voyant Graham prendre amoureusement la main de sa fiancée, Brooks eut un pincement au cœur. Combien il aurait souhaité faire de même avec Ruby. Son frère, qui les observait avec attention, avait compris qu'il se passait quelque chose : un phénomène classique entre jumeaux. Et, comme Graham n'était pas du genre à garder ses pensées pour lui, Brooks n'allait pas tarder à en entendre parler.

La conversation porta alors sur le conflit entre les Winchester et les Newport, et Eve essaya de formuler les choses avec autant de délicatesse que possible.

— Brooks croyait que mon père était aussi leur père. Qu'ayant été l'amant de leur mère il l'avait abandonnée enceinte. Il voulait donc régler ses comptes avec lui. Estimant sa démarche légitime, il a dévoilé de vieux ragots à la presse. Sans aucune conséquence puisqu'ils étaient faux. Heureusement, car ensuite nous avons fait la paix.

— Cela ne ressemble pas à Brooks, fit remarquer Ruby.

— Vous connaissez si bien mon frère ? la taquina Graham.

Mais sa remarque tomba à plat.

— Je pensais le connaître suffisamment, répliqua-t-elle.

— C'est une longue histoire et, comme vient de le dire Eve, nous avons résolu nos différends, se défendit Brooks.

L'incertitude dans le regard de Ruby lui déchirait le cœur. Il tenait à ce qu'elle garde une bonne opinion de lui. Ne le considérait-elle pas comme son preux chevalier ? Et, si, à l'époque, il avait de bonnes raisons de poursuivre Winchester, la page était tournée. Plus aucune animosité ne subsistait entre la fiancée de son frère et lui.

Cette dernière eut la bienveillance d'acquiescer.

— Oui. Grâce à Graham, qui a éclairci toute cette affaire et en a profité pour me voler mon cœur.

— En fait, Sutton est le père de notre plus jeune frère, ajouta Graham. Mais notre mère le lui avait caché. Il n'a découvert que récemment que Carson était son fils.

Songeur, Brooks but une gorgée de whisky. Ainsi, Ruby n'ignorait plus rien du fiasco qu'avait été sa vie au cours de ces dernières années. S'il n'avait pas honte de ses actes, qu'à l'époque il pensait justifiés, il savait que si c'était à refaire il adopterait sans doute une autre stratégie.

Son obsession pour Sutton Winchester n'était plus qu'un souvenir. L'homme était mourant et il n'était pas seul responsable de ce chagrin inutile. Leur mère y était elle aussi pour quelque chose, tout comme grand-mère Gerty.

Graham reprit alors :

— Tout s'est arrangé, maintenant. Je suis fiancé avec Eve et nous attendons un bébé. En définitive, ce malheur a débouché sur un immense bonheur.

Brooks leva son verre.

— Je bois à cela.

Graham l'imita de sa chope de bière et les deux femmes entrechoquèrent leurs verres de thé glacé.

— À la famille ! déclara Brooks en plongeant son regard dans celui de Ruby.

— À la famille, répétèrent-ils tous avant de trinquer.

— Ruby, tu veux boire quelque chose de plus fort ? s'enquit-il alors.

— Non merci. Je pense que je vais éviter, ce soir. J'ai abusé de la tarte *tamale* de Lupe au dîner.

Se tapotant l'estomac, Graham s'exclama :

— Moi aussi ! Quel délice ! Mais dis-moi, Ruby, il paraît que tu joues très bien au billard.

— C'est une vraie terreur, lança Brooks en souriant.

— Vraiment ? Eve aussi est plutôt douée.

Les deux femmes échangèrent un regard.

— Tu veux faire une partie ? proposa Ruby.

— Bonne idée !

— Je ne peux pas rater ça ! fit Graham en se levant pour laisser passer sa fiancée.

Quand Brooks l'imita, Ruby le frôla dans un effluve de son parfum exotique. Mais la bienséance l'empêchait de laisser libre cours à son désir. Elle et lui étaient actuellement dans une impasse et il doutait fort qu'elle l'invite à la rejoindre prochainement dans son lit.

Les deux femmes se dirigèrent vers la table de billard au fond de la salle, choisirent chacune une queue et se mirent en position. Debout contre le mur, en compagnie de Graham, Brooks plaisanta :

— Ne sois pas trop dure avec elle, Ruby. Elle est l'invitée.

— Pas de quartier, rétorqua Eve, la détermination dans ses yeux indiquant qu'elle était prête à livrer une âpre bataille. Ne me ménage pas, Ruby. Je peux gérer.

Graham renchérit en ricanant :

— C'est la vérité. Elle est stupéfiante.

Avec un regard entendu, Brooks lui déclara :

— C'est bon de te voir heureux, mon frère.

— Oui, je le suis. J'ai réussi à ne pas tout gâcher avec Eve. Dieu merci. Et cette rencontre avec Beau m'a fait un immense plaisir aussi. J'avoue que je n'étais pas très convaincu par l'idée de ce voyage au Texas, par le fait de me trouver catapulté dans une toute nouvelle famille. Mais Beau nous a réservé un accueil incomparable. C'est un homme de grand cœur et je n'ai senti aucun malaise entre nous.

— Parce que j'ai préparé le terrain, comme d'habitude, le taquina Brooks.

— Prétentieux. Et toi ? Raconte ? Que se passe-t-il avec Ruby ? Et ne me dis pas qu'il ne se passe rien. Je peux quasiment voir la fumée du brasier qui brûle entre vous depuis ma banquette. Tu es amoureux ?

Brooks prit une profonde inspiration. Ruby, concentrée sur leur partie, regardait Eve qui s'apprêtait à viser sa bille. Aussi avoua-t-il dans un chuchotement :

— Je crois que je suis en train de tomber amoureux.

Il se rabroua. Quel genre de réponse était-ce ? Il était en train de tomber amoureux ? S'il avait fait son possible pour qu'elle reste légère, leur relation était très vite devenue aussi intense que passionnelle.

— C'est compliqué, reprit-il alors.

— Je comprends. Mais cela ne doit pas être plus compliqué que mon amour pour la fille de Winchester.

— Je ne sais pas. Ruby est comme une fille pour Beau. Et, si je la fais souffrir, je vais le payer très cher. Ce n'est pas vraiment l'impression que je veux donner à mon père.

— Dans ce cas, mon vieux, tu n'as pas d'alternative : tu dois t'engager à ne pas la faire souffrir.

Brooks regarda son frère, laissant ses paroles s'imprégner en lui. Était-ce si facile ? Voulait-il vraiment Ruby ? Il lui jeta un coup d'œil. Elle visait sa boule. Son corps menu, si sexy, était penché au-dessus de la table de billard, ses yeux comme deux lasers, sa bouche pulpeuse qui appelait les baisers formant une moue adorable. Sa boule roula à travers la table et en frappa une rayée qui tomba dans le trou d'angle.

Oh oui, il voulait Ruby ! Hypnotisé par sa présence, il l'avait voulue à la seconde même où il avait posé les yeux sur elle, à cet endroit précis, à C'mon Inn. Elle avait du caractère, de la classe et un toupet qui le faisait sourire. Même quand cette insolence le visait. Il admirait sa passion pour ses chevaux qu'elle connaissait si bien et sa façon d'enseigner qui venait droit du cœur. Il ne pouvait imaginer ne plus la voir tous les jours. Ne plus lui parler, ne plus rire avec elle. Jusqu'à aujourd'hui, il n'avait pas pensé au moment où il devrait rentrer pour de bon à Chicago.

C'était la première fois qu'une femme lui inspirait des sentiments vraiment sérieux. Il avait toujours fait passer son travail en priorité, s'étant fixé comme objectif d'atteindre l'indépendance financière dont il avait toujours rêvé, depuis les jours plus humbles de sa jeunesse. Il avait travaillé très dur pour développer la Newport Corporation et n'avait pas eu beaucoup de temps pour s'amuser. Par conséquent, les conquêtes n'avaient fait que passer dans sa vie. Et pour cause. Il n'avait jamais été prêt à prendre un engagement important, n'ayant eu que peu à donner, et la possibilité d'une relation sérieuse était toujours passée au second plan. Plus récemment, il avait été trop accaparé par son projet de rencontrer son père, après l'avoir cherché pendant des années, pour laisser son esprit vagabonder sur d'autres sujets. Mais, maintenant qu'il était confronté à la possibilité de perdre Ruby, il devait prendre une décision.

Le plus tôt serait le mieux.

Mais, avant toute chose, il avait une autre page à tourner. Et il voulait Ruby à ses côtés.

Le centre médicalisé de Hutchinson, dans la périphérie de Cool Springs, était niché derrière des murs de briques et un portail en fer forgé. Les pelouses étaient remarquablement entretenues. Et si, à cette époque de l'année, les massifs le long de la galerie circulaire étaient vides de fleurs, Ruby pouvait les imaginer s'épanouir au printemps, leur couleur égayant les malades qui prenaient l'air dans les fauteuils du patio.

Brooks posa ses bras sur le volant et contempla la grande maison en brique aux jolies persiennes blanches.

— Nous y sommes, déclara-t-il dans un soupir accablé.

Elle lui coula un regard en coin. Elle savait déjà que cette rencontre serait loin d'être une partie de plaisir. Mais elle comprenait son besoin de venir ici pour tourner une page définitive. En revanche, Graham n'avait pas manifesté le moindre désir de rencontrer leur grand-père. Les jumeaux avaient beau se ressembler comme deux gouttes d'eau, ils n'auraient pu être plus différents dans la façon dont ils abordaient la vie.

Prenant la main de Brooks, elle la serra.

— Nous n'avons pas besoin de nous attarder, lui souffla-t-elle sur un ton réconfortant. Et je serai avec toi tout le temps.

Il se frotta la nuque d'un geste machinal et l'enveloppa d'un regard grave.

— Merci, je ne pense pas que j'y arriverais sans toi.

Devant l'expression solennelle dans ses yeux bleus, elle sentit son cœur fondre. Elle se sentait à la fois honorée et un peu émue que Brooks compte autant sur elle. Qu'il ait besoin d'elle. C'était une chose de se sentir désirée. Mais qu'un homme aussi solide ait besoin de votre soutien signifiait beaucoup.

— Je suis ici, Brooks. Allons rencontrer ton grand-père.

Une fois qu'ils furent à l'intérieur, quelques minutes plus tard, une infirmière les escorta jusqu'à la salle des visites, où on leur demanda d'attendre sur le seuil. La femme se dirigea vers un homme aux cheveux gris, assis près de la fenêtre, et lui adressa quelques mots. Pour toute réaction, il tourna légèrement la tête vers la porte, le visage dépourvu d'expression, hormis une imperceptible lueur dans le regard.

Ruby sentit Brooks se figer, son corps tendu comme une corde. Il ferma les yeux et elle resserra son emprise sur sa main.

— Ça va aller, chuchota-t-elle.

— Oui, balbutia-t-il.

L'infirmière leur fit signe d'avancer et installa deux chaises face au vieil homme affalé dans son fauteuil.

— Tu es prêt ? lui demanda-t-elle.

Brooks fit un signe d'assentiment. Elle lui emboîta le pas. Ils se dirigèrent vers Bill Turner et prirent place.

— Bonjour. Je suis Ruby, se présenta-t-elle.

— Vous êtes jolie, constata l'homme d'une voix enfantine. Je ne vous connais pas, je pense ?

Elle secoua la tête.

— Non.

Il cligna des yeux et parut la transpercer du regard.

— Monsieur Turner, c'est votre petit-fils, Brooks, dit alors l'infirmière en posant la main sur l'épaule du vieil homme.

— Mon petit-fils ? répéta Bill en regardant Brooks avec une expression ahurie. Je n'ai pas de petit-fils.

— Vous avez deux petits-fils, répliqua Brooks. Des jumeaux. J'ai un frère, Graham.

Alors que l'infirmière s'éloignait, l'homme hocha la tête d'un air vague.

— Ce sont les enfants de votre fille Mary Jo, précisa Ruby.

En entendant le prénom de sa fille, le regard de Bill Turner s'éclaira.

— Ma fille ? Elle est assise à côté de la cheminée, et elle lit. Elle aime lire. C'est une fille tranquille. Où est Mary Jo ? Elle va venir ?

— Non, elle ne viendra pas aujourd'hui, déclara Brooks, les yeux brillants de larmes.

Le cœur déchiré par la douleur, Ruby le regarda se frotter les yeux.

— Peut-être qu'elle viendra un autre jour, dit le vieil homme. J'aimerais la voir.

— Peut-être, répondit Ruby. Vous vous plaisez ici, monsieur Turner ?

Avec un haussement d'épaules, il répondit :

— Assez.

— Les gens ont l'air gentils.

— Où est Mary Jo ? répéta-t-il en regardant vers la porte. Elle aime lire. Elle a toujours le nez dans les livres. C'est une fille intelligente.

— Oui, c'est une fille intelligente, parvint à répéter Brooks d'une voix étranglée. Et… elle aime lire.

— Je vous connais ? reprit Bill Turner d'un air intrigué. Je ne pense pas.

Les rides et l'expression désorientée de son visage dissimulaient à quel point il avait été bel homme.

— Non, répondit Brooks.

Il regarda Ruby, paraissant désespéré. Puis il fit une nouvelle tentative.

— Vous ne me connaissez pas, mais je suis votre petit-fils. Mary Jo était ma mère. Vous êtes mon grand-père.

Il lança un nouveau regard perplexe à Brooks.

— Je suis ton grand-père ?

— Oui.

Fasciné par un oiseau qui sautillait au pied d'un mesquite, Bill Turner regardait maintenant par la fenêtre.

— Monsieur Turner ? demanda Ruby en posant une main sur son bras.

Il tourna lentement la tête vers eux.

— Je construisais des choses, vous savez. J'ai construit ma propre maison. Ici, ce n'est pas ma maison. Je ne l'ai pas construite.

— Non, mais c'est chez vous maintenant, monsieur Turner, répliqua Ruby d'une voix calme.

— Oui, c'est chez moi maintenant.

La lueur dans ses yeux s'éteignit. Puis il leva la tête, cherchant une infirmière.

— Je pense qu'il est l'heure de déjeuner.

Brooks le dévisagea un moment, puis, avec un soupir résigné, il se leva. Son regard exprimait une gravité et une tristesse que Ruby ne lui avait jamais vues.

— Nous devons partir maintenant, monsieur Turner, déclara-t-il en reprenant la main de Ruby. Bon déjeuner.

Ils sortirent sans ajouter un mot et regagnèrent la voiture. Arrivé devant sa portière, Brooks murmura :

— C'est tellement injuste.

— Quoi ?

L'estomac noué, elle devinait ce qu'il allait dire.

— Il est comme un enfant. Il ne se souvient pas du mal qu'il a causé. De la souffrance qu'il a infligée à sa famille. Il a occulté les mauvais moments.

— Tu es en colère, fit-elle remarquer.

— Je… Oui, je crois que je suis plutôt furieux. Je voulais rencontrer le salopard et l'affronter au sujet de ma mère. Elle aurait eu besoin d'être défendue, protégée. Quelqu'un aurait dû tenir tête à ce sale type. Même si j'ai des années de retard, je pensais que j'allais pouvoir enfin lui dire ses quatre vérités. Mais il est dans son propre monde, ajouta-t-il, les poings crispés. Il ne comprendrait rien à mes griefs.

— Sans doute pas, Brooks. C'est toute la tristesse de la démence sénile. Il est prisonnier de sa propre tête.

Brooks baissa les yeux au sol et secoua la tête.

Elle s'avança d'un pas et scruta son beau visage, déformé par le chagrin. Il luttait visiblement pour ne pas pleurer.

— Tu as le droit d'être bouleversé. Le fait d'être venu

ici va te permettre de tourner la page, tu peux me faire confiance. C'est certain. Et, quand tu rentreras à Chicago et que tu y repenseras, tu te sentiras mieux.

Lentement, il l'enlaça par la taille et l'attira contre lui. Elle posa la tête sur sa poitrine. Son cœur y cognait si fort qu'elle posa une main dessus pour le calmer. Nichée dans son étreinte, elle attendit que les battements reprennent leur rythme normal.

— Comment peux-tu si bien me connaître, Ruby ?

Il effleura son crâne d'un baiser.

— C'est comme ça, voilà tout.

Resserrant son étreinte, il la plaqua contre son corps et, durant un moment, ils oscillèrent lentement. Et, comme chaque fois qu'ils étaient aussi proches l'un de l'autre, ils sentirent cette tension sexuelle, palpable entre eux.

— J'adore te serrer dans mes bras.

Il avait besoin d'elle, appréciait son réconfort, et elle s'en réjouissait.

— Merci d'être là, lui chuchota-t-il à l'oreille.

Un sentiment de protection d'une violence inouïe l'envahit. Et, à cet instant, Ruby comprit qu'elle voulait être toujours là pour lui. Elle était tombée amoureuse de lui. Elle l'aimait à tel point qu'elle voulait absorber son chagrin, faire en sorte qu'il disparaisse à jamais. Elle aimait Brooks Newport.

Mais aimait-elle encore Trace aussi ?

Elle s'empressa de chasser cette question. Pour le moment, elle était dans les bras de Brooks, lui apportait la tendresse dont il avait besoin. Elle ne penserait pas au futur ; à son départ, après les fêtes.

Il avait une maison à Chicago.

Une affaire florissante.

Et rien de tout cela ne l'incluait.

— Quel délice ! s'exclama Eve en mordant dans un cône glacé. Je ne sais pas quand j'ai mangé de la glace pour la dernière fois. Elle est exquise. Tout comme votre compagnie. Merci de m'avoir amenée ici. C'est vraiment gentil de votre part de me distraire aujourd'hui, pendant que Graham et Beau sont sortis à cheval avec Brooks. Graham avait tellement hâte de monter l'un des pur-sang de son père.

— C'est ta récompense pour m'avoir battue au billard, déclara Ruby. Je t'avais dit que, si tu gagnais, je te réservais une surprise.

C'était pourquoi, le lendemain de la visite à la maison médicalisée, elle avait invité Eve chez le glacier local où elles avaient retrouvé Serena, qui avait fait connaissance avec la visiteuse.

— Mais n'as-tu pas tout le temps envie de glace ? s'étonna cette dernière. N'est-ce pas ce dont on est le plus gourmande quand on est enceinte ?

— C'est ce que j'ai entendu dire, répondit Eve. Pour ma part, je préfère les frites. Mais je ne refuserai jamais une bonne glace. Si je ne fais pas attention, je ne vais pas tarder à m'envoler comme un ballon.

— Eve, tu es superbe. Tu n'as pas besoin de surveiller quoi que ce soit ! s'exclama Ruby.

Elle se garda bien de préciser qu'aujourd'hui c'était elle qui brûlait de manger des glaces, et non Eve. Et puis, elle préférait mille fois être ici avec Eve et Serena plutôt que toute seule, chez elle, devant sa télévision, à se morfondre à cause de sa vie amoureuse en avalant un litre de glace.

Comment un homme pouvait-il vous rendre à la fois si heureuse et si malheureuse ?

Hier, il lui avait paru tout naturel de réconforter Brooks. De le laisser faire le deuil de son grand-père, après cette rencontre éprouvante. Tout cela en un après-midi. Cette épreuve l'avait profondément secoué. Et, avec ses propres émotions à fleur de peau, elle était rentrée bouleversée.

Ayant terminé son cône depuis longtemps, elle regarda avec gourmandise les montagnes de glace dans la vitrine réfrigérée. Elle en aurait bien commandé un autre. Ou peut-être un sundae avec de la crème fouettée et des cerises. Mais que lui arrivait-il ? Malgré son estomac noué par cette situation qui la voyait déchirée entre Brooks et Trace, elle avait un appétit d'ogre depuis quelque temps.

— Je suis désolée de filer aussi vite, mais j'ai une liste de courses à faire de un kilomètre de long, annonça soudain Serena en se levant. J'ai été contente de te rencontrer, Eve. J'espère te revoir.

— Moi aussi, Serena. Je suis contente que tu aies pu te joindre à nous.

— Vous allez vous retrouver à la soirée de Noël à Look Away, leur indiqua Ruby.

— Tant mieux ! Dans ce cas, à samedi.

— À samedi, avec plaisir. Au revoir, les filles !

Après l'avoir suivie des yeux, Eve s'exclama :

— Comme elle est sympa ! Il y a longtemps que vous êtes amies ?

— Oui. Serena est comme une sœur pour moi.

— Et Beau est comme un père.

— En effet. C'est un homme d'une bonté infinie. J'ai de la chance d'avoir les Preston. Nous sommes très proches.

— Comme je te comprends. Cela n'a pas toujours été simple avec mon père. Heureusement, je m'entends bien avec mes sœurs. Dans un avenir proche, toi et moi aussi allons être sœurs. Belles-sœurs, c'est presque sœurs.

— Et je m'en réjouis.

— Moi aussi !

Soudain toute pâle, elle agrippa son ventre. Ruby se leva, alarmée.

— Ça ne va pas ?

— Tout va bien, lui assura-t-elle. C'est juste une nausée. Ça m'arrive de temps en temps. Mais je suis… Tout va bien.

Ruby se rassit, soulagée. Après avoir retrouvé des couleurs, Eve expliqua :

— Être enceinte te joue parfois des tours.

Ruby n'en avait pas la moindre idée. Aucune de ses amies n'ayant encore d'enfant, elle ne savait rien à ce sujet. Elle savait comment les juments poulinaient et avait aidé à la naissance de poulains au ranch sous la supervision de son père. Mais elle ignorait tout des femmes enceintes.

— Que veux-tu dire ?

— Eh bien, pour commencer, tu ressens toutes ces sensations étranges. Au début, tu as tout le temps faim, comme si tu ne pouvais jamais te rassasier. Un jour, et j'ai honte de l'admettre, j'ai dévoré deux omelettes au petit déjeuner, un énorme sandwich au déjeuner, et j'avais encore faim pour un poulet au barbecue le soir et un gâteau au chocolat pour le dessert. Au début de ma grossesse, je dévorais. Je n'y croyais pas.

— Tu mangeais pour deux ?

— Plutôt pour une armée, répondit Eve, le regard pétillant de malice. Mais c'est passé. Maintenant, je suis sensible de partout. Tout particulièrement ici, ajouta-t-elle en montrant ses seins.

Ruby se figea, le souffle coupé, et battit des paupières. Depuis quelque temps, elle éprouvait les mêmes sensations. Si elle enfilait son soutien-gorge un peu vite, ses mamelons étaient douloureux. Une douleur qui lui était étrangère et qui mettait un certain temps à disparaître. Elle n'y avait pas vraiment réfléchi. Mais, devant les glaces dans la vitrine réfrigérée, son estomac se remit à gargouiller. Elle avait tellement faim qu'elle aurait pu vider tous les bacs de crème glacée.

Un frisson de terreur la parcourut. Avait-elle eu ses règles ce mois-ci ? Elle essaya de faire le calcul mentalement.

— Ruby, tu es une d'une pâleur spectrale. Tu vas bien ?

S'obligeant à se remettre de son choc, elle refoula ses doutes et se concentra sur la question d'Eve.

— Très bien, la rassura-t-elle. Bon, es-tu prête à découvrir les plus belles boutiques de Cool Springs ? Ce n'est pas la Cinquième Avenue, mais nous avons un quartier commerçant très agréable.

— Excellente idée ! approuva Eve, qui l'observait avec attention. Nous pourrons évacuer les calories de nos glaces. Merci pour ton accueil à Cool Springs, ajouta-t-elle en lui prenant la main. Je m'y sens déjà comme une amie.

À la lueur entendue qui dansait dans ses prunelles claires, Ruby comprit qu'elle était prête à l'écouter si elle avait envie de parler.

— Moi aussi, répondit-elle avec sincérité.

Maligne comme l'était Eve, Ruby la soupçonnait d'avoir déjà deviné son lien avec Brooks. Mais l'admettre en ferait une réalité. En outre, il y aurait des questions auxquelles elle ne pourrait répondre. Et des sentiments qu'elle devrait analyser. Or, à cet instant précis, elle se sentait incapable de faire face à la possibilité qu'en dépit de toutes les précautions qu'elle avait prises elle soit enceinte.

Il était préférable de faire l'autruche. Le monde n'allait pas s'arrêter de tourner.

- 9 -

Du regard, Brooks balaya une dernière fois le salon du cottage. Il avait fait livrer des douzaines de roses de Chicago et les avait disposées dans des vases et des bols en verre, partout dans la pièce. Leur beauté inégalable aussi bien que leur parfum lui rappelaient la femme qui lui avait pris son cœur. Des bougies attendaient, prêtes à être allumées. Idéalement, ce soir, après la réception de Noël, il allait enfin montrer à Ruby à quel point elle comptait pour lui.

Cela faisait des jours qu'il ne l'avait pas touchée, des jours qu'il ne l'avait pas tenue dans ses bras ni embrassée à perdre haleine. Avec le retour de Trace Evans, il comprenait parfaitement qu'elle soit déchirée entre son ex et lui. Elle avait misé sur un futur avec le cow-boy et s'était imaginé passer sa vie avec lui. Or il l'avait laissée tomber. Ce type n'était même pas digne de cirer ses bottes et, ce soir, il tenait sa chance de la convaincre. De lui prouver qu'ils avaient besoin de passer plus de temps ensemble, que ce qu'ils avaient commencé à C'mon Inn valait la peine d'être poursuivi.

Dans quelques heures seulement, il serait en tête à tête avec elle et il n'abandonnerait pas jusqu'à l'avoir persuadée.

Un coup à sa porte le tira de ses réflexions. Il alla ouvrir et se trouva nez à nez avec Graham.

— Merci d'être aussi ponctuel.

— Mon frère m'appelle et je viens.

En entrant dans le cottage, son jumeau remarqua

immédiatement l'atmosphère romantique. Feignant de renifler, il se moqua gentiment.

— Ça sent comme dans un funérarium, ici.

Brooks contint son irritation. Graham pouvait se montrer tellement pénible, parfois.

— Ne me fais pas regretter de t'avoir invité.

— Tout cela est destiné à Ruby ? demanda-t-il en s'avançant dans la pièce.

— Oui. Tu sais que je n'aime pas perdre. Et gagner le cœur de Ruby en vaut la peine.

Graham le dévisagea avec attention.

— Ne gâche pas tout, c'est juste ce que je te demande, Brooks. Même si c'est étrange de dire cela, elle fait désormais partie de la famille. Et tu auras toute la maison Preston après toi si tu la fais souffrir.

— Je n'ai pas la moindre intention de la faire souffrir, répliqua-t-il, percevant la conviction dans sa voix.

— On dirait que tu es vraiment mordu, dis-moi ! Vous êtes pourtant diamétralement opposés.

— C'est mon problème. Et nous ne sommes pas si différents, dans le fond.

— C'est toi qui le dis ! Je suis bien assez occupé avec mes préparatifs de mariage et l'arrivée du bébé. Je n'ajouterai donc rien, à part que tu mérites d'être heureux.

Il promena de nouveau son regard sur les lieux.

— C'est joli, avec les bougies. Je suis sûr que Ruby va tomber sous le charme. Tous mes vœux t'accompagnent.

La sincérité dans la voix de son jumeau rattrapait ses taquineries initiales.

Changeant de sujet, Brooks demanda alors :

— Bien, que se passe-t-il ?

— J'ai réfléchi.

— À Bill Turner ?

— Oui. J'ai l'intention d'aller, moi aussi, lui rendre visite un de ces jours. Mais, après ce que tu m'as dit, visiblement, il n'y a pas le feu. Il ne saura pas qui je suis, c'est bien ça ?

— Probablement pas, mais si tu as besoin de le voir, de le rencontrer, je t'en prie. Ruby a dit…

Brooks marqua une pause. Ruby ne lui avait dit que des choses vraies. Elle l'avait aidé à traverser une journée particulièrement difficile et c'était l'une des nombreuses raisons pour lesquelles il était fou d'elle.

— Et qu'a dit Ruby ? insista Graham.

— Elle m'a longuement parlé. Et je te raconterai plus tard. Mais, tout d'abord, je veux te montrer quelque chose. Je pense que je suis prêt.

— Prêt ? Manifestement, si tu t'es donné beaucoup de mal pour Ruby.

Son frère fit un geste vers la pièce envahie de fleurs et de bougies.

— Je parlais de ma vengeance envers Winchester. Je pense que j'en ai fini, Graham. Une bonne fois pour toutes. Et je voulais ton opinion. Je veux faire la paix.

Son frère haussa les sourcils d'un air surpris.

— Vraiment ?

— Oui, il est temps. Les journées que j'ai passées ici, à Look Away, m'ont permis d'y voir plus clair. Je ne suis plus l'homme que j'étais. Le besoin de vengeance ne peut durer qu'un temps. À la longue, il finit par te détruire. En venant ici, j'ai compris que je voulais me tourner vers l'avenir, ne plus m'enterrer dans le passé. Ce qui est fait est fait.

— J'aime t'entendre parler ainsi, Brooks. Et Eve te sera reconnaissante de tourner la page. Même en sachant à quel point son propre père est mal en point, elle a tenu à m'accompagner pour me soutenir lors de ma rencontre avec Beau. Sutton n'en a plus pour longtemps, et ses trois filles, Eve, Nora et Grace sont toutes en train de s'accoutumer à cette réalité. Tu peux dire tout ce que tu veux sur cet homme, c'est leur père et il est mourant.

Brooks prit une profonde inspiration. Certes, une longue querelle l'avait opposé à Sutton Winchester, mais il avait maintenant compris que ce dernier n'était pas coupable des faits dont il l'accusait. Son plus grand crime avait été d'aimer leur mère d'un amour si fort qu'il n'avait jamais révélé leur secret. D'une certaine manière, il s'était montré honorable. Et, malgré tout le chagrin qui en avait découlé pour ses frères et lui, sa colère s'était apaisée ces derniers temps.

— J'ai déjà oublié le passé, pour Eve et pour le bébé. Ruminer sa rancune ne sert à rien. Je suis plus heureux ainsi et je pense que tu le seras aussi. Tu as tout mon soutien, ajouta Graham en lui décochant une bourrade dans le dos.

— Merveilleux ! Je ne vais pas tarder à aller le voir. Et maintenant file ! Je dois me préparer pour séduire Ruby, ce soir.

Une fois son frère parti, il passa un smoking de western, une cravate texane et se coiffa d'un stetson noir. Puis il se regarda une dernière fois dans la glace. Voilà ! Il était prêt à déclarer sa flamme à la plus belle brune de la terre et, il l'espérait, à vivre un Noël inoubliable. Le plus beau de leur vie !

Il sortit de son cottage pour gagner la maison principale. À mesure qu'il s'en approchait, les doutes qui habitaient son esprit commencèrent à se dissiper pour laisser place à des pensées positives. Partout dans le parc, les chênes, les peupliers et les bouleaux blancs scintillaient de mille feux. Au bout de l'allée bordée de flambeaux, la grande bâtisse se dressait dans le feu d'artifice coloré des guirlandes électriques qui rehaussaient la beauté de ses lignes architecturales.

Il sentit son cœur se gonfler d'une étrange sérénité.

Une partie de lui avait toujours su qu'il y avait plus pour lui que la vie citadine. Une partie de lui avait toujours su qu'il manquait à sa vie un élément essentiel. Et, devant ce ranch qui l'accueillait dans sa magnifique simplicité, il sut qu'il avait vraiment trouvé son havre.

Beau, qui l'attendait sur le seuil, le salua d'une véritable étreinte paternelle. Heureux de voir que son père ne craignait pas de montrer ses émotions, il lui rendit son accolade avec le même enthousiasme.

Les yeux brillant de joie, un large sourire aux lèvres, Beau déclara :

— Bienvenue, mon fils ! La fête ne fait que commencer. Je ne pouvais rêver plus beau cadeau que d'avoir toute ma famille réunie sous mon toit ce soir.

Brooks comprenait parfaitement son bonheur. À l'exception de Carson, tous ceux qui comptaient pour lui désormais étaient réunis à Look Away.

— Viens, je veux vous présenter à certains de mes amis les plus proches, Graham et toi.

Il suivit Beau à l'intérieur et commença à serrer des mains à la ronde. Néanmoins, tout en bavardant avec les voisins et amis de son père, il gardait les yeux rivés sur la porte.

Elle fit bientôt son apparition. Un instant le souffle coupé, il se ressaisit et prit congé de ceux avec qui il discutait. Aucune conversation ne pouvait faire concurrence à la sublime créature qui était en train de retirer son manteau sur le seuil de l'entrée. Une partie de ses cheveux d'un noir de jais était retenue par des strass, le reste flottant librement dans son dos. Sa robe était rouge rubis, la couleur idéale pour les fêtes. Qui, par chance, était aussi sa couleur. Elle faisait ressortir la divine carnation de sa peau mate et son décolleté en forme de cœur épousait ses seins voluptueux.

Son cœur s'était mis à battre à grands coups redoublés. Il ne l'avait pas vue depuis leur visite à son grand-père.

Et, soudain, comme aimanté par elle, il se sentit s'avancer dans sa direction. Il n'avait d'yeux que pour Ruby. Elle était tous ses fantasmes incarnés. Et il avait l'impression que jamais il ne la rejoindrait assez vite. Une fois devant elle, il s'exclama :

— Ruby, tu es sublime ! Dans cette robe, tu es d'une beauté renversante.

— Merci. Quant à toi, on pourrait presque te prendre pour un vrai cow-boy. Pas mal, pour un citadin !

— J'ai essayé.

— J'aime cette cravate sur toi, le complimenta-t-elle en tirant sur la cravate ficelle. Et ton chapeau.

Immédiatement, il le retira.

— Euh… désolé… je…

Voilà qu'il bredouillait maintenant. Que lui arrivait-il ?

— Tout va bien, Brooks, lui assura-t-elle en prenant le stetson et en le replaçant sur sa tête. J'aime ton look texan. Ne le retire pas pour moi.

Il se passa les mains sur le visage. Ce soir, tous ceux qui avaient des yeux pour voir allaient comprendre qu'il était fou amoureux de Ruby. Peu importait, il n'était pas prêt à se contenir. Il avait fini de feindre.

— Tu veux bien m'accompagner une seconde ? lui demanda-t-il.

— Si tu veux. Où allons-nous ?

— Tu vas voir.

La prenant par la main, il l'entraîna à travers les pièces décorées pour les fêtes. Puis, arrivé sur le seuil de la cuisine, hors de la vue de la bonne demi-douzaine de traiteurs qui s'y affairaient, il s'arrêta.

— Regarde en l'air.

Ils se trouvaient de nouveau sous une boule de gui. Et, cette fois, elle comprit exactement son intention.

Il approcha sa bouche de la sienne. À l'instant où leurs lèvres se frôlèrent, il se sut perdu. Perdu dans la saveur sucrée de sa bouche, dans sa douceur infinie. Il semblait ne plus pouvoir s'arracher à ce baiser d'une sensualité indescriptible. Il l'avait attendue, désirée, et maintenant elle était dans ses bras et il se fichait royalement du regard ou de l'opinion d'autrui. Il se consumait pour Ruby. Elle l'ancrait à la vie. Jamais il n'avait éprouvé des sentiments aussi forts, aussi violents. Ses petits bruits de gorge le bouleversaient. Elle partageait sa ferveur. Ils étaient faits l'un pour l'autre. Et il avait besoin de le lui faire comprendre.

— Ruby, murmura-t-il à son oreille, d'une voix brûlant d'impatience. Tu me manques atrocement.

Elle se hissa sur la pointe des pieds et lui chuchota d'une voix aux intonations brûlantes :

— Si tu parles de faire l'amour, tu me manques aussi.

— Oh oui, je parle de faire l'amour, affirma-t-il avec conviction. En préambule…

Ce qu'il suggérait allait bien au-delà de leur relation physique. Et il allait devoir prendre son mal en patience jusqu'à la fin de la soirée pour lui prouver ses sentiments.

— En préambule ? s'étonna-t-elle. Cela me semble bien prometteur, Lancelot.

Il sentit son souffle tiède caresser l'une de ses joues et sa respiration se fit plus rapide. Cette femme était une véritable charmeuse. Mais, tant qu'il était la seule cible de son charme, tout allait bien. Au moins, elle ne le repoussait pas. Avait-elle pris sa décision concernant Trace ?

— Rentre au cottage avec moi. Nous pouvons quitter la soirée tout de suite.

Elle plaqua une main sur son torse et, renversant la tête en arrière, le regarda droit dans les yeux.

— C'est impossible. Il y a bien trop longtemps que Beau attendait de vous réunir. Contente-toi de profiter de la soirée, Brooks.

S'il n'avait pas été aussi fou d'elle, son côté raisonnable et sensé l'aurait profondément agacé.

— Tant que tu es avec moi, d'accord. Avec toi, tout devient possible.

Seigneur ! Jamais il n'avait prononcé des paroles d'une telle sincérité.

— Moi aussi, je veux être avec toi, chuchota-t-elle.

Brooks étouffa un soupir de soulagement. Il devait faire preuve de respect envers son père et sa nouvelle famille. Sagement, Ruby l'avait remis à sa place. S'il s'en félicitait, la torture restait la même.

Des chants de Noël sur des mesures country retentirent. Les invités se dirigeaient peu à peu vers le jardin de l'arrière pour écouter l'orchestre.

— C'est un groupe de musique country local, lui expliqua Ruby. Ils sont très bons. Beau les a engagés pour la soirée.

— En effet, il m'en a parlé. Il a fait installer une piste de danse. Tu viens ? lui demanda-t-il en lui tendant la main.

— Bien sûr.

Ils sortirent, main dans la main, et se mirent à danser à la chaleur des chauffages électriques installés de façon stratégique pour l'occasion. Malgré la fraîcheur de la nuit, le vent glacial du Texas, qui pouvait vous paralyser, était heureusement tombé. Pourtant, le corps embrasé par le simple fait de tenir Ruby dans ses bras, il n'avait même pas besoin de la chaleur artificielle.

— Ils sont vraiment bons, chuchota-t-il en lui ébouriffant les cheveux.

Grisé par son parfum exotique, il l'attira aussi près que possible. Il ne voulait pas la mettre mal à l'aise. Il avait bien enregistré son message. Aussi allait-il prendre son mal en patience jusqu'à ce qu'il puisse se retrouver en tête à tête avec elle dans son cottage.

Où il pourrait lui ouvrir son cœur.

Ils dansèrent sur tous les airs que joua l'orchestre. Puis,

quand les musiciens firent une pause, il l'entraîna hors de la piste.

— C'était bien, déclara-t-elle en s'éventant un peu. Mais je dois aller me repoudrer.

Brooks eut un petit rire. Ruby parvenait toujours à le prendre au dépourvu. Il était sur le point de lui offrir de l'accompagner, quand Eve et Serena surgirent et entraînèrent Ruby avec elles. Il les regarda s'éloigner, songeur. Pourquoi les femmes allaient-elles toujours aux toilettes en groupe ? Il n'avait jamais compris.

Toby qui arrivait vers lui le surprit en flagrant délit : il admirait les fesses voluptueuses de Ruby.

— Alors comme ça, tu es amoureux de Ruby ?

Un peu gêné, il lança un regard méfiant à son demi-frère. Il ne savait pas très bien comment lui répondre.

— C'est bon. Nous comprenons.

— « Nous » ? répéta-t-il, surpris.

— Mes frères et moi. Nous avons tous été amoureux d'elle, à un moment de nos vies. Mais papa veillait au grain : à peine nos émois éclos, il faisait en sorte de nous recadrer. Ne t'inquiète pas, cela remonte à bien longtemps. Nous étions encore adolescents.

Brooks sentit sa bouche se dessécher.

— Vraiment ?

— Oui. Ruby est juste notre petite sœur, désormais.

— Beau se montre vraiment très protecteur, constata Brooks, d'une voix lente.

Une douleur soudaine lui tordait l'estomac. Toby, auprès de qui son malaise ne passa pas inaperçu, sembla le prendre en pitié.

— Si ça peut te rassurer, papa vous regardait danser avec un sourire radieux. Je devine qu'il est plutôt favorable à votre idylle, à Ruby et à toi. Je te conseillerais donc de foncer.

Clay qui arrivait balaya l'assistance du regard d'un air distrait et demanda :

— Vous avez vu Ruby, les garçons ?

— Qui la demande ? s'enquit Toby.

— Trace Evans est dehors, devant la maison. Il a un sacré coup dans le nez et il veut la voir.

— Il vient s'imposer à la fête ? s'étonna Brooks.

Avec un haussement d'épaules résigné, Clay répondit :

— Je suppose que oui. Il n'était pas invité.

Brooks avait maintenant des sueurs froides. Si Trace était ivre, il ne devait surtout pas approcher Ruby, et encore moins l'entraîner loin de la maison.

— Je m'en occupe, lança-t-il.

Toby adressa un sourire en coin à Clay.

— Le doute n'est pas permis, c'est un Preston.

Sensible au compliment de son demi-frère, Brooks ajouta :

— Dites à Ruby que je reviens.

Puis, d'un pas décidé, il partit affronter son rival.

Il trouva Trace appuyé contre son pick-up, en train de vider une bouteille de whisky. En jean et en chemise de chambray, son stetson rejeté en arrière, il n'était pas vraiment habillé pour l'occasion.

— Qu'est-ce que tu veux, Evans ? lâcha-t-il.

Trace le fusilla du regard.

— Ruby. Je veux Ruby.

En entendant l'intonation possessive de sa réponse, Brooks sentit sa mâchoire se crisper.

— Elle ne viendra pas te voir !

Elle va me voir ! J'ai des choses à lui dire.

Refoulant sa colère, il s'arma de patience.

— Ce n'est pas le moment. Elle profite de la soirée.

Les lèvres de Trace esquissèrent une grimace et, pointant son index vers lui, il lui ordonna :

— Ne parle pas à sa place, Newport !

— Et si tu fichais le camp pour aller cuver ton whisky ailleurs ? Mieux encore, je vais demander à quelqu'un de te ramener chez toi. Tu n'es pas en état de conduire.

Trace renversa la tête en arrière et partit d'un rire sonore.

— Tu es sérieux ? s'esclaffa-t-il en secouant le liquide ambre dans sa bouteille. On voit bien que tu n'es pas un Texan. Je n'ai rien bu, blanc-bec ! Je ne suis pas ivre. Et j'ai besoin de voir Ruby.

— Pourquoi, pour encore lui mentir et la faire souffrir ?

— Tu ne sais rien de Ruby et moi. Nous avons vécu une très belle relation et j'ai dérapé. C'est tout.

— Tu dérapes souvent. Comme quand tu couches avec une femme mariée, par exemple. Oui, je les connais, tes dérapages, Evans. Tu dois des milliers de dollars au jeu, et tu as été viré du circuit des rodéos parce que tu couchais avec la femme du patron. Et, maintenant, tu as besoin de Ruby pour éponger tes dettes.

Le regard vénéneux, Evans fit un pas vers lui.

— En quel honneur espionnes-tu ma vie privée ?

Brooks ne bougea pas d'un pouce. S'ils devaient se battre, il ne serait que trop heureux de lui casser la figure.

— Ruby mérite beaucoup mieux que toi. Alors oui, j'ai engagé un détective et j'ai découvert tous tes sales petits secrets.

— Sale ordure ! Je m'apprêtais à tout lui raconter. C'était justement pour ça que j'avais besoin de la voir.

— Il est trop tard pour confesser tes indélicatesses, Evans. Oublie-la, une bonne fois pour toutes !

— Je n'en ai pas l'intention. Ruby m'aime.

— Première nouvelle ! persifla-t-il. Parce que si tu veux tout savoir, ces derniers temps, c'était moi qu'elle aimait.

Evans leva son poing libre en l'air, ses yeux lançant des éclairs.

— Je devrais te démolir pour ça.

— Oh mon Dieu ! Je suis mort de peur !

Brooks avait beau fanfaronner, il était contrarié. Jamais il n'aurait pas dû se laisser énerver par ce type. En lui dévoilant leur relation, ne venait-il pas de trahir la confiance de Ruby ? Il n'était pourtant pas du genre à commettre des indiscrétions. Mais, en entendant Evans affirmer que Ruby l'aimait, il avait eu l'impression qu'on lui arrachait le cœur. Alors, tant pis, il allait tenter le tout pour le tout.

— Combien veux-tu pour laisser définitivement Ruby tranquille ? Vingt-cinq mille ? Cela devrait suffire à couvrir tes dettes de jeu. Je vais te signer un chèque.

— Salaud ! Tu crois que tout peut se régler avec de l'argent.

— Cinquante mille ?

Evans haussa les sourcils et demanda d'un air intéressé :

— Tu cherches à acheter Ruby ?

— J'essaye de la protéger.

Voyant que la fierté de Trace Evans l'empêchait d'accepter l'argent, Brooks le poussa.

— Disons cent mille. Marché conclu ? Ou pas ?

Soudain, un cri fusa derrière lui. L'angoisse lui étreignant la poitrine, il pivota sur les talons. Bras croisés, écumante de colère, Ruby se tenait à dix mètres d'eux. Il sentit une douleur fulgurante le déchirer.

— Ruby, depuis combien de temps es-tu ici ?

— Assez longtemps pour n'avoir pas perdu une miette de votre conversation de goujats.

— Attends ! C'est lui qui essayait de m'acheter, se défendit Trace.

— Et tu étais sur le point d'accepter son offre.

— Ne l'écoute pas, Ruby, plaida Evans en faisant un pas vers elle.

Sa main levée signifiait : « Ne t'avise pas d'approcher ! » Brooks réprima un soupir accablé. Le geste lui était tout autant destiné.

— Je n'écoute pas ces horreurs. Je me lave les mains de vous deux. Vous pouvez aller droit en enfer.

Sur ces mots, elle tourna les talons et s'éloigna d'un pas rageur, les épaules raides, tandis que tout le reste de son corps tremblait.

Brooks la suivit du regard, impuissant. Si ses paroles l'avaient meurtri, sa tristesse n'était rien comparativement à la souffrance qu'il avait éprouvée devant la déception et la peine que reflétait son visage.

— J'ai bien l'impression que tu as gâché tes chances, Newport.

— Va au diable, Evans !

Il s'élança à la poursuite de Ruby. Arrivé sur les marches du perron, il la héla :

— Ruby, attends !

Elle se retourna. Devant ses yeux brillants de larmes, il s'arrêta net.

— Laisse-moi, Brooks.

À cet instant, Serena et Eve sortirent de la maison. Remarquant le visage décomposé de Ruby, elles le foudroyèrent du regard et s'empressèrent d'entraîner leur amie à l'intérieur, la flanquant comme deux gardes du corps. Il resta planté là, en plein désarroi.

D'un geste empreint de lassitude, il passa les mains sur son visage, puis lança un poing en l'air pour exprimer sa frustration. Il aurait dû savoir que Ruby était assez indépendante pour ne pas avoir besoin qu'il se mêle de sa vie. N'avait-il donc tiré aucune leçon du passé ?

Et maintenant non seulement il l'avait blessée, mais elle était furieuse.

C'était la dernière chose qu'il avait souhaitée.

Et pire : sans qu'il puisse se l'expliquer, c'était lui qui passait pour le salaud dans toute cette histoire.

Assise sur son canapé, vêtue d'un pantalon de jogging noir et d'un sweat sur lequel s'étalait la phrase « Le cheval est le meilleur ami de la femme », Ruby repassait en revue les événements de la veille au soir. Si sa soirée avec Brooks l'avait transportée de joie, elle n'arrivait toujours pas à croire à l'information qu'elle avait surprise. Brooks avait essayé de payer son ex pour qu'il cesse de la poursuivre de ses assiduités ! Comme si elle n'était pas capable de le décourager elle-même. Comme s'il avait le droit de décider pour elle. Elle devait malheureusement se résoudre à l'évidence : elle ne connaissait pas du tout Brooks Newport. Était-il le manipulateur sans scrupule décrit dans la presse ? Essayait-il de la contrôler ? Ou croyait-il vraiment la protéger ?

Tirée de ses réflexions par la vibration de son téléphone, elle jeta un coup d'œil à l'écran. Encore un texto de Brooks. La veille, il n'avait cessé de l'appeler et de lui envoyer des textos jusqu'après minuit, trouvant toutes les excuses imaginables. Elle n'avait répondu à aucun de ses messages. Mais dans chacun d'eux il se qualifiait d'imbécile, d'idiot ou de crétin, pour lui avoir fait de la peine. Ce qui l'avait fait sourire. Cet homme si hautain, si sûr de lui, faisait amende honorable. Elle devait lui concéder cette humilité.

Mais, dans son texto d'aujourd'hui, il avait complètement changé de ton. En effet, son message lui disait :

> Je pars à Chicago. Quand j'aurai tout réglé dans ma vie, je reviendrai… Pour toi.

Un frisson torride la traversa. Oh ! Lancelot !

La sonnette retentit, la tirant de sa rêverie. Sachant qu'Eve devait passer, elle alla lui ouvrir, reconnaissante de sa visite. Elle avait besoin d'une amie, aujourd'hui, ce qu'Eve était en train de rapidement devenir.

— Bonjour, la salua son amie, dont le sourire chaleureux s'évanouit sur-le-champ. Oh ! Ruby ! Tu as l'air épuisée. Je parie que tu n'as pas fermé l'œil de la nuit.

— J'ai dû dormir une heure ou deux. Entre.

— Tu es sûre ? Je peux revenir plus tard, si tu veux te reposer.

— Seigneur, non ! Je ne suis pas du genre à me morfondre. Je serai contente d'avoir de la compagnie.

Eve entra et la serra affectueusement dans ses bras. C'était pile ce dont elle avait besoin à cet instant précis.

— Je suis désolée de te voir si triste.

— Je suis… Oui, je suppose que « triste » est le mot adéquat. Je suis en plein désarroi.

— Si tu as besoin de parler, je suis ici.

Lui ouvrir son cœur n'était pas facile, mais Eve écoutait d'une oreille avisée et elle pouvait lui faire confiance. Une fois dans le salon, elles s'assirent sur le canapé.

Puis, regardant sa nouvelle amie droit dans les yeux, Ruby lui ouvrit son cœur, sans réserve, racontant comment elle était tombée amoureuse de Trace, comment elle l'avait attendu comme une idiote, durant de longs mois. Elle expliqua qu'il était revenu à Cool Springs pour elle, qu'il avait fait son possible pour se racheter, lui offrant tout ce qu'elle voulait de lui, une vie, un avenir, toutes ces choses auxquelles elle n'avait jamais fait allusion. Puis elle lui raconta sa première rencontre avec Brooks à C'mon Inn et la façon dont ils étaient tombés dans les bras l'un de l'autre dès le premier soir. Et sa surprise en découvrant le lendemain qu'il était l'un des fils disparus de Beau.

Puis elle lui expliqua comment, la veille, après avoir dansé avec Brooks, elle avait finalement compris qu'elle n'était plus amoureuse de Trace. Avant même d'avoir eu vent de ses frasques et de l'avoir surpris en train d'avouer qu'il essayait de se servir d'elle pour sortir d'une situation financière épineuse.

— Si douloureuse qu'elle soit, Ruby, au moins, tu connais désormais la vérité sur Trace Evans, fit remarquer Eve. Tu peux le rayer de ta liste. Je suis désolée de te faire de la peine, mais tu as évité le pire. Et ne m'en veux pas d'ajouter que Brooks t'a rendu service en le démasquant.

Ruby baissa la tête et se frotta les tempes.

— Si j'écoute ma raison, je sais que tu dis juste, Eve. Mais mon cœur… n'en est pas si sûr.

— D'après Graham, Brooks est fou de toi. Tu peux me croire. Le fait qu'il soit allé si loin avec Trace est une sacrée preuve d'amour. Brooks est loin d'être un adversaire facile. Il ne fait pas de quartier. Mais c'est un homme passionné, un homme vraiment bien.

— Est-ce que les hommes vraiment bien prennent la poudre d'escampette au premier problème ?

Curieuse de connaître sa réponse, elle scruta le visage empreint de gravité d'Eve. Cette dernière lui prit la main, et elle sentit sa chaleur l'envahir.

— Il avait de très bonnes raisons d'aller à Chicago, Ruby. Il fait la paix avec son passé. Et, même si cela semble un peu cliché, Graham et moi pensons que c'est parce qu'il veut te revenir le cœur libre.

— C'est… plutôt bon signe, concéda-t-elle. Si j'arrive à y croire. Il n'a pas cessé de m'envoyer des textos.

— Tu pourrais peut-être lui laisser une chance ?

— Peut-être, acquiesça Ruby avec un sourire.

La prenant délicatement par les poignets, Eve la regarda droit dans les yeux.

— Je t'ai apporté quelque chose, Ruby. J'espère que je n'ai pas outrepassé les limites de ta confiance, mais…

Plongeant une main dans son sac, elle en sortit une boîte rose, rectangulaire.

— Ayant été dans ta situation il y a quelques mois, j'ai reconnu les symptômes, chuchota-t-elle.

Ruby sentit ses yeux s'écarquiller. Elle n'était pas prête pour cela. Ou bien était-il temps de cesser de se leurrer ?

Après tout, elle était Ruby Lopez, et ne pas affronter la vérité ne lui ressemblait pas. Elle prit la boîte et, devant l'appréhension qui s'était peinte sur le visage de son amie, elle lui sourit.

— Tu te promènes toujours avec un test de grossesse dans ton sac ?

Eve eut un petit rire.

— Je craignais beaucoup ta réaction, en fait. Tu penses peut-être que les citadins sont trop directs.

— C'est vrai que les gens de la ville vont droit au but. Ici, on aurait plutôt tendance à commérer dans le dos du voisin.

— Mais tu ne m'en veux pas ?

— Bien sûr que non. J'étais prête à faire face à la réalité. J'avais juste besoin d'un coup de pouce.

— Tu penses être enceinte ? demanda Eve, dont le regard s'illumina d'espoir.

Avec un haussement d'épaules résigné, elle répondit :

— Aucune idée. Je mange comme si la fin du monde était pour demain et, ces derniers temps, je me fatigue très vite. D'un point de vue émotionnel, je suis une véritable loque. Mais c'est peut-être à cause de Brooks, tout simplement. Je suppose que… je ne vais pas tarder à savoir. Merci, Eve.

— Je t'en prie. Je vais te laisser te reposer, maintenant, déclara sa visiteuse en se levant.

Ruby n'essaya pas de la retenir. Pourtant, la dernière chose à laquelle elle pensait était se reposer. Elle resserra la main sur le test de grossesse. Qu'importait ce qu'elle découvrirait, elle devait réfléchir très sérieusement.

Elle raccompagna Eve.

— Appelle-moi si tu as encore besoin de parler, lui chuchota sa nouvelle amie en l'embrassant sur le seuil.

— Tu peux compter sur moi. Et encore merci.

Après avoir refermé la porte, Ruby prit appui contre le battant. Avec un soupir, elle jeta un coup d'œil à la boîte rose dans sa main. Dire que ce bâtonnet pouvait changer une vie à jamais ! Puis, une main posée sur son ventre, les yeux remplis de larmes, elle fit un vœu.

Comme elle n'en avait pas fait depuis la mort de son père.

- 10 -

En ce soir du 24 décembre, sur la galerie de Look Away, Brooks admirait la nuit sans nuages, en compagnie de Beau. Le ciel du Texas était constellé de centaines d'étoiles. Jamais elles ne lui avaient paru aussi scintillantes. D'un geste frileux, il s'emmitoufla dans son manteau de laine pour se protéger du vent glacé. Le sapin de Noël qui décorait la galerie embaumait. Son premier Noël avec son père allait sans doute sceller son destin. Il savait désormais ce qu'il voulait faire de sa vie.

— Eh bien, papa, nous y voilà. Souhaite-moi bonne chance !

— Tu n'as pas besoin de chance, mon fils. Contente-toi de dire la vérité. C'est puissant, la vérité, et tu seras surpris de constater à quel point c'est apprécié. Je peux te garantir que j'ai apprécié de l'entendre de ta bouche, ce soir, ajouta-t-il en se tournant vers lui.

Beau ponctua ses paroles d'une étreinte solide. Brooks aimait voir son père dispenser ces signes d'affection. Quand ils se séparèrent, il poursuivit :

— Je suis avec toi de tout cœur.

Comme un jeune garçon fort de l'approbation paternelle, il se sentit inondé de joie et de chaleur.

— Merci, papa.

— Bien, et maintenant va. J'ai une maison pleine d'invités que je ne peux pas négliger.

Brooks se réjouissait d'avoir réuni tous les siens pour ce

premier Noël à Look Away. En effet, la famille Winchester au grand complet ainsi que Carson étaient arrivés ce matin. Il avait profité de son séjour à Chicago pour faire la paix avec Sutton Winchester, mais également pour l'inviter, en compagnie des sœurs d'Eve, à passer Noël au ranch. Une invitation que Sutton, mourant, avait acceptée avec reconnaissance.

Tout avait été organisé pour le recevoir et permettre que ses soins médicaux lui soient dispensés. Beau s'était montré un hôte cordial et chaleureux, dissipant toute gêne entre eux.

Après un dernier sourire encourageant, son père rentra, le laissant prêt à faire sa déclaration. Soudain plein d'espoir, il inspira longuement. Pourquoi attendait-il ?

L'image de Ruby lui enflammant l'esprit, il descendit les marches du perron et prit la direction de la maison de gardien. Voyant que son salon était éclairé, il se réjouit. Elle était donc chez elle. Au bout de quelques instants, s'armant de courage, il frappa. Voyant qu'il n'obtenait pas de réaction, il recommença, plus fort cette fois.

— Ruby, c'est Brooks.

Toujours rien. Sortant son téléphone, il l'appela. En vain. Il lui envoya alors un texto.

Toujours pas de réponse.

Il ferma les yeux et pria. Pourvu qu'il ne soit pas trop tard. Pourvu qu'elle ne soit pas retournée avec Trace Evans. Qui sait quels mensonges ce type avait bien pu lui raconter pour la convaincre de son innocence ! Avait-il attendu trop longtemps ?

Soudain accablé, il sentit ses épaules s'affaisser. Il aurait pu rester à l'attendre toute la nuit, mais il ne voyait pas l'intérêt d'attraper une pneumonie. Autant rentrer chez lui. Il parlerait à Ruby demain. Elle serait chez Beau à la première heure, pour le petit déjeuner de Noël.

Dépité, il rebroussa chemin vers son cottage, se maudissant

de ne pas avoir pris sa voiture. Une bourrasque glacée lui arracha son chapeau, qui faillit s'envoler. Il le rattrapa juste à temps et l'aplatit sur sa tête.

Il était gelé ! La nuit allait être longue et froide ! En arrivant devant sa porte d'entrée, il s'étonna. La couronne de Noël qui la décorait n'y était pas quand il était parti à Chicago, trois jours plus tôt. C'était sans doute un signe de bienvenue du personnel du ranch ou peut-être de Beau en personne. Ou encore une tradition chez les Preston, voulant que toutes les portes du ranch soient décorées. L'esprit de Noël semblait tenir une place très importante à Look Away.

À peine eut-il franchi le seuil du cottage qu'il poussa un soupir de soulagement et savoura la douce chaleur qui régnait dans l'entrée. Il lui fallut néanmoins un moment pour se réchauffer. Une belle flambée crépitait dans l'âtre, baignant le salon d'une lumière chaude. Tout en retirant son manteau et son chapeau, il se frotta la nuque, perplexe. Qui avait allumé un feu ?

Soudain, la voix pleine de douceur de Ruby s'éleva, le faisant sursauter.

— Brooks ?

Se tournant vivement vers sa chambre, il resta le souffle coupé. Vêtue de l'une de ses chemises blanches qui découvrait ses jambes sublimes, elle le dévisageait depuis le seuil de sa chambre. La clarté des flammes baignait son visage et se reflétait dans le brun velouté de ses yeux. Le sang en fusion, il sentit l'espoir renaître en lui. Seigneur, qu'elle était belle !

Et elle était chez lui !

— J'espère que tu ne m'en veux pas, mais Beau m'a donné la clé de ton cottage.

Peinant à parler, il bafouilla d'une voix étranglée :

— Non, euh, il n'y a pas de problème.

— J'ai fait un peu de décoration.

S'obligeant à se détourner de cette vision de rêve, il

promena le regard sur la pièce. Les branches du sapin dressé dans le coin étaient couvertes de décorations et scintillaient de lumières multicolores. Cet arbre était magnifique, sans doute le plus beau sapin de Noël de sa vie.

Un énorme saladier rempli de minuscules boules de Noël rouges et vertes trônait au milieu de la table de la salle à manger et le manteau de la cheminée était décoré d'une famille de bonshommes de neige, d'un Père Noël et de bougies. Leur parfum de cannelle flottait dans la pièce, complétant l'ambiance festive.

— C'est superbe ! déclara-t-il.

Toujours aussi interloqué, il peinait à se remettre de voir Ruby chez lui, après ce long silence entre eux. Se sentant un peu intimidé, il lui demanda :

— Tu es là parce que tu me pardonnes ?

— Si tu veux une réponse, approche.

— Chérie, tu n'as pas besoin de me le répéter.

Hypnotisé par son parfum subtil et familier, par ses cheveux brillants qui flottaient librement dans son dos, par l'intonation pleine de sensualité de sa voix, il vint se placer face à la femme de ses rêves. Comment avait-il pu être assez stupide et attendre aussi longtemps pour lui dire qu'il l'aimait ? À quel point il avait besoin d'elle ?

D'un doigt, il suivit le contour de ses lèvres pulpeuses, puis de son ravissant menton, avant de descendre plus bas, à la naissance de ses seins.

— Cette chemise te va bien, murmura-t-il.

— Tu ne me demandes pas pourquoi je suis ici ?

— Comment veux-tu que j'aie les idées claires, à te voir dans cette tenue ?

Son petit rire de gorge le prit au dépourvu.

— Essaye.

— Tu as fait ton choix entre Trace et moi ?

— Lancelot, il ne s'est jamais agi d'un concours. Je sais que Trace n'est pas un homme pour moi.

— Tu as définitivement rompu ?

— Je lui ai dit que je ne l'aimais plus, que nous n'étions pas faits pour être ensemble. Je n'ai pas apprécié que tu veuilles l'acheter, certes, mais il m'a tout raconté, m'a parlé de ses dettes de jeu, de la façon dont il avait gâché sa vie. Et j'ai compris que tu n'avais cherché qu'à me protéger.

— Et tu lui as pardonné ?

Il se retint d'ajouter « à ce menteur, cette ordure ». Il ne voulait pas forcer sa chance.

— Il est plus facile de pardonner quand on n'éprouve plus aucun sentiment. Il doit bientôt déménager à Nashville et il va se remettre sur le droit chemin. Il a signé un contrat pour un *reality show* de musique country.

— C'est une bonne nouvelle. Sinon, je ne t'aurais pas laissée un instant de répit. Rien ne pourrait me faire renoncer à toi.

— Parce que tu es un preux chevalier ?

— Parce que je suis fou de toi, Ruby.

Avec un sourire lumineux, elle avoua :

— Moi aussi, je t'aime, Brooks. Tu n'es pas une passade. Tu es l'homme de ma vie.

Le bonheur explosa en lui, le faisant presque chanceler. Il n'avait pas besoin d'un bouquet de gui pour lui demander la permission de l'embrasser. L'enlaçant par la taille, il l'attira contre lui. Elle inclina la tête en arrière et il plongea les yeux dans la profondeur de ses prunelles du noir le plus stupéfiant qu'il ait jamais vu. La lueur qui y brillait comblait tous ses espoirs. Ruby allait être à lui. Il scella ses paroles d'un long baiser passionné, et le temps sembla s'arrêter. Désormais, tout était limpide. Tout ce qu'il voulait, tout ce dont il avait besoin, c'était cette femme.

Elle habitait son cœur, sa tête, son âme.

Il mit un terme à leur baiser, lui arrachant un gémissement

de protestation, avant de la soulever dans ses bras. Les sourcils levés d'un air interrogateur, elle se laissa faire, docile. Elle noua machinalement les bras autour de son cou et il la transporta jusqu'à un fauteuil, à côté du feu crépitant. Une bûche craqua dans une gerbe d'étincelles dorées. Une fois assis, après l'avoir installée confortablement sur ses genoux, il lui déclara :

— Ruby, en partant sans te dire à quel point je tenais à toi, je pensais avoir tout gâché. Peut-être n'aurais-je pas dû enquêter sur Trace. Je n'avais pas à interférer. Mais je ne voulais pas te voir souffrir. Depuis le soir où nous nous sommes rencontrés à C'mon Inn, quand ce malotru t'a importunée, j'ai en moi ce besoin impérieux de te protéger.

— Tu es en train de me présenter des excuses ?

— Pour ne pas t'avoir fait confiance ? Oui. Tu es parfaitement capable de prendre tes propres décisions.

Elle s'empara de sa main et lui caressa les doigts, provoquant de petites décharges électriques dans son bras.

— Quand tu as volé à mon secours, cette première fois, sans me connaître, j'ai été sincèrement touchée. Mais avec Trace l'enjeu était différent. Je n'ai plus envie de parler de lui. La page est tournée. Je sais que tu étais plein de bonnes intentions.

— Et tu me le rends au centuple, fit-il avec conviction. Tu m'as sauvé de moi-même, Ruby. Dès l'instant où je t'ai rencontrée, ma vie a changé. Grâce à toi, je suis devenu un homme meilleur, plus tolérant. En venant ici en quête de mon vrai père, j'ai découvert une nouvelle façon d'aborder la vie. Tu as su faire naître des émotions en moi que, sans toi, je n'aurais jamais soupçonnées. Tu m'as tout appris sur le ranch, sur la vie à la campagne. Mais tu m'as aussi aidé à guérir mon cœur de sa douleur. Tu m'as aidé à tourner la page sur le passé et à regarder vers l'avenir. Tu m'as fait le plus beau des cadeaux : tu m'as permis de comprendre quelle vie je pouvais vivre.

Il porta ses doigts à sa bouche et, avec une infinie tendresse, les embrassa un à un. Le simple fait de la regarder lui gonflait le cœur d'une joie indicible. Il peinait à garder les idées claires. Puis, d'une voix rauque, il poursuivit :

— J'ai toujours cru que ce vide dans ma vie était dû au fait de ne pas avoir connu mon père. Dans un sens, c'est la vérité. Beau, ses conseils et son amour m'ont manqué quand j'étais enfant. Mais je sais aujourd'hui que j'avais aussi besoin de Look Away, du Texas. Je suis chez moi, ici, avec toi. Et je ne veux plus partir. Je vais faire en sorte de pouvoir vivre près de ma famille. Ma société est entre de bonnes mains et je peux la diriger à distance.

— Tu vas rester ?

L'espoir dans la voix de Ruby le remplit d'allégresse.

— C'est ce que je veux. J'ai entendu dire qu'il y avait de beaux ranchs à vendre dans la région.

— J'ai une surprise pour toi, Brooks.

— Te trouver ici est la meilleure surprise que j'aurais pu espérer, répondit-il. Tout à l'heure, quand je suis passé chez toi et que je ne t'y ai pas trouvée, j'ai cru mourir.

Il se releva, la relâcha, puis, tombant sur un genou, il plongea les yeux dans son regard étonné. Les flammes créaient un jeu d'ombre et de lumière sur son ravissant visage.

— Ruby Lopez, je promets de t'aimer, de te chérir et de te protéger pour le reste de ma vie. Je serai toujours ton Lancelot.

Plongeant alors une main dans sa poche, il en sortit la bague qu'il avait rapportée de Chicago : un solitaire ayant appartenu à grand-mère Gerty. C'était le seul souvenir qui lui restait de cette femme au si grand cœur, qui avait marqué son enfance.

Lui ayant passé le diamant aux facettes scintillantes au doigt, il s'éclaircit la voix et poursuivit :

— Ruby, cette bague m'a été donnée par ma grand-mère. Elle m'avait demandé de l'offrir un jour à une femme unique. Ce jour est arrivé, mon amour. Je te donne cette bague et, avec elle, mon cœur et mon âme. Je te demande de me faire l'honneur de m'épouser. J'ai demandé ta main à Beau. Il a été très touché et très heureux pour nous. Ruby, veux-tu être ma femme ?

Surpris par les larmes qui ruisselaient soudain sur son visage, Brooks retint son souffle. Pleurait-elle de bonheur ? Il l'espérait.

— Brooks ! s'exclama-t-elle en l'agrippant par les poignets. Tu es adorable.

Il se releva et, debout devant elle, le regard noyé dans le sien, il attendit patiemment sa réponse.

— Ruby ?

Les joues toujours baignées de larmes, elle hocha vivement la tête.

— Oui, Brooks, je vais t'épouser. Je serai ta femme.

Avec un petit rire soulagé, il avoua :

— L'espace d'un instant, tu m'as inquiété, mon ange.

— Mais non. J'ai réagi sous l'effet de la surprise.

D'un geste plein de douceur, il essuya ses larmes. Puis, prenant son visage au creux de ses paumes, il murmura :

— Moi non plus, je ne m'y attendais pas. Tout est allé si vite. Mais c'est la bonne décision. Pour nous deux. Nous allons avoir une vie magnifique. Je t'en fais la promesse, Ruby.

— Je le sais.

Le prenant alors par la main, elle l'entraîna vers le sapin de Noël et, souriante, annonça :

— Tu m'as fait un merveilleux cadeau en m'offrant cette bague et ton amour. Mais maintenant, mon amour, à moi de t'offrir un cadeau.

Joignant le geste à la parole, elle lui tendit une petite boîte emballée dans un papier aux motifs festifs.

— Joyeux Noël !

Il lui lança un regard intrigué. À son air impassible, il ne pouvait deviner ce qu'elle complotait. Mais il voyait l'espoir dans son regard radieux.

Après avoir déchiré le papier cadeau, il ouvrit la boîte, qui contenait un minuscule vêtement blanc, emballé dans du papier de soie.

— Ça s'appelle une barboteuse, murmura-t-elle.

Perplexe, il lut les mots qui s'étalaient sur l'avant du vêtement :

« Futur dresseur au Look Away Ranch ».

De plus en plus étonné, il avisa alors de minuscules bottes d'équitation, au fond de la boîte.

Abasourdi, il la dévisagea.

— Un bébé ? Ruby, nous allons avoir un bébé ? reprit-il d'une voix nouée par l'émotion.

Avec un signe d'assentiment, elle admit :

— Oui, nous allons avoir un bébé, Brooks.

Transporté de bonheur, il sentit des larmes lui embuer les yeux, mais parvint à les contenir.

— Un bébé, répéta-t-il, émerveillé, en la reprenant au creux de ses bras.

Éperdu d'amour, il déposa une pluie de baisers sur ses joues, son menton, avant de s'emparer de nouveau de ses lèvres au goût divin.

— C'est le plus beau des cadeaux de Noël.

— Je sais, chuchota-t-elle, mais je n'étais pas sûre de ta réaction.

— Je t'aime, Ruby, lui répéta-t-il en posant délicatement une main sur son ventre. Une vie avec notre enfant et toi, c'est un rêve devenu réalité. Tu fais de moi le plus heureux des hommes.

— Moi aussi, je t'aime. Et je sais que tu vas être un père merveilleux, Brooks.

Couvrant sa main de la sienne, elle la fit glisser vers l'endroit où une vie nouvelle grandissait en elle. Puis, se penchant vers lui, elle l'embrassa longuement, avec toute la tendresse du monde : un baiser qui scellait leur lien indéfectible. Jamais il n'avait connu une telle plénitude. Il était comblé. Il avait un nouveau sens à sa vie, un nouveau but.

Ici, à Look Away Ranch, il était enfin chez lui.

- 1 -

Après un plongeon tout en souplesse dans la piscine de Max Marquez, Lizzie McQueen émergea des eaux turquoise, son bikini ruisselant de perles scintillantes, puis, avec la grâce et l'élégance d'une icône des vieux films hollywoodiens, elle prit pied sur la margelle et récupéra une serviette pour se sécher.

Nerveux, Max avala une gorgée de bière et fit de son mieux pour ne surtout pas s'extasier devant la perfection de son décolleté ou le bijou en or serti dans l'écrin de son nombril ou…

— Max, arrête de faire ces yeux-là.

Pris en flagrant délit, il sursauta, quelques gouttes de cette maudite bière lui dégoulinant aussitôt sur le menton. Lizzie secoua la tête et lui jeta sa serviette à la figure pour qu'il s'essuie.

« Ces yeux-là » était un code entre eux, lorsque l'un des deux avait une manière inappropriée de regarder l'autre. Quand ils avaient commencé à se fréquenter, ils avaient convenu d'éliminer radicalement de leur relation le sexe et tout ce qui était susceptible d'y mener — ils tenaient trop à leur amitié pour la détruire à cause de quelques ébats, fussent-ils sublimes. Et aujourd'hui encore, à plus de trente ans, ils restaient très attachés à ce serment platonique.

Elle ramena ses cheveux couleur de feu en arrière et se coiffa d'un grand chapeau, avant de venir s'installer sur le transat à côté du sien. Max vivait dans une villa des années 1930, à Beachwood Canyon, et Lizzie dans un appartement ultra-moderne en ville, mais elle passait plus de temps chez lui que l'inverse, Max préférant de loin la tranquillité de son repaire à l'agitation de Los Angeles.

Quand il lui rendit sa serviette, tachée maintenant de bière, elle haussa les épaules et tous deux échangèrent un sourire complice.

— Tu ferais mieux de te tartiner, dit-il en lui tendant la crème solaire.

— Pff, moi et mes problèmes de peau, soupira-t-elle.

Lui aimait bien sa carnation pâle, couleur ivoire, mais il l'avait trop souvent vue prendre de méchants coups de soleil. Comme elle s'enduisait de crème, il repensa à leur rencontre en terminale, au lycée. Ils s'étaient retrouvés à travailler ensemble sur un exposé de chimie et, déjà alors, elle l'avait impressionné par son allure et sa distinction, une vraie jeune fille du monde.

Apprenant par la suite qu'elle était originaire d'une grande famille fortunée de Savannah, en Géorgie, il en avait été tout émoustillé : non seulement elle était belle, mais en plus elle représentait tout ce dont il avait toujours rêvé ; la richesse, le prestige, la popularité.

Sauf qu'il était né en bas de l'échelle, tout en bas, pauvre orphelin chétif avec du sang indien dans les veines, doté certes d'un QI exceptionnel, mais terriblement maladroit et complexé en société.

Bien sûr, contrairement à ce qu'il imaginait, la vie de Lizzie était loin du conte de fées. Lorsqu'ils s'étaient rapprochés, elle s'était confiée à lui, lui révélant de lourds et sombres secrets, Max en faisant autant de son côté.

Apparemment, à cette époque, elle était plus ou moins tombée amoureuse de lui — ce qu'aujourd'hui encore, il avait du mal à croire : comment une princesse aurait-elle pu s'éprendre d'un pauvre type ?

Le visage en partie dissimulé par les larges rebords de son chapeau, Lizzie se tourna vers lui pour l'observer. Elle portait un maillot de bain de couleur cuivre avec impressions léopard, et ses ongles parfaitement manucurés brillaient d'un rose intense. Elle était l'incarnation de l'opulence, et tout en elle clamait qu'elle était l'héritière d'une grande fortune.

— À quoi penses-tu ? demanda-t-elle.

— Au garçon coincé que j'étais, répondit-il avec désinvolture.

— Par opposition au millionnaire sexy que tu es devenu ? le taquina-t-elle.

— Exactement, dit-il avec un petit sourire d'autodérision. Quoi de plus séduisant qu'un concepteur de logiciel et patron de start-up, tout le monde sait ça, n'est-ce pas ? ironisa-t-il.

— Tu ne t'en sors pas trop mal, c'est vrai, remarqua-t-elle en promenant ses yeux sur lui.

— Psstt, attention, à ton tour de faire *ces yeux-là*…

— Si tu es devenu aussi sexy, c'est bien pour qu'on te regarde, non ? répondit-elle avec un haussement d'épaules.

Ce n'était pas la raison pour laquelle il avait pris du muscle, et elle le savait parfaitement. Bien sûr, il voulait se débarrasser de cette image d'ado fort en maths tout maigrichon mais, s'il avait décidé de fréquenter les salles de gym, c'était pour autre chose que des soucis d'esthétique. Son sport préféré était la boxe. Il lui arrivait de jouer des poings en solitaire et de se battre contre un sac de frappe, mais c'était moins pour se défouler que pour se venger des démons qui le hantaient. Il adorait courir, aussi, comme Lizzie. Tous deux couraient même vite, comme s'ils avaient le diable aux trousses — ou leur passé, ce qui revenait au même.

— La déesse de beauté et le surdoué, bonjour le stéréotype, ricana-t-il.

— Tu m'as simplement proposé ton aide quand j'en avais besoin, je ne vois pas où est le stéréotype. Sans toi, jamais je n'aurais pu décrocher mon bac avec mention ni entrer dans la même université que maman.

Max hocha la tête à ce souvenir. Lizzie avait également été admise dans la même association d'étudiantes que sa mère autrefois, détail qui lui avait tenu à cœur à l'époque, même si cela n'avait jamais réussi à lui apporter le réconfort qu'elle recherchait.

— Ça va faire vingt ans, dit-elle.

Vingt ans que sa mère s'était donné la mort. Lizzie en avait dix à peine quand sa mère, figure de la haute société, avait avalé une boîte entière de somnifères. Chaque année à la même époque, elle évoquait ce tragique anniversaire, comme si le temps ne pouvait rien à l'immense chagrin qui avait été le sien, enfant.

Elle posa la crème solaire sur la table basse, à côté de son verre de thé glacé.

— Je n'arrive pas à oublier, chuchota-t-elle.

— Je comprends…

Lui non plus ne pouvait effacer sa mère de sa mémoire, surtout le jour où elle l'avait abandonné, le laissant seul dans le taudis qui leur servait d'appartement. Il avait alors huit ans. Et elle l'avait planté devant la télé en lui interdisant de bouger jusqu'à son retour. Elle était censée s'absenter quelques heures, juste le temps de trouver sa dose quotidienne de crack. Max avait attendu, mais elle n'était jamais revenue. En dépit de son angoisse, il avait réussi à survivre trois jours entiers avant d'aller demander de l'aide au voisin.

— Moi non plus, je ne pense pas pouvoir oublier un jour, ajouta-t-il à voix basse.

Max avait été placé dans un orphelinat, et un mandat d'arrestation avait été lancé contre sa mère qui avait pris le large avec son nouveau petit copain. Peu après, elle avait succombé à une overdose.

— Que dirais-tu à ta mère, si elle vivait encore ? l'interrogea Lizzie avec douceur.

— Rien.

— Tu ne lui ferais pas de reproches ?

— Non... En fait, je ne lui adresserais même pas la parole.

— Tu ne lui demanderais pas des comptes, pour t'avoir fait autant souffrir ?

Max fit un signe négatif. À quoi bon, quelle réponse pourrait-elle bien lui donner ? Quand elle ne le battait pas, elle le brûlait avec ses cigarettes, tout en lui intimant l'ordre de ne pas pleurer. Mais son châtiment préféré consistait à l'enfermer dans le placard, qu'elle prétendait habité par les monstres lakotas à deux têtes. Les contes sur le sujet abondaient : dans l'un, c'était une femme frappée de cette malédiction pour avoir voulu séduire le dieu Soleil, avec une face avenante d'un côté et un masque hideux de l'autre. On racontait aussi l'histoire de cet homme affublé d'un visage à l'arrière du crâne ; le regarder dans les yeux vous condamnait à la souffrance et à la mort. Il s'agissait d'un être terrifiant, également adepte du cannibalisme, du kidnapping et particulièrement mauvais avec les enfants désobéissants.

Toutes ces heures passées recroquevillé dans ce maudit placard, à trembler et à prier pour que sa mère vienne retirer la chaise qui bloquait la porte. Non, jamais il n'oublierait.

— Le pire crime de ma mère fut de jurer qu'elle m'aimait. Mais tu sais déjà tout ça, marmonna-t-il avant de vider sa cannette de bière qu'il broya ensuite entre ses mains. Je ne veux plus jamais entendre aucune femme me dire ça, ajouta-t-il, ce que Lizzie savait aussi.

— Je suis d'accord avec toi. Qu'on ne me parle pas d'amour, ce sentiment noble censé guérir de tout. C'est peut-être vrai pour les autres, mais certainement pas pour...

— Des gens comme nous ?

Elle acquiesça d'un signe de tête et Max pensa à leurs

histoires de cœur. Lui consommait les femmes comme du bon vin, pour quelques heures d'ivresse, avant d'en tester un autre le lendemain. Lizzie ne valait guère mieux, collectionnant les amants, mais s'interdisant toute attache.

— Heureusement, il y a les actions humanitaires, dit-elle.

— Tu crois que ça suffit à remplir une vie ? dit-il, perplexe, même s'il était lui aussi très engagé dans de nombreuses actions humanitaires.

— Quoi donc ? D'aider les gens ? Bien sûr que oui, voyons, ça suffit amplement.

— Dans ce cas, pourquoi est-ce que j'éprouve toujours une espèce de sentiment de frustration, de manque ? demanda-t-il en la dévisageant, si belle avec ses longs cheveux retombant en cascade sur ses épaules et ses yeux bleus brillants. Si tout est pour le mieux, pourquoi cette angoisse chaque année, à l'approche de la date anniversaire de la disparition de ta mère ? Pourquoi cette incapacité, en nous, à tourner la page ?

Elle prit son verre de thé et en but une gorgée.

— Parce que nous sommes humains, je suppose.

— Bien sûr, n'empêche, je devrais avoir honte d'être ainsi, un éternel insatisfait. C'est vrai, j'ai tout ce que je pourrais désirer. Je veux dire, regarde autour de toi…, marmonna-t-il en désignant l'abondance de luxe qui les entourait.

— Je pensais que cette année sabbatique t'aurait aidé à y voir plus clair, commenta-t-elle, faisant allusion à son absence, lorsqu'il avait éprouvé le besoin de prendre le large.

Durant une année, il avait parcouru le monde, en quête de paix intérieure, visitant en chemin hôpitaux et orphelinats.

— Le moment le plus important dans cette expérience reste les quelques mois que j'ai passés à Nulah, cette petite île perdue au beau milieu du Pacifique sud. Bref, j'ai fait là-bas une rencontre qui m'a profondément marqué. Celle de Tokoni, un petit garçon de cinq ans, dans un orphelinat.

— Tu ne m'en as jamais parlé, s'étonna Lizzie. Comment cela se fait-il ?

— Je n'en sais rien, répondit-il en pensant à l'enfant avec ses grands yeux marron, presque noirs, et son sourire timide. Peut-être par pudeur. J'espère en tout cas qu'il a trouvé la famille dont sa mère rêvait pour lui. Il avait deux ans lorsqu'elle l'a conduit à l'orphelinat, en espérant qu'il serait adopté et aurait une vie meilleure. Elle n'était pas violente avec lui, à l'inverse de ma mère avec moi. Elle estimait simplement ne pas être en mesure de prendre soin de lui comme elle le devait. Nulah est resté un pays très attaché à ses traditions d'un côté, de l'autre plus ouvert au monde et malheureusement, à ses fléaux…

— Comme la drogue et la prostitution, ce genre de choses ?

— Oui. Et la mère de Tokoni vivait dans le quartier le plus mal famé de la ville. Sans travail, sa famille décimée lors d'un naufrage, elle n'avait personne pour lui venir en aide.

— Et le père du garçonnet ?

— Un touriste américain qui avait promis de la ramener aux États-Unis pour l'épouser… et qui, finalement, est parti sans elle.

— Que c'est triste, soupira Lizzie. Attendre comme ça de cet homme qu'il l'arrache à la misère et puis rien… Tous ces rêves brisés.

— Elle appelait souvent l'orphelinat, pour voir si Tokoni avait enfin trouvé des parents, un foyer. Puis elle est décédée d'une pneumonie. C'est la directrice qui m'a raconté toute l'histoire. Le centre ne vit que grâce aux dons. J'ai moi-même versé une somme importante…

— Je pourrais rédiger un article sur cet endroit pour solliciter le soutien d'autres donateurs, suggéra Lizzie.

— Ce serait super, répondit Max, touché par la proposition, Lizzie tenant un blog humanitaire, avec des milliers d'abonnés au grand cœur. J'espère que quelqu'un finira par adopter Tokoni. C'est un enfant si gentil, toujours souriant, heureux de vivre..., reprit-il en songeant au contraste avec lui-même, déjà très introverti et renfermé à cet âge. Tokoni est très confiant sur son avenir : il possède un cahier auquel il est très attaché, dans lequel il a dessiné un papa et une maman. Il est certain qu'un jour ce papa et cette maman viendront le chercher...

— Oh ! mon Dieu, chuchota Lizzie, c'est trop mignon.

— Il est adorable. Je pensais retourner là-bas un de ces jours. Qu'il sache que je ne l'ai pas oublié.

— C'est gentil, mais ne tarde pas trop, il doit être impatient de te revoir...

— Bien sûr, répondit Max, qui marqua un temps d'arrêt, avant de reprendre : j'ai une idée. Pourquoi ne m'accompagnerais-tu pas à Nulah pour faire sa connaissance ?

Lizzie ne devrait avoir aucune difficulté à trouver un créneau, elle toujours prête à faire ses bagages sur un coup de tête, pour des raisons humanitaires essentiellement. Cette proposition devrait lui plaire.

— Nous en profiterions pour rencontrer la responsable de l'orphelinat, ajouta-t-il. Elle te donnerait toutes les infos nécessaires pour ton blog.

— Oui, je préfère pouvoir interviewer la personne en direct. Mais il vaut mieux que tu vois Tokoni seul, tu le sais, je passe mal auprès des enfants.

— Parce que tu es toujours tendue en leur présence. Moi, je suis sûr que vous vous entendriez bien, Tokoni et toi. En fait, je crois même que tu lui ferais forte impression...

Si Lizzie ne ménageait pas sa peine pour venir en aide aux associations en faveur des petits, elle se sentait mal à l'aise face à eux, surtout avec les plus jeunes. Conséquence sans doute de sa propre enfance, pour elle qui, après la disparition de sa mère, n'avait eu d'autre choix que de grandir trop vite.

— Vraiment ? demanda-t-elle en se redressant sur son transat. Qu'est-ce qui te fait croire ça ?

— La couleur de tes cheveux. Dans la culture de son pays, les rousses sont de sang royal, descendantes directes d'une déesse dont on dit qu'elle danse avec le feu, répondit Max en lui faisant face. Pour lui, tu seras une princesse. Mais tu ne devrais pas être dépaysée, tu as déjà régné, comme reine du lycée…

— Ça ne compte pas, marmonna-t-elle.

Il se revit quelques années en arrière, assis seul dans les tribunes de la salle de sport où se tenait la fête de fin d'année, lorsque Lizzie avait reçu sa couronne. Il avait pris soin de venir après le bal, sachant qu'il n'y serait pas le bienvenu — de toute façon, il n'avait pas de cavalière. Lizzie, elle, avait dansé avec la star de l'équipe de natation, le garçon le plus bronzé et le plus costaud du lycée.

— Pourtant, ça comptait à l'époque, constata-t-il.

— Pas autant que tu le crois… J'en voulais à mes amis de te tenir toujours à l'écart du groupe.

— Mais j'ai fini par avoir ma revanche, non ? remarqua-t-il, clin d'œil à l'appui, avant d'ajouter sur un ton léger, cherchant à éviter une conversation trop déprimante : Bref, toujours est-il que, moi, je n'ai que faire des rois et des reines. La seule créature rousse dans ma culture est un pivert avec une touffe de poils flamboyants sur le haut du crâne…

Elle éclata de rire et fit mine de s'offusquer.

— Tu as toujours su faire des compliments…

— C'est une légende amérindienne, dit-il, ravi par sa réaction. D'ailleurs, je l'ai racontée à Tokoni… En fait, il y est question d'amour, mais j'ai laissé cette partie-là de côté, il est trop jeune selon moi pour comprendre.

— Moi, par contre, je crois être en âge d'entendre la version originale, non ? dit-elle après une gorgée de thé.

— Je suppose, plaisanta-t-il. C'est l'histoire d'un chasseur épris d'une fille de son village qui ne lui a jamais accordé un seul regard. Il pense tellement à elle qu'il en perd le sommeil. Un jour, ayant besoin de solitude, il s'enfonce dans la forêt où, au détour d'un fourré, il entend un oiseau chanter, un chant si doux qu'il finit par s'endormir. Cette nuit-là, il rêve d'un pivert qui lui dit : « Suis-moi, je t'apprendrai ma chanson. » Au matin, il se retrouve face à un vrai pivert et le suit. L'oiseau se pose sur une branche et se met à chanter la chanson de son rêve, tout en frappant du bec une branche. Peu après, le chasseur repart dans son village avec ladite branche et tente d'en tirer le même son mélodieux, en vain…

Lizzie retira son chapeau. Le soleil s'était maintenant caché derrière les arbres, tachetant sa peau de lumière, mais ce que Max remarqua surtout, c'est la passion qu'elle semblait porter à son récit, comme si elle buvait ses paroles. La passion… Elle n'était jamais bien loin, dans la relation qu'ils entretenaient ; une passion jamais consommée, une sorte d'érotisme ambiant qui flottait autour d'eux, électrique — et chaste.

— Le chasseur fit un autre rêve, reprit-il en rejetant ces pensées, et vit le pivert lui montrer comment tirer cette douce mélodie de la branche, en soufflant sur le bois à des endroits précis, des trous préalablement percés. L'oiseau avait tout bonnement inventé la flûte. Un instrument que ni le chasseur ni son peuple ne connaissaient avant ça…

— Et la fille ?

— Dès qu'elle entendit la mélodie du chasseur, elle plongea ses yeux dans les siens et en tomba instantanément amoureuse. Mais comme je te l'ai dit, je n'ai pas raconté cette idylle à Tokoni.

Lizzie cligna des paupières, encore sous le charme de son récit.

— Cette histoire, tu l'as découverte dans un livre ?

— Oui, répondit-il, se rappelant ses recherches à la

bibliothèque de l'orphelinat, sur les traditions et les origines de son peuple. Avec ma mère, je n'ai connu que l'enfer, enchaîna-t-il. D'une certaine façon, Tokoni a eu de la chance avec la sienne qui a tout fait pour tenter de lui offrir une vie plus douce.

— En principe, c'est ce qu'essaient de faire tous les parents, dit-elle à voix basse.

Ils se regardèrent un moment, les yeux dans les yeux, comme dans l'histoire du chasseur, l'amour en moins. Le désir, en revanche… Si Lizzie n'était pas sa meilleure amie, il ne se priverait pas de l'embrasser. Sans se soucier des conséquences, il l'attirerait contre lui, tout contre… et sans doute ne le repousserait-elle pas. Mais ce serait une erreur que tous deux regretteraient.

— J'apprécierais vraiment si tu m'accompagnais à Nulah, dit-il en s'efforçant d'ignorer cette fièvre en lui.

— Je comprends, dit-elle en lui serrant doucement la main.

Ce ne fut qu'un effleurement, et Lizzie s'empressa de reprendre ses distances, déterminée apparemment elle aussi à maîtriser ses pulsions.

Toutes sortes de pensées se bousculaient dans la tête de Lizzie. Aujourd'hui, Max et elle s'envolaient pour Nulah. D'ailleurs, il ne tarderait plus et elle n'avait même pas fini ses valises — elle si organisée en temps normal en était encore à trier ses affaires.

Elle détestait quand son désir pour Max échappait à son contrôle. Or, dernièrement, la situation semblait empirer. Bien sûr, ils avaient appris à composer avec cette attirance, mais le malaise entre eux était palpable, et l'attachement de Max pour Tokoni ne faisait qu'ajouter à cette tension dans laquelle elle vivait. En dépit de son passé douloureux, Max avait toujours eu le contact facile avec les enfants, contrairement à elle, et la perspective de rencontrer le garçonnet l'angoissait terriblement.

Après le suicide de sa mère, elle avait compensé en grandissant plus vite qu'elle ne l'aurait dû. Quel autre choix avait-elle ? Son père, inconsolable, avait démissionné de son rôle de parent, laissant aux domestiques et aux nounous le soin de l'élever. Il s'était plongé dans le travail, enchaînant les voyages d'affaires, abandonnant Lizzie seule ou presque dans cette immense maison, entourée d'adultes.

Les années étaient passées, Lizzie vivant toujours dans le souvenir de cette mère ravie trop tôt à son affection. Qu'y avait-il d'étonnant à ce qu'elle s'inscrive à l'université de Columbia, comme sa mère autrefois ? Qu'elle y poursuive des études de journalisme, comme sa mère avant elle ? Cela s'était révélé une expérience décevante, dont elle était revenue avec le même vide en elle.

Elle gardait de nombreuses images de sa mère, des visions fugitives d'une femme blonde très belle et consciente de l'être ; une femme qui recevait souvent, expliquant à Lizzie l'importance pour une épouse de tenir son rôle d'hôtesse ; une femme capable de rire d'une bêtise et d'éclater en sanglots pour un rien. L'ambition de sa mère était de gagner le prix Pulitzer, mais le plus souvent elle jetait ses écrits à la poubelle, parfois même en faisait une flambée dans la cheminée, en parlant toute seule en français, la langue de ses ancêtres.

Sa mère était sujette à d'étranges émotions et avait parfois des comportements aberrants, mais elle était douce, aimante, et venait toujours border Lizzie, le soir, à l'heure du coucher. Privée d'elle, Elizabeth « Lizzie » McQueen avait été anéantie.

Après son suicide, son père avait vendu leur maison de Savannah et accepté un poste à Los Angeles, abandonnant la Géorgie. À cette époque Lizzie avait déjà pris l'habitude d'avoir une attitude d'adulte, cultivant une image de jeune mondaine qui lui valait de jouir d'une certaine popularité. Mais ce n'était que de la poudre aux yeux, car elle s'était bien gardée d'avouer la vérité à ses nouveaux amis, expliquant que sa mère était décédée d'une rupture d'anévrisme. De son côté, son père avait servi la même histoire à ses collègues de travail, désireux de préserver leur vie privée, et Lizzie avait acquiescé à ce mensonge… et enfoui sa douleur au plus profond de son âme, au secret.

Jusqu'à sa rencontre avec Max. Très vite, elle avait ressenti le besoin de lui confier ce qu'il en était réellement. Max était différent de ses semblables ; un garçon réservé, solitaire, aussi cabossé qu'elle par le destin.

Un coup de sonnette retentit, la faisant sursauter. Elle se précipita pour ouvrir et se retrouva face à lui, Max Marquez, avec ses cheveux mi-longs, sombres comme les ailes d'un corbeau. Il avait un visage angulaire, les pommettes saillantes, des yeux marron, parfois presque noirs. Disparu l'adolescent dégingandé, Max s'était mué en un homme d'une beauté ténébreuse.

— Tu es prête ?

— Désolée, répondit-elle. Je n'ai pas encore bouclé ma valise.

— Ce n'est pas grave, dit-il en pénétrant dans l'appartement. Je vais envoyer un texto au pilote pour le prévenir de notre retard.

Lizzie acquiesça avec un sourire. Max avait largement les moyens de s'offrir le luxe d'un jet privé — même si elle-même avait hérité de la fortune de sa mère, elle était loin d'être aussi riche que lui. Max n'était pas le seul orphelin amérindien à avoir réussi à Los Angeles et il était resté très proche de deux de ses frères adoptifs, également multimillionnaires. D'ailleurs il n'était pas étranger à leur prospérité, leur ayant avancé à tous deux l'argent nécessaire pour se lancer dans les affaires.

Il la suivit dans sa chambre où sa valise attendait grande ouverte, sur le lit, au milieu d'un tas d'habits.

— Elle est jolie, celle-ci, dit-il en prenant une robe d'été à fleurs, avant de poser le regard sur un soutien-gorge avec sa petite culotte assortie. Et ça aussi…

Il la taquinait bien sûr, la plaisanterie permettant souvent de désamorcer certaines choses entre eux.

— Arrête tes bêtises, le rabroua-t-elle en glissant aussitôt les sous-vêtements dans la poche latérale de son bagage Louis Vuitton, avant de lui arracher la robe des mains.

— Dis-moi, c'est vrai que tu étais amoureuse de moi, au lycée ? demanda-t-il subitement.

Oh non. Pourquoi lui parlait-il de ça maintenant ?

— Oui, c'est vrai…

Ils étaient si proches, partageaient tant de secrets, de chagrins. Puis elle était partie à l'université et, à son retour, ne l'avait presque pas reconnu tant il avait changé physiquement. Elle en était encore à passer son diplôme que, déjà, il engrangeait son premier million avec la vente d'une application qu'il avait lui-même conçue — et cela, sans même avoir fait d'études. Aujourd'hui, il investissait essentiellement dans les start-up, avec succès.

— Jamais ça n'aurait marché entre nous, dit-il.

Lizzie envisagea de lui jeter sa trousse de maquillage à la figure, avant de se raviser.

— Je n'ai jamais prétendu ni même suggéré le contraire.

— Tu étais bien trop chic pour moi, dit-il en la regardant bien en face. D'ailleurs, il m'arrive de le penser encore.

— C'est ridicule, répliqua-t-elle, mal à l'aise. Tu ne sors qu'avec des femmes du monde. C'est ton genre.

— C'est ta faute : comment pourrais-je aspirer à un autre genre, avec toi à mes côtés…

— Psstt, ne commence pas, Max…, le reprit-elle, consciente qu'il ne plaisantait plus. Et puis, tu ne devrais même pas être ici, dans ma chambre.

— Je suis venu cent fois dans ta chambre, dit-il avec un haussement d'épaules. Rappelle-toi, pour le dernier réveillon du jour de l'an. Tu avais trop bu ct tenais à peine debout, j'ai dû te mettre au lit.

Elle le regarda, effarée. Serait-il devenu fou ? Aurait-il perdu le sens des réalités ? À moins que ce ne soit elle.

— Qu'est-ce que tu racontes, enfin ? rétorqua-t-elle. Je n'étais pas ivre, je couvais la grippe.

— Je me souviens de tous ces play-boys qui te tournaient autour et voulaient trinquer avec toi…

— Attends une minute, c'est toi qui tenais le bar, ce soir-là, protesta-t-elle en se remémorant la fête.

— Ah bon ? Tu es sûre ? Ce n'était pas plutôt ce pilote de F1, que tu avais rencontré à Monte-Carlo ? Qui faisait du charme à tes copines ?

— Lui et moi n'étions déjà plus ensemble, à cette époque, répliqua-t-elle, excédée. Pour en revenir à notre affaire, je suis persuadée que c'est toi qui rajoutais de la vodka dans mes verres.

— J'avais de la peine pour toi… humiliée comme ça par ce type.

— Si je me souviens bien, à peu près à la même période, tu venais d'être plaqué par cette héritière d'une célèbre chaîne de grands magasins, non… ?

— Elle était sans intérêt, marmonna-t-il.

— Vraiment ? Je la trouvais gentille, moi. Et surtout en quête d'un bon parti…

— C'est ce qui m'a lassé, à la longue. Le mariage, franchement, très peu pour moi. La survie de cette planète en dépendrait, que je ne me marierais pas.

— Moi non plus. Mais heureusement que tout le monde n'a pas ce genre d'idées, ça en serait fini de l'espèce humaine…

— Bref, en tout cas, je le maintiens : l'année dernière, c'est moi qui ai pris la peine de te border ici même dans ton lit, dit-il, et il s'empara de l'oreiller pour appuyer son propos.

— Si je comprends bien, monsieur est un gentleman, dans l'histoire ?

— Quoi qu'il en soit, ma version vaut la tienne, quand tu parles de grippe.

— Bon, d'accord. J'avais trop bu, point. Et maintenant, lâche mon oreiller.

— Oups, désolé…, dit-il en le tapotant avant de le remettre à sa place. Bien, tu finis ta valise ou on continue à se chercher des poux ?

— C'est toi qui as commencé…, rétorqua-t-elle en se hâtant de jeter ses affaires dans son bagage, regrettant seulement d'avoir une boule au ventre à la perspective de cette rencontre avec le garçonnet.

— Tu t'inquiètes de l'accueil que te fera Tokoni, je le sais, déclara soudain Max, lisant comme à son habitude en elle avec une clairvoyance déconcertante. Je te le répète, je pense que tu vas beaucoup l'impressionner.

— Parce qu'il pourrait me prendre pour une princesse ? Franchement, cela ne fait qu'ajouter à mon stress.

— Tout ira bien, Lizzie. Et tu verras comme il est différent des autres, toi aussi tu tomberas sous le charme.

Elle ne doutait pas que Tokoni soit un gentil garçon, ce n'était pas pour autant qu'elle partait le cœur léger. Mais elle ne lâcherait pas Max ; en tant qu'amie, il était de son devoir de le soutenir.

- 2 -

Lizzie s'éveilla dans le bungalow, une brise tropicale s'invitant par la fenêtre grande ouverte.

Arrivés l'après-midi de la veille, Max et elle avaient directement gagné l'hôtel dans lequel il avait réservé deux chambres pour ce long week-end — deux chambres bien séparées, avec chacune son jardin envahi de fleurs multicolores, son hamac et son ponton privé sur l'océan. L'intérieur était décoré dans le style local, avec poutres au plafond, parquet et lit à baldaquin. Une merveille.

Nulah était un archipel, et l'île sur laquelle ils logeaient, peu peuplée, se trouvait à une vingtaine de minutes de bateau de l'île la plus importante, qui abritait la capitale et l'essentiel des activités et institutions du pays, dont l'aéroport, l'orphelinat qu'ils devaient visiter, les centres commerciaux et les restaurants, les boîtes de nuit, les hôtels toutes catégories, mais aussi une délinquance croissante.

Bien sûr, tout était calme ici, dans leur résidence, un véritable palace où Max avait séjourné lors de son congé sabbatique. Et Lizzie comprenait pourquoi l'endroit lui avait plu.

Elle s'étira mollement et se leva, suspectant Max d'être debout depuis un bon moment, sans doute déjà en train de faire son jogging sur la plage. Il préférait courir tôt, le matin. Lizzie aussi, en temps normal — sauf qu'aujourd'hui n'était pas un jour ordinaire.

Elle passa dans la salle de bains, prit sa douche et se

prépara, avec un seul souci : rester simple, naturelle. Pas question de se présenter à l'orphelinat dans la peau de l'héritière richissime ni de la princesse — ni de rien d'autre qui attirerait trop l'attention sur elle.

De retour dans la chambre, elle se glissa dans la petite robe d'été fleurie qui avait tant plu à Max, la veille, et chaussa ses sandales à brides. Une fois prête, elle se fit un café, dans lequel elle versa un nuage de crème, puis sortit sur le ponton avec sa tasse. Là, elle s'installa sur un transat et contempla la vue paradisiaque qui s'offrait à elle. L'océan à perte de vue, le sable blanc…

Elle laissa échapper un soupir et ferma les yeux un moment. Lorsqu'elle les rouvrit, elle aperçut Max qui courait à petite foulée sur la plage, telle une apparition, celle d'un guerrier invincible superbe et magnifique surgi des flots, dans la lumière éclatante du matin.

Soudain, il regarda dans sa direction et elle lui fit signe, mais, au lieu de venir tout de suite vers elle, il retira son T-shirt et s'en servit comme d'une serviette pour s'essuyer le visage et le torse. Lizzie sentit son cœur s'accélérer, rien qu'à l'observer. Elle savait qu'il avait demandé une chambre avec douche à l'extérieur, dans son petit jardin tropical. Elle l'imagina aussitôt, nu au milieu des éléments, l'eau dégoulinant sur sa peau mate…

— Salut, dit-il en se rapprochant. Je pensais que tu te joindrais à moi… ?

— Je n'étais pas d'humeur à courir, aujourd'hui…

Elle regarda derrière lui, faisant en sorte de ne pas loucher sur ses abdominaux ou de lui faire « ces yeux-là », fixant à la place une déferlante en train de se briser sur les rochers. En tant que réserve marine, l'île attirait quantité de touristes adeptes de la plongée et, d'après Max, ces eaux abritaient de nombreux poissons aux couleurs surprenantes.

— Tu es très jolie, dit-il.

— Merci, répondit-elle, la gorge nouée, troublée par son compliment, alors qu'elle s'était contentée d'attacher un ruban de satin autour de sa queue-de-cheval. Ce n'est pas grand-chose.

— Je ne suis pas d'accord. En fait, tu as tout à fait le look d'une femme du monde soucieuse de passer inaperçue.

— Tu dois être affamé, répliqua-t-elle, un peu agacée par sa remarque. Tu veux que j'aille nous chercher quelque chose ?

Les clients de l'hôtel pouvaient bien sûr faire appel au room service, mais un buffet était également à leur disposition, au restaurant, à quelques minutes à pied par la plage.

— Je prendrais bien des œufs au bacon avec un grand verre de jus d'orange, dit-il aussitôt. Lors de ma dernière visite, ils avaient des crêpes aux fruits de mer nappées d'une sauce d'enfer — une de leurs spécialités. Tu peux aussi m'en rapporter une assiette…

— Autre chose ?

— Non. Je vais passer sous la douche en attendant.

Oh. Cette douche en pleine nature encore…

— D'accord, répondit-elle, s'empressant de chasser de son esprit des pensées dangereuses. À tout à l'heure.

Tout en se dirigeant vers le restaurant, elle admira en chemin les fleurs roses et pourpres poussant un peu partout, à même le sable, au pied de hauts palmiers.

De retour un quart d'heure plus tard avec le petit déjeuner tropical, elle installa le tout sur la table de son patio. Inspirée par la flore autour d'elle, elle décora le plateau d'une orchidée prise dans un vase, dans sa chambre.

Max réapparut, vêtu d'une chemise hawaïenne, d'un bermuda et de tongs, les cheveux trempés coiffés en arrière. Il émanait de lui un parfum envoûtant, effluves d'un gel douche au santal, son préféré. Lizzie, elle, avait utilisé celui à la mangue, mis à disposition par l'hôtel.

— Hum, ça a l'air bon, dit-il en s'asseyant face à elle pour se jeter sans attendre sur son petit déjeuner.

De son côté, Lizzie avait opté pour un yaourt nature et une salade de fruits exotiques. Sans oublier les crêpes, auxquelles elle n'avait pu résister.

— Tu veux voir une photo de Tokoni ? demanda soudain Max en levant le nez de son assiette. J'aurais dû y penser avant.

— Oui, bien sûr, répondit-elle.

Il attrapa son téléphone et, moins de dix secondes plus tard, lui tendit l'appareil. Sur l'écran se trouvait un adorable petit garçon à la peau mate, tout souriant. Aussi souriant que Max, à son côté. Lizzie zooma sur Tokoni.

— Comme il est beau…

— Et très intelligent. La maternelle commence à six ans, ici, il ne va donc pas encore à l'école. Mais à l'orphelinat, ils préparent les enfants en les faisant lire, compter…, expliqua-t-il en récupérant le téléphone pour le poser à côté de lui. Je suis heureux que tu fasses sa connaissance.

— À quelle heure a-t-on rendez-vous ?

— Nous n'avons pas rendez-vous. Losa a dit que nous pouvions venir quand nous le souhaitions.

— Losa ? C'est la responsable de l'orphelinat ? s'enquit Lizzie en pensant à son interview.

— Oui. Les enfants l'appellent Mme Losa.

— Ah. C'est son prénom ou son nom de famille ?

— Son prénom. Rose, dans la langue du pays.

— Elle est mariée ?

— Non, veuve. Elle a fondé cet endroit au décès de son époux, après quarante ans de mariage.

Lizzie avait du mal à imaginer comment on pouvait vivre aussi longtemps avec la même personne — et ce qu'on devait éprouver à sa disparition.

— Elle a cinq enfants, poursuivit Max, dont deux recueillis.

Des orphelins de leur village, délaissés par la famille après la mort de leurs parents, et qui n'ont pas été officiellement adoptés. Losa et son mari les ont juste pris sous leur aile.

— Ah. C'est légal, ici ?

— Légal non, mais courant, surtout dans les campagnes. Dans ces petites communautés, les gens sont très liés. Lorsqu'un enfant est dans le besoin, c'est la solidarité qui joue. Losa et son mari étaient paysans, autrefois. Plus tard, elle a vendu la ferme et ses terres pour s'installer à la capitale. C'est en y découvrant le nombre effroyable de jeunes sans domicile qu'elle a décidé d'ouvrir un orphelinat. Ses proches l'ont encouragée dans cette initiative. Ses enfants et leurs épouses travaillent même pour elles, avec leurs propres enfants. Elle a deux petites-filles adultes, ainsi que trois petits-fils ados.

— Quelle famille ! En tout cas, c'est admirable de leur part de se lancer dans un tel projet. Est-ce qu'ils bénéficient de subventions, de soutiens financiers de l'extérieur ?

— Au début, non, mais aujourd'hui de nombreux bénévoles les ont rejoints..., dit Max avant de s'interrompre pour prendre une gorgée de jus d'orange. J'ai moi-même travaillé là-bas, lors de mon dernier séjour. En tout, j'ai passé trois mois de mon année sabbatique à l'orphelinat.

Lizzie n'avait pas réalisé l'ampleur de son engagement et avait cru qu'il s'était contenté d'une ou deux visites.

— Pas étonnant que tu sois au courant de tout.

— Nulah n'autorisait pas les adoptions par les étrangers jusqu'à présent, mais le pays a revu sa législation, dans l'intérêt des enfants. Leur trouver un foyer était trop difficile, les gens de la région n'ont pas les moyens de subvenir à leurs besoins.

Il se tut, regarda deux oiseaux de couleurs vives longer la plage en vol plané. Lizzie les suivit elle aussi des yeux, fascinée par leur grâce.

— Tous les pensionnaires de l'orphelinat ne sont pourtant pas destinés à l'adoption, enchaîna Max. Certains retourneront un jour dans leur famille. Toujours est-il que Losa se dévoue sans compter pour donner à tous de l'amour et de l'espoir.

— Tu en parles comme d'une sainte.

— Parce que c'est une sainte. C'est sous sa pression que le gouvernement a fini par voter une loi en faveur de l'adoption internationale. Sans elle, la chose n'aurait pas été possible.

Lizzie hocha la tête, d'ores et déjà impressionnée par cette femme d'une bonté et d'une force de caractère incomparables.

— Une fois en ville, j'aimerais m'arrêter chez un fleuriste pour lui acheter une rose. Maman m'a toujours appris que, lorsqu'on rencontre quelqu'un pour la première fois, on ne se présente pas les mains vides…, déclara-t-elle avant de réfléchir quelques instants. Je devrais également apporter quelque chose aux enfants. Pas juste à Tokoni, mais à tous les enfants. Combien sont-ils ?

— À ma dernière visite, environ une trentaine.

— Et leur âge ?

— Oh ! ça va du nourrisson à l'adolescent.

— Bien. Cela va me demander de faire un peu de shopping. Nous pourrions prendre le prochain bateau et partir un peu plus tôt, suggéra-t-elle, impatiente à présent.

— Dans ce cas, il va falloir que je finisse rapidement mon petit déjeuner…

Elle sourit. En fait, il avait quasiment fini, tout comme elle.

— Ces crêpes sont délicieuses, dit-elle.

— Je te l'avais dit. Cette île est un vrai paradis. La capitale, en revanche, c'est autre chose.

— Oui, c'est ce qu'il m'a semblé…

Elle avait eu un aperçu de l'île principale, la veille, et avait pu constater l'extrême misère de certains quartiers dont les enfants de l'orphelinat, pour la plupart, étaient issus. En fait, si quelqu'un pouvait se sentir proche d'eux, c'était bien Max : il était né dans le Dakota du Sud, dans l'une des réserves les plus pauvres des États-Unis, avant que sa mère ne décide d'aller s'installer à Los Angeles.

Si Lizzie avait souffert de la solitude, enfant, jamais elle n'avait été confrontée à la peur du lendemain. Cela ne les avait pas empêchés, Max et elle, de devenir amis.

— Merci, chuchota-t-elle, bouleversée.

— Merci ? Pour quoi ?

Pour tout, songea-t-elle, avant de répondre :

— Pour m'avoir invitée à t'accompagner à Nulah.

— Je suis heureux que tu aies accepté.

Ils se regardèrent un long moment avant de détourner les yeux, presque en même temps. Le nez dans leur assiette, ils finirent leur petit déjeuner en silence, luttant chacun plus que jamais contre cette attirance dont ni l'un ni l'autre ne voulait.

Ils débarquèrent à la capitale autour de 11 heures et Max héla aussitôt un taxi. Le véhicule, assez ancien, n'étant pas équipé d'un compteur — pas plus que les autres taxis de l'archipel —, ils durent convenir du prix de la course avant de se mettre en route. Max s'arrangea également pour que le chauffeur reste à leur disposition toute la journée. Lizzie apprécia très vite ce jeune homme sympathique, très souriant, dont le seul défaut était une conduite un peu trop sportive.

Dès l'entrée dans le centre-ville, les embouteillages commencèrent. Après un long moment à faire du surplace, leur chauffeur trouva à se garer dans un parking. Il promit de les y attendre et, pour passer le temps, sortit son téléphone de sa poche. Max était tout aussi fan de nouvelles technologies, bien sûr, c'était son gagne-pain, mais aussi sa soupape. En revanche, pour rien au monde, il ne lui viendrait à l'idée de prendre son smartphone en présence de Lizzie. Elle ne supportait pas de voir les gens s'ignorer, le nez dans leur appareil. Pas question donc de s'y amuser.

Ils parcoururent les ruelles du centre-ville, au milieu des touristes, puis commencèrent à entrer dans des boutiques. Certains commerçants tentèrent de les arnaquer, ce dont Max ne s'offusqua pas ; tous ces gens avaient une famille à nourrir. Il acheta quelques babioles à rapporter à la maison, des jeux et des bijoux de pacotille pour ses nièces — les adorables filles de ses frères adoptifs.

Ce fut moins évident pour Lizzie. Si elle dénicha sans trop de mal des jouets pour les bébés de l'orphelinat, elle ne put en revanche se décider pour les plus grands.

— Je pourrais prendre un stock de fournitures artistiques, chacun en profiterait, qu'en penses-tu ? demanda-t-elle après avoir rangé leurs emplettes dans le taxi.

— C'est une excellente idée. Tokoni sera ravi, il adore dessiner. Je crois qu'il y a une boutique de loisirs créatifs, au coin de la rue. Ils tiennent aussi une petite galerie où viennent exposer des artistes locaux.

— Allons-y…

Ils se mirent en route. Max ne put réprimer un sourire en la voyant si déterminée, ses cheveux étincelants sous le soleil. Il l'avait taquinée un peu plus tôt sur son look, celui d'une femme du monde voulant rester incognito — une aberration de la part de celle qui avait passé tant d'années à perfectionner son image de richissime héritière. Les gènes du luxe étaient profondément inscrits en elle, ils faisaient partie de sa personnalité.

Une fois à la boutique, elle acheta par dizaines tubes de peinture, pinceaux, crayons de couleur, marqueurs, papiers à dessin et toiles, sans oublier des kits pour la création de bijoux ou des maquettes de voitures, faisant s'illuminer le propriétaire du magasin, un vieux monsieur du nom de George.

Après ses emplettes, Lizzie voulut faire un tour à la galerie d'art. George se proposa tout de suite pour leur servir de guide, espérant probablement vendre quelques pièces à cette riche touriste américaine, mais ce fut Max qui tomba en admiration devant un tableau à la thématique étonnante. On y voyait un jeune couple en train de se couper une mèche de cheveux, à l'aide de couteaux de cérémonie. Dans la culture amérindienne, prélever des cheveux était un acte de deuil. Or, les personnages de cette toile ne semblaient pas tristes. Il examina l'œuvre d'un peu plus près, Lizzie et George de chaque côté de lui.

— Que font-ils, au juste ? demanda Max.

— Ils se préparent pour leurs noces, répondit le propriétaire. C'est une vieille coutume, l'échange de cheveux entre fiancés. L'acte symbolise le passage dans l'âge adulte.

— Je ne ferai jamais ce genre de choses, lâcha Max.

— Faire quoi ? Prendre une mèche à votre épouse ? s'enquit George en regardant la longue crinière rousse de Lizzie.

— Non, je voulais dire me marier, rectifia Max. Et elle n'est pas mon épouse, mais mon amie.

— Hum… C'est la vérité ? demanda-t-il à Lizzie. Vous n'êtes que l'amie de cet homme ?

— Oui, il n'y a rien d'autre que de l'amitié, entre nous.

— Moi, j'ai une épouse, dit George qui prit soudain la main de Lizzie pour l'entraîner à l'autre bout de la galerie. Venez, vous aussi, lança-t-il à Max. J'aimerais vous montrer quelque chose.

À la seconde où Max vit le tableau que George souhaitait leur présenter, il se planta devant, fasciné. L'œuvre mettait en scène une jeune femme sur une plage, au clair de lune, en train de danser avec un homme. Vêtue d'une robe incrustée d'or, elle virevoltait, tel un ange de feu, ses longs cheveux roux comme des flammes ardentes.

— *Lady Ari*, c'est le nom de cette création, expliqua George.

— La déesse du feu, murmura Max.

— Exactement, acquiesça George. Et votre amie a les mêmes cheveux flamboyants, ajouta-t-il en se tournant vers Lizzie.

Max l'observa à son tour, mais Lizzie continua de contempler le tableau, aussi captivée que lui apparemment. À moins qu'elle ne cherche à éviter son regard ? Difficile à dire.

— Je voudrais l'acheter, dit-il, littéralement sous le charme de la danseuse.

— Et que vas-tu en faire ? s'exclama Lizzie, manifestement surprise.

— L'accrocher chez moi… Peut-être dans mon bureau, au-dessus de la cheminée.

— Tu as déjà un tableau, à cet endroit.

— Eh bien, je le remplacerai par celui-là.

Elle joua un moment avec sa queue-de-cheval, comme embarrassée par la couleur de ses cheveux. Il réalisa soudain combien sa fascination pour Lady Ari la mettait mal à l'aise, mais il se refusait à repartir sans ce tableau.

Un lourd silence s'ensuivit, et Max nota que George les observait, trouvant sans doute que tous deux faisaient de bien étranges amis — mais le vieillard semblait également ravi de faire une vente.

— L'artiste serait enchanté de faire votre connaissance, dit George à Lizzie. Et vous seriez vous aussi séduite par le personnage. C'est un bel homme grand, costaud, très charmant… D'ailleurs, maintenant que j'y pense, vous lui ressemblez beaucoup, ajouta-t-il à l'intention de Max.

À ces paroles, Lizzie écarquilla les yeux, Max de son côté se contenta d'un haussement d'épaules, la virilité du peintre étant le dernier de ses soucis. Il adressa un petit sourire à George, soupçonnant ce dernier de tester avec ses comparaisons la nature même de la relation que Max et Lizzie entretenaient.

Mais cela ne changeait rien. Max voulait ce tableau. Il s'arrangea avec le patron pour que l'œuvre soit expédiée aux États-Unis avec ses autres achats pour ses nièces.

La transaction réglée, ils saluèrent le gérant et rejoignirent leur taxi, entassant dans le coffre les fournitures de Lizzie.

— Je dois encore trouver une rose pour Losa, dit-elle, sur un ton légèrement agacé.

— Entendu. Tu es fâchée, à cause du tableau ?

— Non, pas du tout.

Il n'en crut pas un mot. En réalité, il la suspectait de ne pas supporter l'idée qu'il puisse posséder une toile mettant en scène une version désinhibée d'elle-même. Il n'allait quand même pas s'excuser d'avoir acheté une œuvre dont il était tombé amoureux !

— Tu sais où trouver un fleuriste ?

— Non.

Il posa la question à leur chauffeur qui leur indiqua une boutique, pas très loin de là. Ils décidèrent donc de s'y rendre à pied. Une fois sur place, il attendit patiemment que Lizzie choisisse la couleur — elle opta finalement pour une rose jaune pâle. De retour au taxi, ils se mirent en route, en direction de l'orphelinat.

— Je me demande s'il a pris un modèle…, dit Lizzie après un long silence.

De toute évidence, elle pensait encore à ce tableau.

— Je suppose que Lady Ari sort tout droit de l'imagination de l'artiste.

— J'aurais dû poser la question à George, dit-elle, droite sur son siège, la fleur entre les mains. Je préférerais que le peintre se soit inspiré d'une vraie personne.

— Pourquoi ? Parce que, de cette manière, elle te ressemblerait moins et plus au modèle ? Tu crois que je ne suis pas troublé, moi ? Parce que, moi, apparemment, je ressemble beaucoup à l'artiste…

— Franchement, quelle drôle d'idée, d'acheter ce tableau…

— Tu devrais t'en féliciter, au lieu de râler, se défendit-il.

— Oh ! vraiment ? Et en quel honneur ?

— Parce que, désormais, je pourrai fantasmer sur une toile et cesser enfin de penser à toi.

— N'importe quoi, grommela-t-elle et, lorsque dans un virage il se retrouva déporté contre elle, elle le repoussa sans ménagement. Arrête de me coller !

Max se mit à bouder dans son coin. Il n'était pour rien dans ce rapprochement intempestif, c'était la faute à ce virage, et à la conduite de leur chauffeur. Après une minute de silence, il se tourna vers Lizzie.

— Tu ne ressembles pas du tout à Lady Ari. Je ne t'ai jamais vue danser de cette façon au clair de lune.

— Encore une chance ! s'exclama-t-elle avec dédain. Ce n'est pas moi qui irais me trémousser, en feu comme ça, avec un mâle…, protesta-t-elle en mimant une attitude simiesque digne de la femme de Cro-Magnon.

— En effet… Bonjour la sensualité…

— Je ne te le fais pas dire, rétorqua-t-elle.

Le taxi à ce moment freina brutalement pour laisser le passage à un groupe de piétons. Max et Lizzie se retrouvèrent projetés en avant, leur front dans leur élan butant contre les repose-tête devant eux.

Quand il se tourna vers elle, elle éclata de rire et il ne tarda pas à l'imiter. Difficile de continuer à se disputer dans une telle situation.

— Pardon, dit-elle. Tu as le droit d'acheter ce que bon te semble.

— Je suis désolé, moi aussi… Et puis, je mentais, quand j'ai dit que je voulais ne plus penser à toi. Même si tu ne danses pas comme elle, tu restes pour moi la plus séduisante des ladies.

Elle accepta le compliment avec un haussement d'épaules, mais lui décocha son regard le plus noir quand il fit mine de se rapprocher.

Puis, une fois de plus, ils furent déséquilibrés sur la banquette, le chauffeur venant de démarrer sur les chapeaux de roues, en direction de la périphérie.

- 3 -

L'orphelinat trônait sur une colline, au milieu des palmiers, dans une ancienne église rénovée. Dès que le taxi s'arrêta, une dame d'au moins soixante-dix ans s'avança sous le porche pour les accueillir. Max fit aussitôt les présentations.

— Tenez, c'est pour vous, dit Lizzie en tendant la rose à Losa.

— Comme c'est gentil, la remercia la vieille femme avec un sourire gracieux.

Il n'échappa pas à Lizzie que Losa regardait avec intérêt ses longs cheveux roux, sans pour autant faire de commentaire à ce sujet.

La rencontre permit cependant à Lizzie de chasser de son esprit l'incident du tableau, du moins pour le moment, car elle n'était pas près d'oublier Lady Ari, pas plus que les allusions de Max — des allusions plus que sexy.

Troublée à ce souvenir, elle dut prendre sur elle pour revenir dans la discussion.

— J'ai également apporté quelques cadeaux pour les enfants, ajouta-t-elle en désignant les paquets à leurs pieds. Doudous et biberons pour les bébés, fournitures pour le dessin et la peinture pour les plus grands.

— Merveilleux, la remercia Losa une nouvelle fois. C'est tellement généreux de votre part.

— Lizzie a le cœur sur la main, renchérit Max. Nous sommes bons amis depuis le lycée, tous les deux.

« Bons amis » ? Voulait-il par cette formule s'assurer que

Losa ne les croit pas amants, comme George, un peu plus tôt ? Cela ne posait aucun problème à Lizzie, qui préférait elle aussi éviter ce genre de confusion.

Losa les fit entrer dans son bureau, une pièce sans prétention, d'une simplicité étonnante pour une femme occupant de telles responsabilités. Max disposa les cadeaux sur un bloc-tiroir métallique tout cabossé tandis que Losa leur offrait du thé glacé et une part de gâteau à la noix de coco, puis ils s'assirent autour d'une table basse, près d'une fenêtre donnant sur la cour.

Lizzie nota un espace protégé d'une clôture, avec des bancs sur lesquels s'agglutinaient des groupes d'enfants entre deux et cinq ans. Deux femmes vêtues de blouses aux couleurs vives veillaient sur les bambins.

— Les plus grands sont à l'école et les bébés à la crèche, expliqua Losa. Les autres sont en train de manger, comme vous pouvez le voir. Tokoni se trouve parmi eux. Vous pourrez aller lui dire bonjour, tout à l'heure…

Lizzie n'osa pas demander lequel des enfants était Tokoni et n'essaya même pas de le reconnaître d'après la photo que Max lui avait montrée ; la tâche aurait été trop difficile à cette distance. Elle appréhendait toujours autant cette rencontre avec le garçonnet, surtout en sachant l'affection que Max lui portait.

— Alors, reprit Losa, vous souhaitez donc m'interviewer pour votre blog humanitaire, c'est cela ?

— En effet, répondit Lizzie. J'aimerais présenter l'orphelinat à mes lecteurs. Partager avec eux toutes les informations que vous jugerez bon de me fournir… À propos, continua-t-elle en sortant son téléphone de son sac. M'autorisez-vous à enregistrer notre conversation ? C'est plus sûr que le papier.

— Certainement, fit la vieille dame. Votre initiative me touche ; nous avons besoin de l'aide de toutes les personnes de bonne volonté, et Max est l'un de nos plus importants donateurs. Jamais je ne le remercierai assez, ajouta-t-elle en se tournant vers lui avec un sourire plein de gratitude.

Il lui sourit en retour, mais ne fit aucun commentaire, se contentant de déguster son thé tout en laissant Lizzie mener son interview.

— Max m'a expliqué que vous aviez fondé l'orphelinat avec votre famille, après le décès de votre époux.

— C'était un homme si bon, chuchota Losa, le regard perdu pendant quelques instants. Il serait heureux de voir ce que nous avons accompli ici.

— S'agit-il de vos petites-filles, là, dehors, avec les enfants ? demanda Lizzie en contemplant de nouveau la cour.

— Oui. Elles sont adorables et tellement dévouées. Elles travaillent essentiellement à chercher des familles susceptibles d'accueillir nos orphelins. D'ailleurs, Tokoni a hâte de trouver un foyer, il en parle souvent…

Lizzie hocha la tête, Max lui ayant dit la même chose.

— J'espère que mon article fera mieux que vous amener de l'argent pour votre cause, que cela permettra aux gens de réaliser combien ces petits aspirent à grandir au sein d'une famille.

— Nous sommes en contact avec des agences d'adoption un peu partout, à travers le monde. Nous leur envoyons régulièrement des photos et toutes les informations nécessaires sur nos enfants en attente d'adoption. Serait-il possible de poster des liens renvoyant à leur site web ?

— Bien sûr, répondit Lizzie. Pourriez-vous me transmettre ces données par mail, avec d'autres détails qui vous paraissent essentiels ?

— En fait, je peux vous fournir le tout dès maintenant…

Losa se leva pour récupérer une grande enveloppe grise dans le bloc-tiroir, avant de revenir s'asseoir.

— Aux États-Unis, l'adoption internationale est régie par

trois types de lois : celles du pays d'origine de l'enfant, les fédérales et celles de l'État dans lequel l'enfant sera adopté.

— Et combien de temps prend le processus d'adoption, en règle générale ?

— Par endroits, cela peut nécessiter des années. Pour nous, cela va de trois à six mois.

— Oh ! c'est rapide ! s'exclama Lizzie, surprise. D'autres pays fonctionnent ainsi ?

— Dans cette partie du monde, oui. De petites nations qui s'embarrassent moins de paperasse.

— Pourriez-vous me parler des règles en vigueur à l'orphelinat ?

— Certainement, répondit Losa. Il n'est pas nécessaire pour un enfant en attente d'adoption de vivre ici, en revanche, nous exigeons que tous étudient notre culture, via notre site de cours en ligne. Les parents candidats à l'adoption peuvent être mariés ou célibataires ; l'âge minimum requis est de vingt-cinq ans et les revenus du foyer doivent être suffisants. Par suffisants, nous entendons raisonnables. Nous ne cherchons pas obligatoirement des familles fortunées, juste des gens qui sauront aimer et subvenir aux besoins de l'enfant. Des gens aimants, dignes de confiance. Leur personnalité, voilà ce qui compte le plus pour nous.

— Et comment ces exigences sont-elles perçues, ici et à l'étranger ?

— Je travaille en étroite collaboration avec les autorités de mon pays pour promouvoir ces règles, afin de protéger au mieux nos enfants mais, dans certains cas, il peut y avoir des aménagements. Tokoni, par exemple, en est l'illustration : sa mère souhaitait qu'il soit adopté par un couple marié..., déclara Losa avant de s'interrompre quelques secondes, puis de reprendre : je lui ai promis de respecter sa volonté, de trouver pour son fils le genre de parents dont elle rêvait pour lui : des jeunes gens romantiques, passionnément épris l'un de l'autre, capables de donner tout leur amour à Tokoni.

Lizzie pensa à la mère du garçonnet, à son désir de lui offrir une famille traditionnelle dans le sens le plus honorable du terme. Mari et femme, père et mère. Un rêve qu'elle avait sans doute nourri pour elle-même et son enfant…

— La plupart des couples en attente d'adoption demandent une fille. Il en est ainsi apparemment dans tous les pays du monde. Malheureusement, cela nous complique la tâche quand il s'agit d'un garçon. Si Tokoni était une fille, il serait déjà placé.

Lizzie sentit son cœur se serrer, en pensant au bambin.

— J'espère qu'il trouvera les parents qu'il mérite. Néanmoins, on ne sait jamais ce que la vie nous réserve… J'avais dix ans quand ma mère est décédée et c'est mon père qui m'a élevée. Enfin, « élevée », c'est une façon de parler, je le voyais à peine. Il faut dire qu'il avait suffisamment d'argent pour employer des nounous et tout le personnel nécessaire à l'éducation d'un enfant.

— Comme c'est triste, soupira Losa. Cela ne devrait pas exister.

Lizzie sentit à ce moment le regard de Max sur elle. Comme s'il s'étonnait qu'elle se confie ainsi à Losa.

— Lors de ma dernière visite, dit-il soudain, j'ai parlé à Losa de mon enfance. Si j'ai tu les détails les plus sordides, je lui en ai dit assez pour qu'elle sache que j'avais été victime de mauvais traitements.

— Comme vous avez dû souffrir, tous les deux, soupira Losa. Mais je suis certaine que voir Tokoni vous réchauffera le cœur. C'est un garçon plein de vie, si chaleureux…

Lizzie regarda par la fenêtre. Les bambins avaient fini de manger et jouaient dans l'herbe. Elle les observa un moment, s'arrêtant sur chacun d'eux. Tokoni serait-il ce petit garçon, avec un short en jean et un T-shirt vert ? L'âge correspondait, avec une coupe de cheveux identique à celle de l'enfant sur la photo de Max. Il riait et bondissait sous le soleil, insouciant, heureux.

— Leur pause est presque terminée, dit Losa. Dès qu'ils seront rentrés, vous pourrez le voir.

— Bien sûr, répondit Lizzie qui éteignit l'enregistreur sur son téléphone et prit l'enveloppe. Je suis impatiente de le rencontrer.

— Parfait, dit Losa en se levant. Vous pourrez bavarder avec lui dans la bibliothèque. Nous nous en servons également comme salle de dessin… C'est là que nous installerons les fournitures que vous nous avez apportées… Puis elle se tourna vers Max. Vous connaissez le chemin, allez-y. Je vais chercher Tokoni.

Lizzie s'efforça de faire bonne figure, malgré son appréhension à la perspective de cette rencontre. Manifestement, Tokoni et Max s'étaient tout de suite bien entendus, mais elle doutait que ce soit le cas, avec elle.

Néanmoins, il était trop tard pour faire machine arrière. Elle était ici pour apporter son soutien à Max… et à ce petit garçon déjà trop malmené par la vie.

La bibliothèque ressemblait à toutes les bibliothèques du monde, avec ses tables et ses chaises, ses étagères remplies de livres mais, quand ils s'avancèrent un peu plus dans la pièce, Lizzie remarqua tout au fond comme un petit salon. Sans doute destiné aux visiteurs, candidats à l'adoption.

Ils prirent place sur le canapé à fleurs, Lizzie mal à l'aise et intimidée, croisant et décroisant les mains, cherchant à faire taire cette profonde angoisse en elle.

— C'est bon de se retrouver ici, dit Max, bien plus détendu qu'elle. Je regrette les jours où j'étais bénévole…

— Quel était ton rôle au juste, au sein de l'orphelinat ? demanda-t-elle, essayant de l'imaginer.

— Le plus souvent, je faisais la lecture aux enfants, mais il m'arrivait aussi d'aider en cuisine. Un jour, j'ai même fait des travaux de plomberie, après une fuite dans une salle de bains. C'est Tokoni qui était à l'origine du problème : il avait bouché les toilettes avec un petit bateau en plastique…

Elle rit de bon cœur. Le garçonnet semblait avoir un faible pour les bêtises, songea-t-elle avec attendrissement.

— Apparemment, ta générosité ne t'a pas valu de traitement de faveur.

— C'était hors de question. Et puis, si Losa se réjouit de recevoir de l'argent pour son orphelinat, en fine psychologue elle a eu vite fait de sentir que j'avais besoin de me rendre utile.

— Les enfants ont dû s'habituer à te voir aller et venir entre ces murs…

— Oui. Je faisais partie de la famille… C'est comme ça que Tokoni et moi nous sommes rapprochés.

Juste à cet instant apparut Losa, tenant le garçonnet par la main. C'était effectivement le bambin avec un short en jean et un T-shirt vert que Lizzie avait remarqué, un peu plus tôt. Il ressemblait bien à la photo de Max, avec ses joues rondes et ses grands yeux expressifs. À la seconde où le petit vit Max, il tenta d'échapper à Losa. Mais celle-ci le retenant, il se mit à sautiller sur place.

Max se leva et Lizzie l'imita, la boule au ventre. De son côté, Tokoni tenta d'entraîner Losa vers eux, mais la vieille dame s'arrêta, ne bougeant pas d'un pouce.

— Si tu veux que je te laisse un moment avec Max, tu dois me promettre d'être bien sage, dit-elle à l'enfant. Je reviendrai te chercher un peu plus tard.

— Oui, je promets, répondit aussitôt le bambin. Je serai très très très sage…

Une demi-seconde plus tard, dès que Losa lui lâcha la main, Tokoni s'élança vers Max pour se jeter dans ses bras. Losa partie, Lizzie les regarda tous les deux, touchée par leur joie, tant ils semblaient heureux de se retrouver.

— Alors, mon grand, dit Max, tout sourires, au garçonnet. Je suis si content de te revoir.

— Moi aussi, moi aussi ! s'écria Tokoni, pendu au cou de Max et riant aux éclats, sous les chatouilles de celui-ci.

Une minute plus tard, l'euphorie passée, Tokoni examina Lizzie avec curiosité. Elle esquissa un sourire, priant pour qu'il ne ressemble pas à une grimace. Tokoni continua de l'observer avec une rare intensité.

Elle finit par comprendre la raison de cet intérêt. Le garçonnet semblait fasciné par ses cheveux — les cheveux de Lady Ari.

Tokoni toujours dans les bras, Max à son tour se tourna vers elle.

— Cette dame, c'est une désésse ? murmura à ce moment Tokoni.

— Tu veux dire, une déesse, le corrigea Max en riant. Non, c'est juste une jolie dame avec des cheveux roux. Mais il m'arrive parfois, moi aussi, de penser qu'elle ressemble à une déesse. Tokoni, je te présente Lizzie, mon amie.

— Hello, Izzy, dit alors Tokoni avec un grand sourire.

— Hello, répondit-elle, ne jugeant pas utile de le reprendre.

— Lizzie, répéta par contre Max. Avec un L comme Losa. Ou lézard, ajouta-t-il en lui tirant la langue. J'ai toujours trouvé que son nom sifflait comme le font les lézards.

— Merci pour le compliment, fit-elle mine de s'offusquer.

En réalité, Max l'avait surnommée son lézard bien des années plus tôt. Elle-même en guise de représailles décidant peu après de le rebaptiser Mad Max.

Tokoni gloussa, s'amusant visiblement beaucoup de leur petit manège.

— Dis donc, mon grand, dit Max en prenant une grosse voix. Tu ne te moquerais pas de nous, par hasard ?

— Rien qu'un petit peu, répondit l'enfant en riant de plus belle. Tu sais quoi ? dit-il, s'adressant cette fois à Lizzie. Ici, c'est un orfalinat.

Elle sourit, touchée par la soudaine gravité de son regard.

— Et tu sais quoi, aussi ? poursuivit Tokoni. Ma vraie maman, elle est partie. Mais je vais être dopté par une nouvelle maman. Et un papa, aussi.

Bouleversée par la légèreté apparente avec laquelle Tokoni venait de faire le résumé de la tragédie de sa courte existence, Lizzie ne sut plus que dire ni que faire. Se souvenant de ce que lui avait dit Max sur Tokoni, elle aurait dû se préparer à cette conversation, mais à ce moment elle se retrouva sans voix. Ce qui n'était pas le cas de Tokoni.

— Pourquoi tu es à l'orfalinat ?

— Parce que Max avait envie que je fasse ta connaissance.

Tokoni approcha une main de ses cheveux et fit glisser entre ses doigts une mèche, échappée de sa queue-de-cheval.

— Pourquoi ?

— Parce qu'il t'aime beaucoup, expliqua-t-elle, reprenant ses esprits. Et parce que je veux écrire une histoire sur l'orphelinat et ses enfants.

— Une histoire ? s'exclama Tokoni, les yeux ronds. Je vais être un superhéros alors ?

— Oh. Non, je n'écris pas ce genre d'histoire..., répondit-elle.

— Tu pourrais, dit-il en lui touchant encore une fois les cheveux.

Non, elle ne le pourrait pas. Elle n'avait aucun talent pour la fiction.

— Allez, mon garçon, s'interposa Max, attirant l'attention de Tokoni. Viens par ici...

Tous deux prirent place sur le sofa, Lizzie s'asseyant avec eux, Tokoni au milieu.

— J'ai fait un livre sur le papa et la maman qui vont me dopter, déclara le petit avec fierté. Si tu veux, je peux te le montrer.

— Bien sûr, répondit-elle avec entrain.

En un éclair, Tokoni descendit du canapé et courut jusqu'à un bidon en plastique identifié à son nom. Lizzie remarqua à ce moment-là qu'en fait chaque enfant avait son bidon personnalisé, tous alignés avec ordre, côte à côte.

Il revint vers eux une minute plus tard et reprit aussitôt sa place entre eux deux, avec un cahier entre les mains, constitué de feuilles blanches maintenues par des agrafes.

Tokoni entreprit d'expliquer à Lizzie le contenu de son récit, chaque image évoquant sa nouvelle vie avec ses futurs parents. Ainsi, sur une page, il s'était dessiné avec eux, sous un soleil jaune citron. Sur une autre, on le voyait avec ses parents adoptifs au restaurant, attablé devant ses plats préférés.

Chaque personnage était représenté avec un immense sourire, des ronds noirs en guise d'yeux, mais pas de nez. Le père était le plus grand, la mère portait une robe de forme triangulaire et Tokoni était le seul à avoir des cheveux, ses parents à l'inverse affichant une calvitie parfaite.

Lizzie présuma que c'était là une volonté délibérée de l'artiste en culotte courte. Tokoni ne connaissant pas la couleur de cheveux de ses parents adoptifs, il s'était abstenu de leur en donner. À l'évidence, il était conscient de pouvoir être adopté par des gens qui ne lui ressembleraient pas, peut-être blonds ou roux.

À cette pensée, elle se recoiffa d'un geste et glissa sa mèche folle derrière son oreille.

— Ton livre est merveilleux, dit-elle. Tu dessines très bien, c'est vraiment très beau…

Certes, elle ne s'y connaissait pas en matière de dessins d'enfants, mais elle fut véritablement impressionnée par ceux de Tokoni.

Manifestement touché par le compliment, il lui sourit avec fierté et se hissa sur ses genoux. Aussitôt, Lizzie se sentit fondre. Cet enfant éveillait en elle des émotions qu'elle n'avait jamais ressenties auparavant.

— Tu peux colorier mon livre, si tu veux, proposa soudain Tokoni.

Oh ! mon Dieu, songea-t-elle, la gorge serrée. Car aussi flattée soit-elle, elle ne se croyait pas en mesure d'être à la hauteur de la confiance que Tokoni lui témoignait.

— C'est vraiment très gentil de ta part. Mais je ne suis pas douée en dessin, vois-tu, répondit-elle.

— C'est pas grave si tu sais pas colorier, insista Tokoni. Je serai pas fâché.

Mais ce n'était pas son absence de talent qui était le problème.

— Je ne…

À ce moment, Max lui tapota l'épaule, l'encourageant à se lancer. Et zut. Comment refuser, maintenant ?

— Entendu, dit-elle, l'estomac noué. Mais je vais aller m'installer à une table, là-bas. Et puis, j'ai besoin de crayons de couleur…

Elle ne dit rien sur les fournitures qu'elle avait achetées pour Tokoni et ses camarades. C'était à Losa de distribuer les cadeaux.

Le petit alla chercher les crayons dans son bidon, puis il s'assit avec elle à une table. Tout contre elle, en fait. Mais elle se garda bien de lui demander de se pousser. Il semblait tellement heureux, épiant chacun de ses gestes, la regardant parfois avec adoration. Un peu comme si elle était vraiment une déesse.

Max se joignit à eux et les observa en silence. Lizzie

aurait préféré que le garçonnet lui confie cette mission, hautement délicate. Elle n'était pas à l'abri d'un accident, une tache, une rature. Et si Tokoni n'aimait pas son travail ? S'il se mettait à pleurer ?

Nerveuse, elle ouvrit le livre à la première page, celle montrant l'enfant et ses parents sous un grand soleil. Elle prit un crayon orange et entreprit d'ajouter quelques rayons au rond jaune, rehaussant ainsi son éclat.

Tokoni sourit. Ouf. Lizzie respira, soulagée. Max avait dit vrai. Cet enfant souriait tout le temps.

— Tu peux faire autre chose, l'encouragea le garçonnet.

Elle s'exécuta et dessina des brins d'herbe sous les personnages, croisant à un moment donné le regard de Max qui lui fit un clin d'œil.

Le cœur battant à toute allure, elle reporta son attention sur la feuille, incluant quelques fleurs multicolores un peu partout.

— Alors ? Qu'en penses-tu ? demanda-t-elle à Tokoni.

— C'est très joli, répondit l'enfant en tournant la page. Tu peux faire celui-là, maintenant…

La scène de l'océan. Lizzie y rajouta un effet de grosses vagues ainsi que des coquillages et un banc de poissons. Manifestement enchanté, Tokoni gloussa et tourna une nouvelle page. Le dessin montrant la famille de sortie au restaurant.

— Tu peux faire que la maman ressemble plus à une fille, dis ? demanda-t-il alors, les yeux pleins d'espoir.

Lizzie s'interrogea. Elle n'allait quand même pas modifier le personnage féminin en lui attribuant des hanches généreuses ou d'autres détails physiques. Elle se rabattit donc sur la robe, l'agrémentant de différents artifices. Elle couvrit également la maman de bijoux, un collier en or et des boucles d'oreilles créoles.

— Comme c'est beau, s'extasia Tokoni.

— Merci, répondit Lizzie en dessinant des talons aux pieds de la mère.

Sauf qu'il manquait un élément essentiel à la pauvre femme, privée de cheveux. Lizzie eut alors l'idée de la doter d'un chapeau, une fleur piquée dedans.

— Tu pourrais mettre du machin sur sa bouche, suggéra le garçonnet.

— Du rouge à lèvres ?

Tokoni hocha la tête avec frénésie.

— Voyons, voyons, chuchota Lizzie en s'emparant d'un crayon rose. Comme ça… ?

— Super, répondit l'enfant.

Lizzie peaufina le contour des lèvres de la maman, accentua son sourire.

— Si je peux donner mon avis, intervint Max, il faudrait à la maman quelques cheveux sous son chapeau. Au papa aussi, d'ailleurs. À moins que le pauvre homme soit irrémédiablement chauve.

Lizzie lui fit aussitôt les gros yeux, mais trop tard. Max avait passé plusieurs mois ici, à voir Tokoni chaque jour ; il aurait dû deviner pourquoi le garçonnet avait décidé de ne pas dessiner de cheveux à ses personnages. Preuve que parfois les hommes manquaient tout simplement de la psychologie la plus élémentaire, même les plus sensibles, comme Max.

Bien sûr, la remarque jeta le petit Tokoni dans la plus grande perplexité.

— Des cheveux de quelle couleur ? demanda-t-il à Max.

À la lueur qui traversa les yeux de Max à cet instant, Lizzie sut que monsieur avait enfin compris, réalisant sa maladresse.

— Hum, hésita-t-il, visiblement un peu paniqué. Eh bien, n'importe quelle couleur. Bleu, vert ou violet…

— N'importe quoi ! s'exclama Tokoni dans un éclat de rire.

Max sourit à son tour, soulagé sans doute d'avoir évité une crise majeure avec le petit garçon.

— Mais pas du tout, se défendit-il. On trouve une foule de gens à travers le monde qui se teignent les cheveux avec ce genre de couleurs.

— Tu devrais le faire avec les tiens, dit Tokoni.

Max se passa la main dans ses épaisses mèches noires.

— Pourquoi pas ? Excellente idée.

Le bambin rit aux éclats, avant de se tourner vers Lizzie.

— Mais attention, pas toi.

— Tu ne veux pas que je me teigne les cheveux d'une drôle de couleur ? dit-elle en lui pinçant doucement le bout du menton.

— Non, je préfère qu'ils restent rouges.

Fin de la discussion. Le papa et la maman dessinés par Tokoni conservèrent leur calvitie.

Peu après, Losa réapparut. Tokoni rechigna un peu à la suivre, mais il n'eut pas le choix : l'heure de la sieste avait sonné pour tous les jeunes enfants de l'orphelinat.

— Dis, tu vas revenir demain, avec Max ? demanda le garçonnet à Lizzie au moment de les laisser.

— Bien sûr, répondit-elle. On pourrait même venir travailler ici comme bénévoles, jusqu'à la fin de la semaine. Ainsi, on pourrait te voir tous les jours. Si Losa est d'accord, évidemment…

La vieille dame acquiesça bien volontiers et Lizzie la remercia chaleureusement. Elle avait envie de passer le plus de temps possible avec Tokoni — tout comme Max, apparemment, car sa suggestion parut lui plaire.

— Alors, à très bientôt, mon grand, dit-il en s'agenouillant devant le garçonnet pour un bisou.

Ce fut ensuite le tour de Lizzie. Tokoni la serra si fort entre ses petits bras, avec tant d'amour qu'elle faillit en pleurer.

Elle se fit alors une promesse. Cet enfant avait besoin d'une famille et elle ferait tout ce qui était en son pouvoir pour lui en trouver une.

- 4 -

Au crépuscule, Max et Lizzie décidèrent d'aller faire quelques pas sur la plage de l'hôtel. Après quelques minutes, elle s'arrêta pour observer l'horizon, des émotions plein le cœur et des idées plein la tête après cette visite à l'orphelinat.

— Je voudrais faire quelque chose pour que Tokoni soit adopté.

Une douce brise soufflant de l'océan fit palpiter la chemise de Max.

— Tu vas déjà faire beaucoup, avec ton article.

— Oui, mais je veux faire plus que rédiger un simple article. En fait, j'aimerais..., dit-elle avant de s'interrompre, cherchant ses mots. Je voudrais lui offrir les parents idéals.

— Oh. Et comment comptes-tu t'y prendre, pour cela ?

— Je n'en sais rien, soupira-t-elle.

Récolter des dons pour venir en aide aux enfants défavorisés était une chose, trouver un foyer digne de ce nom à un orphelin en était une autre.

— Mais avec mes moyens et mon réseau de connaissances, je devrais pouvoir y arriver.

Max la regarda dans les yeux et Lizzie eut le sentiment qu'il voyait tout en elle, jusque dans les recoins les plus secrets de son âme.

— Tu parles sérieusement ?

— Absolument, répondit-elle, incapable de cacher son enthousiasme et l'affection qu'elle éprouvait déjà pour Tokoni.

Tu avais raison, cet enfant est vraiment particulier, tellement attachant. Je veux faire quelque chose pour lui.

Max continua de l'observer. Peut-être ne la prenait-il pas au sérieux ?

— Tu peux compter sur mon aide, Lizzie, finit-il par dire. Trouvons-lui un foyer, des parents.

Elle lui sourit, se sentant soudain des ailes, pleine d'espoir, animée par une joie et une force nouvelles.

— Merci, Max…

Il était son ami, son unique repère dans la vie. La seule personne sur cette terre en laquelle elle avait une confiance absolue. S'il était de la bataille, elle ne doutait pas une seconde du succès de leur quête.

— C'était bien de vous voir faire, tous les deux, aujourd'hui, ajouta-t-il. Tu vois, le courant est passé, entre vous.

— Oh oui, et je suis tellement impatiente de le revoir, Max !

Il lui sourit, avant de secouer la tête, le regard penaud.

— J'ai été maladroit, avec mon histoire de couleur de cheveux. J'aurais dû savoir ce que cela signifiait pour lui.

— Ce n'est pas grave. Quand il sera adopté par ses nouveaux parents, il sera trop heureux de les dessiner à ce moment avec une couleur de cheveux bien réelle.

— En tout cas, tes cheveux l'ont véritablement fasciné. Je m'y attendais un peu, à vrai dire, ça ne m'étonne pas.

— Cela m'a mise mal à l'aise, au début.

— Je comprends… En parlant de cheveux, on dirait une crinière, là, dit-il en riant.

— C'est à cause du vent, répondit-elle.

Avant de venir sur la plage, ce soir, elle avait renoncé à sa queue-de-cheval pour laisser ses longues mèches retomber librement sur ses épaules — comme la Lady Ari du tableau de Max.

Chassant cette idée de son esprit, elle revint au sujet qui les préoccupait.

— Nous parlerons à Losa de notre projet. Après tout, c'est elle qui, au bout du compte, devra approuver ou pas la candidature d'éventuels parents.

— Il faut d'abord qu'elle accepte de nous faire participer au processus d'adoption, remarqua Max en ramassant un coquillage. Honnêtement, tu nous crois capables d'une telle mission, Lizzie ?

— De trouver à Tokoni la famille idéale ? Oui, je pense. Et puis, sa mère a posé certaines conditions.

À ce moment, des rides profondes apparurent sur le front de Max.

— Un couple de jeunes gens romantiques et passionnément épris l'un de l'autre, en mesure de donner tout leur amour à cet enfant… On dirait un conte de fées ! Je crains que la tâche nous dépasse…

— Comment ça ? Tu n'as plus envie de te lancer dans l'aventure ? Tu as changé d'avis ?

— Non, mais je ne voudrais pas me tromper en choisissant les mauvaises personnes, ou en envoyant les mauvais candidats à Losa, ce genre de chose.

— Bien sûr, je comprends. Nous n'allons pas nous jeter sur les premiers couples en quête d'enfant que nous trouverons. Avant toute chose, nous devons mettre au point une stratégie.

— Tu as raison. Décidons d'abord de la manière dont nous allons nous y prendre. Cela nous évitera bien des angoisses.

— Quels que soient les futurs parents, ils doivent encourager ses talents créatifs. Selon moi, Tokoni est un artiste-né. Son intelligence est également stupéfiante. Il a une façon de poser des questions sur tout, de tout analyser. Il est exceptionnellement en avance, pour son âge.

— C'est exactement ce que j'ai pensé, à notre première rencontre, dit Max avec fierté. Et son caractère ? Toujours en train de sourire. Cet enfant a un vrai don pour semer la joie autour de lui.

— Oh ! Max... Tu n'as pas l'impression que nous manquons d'objectivité ?

— En fait, à nous entendre chanter ses louanges ainsi, on croirait qu'il s'agit de notre propre fils, répondit-il, tout trace de gaieté disparaissant alors de ses yeux. Sauf qu'il n'en est rien, ajouta-t-il, le visage soudain fermé.

— Non, c'est certain, dit-elle, morose, toujours traumatisée par la perte de sa mère, n'imaginant pas d'en devenir une elle-même. Mais ce n'est pas le problème. Et personne ne va nous demander de l'adopter.

— On le voudrait qu'on ne le pourrait pas.

Ils n'étaient en effet pas mariés et ne présentaient aucune des qualités requises par la mère de Tokoni.

— C'est juste. Mais je suis sûre que tu ferais un papa extraordinaire — et un époux exécrable.

— Je le reconnais sans difficulté, acquiesça-t-il, réaffirmant ainsi ce que tous deux savaient. Cela dit, je ne t'imagine pas non plus mariée.

— En aucun cas. Je ne suis jamais sortie plus de neuf semaines avec un homme... Mais revenons à Tokoni. Il pourrait être adopté d'ici trois à six mois. Il nous suffit de trouver un couple voulant un enfant.

— Tu as raison, lézard, répondit-il, ayant retrouvé son sourire. On va y arriver...

Et pour s'amuser, il lui envoya du bout du pied une rafale de sable dans les jambes — une agression en bonne et due forme, à laquelle elle répliqua aussitôt en lui en lançant une pleine poignée dans le dos.

— Prends garde à toi, Mad Max. Tu ne sais pas à qui tu as affaire !

— Oh ! j'ai peur, la taquina-t-il. Méfie-toi, je pourrais bien te jeter à l'eau...

Elle laissa ses yeux errer sur l'océan. Avec le crépuscule, le ciel s'était paré de couleurs étonnantes.

— Essaie donc, le mit-elle au défi. Si tu t'y amuses, je t'entraînerai avec moi.

À cet instant, elle croisa son regard. Un regard intense, presque noir, constata-t-elle avec un frisson, malgré la tombée de la nuit. À quoi pensait-il à cet instant précis ?

S'il voulait la jeter à l'eau, il devrait l'emporter dans ses bras et, honnêtement, ce ne serait pas une bonne idée. La situation risquait de dégénérer. Chahuter entre amis était une chose, provoquer de tels rapprochements en était une autre, beaucoup trop périlleuse.

Pourtant, en dépit du danger associé à ce genre d'épisode, elle ne put s'empêcher de regretter qu'il ne la prenne pas dans ses bras pour faire quelques pas dans les vagues. Bah, sans doute un effet de ce désir latent, entre eux. Or Lizzie en était consciente, il y avait certaines limites à ne pas franchir, pas question de jouer avec cette attirance. Mais une chose était sûre, il avait le pouvoir de la troubler et, par moments, elle devait se battre pour garder le contrôle.

— Tu sais quoi ? J'ai envie d'un cocktail, proposa-t-il soudain en désignant le bar de l'hôtel, à une centaine de mètres. Un smoothie au pamplemousse. Tu te joins à moi ?

— Ils servent des smoothies ?

— Et d'autres cocktails aussi. Mais je n'ai pas envie d'alcool.

— Allons-y, répondit-elle, espérant qu'une boisson l'aiderait à oublier les émotions que Max lui inspirait.

Une lumière tamisée éclairait le bar, une paillote protégée d'un toit de feuilles de palmier, avec vue imprenable sur l'océan. De la musique s'échappait d'un juke-box, des chansons héritées d'une époque depuis longtemps révolue.

Max sirota son smoothie en silence tout en se maudissant. Être sexuellement attiré par sa meilleure amie était un sacré fardeau, et le fait que Lizzie souffre autant que lui, pour la même raison, ne le soulageait en rien.

Grâce au ciel, ils avaient réglé le problème des années plus tôt. Il ne se passerait donc rien ce soir, pas plus que les autres soirs. Et puis, maintenant, ils ne devaient penser qu'à Tokoni.

— Tu étais sérieuse, tout à l'heure, quand tu as dit que je ferais un bon père ? demanda-t-il, rompant le silence entre eux, tellement lourd, chargé de non-dits, de frustration, de tant de choses encore.

— Bien sûr. J'en suis persuadée, répondit-elle en remuant son smoothie avec sa paille. Tu as toujours eu le contact facile avec les petits. Je t'envie vraiment, pour ça.

— Merci. Même si je n'ai jamais envisagé d'être père un jour. Pas avec la vie de célibataire que j'ai choisi de mener. Pourtant, par moments, j'éprouve une certaine tristesse, une mélancolie, à l'idée que je pourrais ne jamais avoir d'enfants.

Il s'interrompit, regarda au loin l'immensité de l'océan avant de reprendre.

— Mais je suppose que c'est à cause de Tokoni, si je ressens ce genre de choses aujourd'hui.

— Tu peux encore avoir des enfants, si tu le souhaites, protesta-t-elle.

— Oui, bien sûr, dit-il tout en réfléchissant à cette perspective. Et avec qui suis-je censé avoir ces enfants, d'après toi ?

— Tu pourrais adopter. Devenir père célibataire.

— Ce n'est pas très répandu.

— Non, mais de nos jours, c'est tout à fait possible. Rien ne t'en empêche, dit-elle, avant de laisser échapper un soupir. À l'inverse de moi. Car je ne suis pas du tout faite pour être mère.

— N'importe quoi. Je t'ai vue, avec Tokoni.

— Oh non. En réalité, avoir la responsabilité d'un enfant, savoir lui donner ce dont il a besoin, tout ça me terrifie…

— Tu as toujours été là pour moi, quand j'avais besoin de soutien, fit-il remarquer.

— Mais enfin, Max, je suis ton amie. Être maman, ce n'est pas la même chose.

— C'est sûr, mais cela en dit long sur toi. Tu es une femme loyale, généreuse, aimante. D'ailleurs, il suffit de voir comme tu souhaites t'investir pour le bonheur de Tokoni. Non, si tu veux mon avis, je commence vraiment à penser que tu ferais une super maman.

— Je ne sais pas, répondit-elle, ses cheveux voletant sous le vent avec une légèreté fascinante. Mais merci pour le compliment.

— Je suis sérieux. D'ici là, notre priorité, c'est que Tokoni trouve les parents qu'il mérite.

— Est-il au courant, pour toi ? Que toi aussi, tu as été en attente de parents adoptifs, un jour ?

— Non, je ne lui ai jamais parlé de mon enfance et, grâce au ciel, il ne m'a jamais interrogé dessus. Mais je n'étais pas le seul et, aujourd'hui encore, ils sont des milliers à attendre, répondit Max, incollable sur le sujet depuis que ses frères et lui avaient fondé une association caritative en faveur des orphelins en foyer. En principe, l'enfant est adopté par la famille d'accueil, ou des parents éloignés. C'est le scénario le plus courant.

— Mais ça n'a pas été ton cas, soupira-t-elle.

Max acquiesça d'un signe de tête. Personne dans sa grande famille n'avait été en mesure de prendre soin de lui. Il avait bien une grand-mère, dans la réserve, une vraie sorcière qui le traitait avec mépris, à cause de la couleur de sa peau, parce qu'il était le fils de l'un de ces Anglais avec lesquels sa mère avait l'habitude de traîner, en ville. Mensonge que tout ça. Maman avait toujours affirmé que son père était un

Indien, un « sang pur ». Aujourd'hui encore, Max ignorait qui était cet homme. Toujours est-il que sa grand-mère, décédée depuis à présent plusieurs années, ne l'avait jamais accepté.

— De toute façon, je ne voulais pas être adopté, dit-il.

— Pas même par l'une de ces familles d'accueil où tu as été placé ?

— Je préférais rester seul. Et puis, j'ai été ballotté de foyer en foyer, je n'ai donc jamais eu le temps de m'attacher. Bien sûr, quand ma route a croisé celle de Jake et Garrett, les choses se sont améliorées, dit-il avec une pensée émue pour ses frères adoptifs. Mais tu connais l'histoire par cœur.

— En effet. Je sais que Jake avait peur de toi, au début. Garrett en revanche t'a tout de suite pris sous son aile, n'hésitant pas à boxer les gamins qui osaient te chercher des noises.

— Garrett a volé à mon secours un nombre incalculable de fois. Et Jake s'est peu à peu rapproché de moi.

— Je regrette parfois de ne pas mieux les connaître, après toutes ces années. Il m'arrive de les croiser lors de soirées caritatives, mais c'est à peu près tout.

Max n'avait jamais réalisé combien ses relations avec ses frères adoptifs étaient en réalité extrêmement limitées. Était-il responsable de cet état de fait ? Probablement. Force était de reconnaître que les liens familiaux n'étaient pas vraiment son truc. D'ailleurs, il se passait de longues périodes parfois sans qu'il prenne de nouvelles de Jake et Garrett. Comme pendant son année sabbatique. À ce moment-là, il avait même coupé les ponts avec Lizzie.

— Tu m'as manqué, dit-il, ouvrant son cœur.

Elle le dévisagea, les yeux ronds.

— De quoi parles-tu ?

— Quand je suis parti…

Commettait-il une erreur en lui faisant un tel aveu ?

Toujours est-il qu'elle continua de le regarder avec insistance, avant de chuchoter :

— Toi aussi, tu m'as manqué. Jamais nous n'avions été séparés aussi longtemps…

— C'était plus fort que moi, j'avais besoin de prendre le large.

— Je comprends. Je ne me suis pas sentie abandonnée, je savais que tu finirais par revenir. En tout cas, cette année sabbatique a débouché sur quelque chose de fantastique : tu as trouvé Tokoni sur ton chemin.

— Et aujourd'hui, nous allons tout faire pour lui offrir les parents de ses rêves, renchérit Max en souriant.

Car il était sûr de vouloir relever ce nouveau défi — avec Lizzie, son binôme. À tous les deux, ils devraient y arriver, non ?

Les quelques jours de bénévolat de Max et Lizzie à l'orphelinat se déroulèrent sans accrocs. Pour leur dernière visite, elle décida de se lancer dans la confection d'un pudding à la banane, le dessert favori de Tokoni — celui en réalité de beaucoup d'enfants —, en s'inspirant de la recette de Fai, la fille aînée de Losa. Fai était le chef des cuisines mais, malheureusement, c'était aujourd'hui son jour de repos.

Par chance, Lizzie trouva en Max et Tokoni deux aides pleins de bonne volonté pour l'assister. Elle confia les fruits au garçonnet, l'assit à une table avec mission d'éplucher les « nananes », comme il disait. Max prit place face à lui avec la responsabilité de les découper en rondelles.

— Attention, mon grand, déclara-t-il avec douceur, mais fermeté. Si tu continues, ça sera un pudding à rien du tout.

Tokoni avait déjà à moitié écrasé la première banane dans sa main. Lizzie rit de bon cœur en le voyant en avaler un bon tiers.

— Mais ne l'encourage pas, toi, fit mine de la gronder Max.

— Pardon. Je me souviens que, après le départ de ma mère, mes nounous « courant d'air » avaient l'habitude de m'emmener en cuisine pour que je puisse regarder les chefs à l'œuvre. Sauf que je devais rester là, assise sagement, à les observer, comme toute jeune fille de bonne famille qui se respecte…, déplora-t-elle avant de contempler Tokoni avec affection. C'est agréable de voir un enfant faire des bêtises.

— Je vois, marmonna Max. Dans ce cas, tu es pardonnée. Et toi aussi, dit-il à Tokoni. Même si je vais quand même te débarbouiller un peu…

Il se leva, passa une serviette sous le robinet et revint essuyer le visage et les mains de Tokoni qui après ça se tourna vers elle.

— C'est quoi des nounous courant d'air ?

Seigneur, elle aurait dû prendre garde à ce qu'elle disait. Le garçonnet était très attentif, rien ne lui échappait.

— Une nounou est une dame qui veille sur les enfants, une sorte d'institutrice et d'infirmière tout à la fois. Quand j'étais petite, j'en ai eu beaucoup, voilà pourquoi j'ai dit « courant d'air ». Parce qu'elles ne restaient jamais longtemps à la maison.

— Pourquoi ?

— Parce que ce n'était pas un endroit très agréable pour travailler.

— Pourquoi ? répéta Tokoni qui ne lâchait jamais rien tant qu'il n'obtenait pas de réponse satisfaisante.

Lizzie regarda Max. Il ne dit rien, se contentant de l'observer, manifestement curieux de voir comment elle allait se tirer de ce guêpier.

— Eh bien, je n'étais pas une enfant enjouée. Je ne souriais pas et ne riais pas tout le temps, comme toi, tenta-t-elle d'expliquer à Tokoni.

— Oh. Tu étais triste ?

— Parfois, oui, dit-elle, refusant de mentir.

— Parce que ta maman n'était plus là ?

Et voilà. Cela aussi, ça ne lui avait pas échappé.

— Oui.

— Ta maman est partie comme ma maman ? Elle est au paradis maintenant ?

Lizzie baissa le feu sous la mixture en train de mijoter puis, s'appuyant au comptoir, elle répondit :

— Oui, ma maman est au paradis, elle aussi…

Ce qu'elle s'abstint de préciser, bien évidemment, c'est que sa pauvre mère avait un jour décidé que le paradis valait mieux que l'enfer qu'elle vivait sur cette terre.

— Moi, je me rappelle pas ma maman, mais madame Losa dit qu'elle m'aimait très fort.

La gorge nouée, Lizzie ne parvint à réprimer ses larmes qu'au prix d'un effort surhumain. Car il n'était pas question de pleurer devant cet enfant.

— Losa nous a parlé de ta maman, à Max et moi.

— Je n'ai pas de photos d'elle. Et toi, tu as des photos de ta maman ?

— Oui, dans un album, chez moi, répondit Lizzie qui ne les regardait plus que rarement.

Tokoni à cet instant la dévisagea, l'air songeur.

— Ses cheveux, ils étaient comme les tiens ?

— Non, ils étaient blonds. Jaunes, si tu préfères. Et toujours coiffés en chignon, comme ça, expliqua-t-elle, geste à l'appui. Elle était très élégante et portait beaucoup de bijoux…

Lizzie avait d'ailleurs hérité des diamants et des perles de sa mère.

— Mais mon père, lui, est auburn, comme moi.

— Au… Quoi ?

— Auburn, c'est un roux foncé, presque rouge.

Tokoni entreprit de peler sa deuxième banane, avec beaucoup plus d'application.

— Auburn, c'est le nom d'une déses… d'une déesse ? rectifia-t-il de lui-même en la scrutant avec ses grands yeux marron, presque noirs.

Max la regardait, lui aussi, debout près du garçonnet, sa serviette humide encore dans les mains.

— Non, auburn n'est pas une déesse. Tu sais, à une époque, dans certains pays, les gens qui étaient roux subissaient des brimades de la part de leurs semblables. Ce n'est plus le cas aujourd'hui : les roux revendiquent fièrement leur couleur de cheveux. Certains sont même très célèbres dans le monde, comme chanteur ou acteur. Une grande actrice était autrefois réputée pour la couleur feu de ses longs cheveux. Dans son film le plus connu, on la voit sur une île déserte avec d'autres passagers d'un bateau pris dans une grosse tempête.

— Mais cette île-là était bien différente de la tienne, enchaîna Max. C'était un endroit perdu au milieu de l'océan. Les naufragés de l'histoire construisent des huttes pour s'abriter et doivent se nourrir de noix de coco…

— On mange plein de noix de coco, ici ! s'exclama Tokoni, tout excité.

L'orphelinat disposait d'un potager ainsi que d'un verger. Encore une idée de Losa.

— Tu en as de la chance… Bien, si nous revenions à nos moutons… Je veux dire à notre pudding, s'empressa-t-elle d'ajouter quand Tokoni fronça les sourcils. Sinon, nous devrons nous en passer…

— Vite, il faut se dépêcher, dit alors le garçonnet à Max.

— Pas de problème, acquiesça celui-ci.

Il retourna s'asseoir et fit mine de découper les bananes à toute vitesse. Tokoni le regarda faire et accéléra à son tour le rythme. L'affaire se déroulait pour le mieux, quand l'enfant murmura :

— Je voudrais que ça soit pas votre dernier jour avec moi…

— Je sais, mon grand, répondit Max. Nous aussi, tu peux me croire. Mais nous reviendrons te rendre visite très vite, ajouta-t-il avant de se tourner vers Lizzie. Pas vrai ?

— Bien sûr, voyons !

Difficile d'expliquer à Tokoni qu'une fois rentrés aux États-Unis ils allaient essayer de lui trouver une famille. Ils en avaient discuté avec Losa, bien entendu, qui s'était montrée tout à fait favorable à leur initiative, dès lors qu'ils étaient bien conscients de toute la difficulté de leur mission. Lizzie ne s'attendait pas à ce que ce soit facile, mais elle voulait rester positive.

Se concentrant sur sa tâche, elle battit avec enthousiasme les jaunes d'œufs dans un saladier, qu'elle ajouta à la préparation, sur le feu.

— Et ta maman à toi, reprit le garçonnet en s'adressant à Max. Elle est au ciel, elle aussi ?

Lizzie se figea, spatule à la main. Jusqu'à présent, Max s'était arrangé pour ne rien dire de son enfance à Tokoni. Mais il était maintenant au pied du mur. Il n'allait évidemment pas raconter à ce bambin que sa mère, cette femme cruelle et irresponsable, décédée d'une overdose, était allée directement en enfer.

— Oui, elle est partie, répondit-il sobrement, Lizzie notant bien à ce moment la noirceur de son regard.

— Tu as des photos d'elle ?

— Non, mais j'en ai de mes frères, dans mon téléphone. Je peux te les montrer, si tu veux. Jake est papa d'un adorable bébé, quant à Garrett, il a adopté la fille de sa fiancée, qu'il va bientôt épouser.

— Il a adopté un enfant ? s'exclama Tokoni en gigotant sur sa chaise, tout content. Il doit être très gentil.

— Oui, en effet, il est très gentil. Ils le sont tous les deux. Après le départ de ma mère, j'ai été placé par les services sociaux dans des familles d'accueil. Comme je n'avais plus de maison, je vivais chez des gens, avec d'autres enfants comme moi.

Tokoni hocha la tête, buvant littéralement ses paroles.

— C'est dans une de ces familles que j'ai fait la connaissance de mes frères. Jake avait perdu ses parents, lui aussi, et la mère de Garrett était trop malade pour prendre soin de lui comme elle l'aurait dû. Mais elle va mieux aujourd'hui…

— Il a pu retourner vivre avec elle, alors ?

— Oui.

— Et toi et tes frères, aucun papa et maman ne vous a adoptés ?

— Non, aucun de nous, jamais.

Max échangea un regard avec Lizzie et elle repensa à ce qu'il lui avait confié, ne vouloir en aucun cas être adopté. Bien sûr, il était hors de question de faire un tel aveu à Tokoni.

— Moi, je vais être adopté, dit le garçonnet plein d'entrain. J'en suis sûr.

— C'est évident, renchérit Lizzie avec enthousiasme.

Elle crut fondre lorsque Tokoni lui sourit, plus encore quand il bondit de sa chaise pour se précipiter vers elle et la serrer entre ses petits bras pour un câlin improvisé. La gorge nouée par l'émotion, elle lui caressa les cheveux, écarta les mèches devant ses yeux, et ce fut là que le miracle se produisit.

L'espace d'une seconde, elle se remémora les paroles de Max affirmant qu'elle ferait une merveilleuse maman. Et si c'était vrai ?

Mais très vite, elle chassa cette idée de son esprit. Il ne s'agissait pas d'elle, d'un éventuel instinct maternel qui comme par enchantement se serait réveillé, non. Une seule chose importait : trouver à Tokoni les parents qu'il méritait.

- 5 -

Max et Lizzie réussirent à se trouver une petite place dans un snack bondé du centre-ville. Tous deux avaient commandé la même chose, un sandwich club à la dinde et au gruyère, une salade verte et un soda. Max remarqua que son amie avait l'air fatiguée et, à vrai dire, lui-même était épuisé.

Rentrés à Los Angeles depuis un mois maintenant, ils n'avaient pas ménagé leur peine, concentrant tous leurs efforts dans la recherche d'une famille pour Tokoni, usant de leur influence et de leurs contacts. Lizzie avait rédigé son article sur son blog, ainsi qu'un portrait de Tokoni. Elle avait également écrit des dizaines de papiers sur différents sites et forums destinés aux parents en quête d'enfant à travers toute la planète. De son côté, Max avait mis en place tout un système de collecte de fonds sur les réseaux sociaux et, aujourd'hui, avant de s'arrêter pour grignoter quelque chose, ils avaient eu un rendez-vous avec un avocat spécialiste de l'adoption. Le but de la manœuvre étant de lui fournir toutes les données nécessaires sur l'orphelinat, au cas où se présenteraient des gens intéressés par un garçon de l'âge de Tokoni. Ce n'était pas le premier avocat qu'ils rencontraient et ce ne serait pas le dernier. Ils en avaient encore toute une liste en attente.

— Tu as l'air complètement découragé, remarqua soudain Lizzie. Nous savions que ce ne serait pas facile…

— Je ne suis pas découragé. C'est juste que… Je m'inquiète.

— À propos de quoi ?

— De ce que je ressens. Sur la façon dont tout ça m'affecte, et toi aussi. Franchement, on ressemble à deux zombies.

— Mais non, je vais parfaitement bien.

— Vraiment ? Tu en es sûre ? dit-il, perplexe, en la regardant, le soleil de cette fin d'après-midi faisant ressortir des cernes sous ses yeux. Je pense au contraire que toute cette histoire te pèse, sur le plan émotionnel.

— Qu'essaies-tu de me dire, là ? Que nous devrions ralentir le rythme ? répondit-elle avec irritation. Et pourquoi ne pas tout arrêter, aussi, et laisser ce pauvre petit garçon à l'orphelinat ? Moi, je ne peux pas l'envisager. Je ne supporterais pas de rester sans rien faire pour lui.

— Je ne dis pas qu'il faut ralentir le rythme, encore moins arrêter nos recherches… Je…

Il hésita une nouvelle fois, ne sachant comment exprimer son sentiment.

— Tu quoi ? soupira-t-elle en picorant un coin de son sandwich, à la façon d'un oiseau.

— Eh bien, j'ai beaucoup pensé à nous, dernièrement, à toi et à moi. Et il me semble que nous serions les meilleurs parents dont Tokoni puisse rêver, plutôt que n'importe quels inconnus — qui restent d'ailleurs encore à trouver, car jusqu'à présent personne ne s'est manifesté et, à supposer que quelqu'un le fasse, sommes-nous sûrs que ces personnes le chériront autant que nous… ?

Voilà, il l'avait dit. Il venait de reconnaître la vraie raison à son manque d'enthousiasme. Non pas que Max soit fatigué sur le plan physique, non. En réalité, le problème était ailleurs, dans son cœur.

— Oh ! Max… Tu te rends compte de ce que tu viens de dire ? répondit-elle, sous le choc.

— Oui, je sais. J'aimerais que nous l'adoptions, nous. Toi et moi, répéta-t-il, avant d'avaler une gorgée de soda.

— Mais enfin… C'est impossible, protesta-t-elle. Losa

ne nous le confierait jamais, nous ne correspondons pas aux volontés de sa mère. Nous n'avons rien en commun avec ce qu'elle imaginait pour son fils.

— Je sais, mais le fait que nous soyons célibataires ne devrait pas être un obstacle. Je le maintiens, nous sommes les meilleurs parents dont Tokoni puisse rêver.

— Tu le penses vraiment ? dit-elle en se remettant à manger du bout des lèvres. Même en ce qui me concerne ? Sérieusement, tu crois que je suis la meilleure maman qu'il pourrait avoir ?

— Tout à fait. Tu t'investis sans compter depuis notre retour pour lui trouver une famille. Je ne connais aucune autre femme sur cette planète qui se battrait ainsi pour le bonheur d'un petit orphelin, répondit Max avec conviction.

Il n'avait pas encore touché à son sandwich, trop occupé à observer Lizzie, si douce, si délicate. À essayer de sonder son âme. Elle laissa échapper un soupir.

— Il est vrai que, le dernier jour, quand nous préparions ce pudding, eh bien… j'ai ressenti quelque chose de profond. Comme les prémices d'un sentiment maternel à l'égard de Tokoni…

— C'est injuste que sa mère ait posé de telles conditions à son adoption : les autres enfants de l'orphelinat peuvent être adoptés par un parent célibataire. Avec nous, Tokoni aurait deux parents solos, une mère et un père qui l'élèveraient et lui donneraient tout l'amour dont il a besoin.

— Peut-être, mais il devrait vivre dans deux maisons, fit-elle remarquer.

— Quel mal y a-t-il à cela ? Une chose est sûre, notre amitié est plus forte que bien des mariages.

— Je suis d'accord, mais Losa ne peut faire autrement que respecter la volonté de sa mère. Même si elle le souhaitait, elle n'aurait pas le droit de nous laisser l'adopter… Il est impératif que le couple soit marié, elle a été très claire.

— Je sais, soupira Mac avec agacement. As-tu la moindre idée du nombre de gens qui divorcent en se servant des enfants comme moyen de pression ? Et si cela arrivait entre les futurs parents de Tokoni ? Si la relation de ce couple idéal voulu par sa maman se dégradait et qu'il soit pris entre deux feux ?

— À partir du moment où il sera adopté, nous ne pourrons plus rien faire, pas plus que Losa. La seule chose qu'il nous est possible de faire, c'est de lui offrir les parents correspondant aux souhaits de sa mère et… prier pour que tout se passe bien. Je refuse de penser au pire, ça me rend trop triste, chuchota-t-elle, au bord des larmes. J'ai besoin de croire que tout se passera bien.

— Je te demande pardon, je ne devrais pas me montrer aussi négatif. Tu as raison, il faut redoubler d'efforts et lui trouver cette famille, dit-il et tant pis s'il était persuadé que Lizzie et lui étaient les meilleurs parents pour Tokoni. Au fait, Garrett m'a appelé, ce matin. Ça y est, l'adoption d'Ivy est officielle…, dit-il, faisant allusion au bébé de la fiancée de Garrett, la petite fille dont il avait parlé à Tokoni.

— Oh ! c'est merveilleux. Je suis heureuse pour lui. Je me demande si ce n'est pas à cause de la démarche de ton frère, si tu te sens aussi frustré de ne pouvoir adopter Tokoni…

— Je n'en sais rien, peut-être… Bref, Garrett et Meagan tiennent à célébrer l'événement. La fête doit avoir lieu samedi prochain. Tu veux m'accompagner ?

— Avec plaisir. Je n'ai jamais rencontré la petite Ivy.

— C'est l'occasion.

— Pas plus que Meagan, d'ailleurs.

Et zut. Il aurait dû présenter Lizzie à la fiancée de son frère depuis longtemps, c'était impardonnable.

— Je suis sûr que tu vas l'adorer.

— J'avoue qu'elle m'intrigue, surtout en raison de son

passé tumultueux et des mensonges qu'elle a pu faire à Garrett. Comme à toi et Jake, s'empressa-t-elle d'ajouter.

Max acquiesça d'un signe de tête. Meagan les avait escroqués, au temps où elle travaillait pour eux comme comptable. Manipulée par son ex-petit ami, qui l'avait laissée tomber dès qu'elle avait été prise la main dans le sac. Ce n'était qu'une fois derrière les barreaux que Meagan avait découvert qu'elle était enceinte.

— Dire qu'elle a accouché en prison et que le père refuse de reconnaître ou même seulement de voir Ivy, c'est affreux…

— C'est un peu ce que le père de Tokoni a fait, remarqua Lizzie.

— Sauf que lui ne risque pas de tenter un jour de revenir réclamer des comptes…

Le jour où cet individu avait abandonné Tokoni et sa mère, il avait renoncé à ses droits parentaux. Telle était la loi, à Nulah. Même son nom avait été rayé de l'acte de naissance.

— Le père d'Ivy a essayé de la récupérer, ajouta Max.

— Vraiment ? Mais quand ?

— Garrett et Meagan venaient juste de se mettre ensemble. Mais ce n'était pas sa fille que cet énergumène voulait ; pour lui, ce n'était qu'une occasion de se faire de l'argent.

— Quel salaud, soupira Lizzie, grimace à l'appui.

— Oui. Et tu sais quoi, Garrett a fini par lui verser une belle somme pour s'en débarrasser et pouvoir adopter Ivy.

— Et aujourd'hui, le voilà papa d'Ivy… Merci de m'inviter à cette fête, Max.

— Le thème de la réception sera Princesse d'un soir. Ivy est le nom d'une princesse dans un conte pour enfants.

— Comme c'est mignon.

— Et maintenant que j'y pense, ce thème devrait t'aller comme un gant, à toi, Lady Ari, princesse royale.

— Idiot, dit-elle en lui jetant un petit bout de pain à la figure.

Il sourit, essayant de rester aussi joyeux que possible. Cela n'empêchant pas cette espèce de poids, sur son cœur, tant il regrettait que Tokoni ne puisse devenir leur fils.

La soirée se tenait dans l'une des salles de bal du palace en front de mer dont Garrett était le propriétaire. Craignant de ne pas être à l'heure, Lizzie avait promis à Max de le retrouver sur place, et lorsqu'elle arriva la fête battait déjà son plein.

Tout le monde ou presque avait choisi de porter une couronne, celles-ci étant de toutes formes, tailles et couleurs. De son côté, Lizzie avait opté pour une tiare sertie de pierres précieuses vertes, assorties à sa robe émeraude. La pièce regorgeait de Cendrillon, Blanche-Neige et de petites sirènes pour ces dames, les garçons, eux, ayant revêtu des costumes de princes charmants ou de chevaliers en armure.

Tout avait été pensé en accord avec le thème, y compris pour les enfants : un château en bois avait été dressé au milieu de la salle, avec toboggans, balançoires et tous les équipements récréatifs possibles. Même la nourriture était dans le ton, avec un buffet royal.

Lizzie chercha Max du regard. Il était devant le château, un sceptre en plastique rouge à la main. Il était vêtu d'un smoking en velours noir avec redingote à queue-de-pie et sur sa tête trônait une énorme couronne. Tout en s'avançant vers lui, elle remarqua qu'il ne portait ni la chemise ni le nœud papillon réglementaires. En fait, sous sa veste, il avait mis un simple T-shirt à l'effigie de princesse Leia, en grand fan de *Star Wars* qu'il était.

— Superbe, dit-elle en riant quand elle le rejoignit.

— Et toi, tu es… Ta robe est super sexy, répondit-il en esquissant une révérence.

— Oh ! espèce de grand flatteur… Je vois que tu as

trouvé un moyen de te rapprocher de ta princesse préférée, plaisanta-t-elle en désignant son T-shirt.

— Pas mal, comme idée, non ?

— Pas mal, oui. Alors, où est cette petite demoiselle ?

— Par là, déclara Max en montrant le château.

— Tu es de garde pour la soirée ? le taquina-t-elle, le trouvant craquant, dans cette tenue, avec son sceptre.

— J'ai promis aux parents de veiller sur le palais pendant qu'ils allaient grignoter. Ils ne devraient plus tarder à revenir du buffet, maintenant. Tu aurais vu Ivy, tout à l'heure, quand elle a été présentée aux invités, sous son nouveau nom. Nous nous étions tous mis en file indienne pour lui rendre hommage.

— Je regrette d'avoir raté ça. J'ai hâte de faire sa connaissance.

— Une seconde, je vais la chercher, dit Max qui disparut aussitôt à l'intérieur du château.

Il en ressortit avec dans les bras une fillette vêtue d'une robe rose à volants et dentelle, une tiare ornée de strass multicolores dans les cheveux.

— Voici Ivy Ann, la reine du bal.

— C'est Gaggy qui a fait tout ça, rien que pour moi, dit l'enfant avec fierté.

Gaggy, autrement dit Garrett, traduisit Lizzie, et par « tout ça », Ivy entendait sûrement cette fête somptueuse. À moins que ce ne soit une allusion à son adoption.

— Tu es merveilleuse, s'extasia Lizzie. Comme toutes les princesses.

— Meci beaucoup, répondit la fillette.

Lizzie sourit. Apparemment, Ivy avait un petit problème de prononciation. Un peu comme Tokoni.

— Je connais un petit garçon de cinq ans qui aurait beaucoup aimé être là, ce soir. Malheureusement, il vit trop loin d'ici.

— Comment il s'appelle ?

— Tokoni.

— Et où est sa maison ?

— Sur une île appelée Nulah, expliqua Lizzie, avec un pincement au cœur.

Depuis que Max avait exprimé ses regrets de ne pouvoir adopter Tokoni, elle avait le plus grand mal à se défaire d'un sentiment de vide, l'enfant lui manquant chaque jour un peu plus.

— Maddy le connaît ?

Maddy ? Il fallut quelques secondes à Lizzie pour comprendre qu'Ivy parlait de Max.

— Oui, il le connaît.

— Maddy, c'est mon oncle.

— Ton oncle préféré, ajouta l'intéressé en chatouillant la fillette qui se mit à gigoter entre ses bras en riant.

Quelques minutes s'écoulèrent ainsi en bavardages innocents et éclats de rire, quand Ivy décréta :

— Je veux descendre maintenant.

— À vos ordres, princesse, s'exécuta aussitôt Max.

À peine la posa-t-il sur ses pieds qu'Ivy se précipita dans le château pour aller retrouver ses amis — ou plutôt ses sujets.

— J'ignorais qu'elle t'appelait Maddy, dit Lizzie.

— La première fois que je l'ai vue, je me suis présenté sous le nom de Mad Max. Peu à peu, c'est devenu Maddy.

— J'aime bien. Je vais peut-être t'appeler comme ça, moi aussi.

— Comme il vous plaira, mon gentil petit lézard, dit-il, espiègle, avant d'approcher une main de son visage pour prendre l'une de ses créoles entre ses doigts. C'est nouveau, ça, non ?

— Non, elles me viennent de ma mère, répondit-elle, un peu troublée par sa proximité. De sa très chère collection Harry Winston.

— Et ça, enchaîna-t-il, cette fois en effleurant son collier. Ça appartenait également à ta mère ?

— Oui, signé Cartier. Et ceci encore est un Tiffany, dit-elle en lui montrant son bracelet, autant de bijoux qu'elle conservait en temps normal dans un coffre, à la banque.

— On dirait que tu as commis un braquage…

— Ces bijoux me rappellent mon enfance. Les porter pour une soirée costumée en l'honneur d'une petite fille m'a semblé naturel, avoua-t-elle, au bord des larmes. Quand j'étais petite, maman me laissait jouer avec ses bijoux. Elle s'amusait à m'habiller comme une princesse, tout en me racontant l'histoire de chacun d'eux…

— Je suis sûr que ta mère aurait adoré cette soirée.

— Je n'en doute pas une seconde…

Elle s'écarta de quelques pas, alors que tout ce qu'elle voulait, c'était se jeter entre les bras de Max, qu'il la berce et apaise cette douleur que tous deux ressentaient de ne pas pouvoir devenir les parents de Tokoni.

— Hello, vous deux ! résonna à cet instant une voix masculine derrière eux.

Lizzie et Max se retournèrent dans le même élan. Garrett s'avança vers eux, très élégant avec ses cheveux noirs gominés et son beau smoking inspiré des Années folles. Lizzie remarqua qu'il ne portait pas de couronne, sans doute l'avait-il enlevée après la présentation de sa fille aux invités.

Il tenait la main de sa fiancée, Meagan, une jolie petite brune aux yeux en amande, avec de magnifiques cheveux longs, vêtue d'une robe de bal dans les tons bleus et arborant une tiare en argent.

— Félicitations, pour l'adoption, dit Lizzie, après avoir fait connaissance. J'ai discuté avec Ivy, à l'instant, c'est une petite fille merveilleuse ! Elle vous ressemble beaucoup, ajouta-t-elle à l'intention de Meagan.

— Merci, répondit Meagan en se pressant contre Garrett. Une chose en tout cas est sûre, elle adore son nouveau papa.

À cet instant précis, Ivy montra le bout de son nez par le pont-levis du château et, dès qu'elle vit ses parents, elle accourut, souriant à tout le monde.

— Viens avec moi, dit-elle après un moment en prenant la main de son père pour l'attirer dans le château. Toi aussi, ajouta-t-elle, cette fois en s'emparant de la main de Max.

— Ces messieurs n'ont pas eu le choix, s'amusa Meagan en regardant le trio s'éloigner.

— J'ai le sentiment que Ivy les aura tous à ses pieds, plus grande, dit Lizzie en riant.

— Je vous ai déjà croisée, une fois, dit Meagan après un court silence. C'était à une fête de charité, au parc. Mais c'était il y a longtemps, avant que Garrett et moi ne vivions notre relation au grand jour. Raison pour laquelle nous n'avons pas été présentées. Vous étiez avec un groupe de jeunes femmes.

— Max était là, lui aussi ?

— Oui, c'était la première fois que je le rencontrais. Un peu plus tard, ce jour-là, Garrett m'a parlé de vous et de votre relation. Je pense souvent à vous deux, depuis…

— Que voulez-vous dire ? s'enquit Lizzie, soudain sur ses gardes.

— Eh bien, je me suis demandé si vous n'étiez pas plus que de simples amis et…

Meagan s'interrompit, elle rougit même légèrement.

— J'espère que vous ne m'en voulez pas, reprit-elle. Pardon, je me mêle sans doute de ce qui ne me regarde pas, mais…

— Vous n'êtes pas la première à vous interroger sur notre relation, la rassura Lizzie. Et vous ne serez pas la dernière. Cela arrive tout le temps.

— Oh. Vous êtes habituée, alors. Cela ne doit plus rien vous faire… ?

La question déstabilisa un peu Lizzie qui, à cet instant précis et pour la première fois de sa vie depuis qu'elle connaissait Max, hésita sur la réponse à donner.

— Au tout début, reprit Meagan, Garrett et moi avons fait croire à tout le monde que nous étions de simples amis — alors que nous avions une liaison. Je me suis dit qu'il en allait peut-être de même, entre Max et vous. Qu'à un moment donné, votre amitié avait pu aboutir sur des sentiments plus profonds. Mais Garrett a toujours été formel, pas d'amour entre son frère et vous. N'empêche, qui peut savoir vraiment ce qu'il en est, hormis les deux intéressés ?

— Et la vérité est que nous sommes juste amis, répéta Lizzie avec son plus beau sourire, tout en pensant à ce désir, entre Max et elle. Bien sûr, je ne le nie pas, il existe bien une certaine attirance entre nous et il nous arrive, à moi comme à lui, j'en suis sûre, de regretter…

De regretter quoi, au juste ? s'interrompit-elle de façon abrupte. De ne pas être amants, par peur d'y perdre leur précieuse amitié ?

— Je suis désolée, je ne voulais pas être indiscrète, dit Meagan, consciente de son désarroi. Mais tout ça vient de la fascination que Max et vous avez exercée sur moi, la première fois que je vous ai vus ensemble.

— De mon côté, j'avoue avoir été fascinée moi aussi par vous et votre histoire avec Garrett. Vous avez dû surmonter tant d'épreuves et d'embûches.

— C'est pour cette raison que nous avons gardé le secret sur notre relation, au début. Je ne supportais pas l'idée que les gens puissent savoir que je sortais avec l'un des hommes que j'avais escroqués. C'est Garrett qui a fini de me convaincre de nous afficher, en tant que couple, aux yeux du monde.

— Garrett est quelqu'un de bien.

— C'est la vérité. Je l'aime tant que j'en pleurerais… L'amour, il n'y a que cela de vrai, dans la vie.

Lizzie aurait eu bien du mal à acquiescer. Jusqu'à présent, son expérience de l'amour restait marquée par le chagrin et la douleur ; le décès de sa mère, l'indifférence de son père… et aujourd'hui, Tokoni, cet enfant qu'elle aimait et qui ne serait jamais le sien.

— Garrett vous a parlé de ce petit garçon auquel nous cherchons un foyer, Max et moi ? demanda-t-elle.

— Oh oui. Et si je peux vous aider, n'hésitez pas.

— Merci, répondit Lizzie. J'ai expliqué à Ivy que Tokoni aurait adoré être de la fête. Difficile de ne pas penser à lui, ce soir…

— Je suis désolée qu'il n'ait pas pu venir, glissa Meagan, compatissante. Vous devez être très attachée à lui.

— Autant que Max. Il faut dire que c'est un petit garçon particulièrement adorable.

— C'est triste de songer que des enfants vivent dans des orphelinats. C'est Tanner, mon frère, qui s'est occupé d'Ivy, quand j'étais incarcérée. Sans lui, elle aurait été placée. Tanner est ici, ce soir, avec sa femme, ainsi que mon frère aîné, son épouse et leur fils. Ils sont venus du Montana pour quelques jours.

— C'est important, le soutien de la famille.

— Sans eux, je ne crois pas que je serais arrivée à m'en sortir. La maman de Garrett a été extraordinairement gentille, elle aussi. Et bien sûr, les frères de Garrett. Jake et Carol sont passés, tout à l'heure, avec la petite Nita, mais ils ont dû partir, elle était trop grognon. Vous connaissez Carol ? Vous avez vu leur bébé ?

— J'ai rencontré Carol avant son mariage avec Jake, quand elle était son assistante, mais je ne la connais pas très bien. Quant au bébé, non, je ne l'ai pas encore vu. J'ai envoyé des fleurs à la maternité, à sa naissance. Elle doit avoir quatre ou cinq mois, maintenant.

— Je ne connaissais pas bien Carol, moi non plus avant la naissance du bébé, mais depuis nous sommes devenues proches. Ivy les adore, toutes les deux. Elle a beaucoup d'affection pour sa cousine Nita.

— C'est super que vous soyez amies, Carol et vous. Que vos enfants puissent grandir ensemble, dit Lizzie qui rêvait pour Tokoni de liens familiaux semblables.

— Et si vous veniez déjeuner avec nous, un de ces jours ?

— Avec Carol et vous ?

— Oui.

— Merci, j'aimerais beaucoup, répondit Lizzie avec enthousiasme et elles échangèrent sur-le-champ leur numéro de téléphone. Au fait, vous avez arrêté une date, pour le mariage, Garrett et vous ?

— Pas encore. Je tiens d'abord à aller au bout de ma période de liberté conditionnelle. Mais Garrett ne voulait pas attendre pour adopter Ivy et il a entamé toutes les démarches il y a plusieurs mois, maintenant.

— Et manifestement, ça a marché.

— Oh oui, soupira Meagan avec un sourire ému.

Elles finissaient juste leur conversation quand Max et Garrett réapparurent, Ivy dans les bras de son papa, qui se pencha sur sa maman pour lui donner un baiser.

Lizzie sourit, touchée de voir tant de tendresse dans ce geste.

La minute d'après, Garrett et Meagan s'éloignèrent avec leur petite princesse, en direction de la piste de danse où un orchestre jouait les grands tubes de dessins animés célèbres.

— Meagan m'a invitée à déjeuner un de ces jours, avec elle et Carol, dit Lizzie.

— Super, répondit Max. Je suis heureux qu'elle t'accueille dans leur cercle.

— Meagan est une fille sympathique. Nous avons discuté d'un tas de choses… mais je n'ai rien dit sur le fait que nous aimerions pouvoir adopter Tokoni. Cela ne regarde personne.

— Je n'en ai pas parlé, moi non plus. D'autant que cela ne risque pas d'arriver, dit-il en glissant son bras autour de ses épaules. À moins que nous fassions un effort et que nous nous mariions…, ajouta-t-il, sur le ton de la boutade.

Stupéfaite, Lizzie se mit à en bégayer d'incrédulité.

— C'est une plaisanterie, tu n'es pas sérieux… ?

— Bien sûr que non. Tu ne penses quand même pas…, fit-il avant de s'interrompre, les sourcils froncés, pour laisser échapper un soupir. Sans compter que, pour qu'un tel plan fonctionne, il nous faudrait jouer la comédie et nous comporter comme un vrai couple.

Soudain, Lizzie eut le sentiment que la tiare sur sa tête pesait une tonne.

— Meagan m'a avoué s'être demandé si nous n'étions pas ensemble…

— Hum, elle ne doit pas être la seule, marmonna-t-il. Pour en revenir à notre affaire, euh, juste après l'adoption, nous divorcerions, à l'amiable bien sûr. Ainsi, nous resterions amis et élèverions Tokoni ensemble, enfin, chacun chez soi, mais ensemble quand même, tu vois… ?

Lizzie le regarda, sceptique, avec un drôle de pressentiment.

— J'ai l'impression que tu as réfléchi au scénario dans le détail, je me trompe ?

— Oh ! non, je pensais tout haut, rien de plus.

— Tu imagines, toute cette comédie, les mensonges… C'est de la folie, dit-elle en secouant la tête, comme pour en chasser cette idée.

— Tu as raison, dit-il. C'est idiot de ma part.

Lizzie regarda autour d'elle, tous ces parents avec leurs

enfants, leurs sourires, leurs rires. Partout, elle pouvait voir à côté de quoi Max et elle risquaient bien de passer. Mais de là à se marier simplement pour parvenir à leurs fins et avoir le droit d'adopter Tokoni… ? Non, hors de question.

- 6 -

Il était près de deux heures du matin et impossible pour Lizzie de trouver le sommeil. Cela faisait une éternité qu'elle était là, allongée dans le noir, à regarder les minutes défiler sur son réveil.

Elle n'arrêtait pas de repenser à la fête donnée en l'honneur d'Ivy, ainsi qu'à la conversation qu'elle avait eue avec Max.

À cette idée de mariage.

Ou pas.

À l'adoption de Tokoni.

Ou pas.

Cette discussion, elle aurait dû l'oublier, ne pas y prêter plus d'attention que cela, l'effacer de sa mémoire pour tenter de retrouver un semblant de paix.

Elle devait rester concentrée et redoubler d'efforts pour enfin trouver les parents que le petit garçon méritait. Et si elle voulait être efficace, elle devait dormir un minimum, de manière à se lever demain en forme, à peu près fraîche et dispose. Sauf que c'était plus facile à dire qu'à faire, et qu'elle se préparait probablement à une nuit blanche.

Et tout cela, à qui la faute ? songea-t-elle. À Max, bien entendu. Car s'il ne lui avait pas soufflé à l'oreille cette idée totalement saugrenue de mariage, elle n'en serait pas là, à broyer du noir entre ses draps.

Elle était justement en train de le maudire quand son téléphone sonna. À cette heure-ci, cela ne pouvait être que lui, peut-être en proie à une insomnie comme elle. Sauf qu'elle n'avait aucune envie de lui parler.

Elle s'empara de l'appareil, sur le chevet. C'était bel et bien lui, et son nom s'affichait, lumineux, sur l'écran, aveuglant dans l'obscurité. Elle hésita, mais au lieu d'ignorer son appel, comme elle l'aurait dû, elle répondit.

— Je savais que tu ne dormais pas, dit-il en guise de préambule. Moi non plus. Puis-je passer chez toi ?

Elle alluma la lampe de chevet et jeta un regard courroucé à son réveil. Trois minutes s'étaient écoulées depuis la dernière fois qu'elle l'avait consulté.

— Tu sais l'heure qu'il est ?

— Oui, bientôt deux heures. Et si tu ne me laisses pas venir, je crois que je vais devenir fou.

— Bon, c'est d'accord, soupira-t-elle, consciente que, de toute façon, elle ne réussirait plus à s'endormir. Mais tu ferais mieux d'amener les beignets, j'ai besoin d'énergie.

— Je peux m'arrêter à une supérette en chemin et acheter un paquet de ces beignets minuscules que nous dévorions, enfants. Tu sais, ceux saupoudrés de sucre glace ? Je me souviens qu'après tu retrouvais toujours le moral.

— Prends-en deux paquets, répondit-elle, après tout, au point où elle en était, une orgie de calories ne pouvait pas faire de mal.

— Entendu. À tout à l'heure.

Et il raccrocha, la laissant seule avec son téléphone dans la main, perdue dans ses pensées, encore incrédule à l'idée qu'elle venait juste d'autoriser Max à débarquer chez elle en pleine nuit…

Elle se leva, enfila un jean et un T-shirt — pas question d'aller lui ouvrir en petite tenue, vêtue de sa nuisette en satin. Elle avait toujours eu un faible pour la lingerie fine. Comme sa mère… Stop. Elle devait arrêter de se comparer à sa mère. Déjà, ce soir, pour la fête d'Ivy, elle n'avait pu s'empêcher de se parer de ses plus beaux bijoux.

Espérant qu'une tasse de thé la détendrait, elle se rendit dans la cuisine et remplit d'eau sa bouilloire vintage. Elle l'avait dénichée chez un antiquaire, en prévoyant de l'utiliser comme pot de fleurs, dans son patio, avant de changer d'avis.

Fébrile à la perspective de voir Max, elle chercha dans son coffret en étain parmi les différents sachets de thé et se choisit un mélange aux arômes fruités, puis elle alla s'asseoir dans la pièce voisine, à la table tout en chrome et verre, et attendit le sifflement de sa bouilloire.

Lorsque celle-ci se mit à chanter, elle se leva et la sortit du feu pour préparer le thé, posant également une tasse sur le comptoir pour Max au cas où il en voudrait.

Il arriva peu de temps après, avec les beignets, préférant néanmoins un jus d'orange qu'il se servit lui-même, dans le réfrigérateur. Il portait le même T-shirt de *Star Wars* qu'à la soirée, mais avec un bas de pyjama à la place du pantalon de smoking.

— Je n'arrive pas à croire que tu sois sorti dans cette tenue, dit-elle en secouant la tête.

— Désolé, répondit-il avec un air penaud à craquer.

— Arrête avec ça, soupira-t-elle.

C'était déjà bien assez difficile comme ça qu'il soit ici au saut du lit, elle n'avait pas besoin qu'il lui fasse du charme, avec son sourire sexy.

— Arrête quoi ?

— Rien, peu importe, marmonna-t-elle, n'imaginant pas lui reprocher d'être trop séduisant.

— Tu sais, Lizzie enchaîna-t-il avec une gravité soudaine, je n'arrive pas à me sortir de la tête cette idée d'adopter Tokoni, toi et moi.

— Je comprends. C'est la même chose pour moi…,

répondit-elle en déposant les pâtisseries sur la table, avec une bonne dizaine de serviettes en papier.

Max s'assit face à elle. Les volets de la fenêtre par laquelle entrait d'habitude la lumière étaient clos, ce qui était normal, à cette heure. Lizzie n'avait pas l'habitude de prendre son petit déjeuner à l'aube.

Elle déchira le premier paquet de beignets et en piocha un. Bien gras, trop sucré, délicieux !

— Tu en veux ?

— Non, merci, répondit Max. Tu crois que nous devrions le faire ?

— Faire quoi ? Adopter Tokoni ? dit-elle en s'essuyant la bouche, les mains tremblantes. Ce n'est pas possible, voyons.

— Ça le serait, si nous respections mon plan.

— En nous mariant ? s'exclama-t-elle, encore plus fébrile. Pour divorcer juste après ? Quelle farce…

— Que proposes-tu dans ce cas ? Que nous restions mariés ? Enfin, Lizzie, ça ne marcherait jamais, toi et moi !

— Non, c'est certain, dit-elle, le nez dans sa tasse. Mais ce genre de mariage serait indigne de nous… et ce ne serait pas correct, par rapport aux souhaits de la mère de Tokoni.

— Sans doute, mais nous ferions d'excellents parents, pour son fils. Les meilleurs dont elle pouvait rêver.

— Cela ne nous autorise pas pour autant à enfreindre les règles. Et tu as pensé à Losa ? Quelle sera sa réaction ?

— Nous lui expliquerons qu'à la faveur de notre quête d'un foyer pour Tokoni, nous nous sommes découvert l'un pour l'autre des sentiments que, jusqu'ici, nous ignorions.

— Des sentiments ? répéta-t-elle en ouvrant avec rage le deuxième paquet de beignets.

— Eh bien oui. Nous dirons à Losa que nous sommes tombés amoureux l'un de l'autre. Tu vois le genre, comme un de ces coups de foudre qui rendent les gens complètement idiots…

— Waouh, quelle façon délicieusement romantique de présenter les choses. Un conseil, évite de prendre cette mine dégoûtée devant Losa, sinon ton histoire tombera à l'eau.

— Ne sois pas aussi sévère avec moi. Si tu voyais ta tête, tu as l'air désespérée.

— Je refuse simplement cette idée de mariage.

— Cela ne me tente pas plus que toi, mais j'ai envie d'être le père de Tokoni, tout comme j'ai envie que tu sois sa mère. Et je ne vois pas d'autre solution pour y arriver.

Lizzie ferma un moment les yeux. Il semblait si sincère, si sûr de lui, convaincu qu'un tel mariage, basé sur du vide, du vent, était la seule chose à faire.

— Tu es sérieux, Max ?

— Je ne l'ai jamais été autant. Il faudrait bien sûr nous comporter comme mari et femme devant les amis et la famille. Personne ne doit se douter que nous nous sommes mariés uniquement pour Tokoni et que nous prévoyons de divorcer un peu plus tard.

— Justement, divorcer si rapidement après l'adoption, tu ne penses pas que cela paraîtrait suspect ?

— Pas forcément, non. Nous n'aurons qu'à expliquer que nous avons mal interprété nos sentiments l'un pour l'autre, aveuglés par notre amour pour Tokoni. Et quand les gens verront que nous restons amis, cela ne devrait pas causer le moindre problème.

Lizzie s'imagina, mère de Tokoni, le partageant avec Max.

— J'ai envie d'être sa maman autant que toi son père, c'est vrai, mais…

— Chut, Lizzie, l'interrompit-il en se levant à moitié pour lui prendre la main. Cessons de nous poser des questions. Faisons-le, c'est tout.

Elle plongea ses yeux dans les siens. À ce stade, à peine parvenait-elle à respirer, mais elle céda, perdant peu à peu ce qui lui restait de bon sens.

— D'accord, chuchota-t-elle. Comment allons-nous procéder ? Par quoi allons-nous commencer ?

Il ne répondit pas tout de suite, manifestement aussi mal à l'aise qu'elle, tout en se balançant sur sa chaise.

— Avant toutes choses, je crois que nous devrions parler à Losa.

— Face à face ?

— Honnêtement, je préférerais l'appeler, soupira-t-il. Et je propose de le faire dès aujourd'hui.

Lizzie sentit la panique la gagner.

— N'est-ce pas trop soudain ? J'ai besoin d'un peu de temps.

— Pour quoi faire ?

— Eh bien, nous pourrions mettre tout ça noir sur blanc. Tu sais, comme un scénario que nous apprendrions par cœur.

— Je préférerais ne pas trop me poser de questions.

— Et moi, je préfère réfléchir d'abord à ce que nous allons lui dire, insista Lizzie qui détestait l'improvisation en toute chose. Je ne voudrais pas être prise au dépourvu.

— Et moi, je ne me vois pas réciter sagement un dialogue, ça manquerait de naturel.

Elle laissa échapper un nouveau soupir. Les choses s'annonçaient mal. Déjà, ils n'étaient pas d'accord sur la manière de s'y prendre. Bravo pour l'harmonie du couple !

— Peut-être devrais-je m'en occuper. Seul, je veux dire, continua-t-il, les yeux dans le vague. Nous ne sommes pas obligés de l'appeler à deux. Et puis, t'avoir à côté de moi, avec ton script, je sais que ça me rendra nerveux.

Lizzie resta silencieuse quelques secondes, le temps de peser le pour et le contre. La perspective de mentir à Losa était déjà bien assez pénible, mais le faire à deux risquait de compliquer les choses, surtout s'ils n'étaient pas sur la même longueur d'onde.

— D'accord, mais en attendant tu devrais rentrer chez

toi et prendre un peu de repos. Mieux vaut éviter de débiter tous ces mensonges en étant à moitié endormi.

— Entendu. Mais s'il te plaît, ne change pas d'avis entre-temps.

— Non, je ne changerai pas d'avis, répondit-elle, car si elle était tétanisée à l'idée d'épouser Max, elle l'était plus encore à celle de perdre l'enfant que tous deux voulaient si désespérément adopter.

Max tint sa promesse : il parla à Losa et, juste après, il retourna chez Lizzie pour lui faire son rapport. Ils s'installèrent dans le patio, avec son coin barbecue et son bar. Jetant un coup d'œil autour de lui, il lui sembla que la végétation avait un air plus tropical que d'ordinaire. Comme si elle avait été inspirée par leur séjour à Nulah et les jardins de l'hôtel — mais il n'était pas venu pour discuter fleurs.

— Je pense que Losa m'a cru, dit-il d'emblée.

— Tu *penses* qu'elle t'a cru ? fit Lizzie en le regardant droit dans les yeux. Qu'entends-tu exactement par là ?

— Eh bien, je lui ai dit tout ce que j'étais censé lui dire et elle n'a pas semblé vraiment surprise. Bien sûr, je n'étais pas très à l'aise quand j'ai dû lui expliquer qu'à l'occasion de nos recherches pour trouver une famille à Tokoni, nous étions tombés amoureux, mais j'ai joué sur le fait que toi et moi nous connaissions depuis longtemps, sur notre amitié, tout ça. En faisant de mon mieux pour y mettre le ton…

Encore maintenant, la nervosité qu'il avait éprouvée au téléphone continuait de faire rugir son sang dans ses veines.

— Heureusement, je n'ai pas eu à mentir pour ce qui est de notre désir d'adopter Tokoni. Ça a été le plus facile.

— Elle veut bien que nous l'adoptions, alors ? le pressa Lizzie, manifestement aussi stressée que lui.

— Elle ne prendra sa décision que lorsque nous serons

mariés et que nous aurons entamé les démarches, comme n'importe quels autres candidats à l'adoption. Sur un plan légal, il lui est impossible de promettre de nous confier Tokoni sans étude préalable de notre dossier, mais elle est impatiente de nous revoir et nous attend après le mariage, de manière à pouvoir discuter de vive voix de notre projet.

— Ah, soupira Lizzie en se détendant. C'est plutôt positif.

— Oui, c'est aussi ce que je pense. Je lui ai dit que nous avions opté pour une cérémonie traditionnelle. Je ne veux pas qu'elle s'imagine que nous nous dirons oui vite fait à Las Vegas ou ce genre de choses, sans les amis ni la famille. J'ai mis l'accent sur le fait que nous étions impatients de nous unir et d'accueillir Tokoni dans notre vie, et que les noces de ce fait étaient imminentes.

— A priori, tu as dit ce qu'il fallait de manière à ce que nous correspondions au profil des parents que souhaitait la mère de Tokoni pour son fils. Bravo.

— Merci. Mais il ne faut pas tarder. Nous devons aujourd'hui même faire appel à une organisatrice de mariage.

— Garrett pourra peut-être nous en recommander une, je sais que nombre de cérémonies se déroulent dans son hôtel.

— Je vais lui en parler. Mais d'abord, je dois lui raconter, à lui ainsi qu'à Jake, la même histoire qu'à Losa, dit Max, réalisant avec effroi que ce serait la première fois qu'il mentait à ses frères.

— De mon côté, je vais annoncer la nouvelle à mes amies. Et choisir mes demoiselles d'honneur. Je l'ai été moi-même, je sais donc comment ça se passe.

Max acquiesça d'un signe de tête. Lui aussi avait une petite expérience en ce domaine, en tant que témoin avec Garrett de leur frère Jake à son mariage.

Lizzie soudain se décomposa et le regarda avec tristesse.

— Que vais-je faire avec mon père ? Si c'est une cérémonie

traditionnelle, dois-je respecter le protocole et lui demander de me conduire à l'autel ?

— Je ne sais pas. C'est à toi de décider, répondit-il, refusant de faire ingérence dans ses affaires de famille. Pff, il y a tant de choses à penser. Je suis déjà perdu…

— Moi aussi, soupira-t-elle. Et pour notre *vie commune* ? Suis-je censée emménager chez toi, après le mariage ?

— Cela me semble plus sage. La maison est grande, tu pourras t'installer dans une des ailes réservées aux invités, personne n'en saura rien.

— Et tes domestiques ? Ils verront bien que nous faisons chambre à part…

— On pourrait réaliser toute une mise en scène, dans ma chambre. Pour donner l'impression que tu couches là. Et pareil dans ta chambre, pour faire comme si elle était occupée par une amie, une célébrité qui y séjourne incognito. Il ne leur viendra pas à l'idée que ça puisse être toi. Et puis, j'ai tout un service de sécurité, des professionnels habitués à protéger la vie privée de riches clients, ils sauront rester discrets.

— Si je viens habiter chez toi, que dois-je faire de mon appartement ?

— Tu peux expliquer que tu comptes le louer à des touristes et le garder ainsi meublé, en l'état. Ce genre d'endroit est très prisé sur le marché.

— Excepté que je ne le louerai pas vraiment. Je n'ai aucune envie que des inconnus vivent chez moi.

— Ne te tracasse donc pas pour ça. De toute façon, personne n'ira vérifier ce que tu fais de ton appartement, répondit-il, sûr de lui, lorsqu'une pensée surgit dans son esprit. Si nous devons annoncer nos fiançailles, il faut que je te trouve de toute urgence une bague.

— Tu as raison. Tout le monde va réclamer de la voir ; c'est même la première chose que mes amies vont me demander.

— Un bijoutier pourrait venir nous présenter différents modèles, chez moi, dans la semaine…, suggéra-t-il.

— Il faudra que je pense à te la rendre, quand nous divorcerons, dit Lizzie en regardant sa main gauche.

— Pas question. Je veux que tu la gardes.

— Mais enfin, c'est idiot, tu pourras la revendre.

— Je préfère que tu la conserves comme souvenir. Tu n'auras qu'à la mettre dans le coffre de ta mère, à la banque.

— Et les alliances ?

— Je demanderai au bijoutier de s'en occuper. Rassure-toi, tout se passera bien, dit Max sans conviction, persuadé qu'au fil du processus quelque chose viendrait enrayer la machine.

Si Lizzie était allée chez Max des centaines de fois, elle ne s'attendait certainement pas à y vivre un jour. C'était pourtant ce qui allait arriver, et plus rapidement qu'elle ne l'aurait jamais imaginé.

Le manoir de deux étages, à l'origine propriété d'un producteur de cinéma fantasque, était doté d'un escalier en colimaçon, comme dans un château hanté. Il y avait aussi un hall d'entrée immense, digne d'une cathédrale, une magnifique véranda, et au second, une salle destinée à accueillir des réceptions somptueuses.

La partie réservée au personnel se trouvait au rez-de-chaussée, au même niveau que la cuisine, mais Max n'avait pas de domestiques à demeure. Sa cuisinière avait l'habitude de lui préparer ses repas assez tôt et de les garder au chaud, mais le plus souvent il mangeait dehors.

En réalité, Max n'avait pas l'utilité d'une maison d'une telle superficie. Sans doute l'avait-il achetée par esprit de revanche, pour compenser la misère et les privations endurées par le petit garçon qu'il était autrefois.

Ils étaient là aujourd'hui, dans le cabinet de travail Art

déco, à attendre le bijoutier. Lizzie avait pris place sur le canapé, à côté de la cheminée au-dessus de laquelle se trouvait le tableau de Lady Ari. Aussitôt, elle fut prise d'une nouvelle crise de panique. Elle allait épouser Max.

— J'ai le trac, chuchota-t-elle.

— À l'idée de choisir les alliances ?

— À l'idée de tout. C'est étrange, mais je regrette que ma mère ne soit pas là pour m'aider. Elle adorait tout ce qui était grandes occasions.

— Je comprends.

Si le suicide de sa mère continuait de la hanter, Lizzie ne pouvait se résoudre à la détester pour cela.

— Je suis sûre qu'elle t'aurait beaucoup aimé, Max. Ainsi que cette maison, d'ailleurs.

— Je pensais que nous pourrions faire la réception ici, dans la salle des fêtes, au deuxième. Et la cérémonie dans le parc, juste devant.

Elle le dévisagea, si grand, si beau, ses cheveux noirs à longueur d'épaules. Max n'avait jamais organisé quoi que ce soit, dans le parc, pas même un pique-nique. Il ne donnait jamais de soirée dans la salle des fêtes. En fait, il détestait les mondanités.

— Tu es sûr de toi ?

— Je préfère que ça se passe chez moi. Je crains que dénicher une salle en si peu de temps soit une tâche difficile et j'aimerais que la cérémonie ait lieu dans deux mois, pas plus. Pas question de retarder l'adoption de Tokoni.

— Tu as raison. Il va falloir retrousser nos manches si nous voulons être prêts dans les délais.

— Nous devons juste trouver une organisatrice de mariage capable de prendre tout en charge.

— Il me faut aussi une robe, dit-elle, sans avoir la moindre idée de ce qu'elle aimerait porter, le jour dit. Oh ! Max, tu nous imagines, au moment des vœux ? Quel stress…

— Bah, ce sont juste des mots, Lizzie, marmonna-t-il.

— Des mots qui parlent d'amour, d'engagement, bref, de choses qui n'ont aucun rapport avec nous.

— Faux. Nous nous engageons pour le bonheur de Tokoni, et c'est bien tout ce qui importe.

— C'est vrai. Il faut absolument que je me détende et me fasse à cette idée de mariage.

— Exact. Et moi aussi, dit-il avec un petit sourire. Tout ça est supposé être un moment heureux. Il ne faudrait pas que le bijoutier nous trouve en pleine dépression…

Elle rit, avant de s'appliquer à afficher un air de circonstances sous le regard amusé de Max.

— Ça sera un bon test pour notre crédibilité, ajouta-t-il en consultant l'horloge de collection qui trônait dans la pièce. Il ne devrait plus tarder.

— J'espère, dit-elle, impatiente d'en finir avec cette histoire de bagues.

— En tout cas, reprit Max, tu es jolie comme un cœur dans cet ensemble en tweed et avec ton chignon.

— Merci, répondit-elle. J'ai essayé de rester classique. Comme toi, avec cette veste.

— Oui, mais j'ai mon Batman, dessous, dit-il avant de déboutonner sa veste pour lui montrer son T-shirt.

— À croire que tu ne le quittes jamais ! s'exclama-t-elle en riant. Sauf pour dormir, peut-être ?

— Ah, mystère…

— Tu fais un drôle de fiancé…

— Fiancé ? Je constate avec plaisir que tu commences à te mettre dans la peau du personnage de notre fiction.

— Dès demain, ce sera officiel. Je ferais donc mieux de m'y habituer.

— Avant de m'appeler ton mari…

— Et juste après, mon ex-mari, enchaîna-t-elle. Tu vas faire rédiger un contrat de mariage, je suppose ?

— Pourquoi ferais-je une chose pareille ?

— Pour protéger ta fortune. C'est ce que font tous les gens riches qui se marient.

— Je n'en vois pas l'utilité, avec toi, répondit-il en venant s'asseoir près d'elle. Tu es vraiment la seule personne sur cette terre en qui j'ai une confiance totale.

— C'est pareil pour moi, avec toi, dit-elle en lui souriant. Oh ! Max, je suis sûre que nous ferons de merveilleux parents.

— Les meilleurs dont Tokoni puisse rêver. Au fait, ne te tracasse pas pour les dépenses de ce mariage : je prendrai tout à mon compte.

— Tu n'es pas obligé.

— Je sais, mais j'y tiens, dit-il en lui effleurant la joue, un geste furtif, presque irréel. Un détail encore. Que vais-je faire au moment où je suis censé embrasser la mariée ?

— Hum, eh bien…, hésita Lizzie avant de s'humecter les lèvres du bout de la langue. Tu devras respecter la tradition.

— Et tu me rendras mon baiser… ?

— Oui, bien sûr, répondit-elle en s'empourprant.

Un silence s'ensuivit et Lizzie détourna le regard, en proie à des émotions qu'elle était bien en peine de contrôler, osant à peine imaginer ce baiser, devant l'autel. Max lui murmurerait-il des mots doux, avant d'approcher sa bouche de la sienne ? Fermeraient-ils les yeux ? Laisserait-elle échapper un soupir, comme une princesse ramenée à la vie par son prince charmant ?

Au bord de la suffocation, elle reporta son attention sur lui et le surprit en train de l'observer, comme s'il lisait dans ses pensées. Mal à l'aise, elle croisa les mains sur ses genoux. Cette attirance pour Max, elle la combattait depuis toujours, mais aujourd'hui il semblait bien qu'elle était sur le point de perdre la bataille.

Soudain, un coup de sonnette déchira le silence, les prévenant de l'arrivée du bijoutier. Aussitôt, Max bondit sur ses pieds et tira son téléphone de sa poche pour pianoter sur le clavier le code déclenchant l'ouverture du portail, une application qu'il avait lui-même créée. Puis il se tourna vers elle.

— Tout va bien, Lizzie ?

— Très bien.

— Tant mieux. Je vais chercher notre visiteur, dit-il en se dirigeant vers la porte.

— Je t'attends ici.

Dès qu'elle se retrouva seule, elle sortit son poudrier de son sac et se regarda. Parfait, bien sûr. Qu'imaginait-elle ? Qu'elle devrait corriger son rouge à lèvres ? La bouche de Max n'avait même pas effleuré la sienne.

Il réapparut une minute plus tard, accompagné d'un vieux monsieur, un certain Timothy. Tous trois prirent place autour de la table de jeu en acajou du XIXe siècle sur laquelle Timothy déposa sa mallette. Il commença sa présentation par les bagues de fiançailles — un vrai feu d'artifice de diamants, saphirs, émeraudes et rubis… qui échoua néanmoins à capter l'attention de Lizzie, encore troublée par la perspective de ce baiser, entre Max et elle. Et elle eut beau se mordre la lèvre discrètement en guise de punition, rien n'y fit ; impossible de chasser cette idée de son esprit. Au contraire, une fébrilité nouvelle s'empara d'elle.

— Waouh ! Regarde celle-là, dit soudain Max en lui montrant une alliance ornée d'un rubis cerné de diamants dans les mêmes tons. Superbe, on dirait du feu. Comme tes cheveux…

Elle se sentit rougir à ses paroles, sous l'œil attendri du bijoutier.

— Le rubis est souvent associé à la passion, expliqua Timothy. Cette pierre est d'une variété extrêmement rare. Vous voyez l'étoile en filigrane à l'intérieur ? C'est une illusion d'optique, l'astérisme. Personnellement, je préfère appeler cela de la magie.

— Magnifique, chuchota Lizzie.

— Essaye-la, dit aussitôt Max.

Elle s'exécuta et glissa la bague à sa main gauche, admirant l'effet. Alors que, silencieux, les deux hommes l'observaient, le regard de Lizzie tomba à ce moment précis sur le tableau représentant Lady Ari et, l'espace d'une seconde, elle eut l'impression que la danseuse esquissait un sourire.

— Je crois que c'est la bonne, décréta Max.

— Oui, moi aussi, répondit-elle, incapable de refuser la bague si belle — et si coûteuse — comme elle aurait dû le faire.

Timothy suggéra ensuite une alliance en diamants, en parfait accord avec l'autre, avant de s'intéresser à Max… dont le comportement alors changea du tout au tout. Il perdit en un éclair toute son assurance et ce fut Lizzie qui choisit pour lui, un modèle très masculin, épuré, avec diamants noirs et rubis, juste un, du même éclat que celui de sa bague. Max la passa à son doigt et se renfrogna.

— Tu n'aimes pas ? lui demanda-t-elle.

— Si, beaucoup.

Peut-être un peu trop ? pensa-t-elle, devinant son émotion. Eh bien, au moins, ainsi, ne serait-elle pas la seule à souffrir…

- 7 -

Max invita ses frères au restaurant et commanda une bouteille de champagne, ne lésinant sur rien pour que ce dîner ressemble à une fête. Puis, après la première coupe, il leur annonça la nouvelle, leur racontant la même histoire qu'à Losa — une histoire qu'il connaissait désormais par cœur.

Jack, un sourire narquois aux lèvres, leva aussitôt son verre pour porter un toast — Jack, l'ex-don Juan de la fratrie. Probablement n'avait-il jamais cru à cette amitié platonique entre Max et Lizzie.

Quant à Garrett, toujours si protecteur, honnête jusqu'au bout des ongles… c'était une autre affaire. Il leva lui aussi son verre, mais tout de suite après, Max le surprit en train de l'observer avec curiosité. Se pouvait-il qu'il soupçonnât quelque chose ?

— Pourquoi me regardes-tu comme ça ? s'enquit Max en se renfrognant.

— Parce que je veux te l'entendre dire encore une fois, répondit Garrett.

— Dire quoi ?

— Que tu es amoureux de Lizzie.

Et zut. Max avala une gorgée de champagne avant de marmonner :

— Pourquoi veux-tu que je me répète ?

— Je veux juste te l'entendre dire, c'est tout, petit frère.

— Franchement, je n'en vois pas l'intérêt…

Il lui avait déjà fallu faire un sacré effort pour débiter

toutes ces âneries sur ses prétendus sentiments et, pour couronner le tout, impossible de chasser de son esprit certaines images de Lizzie évoquant leur baiser, au pied de l'autel, ou de Lizzie parée de diamants et de rubis. Alors bon, il avait bien mérité un peu de répit, non ?

— Tu n'as pas l'impression que notre Max est mal à l'aise ? demanda Garrett à Jake qui, à son tour, se mit à scruter l'intéressé avec insistance.

— Tu as raison, répondit Jake. Mais je n'en menais pas large, moi non plus, quand j'ai pris conscience de ce que j'éprouvais pour Carol.

— Je ne valais guère mieux, quand j'ai compris que j'aimais Meagan, renchérit Garrett.

Max laissa échapper un soupir en les fusillant tous les deux du regard, ce qui eut pour effet de déclencher leur hilarité.

— J'avoue que je suis surpris, dit Garrett quand il retrouva son sérieux. Jamais je n'aurais pensé que Lizzie et toi puissiez être autre chose qu'amis, mais comme tu l'as dit, cette adoption vous a rapprochés.

— Nous ne nous marions pas à cause de Tokoni, affirma Max avec force. Mais il est vrai que c'est en partie la raison pour laquelle nous projetons de formaliser notre relation sans attendre.

— Moi aussi, je n'ai pas été fiancé très longtemps, intervint Jake. Ce genre de choses arrive, parfois, quand il y a des enfants…

— Exact, remarqua Max avec un sourire narquois. Pendant que j'étais en pleine année sabbatique, en quête de sagesse, bénévole dans un orphelinat, monsieur était aux Caraïbes en train de concevoir un bébé avec son assistante.

— Et à propos, releva Jake en riant. Lizzie et toi, vous prévoyez d'adopter d'autres petits Tokoni ? Ou d'avoir des enfants bien à vous, peut-être… ?

— Dans l'immédiat, nous voulons nous concentrer sur Tokoni, répondit Max, sur ses gardes.

Il n'allait certainement pas expliquer à ses frères que Lizzie et lui seraient divorcés bien avant d'avoir la possibilité de voir des bambins supplémentaires agrandir la famille.

— Je me rappelle, dit Jake. J'étais paniqué à l'idée de devenir père. Mais c'est loin, tout ça. Aujourd'hui, ma femme et ma fille sont toute ma vie.

— Je ne suis absolument pas paniqué à l'idée de devenir père, protesta Max.

Bien au contraire, il s'en réjouissait, le problème venait plutôt de son mariage avec Lizzie. Mais difficile d'avouer son angoisse à ses frères, ils ne comprendraient pas.

— Mais il y a tant à faire en si peu de temps, pour les noces, poursuivit-il sur le ton enjoué du futur marié dépassé par les événements. Merci en tout cas d'avoir accepté d'être mes témoins. Dis-moi, Garrett, pourrais-tu me recommander une organisatrice de mariage, peut-être une de ces personnes à laquelle tu fais appel, à l'hôtel ?

— Avec plaisir. Je vais te donner une liste de noms. Pas de stress, tout se passera bien.

— Bien sûr, renchérit Jake. Et n'oublie pas la lune de miel.

— Ce point est déjà réglé. Nous irons à Nulah pour entamer la procédure d'adoption. Nous séjournerons dans le même hôtel sur la plage…

Sauf que cette fois, ils devraient partager un bungalow, comme un véritable couple de jeunes mariés — et c'était bien là ce qui le tétanisait : la cohabitation avec Lizzie, avec ce désir qui refusait obstinément de s'estomper au fil du temps…

Moins d'une semaine après leurs fiançailles, Max et Lizzie firent appel à une organisatrice de mariage débordante d'énergie et d'enthousiasme. Et comme s'ils n'avaient pas assez à faire, Max décida d'aménager le parc pour la cérémonie, avec un chapiteau dressé au milieu de la verdure. Lizzie fut conquise par cette proposition.

— J'ai demandé au paysagiste de réaliser une scène d'inspiration tropicale. Je lui ai montré des photos des jardins de l'hôtel, à Nulah, pour lui donner une idée. Je présume que tu es d'accord, puisque j'ai vu que tu avais arrangé ton patio dans cet esprit.

— Je n'ai fait qu'ajouter quelques plantes, dit-elle, touchée néanmoins qu'il l'ait remarqué.

— Ils vont tracer une allée de pierre qui partira de derrière la maison pour rejoindre le chapiteau, expliqua Max, grands gestes à l'appui. Et tout autour, il y aura des fontaines, des petits sentiers courant à travers un jardin façon jungle tropicale.

— Fantastique. J'ai hâte de voir ce que cela va donner.

— Quitte à se marier, autant faire les choses comme il faut, non ? J'ai pensé que Tokoni, plus tard, aimerait venir y jouer. Dommage que les cocotiers ne poussent pas, chez nous, j'en aurais bien fait planter un ou deux.

— Au cas où Tokoni aurait la nostalgie du pays ? Nous pourrions l'emmener à Nulah régulièrement, pour les vacances…

— Excellente idée, répondit Max, enchanté. J'ai hâte qu'il soit notre fils.

— Moi aussi. Ça permet de mieux supporter tout ce stress à cause du mariage, dit-elle en souriant au soleil de cette fin de printemps. Tu sais, je n'ai toujours pas annoncé la nouvelle à mon père.

— Il serait temps, maintenant.

— Je sais, mais je ne suis pas pour autant restée inactive : j'ai appelé mes amies les plus proches, pour leur demander de bien vouloir être mes demoiselles d'honneur. En fait, j'ai passé une journée entière au téléphone à bavarder avec elles et à faire semblant d'être folle amoureuse… Certaines ont été surprises, d'autres ont prétendu avoir deviné depuis longtemps que nous étions amants.

Il lui sourit et remarqua d'une voix douce et chaude :

— Amants ? C'est étrange comme les gens confondent désir et amour.

— Mais tant mieux, cela sert notre scénario, fit-elle en réprimant un frisson.

Il ne répondit pas, mais son regard se fit plus intense, plus avide, comme si c'était plus fort que lui. Lizzie sentit sa gorge se nouer. Puisqu'ils étaient appelés à devenir mari et femme, pourquoi attendre ? Ils pourraient faire l'amour ici, tout de suite, à l'emplacement même où ils se diraient oui…

Elle s'empressa de chasser certaines images de son esprit et détourna les yeux. Toujours silencieux, Max s'avança vers l'endroit où se dresserait bientôt le chapiteau et elle lui emboîta le pas, priant pour que cette chaleur en elle s'estompe. En vain. Plus grave encore, Max semblait la sentir, lui aussi.

Désemparée, Lizzie tenta une diversion en parlant d'autre chose :

— J'ai choisi le bleu, le vert et le violet, pour les couleurs, avec des touches de turquoise et magenta.

— Des couleurs pour quoi faire ?

— Comme thème de notre mariage, voyons. J'ai cherché pendant des heures parmi des centaines de combinaisons de teintes, avant de m'arrêter sur la palette plumes de paon. J'espère que tu es d'accord.

— Bien sûr, répondit-il. Je sais que le paon est un animal à haute portée symbolique, sur le plan spirituel. Je ferai des recherches…

— Toujours cette quête de sens caché dans la nature, ça vient sûrement de tes origines…, déclara-t-elle en lui souriant.

— Sans doute, dit-il, sortant son téléphone de sa poche, d'ailleurs, pourquoi ne pas regarder tout de suite ?

Sans le quitter des yeux, elle attendit qu'il ait fini de pianoter sur l'écran de son mobile.

— Premier détail d'importance, seul le mâle porte le nom de paon, la femelle est la paonne. Sur le plan spirituel, ces oiseaux symbolisent la beauté, on leur attribue également la capacité de voir dans le passé, le présent et l'avenir. Un don représenté par les ocelles, ces taches en forme d'yeux qui apparaissent sur les plumes, quand l'animal fait la roue. On dit du paon qu'il est l'oiseau de la vérité, car il montre à tous ses vraies couleurs…

Soudain, Lizzie fut prise de doute. Son choix du thème de couleurs pour leur mariage ne lui paraissant plus du tout approprié.

— Peut-être devrions-nous renoncer au paon, en fin de compte.

— Pourquoi donc ?

— Parce que ce mariage est une imposture, voilà pourquoi. Un mensonge. Il n'y a pas un sou de vérité là-dedans.

— Je ne suis pas d'accord : notre affection pour Tokoni est réelle et profonde. Voilà nos vraies couleurs, la raison de notre mariage, répliqua-t-il avec vigueur, avant de regarder à nouveau l'écran de son téléphone. Il semblerait aussi que le paon soit lié à la résurrection, comme le phénix qui renaît de ses cendres. N'est-ce pas ce que nous faisons, nous-mêmes ? Renaître des cendres de notre passé et nous donner les moyens de vivre notre vie en devenant les parents de Tokoni ?

À ce moment, il plongea ses yeux dans les siens, comme s'il cherchait son approbation, l'espérait.

— Je suis heureuse d'adopter un enfant avec toi.

— Moi aussi, je suis heureux d'adopter un enfant avec toi, dit-il. Tu veux bien garder le thème du paon, s'il te plaît… ?

— Entendu, répondit-elle en fuyant son regard. Va pour le paon.

— Serait-il possible d'inclure un peu d'or dans ces couleurs ? s'enquit-il subitement.

— De l'or ?

— Oui, j'imagine bien des incrustations dorées, pour ta robe…

Aurait-il maintenant des requêtes particulières pour sa toilette ? Et soudain, elle fit le lien : Lady Ari portait une robe parée d'or, sur le tableau qu'il avait ramené de Nulah.

— Tu aimerais peut-être aussi que je détache mes cheveux, le jour J ? Comme la déesse ?

— Tu serais magnifique, j'en suis sûr, murmura-t-il en approchant la main de sa tête, avant de se raviser. Mais c'est à toi de voir, bien sûr.

— J'en parlerai à ma coiffeuse et déciderai le moment venu, répondit-elle, ne voulant pas paraître trop soucieuse de lui plaire. Bien, que penses-tu d'Ivy et Nita, pour apporter les bouquets ? enchaîna-t-elle, amenant la discussion sur les personnes qui feraient partie de la procession. Meagan et Carol pourraient les accompagner, Meagan tiendrait la main d'Ivy et Carol porterait Nita.

— Très bonne idée de les faire participer, d'autant que mes frères seront mes témoins.

— Je dois déjeuner avec Meagan et Carol, demain, je leur en parlerai. Meagan nous a invitées chez elle…

— Et qui présentera les alliances ? Tu as une suggestion ?

— J'aurais souhaité que ce soit Tokoni, répondit Lizzie, soudain au bord des larmes. Mais Losa ne nous laissera jamais l'emmener aux États-Unis pour la cérémonie…

Tokoni ne savait même pas que Max et elle projetaient de l'adopter. Il ne serait informé de l'identité de ses futurs parents qu'une fois scellé l'accord définitif des autorités.

— Moi aussi, j'aimerais que ce soit lui, avoua Max.

— Nous ne sommes pas obligés de prendre quelqu'un pour porter les anneaux, après tout, dit-elle, n'imaginant pas quelqu'un d'autre à la place du garçonnet.

— D'accord. Nous organiserons une grande fête pour l'adoption de Tokoni, comme Meagan et Garrett l'ont fait pour Ivy. Au fait, j'ai pensé qu'en guise de liste de mariage, nous pourrions inviter nos hôtes à faire un don pour l'orphelinat… ?

— C'est parfait…

Parfait, oui. Non seulement leur mariage permettrait de faciliter l'adoption de Tokoni, mais il bénéficierait en outre aux autres protégés de Losa.

Après le déjeuner, un menu spécial tacos concocté par la maîtresse des lieux, Meagan, Carol et Lizzie prirent place autour de la table basse, dans le salon.

Lizzie était enthousiasmée par la maison, un véritable palais en front de mer juché sur une falaise, avec vue sur l'hôtel dont Garrett était l'heureux propriétaire.

Meagan était une femme douce, très naturelle, jusque dans sa façon de s'habiller — chemise écossaise, jean délavé et bottes de style cow-girl semblaient composer sa tenue de prédilection. Elle avait coiffé ses longs cheveux noirs en une tresse qui lui retombait jusqu'au creux des reins. La petite Ivy était elle aussi vêtue à la mode western, mais dans des couleurs pastel.

Mère et fille adoraient les chevaux. L'hôtel de Garrett proposait d'ailleurs des randonnées équestres sur la plage, auxquelles Meagan et Ivy participaient régulièrement. En fait, Meagan était la responsable de l'écurie, place que lui avait offerte Garrett à sa sortie de prison. Bien que fiancée aujourd'hui avec lui, elle n'en continuait pas moins à travailler de manière à rembourser sa dette, en accord avec les exigences de sa liberté conditionnelle.

Superbe blonde aux grands yeux verts, Carol avait elle aussi conservé son poste d'assistante de Jake. Après l'arrivée de Nita, ils avaient décidé d'emmener chaque jour avec eux le bébé au bureau, où Jake avait aménagé une nursery. Ils avaient également engagé une nounou, ce qui représentait peut-être un excès de précaution, mais tous deux ayant perdu leurs parents très jeunes et ayant été confiés aux services sociaux, ils étaient restés marqués par ce passé douloureux. La seule différence était qu'ils n'avaient pas réagi de la même façon à leur situation : autant Jack avait un temps flirté avec la délinquance, autant Carol avait cherché à compenser la cruauté de son destin en adoptant un comportement exemplaire et en respectant les règles, un peu trop sans doute, son unique ambition étant d'échapper à la misère, de se faire une place au soleil.

Lizzie reporta son attention sur la fille de Carol. Le bébé dormait profondément dans son couffin, Ivy, du haut de ses deux ans et demi, veillant sur elle. Et même si toutes deux n'étaient pas du même sang, on aurait dit des cousines, mêmes cheveux noirs, mêmes joues rondes et même peau mate.

Lizzie sourit en pensant à Tokoni. Il aurait toute sa place, ici. Elle en était certaine, il serait heureux d'appartenir à cette famille. À moins… Le divorce ne risquait-il pas de pousser Meagan, Carol et les frères de Max à prendre leurs distances ? À regarder le garçonnet différemment ? Mais non, Max avait bien l'intention de préserver leur amitié. Alors oui, divorcés peut-être, mais amis, complices et parents.

— Max t'a-t-il emmenée courir les bijoutiers pour ta bague ? demanda soudain Carol. Ou l'a-t-il choisie lui-même ?

— J'étais là, mais c'est lui qui a choisi, répondit Lizzie.

— Elle est vraiment magnifique, dit Carol en se rapprochant

pour l'examiner de plus près. Plutôt sexy, comme bague de fiançailles.

— Max prétend qu'elle lui rappelle mes cheveux, expliqua Lizzie, en regardant les joyaux, pierres de feu et de passion.

— Je vois, dit Carol en souriant. Le rubis, c'est la pierre idéale, pour toi. Mesdames, nous pouvons dire que ces messieurs ont du goût… Jake a voulu que la mienne soit dans l'esprit anneau de Claddagh, en l'honneur de mes arrière-grands-parents originaires d'Irlande. Il me l'a donnée bien avant que je n'accepte de devenir sa femme, ce genre de bague pouvant être portée que vous soyez amie, fiancée ou mariée. En fait, cela dépend de la main à laquelle vous la mettez et du sens de la couronne — une couronne en position mariage, aujourd'hui, pour moi.

— C'est passionnant, remarqua Lizzie en regardant l'anneau au doigt de Carol. Vraiment très romantique.

— Au début, je ne voulais pas épouser Jake. Il était si réticent en matière d'amour. Je suis tombée amoureuse de lui bien avant qu'il ne comprenne qu'il m'aimait en retour.

— C'est la même chose, pour moi, dit Meagan. J'ai pris conscience de mes sentiments pour Garrett bien avant lui. Mais bon, l'essentiel est que nous ayons pu nous retrouver.

Lizzie soudain se sentit un peu à l'étroit, sur le canapé. Si elle s'en tenait au scénario que Max et elle avaient concocté, ils s'étaient attachés l'un à l'autre en même temps.

— Pour nos fiançailles, reprit Meagan, Garrett m'a offert une bague avec un diamant bleu, tout ça à cause de ma fascination pour les roses bleues. C'est ma belle-sœur qui m'a fait découvrir cette variété. Elle est spécialiste du langage des fleurs. Vous saviez qu'il existait des dictionnaires sur le sujet ?

— Max a confié le parc à un paysagiste. Il a eu l'idée de faire aménager un jardin tropical pour l'occasion. C'est là qu'aura lieu la cérémonie, sous chapiteau, la réception elle-même se tiendra dans la salle des fêtes.

— Tu devrais faire des recherches sur le langage des fleurs et demander au jardinier de planter celles qui signifient quelque chose de fort, pour Max et toi.

Lizzie à nouveau pensa à Tokoni. Le bambin n'était-il pas ce qu'il y avait de plus important, entre Max et elle ?

— Tu crois qu'il existe des fleurs symbolisant l'adoption ?

— Certainement. Je suis sûre que tu trouveras l'info sur le Net. C'est merveilleux que vous adoptiez ce petit garçon, dit Meagan avec un large sourire. En fin de compte, j'avais raison en pensant que Max et toi alliez devenir plus que de simples amis.

Soucieuse de protéger leur mensonge, Lizzie, bien sûr, s'empressa d'acquiescer. Même si le mensonge en question avait tendance ces jours derniers à apparaître comme une vérité, tant elle avait envie de l'embrasser, de sentir son corps contre le sien, de… Chassant ces images de son esprit, elle jugea plus sage de changer de sujet :

— J'aimerais beaucoup que vos enfants participent à la cérémonie…

Elle expliqua à Meagan et Carol son désir de confier les bouquets à Ivy et Nita, assistées de leur maman respective, bien sûr. Idée à laquelle les deux jeunes femmes répondirent avec enthousiasme.

— Ce sera la deuxième fois qu'Ivy porte des bouquets pour un mariage, remarqua Meagan. Elle était là pour les noces de Tanner, mon frère. Oh ! elle va adorer, pas vraie, mon ange ?

Ivy ne réagit même pas, toujours trop occupée à veiller sur Nita, jusqu'à déposer un ours en peluche dans le couffin.

— Quel merveilleux bébé, dit Lizzie en observant les enfants. Et Ivy a l'air si proche d'elle…

Elle avait fait le bon choix en décidant de faire participer les petites à la cérémonie. Peu à peu, finalement, les choses s'organisaient et ce qui semblait au début être une entreprise insurmontable commençait à prendre tournure.

Mais Lizzie n'était pas pour autant tirée d'affaire : elle devait encore épouser Max et lutter contre ce désir qui la torturait.

- 8 -

Lizzie inspecta son appartement du regard. Tout était en ordre, chaque chose à sa place, les coussins sur le canapé parfaitement alignés, tout comme la pile de magazines sur la table basse. Un plateau de fruits frais et de snacks attendait dans le réfrigérateur, avec une bouteille de soda, la marque préférée de son père. Elle l'avait invité à passer, aujourd'hui.

— Je déteste te voir comme ça, dit Max.

Elle lui fit face. Il était venu pour lui apporter son soutien, la rassurer, même s'il était prévu qu'il parte avant l'arrivée de son père.

— Tout ira bien, soupira-t-elle.

— Tu ne veux pas que je reste, tu en es sûre ? insista-t-il. Nous pourrions parfaitement lui annoncer notre mariage ensemble, non ?

— Je pense qu'il vaut mieux que je le fasse seule…

Elle ne s'imaginait pas, assise là, à faire semblant d'être la fiancée de Max devant son père — sans parler de cet état d'esprit terriblement romantique dans lequel elle se sentait, à l'approche de la date fatidique.

— Et puis, quel intérêt à dépenser autant d'énergie dans le rôle du futur beau-fils, puisque nous sommes appelés à divorcer très vite ?

— Nous avons dépensé la même énergie devant tous les autres. Et au moins, ton père me connaît, dit Max en faisant la grimace. Jamais je n'oublierai notre première rencontre…

— C'est vrai, quelle catastrophe…

Ils étaient ados quand elle avait invité Max à la maison pour le repas de Noël, après la disparition de sa mère. La conversation avait été plus que laborieuse, avec en guise de décor un sapin apprêté par un professionnel, sans aucune âme, artificiel.

Aujourd'hui encore, elle demandait souvent à Max de venir lui tenir compagnie, ce jour-là, se sentant trop triste et anxieuse pour demeurer en tête à tête avec son père. L'année dernière, celui-ci avait insisté pour faire le repas de Noël au bureau, au trentième étage de la tour de sa société, devant un menu préparé par un traiteur. Son père les avait quittés bien avant la bûche, pour s'envoler à l'autre bout du pays où il devait mener une négociation, la laissant ainsi seule avec Max.

— Oui, mes rencontres avec ton père ont toujours été une catastrophe, soupira Max. Mais j'ai l'impression que ce n'est guère mieux, pour toi. Vous vous voyez, quoi, deux fois par an, maximum ?

— Je me sens obligée de passer chaque Noël avec lui, chuchota-t-elle en pensant combien ce rituel était devenu pénible entre eux.

— Comment vas-tu lui annoncer la nouvelle ?

— Oh ! je ne sais pas, j'hésite… En fait, j'aimerais l'avoir à mes côtés, pour me conduire jusqu'à l'autel. Mais en même temps, notre relation est si distante, je n'en vois pas trop l'intérêt.

— Quel que soit ton choix, je t'attendrai fièrement au pied de l'autel.

Elle sentit sa gorge se serrer et, à nouveau, elle tressaillit à la perspective du baiser qu'ils échangeraient, au terme de leurs vœux. Nerveuse, elle se mordilla la lèvre, une manie ces derniers temps. Croisant à ce moment le regard de Max, elle s'empressa d'ajouter sur un ton un peu trop enjoué :

— Et maintenant, tu ferais mieux d'y aller ! Mon père doit arriver à 14 heures…, dit-elle.

Il était déjà 13 h 30, et son cher papa était un homme d'une rare ponctualité.

Elle descendit raccompagner Max sur le pas de la porte, le silence entre eux s'éternisant, quand soudain il se pencha sur elle. Elle se figea, n'osant plus faire un seul geste, ni même respirer. Il n'allait quand même pas l'embrasser, là, comme ça ?

— Que fais-tu ? demanda-t-elle, la gorge serrée.

— Il y a une coccinelle, juste derrière toi. Je voudrais essayer de la faire grimper sur mon doigt. On raconte que ces bestioles portent bonheur.

Ouf. Tournant la tête, elle vit en effet l'insecte perché sur l'arbuste en pot, à côté de la porte.

— Pardon, un instant j'ai pensé que tu…

— Que je quoi… ?

— Que tu allais m'embrasser.

— Aujourd'hui ? Avec ton père qui va arriver d'une minute à l'autre ? s'exclama-t-il, les yeux rivés sur sa bouche, les yeux brillants, brûlants. C'est ce que tu veux vraiment ? Cela te faciliterait les choses ?

Elle se mordilla la lèvre encore une fois, bataillant contre ce désir en elle qui n'en finissait pas de croître.

— Non, je crois qu'il est préférable d'attendre la cérémonie, comme convenu.

— Oui. Le chapiteau, le parc… et toi dans ta longue robe blanche de princesse qui vient vers moi, dit-il, le regard perdu dans le vague.

— En parlant de robe, j'ai rendez-vous en fin de semaine pour les essayages. J'ai demandé à la responsable de la boutique des incrustations d'or. Il semblerait qu'elle ait à me proposer différents modèles de créateurs.

— Génial. Mais n'oublie pas, je tiens à régler chaque facture, d'accord ? Ne fais aucune dépense.

— J'espère être une mariée à la hauteur de tes attentes, dit-elle.

— Tu es toujours belle, pour moi, Lizzie. Et je pense à toi tout le temps. Dire que tu vas devenir ma femme, soupira-t-il. C'est terriblement frustrant.

Il voulait dire frustrant sur le plan sexuel. Et elle comprenait trop bien ce qu'il pouvait ressentir.

— Moi aussi, je pense à toi tout le temps, chuchota-t-elle.

— Tu veux dire… Comme moi je pense à toi ?

— Oui, répondit-elle, bras croisés, craignant que son cœur ne bondisse hors de sa poitrine.

Il secoua la tête, balança d'un pied sur l'autre, mal à l'aise.

— C'est embêtant…

De continuer à se torturer ainsi ? Ou de franchir la limite ?

— Oui, nous savons tous les deux que ce n'est pas une bonne idée.

Il acquiesça d'un coup de menton, puis recula d'un pas.

— Je vais y aller, maintenant… À plus tard.

Elle lui sourit, certaine d'une chose : ils ne pouvaient pas continuer de la sorte. Ils devaient arrêter de se confier leurs pensées les plus intimes. Mais tout en le regardant s'éloigner, elle frissonna, sans que la température ambiante y soit pour quelque chose.

Après un nouveau soupir, elle retourna à l'appartement attendre son père. David McQueen se présenta à 14 heures précises, aussi guindé que d'habitude, impeccable avec ses cheveux grisonnants coupés court et son costume bleu nuit dénué de toute fantaisie. Il sortait probablement d'une réunion. À l'époque où la mère de Lizzie vivait encore, c'était déjà un bourreau de travail, mais au moins lui arrivait-il de s'intéresser à sa famille. Parfois même, Lizzie, cachée derrière un fauteuil, le surprenait en train de valser avec son épouse, dans le salon, s'inclinant devant elle après chaque danse. Ils allaient si bien ensemble…

Balayant ces souvenirs, elle déposa le plateau de petits fours sur la table basse, lui servit un verre de soda, avec glaçons — sans oublier le sous-verre. Son père utilisait toujours un sous-verre, ne supportant pas les traces sur les meubles.

— Ne te dérange pas autant pour moi, voyons, dit-il en disposant quelques amuse-bouches dans une assiette, juste la quantité voulue pour un homme soucieux des convenances.

Lizzie s'assit face à lui, dans le fauteuil en cuir, en lui expliquant avoir quelque chose d'important à lui annoncer, ce qu'elle lui avait déjà dit lorsqu'elle l'avait invité à venir lui rendre visite. Son père demeura silencieux, attendant qu'elle commence. Contrairement à sa défunte épouse, il avait toujours détesté parler pour ne rien dire. De son côté, la mère de Lizzie était capable de discuter de choses insignifiantes des heures entières, sans doute pour taire l'essentiel.

En ce jour maudit, elle ne leur avait laissé que quelques mots sur un vulgaire bout de papier.

« Pardon. Soyez heureux, je vous en prie… »

Lizzie observa son père. « Heureux » ne faisait pas partie de son vocabulaire — ni du sien, d'ailleurs, lorsqu'elle s'était retrouvée privée de sa mère.

C'est la bonne qui avait découvert le corps et le message. Sa mère était passée à l'acte pendant que son père était au travail et Lizzie à l'école.

— Je vais me marier, dit-elle sans autre préambule.

Papa hocha doucement la tête.

— En entrant, j'ai remarqué ce rubis, à ton doigt, mais j'ai préféré ne rien dire, au cas où il ne s'agisse pas d'une bague de fiançailles. Mais apparemment, c'est bien ce dont il s'agit… Et qui est donc l'heureux élu ?

— C'est Max.

— Ravi de l'apprendre.

— Oh. Vraiment ?

Elle ne s'attendait pas à ce qu'il exprime son avis, encore moins qu'il donne son approbation. D'habitude, son père restait neutre quand il était question de la vie de sa fille.

— Je n'ai jamais compris votre acharnement à entretenir une relation amicale alors que vous êtes faits l'un pour l'autre. Mais on dirait que vous avez fini par voir les choses en face.

Lizzie esquissa un sourire, jouant du mieux possible son rôle de fiancée. N'empêche, jamais elle n'aurait imaginé que son père ait pu s'interroger sur son lien avec Max, toutes ces années.

— La cérémonie aura lieu chez lui, le deuxième samedi de juin. Je sais que c'est bientôt, mais nous sommes si impatients. J'espère que cette date ne t'ennuie pas, dans ton emploi du temps… ?

— Absolument pas. Je ne raterais le mariage de ma fille pour rien au monde.

Bien. Super. Au moins serait-il présent. Restait à savoir comment il allait réagir à sa demande.

— Papa… Accepterais-tu de me conduire à l'autel ?

— Certainement. J'en serai honoré.

Il était sérieux, là, ou était-ce simplement une façon de parler ? Avec lui, difficile de savoir.

— Hum, il faut aussi que je te dise, papa. Il y a un enfant…

Son père se figea, les yeux écarquillés, visiblement ému.

— Tu es enceinte ?

— Oh ! grands dieux, non ! s'exclama-t-elle et, étant donné qu'elle n'avait jamais couché avec Max, elle voyait mal comment le miracle aurait eu lieu. Nous voulons adopter un enfant. Un petit garçon de cinq ans, actuellement dans un orphelinat de Nulah.

— Celui dont tu parles, dans ton blog ?

À son tour, elle écarquilla les yeux.

— Tu lis mon blog ?

— Ça m'arrive, oui.

À peine s'ils échangeaient dix mots dans toute l'année et il prenait le temps de lire ses articles ? Son père était décidément un homme plein de surprises.

— Alors, c'est lui ? insista-t-il.

— Oui, c'est lui, répondit-elle, avant de lui expliquer comment Max avait fait la connaissance de Tokoni, lors de son congé sabbatique. Il m'a emmenée pour que je le rencontre à mon tour et franchement, je l'ai aimé tout de suite. Max et moi sommes fous de joie à l'idée d'en faire notre fils, ajouta-t-elle, sans dissimuler son enthousiasme. Nous n'avons pas encore entamé les procédures d'adoption, mais nous nous y attaquerons dès que nous serons mariés.

Son père la dévisagea un moment, de ce même regard bleu dont Lizzie avait hérité.

— Tu feras une excellente mère, Elizabeth, j'en suis certain, dit-il. Et une épouse parfaite.

Comme les autres, il ne parut pas douter de la véracité de ce mariage. Pourtant, Lizzie ressentit plus douloureusement le fait de lui mentir. Peut-être parce qu'il restait le seul lien qu'elle avait encore avec sa mère ?

« Pardon. Soyez heureux, je vous en prie… »

Le moment était sans doute mal choisi pour penser aux adieux de sa mère, mais probablement ne se libérerait-elle jamais de ce poids-là, sur sa poitrine.

— Max a toujours été là quand j'avais besoin de lui, s'entendit-elle dire.

Son père hocha doucement la tête avant d'avaler une gorgée de soda.

— Un mari devrait toujours être là pour son épouse…

Ses paroles résonnèrent d'un écho particulier dans le cœur

de Lizzie. Se pouvait-il qu'il se reproche de n'avoir pas été suffisamment présent pour sa femme ? Elle aurait donné n'importe quoi pour connaître ses pensées, ses sentiments, mais elle ne trouva pas le courage de l'interroger, encore moins compte tenu du fait qu'elle devait se comporter comme si cette union était un mariage d'amour et que cela lui pesait.

Son père ne s'éternisa pas. Quelques minutes plus tard, elle le raccompagna jusqu'à la porte, comme elle l'avait fait avec Max.

— Je t'appellerai pour le mariage, lui dit-elle dans la cour. À propos du smoking, du dîner de répétition, ce genre de choses…

— Dis bien à Max comme je me réjouis de votre décision.

— Promis, répondit-elle avec un sourire forcé. Prends soin de toi.

— Toi aussi, dit-il avec une tape sur l'épaule, le geste le plus affectueux dont il soit capable.

Lizzie le regarda s'éloigner, avant de retourner à l'appartement avec ses scrupules et ses idées noires, à propos de ce mariage.

À sa demande, Meagan et Carol se joignirent à Lizzie pour la séance d'essayage. Une fois à la boutique, l'une des plus prisées de la ville, on les fit entrer dans un petit salon somptueusement décoré, avec champagne millésimé en guise de rafraîchissement. Elles firent cependant l'impasse sur les petits fours et le caviar, dont Lizzie n'avait jamais été friande.

Elle se réjouissait d'avoir ses amies avec elle, pour un événement aussi important. En proie à des émotions qu'elle avait bien du mal à contrôler, elle n'imaginait pas essayer sa robe de mariée toute seule. Et puis, Meagan et Carol faisaient partie de la famille de Max, mais surtout, en ce jour particulier, Lizzie ressentait le besoin de présence féminine, elle qui, à l'inverse de millions de femmes, n'avait pas sa mère à ses côtés.

Plusieurs mannequins devaient défiler dans le salon, revêtues des robes sélectionnées tout exprès pour Lizzie. On lui avait déjà procuré un stylo et une fiche, de manière à ce qu'elle puisse noter chaque modèle. Elle prit place sur le canapé, Meagan et Carol à côté d'elle, puis les modèles firent leur apparition.

En réalité, les différentes tenues étaient toutes exquises, mais Lizzie eut un véritable coup de foudre pour une robe longue en soie et dentelle parée de cristaux et de perles d'or, avec un bustier décoré de broderies et une traîne chapelle, fabuleusement romantique.

Même Meagan et Carol en restèrent bouche bée lorsqu'elles la virent. Lizzie s'imagina, un bouquet multicolore à la main, dans cette palette paon qu'elle avait choisie, les cheveux coiffés en douces cascades.

— Waouh, quelle merveille, s'extasia Carol.

En effet. On aurait dit une robe de conte de fées. L'espace d'un instant, une image traversa l'esprit de Lizzie, celle de Max l'emportant dans ses bras en direction de son lit.

Son lit ?

Elle tressaillit à cette pensée taboue entre toutes. Elle n'était pas censée fantasmer sur Max, mais il semblait bien qu'à l'approche de ce mariage fantoche, elle était de plus en plus sujette à ce genre d'égarements, et ce, avec une intensité sans cesse croissante.

Troublée, elle vida son verre de champagne, geste qu'elle regretta deux minutes plus tard, lorsqu'une chaleur foudroyante l'envahit et que de nouvelles visions de Max surgirent dans sa tête, on ne peut plus torrides.

— Je suppose que tu vas mettre un A+ à cette robe ? lui demanda Meagan.

— Pardon ? Oh oui, répondit-elle, impatiente de l'essayer, en espérant qu'elle lui aille aussi bien qu'au mannequin qui la portait.

Elle regarda les autres modèles, mais son choix était déjà fait : ce serait la robe en soie et dentelle ou rien.

Le défilé prit fin et on la mena dans une luxueuse cabine d'essayage, Meagan et Carol dans son sillage. Un peu tendue, Lizzie enfila la robe et se contempla dans le miroir avec l'impression de voir une princesse — une princesse d'or et de feu, comme Lady Ari.

— Tu es sublime, dit Meagan. Une vraie mariée…

Mariée oui, vraie, c'était une autre histoire, songea-t-elle, le cœur serré. Elle ferma les yeux mais, lorsqu'elle les rouvrit, ce qu'elle vit la fit tressaillir. Ce n'était plus une princesse, non, ni Lady Ari, mais une femme habitée par la fièvre du désir.

Soudain, elle réalisa avec quelle facilité elle avait choisi sa robe, comme si celle-ci avait été faite pour elle. C'était un peu ce qui s'était passé, lorsque Max avait choisi la bague.

Elle se tourna vers ses amies, tout sourires, qui comprenaient manifestement son trouble et trouvaient sans doute tout cela normal. Sauf que Lizzie était consciente qu'elle n'aurait pas dû être aussi émue, aussi pressée de dire oui à Max. Tout cela n'était qu'une mise en scène.

Deux semaines avant le mariage, Max se réveilla en sursaut. Il s'assit dans son lit, se passa la main dans les cheveux, le cœur battant à tout rompre.

Plus le moment fatidique approchait, plus il devenait fébrile, nerveux, anxieux. La proie impuissante d'un désir décuplé. C'était une vraie catastrophe. Lizzie, nue contre lui… En réalité, il ne pensait plus qu'à ça, ne rêvait plus que de ça, ne vivait plus que pour ça !

Il laissa échapper un long soupir. Il savait à quoi elle ressemblait, en bikini. Son décolleté à affoler les sens, son piercing au nombril. Mais nue, complètement nue, non. Jamais il ne l'avait vue en tenue d'Ève.

Le bout de ses seins, par exemple, était-il d'un rose tendre, ou prononcé ? Était-ce un point sensible, chez elle ? Gémirait-elle s'il les caressait, de la langue ? Il s'imagina lui faire des choses toutes plus érotiques les unes que les autres. Soudain, une question saugrenue lui traversa la tête. Se pouvait-il que Lizzie s'épile le maillot, ou gardait-elle au contraire une toison de feu ? Comment réagirait-elle s'il l'embrassait, là ?

La vérité, c'était qu'il avait envie de l'embrasser partout, de couvrir son corps de baisers, de sentir sa peau contre la sienne.

Il la désirait depuis tant d'années, et maintenant qu'ils allaient se marier, ce sentiment prenait une tout autre signification.

Une signification tellement plus romantique et profonde.

Bêtises, se sermonna-t-il. Depuis quand se souciait-il de romantisme ? Non, décidément, ce mariage lui faisait perdre la tête. Mais bon, ce n'était qu'une étape de l'aventure. Juste après, ils adopteraient Tokoni, divorceraient et reprendraient leur amitié là où ils l'avaient laissée.

Sauf que, d'ici là…

Il cligna les yeux, aveuglé par le soleil qui perçait à travers les volets. Un soleil éclatant déjà, malgré l'heure. Il était tôt, très tôt, mais il n'avait pas de temps à perdre : Lizzie devait passer ce matin pour voir le jardin. Le paysagiste avait terminé, le chapiteau était monté, tout était prêt.

Il n'y avait rien d'étonnant à ce qu'il soit aussi stressé. Il ne s'était pas écoulé un jour sans qu'il doive s'occuper de quelque chose pour la cérémonie. Bien sûr, l'organisatrice faisait du bon travail et ne ménageait pas ses efforts, n'empêche, tous ces préparatifs ne lui laissaient pas une seule minute de répit.

Même chose concernant son désir pour Lizzie.

Il se leva, enfila sa tenue de jogging, impatient d'aller prendre l'air, de se défouler.

Ce qu'il fit. Il courut à un rythme soutenu et, en dépit de la fraîcheur de cette heure matinale, il termina en sueur. De retour à la maison, il se dirigea vers la salle de bains. Avec une appréhension, car il le savait, quand il serait nu, il penserait à Lizzie. Et ce fut ce qui arriva.

Excédé, il ne resta sous la douche qu'une minute, s'habilla en vitesse et descendit prendre son petit déjeuner. Puis il sortit dans le parc pour attendre Lizzie qui le rejoindrait directement sur place, le portail à cette heure étant ouvert.

Elle apparut enfin, les cheveux retombant librement sur les épaules, dans un petit chemisier mettant ses seins en valeur. Et que dire du jean ? se lamenta-t-il en silence. C'était intenable, s'il s'écoutait, il la prendrait là, sur le gravier de l'allée…

— Oh ! dit-elle en approchant. C'est merveilleux, Max !

— Ravi que ça te plaise.

— Que ça me plaise ? Mais j'adore. On dirait le jardin d'Eden…

Si Max n'avait pas envie de penser à une chose, c'était bien à ce maudit paradis terrestre où Adam et Ève avaient apparemment batifolé sans vergogne. Si à ce moment, Lizzie se présentait devant lui avec une pomme, il n'hésiterait pas une seconde. Il mordrait dedans comme un vorace qu'il était.

— Max ?

— Euh… Oui ?

— Tu me fais visiter ?

— Oh ! bien sûr. Allons-y.

Le site avait été aménagé à la façon d'un jardin tropical, comme convenu, avec une végétation dense, des palmiers majestueux et des oiseaux de paradis, des fleurs multicolores. Ils empruntèrent les allées ombragées pour aller admirer la fontaine, conçue comme une cascade au creux d'une oasis, puis ils rejoignirent le chapiteau qui n'avait pas encore été décoré pour le mariage, mais qui, bientôt, serait orné de fleurs et de tentures.

— C'est donc ici que cela aura lieu, dit-elle.

Oui, ici qu'il épouserait la femme qu'il n'emmènerait pas dans son lit. Bah, mais au moins pourrait-il l'embrasser.

— Et de ton côté, ça se passe bien ? demanda-t-il, en s'efforçant de chasser ce baiser tant attendu de son esprit. Ces robes ? Vous avez trouvé votre bonheur, les filles et toi ?

— Oui, nous sommes prêtes. J'ai opté pour des modèles différents pour chacune d'elles, de manière à mettre en valeur leur personnalité et leur style. J'ai seulement exigé qu'elles restent dans la même tonalité de couleurs.

— Et ta robe à toi, tu en es contente ? s'enquit-il, impatient de la voir dedans.

— Hum, comment dire, elle est presque trop belle pour moi…

— Peut-être qu'il est encore temps de l'échanger contre une laide ?

— Idiot, répondit-elle. Je l'adore.

En ce qui le concernait, elle se présenterait devant l'autel vêtue d'un sac à patates qu'il la trouverait toujours magnifique. Une idée à ce moment lui passa par la tête.

— Tu as sûrement besoin d'une lingerie adaptée, non ? ne put-il s'empêcher de demander.

— Max ! protesta-t-elle en rougissant sous le soleil. Ça recommence !

— Qu'est-ce qui recommence ?

— Tu sais très bien qu'il y a des choses à ne pas dire, entre nous, répondit-elle en s'énervant sur un bouton de son chemisier, comme si le pauvre était responsable de tous les malheurs du monde. Changeons de sujet, d'accord ?

— Entendu. De quoi veux-tu parler ?

— Je ne sais pas.

Il se dépêcha de chercher dans sa tête, avant de désigner un endroit précis, dans le parc.

— Suis-moi, dit-il, avant de l'entraîner hors du chapiteau pour aller admirer un parterre à proximité. En repensant au langage des fleurs dont tu m'avais parlé, j'ai demandé au paysagiste de réaliser un ensemble symbolisant le bonheur, les parents et la venue d'un fils.

— Oh ! c'est merveilleux, soupira-t-elle, visiblement émue. Merci.

— Avec plaisir. Nous expliquerons tout ça à Tokoni, lorsqu'il sera là.

— J'en suis sûre, il adorera ce jardin et… Oh ! mon Dieu, regarde. Une coccinelle, là ! s'écria-t-elle, l'index tendu en direction d'un piquet du chapiteau. Essaie de l'attraper…

Il s'exécuta en approchant la main de l'insecte qui vint aussitôt se promener sur son doigt.

— Je me demande si, selon les pays, une coccinelle reste toujours un porte-bonheur, chuchota Lizzie, lorsque, à cet instant précis, la petite bête prit son envol pour se poser sur sa paume. Tu as vu, c'est plutôt un bon présage, non ?

La bestiole finit par repartir pour disparaître dans le jardin. Intrigué par la remarque de Lizzie, Max sortit son téléphone de sa poche pour faire des recherches sur le Net.

— En réalité, dit-il après un moment, toutes sortes de mythes courent à leur sujet, selon les cultures. Là, par exemple, il est dit que, si une coccinelle se pose sur la main d'une femme, ça signifie qu'elle va se marier très prochainement.

— Oh. Tu te rends compte ? Et quand une coccinelle se pose sur la main d'un homme ?

— Attends… Oui, j'ai quelque chose sur le sujet…,

commença-t-il avant de s'interrompre après avoir lu le contenu. Non, rien d'intéressant.

— Comment ça, rien d'intéressant ? s'enquit Lizzie, suspicieuse. Cela a un rapport avec la nuit de noces, c'est ça ?

— Non, non, marmonna-t-il. Il est question d'amour. En fait, ça dit que, si une coccinelle se pose sur la main d'un homme, celui-ci n'aura qu'à la suivre ensuite pour trouver l'amour de sa vie.

Ils se dévisagèrent un moment, stupéfaits. Leur coccinelle ne s'était pas contentée de voleter ici et là autour de Lizzie. Après avoir quitté la main de Max, elle était venue se poser directement sur elle.

— Bah, déclara Max, on va dire que notre coccinelle a décidé de nous donner sa bénédiction, parce qu'elle comprend dans quel but nous devons faire semblant d'être amoureux.

Lizzie demeura comme figée, ne réagit même pas quand une mèche de cheveux retomba sur son front.

— Cela me paraît logique, comme théorie, non ? insista Max.

— Absolument, répondit-elle, semblant revenir à elle.

— Bien sûr, renchérit-il.

Car tous deux le savaient. Ils étaient bien incapables l'un comme l'autre de tomber amoureux. Vraiment amoureux.

- 9 -

C'était le grand jour… À moins que ce ne soit le pire de sa vie. Lizzie serra un peu plus le bras de son père. Encore quelques minutes et tous deux s'avanceraient sur l'allée tracée dans le jardin pour rejoindre le futur marié.

Max Marquez. Son meilleur ami — l'homme avec lequel elle allait adopter un enfant.

Lizzie regarda son père à la dérobée. Étonnamment, le fait qu'il soit là, si sûr de lui à ses côtés, lui permettait de ne pas trop trembler sur ses jambes, mais elle ne pouvait visiblement rien contre la tempête qui faisait rage en elle.

Depuis l'incident de la coccinelle, elle n'en finissait pas de s'interroger. La théorie de Max selon laquelle la petite bête était leur alliée aurait dû la satisfaire. Or, il n'en était rien, et Lizzie s'inquiétait de plus en plus en pensant à l'amour, anxieuse à l'idée qu'une telle chose puisse lui arriver.

Avec nervosité, elle regarda le bouquet dans sa main. Elle portait des boucles d'oreilles en diamants, un assortiment de bleu, de vert et de violet. Le cadeau de noces de Max, spécialement conçu pour l'occasion.

De son côté, elle lui avait également offert un bijou : des boutons de manchette pour aller avec son smoking. Et l'alliance, bien sûr, qu'elle glisserait d'ici peu à son doigt.

Elle promena son regard sur le chapiteau décoré avec élégance, là où Max l'attendait. Bientôt, elle serait sa femme, du moins légalement. Elle qui n'avait jamais cru en l'amour, elle n'arrêtait plus maintenant de se poser des questions.

Max et elle se connaissaient depuis si longtemps, ils avaient toujours été si proches. Un autre genre de sentiment était-il possible, entre eux ?

Les premières notes de la *Marche nuptiale* retentirent, annonçant son entrée. Elle releva alors fièrement le menton, déterminée à se montrer à la hauteur de la situation.

— C'est le moment, lui dit son père.

Elle acquiesça d'un signe de tête. À l'intérieur du chapiteau, tout le monde pivota pour la regarder, y compris Max qui était probablement loin de se poser autant de questions qu'elle, à propos de l'amour. Il ne la quittait pas des yeux, semblant la trouver à son goût dans sa longue robe blanche.

Elle tressaillit. Impossible désormais de faire marche arrière, les dés étaient jetés. Elle allait épouser Max et sa plus grande terreur était de tomber amoureuse de lui. Quel paradoxe !

Lorsque cela se produirait, le saurait-elle ? Aurait-elle l'impression qu'une flèche lui transperçait le cœur ? Ou bien cela se ferait-il en douceur, comme une blessure lancinante, une douleur lente et fatale ?

Lizzie retint son souffle, priant en silence pour la survie de son cœur. Car une chose était sûre, rien ne la ferait plus souffrir que d'aimer un homme dont elle était censée divorcer.

Lorsque son père s'arrêta devant Max, elle regretta amèrement de ne pas avoir prévu de voile pour se cacher le visage. Elle se sentait terriblement exposée, vulnérable, sous le regard ardent de Max.

Elle ne se priva pas de son côté de l'admirer, littéralement sous le charme. Il était beau, cheveux gominés en arrière, comme d'habitude, vêtu d'un smoking avec pochette et revers en satin, orné d'une fleur à la boutonnière côté gauche, comme il se devait.

Ce fut lui qui prononça ses vœux le premier. Il lui jura amour et fidélité, apparemment ému. Elle énonça ensuite les siens d'une voix tremblante, frissonnant de peur. Puis ils échangèrent les alliances et arriva le moment du baiser. Lizzie fit de son mieux pour garder la tête froide, en vain. Elle avait l'impression que son cœur allait imploser.

— Tu es prête ? murmura Max.

— Oui, répondit-elle, la gorge nouée, aussi paniquée qu'impatiente.

Il approcha son visage du sien et enfouit les mains dans ses cheveux. Et lorsque ses lèvres effleurèrent les siennes, elle ferma les yeux, totalement absorbée dans ce baiser qu'elle attendait, espérait depuis si longtemps, sur lequel elle avait tant fantasmé. Puis il l'attira contre lui et, à ce moment, ce fut comme si elle se désintégrait en milliers d'atomes pour se confondre avec le soleil, le vent, les fleurs.

Elle perdit toute notion du temps, de l'espace, en apesanteur, flottant avec délice d'une sensation à l'autre. Et s'il s'abstint d'utiliser sa langue, elle ne s'y aventura pas elle non plus. Quel intérêt ? Ce baiser avait un goût de paradis.

Un baiser qui malheureusement prit rapidement fin. Max détacha ses lèvres des siennes et, quand elle rouvrit les yeux, elle vit les siens, grands ouverts, dans une expression de sidération.

Qu'y avait-il ? Son rouge à lèvres aurait-il coulé ? En tout cas, Max n'en avait pas sur la bouche — ce qui était un point positif. Somme toute, ça s'était plutôt bien passé, se dit-elle. Bon, ce baiser avait été sage, crédible sans doute pour tout le monde, mais chaste. La passion n'était pas à l'ordre du jour.

La cérémonie prit fin et le pasteur les déclara mari et femme.

— Voilà, nous l'avons fait, murmura Max avec douceur.

— Oui, nous l'avons fait, répondit-elle, encore un peu ivre de son contact.

Ils traversèrent le chapiteau sous les applaudissements

et les hourras, dans une pluie de fleurs de lavande séchée qui les recouvrirent tels des confettis, d'après une idée de l'organisatrice du mariage. La veille, Lizzie avait réalisé ne pas avoir pensé à regarder la symbolique de cette plante, dans le langage des fleurs. Voilà comment elle avait appris, entre autres choses, les vertus apaisantes de la lavande sur les tourments du cœur.

Mais, alors que Max tenait sa main dans la sienne, elle ne se sentit pas le moins du monde apaisée. Le contact de ses doigts eut même l'effet contraire, attisant un peu plus ses craintes de tomber amoureuse de lui, lui qui était désormais son époux.

Le cristal des lustres de la salle de bal scintillait au-dessus de leurs têtes, reflétant la lueur des bougies et des arrangements floraux. Des plumes de paon avaient été disposées, ici et là. Tout était dans le ton. Un sans-faute.

Sans parler de la pièce montée, une œuvre d'art, attendant son heure sur le chariot à desserts. Mais on n'en était pas encore là. Les jeunes mariés comme leurs invités dégustaient pour l'heure les plats préparés par un chef renommé.

Max regarda autour de lui. À leur table se trouvaient demoiselles d'honneur et témoins, ainsi que les deux fillettes qui avaient eu le privilège de porter les bouquets. La petite Nita commençait à montrer des signes d'impatience et sans doute ne tarderait-elle pas à rejoindre la crèche aménagée pour l'occasion dans une chambre à l'étage où elle pourrait faire un somme. Dans une autre pièce, Max avait fait installer différents jeux et animations pour les plus grands.

Le père de Lizzie était assis à la droite de sa fille, parfaitement dans son élément, mais pour une fois souriant, tout à fait affable et gracieux — ce dont Max se félicita : il était important que Lizzie se sente réconfortée par sa présence, surtout aujourd'hui.

Seigneur, quel choc avait eu Max lorsqu'il l'avait vue avancer en direction de l'autel, au bras de son père ! Et quel choc maintenant de se savoir marié à elle ! Cette alliance à son doigt ; les vœux ; la liberté perdue… Son épouse pour de faux.

Un peu plus tôt, quelqu'un avait exigé des jeunes mariés qu'ils sacrifient à la tradition, « un toast, un baiser », si bien que, depuis la fin de la cérémonie, Max et Lizzie avaient dû s'embrasser une bonne dizaine de fois. Et la vérité, c'était qu'il aspirait à plus.

— Cela ne t'ennuie pas si je te dis que tu es belle, lui murmura-t-il à l'oreille, car s'il lui avait déjà fait le compliment, il craignait de l'importuner.

— Tu peux dire ce que tu veux, autant que tu le veux, répondit-elle avec douceur.

— Alors je te le répéterai encore et encore…

Avec sa robe parée de mille feux et sa chevelure flamboyante, elle était sublime, une vraie déesse de la beauté. Et Max n'avait qu'une envie, la coucher ce soir dans son lit et la dévorer tout entière. Sauf que, de corps à corps, il n'y en aurait pas, cela n'entrait pas dans le scénario.

À ce moment, un nouveau toast fut porté par l'un des convives. Max se hâta de faire ce que l'on attendait de lui : il prit le visage de Lizzie entre ses mains et pressa sa bouche contre la sienne.

Jusqu'ici, il avait bien pris garde à ce que leurs baisers restent sages. Non que le désir lui manquât de s'abandonner à l'ivresse que Lizzie suscitait en lui, mais aller plus loin ne lui semblait pas approprié, devant tout le monde. Ce qui ne l'empêchait pas de bien écarter les lèvres, suffisamment pour arracher un soupir à Lizzie.

Personne n'imaginerait qu'ils puissent ne pas être amants,

ce qui était positif, car après tout cela faisait partie du plan. Et manifestement, tous deux étaient bons comédiens. N'empêche, Max avait envie de sa femme comme un fou.

Plus tard, ils se levèrent pour leur toute première danse de couple marié. Un DJ en vogue était ce soir aux platines et, comme convenu pour l'ouverture du bal, il mit le célèbre morceau de Queen, *You're my best friend*, ponctué de déclarations d'amour. Logique, pour un mariage. Même si d'amour, il n'en était pas question en ce qui les concernait.

Comme ils bougeaient sur la piste en rythme, collés serrés, Max effleura le bustier lacé dans le dos de Lizzie à la façon d'un corset.

— Ça n'a pas été trop difficile d'enfiler cette robe ? demanda-t-il.

— Non, Sheila m'a aidée.

Évidemment. Sheila était l'une de ses demoiselles d'honneur, ancienne camarade d'université et fille de bonne famille, comme Lizzie.

— Elle doit avoir une grande habitude de ce genre d'événements, je veux dire, des soirées mondaines, ce genre de choses…

— Oui, bien sûr. Mais j'avais aussi auprès de moi toute une armée d'assistantes, coiffeur, maquilleuse, manucure…

Max, lui, s'était préparé sans l'aide de personne. Il avait renvoyé tout le monde, y compris ses frères, pour ajuster son nœud papillon et la fleur à la boutonnière, éprouvant le besoin d'être seul.

— Il te faudra quelqu'un pour t'aider à l'enlever, remarqua-t-il avec une nonchalance qu'il était loin de ressentir.

— Je peux très bien le faire moi-même, répondit-elle avec calme. En faisant bien attention à ne pas l'abîmer.

Il lui fut impossible de résister à la tentation d'imaginer ce qu'elle portait dessous, le style de lingerie fine qu'elle avait choisi.

— N'hésite pas à venir me voir, si tu rencontrais des difficultés avec le lacet de ton bustier.

À sa réflexion, Lizzie fit un faux pas, lui marchant sur le pied.

— Oh ! pardon, dit-elle, en rosissant à la lueur des chandeliers. Crois-tu que ce soit une bonne idée ?

— Je ne sais pas…

Il la serra contre lui, désemparé. Il venait juste de lui suggérer de le rejoindre dans sa chambre, franchissant de ce fait une ligne qu'ils avaient toujours pris garde à ne pas dépasser entre eux.

— Non, je ne sais pas, répéta-t-il.

Il ignorait ce qui arriverait si tous deux finissaient par céder à la tentation. Le regretteraient-ils, ensuite ? Leur amitié, qu'ils avaient jusqu'à présent pris soin de préserver, survivrait-elle à la passion ?

— Oublions ce que je viens de dire, c'est préférable.

— Entièrement d'accord, acquiesça-t-elle.

Max hocha la tête avec toute la conviction dont il était capable — autant dire pas grand-chose, surtout en sentant dans le dos de Lizzie ce maudit lacet sous ses doigts.

La réception se poursuivit, dans une atmosphère chaleureuse, puis arriva la tradition de la jarretière. Max s'agenouilla devant Lizzie, priant pour que les dieux lui donnent la force d'endurer cette épreuve.

Depuis des heures il fantasmait sur sa lingerie, et le moment était venu pour lui de découvrir les préférences de Lizzie en la matière. Un choix judicieux, la jarretière n'étant maintenue que par un simple élastique, pas de crochets ni rien de ce genre.

Il était là, un genou à terre, une main sur la cuisse de Lizzie, quand soudain Jake s'exclama :

— Hé, Max, tu savais qu'autrefois les invités accompagnaient le couple dans leur chambre et attendaient devant leur porte, avant d'entrer pour voler la jarretière de la belle ?

— Ce n'est pas drôle, marmonna Max.

Lizzie de son côté éclata de rire avec les autres.

— On prétend que c'est une tradition qui porte bonheur aux mariés, ajouta Jake.

Oui, eh bien, sauf qu'en temps normal, le marié avait la chance de pouvoir emmener sa jeune épouse dans sa chambre.

Il sourit à Lizzie et se prépara à faire descendre la jarretière le long de sa cuisse lorsqu'un invité, applaudi aussitôt par le reste de l'assistance, le mit au défi d'embrasser la jambe de Lizzie.

Contraint de rentrer dans le jeu, Max pressa ses lèvres contre sa cheville, en se montrant aussi gentleman que possible. Mais qu'il soit damné si, à ce moment, il dut faire preuve d'un sang-froid extraordinaire pour ne pas lui enlever cette maudite jarretière et tout ce qui allait avec.

Lorsque l'heure arriva de découper la pièce montée, l'ambiance avait déjà pris une tournure brûlante. Max glissa entre les lèvres de sa femme une cuillerée de gâteau et, lorsqu'un peu de chantilly resta collée au coin de ses lèvres, il approcha son visage du sien et la lécha.

Lizzie parut apprécier le geste et lui retourna son baiser, sous les flashs des appareils photo, chacun voulant immortaliser la scène, ce dont Max se moquait, trop absorbé par ce baiser torride.

Et lorsqu'il détacha sa bouche de la sienne, le souffle court, à bout de désir, il répéta dans un murmure, presque une prière :

— Viens me retrouver dans ma chambre ce soir, je t'aiderai à enlever cette robe…

Lizzie ne répondit pas, le laissant dans l'expectative. Succomberait-elle à sa requête ou pas ?

Le manoir était désert, invités et personnels, tous étaient partis pour leur offrir plus d'intimité. Ils finirent par monter au premier étage et, une fois sur le palier, se regardèrent un long moment, silencieux. D'un côté se trouvait la chambre du maître de maison, de l'autre la sienne. Elle hésita, ne sachant quelle direction prendre.

Max plongea ses yeux dans les siens. Des yeux d'un noir brillant, profond.

— Coucher avec toi ne fait pas partie du plan, Max…

— Mais il n'y a pas de raison que cela affecte notre amitié, cela ne dépend que de nous.

— Ah bon et comment ça ? En ne couchant ensemble qu'une fois et puis, terminé ?

— Cela me paraît en effet le plus raisonnable, dit-il en venant vers elle. Mais c'est toi qui décides, Lizzie.

Seul problème, il n'y avait absolument rien de raisonnable dans le désir qu'elle ressentait pour lui. Sans parler de cette peur ancrée en elle, à l'idée de tomber amoureuse de son mari. Et si elle lui avouait ses craintes, comment réagirait-il ? Aurait-il toujours envie d'elle ?

— Non, je ne peux pas, chuchota-t-elle, même si j'en meurs d'envie.

— Tu en es sûre ? insista-t-il, visiblement déçu.

Elle hocha la tête, faisant appel à toute sa volonté pour ne pas flancher.

— Dans ce cas, dit-il, dors bien et fais de beaux rêves. Moi, je le sais, je rêverai de toi. Y compris tout éveillé…

Elle l'imagina, seul dans son lit, fantasmant sur elle.

— Je ferais mieux d'y aller, dit-elle.

Oui, avant de se jeter sur lui pour un baiser. Elle se passa le bout de la langue sur les lèvres, y sentant encore le goût de la pièce montée que Max avait picoré à même sa bouche.

Lizzie fit demi-tour, lui en revanche ne bougea pas d'un pouce, et, alors qu'elle s'éloignait en direction de sa chambre, elle perçut tout le poids de son regard scrutateur posé sur sa nuque.

Après quelques pas, elle s'arrêta et cessa aussi de respirer, puis elle tourna la tête. Et perdit la raison.

Il était là, figé comme une statue, la dévorant des yeux. Lizzie courut alors vers lui, sa belle robe de prétendue mariée volant au rythme de son pauvre cœur. Il la serra contre lui, l'emporta dans ses bras et remonta le couloir jusqu'à sa chambre.

Il s'agissait en fait plus d'une suite que d'une chambre, avec un petit salon bleu en enfilade. Puis elle découvrit le lit, semblable à celui d'un seigneur du Moyen Âge — ce lit où il dormait chaque nuit, où il rêvait… où ils allaient faire l'amour.

— Juste cette nuit, dit-elle, voulant à tout prix instaurer des règles, en guise de garde-fou. Et ensuite, jamais plus.

— D'accord, répondit-il en la remettant sur ses pieds. Ce sera la seule et l'unique fois… Pour notre nuit de noces, jamais plus.

Il se plaça derrière elle et elle sentit ses mains s'affairer sur le lacet de son bustier. Submergée d'une délicieuse ivresse, elle ferma les yeux.

— C'est un peu frustrant, tous ces nœuds, marmonna-t-il.

— Il y a quelques siècles, on voulait préserver la pudeur de la jeune mariée et obliger l'époux à prendre le temps…

En ce qui la concernait, à ce moment précis, elle était prête à envoyer promener tout ce qui lui restait de pudeur. Bientôt, elle serait à demi nue, la robe ayant été conçue pour ne pas avoir besoin de soutien-gorge. Sa lingerie se réduisait à une petite culotte en dentelle et à des bas montant jusqu'à mi-cuisses — sur lesquelles Max avait fait courir ses mains, un peu plus tôt.

Il était toujours debout derrière elle, après l'avoir aidée à retirer sa robe, et elle ne se retourna pas pour lui faire face. Il ne le lui demanda d'ailleurs pas. Mais elle l'entendit soupirer quand il se pressa contre elle. Aussitôt, elle frémit à son contact.

— Comme tu es belle, dit-il en faisant glisser ses doigts le long de son dos.

Elle était presque nue. Ne restait plus qu'un ridicule triangle de tissu pour qu'elle le soit complètement.

Toujours derrière elle, Max posa les mains autour de sa taille et les amena sur son ventre, puis sur sa culotte avant de passer dessous et de descendre entre ses cuisses. Elle retint un cri à son contact.

— Comme tu es douce, lui murmura-t-il au creux de l'oreille. Tu sais, je me suis souvent demandé si tu t'épilais ou pas…

— Vraiment ?

Elle n'en revenait pas qu'il ait pu penser à elle de façon aussi intime. Mais à quel moment ? En quelles circonstances ? Et quand… Elle étouffa un cri et le flot de questions dans sa tête se tarit à la seconde où Max se mit à la caresser.

Et quelles caresses ! Elle se sentit envahie d'une douce chaleur, laissa échapper un gémissement, quand son autre main vint sur ses seins. Il y avait quelque chose d'incroyablement dominateur dans ce qu'il faisait et dans sa façon de le faire.

Il avait tout pouvoir sur elle. Son mari. Ne pouvant le voir, elle imagina ses yeux, devinant leur éclat à ce moment.

— Viens, Lizzie, viens…

— Je… J'y suis presque, haleta-t-elle, troublée par ses paroles autant que par ses caresses.

— Je veux que tu viennes, dit-il d'une voix rauque en continuant à la tourmenter. Une première fois…

— Une première fois ? gémit-elle, subjuguée par le mouvement de sa main sur elle.

— Oui, parce qu'il y en aura d'autres, cette nuit.

— Et moi… Quand pourrai-je te faire des choses, à mon tour ? chuchota-t-elle, son cœur cognant comme un fou dans sa poitrine.

— Mais tu me fais déjà des choses, répondit-il avant de se plaquer contre elle, lui faisant sentir dans quel état d'excitation il se trouvait. Mais je suis loin d'en avoir fini avec toi, cela devra donc attendre.

Elle ferma les yeux à nouveau, ivre de sensations, pensant à ses promesses de plaisirs. Elle gémit et, aussitôt, il accéléra ses caresses. Et lorsque le ciel se déchira, lorsque son corps fut pris de convulsions, elle s'abandonna contre lui dans un cri.

— Enlève ça, tu veux bien ? murmura-t-il.

Elle se demanda de quoi il parlait, jusqu'à ce qu'elle comprenne. Sa petite culotte. Encore tremblante, elle acquiesça d'un signe de tête.

Il eut vite fait de la débarrasser de son sous-vêtement donc, comme de ses chaussures, de ses bas et même des boucles d'oreilles qu'il lui avait offertes. Tout ça, en restant derrière elle.

Puis, lorsqu'il n'y eut plus rien à enlever, il la fit se retourner de manière à pouvoir la regarder.

— Bon sang, marmonna-t-il. Tu es encore plus belle que ce que j'imaginais.

Elle ne sut quoi répondre et, à vrai dire, s'en fichait complètement. En ce qui la concernait, elle n'avait qu'une envie, se blottir entre ses bras et ronronner.

— Je veux que tu t'allonges sur le lit…, dit-il d'une voix sourde.

Pour finir ce qu'il avait commencé ? Elle était impatiente de se mettre à l'œuvre, mais extrêmement nerveuse, aussi. Et cette façon qu'il avait de la regarder ! Comme s'il avait l'intention de la retenir captive pour le restant de ses jours.

Mais non, ils l'avaient décidé. Cette nuit serait la première et la dernière. Néanmoins, malgré ce choix qu'ils avaient fait ensemble, elle ne put s'empêcher pourtant de s'imaginer, vivant à ses côtés, jour après jour, nuit après nuit, avant de se sermonner. Non, cette vie-là n'était pas pour eux. L'amour n'était pas pour eux. Le sexe, en revanche…

Cette nuit, ils feraient l'amour et, demain, ils passeraient à autre chose.

- 10 -

Max contempla Lizzie, nue sur son lit, dans toute sa splendeur, les cheveux déployés sur ses épaules, l'alliance symbolisant leur union scintillant à son doigt. L'incarnation parfaite de la jeune mariée. Comme lorsqu'elle l'avait rejoint, au bras de son père, au pied de l'autel. Une mariée ardente, d'une sensualité troublante.

Il ramassa la robe à ses pieds et la posa dans le fauteuil à proximité, avec sa petite culotte, ses bas et ses boucles d'oreilles. Ne restaient plus par terre que ses chaussures. Pas les pantoufles de vair de Cendrillon, non, mais des chaussures de princesse, l'ultime accessoire de son costume de scène, pour abuser leurs invités en leur donnant l'impression d'assister à un vrai mariage d'amour.

Et maintenant, ils se retrouvaient ici, en tête à tête, pour leur nuit de noces. Lizzie avait des étoiles dans les yeux et une expression mélangeant le désir et une certaine timidité.

— Non, laisse ça, je veux te voir, dit-il avec fermeté quand elle tenta de se couvrir avec le drap.

Elle s'exécuta, plus rien désormais ne faisant obstacle à son regard. Fasciné, il la contempla longuement, de la pointe des pieds jusqu'au bout des seins, de cette même nuance de rose qu'il imaginait.

Il retira alors son smoking et le déposa avec soin sur sa robe, dans le fauteuil.

— Je ne te savais pas si méticuleux, remarqua-t-elle.

— En principe, je ne le suis pas, répondit-il.

Demain, la manière de ranger leurs vêtements n'aurait plus d'importance, mais à ce moment, elle en avait.

Une fois nu, il s'allongea auprès d'elle et l'attira entre ses bras. Il l'embrassa avec une passion toute mesurée, Lizzie de son côté faisant courir ses mains sur lui, ses doigts s'arrêtant parfois sur une cicatrice, une brûlure de cigarette, souvenirs des tortures qu'il avait endurées, enfant. La plupart avaient disparu, mais les plus profondes, notamment sur le torse, demeuraient parfaitement visibles.

— Max ? chuchota Lizzie d'une voix douce, pleine de compassion. J'imagine que certaines femmes t'ont interrogé, à propos de ces marques sur ta peau ?

— Oui, confirma-t-il. Mais je ne leur ai jamais avoué ce qu'il en était. Lorsque l'une d'elles me posait la question, j'expliquais qu'il s'agissait de cicatrices dues à la varicelle.

— Oh ! je comprends, répondit Lizzie, au courant depuis longtemps des souffrances que sa mère lui avait infligées. J'ai tellement de peine pour toi, ajouta-t-elle.

— Je sais…

Elle le lui avait déjà dit, à plusieurs reprises, mais à ce moment, ses paroles le touchèrent au plus profond de son cœur, lui donnant curieusement, soudain, une furieuse envie de vivre, d'aimer. Il ne voulait pas entendre parler de cette période de sa vie, pas maintenant. Il écarta sa main de sa cicatrice et, aussitôt, il vit passer une ombre dans ses yeux, comme s'il l'avait blessée.

Elle ne cherchait qu'à le réconforter, bien sûr, comme elle l'avait souvent fait, mais Max refusait cette bonté qui parfois ressemblait dangereusement à de la pitié.

Lorsqu'il se détourna d'elle pour éteindre la lampe de chevet, dans le but de créer une ambiance plus intime, plus appropriée, elle demanda :

— Tu es sûr que ce que nous allons faire ne va pas affecter notre amitié ?

— Nous resterons vigilants pour que cela n'arrive pas…

À la seconde où il dit cela, il sut que c'était un mensonge, car déjà quelque chose avait changé, entre eux, quelque chose d'indéfinissable. Mais l'enjeu était trop important.

— Nous serons bientôt parents d'un enfant. Il aura besoin de nous sentir proches.

— Proches, oui, répéta-t-elle, visiblement tourmentée.

— Tout ira bien, Lizzie, ne t'en fais pas, dit-il en venant sur elle, soucieux de dissiper ce malaise entre eux.

— Promis ?

— Promis, répondit-il avant de se concentrer sur ses seins, les embrassant et les mordillant avec ferveur.

Après cette nuit, ils feraient tout ce qui serait nécessaire pour retrouver leur amitié, mais dans l'immédiat…

Il s'appliqua à la lécher et à l'embrasser sur tout le corps, s'attardant sur le piercing à son nombril, se souvenant de l'époque où elle l'avait fait poser, alors qu'ils étaient encore au lycée. Cela avait été son seul acte de rébellion en réalité, en dehors de devenir amie avec lui, le fort en maths.

— Je devrais t'offrir un rubis pour remplacer cet anneau. Ou un diamant de couleur, assorti à tes boucles d'oreilles.

— Non, certainement pas.

— Pourquoi ?

— Parce que cela ne ferait que me rappeler ce qui s'est passé entre nous, cette nuit.

Il ravala un soupir. Elle avait raison, un tel présent serait une erreur.

— Alors fini les cadeaux, dit-il, puis pensant aux boutons de manchette qu'elle lui avait donnés, il ajouta : Et ne t'avise plus de m'en faire, de ton côté.

— Je n'en ai pas l'intention, dit-elle en lui ébouriffant les cheveux.

— Parfait.

Et ne voulant plus perdre de temps en palabres, il lui

écarta les jambes et fit courir sa langue entre ses cuisses. Lizzie laissa échapper un gémissement et se cambra, tout en le regardant dans la pénombre, murmurant des mots d'encouragement et le suppliant de continuer.

Sauf qu'à un moment donné, il dut s'interrompre quand elle se mit à trembler, avant de s'abandonner à un orgasme foudroyant contre ses lèvres.

Elle insista juste après pour lui infliger la même peine, pour lui donner le même plaisir. Il se plia volontiers à sa requête et ne tarda pas à s'en féliciter. Lizzie lui fit des choses merveilleuses, avec un savoir-faire auquel son corps ne put résister bien longtemps.

Mais n'en pouvant plus de désir, ne pensant qu'à venir en elle, il s'empara d'un préservatif et la pénétra, tout en l'embrassant à pleine bouche. Ainsi scellés l'un à l'autre, ils roulèrent sur les draps, Lizzie se retrouvant bientôt à le chevaucher. Les cheveux tombant comme un voile devant elle, elle saisit son visage entre ses mains et se mit à bouger sur lui, de plus en plus vite, de plus en plus fort.

Ils enchaînèrent les positions, dans une sorte de Kamasutra sans fin, jusqu'à ce que Max la prenne par-derrière, allant et venant en elle tel un étalon.

Et ils n'en restèrent pas là. Ils passèrent un long moment face à face, à s'embrasser jusqu'à la folie avant de reprendre leurs ébats là où ils les avaient commencés, Max étendu sur elle, plongeant au plus profond de son corps, voulant encore l'amener à la jouissance. Jouissance qui la secoua tout entière, provoquant en lui comme une déferlante d'orgasmes à répétition.

Ils firent de cette nuit, leur nuit de noces, un feu d'artifice de sensations.

Le lendemain matin, quand Lizzie s'éveilla auprès de son mari, il dormait encore, le drap enroulé autour des hanches.

Elle eut un moment d'hésitation. Que faire ? Rassembler ses affaires et sortir de cette chambre en catimini, comme une voleuse ? Non. Partir comme ça sur la pointe des pieds, sa robe de mariée sous le bras, ne serait pas digne d'elle.

Elle devait au moins trouver quelque chose à se mettre sur le dos. Elle se leva, enfila sa petite culotte, puis se rendit dans le dressing de Max et commença à inspecter les cintres et les tiroirs.

Les seules affaires qu'elle avait emportées étaient restées dans sa chambre, dans sa valise. Plus tard dans la journée, ils s'envoleraient pour leur lune de miel à Nulah, où ils entameraient la procédure d'adoption. À leur retour, elle emménagerait officiellement chez Max.

Elle chercha un bon moment une tenue à lui emprunter, quelque chose de simple, et finit par jeter son dévolu sur un T-shirt noir et un pantalon de jogging gris qu'elle dut rouler sur ses hanches pour ne pas le perdre, mais c'était toujours mieux que de se balader dans les couloirs en sous-vêtements. Après avoir fait un nœud au T-shirt, deux fois trop long pour elle, elle se regarda dans le miroir, fronçant les sourcils devant ses cernes et ses cheveux en désordre.

En ce matin lumineux, rien n'avait changé. Elle était toujours aussi anxieuse, redoutant par-dessus tout de tomber amoureuse de son mari.

Déterminée à rejoindre sa chambre le plus rapidement possible, elle ressortit du dressing, priant pour que Max dorme encore. Raté. Il était réveillé, assis dans le lit.

— Que fais-tu, mon petit lézard ?

— Je suis allée t'emprunter quelques vêtements, répondit-elle, refusant de se laisser attendrir.

— Je vois ça, dit-il en promenant les yeux sur elle. Et ça te va très bien.

À ce moment, en voyant ses cicatrices sur son torse, elle se remémora la façon dont il avait écarté sa main, cette nuit, ne voulant visiblement pas de son réconfort. Elle se força à détourner la tête avant qu'il ne surprenne son regard.

Si elle tombait amoureuse de lui, comment réagirait-il ? L'enverrait-il au diable, avec son amour ? Elle frémit et pria en silence pour ne surtout jamais avoir à le découvrir.

— Je prendrais bien un petit déjeuner, dit-il. Pas toi ?

— Avec plaisir, répondit-elle sans aucune conviction. Je peux aller le préparer pendant que tu passes sous la douche, si tu veux…

Elle-même irait bien se doucher, mais elle préférait dans l'immédiat rester habillée, simple mesure de prudence.

— Je me doucherai après, dit-il. Je vais t'aider à préparer quelque chose…

Et il se leva, attrapa son pantalon dans le fauteuil, là où il l'avait laissé, avec sa robe, et l'enfila aussitôt, sans rien dessous. Il passa ensuite sa chemise, sans la boutonner.

Lizzie sourit à son tour. Aucun homme ne montrerait une telle nonchalance avec un smoking de ce prix, mais Max n'était pas un homme comme les autres.

— Je te retrouve à la cuisine, je vais d'abord me laver les dents, dit-il en se dirigeant vers la salle de bains.

— Bonne idée ! Je vais faire pareil ! lança-t-elle sur un ton faussement enjoué.

Et il referma la porte derrière lui, la laissant seule. Lizzie rassembla ses affaires, sa belle robe, ses chaussures, ses bas et ses bijoux, et se rendit dans sa chambre. Elle déposa le tout sur son lit et alla se brosser les dents. Elle se rafraîchit également le visage et se démêla les cheveux, s'accordant ainsi quelques minutes pour tenter d'endiguer ses émotions.

Une minute plus tard, toujours vêtue des habits de Max, elle descendit à la cuisine. Il y était déjà, en train de s'affairer, le café en route. Elle se joignit à lui et prépara des œufs au bacon, le tout dans un silence quasi parfait.

Ils prirent place à la table de la salle à manger. Max

arrosa ses céréales d'un filet de miel, Lizzie préférant quant à elle le lait, puis ils se mirent à manger — sans se quitter des yeux, ou presque.

— Prête pour notre voyage ? demanda-t-il un moment plus tard.

Leur fabuleuse, leur merveilleuse, leur prétendue lune de miel, songea Lizzie, le cœur serré.

— Oui. Et toi ?

Il acquiesça d'un signe de tête, sans plus d'enthousiasme, manifestement aussi anxieux qu'elle.

Avec le décalage horaire par rapport à Los Angeles, Max et Lizzie arrivèrent à temps pour s'autoriser un peu de farniente sur la plage de l'hôtel. Ils s'efforcèrent de se comporter en jeunes mariés dignes de ce nom devant les autres clients, mais la plupart du temps ils firent en sorte de se tenir à l'écart, de manière à ce que les choses ne soient pas plus difficiles qu'elles ne l'étaient déjà, se retrouver en tête à tête étant une véritable torture.

Sans parler de l'hébergement lui-même.

Leur bungalow était en tout point semblable à ceux où ils avaient séjourné auparavant, avec tous les services et le confort d'un palace, la seule différence était désormais qu'ils devaient le partager.

L'heure de se coucher finit par sonner. Lizzie alla se changer dans la salle de bains pour en ressortir avec une chemise de nuit en coton, sans doute la plus pudique de sa garde-robe, songea Max. Ce qui ne l'empêcha pas de trouver qu'elle lui allait à merveille, mettant en valeur chacune de ses courbes.

— Je vais dormir sur le canapé, dit-il.

Un canapé à deux mètres tout au plus du lit, le bungalow consistant grosso modo en une seule pièce. En conséquence de quoi, même s'il ne dormait pas avec elle, elle resterait à portée de main, voire de bouche, bref de tout. Mais ils ne pouvaient rien contre ça.

— Il me faut juste un drap, ajouta-t-il. J'ai souvent chaud, la nuit…

« Chaud » pas au sens sexuel du terme, mais la réflexion tout à fait anodine eut pour conséquence de raviver en lui certains souvenirs torrides de la veille.

Et apparemment, il en fut de même pour Lizzie qui le regarda avec méfiance, avant de se ressaisir une seconde plus tard pour retirer du lit le drap de dessus et le lui donner, avec un oreiller en prime.

— Nous avons une longue journée devant nous, demain, remarqua-t-elle.

Max acquiesça, ils devaient en effet se rendre à l'orphelinat dans la matinée.

— J'espère que Losa nous permettra de voir Tokoni. Quand je l'ai appelée, tout à l'heure, elle m'a expliqué de ne pas être sûre de le pouvoir.

— Pour quelle raison ? demanda Lizzie, renfrognée.

— Comme toujours dans ce genre de situation, elle préfère attendre que le processus soit bien avancé avant de laisser les candidats à l'adoption passer plus de temps avec l'enfant. Elle dit que le traumatisme affectif peut avoir des conséquences terribles en cas de problème, si les parents adoptifs changent d'avis, par exemple.

— Eh bien nous, nous ne changerons jamais d'avis, dit-elle en allant s'asseoir sur le lit, la couette sur les genoux.

Max s'installa sur le canapé et tapota l'oreiller derrière lui. Puis ils se regardèrent un long moment, dans un silence lourd et moite. Par la fenêtre ouverte, une douce brise tropicale s'invita dans la chambre.

— Pourquoi ne m'as-tu rien dit ? finit par demander Lizzie.

— Je ne voulais pas que tu sois déçue. Je sais trop combien

tu es impatiente de revoir Tokoni et son grand sourire, de le serrer entre tes bras. Moi aussi, il me tarde.

Elle sourit, une ombre persistant cependant dans son regard.

— J'espère qu'elle nous laissera le voir, même quelques minutes seulement. Nous attendons ce moment depuis si longtemps.

— C'est vrai, pour avoir une chance de devenir ses parents, nous avons fait des pieds et des mains sans jamais nous ménager… Euh, désolé, s'empressa-t-il d'ajouter avec une grimace. Ce n'est pas ce que je voulais dire.

— J'ai compris, l'interrompit-elle. Les choses auraient été tellement plus simples, pour nous, si nous avions pu envisager de l'adopter en restant célibataires.

— Malheureusement, ce n'était pas possible, marmonna-t-il en regardant sa main. Ça me fait tout drôle de porter une alliance.

— De quoi te plains-tu ? répliqua-t-elle, mutine, tout en lui montrant le rubis à son doigt. Cette pierre pèse des tonnes.

— Attention à ne pas couler, quand tu iras nager, dit-il en riant.

— Oh ! je n'ai pas peur, tu plongerais aussitôt pour me repêcher.

— Je ne sais pas si je serais en mesure de jouer les sauveteurs. Je me vois mal te faire un massage cardiaque…, dit-il avant de s'interrompre et de lui faire un clin d'œil. Le bouche-à-bouche en revanche…

Elle haussa les épaules et, l'espace de quelques instants, un silence embarrassant s'installa. Plus de sourires ni de rires, ils se retrouvèrent incapables de soulager cette tension entre eux par une autre plaisanterie.

— Bien, il est temps de dormir, dit-elle finalement. J'espère ne pas te réveiller à tout bout de champ, je suis tellement agitée, la nuit.

— Je suppose que j'aurai du mal à trouver le sommeil,

moi aussi…, soupira-t-il, certain de souffrir le martyre du fait de cette proximité, la bouche de Lizzie, le corps de Lizzie si près et à la fois si loin.

Mais demain matin, ils passeraient à autre chose. Car tout ce qui importait, la raison de leur présence ici tenait en un mot, un prénom : Tokoni. Leur fils, si le ciel voulait bien leur donner un petit coup de pouce.

Lizzie et Max étaient assis face à Losa, dans le bureau de la vieille dame. Mais le moins que l'on puisse dire, c'était que leur réunion manquait de chaleur. Quelque chose ne tournait pas rond. Ce n'était pourtant pas faute d'avoir joué les jeunes mariés follement épris l'un de l'autre ni d'avoir exprimé leur joie de pouvoir adopter Tokoni.

Rien n'y avait fait. Contrairement à son habitude, Losa se montrait sur la réserve, distante, presque méfiante.

En fait, elle observait chacun de leurs faits et gestes, comme si elle cherchait à analyser leur langage corporel. Résultat, Lizzie était de plus en plus nerveuse, mal à l'aise, jetant sans cesse des coups d'œil par la fenêtre pour éviter les regards de la vieille dame. Max ne valait pas mieux. Il n'arrêtait pas de bouger sur sa chaise, tel un enfant convoqué dans le bureau du proviseur après une grosse bêtise.

Se pouvait-il que Losa se doutât de quelque chose ? Que leur mariage soit une ruse ? Et si tel était le cas, pourquoi n'avait-elle encore rien dit ? Pourquoi les laissait-elle s'enfoncer un peu plus dans leurs mensonges, comme si elle pensait qu'ils avaient encore leur chance pour l'adoption ?

— Vous souvenez-vous de ce que je vous ai dit, lors de notre première rencontre ? demanda soudain Losa à Lizzie qui, surprise, sursauta.

— Eh bien, vous m'avez dit pas mal de choses, ce jour-là,

répondit-elle, au comble du stress. Que j'ai d'ailleurs exploité dans mes articles, pour mon blog.

— C'est juste, mais je vous avais également décrit notre code moral en vous expliquant en quoi consistait le trait de caractère le plus important, pour nous, chez d'éventuels parents.

— Tout à fait, vous avez parlé d'honnêteté, acquiesça Lizzie, la boule au ventre.

— Mettriez-vous en doute notre honnêteté, Losa ? s'interposa Max.

— Oui, je suis au regret de devoir vous le dire, mais malheureusement, oui. Lorsque vous m'avez appelée au début en me disant que vous étiez tombés amoureux et aviez décidé de vous marier, la rapidité avec laquelle tout cela arrivait m'a un peu inquiétée, je l'avoue. Mais j'ai tenu à vous accorder le bénéfice du doute, voulant croire en la sincérité de vos sentiments. Je refusais d'imaginer que vous pourriez avoir mis en scène toute cette histoire, juste pour pouvoir adopter Tokoni.

Max blêmit, mais trouva la force de répondre :

— Nous ferons les meilleurs parents du monde et consacrerons le restant de nos jours à veiller et à chérir Tokoni.

— Sans doute, mais… Je n'ai pas l'impression que vous vous consacrerez l'un à l'autre jusqu'à la fin de vos jours, je me trompe ? dit Losa, avant de se tourner vers Lizzie. À la seconde où vous êtes entrée dans mon bureau, tout à l'heure, j'ai su que vous n'étiez pas une vraie mariée. Je fais parfaitement la différence entre une femme heureuse et une qui ne l'est pas. C'est à peine si vous regardez votre époux, sinon avec des ombres dans les yeux.

Lizzie serra discrètement les poings sur ses genoux. Non seulement ils étaient sur le point de perdre tout espoir d'adopter Tokoni, mais en plus Losa la mettait au défi de prétendre que leur union n'était pas un coup monté. Mais comment le pourrait-elle, quand sa plus grande peur était de tomber amoureuse de Max ?

— Je vous en prie, ne nous prenez pas Tokoni…

— Comment pourrais-je vous permettre de l'adopter, dans ces conditions ? répondit Losa. Ce n'est pas un comportement digne, de la part de futurs parents.

— Vous êtes injuste envers nous, protesta Max.

— Vraiment ? répliqua Losa. Mais dites-moi, que ferez-vous, une fois l'adoption approuvée ? Vous avez sûrement prévu de divorcer et de faire vivre Tokoni une semaine chez l'un, une semaine chez l'autre, c'est ça ? J'exige la vérité, Max, et tout de suite.

Le silence s'éternisa, puis Max se résolut à répondre :

— C'est vrai, nous nous séparerons. Mais Tokoni ne sera pas ballotté d'une maison à l'autre, pas au sens où vous l'entendez. Après le divorce, Lizzie et moi-même avons bien l'intention d'élever Tokoni dans deux foyers séparés, certes, mais ensemble, comme de vrais parents, de vrais amis.

Losa secoua la tête en soupirant.

— Ce n'est pas ce que la mère de Tokoni souhaitait, pour son fils.

— Je sais, répondit Max, déterminé visiblement à se battre jusqu'au bout. Nous ne pouvions concevoir de le perdre, nous avons donc réfléchi au moyen d'en faire notre fils. Ce divorce n'aura aucun effet sur lui, Tokoni ne manquera jamais de rien.

À ce moment, Losa se tourna vers Lizzie.

— Et vous, vous êtes d'accord avec ce procédé ?

Lizzie serra un peu plus les poings, presque au sang. Elle qui s'était imaginée vivant avec Max, la seule femme de sa vie, voilà qu'on lui demandait maintenant si elle approuvait ce divorce. Que pouvait-elle répondre, surtout avec Max qui ne la quittait pas des yeux. Et lorsqu'il prit sa main dans la sienne, à l'abri des regards, sous la table, voulant l'encourager à plaider pour ce divorce, elle comprit que son pire cauchemar s'était réalisé.

Qu'elle l'aimait. De tout son cœur.

Ce moment, cette prise de conscience, demeurerait sans doute l'un des plus effroyables de son existence, comme si un voile soudain s'était déchiré, mettant son cœur à nu. Mais comment avouer ses sentiments sans détruire ce qui restait de leur amitié ? Elle finit par se résoudre à l'inéluctable et répondit :

— Oui, je suis d'accord avec ce divorce.

Losa hocha doucement la tête tout en la dévisageant.

— Vous pensez donc honnêtement que cela ne causerait aucun problème, pour Tokoni ?

— J'en suis convaincue, mentit à nouveau Lizzie.

La vieille dame laissa échapper un soupir.

— Je ne suis pas d'accord avec vous, dit-elle, avant de s'adresser à Max. Vous n'êtes ni l'un ni l'autre aptes à devenir parent.

Max se décomposa littéralement, mais en dépit de sa détresse, Lizzie comprit qu'il n'était pas disposé à rendre les armes.

— Je comprends votre déception, dit-il à Losa, et je vous prie d'accepter mes excuses pour vous avoir menti. Mais nous tenons tellement à adopter Tokoni. Nous l'aimons sincèrement et…

— Je ne nie pas que vous l'aimiez, j'en suis parfaitement consciente, répondit Losa avec force, en ajustant ses lunettes sur son nez. J'aurais préféré que les choses se passent différemment mais, je regrette, je ne peux pas aller contre la volonté de la mère de l'enfant et destiner Tokoni à vivre avec des parents divorcés. Un autre couple s'intéresse à lui. Je vais étudier leur dossier à la place du vôtre.

Lizzie eut l'impression de recevoir un coup de poignard dans le ventre. Losa ne faisait pas que refuser leur candidature à l'adoption de Tokoni, elle envisageait de le confier à quelqu'un d'autre.

— Qui est-ce ? demanda Max, avant de mitrailler Losa de questions. Et depuis combien de temps veulent-ils adopter Tokoni ? Est-ce que nous les connaissons ? Est-ce quelqu'un qui a lu son histoire, sur le blog de Lizzie ? Ou s'agit-il d'un couple de la région ?

— Je ne suis pas autorisée à discuter de tout cela avec vous, répondit Losa qui semblait lasse maintenant, triste du mal qu'elle leur faisait, mais résolue.

— Peu importe qui ils sont, dit alors Max en se tournant vers Lizzie, la voix tremblante. Ils ne sont pas nous. Ils ne seront jamais nous.

Elle sentit son cœur se fissurer devant sa détresse. Oh ! le sien, ce n'était même pas la peine d'en parler. Elle était brisée.

N'en pouvant plus de chagrin, elle se leva et sortit de l'orphelinat puis, une fois dehors, éclata en sanglots.

Plus d'enfant, bientôt plus de mari… Tant d'amour réduit à néant. Ne lui restait plus rien qu'un champ de ruines en guise d'avenir.

Max ne tarda pas à la rejoindre, les yeux secs. Mais il tremblait, peinait à respirer, et lorsqu'il l'attira entre ses bras, elle s'effondra, incapable de retenir ses larmes.

Elle était perdue, plus qu'elle ne l'avait jamais été.

- 11 -

Le cœur au bord des lèvres, Max regardait l'horizon, les yeux rivés sur ce point imprécis où le ciel se confondait avec l'océan, là où tout n'était que paix et beauté — du moins en principe car, en ce qui le concernait, il ne voyait que le néant.

Il se tourna vers Lizzie, assise à côté de lui sur la terrasse de leur bungalow, recroquevillée sur son siège. Après l'orphelinat, elle avait séché ses larmes, mais elle gardait des stigmates de son chagrin, les paupières rougies et maculées de coulées de mascara.

— Nous nous sommes mariés pour rien, marmonna-t-il, ayant perdu tout espoir de devenir père.

— Nous nous sommes quand même octroyé une nuit de noces, répliqua-t-elle un peu vivement.

— Oui, bien sûr, mais c'était une erreur…

Oh ! la magie de ces heures, le sexe, le plaisir. Encore maintenant, il donnerait cher pour revivre de telles étreintes, tout en sachant que cela ne ferait qu'aggraver la situation. Il brûlait de se perdre en Lizzie, de la serrer contre lui, d'enfouir son visage dans ses cheveux… Mais la solution n'était pas là.

— Nous nous sommes trompés, dit-il, submergé par le chagrin. Si nous n'avions pas fait l'amour ensemble, nous n'aurions pas été aussi mal à l'aise et Losa n'y aurait vu que du feu.

— Elle affirme pourtant avoir des soupçons depuis le début, lâcha Lizzie avec colère, bouleversée.

— Peut-être, mais c'est notre attitude qui nous a trahis : nous ne nous sommes pas comportés comme un vrai couple.

— Logique, répliqua-t-elle, recroquevillée sur elle-même. Nous ne sommes pas un vrai couple.

— Néanmoins, tout le monde l'a cru, à part elle, la seule personne en mesure de nous priver de Tokoni, soupira-t-il. Je n'en reviens toujours pas. Tokoni ne sera jamais à nous. Si au moins elle m'avait donné l'identité de ce couple, j'aurais pu…

— Savoir le nom de ceux qui vont nous le prendre ? Je n'en vois pas l'intérêt.

— Hum. Ils doivent être très heureux en ménage, sinon elle n'aurait pas pris leur candidature en compte, marmonna-t-il. Cela dit, leur mariage peut très bien voler en éclats, un jour ou l'autre. Ils pourraient aussi bien divorcer, dans quelque temps. Non, vraiment, qu'elle nous reproche de ne pas être amoureux, ce n'est pas juste. Et puis, qu'est-ce que l'amour, au fond ?

À ces mots, Lizzie émit un petit son, comme un gémissement.

— Je n'ai aucune envie de discuter avec toi de la bonne définition de l'amour…

— Je voulais juste dire que…

— Oh ! je t'en prie, l'interrompit-elle, avant de se lever et de s'élancer en courant vers la plage, jusqu'au bord de l'eau.

Max sentit sa gorge se serrer. Que devait-il faire, la laisser en paix un moment ou la rejoindre ? Elle souffrait, tout comme lui.

Saisissant son courage à deux mains, il décida d'aller la retrouver. Elle semblait si perdue, face à l'immensité de l'océan, dans sa petite robe d'été. Sans doute s'accablait-elle de reproches. Après tout, c'était à elle que Losa s'en était prise, en premier lieu. Lizzie s'en voulait-elle d'avoir échoué dans son rôle d'épouse amoureuse ?

Il s'approcha d'elle. L'air était saturé d'odeurs enivrantes, parfums tropicaux propres à cette île paradisiaque — une destination de rêve pour une lune de miel qui n'en était pas une.

— Lizzie ?

— Oui ? répondit-elle d'une voix à peine perceptible en lui faisant face.

— Tu penses que c'est ta faute parce que Losa a dit que tu ne ressemblais pas à une vraie mariée, c'est ça ? demanda-t-il avec douceur.

— En partie, mais il y a pire…

— Pire ? Explique-moi.

— Non, je ne peux pas, chuchota-t-elle, une vague bleu azur venant s'échouer derrière elle.

— Mais bien sûr que si, tu peux. Je suis ton meilleur ami, tu le sais bien.

— Tu ne comprendrais pas.

— Je suis certain du contraire. Parle-moi, insista-t-il, conscient qu'elle n'avait personne d'autre à qui se confier. C'est ce que nous avons toujours fait, Lizzie. Partager nos secrets.

— Tu veux savoir ? chuchota-t-elle. Eh bien, soit. Je voudrais être ce que Losa a dit que je n'étais pas.

Il la regarda sans comprendre d'abord, puis il haussa les épaules.

— Mais enfin, ça n'a pas de sens, voyons.

— Ça en a un, pour moi, répondit-elle dans un soupir. Je voudrais être une vraie épouse. Ton épouse, Max.

Il secoua la tête avec véhémence, choqué par ses paroles.

— Tu délires. C'est à cause de la déception, oui, tu es triste d'avoir perdu Tokoni, alors tu…

— Je suis amoureuse de toi, Max. Je t'aime, tu comprends ?

Il prit ces mots comme une claque, au point de vaciller sur ses jambes, son esprit faisant un bond dans le passé.

Après chaque raclée, chaque brûlure de cigarette, chaque punition, sa mère avait coutume de lui dire qu'elle l'aimait.

Muré dans ses souvenirs, il contempla ses pieds dans le sable, sentant sous ses orteils quelque chose de dur, d'acéré. L'arête d'un coquillage, peut-être, ou un éclat de verre, un objet quelconque qui n'avait rien à faire sur une plage.

— J'en étais sûre, reprit Lizzie. Je savais que ça te tétaniserait. Mais moi aussi, cela m'effraie. Tomber amoureuse de toi était même l'une de mes plus grandes peurs. Mais c'est arrivé.

— Tu avais peur de tomber amoureuse de moi ? répéta-t-il, revenant à leur conversation. Depuis quand ?

— Depuis le jour où tu m'as fait découvrir le jardin.

— Tu… Mais c'était donc avant de… Avant de faire l'amour avec moi ? balbutia-t-il, la surprise le faisant bafouiller.

— Oui, bien avant. Quant à notre nuit de noces, j'ai seulement prié pour avoir la force d'y survivre.

Max ressentit un grand vide en lui. L'espace d'un instant, il se revit dans le placard fermé à double tour, assailli par les monstres à deux têtes.

— Et je crois que Losa l'a parfaitement compris, poursuivit Lizzie. Elle a évoqué ces ombres dans mes yeux, elle a senti que quelque chose n'allait pas…

Max regarda le soleil, puis Lizzie.

— J'ignore pourquoi, mais je pense à ma mère, là… Elle avait deux visages. Très belle, mais aussi d'une laideur monstrueuse. Tout le contraire de l'harmonie, l'incarnation du mal. Pour moi, elle était le diable. Comme cet amour qu'elle prétendait avoir pour moi…

— L'amour n'a rien à voir avec le mal, Max.

— Non, mais il fait souffrir tant de gens, dit-il en effleurant les cheveux de Lizzie, couleur de braise. Regarde ce qui arrive avec Tokoni : nous l'avons perdu. Et pourtant, nous l'aimons… Mais restons calmes. Tu sais, cet amour que tu dis ressentir pour moi, tout ça est peut-être seulement dû aux circonstances… ? Peut-être que ce n'est pas vrai…

— Ce que j'éprouve pour toi est bien réel, Max, tu peux me faire confiance sur ce point.

— Non, tu te trompes, marmonna-t-il, ne voulant pas y croire. Tu penses m'aimer, à cause du mariage, mais tout ça, c'est un leurre. Tu n'es pas ce genre de femme. La femme d'un seul homme, une épouse…

— Mon père semble convaincu que je ferais une bonne épouse.

— Ton père ? C'est à peine s'il te connaît, voyons ! En revanche, moi, je te connais, Lizzie, dit-il avec fermeté. Je sais parfaitement qui tu es.

— Il semblerait bien pourtant que tu ne me connaisses plus autant que tu l'imagines, Max, répliqua-t-elle, apparemment déterminée à revendiquer celle qu'elle prétendait être. Je suis différente. J'ai changé.

Il dut se faire violence pour ne pas l'attraper par les épaules et la secouer jusqu'à ce qu'elle admette qu'elle se trompait, qu'elle reconnaisse qu'elle ne l'aimait pas. Sauf qu'il ressentait en même temps l'envie de la prendre entre ses bras et de l'embrasser. Décidément, il était perdu, ne savait plus que penser.

— Tu étais censée être mon amie, Lizzie. Mon associée dans cette histoire d'adoption. Je te faisais confiance.

— Tu n'as plus confiance en moi, c'est cela que je dois comprendre ?

— Je l'ignore, soupira-t-il, uniquement capable de dire cette seule vérité.

— Je pars, Max. Fais ce que bon te semble de ton côté, dit-elle. Moi, je vais chercher ma valise afin de prendre le dernier bateau de la journée…

— Mais… Tu n'es pas obligée de faire ça, voyons ! s'exclama-t-il dans l'espoir de la retenir.

— Si, je le dois. Je passerai la nuit dans un hôtel à proximité de l'aéroport et rentrerai aux États-Unis, dès demain, si possible.

— Je comprends que tu souhaites repartir plus tôt que prévu, admit-il, conscient qu'en effet ils n'avaient plus besoin de prolonger cette comédie de lune de miel. Mais nous pouvons très bien prendre mon jet et rentrer ensemble.

— Dans quel but ? Pour que tu continues à essayer de me convaincre que je me trompe ? Que je ne t'aime pas. Oh ! Max, je voudrais tant que tu me croies, que tu me fasses confiance.

Et une fois de plus, elle le planta là et s'éloigna. Cette fois-ci, il ne la poursuivit pas et se contenta de la suivre des yeux, appréhendant déjà la nuit qui s'annonçait, sachant que les monstres dans le noir reviendraient le tourmenter.

Il fallut en réalité à Lizzie pas moins de trois jours pour trouver un vol et, à ce moment-là, Max était sans doute rentré chez lui depuis longtemps.

Dans la limousine qui la ramenait de l'aéroport, elle pensa à la robe de mariée restée dans la chambre d'amis, au manoir. Elle ne supportait pas l'idée de la lui laisser.

Que faire ? Lui envoyer un texto en lui demandant si elle pouvait passer la récupérer ? Pas question de s'éterniser, bien sûr, elle ferait juste un aller-retour, comme si tout allait bien. Comme si tout était normal.

Elle finit par se décider et lui expédia un SMS, consciente que tout ça n'était qu'un prétexte, une excuse pour le voir. Car elle aurait pu se contenter de lui dépêcher un coursier.

Max répondit rapidement, lui faisant savoir qu'il ne voyait aucun inconvénient à ce qu'elle passe, mais leur échange s'arrêta là. Il n'y eut pas d'autres messages, ni de sa part ni de celle de Lizzie.

Elle donna l'adresse de Max au chauffeur qui entra les coordonnées dans son GPS et prit la direction du manoir.

Une fois arrivée devant la propriété, Lizzie sentit sa nervosité augmenter dangereusement. Puis la voiture s'engagea sur l'allée ombragée et, bientôt, le conducteur se gara dans la cour, avant de descendre pour lui ouvrir la portière.

— Je ne serai pas longue. Je dois juste récupérer quelque chose.

— Prenez tout le temps dont vous avez besoin, madame…

Ce dont elle avait besoin, c'était d'amener son mari à accepter qu'elle puisse l'aimer. Mais elle n'allait quand même pas avouer cela à son chauffeur. Un chauffeur au demeurant très sympathique, d'un certain âge déjà, celui de son père à peu de chose près.

Elle s'avança jusqu'à la porte d'entrée, sonna, soudain pétrifiée. N'avait-elle pas eu tort de venir ?

Max lui ouvrit et tous deux se regardèrent, mal à l'aise. Il portait un vieux jean râpé avec l'un de ses T-shirts préférés à l'effigie de *Star Wars*. Elle retint un sourire, avant de se figer. Sur sa poitrine se trouvait l'affrontement entre Luke Skywalker et Dark Vador.

La lutte du bien contre le mal.

De l'amour contre la souffrance.

— Entre, dit Max.

Sans prononcer un mot, elle pénétra dans la maison. Mon Dieu, comme elle aurait voulu le prendre dans ses bras, effacer cette douleur dans ses yeux… Mais elle ne pouvait rien pour lui, pas plus qu'elle ne pouvait quelque chose pour elle.

Elle nota qu'il avait gardé son alliance, probablement pour sauver les apparences et préserver sa vie privée, au lieu d'affronter les interrogations que les gens autour de lui ne manqueraient pas de lui poser, s'ils remarquaient qu'il ne la portait pas. Sans doute avait-il inventé une histoire à dormir debout pour le pilote de son jet, qui avait dû s'étonner de le voir rentrer de sa lune de miel sans son épouse — il avait sûrement prétexté une urgence professionnelle, ou quelque chose de ce genre.

De son côté, Lizzie elle non plus n'avait pas retiré son alliance mais, à la différence de Max, elle voulait rester mariée. Elle avait donc une raison valable, à l'inverse de lui.

— Je monte juste chercher la robe, dit-elle en se dirigeant droit vers l'escalier.

— Je t'accompagne, répondit-il en lui emboîtant aussitôt le pas.

Ils se rendirent au premier et, une fois en haut, elle regarda d'un côté et de l'autre, se rappelant le choix qu'elle avait fait pour sa nuit de noces.

Elle eut le sentiment que Max pensait à la même chose, mais comme elle il se garda bien de tout commentaire. Ils prirent à gauche, la partie réservée aux invités du maître de maison.

Lorsqu'ils pénétrèrent dans la chambre, Lizzie vit tout de suite sa robe, sur le lit, avec les accessoires qui accompagnaient sa tenue le jour du mariage, y compris les créoles offertes par Max.

Il était resté à côté d'elle, le regard noir, morose.

— Elle est toujours aussi belle, avec cette soie et cette dentelle, ces incrustations dorées…, dit-il. Si tout s'était passé comme nous l'avions prévu, aujourd'hui, tu aurais dû emménager chez moi, au lieu de passer en coup de vent récupérer tes affaires.

Elle n'était pas encore partie, mais la discussion qu'elle souhaitait avoir avec lui promettait d'être ardue.

— Même si l'adoption avait été accordée, je serais partie une fois le divorce prononcé.

— Oui, c'est ce dont nous avions convenu.

— Jusqu'à ce que j'enfreigne les règles et tombe amoureuse de toi ?

— Mais enfin, Lizzie. Il ne s'agit pas d'amour, vas-tu le comprendre à la fin ? Tu le crois, mais ce n'en est pas.

— Je vois que tu n'as pas évolué sur ce point, chuchota-t-elle, le cœur serré, tant c'était douloureux de se retrouver si près de lui et de l'entendre nier ses sentiments. Je n'aurais jamais dû venir…

Manifestement, c'était une erreur. Max soupira en se passant la main dans les cheveux, très mal à l'aise.

— Je sais qu'il est préférable de ne pas nous voir, mais… Et zut, tu me manques tellement, Lizzie.

Pas question de surenchérir en lui avouant combien il lui manquait, à elle aussi. Elle alla s'asseoir sur un coin de lit et effleura la robe à côté d'elle.

— Rien ne sera plus jamais pareil, désormais…

Il s'avança, prit une boucle d'oreille entre ses doigts et la regarda à la lumière.

— L'amour n'a jamais fait partie du deal, Lizzie. Voilà pourquoi notre mariage et notre divorce étaient censés marcher.

Mais rien n'avait marché, pas même l'adoption.

— Quand vas-tu parler à ta famille et à tes amis ? demanda-t-elle, car il lui faudrait bien retirer cette alliance et en venir aux explications avec son entourage.

— Je n'en sais rien. J'ai besoin d'un peu de temps, dans l'immédiat.

— Moi aussi, dit-elle, ne pensant qu'à se réfugier chez elle pour pouvoir pleurer. Lorsque tu seras prêt, fais-moi signe, nous prendrons rendez-vous pour le divorce…

La seule idée de mettre un terme à leur mariage lui était insupportable. Ils avaient déjà perdu l'enfant dont ils voulaient faire leur fils et, maintenant, ils allaient se perdre l'un l'autre.

Sans un mot, elle se leva et se dirigea vers l'armoire pour

y récupérer le reste de ses affaires, notamment la lingerie assortie à la robe de mariée.

Contournant Max planté au milieu de la pièce, silencieux, elle glissa le tout dans le sac et la fermeture Éclair comme on abat une chape sur des souvenirs. Sur un rêve brisé à jamais, celui d'un mariage qui n'en avait jamais été un et n'en serait jamais un.

Max s'avança dans les profondeurs du parc. Il passait de longues heures à arpenter ces allées en journée, et toutes ses soirées à se défouler en salle de gym, un besoin chez lui, en période de stress. Bien sûr, se perdre dans cette végétation luxuriante, au milieu des fleurs, était une autre forme de thérapie — pas très efficace, d'ailleurs.

Deux semaines s'étaient écoulées depuis que Lizzie était venue récupérer sa robe. Et il ne faisait que penser à elle. Alors oui, il traversait les moments les plus difficiles de son existence. Les pires. Pourtant, enfant, il en avait bavé.

Par exemple, la fois où sa mère l'avait abandonné dans ce taudis qui leur servait d'appartement trois longues journées. Il avait survécu avec la moitié d'une boîte de céréales. Sans lait, sans jus de fruits. Sans amour, sans câlin ni parent. C'est la télé qui lui tenait compagnie. Dessins animés le matin, jeux l'après-midi, séries, n'importe quoi, à condition que ça ne lui fasse pas peur, la nuit. Se retrouver comme ça, livré à lui-même, était déjà suffisamment angoissant.

Et aujourd'hui, il était seul, dans ce manoir luxueux, capable d'accueillir une famille nombreuse. Célibataire et richissime.

Super.

Comme il le redoutait, les monstres étaient revenus le hanter, le maintenant éveillé de longues heures dans son lit. Des ombres menaçantes erraient dans l'obscurité, qu'il échouait à chasser de son esprit, malgré tous ses efforts.

Il continua de marcher dans le parc, avant de s'arrêter net devant la partie réservée à une végétation résolument tropicale, en l'honneur de Tokoni. Submergé par le chagrin, il serra les poings, ne pensant qu'à arracher ces fleurs, déraciner ces arbres.

Mais non, il ne ferait rien de tout ça. Il laisserait au contraire cette végétation s'épanouir en priant pour que Tokoni lui aussi puisse s'épanouir dans sa nouvelle vie. N'empêche, le fait que le petit garçon leur ait été ravi, à lui et à Lizzie, lui déchirait toujours autant le cœur.

Lizzie. Elizabeth McQueen, sa belle amie disparue. Son nom à lui seul était comme une revendication de son statut. Elle avait toujours été royale, même avant de devenir reine du lycée ou d'être érigée comme la digne héritière de Lady Ari.

Pourquoi ne comprenait-elle pas qu'elle faisait erreur en prétendant être amoureuse de lui ? Pourquoi avait-il fallu qu'elle tombe dans ce piège ?

Il rejoignit le chapiteau et pénétra à l'intérieur, ce qui lui fit aussitôt penser à leur baiser. Leur premier baiser. Il revit sa bouche, il sentit sur ses lèvres la chaleur, la douceur des siennes.

Comme elle lui manquait. Le contraire aurait été étonnant. D'habitude, lorsqu'il broyait du noir et avait besoin d'aide, c'était elle qu'il appelait. Elle savait comme personne comment lui remonter le moral. Lizzie, sa meilleure amie. Oh bien sûr, il avait ses frères, mais c'était toujours vers Lizzie qu'il se tournait en premier.

Il avait partagé tous ses secrets avec elle, lui avait avoué des choses dont il n'avait jamais parlé à Garrett et Jake. Bien entendu, ils savaient qu'il avait été victime de maltraitance, enfant, mais Max n'en avait jamais ouvertement discuté avec eux, pas comme il l'avait fait avec Lizzie. Il lui avait tout dit dans le détail, les coups, les brûlures de cigarettes, le mépris de sa mère. Comment il se recroquevillait dans le placard, comment il s'endormait, épuisé, à force de larmes. Et surtout, comment, après chaque raclée, chaque punition, elle prétendait l'aimer.

Un amour toxique, d'une violence inouïe.

Lizzie le savait, ce mot-là, *amour*, il n'avait jamais permis à aucune femme de le prononcer devant lui. Et aujourd'hui, voilà qu'elle disait l'aimer. Résultat, les monstres étaient revenus le tourmenter, mettant son cœur à rude épreuve.

Max toucha l'alliance à son doigt. Il aurait dû l'enlever maintenant, et laisser Lizzie prendre son envol. Divorcer. Oui, il allait s'en occuper. Demain. Enfin, dès qu'il trouverait la force…

- 12 -

Chaque minute qui passait, de jour comme de nuit, c'était plus fort qu'elle, Lizzie pensait à Max.

Elle soupira et regarda l'horloge du four. Il serait bientôt 19 heures. Mercredi, 19 heures. Mais quelle importance cela faisait-il, que l'on soit mercredi ? Tous les jours se ressemblaient.

Seigneur, comme elle se sentait seule, sans lui.

Elle se prépara un thé et se rendit dans le salon. Depuis l'épisode de la robe de mariée, elle n'était pas sortie de chez elle, mais elle s'était aperçue que vivre en recluse n'était pas si difficile : pour la nourriture, elle faisait ses courses en ligne et le supermarché la livrait ; parfois, elle commandait un repas dans un restaurant du coin, mais la plupart du temps, elle n'avait pas faim.

Son père lui avait envoyé un texto, ce matin, pour savoir si elle était rentrée de sa lune de miel et avoir des nouvelles de leurs démarches d'adoption. Refusant de se lancer dans un nouveau mensonge, elle lui avait renvoyé un message pour lui dire la vérité. Sans entrer dans les détails, mais suffisamment pour qu'il comprenne que la procédure avait échoué, entraînant du même coup une séparation, entre Max et elle.

Elle lui avait également dit qu'elle souhaitait rester seule — non qu'il se soit proposé de venir pour la réconforter, mais elle avait préféré prendre les devants.

Max ne l'avait pas encore contactée pour le divorce,

mais sans doute n'était-ce qu'une question de temps. Elle n'avait toujours pas enlevé sa bague de rubis et diamants, ne se sentant pas prête, trop attachée encore à l'idée d'être la femme de Max.

Elle se demanda ce qu'il pouvait faire, en ce tout début de soirée. Il était probablement en train de transpirer en salle de gym — il pratiquait la musculation avec beaucoup de sérieux, ainsi que la boxe.

Lorsqu'un coup de sonnette retentit dans l'appartement, Lizzie faillit en renverser son thé. Serait-ce le gong final ? Peut-être un coursier lui apportant les papiers du divorce ?

Elle n'avait aucune envie d'aller répondre, mais cela ne ferait que retarder l'inéluctable. Elle alla donc ouvrir, s'attendant au pire, avant de se figer.

Son père se tenait là, devant elle. Sans doute ne s'était-elle pas montrée assez claire quand elle avait dit préférer rester seule.

— Je passais juste voir comment tu allais, dit-il d'emblée, visiblement inquiet.

— Euh, oh, ça va, dit-elle en fuyant son regard. Je gère.

— Ça n'a pas l'air d'aller très fort, pourtant.

Et si elle s'effondrait, terrassée par le chagrin, que ferait-il ? Saurait-il seulement la réconforter ? L'espace d'un quart de seconde, elle faillit se jeter dans ses bras, juste pour tester sa réaction, mais elle se ravisa juste à temps.

— Je t'assure, ça va, papa. Il ne fallait pas te déranger.

— Laisse-moi entrer, s'il te plaît.

Face à son insistance, Lizzie finit par céder, priant pour qu'il ne s'éternise pas. Pas question de jouer la petite fille éplorée consolée par son gentil papa.

— Tu veux une tasse de thé ? proposa-t-elle par politesse. J'en ai préparé pour moi. À moins que tu ne préfères du café ou quelque chose de plus fort ? ajouta-t-elle, sachant qu'il appréciait parfois un Martini, après le travail.

— Merci, Elizabeth. Je ne veux rien.

— Assieds-toi, au moins.

Elle ne se souvenait pas d'une fois, une seule, où il l'ait appelée Lizzie, un diminutif affectueux qu'elle devait à sa mère.

Ils s'installèrent dans le salon, Lizzie sur l'un des fauteuils, crispée, face à son père sur le canapé.

— Que s'est-il passé, au juste ? demanda-t-il sans détour. Pourquoi cette adoption a-t-elle échoué ? Et pourquoi Max et toi n'êtes plus ensemble ?

Elle lui avait déjà fourni un résumé des événements dans ses textos, mais son père apparemment ne s'en contenterait pas, maintenant qu'il était devant elle. Aussi inspira-t-elle à pleins poumons, comme une nageuse se préparant au grand plongeon, avant de tout déballer. Le pourquoi de ce mariage ; la perte de Tokoni… Lizzie raconta tout, y compris le point le plus douloureux de l'histoire, le fait qu'elle était tombée amoureuse de Max, causant ainsi leur séparation.

— Oh ! je suis désolé, soupira son père lorsqu'elle eut terminé. Pas un instant je n'ai imaginé que vous n'étiez pas un vrai couple.

— Losa, elle, ne s'y est pas trompée.

— Je suppose que cela fait partie de son job, de se montrer plus observatrice que le commun des mortels. Et si personnellement je n'y ai vu que du feu, cela ne change rien au fait que j'ai toujours pensé que vous étiez faits l'un pour l'autre.

La gorge nouée par l'émotion, Lizzie lutta avec bravoure pour ne pas éclater en sanglots.

— Une chose est sûre, je ne cesserai jamais de l'aimer.

— Moi-même, je n'ai jamais cessé d'aimer ta mère, même après sa disparition, avoua son père en secouant la tête. C'est bien simple, je ne parviens pas à tourner la page ni à me résigner à sa perte.

— Comme moi.

— Je sais. Et le moins que l'on puisse dire, c'est que je n'ai pas été un papa à la hauteur.

Lizzie opina, n'imaginant pas lui faire l'affront de démentir — et de lui mentir, une fois de plus.

— Est-ce ce que tu cherches à faire, aujourd'hui ? À te comporter comme un vrai père aimant et soucieux de son enfant ?

Il esquissa un sourire triste, puis rajusta le nœud de sa cravate, visiblement nerveux.

— Et tu trouves que je m'en tire comment, jusqu'ici ?

Elle lui sourit en retour, soudain emplie de gratitude, car il était là, auprès d'elle en ces heures difficiles, à tenter d'être ce père dont elle avait toujours rêvé.

— Plutôt bien, en réalité.

— Vraiment ? s'enquit-il, les yeux pleins d'espoir.

— Vraiment.

Cette fois, il lui sourit de toutes ses dents parfaitement blanches et refaites.

— Ta mère t'a-t-elle jamais raconté comment nous nous étions rencontrés ?

— Non, répondit Lizzie, curieuse. Personne ne me l'a jamais dit.

— C'était lors d'un bal pour un gala de bienfaisance, une soirée huppée comme on en faisait autrefois à Savannah. C'était la première fois que je participais à une réunion aussi mondaine. Mes parents étaient ce que l'on nomme des nouveaux riches, et la plupart des gens présents ce soir-là étaient des héritiers de grandes fortunes.

— Quel âge avais-tu ? demanda Lizzie, impatiente d'en savoir plus.

— C'était l'été avant mon départ pour l'université. À cette époque, ta mère était en terminale dans le lycée privé à l'origine de ce gala. J'avais été invité par un camarade qui sortait avec l'une des étudiantes et voulait me présenter à son amie.

— Et cette amie, c'était maman…

— Oui, répondit son père, le regard perdu. Elle était… un vrai ravissement. La personne la plus drôle que j'ai jamais vue. Nous sommes sortis ensemble, cet été-là, puis je suis parti à l'université. Mais nous nous écrivions. Ah, les lettres de ta mère, elles étaient fascinantes. Plus tard, à son tour elle est entrée à la fac. Nous avons continué à nous écrire et à nous voir, pendant les vacances.

— Quand vous êtes-vous fiancés ?

— Un an après l'obtention de son diplôme, et nous nous sommes mariés deux ans plus tard. Je voulais attendre, réussir dans ma carrière, mais elle a refusé. Ses parents m'ont accepté, en me faisant bien sentir néanmoins que je n'étais pas de leur monde. Ces gens tenaient dur comme fer à leur statut de vieille fortune, encourageant même leurs enfants à trouver leur conjoint parmi leurs semblables.

— Je regrette de ne pas les avoir connus. Comme tes parents, d'ailleurs.

— Ta mère et moi étions tous deux des enfants uniques et le destin a également voulu que nos deux familles disparaissent de façon précoce. Mon père emporté par un infarctus quand tu n'étais encore qu'un bébé, ma mère décédée d'un cancer lorsque tu étais toute petite et tes grands-parents maternels dans un accident d'hélicoptère, avant ta naissance. Par moments, nous avions le sentiment qu'une malédiction pesait sur nous…

Peut-être, songea Lizzie. Toujours est-il que nouveau riche ou vieille fortune, le sort ne les avait pas ménagés.

— Ta mère ne s'est jamais remise de la disparition de ses parents, reprit-il. Mais elle souffrait déjà d'épisodes dépressifs, avant leur mort : elle était d'humeur changeante, passant de manière déconcertante du bonheur au désespoir, du rire aux larmes, avec parfois des pulsions, des réactions excessives.

— Tu ne l'as pas encouragée à demander de l'aide ? À consulter un psy ?

— Non. Je pensais que si je l'aimais suffisamment, elle irait mieux. Je ne savais pas ce qu'était la dépression ni en quoi consistait la bipolarité. En fait, j'ignore de quoi elle souffrait au juste. Elle n'a jamais été diagnostiquée.

— Et tu n'as jamais imaginé qu'elle pourrait être suicidaire ? le questionna Lizzie, la gorge nouée.

— Parfois, elle tenait des propos étranges sur la mort, répondit son père, le regard sombre. Elle voyait le passage dans l'au-delà comme une délivrance. Mais jamais, jamais je n'aurais cru qu'elle puisse mettre fin à ses jours… Ta mère pouvait être déroutante et… le travail me permettait de respirer, de me sortir de cette atmosphère si pesante, à la maison, expliqua-t-il en secouant la tête. Mais j'aurais dû être là. J'aurais pu la sauver…

Lizzie sentit son cœur se serrer face à l'émotion, au désarroi de ce père qu'elle connaissait à peine, cet homme en proie à la culpabilité.

— Tu n'aurais rien pu faire, surtout en ignorant à quel point elle était malade.

— Si j'avais su la convaincre de consulter un spécialiste, elle serait toujours parmi nous, soupira-t-il.

— Tu ne peux pas changer le passé. Tu n'as pas le choix, tu dois aller de l'avant, papa.

— Aller de l'avant, oui… C'est ce que je voudrais faire, avec toi, dit-il en la regardant dans les yeux. Je dois reconnaître avoir été un peu dérouté lorsque, adolescente, tu as amené Max à la maison pour la première fois. C'était incroyable de vous voir tous les deux, si proches. Toujours est-il que, si j'ai échoué à être un vrai père pour toi, lui a su être ton ami, et toi la sienne. J'étais rassuré de le savoir auprès de toi.

Bouleversée, Lizzie dut d'abord faire en sorte de déloger cette boule, en travers de sa gorge, avant de pouvoir répondre.

— Enfant, il a traversé de terribles épreuves, des choses qu'il n'a racontées qu'à moi. Et en ce moment même, il est sans doute tout seul, en train de broyer du noir. Max ne se confie pas facilement, pas même à ses frères.

— Si tel est le cas, tu ne penses pas qu'il a besoin de toi ? Peut-être maintenant plus que jamais ?

Bien sûr, réalisa-t-elle avec un frisson. Seigneur, ce n'était pas le moment d'abandonner Max. Même s'il refusait de croire en son amour, elle se devait d'être auprès de lui, de le soutenir, en tant qu'amie.

Max transpirait dans cette salle de gym depuis des heures, frappant ce maudit sac encore et encore, cherchant à terrasser son passé.

Mais pourquoi ? Pourquoi ne parvenait-il pas à tourner la page ? À passer à autre chose ? À oublier enfin tout ce que sa mère lui avait infligé de souffrances ? À chasser ces satanés monstres ?

Soudain, à la seconde où il envoya un uppercut dans le sac accroché devant lui, il ressentit comme une chaleur, comme une présence bienveillante l'envelopper.

Un esprit sans doute, songea-t-il. Une sorte d'ange gardien. Sauf que les anges, tout le monde savait ça, n'avaient pas de sexe. Or il eut le sentiment à ce moment que l'ange en question était une femme, et qu'elle était là pour lui venir en aide.

Un frisson le parcourut et il se retourna lentement, avant de se figer. Son ange gardien ressemblait à Lizzie à s'y méprendre, avec les mêmes yeux bleus, les mêmes cheveux couleur de feu.

Il écarquilla les yeux, confus. Se pouvait-il qu'un esprit ait pris son apparence ? À moins qu'il ne s'agisse de Lady Ari en personne ?

Impossible. Il rêvait. Il devait être dans son lit, pas à la salle de gym. À ce moment, l'ange gardien s'avança dans sa direction et Max n'osa plus respirer.

— Pardon de ne pas t'avoir appelé, dit alors l'être irréel. Mais j'ai pensé que tu devais être ici, alors je suis venue.

Max secoua la tête. Il n'avait jamais entendu dire qu'un esprit était doué de parole… Mais à y regarder de plus près, la femme devant lui semblait faite de chair et de sang. Une humaine. Lizzie.

Sa première intention fut de l'attirer entre ses bras, de lui dire combien il s'était senti seul, sans elle. Au lieu de quoi, il ne fit pas un geste, en sueur, ses gants de boxe toujours aux mains. S'il la touchait, ne risquait-elle pas de s'évanouir en fumée, laissant à nouveau la voie libre aux monstres ?

Il baissa les yeux sur elle. Elle portait son alliance — tout comme lui, sous son gant.

— Mon père m'a rendu visite, dit-elle.

— Oh… Quand ? demanda Max, ayant retrouvé sa voix.

— Aujourd'hui, en fin d'après-midi. Nous avons beaucoup parlé, surtout de ma mère. Il était passé voir si j'allais bien. Il sait que nous ne sommes plus ensemble, toi et moi…, déclara-t-elle avant de s'interrompre pour le scruter longuement. Je suis désolée de t'avoir laissé, ce n'est pas digne d'une amie.

— Tu… Tu veux bien redevenir mon amie ?

— Oui.

— Même si nous divorçons ?

Elle acquiesça d'un signe de tête, déterminée.

— Je serai toujours ton amie, Max, quoi qu'il arrive.

À nouveau, il regarda son alliance, notant au passage l'absence de vernis, sur ses ongles. Il ne l'avait jamais vue qu'impeccablement manucurée, sûre d'elle. Royale. Et aujourd'hui, elle semblait une autre, vulnérable.

— Tu ferais ça pour moi, Lizzie ? dit-il avec gravité. Tu t'exposerais à souffrir, juste pour moi ?

— Je ne peux pas me résoudre à ne plus te voir. Je t'aime trop pour ça.

Il sentit son cœur bondir dans sa poitrine. Elle n'était pas un esprit ni un ange, mais elle était son amie, bien réelle. Il retira ses gants et lui montra l'alliance à son doigt.

— Je ne pouvais pas supporter l'idée de l'enlever. Et je n'ai pas non plus entamé la procédure, pour le divorce. J'ai beau me dire que je le devrais, je n'arrive pas à me décider…

Il l'observa avec son chemisier fin, sa longue jupe à fleurs qui lui allait si bien. Lizzie, cette fleur aux pétales ardents évoquant les tropiques.

— Depuis notre séparation, j'ai dû faire le tour du jardin une bonne centaine de fois. Je me rends souvent dans le chapiteau et je repense à notre mariage. Oh ! Lizzie, la vie sans toi est une torture.

— Je suis là maintenant, dit-elle.

Il l'attira contre lui, son chemisier se plaquant contre sa peau moite.

— Pardon, je suis trempé de sueur…

— Je m'en moque, répondit-elle en se blottissant un peu plus contre lui. Je suis bien, contre toi.

— Si tu savais comme je m'en veux de t'avoir reproché de m'aimer, d'avoir agi comme je l'ai fait. Mais tu le sais, n'est-ce pas ? Tu sais comme l'amour me fait peur…

Lizzie s'écarta de lui et le regarda dans les yeux.

— Max, jamais je ne te pousserai à me donner plus que ce que tu es prêt à m'offrir.

— Je sais. Mais, comment dire, j'ai envie d'être prêt,

aujourd'hui. Je ne veux plus avoir peur de l'amour. Je veux être capable de me dire que je mérite d'être aimé…, avoua-t-il avant de s'interrompre, s'étonnant lui-même d'avoir pu exprimer ses sentiments. Chaque fois que ma mère employait ces mots-là, c'était pour me rabaisser, comme si j'étais indigne de son amour. Comme si je ne valais rien petit garçon, comme si je ne vaudrais jamais rien, une fois adulte. Mais je sais bien, Lizzie, ces mots dans ta bouche n'ont rien à voir avec ceux de ma mère. Son amour à elle était pervers, pas le tien…

Elle lui caressa la joue avec une tendresse infinie, avant de chuchoter, les yeux brillants de larmes :

— C'est un pas important que tu as eu le courage de franchir. Pour toi, comme pour nous… Je t'aime, Max.

Pour la première fois de son existence, il voulait entendre une femme lui dire ces mots-là. Mais Lizzie n'était pas n'importe quelle femme, elle était la sienne.

— Je t'aime aussi, dit-il.

Il le savait aujourd'hui, c'était la vérité. Et peut-être même que, quelque part, dans les tréfonds de son âme torturée, l'aimait-il depuis toujours.

Elle l'embrassa, un baiser tout en chaleur, tout en force. Qu'ils s'avisent de revenir, ces maudits monstres, Max saurait les tailler en pièces. Il n'avait plus peur, avec son ange gardien à ses côtés. Un ange gardien aux cheveux roux qui lui avait été envoyé par les esprits de sa tribu quand il n'était encore qu'un adolescent. Une amie dont il avait si désespérément besoin, douce et aimante, débordant d'un amour dont il n'osait même pas rêver.

Il détacha sa bouche de la sienne et prit ses mains dans les siennes.

— À présent que nous nous sommes retrouvés, une mission de la plus grande importance nous attend, Lizzie.

— Tout faire pour récupérer Tokoni, dit-elle, sans l'ombre d'une hésitation.

— Même si Losa a contacté cet autre couple, il faut essayer. Nous n'avons que quelques semaines devant nous. Elle peut encore changer d'avis.

— Et si elle ne change pas d'avis ?

— Nous continuerons à nous battre. Nous ne pouvons pas renoncer, Lizzie. Tokoni fait partie de nous autant que nous faisons partie de lui.

— Tu as raison, soupira-t-elle, la tête sur son épaule. Nous sommes destinés à devenir une famille, tous les trois.

— Je vais appeler Losa et préparer notre départ pour Nulah le plus tôt possible, dit-il en glissant son bras autour de sa taille. Mais dans l'immédiat, je te ramène à la maison avec moi…

Plus question de la quitter. Ils resteraient l'un près de l'autre, comme tous les maris et femmes de la planète.

Lizzie se déshabilla, bouleversée. Max l'aimait. Il l'avait admis, sans la moindre ambiguïté. Il le lui avait dit ouvertement, les yeux dans les yeux. Et maintenant, ils étaient là, dans sa salle de bains, au manoir. Il n'avait pas pris sa douche, à la salle de gym. Tant mieux. Ainsi, ils pourraient se savonner l'un l'autre.

Il régla la température de l'eau et elle le rejoignit dans la cabine aux parois de verre. Une cabine qui pouvait accueillir deux personnes sans aucun problème, mais en même temps, douillette et intime.

Il l'attira contre lui et ils restèrent enlacés un long moment, serrés l'un contre l'autre, l'eau tombant en pluie sur eux.

Lorsque de la buée commença à tapisser les vitres, Lizzie se tourna face à la porte et dessina dessus du bout du doigt un cœur. Max sourit et traça à l'intérieur les initiales de leurs prénoms. M + L.

Elle rit tout bas, avec le sentiment que son cœur était trop petit pour tant d'émotions.

— On dirait deux ados…

— J'ai envie de rattraper le temps perdu. Oh ! Lizzie, quand je pense que tu étais amoureuse de moi, au lycée…

— Tu as toujours refusé de le croire.

— Aujourd'hui, je le crois…

Et il l'embrassa, un baiser plein de fougue, sa langue cherchant la sienne. Lizzie se laissa aller contre lui, ivre de sensations, ivre de passion.

Une éternité plus tard, lorsque ce baiser prit fin, tous deux à bout de souffle, elle rouvrit les paupières, comme au sortir d'un rêve.

Max lui sourit, espiègle, tout en versant quelques gouttes de gel douche dans ses mains, puis il entreprit de la badigeonner, d'abord les seins, avec application et générosité.

Lizzie ferma les yeux, s'abandonnant bien volontiers à ses caresses.

— J'adore le parfum de ton gel douche, dit-elle, faisant allusion à l'odeur enivrante du bois de santal.

— Et moi, j'adore te toucher.

Il la savonna ainsi longuement et partout, devant comme derrière. Il lui lava aussi les cheveux avec son shampoing. Tout dans cette cabine étant à lui, y compris elle.

Une fois qu'il l'eût recouverte de mousse de haut en bas, il l'encouragea à se placer sous le jet pour se rincer, mais les choses ne s'arrêtèrent pas là. Max la regarda faire, épiant chacun de ses gestes, les yeux de plus en plus noirs.

Soudain, il s'avança, bondit plutôt, pour un autre baiser plein de fougue. Lizzie en eut presque le souffle coupé, pire encore quand il tomba à genoux à ses pieds. Elle baissa la tête et le contempla, Max soutenant son regard, les pupilles dilatées.

Lizzie tressaillit, doutant de pouvoir sortir entière de cette situation. Il lui fit des choses extraordinaires avec sa bouche, en prenant son temps, l'emmenant loin, très loin.

Au plus fort de l'orgasme, ayant perdu toute notion du temps et de l'espace, elle gémit :

— Max… Max… Maxwell…

Elle l'appelait rarement par son vrai prénom, mais trouva énormément de plaisir à le faire, là. Ses genoux s'entrechoquant, son sang rugissant dans ses veines, en des endroits inattendus de son corps, elle s'accrocha à ses épaules.

Un moment plus tard, il se releva et lui sourit, visiblement content de lui. Puis, la laissant là, à son tour il s'enduisit de gel douche et se lava les cheveux.

Lizzie ne perdit pas une miette du spectacle qui s'offrait à elle. Son mari, superbe et magnifique, son guerrier des temps modernes.

Le désir resurgit en elle et ce fut donc tout naturellement qu'elle s'avança vers lui. Max la prit entre ses bras et l'étreignit avec force. Fermant les yeux, Lizzie glissa une main entre leurs corps et sourit au contact de son érection.

Elle le caressa, encore et encore, jusqu'à ce que Max, n'en pouvant plus, s'empare du préservatif qu'il avait emporté dans la cabine. Elle retint son souffle, troublée, impatiente.

Faire l'amour debout ne fut pas chose aisée, mais ils s'en sortirent néanmoins sans dommage, en s'accrochant l'un à l'autre à grand renfort de bouche-à-bouche, de corps à corps improbables.

— Si nous n'étions pas déjà mariés, haleta-t-il, je te demanderais sur le champ de m'épouser.

— Et je dirais oui, répondit-elle en riant, mille fois oui.

Ils s'aimèrent avec passion, sans pudeur, Max explosant

en elle dans un râle et Lizzie le serrant contre elle, tremblant, jusqu'à ce qu'elle-même s'abandonne au plaisir.

Les secondes passèrent, une à une, comme si le temps avait décidé de ralentir son rythme effréné. Puis, retrouvant peu à peu leurs esprits, ils se regardèrent, les yeux dans les yeux, longtemps.

Peu après, à leurs initiales sur la vitre, Max ajouta ces mots :

POUR TOUJOURS.

- 13 -

Trois jours plus tard, Max et Lizzie débarquaient à l'aéroport de Nulah, prêts à se battre pour l'adoption de Tokoni. Losa accepta de les recevoir et d'écouter ce qu'ils avaient à dire, mais comme à son habitude elle ne fit aucune promesse.

En cet après-midi ensoleillé, tous trois décidèrent d'aller s'installer dans la partie de l'orphelinat réservée aux piqueniques. Il faisait doux, une brise marine soufflait et l'air embaumait du parfum de l'herbe et des fleurs tropicales.

Aucun enfant n'était en vue, ce que Max regretta profondément : tout comme Lizzie, il aurait donné n'importe quoi pour ne serait-ce qu'entrevoir Tokoni.

Ils s'étaient assis autour d'une table en bois brut, Lizzie et lui côte à côte, Losa en face d'eux.

Max décida d'entamer la conversation en jouant la carte de l'émotion — autrement dit en ouvrant son cœur à la vieille dame.

— J'aime ma femme, dit-il. Et elle m'aime en retour. C'était déjà le cas le jour où vous nous avez renvoyés, mais à l'époque elle refusait de céder à ses sentiments.

Derrière ses lunettes, Losa fronça les sourcils.

— J'espère que vous n'êtes pas venus pour essayer encore de me faire croire que vous êtes un vrai couple, bougonna-t-elle, sur ses gardes.

— C'est pourtant ce que nous sommes, un vrai couple, répondit-il en prenant la main de Lizzie dans la sienne. Nous ne faisons pas semblant d'être ensemble ; nous sommes ensemble. Le jour où vous avez refusé notre candidature, nous étions complètement abattus, mais cela a été pire pour Lizzie, qui m'a avoué son amour et que j'ai rejetée.

Lizzie demeura silencieuse, l'écoutant retracer leur histoire, tout comme Losa, très attentive.

— En fait, reprit Max, j'étais terrorisé d'entendre Lizzie me dire qu'elle m'aimait, terrorisé d'entendre ces mots. Cela remonte à mon enfance, à toutes ces choses horribles que ma mère me faisait subir.

La vieille dame ne releva pas, mais elle ne regardait plus Max avec sévérité, toute méfiance avait disparu sur son visage. Son expression s'était même radoucie. Bien sûr, elle connaissait déjà son passé. Il lui en avait parlé, lors de sa première venue à l'orphelinat, mais jamais sans doute avec cette émotion, comme s'il mettait son cœur à nu.

— J'acceptais évidemment l'affection d'autres personnes, poursuivit-il. Celle de mes frères, notamment, que j'aime infiniment en retour. De la même façon, j'éprouve une réelle et profonde tendresse pour Tokoni. À la seconde où je l'ai vu, j'ai su que ce petit garçon faisait partie de moi…, ajouta-t-il, la gorge nouée, avant de s'interrompre et de se tourner vers Lizzie, qui lui serra la main pour l'encourager. Mais c'était différent, avec Lizzie, parce qu'elle connaissait tous mes secrets. Nous étions adolescents quand je lui ai fait le récit du cauchemar qu'a été mon enfance. Je lui ai tout raconté, avec des détails dont je n'ai parlé à personne d'autre, et cela nous a beaucoup rapprochés. Aujourd'hui, en y réfléchissant, je crois que cela a également dressé un mur entre nous, un mur que j'érigeais dès qu'une femme s'intéressait d'un peu trop près à moi, en prétendant être incapable de tomber amoureux. Pourtant, tout ce temps, je pense avoir nourri ce genre de sentiments pour Lizzie, mais j'étais trop perturbé pour accepter ce que cela signifiait…, soupira-t-il. Je suis désolé si tout ceci vous semble alambiqué, mais je ne vois pas comment mieux l'expliquer.

— Je comprends, dit Losa. Nous avons ici des pensionnaires victimes de maltraitance. Je et je sais combien ils sont traumatisés. Mais nous faisons notre possible pour les amener à tourner la page, à aller vers autrui.

— Je n'ai pas eu cette chance. J'ai été placé de foyer en foyer, ou dans des centres, entouré de travailleurs sociaux débordés, qui n'avaient pas les moyens de s'occuper de chaque enfant comme ils l'auraient dû. Mais le fait que personne ne s'intéresse à moi ne me dérangeait pas, je préférais qu'on me laisse tranquille, seul dans mon coin. Puis un jour, mes frères sont apparus et m'ont pris sous leur aile. Je me suis senti mieux, c'est certain, mais j'étais encore sur mes gardes, méfiant. J'ai toujours été comme ça…, avoua-t-il en adressant un sourire à Lizzie. Mais aujourd'hui, je ne le suis plus.

— Max n'est pas le seul à avoir dû affronter ses démons, enchaîna-t-elle en venant se blottir contre lui. J'étais moi-même terrifiée à l'idée de l'aimer et qu'il puisse m'aimer en retour. Telle est la raison de ces ombres que vous avez perçues, dans mes yeux, lors de notre précédente visite… Mais je me sens bien plus forte aujourd'hui, capable d'assumer pleinement mon rôle d'épouse, ma mission de mère.

— Vous aviez raison, la dernière fois, en disant que nous n'étions pas prêts à devenir les parents de Tokoni, ajouta Max. Nous vous avons menti et nous nous mentions à nous-même, dans notre impatience à adopter Tokoni. Nous aimons cet enfant et nous souhaitons avoir la possibilité d'en faire *notre* enfant, vouer notre existence à faire son bonheur…

Un long silence s'ensuivit, que Max rompit une fois de plus en implorant Losa :

— Allez-vous considérer notre candidature à son adoption, au lieu de celle de cet autre couple dont vous nous avez parlé ? Acceptez-vous de nous donner une chance ?

Losa ne répondit pas. Elle se contenta de changer de position sur sa chaise.

— Je peux vous assurer que tout ce que nous venons de vous dire est la vérité, plaida Max devant son mutisme. Mais si vous souhaitez que nous signions un document sous serment pour attester de nos sentiments, nous le ferons. Avec notre sang, s'il le faut.

— Inutile d'en arriver là, dit Losa.

La vieille dame retira ses lunettes, les nettoya brièvement avec un coin de sa tunique, avant de les remettre sur son nez en soupirant.

— J'ai moi aussi un aveu à vous faire… Il n'y a jamais eu d'autre couple. Il n'existe pas.

Max sursauta, Lizzie écarquilla les yeux.

— Je savais qu'en vous laissant croire que Tokoni demeurait disponible à l'adoption, rien ne changerait entre vous. Vous en resteriez à la relation que vous avez manifestement toujours eue… Attention, ce n'est pas dans mes habitudes et je suis désolée d'avoir recouru à ce subterfuge.

Toutes sortes de pensées, d'émotions se bousculèrent dans la tête de Max, soulagement, désarroi, espoir. À côté de lui, Lizzie tremblait, sa main toujours dans la sienne.

— Si je comprends bien, dit-il, la gorge serrée, nous avons aujourd'hui encore une chance de pouvoir adopter Tokoni. Après, bien sûr, vous avoir présenté nos excuses pour vous avoir menti…

— Effectivement, répondit Losa avec un petit sourire mutin. Vous m'avez dit tout ce que j'avais besoin d'entendre et maintenant que toute cette histoire de mensonges est derrière nous, maintenant que je lis cet amour dans vos yeux, je sais que vous correspondez en tout point aux parents que la maman de Tokoni souhaitait pour son fils.

Lizzie se mit à pleurer d'émotion et, après avoir remercié

Losa, Max la serra entre ses bras, cette femme si précieuse, sa femme, la future mère de son enfant.

— Pouvons-nous voir Tokoni ? demanda-t-il à Losa. Juste une minute ou deux. Sans parler d'adoption..., précisa-t-il, conscient qu'ils avaient encore une tonne de paperasse et autres formulaires devant eux. Mais ce serait merveilleux, si nous pouvions ne serait-ce que l'embrasser.

— Je pense que c'est tout à fait envisageable, répondit Losa, tout sourires maintenant. Je sais qu'il sera très heureux de vous voir..., confia-t-elle en se levant. Attendez-moi ici, je vais le chercher.

Max et Lizzie la regardèrent partir en retenant leur souffle, toujours main dans la main, impatients de retrouver leur petit garçon. Près de trois mois s'étaient écoulés depuis leur dernière visite, autant dire une éternité.

Lorsqu'ils l'aperçurent traverser la pelouse en sautillant, pendu à la main de Losa, ils échangèrent un sourire. Il n'avait pas changé, toujours ces cheveux sur les yeux et toujours cet immense sourire aux lèvres. La vieille dame finit par le lâcher et, aussitôt, le garçonnet s'élança pour venir les retrouver.

Max et Lizzie s'agenouillèrent en lui ouvrant les bras. Tokoni bondit et tous trois roulèrent dans l'herbe entre éclats de rire et baisers, pour un moment de bonheur inoubliable, celui d'une vraie famille.

De retour à leur hôtel, Lizzie et Max s'autorisèrent une soirée câlin, face à l'océan. Une soirée digne d'une véritable lune de miel, contrairement à la précédente.

Pour le dîner, ils firent appel au room service. Les langoustes dégustées, ils partagèrent le même dessert, une tarte aux fruits exotiques, kiwi, banane, mangue et bien sûr fruit de la passion, le tout nappé de crème et flambé.

Tout en se régalant, Lizzie regarda son mari, assis sur le lit, vêtu seulement d'un boxer. Elle aussi ne portait que ses dessous — rien de plus normal à cela, par cette chaude nuit d'été.

— Quelle journée, soupira Max.

— Oui. Je suis tellement impatiente de ramener Tokoni avec nous, aux États-Unis. J'imagine sa joie.

— Il pourra terminer ses dessins et attribuer une couleur de cheveux à ses parents. Roux flamboyant pour sa maman, noir pour son papa.

— Un papa irrésistible…

— Si tu le dis…

— Je suis prête à le répéter jour après jour, affirma-t-elle avant de gémir en croquant un morceau de mangue. Comme c'est bon. Je dois avoir de la crème partout sur le visage, non ?

— Non, mais ça me rappelle notre pièce montée, quand je l'ai dégustée sur tes lèvres. C'est la chose la plus sexy que j'aie jamais faite.

Lizzie sourit, suspectant que leur dessert, dans ce bungalow, ce soir, pourrait être aussi sexy. Qu'une fois leur tarte engloutie, ils s'embrasseraient et plus encore.

— Au fait, qu'est-il arrivé au dernier étage de notre gâteau ?

— Je l'ignore. Pourquoi cette question ?

— Parce qu'il existe une tradition qui veut que mari et femme le congèlent afin de le déguster au premier anniversaire de leur union.

— Peut-être que le chef ou quelqu'un d'autre l'a mis de côté pour nous… ?

— Il faudra que nous regardions dans ton congélateur, à notre retour à la maison. J'aimerais fêter notre premier anniversaire avec un souvenir de notre pièce montée.

Max sourit et prit une nouvelle part de tarte. Étrangement, son appétit avait décuplé, ces derniers temps.

— Tu sais ce que j'aime, excepté toi, bien sûr ?

— Quoi donc ?

— J'adore t'entendre parler du manoir comme de ta maison. J'aime cette idée de partager ma vie avec toi, jour après jour, heure après heure…

— Je me demande ce que Tokoni va penser du manoir. Je suis sûre qu'il va être impressionné.

— Dès que nous serons autorisés à lui dire que nous l'adoptons, nous lui montrerons des photos pour qu'il voie où il va vivre.

— J'espère que la procédure se déroulera vite, soupira Lizzie, impatiente de faire de Tokoni son enfant, leur enfant, que son rêve le plus cher soit exaucé.

— Dans moins de trois mois, j'imagine. Ce qui signifie qu'il pourrait être chez nous pour Halloween. Notre premier Halloween ensemble, tous les trois !

Lizzie regarda l'océan. Une petite brise s'était levée.

— Ils fêtent Halloween, ici ?

— Je ne crois pas, il faudra vérifier. Et je tiens aussi à ce que Tokoni connaisse toutes les traditions de son pays… Tu te rappelles, quand nous avons évoqué la possibilité d'emmener Tokoni à Nulah pendant les vacances scolaires, pour ne pas couper le lien avec ses origines ? J'ai pensé que nous pourrions peut-être aller plus loin, en achetant une résidence d'été à Nulah…

— J'adore cette idée. Peut-être pourrions-nous trouver une maison à proximité de l'orphelinat ? Nous aiderions Losa en tant que bénévoles et Tokoni pendant ce temps jouerait avec ses camarades.

— Tu as raison…, dit Max en engloutissant sa dernière bouchée de tarte. Et peut-être qu'un jour, nous pourrions adopter un autre enfant.

Lizzie le regarda, les yeux écarquillés.

— Tu veux plus d'enfants ?

— Bien sûr, pourquoi pas ? J'ai envie d'une grande famille. On pourrait adopter ici, ou aux États-Unis. Si tu es d'accord, bien sûr, de ton côté… ?

— J'avoue ne pas m'être posé la question. Mais oui, j'aimerais fonder une grande famille avec toi. Oh ! j'imagine le manoir résonnant des rires de toute une ribambelle d'enfants. Et Tokoni serait tellement heureux d'avoir des frères et sœurs.

— Alors l'affaire est entendue, dit-il, hilare.

Puis il enleva l'assiette sur le lit, rangea les fourchettes sur le chevet et la fit s'étendre avant de l'embrasser dans le cou. S'ensuivirent des caresses, des mots doux, ces mots échangés par tous les jeunes mariés du monde, de Nulah à Los Angeles. Ils prirent tout leur temps, le temps de s'aimer, éclairés par une lune pleine et généreuse, sur cette île paradisiaque.

Elle promena ses mains sur lui, sur ses cicatrices, sur ces vestiges de sa souffrance passée, et Max plongea ses yeux dans les siens avec un regard éperdu d'amour, sans plus aucune trace de peur en lui.

Il la déshabilla et poursuivit ses caresses, la faisant gémir de plaisir, avant de s'allonger sur elle, corps contre corps, cœur contre cœur, puis de venir en elle pour un moment de pure magie.

Il adopta un rythme lent, allant et venant en elle pour l'emmener jusqu'au ciel et au-delà, tous deux s'abandonnant à l'orgasme dans le même élan.

L'adoption fut finalisée mi-octobre et, très vite, ce fut Halloween, attendu avec impatience par Max et Lizzie.

Toute à son bonheur d'épouse et de maman, Lizzie observa les gens autour d'elle. Jake et Carol étaient là avec leur fille, Garrett et Meagan avec les leurs. Tout le monde s'était rassemblé dans le salon, avant d'entamer la tournée des maisons alentour pour réclamer des bonbons aux voisins.

Tokoni, déguisé en superhéros, portait un costume rouge et bleu avec une cape lui permettant de voyager à travers l'espace et le temps. Lizzie sourit en repensant à leur première rencontre, à la bibliothèque de l'orphelinat. Elle lui avait expliqué vouloir rédiger un article sur les protégés de Losa et il lui avait demandé s'il pouvait tenir le rôle du superhéros, dans son histoire.

Et aujourd'hui, il était là, son superhéros de fils.

Max se trouvait un peu plus loin, aussi excité que les enfants. Tokoni s'était merveilleusement bien adapté à la vie avec eux. Manifestement, il était heureux d'être leur fils, de vivre dans cette grande et drôle de maison, et si Halloween était une fête nouvelle pour lui, il avait volontiers adopté cette coutume où l'on avait le droit de se gaver de friandises. Enfin, les autres enfants de la famille l'avaient accueilli à bras ouverts.

Ivy avait revêtu un costume d'ange, Nita était quant à elle déguisée en fée et, du haut de ses dix mois, agitait en tous sens sa baguette, déclenchant les rires autour d'elle.

— Je suppose que je vais devoir me sacrifier et manger tous les bonbons qu'elle récoltera, dit Jake sur un ton bourru. Nita est trop petite pour ça.

— Arrête, tu vas nous faire pleurer, ricana Garrett.

Jake haussa les épaules avec un sourire plein de malice. Il portait un smoking rouge et, sur le front, de magnifiques cornes. Il était le seul parent à s'être déguisé.

— Nita adore mon costume.

— Tout simplement parce qu'elle sait que son papa est un vrai démon.

Lizzie rit avec eux. Elle adorait la famille de Max — sa famille désormais. Et celle de Tokoni, bien sûr.

Max s'avança vers elle et glissa son bras autour de sa taille.

— Mon père doit passer, un peu plus tard, dit-elle. Lorsque nous rentrerons de la tournée de bonbons.

— C'est super. Je suis content qu'il prenne le temps de faire connaissance avec Tokoni.

— Il semble avoir très envie de tenir son rôle de papy gâteau.

— Tant mieux, il est le bienvenu. Et il aura bientôt beaucoup à faire, avec tous les autres enfants que nous souhaitons adopter. Imagine le manoir et tous ces super-héros dans les couloirs…

Lizzie sourit à son mari tout en observant les petits, assis à même le sol en cercle, avec leur seau d'Halloween, bavardant avec gaieté, heureux. Qu'en serait-il lorsque Noël arriverait, le mois prochain déjà ?

— Bien, dit Jake en ajustant ses cornes. Il est temps d'y aller, qu'en pensez-vous ?

— Tout de suite, répondit Max qui se précipita pour prendre Tokoni dans ses bras. Nous sommes prêts !

Et il fit tournoyer son fils, *leur* fils, dans les airs, Tokoni accroché à son cou hurlant et riant.

Oui, songea Lizzie avec attendrissement en les regardant tous les deux, père et fils. Ils étaient prêts, prêts pour une vie entière de bonheur et d'amour.

Scandaleuse union, de Naima Simone - N°1069

SÉRIE : SÉDUISANTS HÉRITIERS 1/4

Alors que son père lui impose d'épouser Cain Farrell, Devon est plus tourmentée que jamais. Elle voudrait détester ce riche héritier qui se montre toujours si froid et inflexible envers elle. Or c'est une tout autre émotion qu'il éveille en elle, depuis qu'ils ont échangé un brûlant baiser : du désir à l'état brut…

Une liaison avec son patron, de Naima Simone

SÉRIE : SÉDUISANTS HÉRITIERS 2/4

Mycah est sous le choc. Son nouveau patron, Achille Farrell, est l'homme avec qui elle a partagé une délicieuse nuit d'abandon quelques semaines auparavant. Travailler pour lui risque d'être infernal… Alors qu'elle tente de garder ses distances, l'attraction entre eux est si forte qu'ils entament bientôt une torride liaison. Une aventure interdite qui se complique davantage encore lorsque Mycah se découvre enceinte…

Le secret du bel inconnu, de Jules Bennett - N°1070

SÉRIE : IDYLLES À ANGEL'S SHARE 3/3

Après avoir passé la nuit avec un bel inconnu, Sara se rend compte, mortifiée, qu'il s'agit de Ian Ford, un journaliste venu faire un reportage sur sa distillerie. Alors qu'elle voudrait reprendre ses distances avec lui, Sara est contrainte de l'héberger en raison de la tempête de neige qui s'est abattue sur la région. Un rapprochement qu'elle sait dangereux : si Ian éveille en elle de troublants sentiments, lui semble fermé à toute relation…

Un père si attentionné, de Rochelle Alers

Mya est outrée : il est hors de question que Giles Wainwright obtienne la garde de sa nièce ! Certes, il est le père de Lily et elle lui accordera les visites qui lui sont dues, mais jamais personne ne la séparera de ce bébé qu'elle aime tendrement. D'abord arrogant, Giles se révèle bientôt très attentionné, au point de faire fondre le cœur de Mya. Peut-elle lui faire confiance cependant, quand il lui propose de l'épouser afin d'offrir à Lily une véritable famille ?

Mariés par convenance, d'Andrea Laurence - N°1071

Lana est désemparée : depuis que Kal – son meilleur ami dont elle est secrètement amoureuse – a accepté de l'épouser pour qu'elle puisse obtenir la garde de la petite Akela, il n'a de cesse de flirter avec elle. Ses regards brûlants et ses gestes tendres qui lui inspirent un désir irrépressible, Lana n'en veut pas ! Car s'il ne s'agit que d'un jeu pour Kal, elle craint pour sa part de ne jamais s'en remettre...

Par regret, par amour, de Sarah M. Anderson

Christine est encore plus belle que dans ses souvenirs. Pourtant Daniel n'a rien oublié de leur première rencontre. Ni du mal qu'il a fait à cette femme qu'il a sacrifiée à sa carrière politique. Parce qu'il n'a jamais pu se pardonner cette trahison, il est fermement décidé aujourd'hui à se racheter auprès d'elle. Un défi qui pourrait bien se révéler impossible, s'il en croit la colère qui brille dans les yeux de Christine...

Une famille à nous, de Kat Cantrell - N°1072

Son fils. Les larmes aux yeux, Desmond regarde l'enfant qui dort paisiblement dans les bras de sa mère. S'il s'attendait à cet amour puissant et immédiat pour le petit Connor, rien n'aurait pu le préparer à l'émotion qu'il ressent face à ce spectacle. Soudain, il se prend à rêver d'une vie à trois. Une vie où sa relation avec Kélia Moore ne serait pas un simple contrat, touchant à sa fin maintenant qu'elle lui a donné un fils...

Le droit de l'aimer, de Cat Schield

Quinze jours. C'est le temps dont dispose Brandee pour séduire Shane. Après quoi elle perdra Hope Springs, le ranch auquel elle se consacre entièrement. Hélas, si l'enjeu est de taille, la tâche n'en est pas moins délicate. Depuis qu'elle a rencontré Shane, tous deux s'affrontent dans des échanges plus que houleux. Au point que Brandee se demande quelle attitude adopter pour convaincre Shane qu'elle n'est plus son ennemie mais la femme de sa vie...